茅盾文学奖
获奖作品全集
典藏版
The Mao Dun Literature Prize

海客谈瀛洲

你在高原 第三部

张炜 著

人民文学出版社

目 录

卷 一

第一章 　　　　　　　　　　　　　　　3
　　信难求　五千年的汤　夫妻　得一词条·徐村
　　分与合

第二章 　　　　　　　　　　　　　　　58
　　圆心　受命　无可奈何　自传片断
　　得一词条·君房

第三章 　　　　　　　　　　　　　　　94
　　时间的皱褶　东巡·一　得一词条·杀鲛
　　东巡·二　自传片断

卷 二

第四章 　　　　　　　　　　　　　　　127
　　季风　耻辱的印记　谁的儿子　吕擎
　　得一词条·七十二代孙

第五章 175

  秦王路　东巡·三　百花齐放之城

  得一词条·童男女　东巡·四　自传片断

第六章 221

  陌生的城　和式料理　骡子理疗师　转折

  自传片断

卷　三

第七章 277

  多声部　走向冬季　得一词条·斋戒

  东巡·五　固执的一代

第八章 322

  恫吓　向东方　得一词条·登瀛　东巡·六

  逝者　自传片断

第九章 363

  荒原的悲悼　东巡·七　自传片断　大雷雨

  得一词条·船场

卷　四

第十章 401

  兄弟行　东巡·八　一只小鸟

  得一词条·桑岛　蘑菇厅

第十一章　　　　　　　　　　　　　　446

　　东巡·九　癫狂　得一词条·稷门　回眸

　　最后的探望

第十二章　　　　　　　　　　　　　　492

　　秋冬之界　自传片断　东巡·十　催逼

　　得一词条·红甲板　碰撞与疼痛　致海神书

你在高原

海客谈瀛洲

卷一

第 一 章

信 难 求

一

"人生自有美妙机会,须臾不可游移,岂可恍惚彷徨哉!"王如一的门牙扣紧了下唇,凑近我,吐出了一串半文半白的话。这是一个机灵的、诡计多端的家伙,眼窝四周的一圈黑色绒毛不停地抽动着。

我望着他,不吭一声。

他一直在说东部沿海的某个城市,这会儿开始做总结:那是个富可敌国的地方,因为富裕之后的文化焦虑或自尊作怪,时下作出了一个大胆的举措,要与远在古代咸阳的几千年前的秦始皇牵线搭桥。"一言以蔽之,此乃跨越式发展思路也!"他具体解释:人家有了一个惊人的发现,几千年前秦始皇派人去大海寻找长生不老药的史实,都可以在自己的城市里一一得到印证。翻开《史记》,其中明明白白地记载:"齐人徐市(福)等上书,言海中有三神山,名曰蓬莱、方丈、瀛洲,仙人居之。请得斋戒,与童男女求之。于是遣徐福发童男女数千人,入海求仙人。"剩下的关键问题即是:徐福是哪里人氏?船队又从何处入海?

"人家的答案是:就是这个城市的人!就从这里出航!交出一

个答案不易,可证明这个答案更难。所以当务之急嘛,就是赶紧找到几个能干的专家……"

我在心里感叹:把一座城市与千古一帝挂上钩,不能不说是一件大事;再与那个神秘传奇嫁接到一块儿,也未免有点冒失。

"惟其如此,才要掷重金而买宝刀——何为宝刀?专家是也!"他激动了,挥动手掌。

令我稍稍疑惑的是,这样一个显而易见的重大机会,为什么他们夫妻还不赶紧介入?这正是他们的强项啊!这两人的怪异是出了名的:既忠贞执着,又离心离德;如胶似漆,却又彼此恨着;没人比他们更默契,就像一对比翼鸟;没人比他们更冷漠,相互琢磨起来会使用毒辣的心计。与这当中的任何一个合作都是极端危险的,因为他们全都变幻无常,行事没有规律,往往产生出犬牙交错的利益关系,让人不知所措。

"人家这一次需要的是秦汉史专家,特别是古航海专家、考古工作者。"他抿抿嘴,"不过也需要一定数量的文人墨客——最后总要把研究成果通俗化啊,让广大群众都知道。"他有些鼓的眼睛转动着,东瞟西看。我说:"那你们也可以参与啊!"他盯住我,左边的嘴角因为愤怒而微微发颤,发出了"哧"的一声。这是在表达一种轻蔑。

我于是琢磨起他的领域:供职社科院语言所,爱好几笔半文半白的文字,没有什么令人注目的学术成果;其妻子颇不简单,干过两年体工队员,据说是快球手,不知为什么转业当了档案员,大多数时间却在城里城外跑,偶尔随自己的男人做点什么,人极忙……她给人深刻印象的是那一头波浪翻滚的披肩发、一对美丽而愤怒的眼睛——惯于长时间盯着对方,常常引起他人的惧怕和误解。

这样的人在生活中不可或缺,他们有生气,有魄力,还有魅力。他们是生活中的激素,是声音,是刮个不停的风。如果突然没有了他们，时间仿佛会停滞下来。总之这对夫妇堪称天地间的绝配，谁都无法将其忽略；他们像是一对频频挥舞的雌雄宝剑，其共同特点就是精力极端充沛，有着顽童般的中年，任何时候都兴趣盎然；信息灵通，通常会提前一两天或一两个月，甚至是一两年得知一些消息，并根据实际情形和需要，加以利用。

二

最想不到的是这个机会竟会沾上我。当它荣幸地落在自己头上之后，我开始矛盾和踌躇了。这除了因为自己具备相当复杂和漫长的人生经历，懂得凡事要往不同的方向想一想之外，还因为这任务是由她交待下来的，这就不由得让我怔了一下——就在一年前，也是她把一个光荣事项交给了我：与他人合作，为一位权高位重的人写一部传记。谁知活儿接下来才发觉这事儿十分棘手，如今正进退两难，手捧刺猬呢。合作者是科学院的一位才子，这之前我们并不熟悉。她当时说：这才是真正的强强联合，想想看，一位科学家与一位编辑家（兼诗人）的结合，逻辑的缜密和诗意的文采都有了！也是活该，谁让我没事了就在纸上画一些长短句子呢。不过我那会儿犹豫中也多少有些兴奋，因为传主毕竟是令人肃然起敬的"大人物"，整个过程一定会像探险般地有趣和美妙，总之值得——谁知事情进行下去却糟透了，合作者撂了挑子，最后一切全停。联手的人叫纪及，是古航海史研究专家，界内颇有名气。这人尽管以前就听说过，可我第一眼见到他还是有些泄气：黑瘦黑瘦，皮肤干干的，不太说话，表达力十分贫瘠。这样的一个人如何交流呢？

那个麻烦还没有完呢，她又掷过来这个新任务，而且还是我们俩。

我不得不琢磨她的每一句话，以便理解得准确无误：东部某座城市经过反复研究,有了一个大的文化立项,要找一批重要的文化科学界人士论证和撰写有关著作。她强调:"你和纪及是领导反复权衡之后选出来的。"我马上说一句:"我算什么专家啊。""不必谦虚了,你和纪及都是。专长互补,可以合作也可以分头工作——顺便说一句,那个项目你们也不要再拖了。"我想趁这机会将前一个项目推掉——只这样想,没有勇气说出。我"哎哎"应答着,反让对方误以为是谦卑地接受了,真是糟糕透顶。

我的这种犹豫不决、瞻前顾后的性格常常误事。我的确缺乏快刀斩乱麻处理问题的能力。不过如果换一种场合,情形或许会稍有不同。问题的症结当然是自己心里发痒,多少向往那个机会:和当年一样,想趁机出门多跑一跑。想想看,一个人总是关在屋里会多么懊丧,他们常要想法到处走走看看。另外就是,自己在拿不准的一些事情上,难免会有些犹豫——尤其是当着自己的领导,况且是一个与自己年龄相仿的女领导——她当面交待一个事项时,总是让我难以拒绝。这是我的一个羞于启齿的缺点或毛病,它确是存在的。我当时一走神一恍惚,也就没能及时地表达出真实复杂的、更完整的一些想法。我常常因为羞怯而误事,这是真的。

她是我们的主编兼社长娄萌。在整座城市,大概没有一个像样的男人会忽视她:人到中年了,却似乎更加迷人了,庄重,含蓄而宽容……凡阅历深长的过来人都知道,美丽的容颜再加上这些性格因素,该有怎样的魅力。所以只要接触过她的人都对其历久难忘。而在她来说,要维持自己的某种尊严和日常所需的矜持,也的确是非常困难的。引诱太多,索取太多,应酬太多。她对付这一切可能也花费了不少精力,好在她可以借助自身的丰富经验,崇高地位,以及其他的一些复杂屑细的小窍门。这一切既保护了她,也使其陷入了难言的寂寞。我看得出,她很寂寞。

与之谈话是一种享受,这是我调到杂志社不久即有的一个体会。她能让对方在短时间内感受到一种温暖,一种信任,丝毫也不必提防和抵御,很快放松下来。总之让人有那种一见如故之慨。当然,她是见过大世面的人,虽然从年龄上讲和我差不多,可真的积累了人性方面的超人理解力,能够像一个长者一样,从心理而不是从职务上,居高临下地与我谈话。爱笑,微笑或开怀大笑。有一次她谈起我的合作者纪及,竟然问了一个做梦也想不到的问题:"这个青年有口臭吧?"我当时毫无准备,只得如实回答:"不知道,没有吧。"她若有所思地点头:"噢,没有就好。我看他瘦干干的,还有脸色,以为他有严重的胃病。"我说胃病倒是真的,其他么倒没什么。

我那时惊讶于她细致而奇异的思路,同时也注意到了她身上散发出来的清新气息。她不是依靠香水等化妆品才这样,而仿佛是天生如此。这真不容易。

"你们去完成这个任务吧,有关领导决定了,我也推荐了。我相信你们俩以前磨合了一阵,合作起来一定愉快。再说那里离你的老家不远,你不是总爱往东跑吗?"

最后一条倒是真的。说实在的,这才是我不忍拒绝的真正原因。

深夜,一个人的时候,我想了许多。我甚至想:这个聪明的女人知道以前交给我们的是一件苦差事,这会儿大概有意要给我们一个补偿吧。真的,一想到可以有许多机会去东部走,心里立刻高兴起来。在东部,秦始皇差人带上三千童男童女寻找长生不老药的故事,许多人自小耳熟能详。这是一个有趣的传说——不管如何,凡是骗了帝王的故事总是美丽的。这个传说中的两个主人公,一个是目如鹰隼的秦王,那个因为统一中国而名垂千古的豪杰,另一个是骗人手段高超的方士徐福。想想看吧,究竟是何等机灵的、智慧超人一等的人物,才能在那个帝王的眼皮底下率领一帮人打造船只,囤积粮草,让对方为其准备上好的弓弩手、五谷百工、三千童男童女,然后瞅准一个顺风顺水的好天气一走了之?徐福大概找到了东海里远远不止三座"仙山",载去了一船船的能工巧匠和美女美男,而后"止王不归"。这是一个引人想象的好故事,一个大骗子的故事。

我尽管到了好奇心渐渐减弱的年龄,也还是被这些传奇故事一次次吊起了胃口。东部城市离我的老家不远,我有时忍不住想:那个顽皮的、胆大包天的徐福,有没有可能就是我们的老乡?

三

我回家与梅子一说这事儿,她立刻高兴起来。她总是这样,只要听说领导吩咐了什么,第一个反应就是兴奋,就像占了一个大便宜似的。她一对圆圆的杏眼眨着,看着我,那神情形同精明实则傻气。我有时想,如果我们的人民个个像她一样,这个国家该是多么容易治理啊!很可惜,就有那么多"坏桩骡子"——这是东部人对不安分的、心眼较多的人的一种称呼——于是国家也就平添了许多麻烦。我私下里想起这一点常常既羞愧不安又毫无办法,因为我天生就是这样的人,这也是梅子一家人的共识。

纪及有一段时间不见了,这次一见发现他好像更加干瘦贫瘠了。才三十多岁,皮肤就这么干燥。我想,这个人需要爱情的滋养了。只是彼此交往尚浅,不宜就此深入交流而已。我想告诉他:本人在年轻的时候,因极度缺乏异性之爱,也曾经瘦得皮包骨头,头发焦干,两眼发涩。当然了,那是很早以前的事了。爱情这味灵药一旦投上,结果不言自明——头发变得黑油油的,皮肤富有弹性且两眼放光,爱笑,一咧嘴就会露出晶莹闪亮的牙齿。我心里为纪及纳闷的是,这样一个高智商的人,所谓的才子,怎么就如此木讷呆笨、不通蹊跷?况且他自身的条件多么好啊,只是不会利用而已。

有一次我在他那儿见到了一个叫王小雯的姑娘：身形小小的，玲珑可爱。我一下就从她的眼神里看出了爱慕和渴望。瞧她无声地忙着，连被子都替他叠好了。她心中想着什么难以掩藏，特别是那双眼睛，水汽充盈黑白分明，如果不渴望男性的爱抚才怪呢。可是这边的纪及呢，黑瘦如故，一看就知道尚未从中得益。我心里替他着急，恨不能当场抓过他的手按在姑娘胸窝那儿。白搭，这种事儿是不能硬来的，那是别人帮不了的。

果不出所料。后来，当我们终于可以更多地交谈一些私事时，他承认与王小雯只是一种"朋友关系"，并叹息："她多么可爱！"我立刻说："那还等什么？"他摇摇头，不再说下去。我知道，对这种语言艰涩、话到舌尖留半句的人，也只有干着急。等着看吧，这种欲言又止、半吐半露的作风，会让你付出一些代价的。

这次进门，还没有好好说话，他已经忙了起来：从旁抱过一大叠资料书籍图表之类，还顺手拖过一个长长的卡片盒子。没有办法，他就是这样一个人，所谓的科学家、研究员，天生的严谨可爱再加上死脑筋。让我吃惊的是，这任务下达也不过才五六天吧，他是从哪里搞来这么多东西的？既然如此，我们接手的这个项目也就简单了。我从心里感谢他，也钦佩有关领导真是慧眼识人——这种事儿交给这样的人算是找对了。他说："是这样，我以前在古航海研究中涉及过这方面的材料，这次就顺便凑集到一起了。以后还需要现场勘察，研读更多的资料。这件事难度很大，关于徐福东渡、为秦王寻找长生不老药和三仙山的记载并不多，更多的只是传说和掌故，那是不能采信的。"

我试图对这种呆僵气加以匡正："可是人家的结论已经有了，我们要做的只不过是替人家论证一下、写出来而已。"

他的目光直射在我的脸上："替谁论证？"

"当然是甲方了。"

他的脸上有一种难以察觉的冷笑,这笑容除非是长时间相处的熟人才能发现:"哪有什么甲方乙方。"

"怎么没有?那个东部城市就是甲方啊!"

"没有。要有,甲方也只能是历史本身。"他的脸色明显地严肃多了。

我问他什么意思?

"历史本身是怎样的,我们只能还它的真实。任何结论只能产生在论证之后,如果反过来——那就荒谬了!"

"可是……"我不知该说点什么才好。他的话听起来也许没错,只不过我想反驳,这可能也是一种习惯——可他还没等我开口就直接说出了更要命的话题:

"目前至少有三五个地方都坚持说徐福是他们那儿的人,说自己那儿才是真正的启航地!"

"还有这事儿?我以前怎么没听说过?如今这是怎么了,都一下子迷上徐福了!大概随着生活水平的提高,都想长生不老……"

纪及一点笑容都没有,像过去一样,这人轻易不愿流露自己的幽默感:"这其实还是一个利益问题。把一个历史名人炒热,就会有利于一个地方的投资,还有文化和旅游收益。这都是很现实的。况且今天要做的题目很大——牵扯到秦始皇的三次东巡、一个大航海家徐福!现在无论是日本还是韩国,都有徐福登陆遗址,更不要说大量传说和研究组织了。我们国家在这方面的研究才刚刚开始。"他接上说到了日本的和歌山县、新宫市、熊野,韩国的济州岛……

"啊,这真是太好了!这一下研究起来就容易多了。最怕的就是海市蜃楼,没踪没影的事儿,到头来一切都是幻觉。"

纪及瞥我一眼,第一次有了笑容:"还幸亏有这种幻觉呢!当年的徐福他们一伙方士就是在东海一带看到了海市,才想象那是虚无缥缈处藏了仙山,上面住了仙人,仙人有长生不老药——这情景强烈吸引了秦始皇,才有了后来的三次东巡、派遣徐福和征集三千童男童女的事。"他说着把一张标有古航道的海图摊在桌上:

"看到了吧,这里,还有这一带,是经常出现海市蜃楼的地方。半岛东部海角上是最频繁出现的地区,近十年已经发生了四起——实际上可能更多,只是目击了四次……"

那个海角可是我的出生地啊!我伸手度量着海图,想找出那个地区离另一个城市的距离。

纪及说:"不用算了,它离我们要论证的那个城市六百二十公里。"

"那么我敢说我们老家——那个海角,才更有可能是徐福的出生地,也更有可能成为船队出海口!"

纪及摇头:"不,不能看图说话,更不能假设。没有比这种想象再糟糕的事情了。想象不能代替论据……"他抚摸着蔚蓝的海图上那一片苍茫,苍茫中一颗颗小小的岛屿。哪几颗才是真正的"三仙山"呢?

四

我盼望与纪及的东部之行早日到来。可他太沉得住气了,这方面我一年前就领教过。他认为在出发之前还有大量的功课要做,并给我布置了许多作业,如跑图书馆,去大学,将所能找到的资料分为古今两个部分,分为正史野史传说文人杜撰……这样一直分下去,并建立了索引。老天,单是这项工作对我来说起码也需要好几年的时间,让我手心里出汗。我只寄希望于他——你如果撒手不管,我干脆就别干了,再说领导分配工作时明明白白说这是一种"互补"嘛。纪及城府很深,当我发现其实他早就有了一个索引之后,着实大吃一惊:他竟然能在这么短的时间内积累和搜寻这么多,简直令人叹为观止!他在一些重要的典籍篇目上都一一作了标记,还有一些我看不懂的符号。在《史记》的条目下分别有《秦始皇本纪》《封禅书》《淮南衡山列传》;《汉书》《后汉书》下有《郊祀志》《伍被传》《东夷列传》《倭传》;其他条目有《义楚六贴》《海东诸国记》《皇明世法录》《刘氏鸿书》《秦汉史》《神皇正统考》《历代征倭文献考》《同文通考》《孝灵通鉴》《徐福碑》《风土记》《宽文杂记》《日本书记》《太平广记》《广异记》《十洲记》《异称日本传》《日本史》《三齐记》《齐乘》……计有上百种之多!我惊异之余忍不住说:"既然你都搜备齐了,还让我来做啊?"

纪及看着我,那目光好似在说:"这有什么?这只是九牛一毛呢!"

他大概在想前一段,即我们一起搞那本传记的情形——我们一起被传主接见后的第二天,我一口气跑了几家图书馆,回头就拟出了传记提纲。这事是草率了一些,今天想起来还要脸红。没有办法,学者就是学者,他们好像一个人待在某个角落里,目无旁顾地啃着一块骨头——啃啊啃啊,一用力,终于咬穿了坚硬的骨膜。我摇摇头:"这些书全看完了再去东部?"

"起码要看一些。然后边走边看。出土文物很重要,那非到现场不行……"

这个话题让我高兴。我以前去东部海角那些城市,不知多少次进出那些博物馆。我对这些的浓厚兴趣与做过地质工作有关,勘察与实证,这在我正是本行。我想知道的是这次所要翻阅研究的典籍、一些文字资料到底有多少?虽然他开列的书目不会是全部,但其主要部分肯定都包含在其中了吧?谁知我这样一问,纪及立刻摆手:"不不,刚刚开始,这只是最方便检索的,那些偏僻一点的就要付出更大的劳动了……"

我长时间看着铺在桌上的蓝色海图。这张图直观可爱,我宁可看着这张图做一篇灿烂文章。我似乎看出了一点什么,接着即有一点失望:从委托我们做这个项目的那个东部城市到日本列岛或韩国济州岛,只隔开了一片不大的蓝色海域,那距离比我老家的海角要近得多……我心中有一个私念在拱动,就是希望徐福当年的启航港不在别处,而就在我出生的那个海角。我咕哝说:"不错,从这儿出海水路最近……"

纪及喃喃:"也许。不过要从公元前两三百年的现实去思考,而不是看图说话。徐福这次远航比西方的哥伦布发现新大陆整整早了一千七百多年……以当年的航海条件和技术来看,要横渡这片海域太困难了——比如晚了许多年的唐代鉴真和尚,他最早几次从这儿东渡都失败了……"

"那么从那个海角出发不是更远吗?"

他的手指从辽东半岛附近的几个岛屿开始,一直指点下来:"这是一条通向日本外岛的海岛链,徐福的船队可以沿这里走走停停,一路补充给养、规避风浪……从古航海的角度判断,也是一条可能的通路。"

我兴奋地看着他。

纪及的脸色又板结了:"一切都得从头开始。比如人物祖籍,试航,集结地和造船场,它与那个海角纠缠不清的关系……要否定一个假设,就要付出十倍的努力。"

这真是无趣。如果说让我找一个自己最讨厌的工作,那就是与人打笔墨官司。那种事儿无聊极了。

从纪及处回到杂志社,马上被娄萌喊住了,她把我引到一个内间,端量着说:"怎么不太精神啊?工作顺利吗?"

"不太顺利。"

"一开始就不顺利?"

"如果我是那个城市的头儿,决不会花费人力物力去寻找一个古代的大骗子……"

娄萌"哟"一声:"他可是伟大的航海先驱啊!有关领导十分重视,无论是历史还是现实意义……有关部门投入了多大一笔资金,可见决心是很大的!你们一定要做好啊!"

"这很难。那些海岛像砂粒一样撒在大海里,谁知哪一个才是'三仙山'?再说如果引起没完没了的争执,也是很无聊的……"

她的胸脯一耸一耸,显然有些生气。我注意到她今天的粉脂搽多了,脖子上有一层银霜。香气四溢。她怜惜的目光注视着我,放低了声音:

"你们可能不知道,许多人——那些学者,一听到消息就自告奋勇跑去了,对方出手阔绰嘛。他们只待了十天八天,就写出了长篇大论,说这很容易论证嘛,徐福当年就是从这里启航的,百分之百……"

"那就让他们做好了。"

"那不成。领导也知道那样不成。不过你们可要抓紧时间啊,不要再像上一次……"

五千年的汤

一

这是东部的一座中型城市,几年不见已变得令人咋舌:大路高楼,霓虹灯玻璃幕墙,等等。似曾相识。与我们所居住的那座大城市相比,这儿是蓝天绿水,沙滩洁白。我们那儿烟尘多,干燥,树也长不旺。没办法,大有大的难处。人一到了东部海滨中小城市就快活得要死,心想人的一生不待在这儿可真是亏透了,这真是一辈子所犯的最大最不可饶恕的错误。可如果逗留日久,稍稍深入一下内部,一眼看到小街小巷里那些黑乎乎的小房子、破烂不堪的路面,还有蹲在门前晒太阳的老少,各种按摩屋和发廊,嗡嗡震耳的高分贝音箱,又恨不得赶紧逃离。如果再到城郊乡村看一看,随着离城越来越远,破败的陋巷会越来越多。大房小房参差不齐,最小的房子超出人的想象,可一家三代都挤在里面。许多房子里甚至没有几件木头家具,红薯和芋头之类就晾在屋内,细粮装在泥做的囤子里。一眼望去,这样的乡村在田野上无边无际。

华丽的海滨城市与颓陋的乡村离得太近。高大的楼房与低矮的市民小屋离得太近。这使人觉得在此择居仍然不安:生活在巨大的差异中毕竟不妙。而我们的那座大城市虽然也有这样的问题,但因为规模浩瀚,空气浓浊,一睁眼也望不了多远,加上街巷过于繁琐,人们已经无暇厘清了。海边中小城市可不行,这儿太透明太敞亮,一眼看上去什么都清清楚楚,所谓的小葱拌豆腐一清二白——这马上会使人心生疑窦,疑心有人将四周一大片土地上的钱全搜刮到这里,在显眼处盖了几条光鲜的大街而已。

纪及因为以前来过不止一次,所以并无多少惊讶。以前我们接受的那个立传项目,恰好传主的老家就在这一地区,属于这个城市管辖的一个乡村。他的那几次东部之行糟透了,以至于情绪从未有过的恶劣。结果我们那次合作就停下了。而这一次可能有所不同,有我和他一起呢。他自己嘛,要独自办成什么事儿也许很难,因为他太刻板,太认死理,再加上长了一副天生的愁相……我笑着看他一眼,没有说话。

这会儿我们坐在一辆豪华车中,飞驰在去市政大楼的路上。春末了,蓉花树星星点点开放了。这种花只要一开就香气扑鼻,望一望它火红的、小灯盏一样的花束,闻闻那种气味,无论谁都会高兴。往前望去,大路如此宽敞,车辆一点都不拥挤,看看天空,则是瓦蓝一片。车速在市内竟可以开到每小时一百五十公里,风驰电掣,真爽,还有某种权威感。我闭着眼睛,偶尔睁开瞥瞥纪及:这家伙木木的,青中泛紫的脸上像落了一片阴云。你到现在都不高兴,那么这辈子高兴的几率就寥寥无几了。没办法,好人哪,不过性格决定命运。

来接我们的是一位副秘书长,叫唐再加。我听了这个名字就觉得实在太甜了。可是他不苟言笑,举手投足间透着一股持重,矜持有余。这通常是权高位重的人常有的一种气质。整个从住地到市府的路上他几乎没有与我们说上几句话,无非是一见面说明是某领导派他来接我们,要与我们会谈和宴请之类。

一座大楼突兀地出现了。老天,它大得像一座山,雄伟地踞于城市东郊。多么大的广场,广场正北是高耸的主楼,两侧是副建筑。主楼基础高大得超乎想象,不知由多少层台阶托起,让人想起布达拉宫或某个国家的总统府——不,就我狭小的视野而言,还从没有看到如此赫然的隆大建筑——它与周围的一切没有任何联系和呼应,独自傲立。再看四周,只有一些矮小的树木,有堆积的假山。特别显眼的是精雕细刻的花岗岩围栏,栏内是耸立的晶亮的不锈钢旗杆。这片广场一色由绛红花岗岩铺成,所以阳光下灼灼一片,寸草不生。车子往层层台阶那儿开去时,唐副秘书长嘴巴一努,司机立刻打一下方向盘。原来车子可以直接旋到台阶上。正门前有笔挺的警卫站岗,他们一齐敬礼。

从这座大楼映入眼帘的那一刻就得不断忍住心中的惊讶,进入大门之后因为目不暇接,再加上四周全是炫人眼目的饰物,让人视觉上极难适应。我的眼睛直盯在前头领路的唐的后脑,那里有一个没被头发盖住的秃旋儿,像一个靶心。偶尔瞥了一眼纪及,心里佩服起来:他永远是同一个表情。电梯到了,这儿也有警卫人员。打敬礼。十八楼。厚厚的红地毯一直延伸往前,一眼望不到头。一直盯住靶心,担心脱靶再也找不到路径。这座大楼啊,愁死活人，迷宫中的迷宫，如果有哪个盗贼胆敢闯进来，那他算是倒了霉——他连出逃之路都找不到。副秘书长在拨电话："哦，徐福厅？知道了。"我没有听错，小声凑在纪及耳边说："听到了？人家徐福在这儿有一个专门的厅！"他无动于衷。

一扇雕花大门，上方门楣赫然刻了三个大字：徐福厅。艳丽的长袍小姐打开大门，嚯咦，即便是大白天，几百平米的大厅内还是华灯齐明，一大束直径足有两米的鲜花簇团，两个头发梳得溜光锃亮的男人——不，一角还有两个不太起眼的角色恭立。两个男人站起的同时，我发现唐的两眼射出光束，一脸甜笑。"我们书记，我们部长……""哦，欢迎！欢迎！"两个男人只说话，两脚一动不动，微微伸着手。我们走过去，两人与我们一一握手。闪光灯不停。"这是最好的古航海专家！最好的写作家！"唐再加说。纪及不吭一声，但我忍不住，还是说："我不是什么写作家，只是一名编辑。""唔，媒体的，"其中的部长接过了话头，"你们可是上级领导亲自派来的啊，我们表示热烈欢迎！"

会谈开始了。刚开始书记突然问了一句题外话："两位专家住在哪里？"副秘书长回答："宾馆，嬴政宾舍。"书记歪头看一眼身旁的部长："还是应该让专家住到更有特点的地方嘛，明天是不是挪到徐福温泉去？嗯？"

部长拍手："太对了，一点不错啊，应该住到那里……"

二

新住处是以前某县的温泉疗养院，一年前经过修缮改造，更名为徐福温泉。而更早人们只称呼这里为"千年汤"，现在也还是这样叫——据说关于这个温泉的记载已经有五千年了，自古美名远扬，直到今天还是周围几百里具有神奇治疗作用的一处汤。当地人把温泉叫做"汤"，沿用了古老的称谓。听说以前只是一幢幢简陋的石屋,凿出的池子上搭个大棚子就成了。如果是夏秋天,露天池子也很多。县里接手经营时还朴素得很,不过是将石屋扩大了而已。这座不大的小山上还有几处温泉,有的因为水量太少没有多少利用价值,所以也就多年没人理睬。当市里重新开发这个疗养院时,除了将原有的温泉重点利用之外,对全部山头上的所有泉眼都勘察一清,连同整个小山一起规划,请来南北最有名的设计者,依照山势和原有景物重新调整布局,最终形成了囊括整个山头的极复杂极阔大的一片景区。这片景区目前占地至少三千余亩,内有小湖和石林、园艺区等。区内五星级宾馆两处,所有洗浴间全部引入了天然温泉。

"他们可能就是按想象中的'三仙山'的样子建成的吧?"我看着来来往往的少男少女,问纪及。身边全是十八九二十来岁的服务员,一色标致,像一个模子里塑出来似的。

纪及未吱一声,只顾跟上引导者往前走。

我想他以前可能来过,问了问,他摇摇头。唐副秘书长把我们领到一个沙盘室,这里有手持木杆头戴耳麦的女解说员。沙盘浓缩了整个景区,栩栩如生。"欢迎领导光临举世闻名的徐福温泉!首先让我为各位领导汇报温泉的……这是一座具有五千年历史的优质天然温泉,是我国东部驰名中外的疗养胜地。两千多年前,秦始皇东巡时,曾两次在此下榻并洗浴——您一会儿可以现场看到'秦王汤';秦王派遣伟大的航海家徐福为其寻找长生不老药,船队出海时,为了一路得到神的护佑,徐福亲率三千童男童女和五谷百工、弓弩手入温泉沐浴。为了纪念这位伟大的航海家,后来人就将这里取名'徐福温泉'。"唐副秘书长一直陪在旁边,我这时忍不住对他说:"徐福率人入温泉是可能的,率'五谷',那是种子啊,水一泡不是要发霉吗?"唐鼻子里"嗡"了一声,不知是什么意思。

离开沙盘时,我发现纪及脸上轻松了,就问他:"五千年前的情景,他们怎么知道?"纪及点头:"人嘛,只要没心没肺,怎么说都可以。"

我们每个人给安排了一间。这有点浪费,提出合住一间可以了,唐笑着:"不成不成,两个男的哪能合住一间?咱按国际惯例。"我们只好接受下来。这儿的条件超一流,除了房间设施高档舒适,还有为不同客人准备的各种服务卡:持不同的卡去不同的地方消费,这在整个温泉区就像代金券一样。这些卡花花绿绿,一开始看不明白,而小姐们拿到手里马上说得清清楚楚,什么按摩的玩老虎机的特别保健洗浴的看表演的……

纪及对姓唐的提出要尽快展开工作,首先要看的是市里标出的有关徐福景点,比如起航港遗址、徐福秦王会见地、古造船场;最重要的是看博物馆,看发掘地和出土文物。唐说一切都准备好了,有供你们使用的专车,这几天由部里一位副部长陪同你们——纪及连说"不用不用",唐说这不可以啊,主要首长不能陪你们,这已经是没有办法的事了——他太忙了——其他领导是一定要陪的,没有人跟上不行啊!不方便啊!当纪及说今天下午就要下山时,唐立刻摇头:"先不急嘛,下山慌什么?先休息透了再说!你们在这山上转几天最好了,因为这里就是最重要的一个徐福景点啊!秦始皇来过,徐福在这里举行过仪式,洗浴斋戒……"

因为这个温泉离市区只有三十华里,所以唐和其他陪同的人经常来来往往。我发现他们夜间并不离去——有时明明开车回市里了,可一大早又会出现,原来他们是赶回来过夜的。后来我才知道,唐作为分管行政接待的副秘书长忙得不可开交,要不断陪一拨拨客人来这里,有时一个晚上要陪五六拨客人用餐。哪里的客人都有,京沪,海南岛,东洋西洋;四五个大鼻子女人在景区内来来往往非常惹眼,原以为是客人,经人介绍才知道她们也是这里的工作人员。"你们如果夜里去歌厅,就会碰上她们。"服务员说。原来她们是唱歌的,是景区专门雇用的。"全市就这里有外国歌手,原来市区还有两个,她们嫌收入少,最后也到这里来了。"服务员是一个小伙子,平时闷声不响,后来熟悉了,领班的不在跟前就与我们搭讪,快言快语。他剃了板寸头,穿了深蓝色小立领制服,戴白手套,闭上嘴巴像一个严厉的保镖。他与我们说话时,腰上的对讲机里咕咕哝哝,他并不接答;有时候却要抓起来回应,用语极为简练:"明白。""是。""好,一定。"我们发现他与其他服务员不一样,从穿戴到气质风貌都有不同,最后才知道这是景区内一小部分"特勤"——为特殊的区域和客人所备,并随时听从特勤部的调度。他们这部分人职责复杂多样,为重点客人出门提供日常警卫,临时接受其他任务;最特别的一项工作就是应某些特殊客人的要求,做专门陪护。类似的特勤全区大约有二十几个,男女各占一半。有一次走廊里过来一个气宇轩昂的女子,个头在一米七五左右,目不斜视,迈着猫步,到不远处的一个客房跟前按铃。门开了,出来一个花白胡子老头,咕咕哝哝将其领入。老头是亚裔外籍人士。"女特勤。"服务员小声介绍。

陪同我们的副部长让服务员来请我们,说你们的夜生活太单调了,不听歌,不看演出,也不洗特色温泉,今天破破例吧——洗个"徐福汤"!我看看纪及,他点点头。

我们被一个小伙子领到了一个长廊里,廊上有许多指示牌,上面标有去某个景点或会所的路径。原来长廊连接着一个个通路和入口,只要进入这个通路,跨入的就是完全不同的境地。在缀满了假紫藤花的木架下,一溜儿站了两排发髻高挽的姑娘,她们见了来客一齐鞠躬问安。我看了一眼纪及,见他脸色木着往前,牙关紧咬。前边是一道木格推拉门,人刚走到近前它就自动开启,一缕淡淡的白气飘出;前边又是一道相同的推拉门,这道门由一个穿木屐的小伙子拉开。一个五十多平米的水池出现在眼前,白气,浓浓的硫磺味。到处是咯噔咯噔的木屐声,但浓浓的水汽掩去了他们的身影。小伙子帮我们宽衣,准备洗浴用品。我和纪及下到水中。先在浅浅的池边坐一会儿,适应一下水温。微弱的灯光下,我想看一下纪及赤裸的身体——我一直担心他过于瘦弱的身体——这时忍不住,就伸手按了按他凸起的肋骨。他不客气地把我的手拨开了。

我们滑入池子,开始向中间移动。这片水面只有我们两个人。四周静极了,啪嗒啪嗒的滴水声十分清晰。我闭上眼睛时,想到了小时候的河水。不过那时的水是凉的,如果是深秋,水是很凉的。我们一群顽皮的孩子直到深秋还要到河里海里洗澡,边洗边捉鱼和蟹子。四周又响起木屐声,这声音越来越大、越细密。我睁大了眼睛:天啊,灯光好像在一瞬间明亮了许多,就像变戏法似的,池子四面站了一溜儿少女,她们只穿了微不足道的衣服……我的心怦怦跳了几下,那些少女就从水池四面一齐入水。最后一眼记得:她们入水的姿势漂亮极了。

我和纪及毫不犹豫地从池中出来。

穿木屐的小伙子试图过来阻拦我们:"这,二位先生,这个池子就是这样,徐福和三千童男童女一起沐浴……"

纪及严厉地说:"对不起,我们不是徐福。"

三

我不得不说,我们来到了一个令人肃然起敬的博物馆。纪及因为以前来过,所以他在文物展品面前停留的时间短一点,而我却一直挪不开步子。我知道这样看下去,即便有双倍的时间也看不完,这里还需要以后从长计议。首先引起我好奇的是一件青铜器:鬲。这是一件罕见的甗鬲合体,内无箅,通体素面,口沿外有褶,沿下还有两道细细的凸形纹。鬲部为三袋足,实足尖并外撇。这应该是岳石时期遗物,属公元前1800年至1300年。以此推论,这里进入青铜器时代距今已有三千多年的历史。从介绍上看,城市辖区方圆七百公里的范围内,青铜文化遗址即有六十余处,其中仅一个古城遗址就出土文物四百五十余件,包括鼎、鬲、簋、盘、尊等,还有编钟、兵、车马器等。

我注意到陆续来到博物馆的外地人似乎还有不少,而且其中有人边看边嘀咕,竟让我听到了"秦始皇"和"徐福"等字眼:在我们十几步远的地方,走着一簇人,他们众星捧月似的拥着一位白须老人。他有点面熟,但想不起在哪儿见过。老人拄着拐杖,步履迟缓,眼睛却极其灵活,东看西看,偶尔盯一下陈列品。显然他对这一切都了然在胸,这时伸出拐杖指着前边的出土弓弩说:"这就是当年秦始皇东巡射杀大鲛鱼所用!"旁边所有人都高声"啊"起来,一齐围上了那张弓弩。

一伙人围上去时,有一个小伙子向我走来,原来是前几天熟悉的部里工作人员。他说:"巧了,蓝老也来了,他在这里和你们会师了!"我听了心里一怔,马上记起这是一所大学的著名秦汉史专家,以前在电视上见过。小伙子急匆匆把我拉到蓝老面前,老人眯着眼微笑,"哦哦"两声,只说:"后生可畏啊,后生可畏啊!"可我敢肯定地说,他根本就没在意我是谁、来这儿干什么,更没在意我的职业。小伙子又反身喊来纪及,为他介绍蓝老。我发现纪及马上肃穆起来,两手紧紧握住了老人的手。小伙子介绍纪及:"这是我们最有名的古航海专家!"蓝老接上说:"哦哦,好,好好!古航海……好!"老人眯着眼,微笑。可是我同样敢说,他根本就没弄清面前的人是谁、具体在做什么,只是随口应和罢了。这个老头的应酬功夫绝了。寒暄之后老人点点头,即随上一伙人往前走了。纪及站在原地看着,似乎意犹未尽。那张弓弩前仍然有人围着,他们还不愿离去,说:"原来这就是秦始皇东巡用过的弓弩啊!原来这就是啊……"

我和纪及也站在了弓弩前。我重复了一遍蓝老对这张弓弩的判定,问:"他的根据是什么?"纪及说:"不知道。"

从博物馆出来,正好一群人簇拥着蓝老他们离馆。陪同我和纪及的小伙子说:"蓝老他们也要去徐福出生地考古发掘现场,咱们正巧同路,一起吧?"纪及说:"太好了。"

这时我们才发现馆前停了好几辆车:一辆警车,一辆面包车,其余是轿车。当人们把蓝老搀到面包车上时,那辆警车才徐徐开动,后面即跟上轿车和面包车,最后还是轿车。我们的车子就尾随了这个小小的车队。由于有警车开道,市区内大小路口都飞快通过,一会儿就驶向了西北郊。据介绍徐福故里离市区二十五华里,它是一个近海村庄,有三百余户,离海岸大约六华里。一路上陪同人员都在介绍情况:这个村子现在不大,历史上却是伟大啊!这儿差不多是当时的文化中心之一,不,就是文化中心!想想看吧,有大方士徐福在这儿,天下崇拜者还不要全跑了来啊!我听着忍不住问:"跑来干什么?""干什么?"小伙子惊讶极了,盯着我,"学,学啊……""学怎样骗秦始皇吗?"小伙子点头又摇头:"也不全是学这些,他们还要学徐福的学问——他的学问当时全国最大哩……"

我发现我们这样一问一答时,一旁的纪及只看着窗外,就像没有听到一样。路旁闪过的村子全都一样:矮小,灰色或棕色,紧紧伏在广袤的田野上。杨树的绿正变得深沉,它们挺拔向上,像在守护宁静的村庄。麦地美极了,暮春的麦地和稀稀的杨树简直是绝配。狗简单地吠叫几声,目送大路上的车队。一两只喜鹊立在树上,尾巴有节奏地翘动。偶尔有嘶叫的警车赶超我们,陪同的小伙子就向我们解释:"这是执行任务的,可能又有首长来了。"

一个村子旁边早有一群人在等待。车队停下,许多人从车上跳下。最后下来的才是蓝老,他的白胡子在春末的田野上十分醒目,我的眼睛可以毫不费力地跟踪他。我发现无论有多少人围拥他,无论对方多么热情,老人只是同一个声音同一个节奏,说:"好啊,好啊,高兴啊,真好啊!"我和纪及接着被介绍给迎候的人,原来他们是当地镇政府负责人,外加几个当地考古人员。由人引导,我们一起来到了一个被绳子围起的大坑前。我注意到这坑是新掘不久的,它修葺得好极了,铲痕像刀切豆腐一样齐整,这使剖面上的每一点变化都显露无遗。粗略看去,长方形的坑沟共分两大层,五小层,最上面第一大层厚约四十厘米,分为耕土和近代两小层;下面为第二大层,厚约两米,依次分为上中下三层——解说员手持扬声器出现了,她解释说最上层为西汉地层,曾出土大量西汉文物;中层为战国层,可由出土的战国时期陶片和豆盘等为证;最下层为春秋地层,发现过一些春秋晚期陶片。

"这是一个相当大的村镇——或干脆说就是一座小城!为什么?因为你们可以发现城墙就在这里,是夯土墙,城南北有好几百米呢!"陪同的小伙子捺不住性子,直接对我们说起来。纪及不吱一声,只是看,后来又掏出本子记录。"你们看,秦始皇当年能不能来这儿呢?"小伙子直直地盯住我,又看纪及。

我如实回答:"这怎么知道?"

"他要找徐福办事嘛,他也就不能有那么大的架子啦!"

我顺着小伙子的思路想了想,点点头:"这也可能。"

"这太可能了!想想看,秦始皇还要去海上射大鲛鱼呢,他射完了,还不顺路就溜达过来了?"

我看着小伙子:"你说的也是,反正是顺路的事儿,费不了多少工夫。"

因为人群又开始移动,我们的交谈也就中断了。

整个人流以蓝老为中心,我总是发现那撮白色的胡须在人群中间飘动。由于人们把他包裹了,我和纪及要凑近一些往往很难。

最后终于让陪同的小伙子看不下去,他几次拨开人群,把我们塞到中心去。这使我们有机会就近观察和倾听蓝老。老人一直笑眯眯的,提着拐杖往前慢慢挪动,偶尔抬头遥望一下。他走着走着站住了,一手扶腰,一手扬拐,在半空里画了个半圆说:

"不错,徐福当年——他就在这一带活动啊!"

人群吐出了一口长气。我身旁的小伙子赶紧掏出一个小本子,飞快地记下了老人的话。

蓝老的拐杖落下时碰到了一个瓦块,这使他低下头认真地看起来,直看了许久。老人皱皱眉头,倏又展开,用拐杖乓乓乓乓敲着地上的砖瓦碎块,敲得节奏分明,并随着这节奏说道:"秦砖—汉瓦、秦砖—汉瓦!"

人们相互看看,随即伏下身,一捡到砖瓦碎块就赶紧塞到了兜里。

四

我和纪及很快发现,几乎所有的遗址地点都离我们的下榻地较远,工作起来极不方便,而且这里也太奢华。于是我们对唐副秘书长提出离开这儿,到市里去住。唐连连摇头说:"这不成,这怎么成呢。远些怕什么,咱反正有车。"最后我们还是坚持,他就说:"那也好,不过得跟领导汇报了才成,二位等等吧。"这种从未有过的重视和礼遇让人难以习惯,并引起深深的愧疚和不安。纪及的话很少,但我心里明白他再也待不下去了,正为这种生活而极端厌恶自己。除了刚住到温泉第一个夜晚的宴请,再就是分别由部里或其他什么人陪餐,三两个人坐到一个华丽的单间里,每餐都有丰盛的菜肴和酒水。我和纪及后来不顾陪餐人有多么热情,只取一点饭菜在自己碟里,抓紧时间吃完算完,结果惹得主人很尴尬很不高兴。我们把各种各样的服务卡片都堆在一边。夜里,总有上门服务的电话打到房间里,说是特勤部的,问我们是否需要特别服务?纪及开始冷冷拒绝,后来干脆骂了一句"无耻",对方却甜甜地回答:"不客气,谢谢!"

我说:"咱们简直像来到了一个虚拟世界,让人觉得这里整个都是一种杜撰出来的生活。"

纪及脸红到脖子,吭吭着憋出一句:"一种末日感。"

我们终于等来了回答,说有关领导批准了,同意我们搬到市里宾馆住。于是我们立刻收拾东西。纪及只用了十几分钟就把简单的行李提到门口,站在那儿等我一起离开。可这时一个陪员过来了,说:"哟,不能这样急的,不能的,那要过了今晚才走——晚上有部长宴请你们二位呢!"我还没有开口,纪及马上拒绝道:"不,我们马上就走。"对方却不由分说抓起地上的东西:"不不,等等,还有其他重要客人呢——新来这里的客人知道你们二位在这儿,特意赶来看你们哩,部长就一起宴请了……"

我和纪及愣了一下,问新来的客人是谁?

"我也不太清楚,听说也是科学院的,是一位专家和夫人……"

我脑海中立刻闪过一个名字,脱口而出:"王如一!"

纪及痛苦地闭上了眼睛。他没有再阻止那个小伙子搬动自己的行李。我似乎听到了他内心里在骂:妈的见鬼,早不来晚不来!

真的,这太出乎意料了。我无论如何想不到王如一夫妇也会跑到这里来——他们是最早获得这个文化立项消息的人,却一直没有参与进来。但我一直认为他们夫妇决不会袖手旁观,这一下终于得到了证实:瞧,他们还是出现了。不过我实在想不明白这两口子将分担什么角色,为自己派个什么用场。我还能想起王如一第一次说起这事时的兴奋表情,想起他说"机会呀"三个字的模样——当时因为特别的神往,左嘴角颤抖着翘起来……

离天黑还有一段时间,我和纪及什么也做不下去,只好回到房间里静静地坐着。王如一是他的同事,两人虽然不在同一个所里,但肯定十分熟悉。不过他一直很少提到这个人。而我却在近两年时间里与这个人多有接触,原因就是他经常去我们杂志社,并且和娄萌也混熟了。据我们社里的主力编辑马光说,他来这里的主要目的就为了密切与娄萌的关系,因为她的丈夫是院长嘛。马光讨厌一切以不择手段攀附娄萌的人,就像她的一个近身侍卫。马光长得壮实,胸肌发达且毛发浓重,是一个引人注目的多毛青年。有好几次,他看王如一的眼神让对方感到了畏惧,为此心里暗暗高兴。

纪及说:"我们吃过饭立刻就搬走,再晚也走。"我当然同意。

结果这一天我们直等了很久。像一切大人物出场总是慢吞吞的一样,王如一夫妇露面的时候已经是灯火齐明了,而且由一大群人跟着,那个部长一直伴在他们夫妇左右。从过去我就有个发现,即这一对夫妇无论出现在哪里,差不多总能成为中心——他们在人群中非常出眼。当然,这除了因为王如一个子较高,头顶上那一绺稀黄的头发和一双圆圆的鱼眼格外引人注目之外,伴在身边的夫人桑子也是原因之一。我说过,这是一个不凡的女人,一头波浪滚动的披肩发,开阔的额头,大嘴一张像骠马,露出一口整齐而坚实的牙齿;她的个子比自己男人矮不了多少,双腿极长,笑声朗朗,热情高得出奇。这会儿桑子第一个看到了我,大嘴立刻绷成了一条线,伸出剑指朝我一指,好像发出了一声"咄!"我不由得心上一紧。

王如一像见到几年未曾谋面的老友一样,夸张地拥抱了我和纪及。他声音细小然而十分肯定地对一旁的陪员说:"这两个,天才也!"

桑子一手挽住王如一,一手挽住了我,大声嚷叫说:"哎呀我就是佩服你们贵市呀,怎么这么快就能搞起一个群英会?你们到底用了什么办法,一家伙把这么多顶尖人物全拢在了这里?听说前天蓝老也来了?"旁边一个人点头回应,她马上说,"老先生是首屈一指的人物啊!虽然是个好色的人——光说不练,不过是摸摸索索,哈哈……"大家都笑了。

因为时间不早了,部长提议直接去宴会厅。这个厅在小山包的最高点,是亭阁式样,大门口悬一块匾额:不老堂。王如一仰脸看了看说:"嚯,又是与徐福有关!瞧这就是工作力度,有这样精神,其他地方还想与咱们抢徐福?下辈子吧!"

落座后,部长似乎是接上刚才王如一的话头说道:"在这里向各位专家通报个事情吧,我市徐福研究会重新调整扩大了领导班子,会长二把手兼任,我和副市长以及蓝老等学者任副会长,"他伸手指指唐副秘书长,"他任研究会的常务秘书长,是为我们提钱袋子的!"唐马上站起来鞠躬,后脑的那个像靶心似的秃斑正冲着我颤动。

一溜儿火红衣衫的盛装少女在一旁服务,这马上让人感到了宴会的隆重。果然,新奇的菜肴层出不穷,酒水在一边叠成了山。王如一喊声大酒量小,他的夫人桑子倒像是一开始就醉了,乜斜着眼倚在唐再加身上,咕哝说:"糖再加?那就是小甜甜了……小甜甜!小甜甜!"唐试图离开一点,她就更紧地倚上去。王如一说:"你不要在乎,她一喝酒就这样。"

王如一不停地宣讲他的宏图大业:"我们要么不干,要干,就得把对手打个落花流水!我这些个日子把所有争抢徐福的地方都跑了个遍,情况算是摸透了,一言以蔽之:差矣!我今天对你们书记说了,这种事嘛,要争起来是没个完的,我一路上想出了一个锦囊妙计,就是……"他说着瞥一眼纪及和我,"你们猜猜!"

我当然猜不出。纪及则像没有听见,只低头看着自己的碟子。

"猜不出吧?"王如一仰起脖子,"就是编一部《徐福词典》!从今以后,但凡有关徐福之疑问,统统来查这部词典即是!这词典就由我来主编,她嘛,做我的副手⋯⋯"

"什么时候开始?"唐再加如梦初醒,大声问。

"小甜甜,人家早就开始了哦⋯⋯"

王如一站起来:"我想把它贡献出来,你们市里要不要啊?"

唐再加跳起来:"当然了!当然了!"

部长笑了:"今天书记说了嘛,你编的词典,可是我们最重要的项目啊!"

"这岂是一般之词典!怎么对你们说呢?简而言之,就是本人将使用全新之文风,全新之格调!吾欲在词典界掀起一场革命、刮起一阵旋风也!"王如一的眼睛突然像野猫一样睁大,不无凶狠地瞄着四周。

桑子竖起一根手指:"这话说得可一点都不算大!"

大家正在议论的时候,突然王如一没有了声音,他眯起眼睛,一手按在额上。桑子指着他对大家说:"别管他,一个月了,老这样,肯定又是'得一词条'——小姐你快拿纸来,他怕忘,一想起来就得赶紧记下⋯⋯"

夫 妻

一

在许多专家频繁来往于东部城市的日子里,王如一夫妇不太露面,偶尔出现一次也很快消失;待大多数人离开的时候,他们反而要常住下来。桑子这样界定他们的行为:"鹰是独飞的,而鸡是成群的。"

他们在整个学界是出了名的行动诡秘的人，不一定什么时候就去了某个地方、发起某个事项，比如招集几个学者教授合作一个选题、编纂一部什么志书；近年来他们热衷于到基层地市，与党政人士交朋友，为他们出一些"文化战略方面的大主意"。有人认为王如一主要是受老婆的影响才在这条路上越走越远——这个女人智力超群，呼风唤雨，是强人中的强人。不过也有人断言，说王如一如果从根上说就不算一个好的学者的话，那么这个女人会把他身上仅存的一点点做学问的素质和耐性连锅端了。两人都争强好胜，互不相让，吵吵闹闹，有时打得惊天动地。王如一曾说："桑子除非我来对付，这世上没一个人能治住她也。"桑子则说："王如一的小命就握在我的手心里。"他们争吵过于频繁，有时搅得四邻不安。有一天半夜邻居听到了女人的大声呼救，不得已破门而入，进门却发现桑子半裸着上身，脚上穿了高筒皮靴，正一脚踏在王如一的背上，一手揪紧了他头上仅有的一绺枯发，满脸凶气。

他们没有孩子，只要有人提到这个问题，桑子就说："他有那个本事？他有那个本事就不是他了！"而王如一说这完全是因为妻子讨厌孩子所致："她喜欢当一辈子大姑娘，跳一辈子独杆舞。她是天底下最自私之女人，根本不想为我传宗接代，夫复何言！"桑子对极少数的闺中密友、所谓的知己倾诉衷肠，而这些知己先后把一些话随意散播出去，在很大程度上满足了别人的一点好奇心。桑子说她最早的时候有个极可笑的见解，即女人一生最重要的事情就是找个好男人，一旦在此有了闪失，那就一切皆休，万事全毁，这辈子打着滚也别想爬起来。可是后来才知道这全是屁见解，人生啊，根本就不是这么回事。男人好了固然可贵，不妨拿他当个东西；坏了，糟了，也大有好处，那正好可以大大方方地过一辈子上好的日子！至于什么才是"上好的日子"，她一句都没说。这是她的秘招、精华、全部幸福之源。她说最早的时候自己是少不更事的黄花少女,腿长胆大脾气冲,一心瞄着的就是怎样找一个像模像样的女婿,常常半夜里呼叫未来的夫婿,就像春天的猫一样。那时她是一个快球手,白天打球,晚上聊天,找一些高干子女的乐子——看内部电影去,到一些朋友的小客厅喝咖啡和洋酒。就在那样的场所,她一家伙上了当、看错了人!为什么?就因为王如一出现了。"这小子一出场可不是后来的模样,那还是蛮唬人的,穿了浅棕色仿鹿皮小袄,衣领上还钉了一张假狐狸皮。个子挺高,头发密得像鸡绒,颜色黑得像锅底。他脸皮煞白,两眼像一双铁扣子死死地盯人,直到最后把人锁住!咱那时年轻没经多少事儿,哪受得住这个,一来二去也就被他要了!咱打球时他就去观阵,站在那儿,一溜小黑胡须翘着,恶狠狠的。反正我从根上不以为他是个孬种,至少是个大风大浪里能和我一块儿驾船的那种角色。后来正式结了婚,才慢慢现了原形,还是俗话说得好:咬人的狗不露齿,这家伙总归是个糠货。"

桑子大约在结婚不到一年的时间里就背叛了男人。这是她直言不讳的事儿,"咱干吗要为一个孬货守着身子?再说猫有猫道蛇有蛇道,好说好商量,买卖不成仁义在。"她许多时间都独来独往,陪首长出差,就任某个业余球队指导,有一段甚至当过国外化妆品的传销头儿,直到被取缔为止;这样混到四十来岁,有人说是野性渐少,也有人说是夫妇经历了多年磨合的缘故,反正是可以双双来去了。但二人吵架仍是常事,据说有一次在某个县城的欢迎宴会上打起来了,王如一把什么摔在妻子脸上,当场给她额头留下一道小口;一次两人半夜在宾馆闹翻了,桑子用床头的水果刀扎中了男人。这毕竟都是传说,谁也没见。但有一点是清楚的,他们以独特的风格持家理财,比如说经济上各自独立:各有一本账,相互可以大大方方借钱,但一定要按期交还。他们一起下酒馆都是各付一半。两人说到钱的问题,有时相互拆台,有时又替对方打掩护。桑子背后挖苦王如一:"他像黑瞎子一样忙了半辈子,其实也没赚下几个子儿,到现在还是穷光蛋一个。""他也算有几个钱了,不过那也不是好来的,无非坑蒙拐骗所得。"而王如一说到妻子的钱,总是露出羡慕的神色:"啧啧,这小娘儿们干别的不行,弄钱？神手也!""她如今也是一个富婆了,不过像所有剥削阶级一样,开始变得心狠手辣了。"

有人分析他们两人近年来形影不离的真正原因还是钱:合作可以收获更多,这好比野物捕猎,两只狼围追堵截总比单打独斗好。或许也因为这种合作的需要,两人在背后不再像过去那样恶言恶语了,而且还能顺便美言几句。桑子说男人:"他这个人从三十多岁就性无能了——更年轻时也好不到哪里去——所以你们大可不必担心他乱搞妇女,他好别的,惟独做不了这事儿。""他不爱钱,爱官,我想当他攒足了钱时,也许会为自己买一个官回来。""他不是见钱眼开的那种人,该他拿的少一分不行;不该他拿的,多一分不要!"他说自己的妻子:"这女人是个热情人儿,只要她看上的,会让你幸福得死去活来,让你吃不了兜着走;再则又是个爱情至上主义者,抑或柏拉图——你围着她打转可以,你想把她干了,那比登天还难……""她如今不爱钱了,因为她已经富得流油了,还在乎那仨瓜俩枣？除非是有什么急用。""在性的方面她是宽容的、开通的,她鼓励我趁年轻多搞几个,还亲自帮我找过三两个女人,我记得一个眼白上还有黄斑……怎么说呢？这可不是考验我,而是来真格的。我呢,说你算了吧,咱谁不知道谁呀:非其不愿,实不能也。"

桑子第一面见到唐再加就说:"姓唐的,你得躲着我点了!"

唐副秘书长不解地看着她:"为什么？"

"因为你让我瞄上了! 咱明人不说暗话,惹得我火气上来,会一口吞了你……"

唐再加镇定着自己，对王如一说："你夫人可真能、真能开玩笑啊！"

王如一下巴用力点了一下，清着嗓子说："也不能说是玩笑。有时，常常，她是说到做到的！"

二

"说到底，我们不过是一对政治夫妻。"王如一这样对唐再加解释。他于晚饭后设法躲开桑子，和唐副秘书长在一个酒吧的角落里坐下。一句话让对方更加费解，令他惶惑地看着这个阴影里的男人。唐再加发现王如一因为饮酒过度，脸色有些发青，连眼窝都紫了。这个人的目光从紫眼窝里射出，怪吓人的。这些年里他因为工作的缘故，什么样的人物没有接待过啊，可以说是见过大世面的人，但惟独对这夫妇心里没底。当然，眼下因为事业的需要，市里各位领导都重视这两个人，他是绝对不能得罪他们的。"我这样说你可能不解了，"王如一咂一口酒，"你如果细想一想也就会明白个一二。她这些年里上上下下接触的大人物比我多十倍，女人嘛。那些高官也屁颠屁颠跟上她，她高兴了能把腿架在他们肩膀上喝酒。你想想看，我敢得罪她？我能保住眼下的这个位置，也是她网开一面……"

唐再加咂嘴，摇头："您的位置……如果更高一些呢？"

"哎，你是只知其一不知其二啊。有她在我身边，我即便在这个位置上，在院里、在市里许多部门，说话都是有分量的！这个位置看起来不起眼，实际上很有分量，这你慢慢就会感觉到的。还有，就是她并不想把我推到一个更高的位置上去，尽管这在她来说十分容易。为什么？就因为她不放心我，她要拿捏住我——这才是问题的根本所在！你看，从政治上来看，即便是夫妇之间也不行，也要勾心斗角。这是我们之间的实情，要不是因为喝了酒，要不是因为咱俩一见如故说话投机,我是无论如何也不会跟你说这些的呀,毕竟是夫妻之间的秘密嘛……"

唐再加长时间目不转睛地看着这个人,心里问:我们真的好到了这个地步?我们不过才认识几个月啊!他吸着凉气,好像觉得长时间以来,还是第一次遇到这样棘手的判断。

"算了,不谈这些丧气的话也罢。我们谈点工作方面的事情吧。昨天你们领导说起了让我担任研究会理事的事,我想了一下,还是不得不谢绝。为什么呢?就因为做人不能奉献在后,索取在前;不能一有机会就沽名钓誉。我决定了,咱什么名头都不挂,只兢兢业业工作,其他一概不计。当然了,待《徐福词典》编撰成功那天,你们可得好好请我们两口子喝上一场。"

"这怎么成呢,这就不是喝一场的问题了,而是……"唐再加左右看看,"这是我们付出多少都应该、都值得的……"

王如一紧紧咬住牙关:"哎,那也用不了付出多少……她,桑子,你们一个子儿也不用付她!她既不需要,也不喜欢,因为她早就是一个富婆了。你做梦也想不到她有多少钱。这些年,不瞒你说,她的财富有一多半是靠残酷剥削自己的男人获得的……"

唐再加瞪大了眼睛,以为自己听错了。

"这是真的!因为所有学术成果她都是挂个空名,摘现成的桃子!尽管她自学成才也做了不少努力,见解不俗,可说到底还是一个体工队员嘛,能有多大能耐?项目一到手,只好我一个人埋头苦干了,没日没夜的,就这样几十年下来,身体生生被掏空了——你看我的头发!你看我这身子骨!你……"王如一低下头,仅有的一绺枯发从秃额上甩了下来。

唐再加发现对方的眼睛湿润了。没有办法,多愁善感的知识分子。唐再加叹了一声,不知该说点什么才好。

"说到底,我们两个人现在是既团结又斗争,一种脆弱的统一战线。好日子都在刚结婚的那些年过完了,剩下的日子就是熬、就是斗。这娘儿们的心眼多得使不完,咱男人全不是她的对手。我说过了,我斗不过她,更不敢得罪她,最后还得依靠她。如果她想坏我的事,顺手在伤口上撒把盐,那是再容易不过的了。她想让哪个男人飞黄腾达、让哪个男人倒霉,小嘴儿一撇拉就行,那是拾草打兔子捎带着的事儿……"

唐再加听着听着汗水流下来了。他口吃一样紧紧盯住对面的人问:"你说我,我该怎么对待她呢?我怕自己不得要领,在接待过程中好心反而办了错、错事。"

王如一第一次放声大笑起来:"这么着,你依着她就是,她这人其实也有单纯的一面,就是喜欢听好话,你得顺着毛儿捋她。不过该躲开的时候也不要迟疑,别不小心让她一脚踩住……哼哼!"他阴险地看着唐再加,让其出了一身冷汗。

后来的一段时间,无论唐再加说什么,王如一都没有热情了。他盯着桌面出神,然后又跟服务员索纸要笔,这使对方明白这家伙的灵感来了:"得一词条。"他低头急写一阵,唐再加取到手里瞥一眼,不无惊疑:"文言?""当然!"

唐再加离开酒吧时若有所失,在回廊和假山那儿转了一会儿,不知该去哪里。一个女特勤为他捧来一杯冷饮,想陪陪他,被他一挥手驱走了。他在一个石桌边坐了片刻,手拄昏沉沉的脑袋出神。他在想刚才王如一那家伙的一番话有多少是醉言、多少是吹牛?对这些喝长流水吃百家饭的人物,他内心里总是十分警觉。不过这是一对从未遇到过的夫妇,他们给人新鲜感,给人刺激,也让人有一种忍不住的冒险冲动。正这时,一个小伙子走了过来,对在他耳边说了几句,他赶紧站起来。

在一间客房门口,他一下下敲着。大约过了十几分钟,门才打开。站在门口的是桑子,刚刚洗浴结束,穿了浴衣,湿乎乎的头发像千层饼一样盘在头顶。"进来吧地方首长。"她不冷不热,目光蒙眬。"哦,打扰了,我待一会儿再来?"他在门口犹豫着。"哧!"她嘴里发出这样一声,身子一闪。他赶紧进门。

屋子里有一股煮地瓜的气味。唐再加小时候吃了不少煮地瓜,对这种气味熟悉得很。他不喜欢这种气味,嗓子有些堵。床上是女人用的一些杂乱物件,解下的乳罩之类。他眼看着她在对面坐下,刚坐定就伸手去床头柜里摸东西吃——她咯吱咯吱嚼,他终于明白嚼的是咸菜条,吃了一惊。"我嘴里没味儿,一到晚上就这样,喏,你喝水吧。"她一边嚼一边说。

唐再加不知她叫他来干什么,等着她开口。

她嚼过了咸菜,又喝了一大口水,这才说:"我看见你和我那口子去酒吧了。他对你说了什么?"

"随便扯工作的事情,扯词典。"

"该不是嚼我的舌头吧?"

他笑了:"哪能呢,你们是两口子……"

"哼,我可告诉你,没有比我再了解他的了。他这个人业务上有一套,不过品德不行——简单点说吧,就是爱算计人,心狠手辣。你怎么提防他都不多余——除了业务,他的话,你一句都不能信……"

"我……我们……"

"你一句都不能信他!"

三

那个晚上的简短对话使唐再加一直不忘,许久想起来还有些害怕。当时他看着她因为洗浴而变得发红的左眼角,觉得这人真像一个女巫。她的腕子上戴了一串廉价的红珊瑚手链、木头珠子、细银丝镯之类,又着手往耳垂上弄一个亮闪闪的大环子。如果不是为了接待他,那就说明她正在仔细打扮,以开始自己的夜生活。是的,徐福温泉可玩的地方不少,这儿为客人提供的服务项目多得不可胜数,你有多少钱都花得出去。对男女客人都是一样,老虎机不分性别;惟独对性别敏感的是其他一些场所,如特勤部那些俏眉俊眼的小伙子姑娘们,他们会根据不同情况提供迥然不同的服务。桑子一边打扮一边与他说话,这使他明白不该久待,就早早退了出来。

后来的日子就是跑一些现场和景点,这和陪其他专家之类的没什么两样,唐再加很少亲自出面,总是让部里或办公室的年轻人去做。而夫妇两人在外面奔波了一天,只要一见他的面就亲热得不得了,他们总是嚷着:"忙什么啊?晚上请您喝一杯吧?"他就和他们握手寒暄,连连说"我请你们",其实到了时候大半不会真的应酬,除非是他们找来。他不止一次见到夫妇二人晚饭后手挽手在假山旁、在小山包底下的小径上散步,亲亲热热的样子。在他的经验里,这些所谓的徐福专家与一般人不同之处,就是婚后老大年纪了还能像小伙子姑娘一样,一有工夫就亲热起来。好家伙,有一次他接待了大学里几个六十来岁的学者,他们都是来研究徐福的,住在下边的市里宾馆开一个为期三天的论证会,其中的一个中年女人与另一个七十多岁的老头子发生了罕见的恋情。老头子哭了,在分别的酒宴上明白无误地吻了女人,而女人也信誓旦旦地当众说了许多。奇怪的是那一次周围的人都为他们鼓掌,这使他觉得十分费解。好像一切都因为徐福,这个艺高人胆大的古代方士有特殊的传染力,不管是什么朝代的人,哪怕时隔一千多年了,只要一沾他的边准要改变性情,有时简直是面目全非。他甚至觉得自己自从担任了这个研究会的秘书长,思想比过去要冲动得多,心猿意马的时候可真不少。他为此时时警告自己,但有时还是觉得没什么用。一切都是命啊,谁让自己干了这样的工作呢。

桑子对唐再加说起自己男人的辛苦:"他一连几天几夜没有好好睡觉了,就因为迷上了这本狗日的词典!你快去看看他吧,他不吃不睡,眼屎糊成了疙瘩,饿了就啃一块饼干,渴了对上自来水龙头一顿猛喝。几天几夜门也不出,灵感上来一阵狂写,词条积下了一大摞。这样不出一个月,非出人命不可……"

唐再加赶到王如一的房间看了,觉得她并未夸张。原来他们夫妇早就分开居住,据他们说这是他的惟一要求,也是多年的习惯——"我们高级知识分子都是这样。"王如一说。当时唐再加记得还问过他:"可蓝老怎么还和老伴住在一起啊?"王如一说:"那不一样,蓝老到了'七十不留宿八十不留饭'的年纪了,当然要相互长着眼色。再说情况复杂,有的夫妻七老八十了还搂着脖儿睡,有的刚四十多一点就像见面点头的邻居一样……"这会儿独居一间的王如一果然狼狈,脸色发灰,无精打采,见了他哈欠连连,嘴里咕哝,"得一词条……"他劝对方注意营养、工作也不是一天干的,等等。对方只不正经搭言,动不动就说:"得一词条",然后躬下身子一阵猛写。

他翻了翻那些半文半白的词条,不甚了了。从屋子出来,他找到桑子说:"真想不到,原来你们是这样工作的啊!"

桑子哼一声:"你当怎么?我们两口子个个都是拼命三郎,到了关键时候我也一样。算了,这种事反正你也听不懂。我估摸他是厌烦了目前这种胶着状况,不愿听到徐福研究方面的任何争执,想早一天把词典搞出来,早一天盖棺定论。你想想老唐,一大本印得金光闪闪的一拃厚的大词典往那儿一放,谁还敢说三道四啊?"

"这比纪及他们两人的著作呢?"

"咏,这怎么能比呢!你可真是糊涂啊!你这会儿倒乱比起来,老王听了肯定不会答应的……"

"不过是咱俩之间私下说说,我问问你,自己心里也好有个数……"唐再加态度亲昵起来。

桑子伸手弹了一下他的脑瓜:"这么说还差不多。告诉你啊小甜甜,你可是研究会里负责提钱兜子的人,到时候可不能亏了这哥们儿!"

"一定不会。怎么会呢。"

桑子看着那个房间,像自语一样:"这家伙尽管不是个东西,但咱们还是要论功行赏,要对得起他的劳动!"

"那自然了,那是自然了——这个你就放心好了。"

在王如一埋头编撰词典的日子里,桑子要单独行动了。她一口气开了一张长长的单子,上面写了需要亲自深入考察的地方。唐再加拿到手里看了半天,有许多不明白:这其中至少有一半与徐福研究无关啊。她说:"我和别人不一样,我要把徐福放在整个齐文化里边考察,我是要研究齐国的事儿。我听人说齐国可不得了,一些古遗址非看不可——理解了当年的齐国,那么回头再看徐福,那就是小菜一碟了!"唐再加"哦哦"着。她又说:"到下边去你得亲自陪我,别扔一个毛头小伙子就打发了我。"唐再加说:"我还巴不能呢,就怕工作脱不开身,官身不自由啊!"

他们一起到市郊很远的地方去了一两次。有一次唐再加自己驾车拉上她去了其他城市管辖的地界,走走停停,见店住店,按时歇脚,虽然辛苦一点,也别有兴致。桑子说:"这样好极了,咱们多自由!咱们想干什么就干什么!"唐再加哭丧着脸,没有说出口的一句话就是:"咱们可什么都没干哪!"

夜里在陌生的旅店宿下,实在没什么娱乐,两人就待在一个房间里聊天,看电视。唐再加说:"你家老王怎么也不会相信,咱们心里只有工作,一路上连句闲篇儿都不扯。"她说:"他当然相信。他还不了解我吗?不过,你以前好像说过,徐福是喜好女色的那种人?"

唐再加目光迷蒙看着她："我说过吗？就算我说过吧……"

"妈的，只要沾上他老人家的边，保准就得捣鼓那事儿……"

他今夜发现她高高耸起的双乳大得吓人。他试图把手搁到上边。他觉得她急剧起伏的胸脯正在发出热情的召唤。他心上一横，按住了她赤裸的胳膊。一股烫烫的热流从她的胸窝那儿喷涌而出。他的泪水差点流出来——正这会儿她说话了，打着哈欠，声音懒洋洋的："同志们在一块儿亲热一下原本也没什么，但不能过线；你就抓紧时间摸索一会儿吧，待会儿咱们还要看电视呢。"

四

从外地考察归来，唐再加专门去看了王如一，发现这个人已经连续半个多月没刮脸了，胡子茂长，反衬着一个毛发稀薄的头顶，很陌生的样子。"这家伙比实际年龄起码要大十来岁，真是邋遢极了！"他心里咕哝着，对这副模样大不以为然。房间里到处是随意丢下的纸头和其他垃圾，需要换洗的衣服就丢在床下。王如一看着来人，像不认识一样，蹲在地上，两手各按住一些纸片。"这都是词条吗？"唐再加问。王如一点头："我准备只用一年多就把它编好。老婆回来了，有了这个帮手就更快了。等词条搜集完，剩下的事情就是编索引——我计划采用拼音、部首笔画、四角号码三种索引方法。天，夫复何言……"

唐再加对索引一事颇有兴趣，问："'四角号码'是什么？"

"国粹啊，咱中华独有的查字方法——一查一个老准。"

唐再加让其举个例子看。王如一写了几个字，标上数字，比画讲解，唐再加只明白了一点点。再问，对方突然不吱声了，斜眼看着他。

"你怎么了王教授？"

王如一笑了。

"你笑什么?"

他招一下手让其凑近了,对在耳朵上问了一句。唐再加马上脸红了。"你不用不好意思,我不忌讳这事儿——你跟她一路……上手了没有?总共几次?"

唐再加嚷道:"什么啊,哪有的事儿啊!我和你夫人不过是工作关系,到现在清清白白的……"

王如一有些生气地盯住他,许久才叹一口气说:"那个娘儿们不好对付啊!"接下去像泄了气的皮球一样,躺在床上不再起来。

唐再加缓过神来,开始指责说:"你这样不好,太颓废了啊!我作为一个搞接待的人,对你这种作风是极其反感的……"

王如一不吭声。这样待了一会儿,他就伸着手冲对方喊了一声。唐再加不明白,打个愣怔。王如一又喊。"你到底想干什么?"王如一说:"借我俩钱花花吧!""你什么意思?"王如一从床上跳下来:

"我身上的几个钱都让老虎机吞了。我这人没别的爱好,编词典累了就去那里转悠。输干净了……"

唐再加愤愤地从兜里掏出几张票子扔下:"一点钱无所谓,问题是怎么走账……"

在走廊里,唐再加把一个四十多岁的女领班叫住了,责问她为什么让客人的房间脏成这样?女领班诉苦:"没办法,住了个怪人,大白天一丝不挂在屋里乱走,进不去人的。"他又问这一段时间客人还有什么其他表现?女领班说:"好赌,老虎机、轮盘和扑克牌,什么都玩,赢的时候不多……"

唐再加把王如一的这些情况告诉了桑子,希望她能与之谈一次:"我从来没接待过这样的客人。当然了,他对我们是有贡献的,但也总得多少注意一下形象吧!"桑子笑了,说:"你们平时接触的人还是一般化了一点,对真正高级的人士缺乏深入了解。他一门心思全扎在词典上了,没有别的发泄口,才会这样。他没有拿你们当外人才会这样。在家里,他如果专心干一样事,比这还要糟哩!离卫生间三五步他都不愿进去,就直接把屎拉在一个盆里——说起来你们一定不信!要不是我特别理解这样的人,有一百个也离了婚!所以说嘛,人和人不一样,每个人都有他的爱好,这得相处长了摸准脾性才行——到时候你就离不开他了。"唐再加惊得嘴巴都合不上,后来就笑了。桑子又说,"我又不依靠他干别的,只让他干好自己的专业。他又不干涉我,甚至支持我做任何事情——天底下哪找这样的男人去?"唐再加终于听明白了一点,连连点头。

桑子夜里邀请他们两个一起喝酒,酒后又去一处温泉洗浴。他们把所有服务人员全都赶走,只留下池边的茶和果品之类。桑子在水中问王如一:"你多久没洗澡了?"王如一答:"打你俩走了就没洗过。""那你今夜就好好洗洗吧!"她朝唐再加使个眼色,两人就动手扒他的衣服,全扒下来了。王如一听任他们摆布,偶尔叹气。"这家伙看上去瘦,其实胖嘟嘟的,你看看你看看!"唐再加在水中搓弄他,借着水的浮力把他拨来拨去。桑子一会儿也把衣服全脱了,唐再加却穿了一条小短裤。桑子说:"快揪了去吧,成什么体统!"对方犹豫了一会儿,终于也全脱了。

桑子还在水里洗着,两个男人到池边喝茶吃点心了。他们议论水中的女人,酒全醒了。唐再加说:"干我这一行的什么没见过?她是真正的女中豪杰。"王如一点头:"也是个直率人儿,有话都说在明处——是不是这样?"唐再加点头:"是的。"又待了一会儿,唐再加说:"我想起了徐福他老人家。"王如一下巴压紧在胸部:"我也一样。"唐再加又说:"我得下水了,你多吃些点心。"说着后退几步,做一个仰泳的动作,一下躺进了池中。

水中的两个人紧紧贴在一起,一声不响。一缕缕雾气绕在四周。唐再加用极细小的声音说:"如果再有轮月亮就好了。"桑子拍拍他的头:"别吱声。""如果月亮当头,再有一片沙滩……"桑子加大力气拍他的头:"别吱声。"

池边的人下来了。唐想挣脱,桑子就紧紧抱住了他,还在他耳垂上亲了一下。池边的人拨着水走到近前,费力地透过雾气看着他们,说:"咱就是洗一夜,都不会烦……"唐再加嗓子颤颤地应道:"是的。"桑子轻轻拍他的头,小声呵斥:"别吱声。"

王如一背过身子往一旁走去,水晃晃响着。他嘴里咕哝:"我想起了徐福他老人家……"

得一词条·徐村

徐村一词,盖源于秦代方士徐福求仙一干事迹也。公元前 210 年、208 年、205 年,齐国人徐福率船队三次出海,以求长生不老之药、寻找三处仙山。前两次失而复得,皆有所获,秘不示人,心计多多。后一次志在必得,孤注一掷,这才快刀斩乱麻,大功告成耳。

话需从头说来,溯源辨踪。徐福即徐村人氏,该村计四百三十二户,今存三百一十一户。徐姓人丁十之八九为族上传人,杂毛稀少;属古代东海边夷,齐地人杰。至于北纬东经何等度数,还待专家前来测定。传说徐福排行老大,实则排行老二,不久家谱即可出世,一查便知端底。徐老二嘴阔头方,扎一纶巾,自十八岁起留起胡须两撇。老大为渔人首领,为富不仁,人缘颇差。少年徐福曾跟上兄长出海数次,初通水性,对海流颇有研究。自十三岁起进入私塾,遍读诗书,学得蒙人伎俩,为日后与秦王斗争奠定智力基础。徐村靠近海洋,海市幻影频频出现,影影绰绰宛若大海深处之皮影戏剧,引逗全村老少欢呼雀跃。说是海中仙人现身,住在别样世界,长生不老,一天到晚美事不断,吃喝玩乐如同皇帝。

说到秦始皇帝,村中贤达心生一计,云海中既出仙山,此事不可谓不大,理当快快禀报才是:说不定大王一个高兴,赐下田园房产、美女爵位。都说此事可行,只可惜咸阳远在西天,膻气未闻,咱东海人投递消息,苦泪风程,值也不值?众人纷纷嘀咕,徐福却已抱定主意。所以说大贵之人必有恒勇,一切机缘皆由天定,也活该他日后发迹,赫赫然光宗耀祖。话说阳春三月,南风吹拂,徐村之卓越青年姓徐名福者,携饼提囊,手指西荒,大步而去。连走七七四十九天,一路过大繁华之都临淄,进曲阜,去洛阳,一脚踏进黄土地界。但见街上黎民,人人面貌苍黑;却听市井喧声,个个声音高亢。于是乎入了蛮地,投了他国。那时节秦之为都,实为不得已而为之,人不开化,没有商业,丝绸少见,粗皮糙面,西风酷寒。哪比得上咱齐地膏壤千里,鱼米之乡,女人面如桃花,男人臂文青龙,一个个面红耳赤,皆是结婚生育之良伴!话说徐老二壮志在胸,不事挑剔,见店即投,夜间热水烫脚以舒老茧,白日频递名帖寻求上达,一心面见大王。

始皇本名嬴政,虎狼面貌。我村徐福苦等三月,一俟宣诏,不畏强暴,抖擞向前。先是一个弯弓,施了大礼。原来徐村地处沿海,民风豪迈,自古多有慷慨悲歌之士,更有若干美俊少年。徐福是年一十八岁,筷子穿髻,眼角上挑,一双大眼黑白分明,令皇帝一见欣然。再加上该青年巧言令色,细说千里迢迢来自东海,里籍徐村,紧邻浩渺,仙人频出,光芒万丈!当年始皇虽非古稀之人,无奈统一中国操心忒狠,酒色无度,所食之物无非羊肉泡馍,不得一粒海中珍馔,营养稀薄,眼见得气息奄奄。他听得徐福一番描画,求仙心切,恨不得即刻东行,直抵徐村。始皇吸溜口水,将东海面貌人口诸事一一探问,并让人记上绫子。该绫子悬于大庭之上,上书两个斗大篆字:徐村。

徐村先后历经颇多,福祸相倚。徐福出海三次,止王不归,种种变故，险象环生。封建帝王诛杀猛烈，灭九族而屠三牲，血流遍野，呜呼哀哉！话说我村徐福，英明果断，料事如神，藏大秘于四野八乡，布人脉于齐城内外！早在先前，徐村百姓个个改了门庭，换了祖宗，乔装打扮要饭说书，打工糊口串街走巷。一霎时哪里还有徐姓一村，只说是大海淹了龙王庙，老天爷灭了徐家香，从此不再有徐村一说，屋去人空，荒草没冢。公元1492年哥伦布氏发现美洲大陆，世人呼奇，实则比徐氏晚了一千七百余年矣！再越四百，即公元1892年许，方有徐姓人氏一个个浮出水面，散淡之人个个抖擞精神，人人重归故里，念先人之惊天伟业，竖村碑于通衢大道！故今日之徐村实乃古代之徐村也，二址合一，严丝合缝！若继往开来做纵横观，该村乃我市下属乡镇之明珠，如日中天，恰逢盛世，地方官员，清正廉洁，团结一心，奔向小康。有诗为证：踏破铁鞋无觅处，得来何曾费工夫；借得徐福东渡志，盛世奋起展宏图。

分 与 合

一

几个月下来，纪及对手头的工作似乎有了信心。一切都仿佛是机缘巧合，浑然天成：上次因为那部传记在东部采访奔波，再加上长期研究古航海史的勘察和资料积累，更有多年来一直想撰写却无法最终完成的著作——这回都在心底得到了一次综合和归纳，思绪逐步理清，渐渐到了瓜熟蒂落的地步。这使他非常兴奋。我问曾经要写的是怎样一部论著，它与我们正在接受的项目关系密切吗？他说当然，严格讲它们在本质上是一回事。"这本书困扰了我多年，常常进行不下去，主要不是资料贫乏和技术问题，而是缺少一种心劲——一股进入内心的力量……"他的话虽然让我多少有些费解,但仍然还是高兴。因为我看到他舒了一口气,像是一块石头终于落地的样子。

我知道可以着手完成眼下的任务了——而那个人的传记我们早就搁下了,尽管还没有向领导正式提报,没有利利落落将这个大麻烦推掉,但心里已经把它卸载了。我迟迟没有把这个决定说出的原因,主要是因为涉及到一个权势人物,多少有点担心。我几次想告诉娄萌,那事儿我们干不了,但几次都没有说出口。纪及说那个人的所谓传记是一场闹剧。"而今什么都可以立项,花纳税人的钱为这样一个人物立传,真是荒唐之至!"他这样说,那是因为他了解到许多关于传主的事迹。我说:"可是我们现在着手的项目就不同了,它值得咱们好好干一场。"纪及脸上又出现了那种不易察觉的笑容。但他没说什么。

我们先后去了三次东部城市,后两次几乎没有进城,只在郊区的一些古遗址勘察。其实东部沿海以及古运河的所有码头、航道,在纪及那儿都是了如指掌。他这次与我同行,不同的只是换了一个视角,是从一个更具体的历史事件加以审视而已。从东部城市离开之后,我们又跑了更多的地方,包括我老家的那个海角。令我惊异的是,海角的地方官员也开始谈论徐福的事情。纪及认为我们的活动范围其实应该进一步扩大,绝不能局限于东部沿海和半岛地区。他认为整个历史事件属于古航海史的一个组成部分,或一个引人注目的部分,绝不应孤立起来看。"从这个意义上说,它当然是一个长期研究的对象,而不是一时的任务。"

纪及这样认真严肃地对待徐福东渡,我相信娄萌听了会非常高兴的。

因为频频出城,已经许久没有见到娄萌了。她现在是直接与我联系、并通过我把相关意见转达给纪及。而纪及所在单位的上司很少关心这个事,更高的领导不是别人,正是娄萌的丈夫。无论从哪方面讲,她关切此事都合乎情理。多么热情的人啊,她的热情,当然还有她的美丽与可爱,使她常常涉猎一些与自己的身份不太相符的重大领域。比如她经常接触的都是全城最有权威的领导,一般来说,那些已经不太年轻的人有什么话总乐于找她说说,在闲聊的同时,难免会有一些公事交她去办。本来杂志社这一摊子就够繁重的了,但她尚有余力参与更多的事情。有一次她甚至因为给一位丧偶的老领导张罗续弦,整整奔波了两年多,其中成败参半,直到那位老人突然死去才算作罢。所以我一直认为,正因为她过于古道热肠了,这才给我招来一些额外的工作,甚至把我当成了手中的一张牌,在她熟悉的那些场合甩来甩去的,好像我这人没事干一样,或者像她一样爱掺和一些老人的事儿。其实我也人到中年了,精力尚可,只是家庭事业诸方面都忙得不可开交。我和纪及都不再是一戳乱蹦的毛头小伙子了,除了本职工作,除了真正有意义的一些事情,一般来说都懒得去干。总之我们也到了多一事不如少一事的年龄。所以我一直怀疑是她主动提出让我们为某人写传记——而那个人当然高兴了——她会大包大揽,像男人一样拍胸脯。仗义的美女当然人人喜欢,苦只苦了我和纪及。

娄萌说到纪及的独身就兴味大增,这又一次显出了她的热心肠。说实话,她的这个特征利害兼备,用对了地方也是蛮好的。她如果能让纪及幸福活泼起来,出入成双成对,就会彻底改变这个朋友的一生。朋友之间,如果对方在个人生活上别别扭扭,另一个人在情绪上就会受到影响。我敢说纪及有时面向窗户出神的那一刻,十有八九在想王小雯的事情。这个女孩近来往这儿跑得更频,有一次我进门发现她在这里,两只眼睛好像刚刚哭过。她不像过去一样早早离去,而是一直待在另一间屋里,直到我找一个借口走开。娄萌问起纪及交友方面的进展,我就说到了王小雯,她马上说:"噢,那不成。"接着就不谈了。她说这个纪及学问不错,人也诚实——"你听我说,只要是瘦干干的青年,一般都诚实。"她不知怎么得出这样一个奇怪的结论,而且言之凿凿,"我第一次见他就有这个印象。当时只想,这个人哪,可能胃病太重了——哪个闺女跟了他,至少需要几年的时间才能帮他调理好。身体对于家庭幸福是很重要的。一个男人老在身边哼哼呀呀,那日子是没有多少过头的。"

她这样说时就在我身边踱步,不时地抬头看我一眼,好像也在观察我的身体似的。她比我只大一岁多点,但在生理知识范畴却成为不容争执的权威。其实男女上下级之间鲜有这方面的交谈,而她一谈到婚姻疾病人体健康之类就格外起劲。在办公室,她没人的时候谈到纪及,给我深刻印象的是那种好奇心。她打听他工作前的一些事情,家庭状况,求学诸事,特别是——处了多少对象?我大半摇头,因为我实在不甚了了。她叹息:"人和人是不一样的,有的才十几岁就急着结对子,见了异性两眼冒火;有的像阴阳人似的,对异性基本没感觉——我不知道这种迟钝的人在事业上会有多大发展。"我听出她在影射纪及,就说:"他在事业上可不迟钝。他不过是结婚晚了一点。再说以前谈没谈过我们也不知道……"娄萌拍起了手:"这就对了,人是不可貌取的,'文革'期间揭露了一个木讷的老头,一个书呆子,你猜他怎么?""怎么?""有两个私生子呢!"

二

一个偶然的机会,我知道了娄萌有一个未婚的女儿,叫于甜,已经往三十上数了。这使我明白了娄萌对纪及过分关心的原因。那一天我正在办公室,一个穿了大花裙子的姑娘从窗外一闪,还没等我看清模样就进来了:"宁叔叔,我找我妈。"我不认识她,经自我介绍才弄明白是娄萌的女儿。娄萌不在,于甜就坐了一会儿。我发现这姑娘腼腆朴实,留了短发,长脸儿,一对眼睛黑漆漆的。她给人印象最深的就是这双眼睛。不过她绝不是那种妩媚漂亮型的,皮肤有些粗糙,尽管搽了较多的化妆品,也还是给人这种感觉。她显然不太善于与人交谈,坐在那儿话语极少,眼睛始终盯着母亲的办公桌,好像只有这个视野范围才是她应该看的。

娄萌说起女儿立刻眉开眼笑:"你见她了吧?多好的孩子!就是太害羞了,一说话脸红到脖子。这孩子的心软得像棉花一样,性格好得啊,啧啧。她比我的脾气好多了,从来不知道发火,就像一只小羊儿……"她边说边端量我,"男的没有不喜欢她的,可她从不会开玩笑,小模样太严肃了,这就把一般的小伙子吓跑了——其实她心里不是这样的……"我问:"于甜喜欢哪种类型的青年?""当然是事业型的。年龄偏大一点不要紧——她比一般女孩子成熟多了,阅历长一些的对她也许更好。你说是这样吧?"

谈到我和纪及的东部之行、我们的工作进度,娄萌十分欣慰。她认为这事儿一经纪及这样的书呆子抓到手上,那就算有了着落。"你们快些把东西拿出来吧,有的老领导等着看呢。"我说:"可能要分别撰写,因为我们的思路完全不同,消化资料、实地考察时可以在一起,一块儿讨论相互启发,但完成的书稿可能是各自独立的。他写的是一部严谨的学术著作,我呢,怎样写还没想好。"她拍手:"那更好啊,那叫'一鱼两吃'。这一下东部那个城市该高兴了,他们花了一份钱,却买了两份货!"

我没有说什么。我心里想的是,我们的工作未必会让那个城市高兴。这时我想得更多的是那个未能完成的艰巨任务:传记!我鼓了鼓勇气,这次终于脱口而出:"娄主编,这一来,上一项任务就得推掉了……"

娄萌的下巴歪了一下,像没有听懂。

我又重复一遍。

娄萌马上摇头："这怎么可以呢！我没有跟你们说，霍老一直问呢——是他直接过问的——如果你们早一些拒绝还好，这个项目就交给别人了，现在已经晚了，来不及了！"

"拒绝来不及了？"

"来不及了！"

她的口气突然变得生硬起来，脸上一点笑容都没了。霍老就是传主，关于他的各种资料一度弄得我们头昏眼花；再看看他那副模样吧，像个老太太。我和纪及现在对这个人的心情，只两个字便可概括："厌烦。"我于是咕哝："厌烦……"

娄萌没有在意，只顾顺着刚才的思路往下说："你们不知道啊，让你们去完成徐福这个项目，还是霍老推荐的呢！为什么？就因为他自己本人就是一个徐福迷！他器重你们；还有，就是你们为传记的事辛苦了这么久，也该补偿一下了——这就是领导艺术啊……你们该心里有数。"

我稍稍吃惊了。霍老？我几乎是喊了一声："补偿？他补偿我们？"

"当然。那个城市掀起了徐福研究热，全市都把你们当成贵宾款待，以后还会有更大的一笔资助款，这些都与霍老有关。"

我突然明白她这之前说到的"一份钱"是什么意思了。可是对于我，特别是对于纪及，这不仅是多余的，还有一种羞辱感。我们不需要——真正需要的是王如一之流，而且他们夫妇正在尽情享受呢。

我不愿再谈下去了，只想早些离开，去纪及那儿。我要走，她立刻问一句："去哪儿？找纪及吗？以后你去他那儿可以领上于甜，让他们认识一下。这孩子对有才华的人特别佩服，她早就知道他，想当面请教呢。"

离开前我突然想起了什么,说了一句:"向你推荐一个人或两个人——王如一,他们夫妇最适合为霍老做传记,而且也一定会非常高兴接手。"

娄萌语气冷冷的:"那还用说。可惜这不是谁想干就能干的,这还要看能不能入霍老的法眼呢!"

三

纪及全面展开了工作。他的各种资料摊在了桌上,整个人变得更加不苟言笑。他的小宿舍只有一室一厅,外加一个厨房一个小贮物室。那厨房是兼做餐厅的,而小贮物室只有五六个平方,黑漆漆的,里面却放了一张小桌,扯了盏白炽灯,做了他的工作间。我亲眼见王小雯来时,在宽敞的厅里帮他整理材料,而他却闷在那个小间里写东西。他在那儿工作一会儿,里面就全是一种烧东西的气味——这不是我的错觉,而是真的,有一次王小雯也这样说。我于是联想到了一个事实:人在极为剧烈动脑的时候,其实就是一种燃烧。

一大沓稿纸早就写满了,而且从颜色上看新旧交杂。显然,这就是他长时间未能完成的那部古航海著作,一件消耗了他多年心血的工作。现在他要从头开始了。我翻动着,一时不能深入进去。一股烧焦什么的气味。他说:"让我们开始吧!我把拟好的提纲给你看看,谈谈你的意见——也想早些看到你的详细计划。"我明白,在这个时候,这种状况之下,我们不可能联合撰写同一部书稿了——这不仅因为他开始的实际上是长期以来正在进行的工作,主要的是他严谨而深邃的思想让人一时难以企及。我们的交谈,特别是一路上的交谈很多,但这还不能是看成统一思想的过程。我们几乎都认为:无论是真正意义上的学术还是艺术,严格讲都是一种个人化的独创,它不可能由一种合力完成。于是我们的分与合,不是某种方法的改变,而是对这种劳动本质的维护。他说:"我们将写出不同的文字,它们二者相互不可替代。围绕同一个历史事件,或从描述的角度,或从学术的角度——殊途同归,最后抵达同一个目标,这将是多么有意义的事情啊!这会是两个平行文本……"

"平行文本!"我重复着,心里一阵冲动。我现在特别想知道的,就是他以前流露过的一句话:"一股进入内心的力量。"——到底意味着什么?我想过,也有过自己的答案,但还不能确定。如果围绕这次徐福东渡考察给予了新的思维,那它又是什么?是的,我们面对的是所谓的千古一帝,是一段大历史大传奇,惊心动魄!但这个故事裸露在外边的,只是一个方士如何骗人并最终得逞的闹剧——为一个惧怕死亡的帝王寻找长生不老药,骗得五谷百工和三千童男童女,浩浩荡荡一去不归的故事。徐福又究竟是何等人物?

我不相信。我尤其不相信这仅仅是一场闹剧。

果然,我发现纪及的提纲中有几个红色的词语,每个后面都画了个大大的问号。

稷下学派——焚书坑儒——琅琊台屠杀——东部思琳城——徐福东渡……

我心里有一扇门渐渐得以敞开。

纪及问我:"最后时刻,徐福船上装了什么?"

我不解地看着他:"史书上记载了嘛,五谷百工,弓弩手,三千童男童女。"

"你认为最重要的是什么?"

我思虑着,说:"可能是三千童男童女吧。不知道,应该说都同等重要。"

"我一开始也这样想,后来才多少明白,徐福船上装的主要是

'种子'——其他一切,所有的一切努力,包括花言巧语,都是为了掩盖这个惊人的事实,为了运送'种子'……"

我惊讶得嘴都合不拢:"一些种子就这样重要?那些'五谷'?它会让徐福费尽心机,冒死和秦王周旋?"

"是的。因为这是一些思想的种子,经过焚书坑儒,再经过琅琊台的大屠杀,所剩无几了,需要赶紧抢救。"

我默不做声。我明白了,如果说纪及以前的古航海著作具备了学术上的缜密,如海流滩涂季风岛屿等等复杂资料的周备,那么这一次则有了情感和思想的灵魂——有没有灵魂当然是大不一样的,没有,必是一具徒有其形的躯体而已。我说:"我很快就开始结构这个'平行文本',但愿它不至于太差。我担心,它配不上这种文本……"

纪及鼓励说:"我们尽力做就好,倾尽全力就好。"

话题回到霍老的传记、那个城市与这个权势人物的关系,特别是"补偿"说——纪及脸上又出现了那种不易察觉的冷笑:"他把这个肥缺白白送给我们,可我们又不领情,最后他会很尴尬——很恼火的。"

我又说到于甜,说娄萌对女儿的一腔赞美、她希望让女儿认识你等等。纪及说其实他和于甜是见过面的,大约是一年前,在一个座谈会上。"她很内秀,不太说话。我们没有说话。她在性格等许多方面与母亲完全不一样。我还记得她那天……"

他的脸有点红,或者是我的错觉。反正他说到于甜时并非无动于衷。"那么我领她来吗?""不,"他摇头,"等我和王小雯结束的时候。""准备结束吗?"纪及低下头:"我也不知道……"

我离开时,纪及送了我很远,而这在过去是从未有过的。看得出他心里很不平静。分手时他突然问:"你知道有个叫'蓝毛'的人吧?这个人是一个司机。"

我觉得这名字耳熟。想起来了,他是那个人——霍老的司机嘛!那一次霍老约我们谈话,我们还一起见过这个人嘛。我问他怎么了?他摇摇头:

"没什么。小雯提到了他。有几次她很晚了才到这里来,都是有人开车送的,我想那个人就是他……"

我吸了一口凉气。因为我这时想到——好像是娄萌或杂志社的马光说过,这蓝毛是一个淫棍,还不指名说有些领导本来是威信很高的,可惜身边的人常常起到极坏的作用,这对领导的形象极为不利……

纪及长时间望着星空,语气淡淡地说:"我一直没有告诉你,我和小雯的事情这么久没有定下来,不是因为我,而是她拿不定主意——她在犹豫,我只好等着,就是这样。"

我真的没有想到。我定定地看着他的眼睛。

他再次肯定地点点头。

四

"我从来没有这样爱过一个女孩子,老宁,这是真的。我没有对你说过这些,因为这是我和她的私密。可我心里这会儿堆积得盛不下了,还是要说出来。在这个城市里我没有一个人说说……在很远的那个山区,我有一个老母亲,她天天盼我把媳妇领回去,都盼白了头发。妈妈说什么也不来城里跟我住,我知道她在那里有自己的牵挂……算了,以后再跟你说妈妈的事情。我现在的问题是与小雯既不能合,又不能分。她也像我一样,离不开。"纪及叹气,磕牙。

我有些不以为然:"或者分开,或者走到一起,你们这是怎么回事?干脆点说,你们这几年算是同居吗?"

"绝对没有!我们没有那样,真的,这几年就是这样过去的。

她对我太好了,为我做饭洗衣服,还抄稿子和资料卡片……不过她从来没在这儿过夜。我们有几次只差一点就走到那一步了,都在最后时刻逃避开了——她非常害怕……"

"我想大概你们,特别是你,在这种事儿上是个书呆子。我听了觉得有点可笑。"

纪及抚摸着自己的胸部,很痛苦的样子:"随你怎么说吧,老兄,我也像你一样不明白。小雯对我不是一个爱字就能说得清的,她几乎可以为我做一切,但就是不能嫁给我。一开始我还以为是她的父母不同意,问她,她赶紧否认。她除了父母还有一个弟弟,都是从南部山区来到这座城市的。父母年纪大了,弟弟在一个机关工作。有好几次我提出和她一起去看她的家人,她都拒绝了。我怀疑这里面有什么事,我是指那个叫蓝毛的人,这人挡在中间……"

"那你该直接问她。她不会否认认识这个人吧?"

"不否认。她说是弟弟先认识他的,那个人在他们家玩,遇到她外出就顺路拉上她——可后来我听到了关于她和那个司机的议论了,因为两个人去过商场等许多地方,人们都看到了。蓝毛个子很高很壮,小雯很小,他们在一起很显眼,见过的人都认不错的。我直接谈了这事儿,希望她能诚实。她就哭了,哭得厉害,最后擦擦眼泪告诉我:她与那个人绝对没有暧昧关系,这绝对是一种误解……"

"你相信她的话吗?"

"我当然相信。"

"为什么?"

"因为我必须相信她。"

是的,这其实是一种无懈可击的逻辑。我不知该怎样安慰这个朋友。一个与女友密切相处了一年多的男子,快要四十岁的男子,还是真正的童男子。这是现在这个世界上的奇珍异宝。他与小雯的这种关系还是让我费解。我想问的是:你除了对她的信任之外,还需要做些什么?

"昨天,就是你走后,我和她一口气谈到了半夜。最后我们约定:她将在一个星期的时间内把一切都考虑好,然后就把最后决定告诉我。"

纪及吐出了长长一口气。

"是啊,早就该这样了。这种可笑的捉迷藏并不好玩。"我用力拍了一下他的肩膀。我还想说:如果是我,事情一定简单得多。

我离开纪及的时候已是中午时分,因为离大学的一个朋友很近,我正好要去他那儿取一些资料,就在大学食堂吃了饭。这是一个叫吕擎的副教授,我们全家的挚友,与纪及也熟悉。这天我一直在想那对奇怪的恋人。我们谈到近来的东部之行,徐福东渡以及纪及的著作——吕擎以前读过他大学校刊上发表的文章,对其佩服得不得了。我差一点就说出了小雯的事情,最后好不容易忍住了。到了下午两点半——这个时间分毫不差——梅子突然把电话打到了学校!原来她到处找我,这已经是第十个电话了。她在电话上说:"你快去纪及那儿——不,你直接到医院去吧……"我的头嗡地一响,第一个反应是纪及大病突发住院了,他让人通知我,是因为我在这个城市里是他最好的朋友。"他病了吗?""不,可能不是。电话里他也说不清楚,你快些去吧……"

我匆匆赶往那个医院。

在医院病房二楼走廊上,一个熟悉的身影闪了一下:蓝毛。我未及耽搁,赶紧找到了护士,向她打听起来。我凭直感觉得蓝毛的出现一定与纪及有关。护士不知道纪及,但最后还是说出了正在抢救一个人,是个姑娘——"王小雯?"我大声问了一句,护士点头:"吃了一大瓶安眠药……"

在一个单间病房里,纪及守在一个姑娘床边。是的,一个蜷起的小姑娘,小极了。她刚从急救室转移到这儿。纪及的脸贴放在姑娘的手上,埋着头,并没有发现来人。我没有打扰他,只看着床上的人。王小雯闭着眼睛,夹出了一溜长长的眼睫毛。她呼吸均匀,鼻翼一动一动。脸色苍白得没有一丝血色。

到底是一种怎样的绝境,才促使她横下如此残酷的决心?

我愣在那儿,一时呼吸都凝住了。

第 二 章

圆 心

一

我来杂志社之前在著名的 03 所工作,那是一家权威的地质研究机构。从地质学院毕业能够直接来到这里,兴奋和幸福藏都藏不住。我以为以前憧憬的那种生活——身背行囊走遍山野的日子就在眼前了,一切简直像做梦一样。可惜,后来随着时间的推移我才发现,这儿完全不是么回事,其中的一多半人根本就与地质学无关。我们基本上要常年待在办公室,就像被囚在了一座阴森森的大楼里,一年、两年……难道一直如此?我的背囊,我的简易帐篷,我渴望敲击的岩石和山脉,都撂在了另一个遥不可及的世界,它们在那儿沉睡,蒙上了厚厚的尘埃。

我开始奋力挣脱,结果就是来到了这家杂志社。这个相对宽松的空间让我大舒一口,它给了我前所未有的自由。马光说:"一个工作单位就像一个圆,它有圆心。大家都要围着这个圆心转……"我初来乍到没有深切的体会,所以对他的"圆心"说还不太明白。但我多少能够同意,所谓的团结、和谐融洽,就是给人一种团圆的感觉嘛。而以前的那个 03 所,让我想起的是一个个分割开来的、不见阳光的空间,就像蜂巢一样,统治者是一只黑色的大雄蜂。杂志社好,这儿是一只雌蜂。

的确,娄萌管理和领导的生活,让我们每个人都感到了一份温情暖意。马光长得身高马大,腮上颈上以及露出的胸部都有浓重的毛发,说话铿锵利落,是一个义气的多毛青年。他对娄萌的维护与服从是自然而然的,好像就由这个体力强悍的人带头,整个单位无论男女,一律无条件地维护一个人,而且是真心实意,绝无怨言。但我很快发现娄萌不像一个领导,她身上没有那种威严和干脆劲儿,甚至有些婆婆妈妈和稍稍过分的羞涩感。特别是后者,我认为是一个领导人最要不得的气质。我目前还不是领导,所以有时面对某些异性难免会有些难为情和不好意思;而娄萌则不然,作为一个阅历较长、生活经验丰富的人,却有这样令人遗憾的特质,不能不说是一种严重的缺点。令我惊奇的是竟然没人向她指出这一点,比如马光他们,就没有向她及时提个醒。日子久了我才明白,她的这种气质的养成,或许周围这些人还有责任呢!因为这儿男人太多了,想想看,在一种异性占绝对优势的地方,她一个比较年轻且过分漂亮的女子,即便当了领导又能怎样?

我觉得自己在很大程度上是理解娄萌的,并能够体会她工作中的难处以及诸多苦心。是的,她最让人尊重并感动的地方,即对我们大家的爱——爱护、保护。她差不多将这里看成了一个家庭、一家子人。在越来越冷酷的世界上,在竞争愈加激烈的这个时代,究竟还有什么比这个更重要更感人的呢?为此,我会原谅她的任何弱点甚至过错,并愿意为其做出一定的牺牲。况且在长达一年多的时间里,我没有发现她任何所谓的过错,也就是说,一般的可争议的事情也许是有的,而称得上过错的还没有。

我常常想,一个人对周围的人充满了爱意,即是一种最大的奉献。把美好的心情分赠他人,让人在工作的同时获得高兴和愉悦,这是多么好的品质!我们平时倡导了多少精神、强调了多少方面,却惟独没有这个!这是多么大的疏漏。所以,我对她的感激在长达一年多的时间里是潜在心底的,而绝无丝毫个人私利和个人目的。我几乎完全是从工作、从团结的意义上来体味这一切的。

但是后来,大约是一年零两个月的时间吧,我却发现了她的一个不算太小的过错。这个发现令我非常遗憾。还好,它还没到让人灰心丧气的地步。但痛苦还是纠缠了我一小段时间,最后才算一点一点释然,让一切照旧进行下去。我最终能从她的立场与处境、而非自己的角度去理解整个事件,这才稍稍谅解了她。但这毕竟是一处创伤,它也许无形中在暗处结下了一个斑痕。

事情仍然与马光有关。现在想一下,一些毛发浓重的青年或许应该更严格地要求自己。从多毛体征上看,这是一种强悍的象征也未可知,所以要具备随时克制冲动的坚强意志才好。同样是一种强悍,有时可以表现为勇敢和仗义,或者是勤劳;但有时也的确会演化为莽撞行事,做出极不体面之事。

事情是这样的——那天我下班后匆匆出来乘车,刚走出大门突然想起了什么:我把一份资料忘在了办公桌上,于是马上反身去取。我上了楼一推门,立刻觉得有什么不对劲儿。老天,我发现了什么?真该死,我发现了马光和娄萌正在打字室的过道那儿,他们两人贴紧了,贴得非常紧实,站着!我从这个角度刚好看见他们。我看见娄萌满脸汗水,喘息着往后退了一步。那个时刻啊,真倒霉,我直到两秒钟之后才算明白过来,原来他们两人刚刚在接吻呢。这是真的,这是我亲眼所见啊。我的胸口嗵嗵跳起来,心里想:糟糕!糟糕!再也没有比看见这个更糟糕的了……我凭直觉就能知道,这一下我糟了。而且,而且一切多么可惜啊……我下楼的时候觉得娄萌怪可怜的,对方算什么,他不过是个多毛青年而已……我发觉自己充满了嫉妒。

我记得,那一刻我尽量装出一副平静的样子,咳一声,然后若无其事地向他们点点头,进屋取了桌上的东西,然后转身离去。

事后,直到如今,我从没有向任何人提起过这件事,而且也没有用意味深长的目光去看他们两人当中的任何一个。可见在这件事情上,我所做的一切是非常审慎和得体的,无论如何也找不出什么失当之处。

二

娄萌在我眼里一直是温厚美丽的。她整个人品貌端庄且衣着考究,尤其有一双令人难忘的眼睛。她以前是艺术馆的一位副处长,后来就调到这家杂志社做了头儿。已经四十出头的人了,脸上还是没有一点皱纹。我第一次见到她时差不多吃了一惊:眼前这个人,这个女人啊,一双眼睛如此纯洁明亮,简直像少女一般!她看上去顶多有三十五六岁的样子,只是稍微胖了一点,但因此而显得更加稳重和温柔。从认识她的那一天到现在,她对我一直很好,年龄尽管比我大了一点点,准确点说是大了一岁半,可她对待我就像一位大姐。我是说,我对她有一种大姐般的信赖和敬重。

可近来我还是发现了什么。是的,她那儿好像稍微有了一点变化,比如与我谈话时改称"小宁"。我们的年龄差距还没那么大啊。这个"小"字由丈夫用在她身上还差不多。于节已经接近六十了,娄萌是他的第二任妻子。在这座城市,娄萌的名气远比他要大得多。于节只是一个没有什么嗜好、没有什么个性的身居高位的官员,而她却是这座城市里引人注目的人物:许多上层人士都知道她,并热衷于谈论她。我甚至相信一些人在默默关注着她,当然,那未必有什么来由。我来编辑部工作之前耳廓里就装满了关于她的许多传闻,所以与她刚刚接触的时候难免有些好奇。从第一眼开始,我就发现自己遇到了一个非同凡响的女人。她有无法掩饰的魅力,那是一种可怕的吸引力,包括一大堆等待诠释的奥秘之类。人群中总有这样的人,但数量极少。很快,我发现在她领导下工作是愉快的,有时甚至可以说是幸福的。她是如此精明强干,善解人意,又特别注意尊重别人。她不仅与编辑部里的所有人都合得来,而且都有友谊。刚开始的日子里她与我谈话不多,但很快就有了几次令人印象深刻的长谈。那是同事们下班之后,屋里只有我们两人的时候。她先是一般化地询问了我的生活、工作等等,最后又自然而然地扯到了其他事情。我于是发觉她身上仍然葆有青年人才具备的那种冲动和热情。

"娄主编,我觉得大家和你在一块儿工作都很愉快——非常愉快。"

她笑了:"同志们就像在一个大家庭里,这样工作再累,精神上也会感到舒畅。舒畅比什么都重要啊。"

"都重要!"

她的目光在我脸上停留了一瞬,微笑着。

那次长谈之后我对她的印象好极了。人啊,在年复一年、日复一日的工作中,从哪儿才能找到这样一个没有丝毫官气,又是如此体谅他人的领导?回想起以前工作过的那个03所,简直就像一场噩梦。对比之下,我觉得自己今天真是太幸运了。一切都是时机,是机遇问题,因为如果早来这儿一两年就不是这样了,据同事们说,这里过去的头儿是一个长得像石猴似的老人,虽然为人耿直,可是脾气怪异,不但很少与下级对话,而且说火就火。大家只能在一种肃穆的、小心翼翼的,甚至是多少有点冷漠的气氛里干活。那时工作起来真累。而娄萌接手之后就完全不同了,她能用一种情感之丝将大家缠裹和笼罩起来,使人人在自己的职位上都干得尽心尽力,即便承担起好几个人的工作也毫无怨言,甚至下班之后还在为杂志社里的事情奔忙,真有点乐此不疲的意味。

回家后我常常对梅子讲起自己的新领导,讲她工作的特征、温和的性格以及衣着,甚至讲她这一天又说了什么笑话等等。大约讲得太多了,有一次梅子打断我的话说:你脑子里也该装些别的吧。我不再吭声,因为她真的提醒了我,让我发现,娄萌的确迷住了编辑部里的每一个人。

当时我怔了一下,笑了。

不过一切再清楚不过,我不愿一直待在家里,不像过去那样闲散了。我很愿意往杂志社跑,因为一般来说我们是轮流值班的,不必天天上班,可我现在宁愿更多地离家。我不再像过去那样,把严格的作息时间当成一种负担,倒是非常乐于把时间消磨在办公室里。需要说明的是,我的办公桌与她相对,我相信这也是偶然而又幸运的事情。在工作疲劳的时候,有时想抬头放松一下眼睛,常常就能看到娄萌刚好也微笑着仰起脸。

三

有一次娄萌赞扬我的身材:"你很注意锻炼,看看这有多好。我们老于不愿活动,顶多也就是散散步,那根本达不到目的,只不过给他消消食儿罢了,让他长得更胖。"说完就幸灾乐祸地笑起来。"我们老于现在就像一个弥勒佛。你不要以为他是现在才胖的,他和你这么大的年纪就已经很胖了。"她捏了捏我的胳膊,"瞧这肌肉!"说着又用拳头捣了捣我的胸部。

我觉得胸部的肌肉正有力地反弹她的拳头。

"真是个好小伙子!"她又拍了拍我的肩膀。

她说这些时,一双眼睛平静而纯洁。

她重新坐到办公桌前,我这才发现办公室里一个人也没有了,大家不知什么时候下班离开了。我说:"娄主编,我们也该走了……"

她坐在那儿没有应声,眼睛望着窗外,眸子里好像渗出了一层什么。她很少这样。这时她像刚刚醒过神来,点点头:"嗯,我们走。老于的车子也快拐过来了。"她说老于正在哪儿开什么会,正好拐过来捎上我们。一提到老于她又抱怨:"他啊,把院里的什么事情都包揽了,整天忙得脚不沾地。其实很多事该找人家霍老……"

从娄萌的话里常常能听出对那个人的不满。但像过去一样,这次她很快转而赞扬起来:"当然了,霍老年纪大了,兼职太多,总不能参加那么多的社会活动。不过霍老德高望重,有些场合还是非出面不可啊,这可不是我们老于能取代的啊!"

她在说霍闻海。我发现提到这个名字时,她的声音马上有些变,像要说一句悄悄话却又忍不住提高了声音似的。我知道,霍闻海对于许多人而言,都算这座城市里的一个庞然大物。事实上就是如此,任何时期与任何时代,总会在一些角落流布着一些超级人物,他们有的貌不惊人,业绩平平,有的甚至还有着可怕的缺陷,但就是不可忽略不可埋没。这些人大半是权高位重,或在历史的交叉路口占据了奇特的位置,使人望而生畏。霍闻海就是这方面的一个典型例证。他年纪很大了,但也许是资历或其他某些原因,年龄问题在许多人看来已经可以忽略不计了。比如说他像大多数这一类人物一样,非但身体很好,而且有着一副恒久不变的容颜。我是说,当经过了一段长久的时光的考验之后,他们的面容似乎就停滞在那儿了,再也不会改变了。我甚至见过这样的一个人,当然也是一个神秘的令人畏惧的人物,他在接近八十岁的时候突然变得更年轻了,面部的皮肤就像婴儿一样细嫩。比如说我见过的霍闻海,他绝不像一个老人,那样子可以说名不副实;总之他应该算是一个老人了,可就是没有一点老相。当然我是从远处看到的,因为我不太可能从更近一点的地方端详了。其实这个人能让我看到就不错了,因为对方一般场合是不露面的,他是那种过早地把自己隐匿起来的人物。神秘,然而却并非是故作神秘,这就是我们这个时代里某些"要人"的特征。这一点许多人想学,想模仿,可就是学不来也模仿不来。有人尽管年纪不小职位也不低,可身上的轻浮气甚至是贱痞子气弄到最后还是与日俱增。这也没有办法。有的人天生不是贵人,即便浑身挂满了勋章也无济于事。而霍老——是的,许多人早在十年前就这样称呼他了——只在那些真正重要的场合才露一下面,就像电光石火一样,稍纵即逝。科学院只是他以前分管和过问的部门之一,那里大约有一多半的人压根儿就没有见过他,更不用说别的了。平常那些应酬,那些繁琐的事务,理所当然全要落在于节头上。所以娄萌的抱怨是合情合理的,只是她不愿在我面前流露更多罢了。她怕有什么话传到霍老耳朵里。实际上她的担心是多余的。

她每每流露出类似的委屈,我都忍不住要深深地同情起来。我想安慰她,但一时不知道该怎样做才好。我害怕她的泪水在这样的时刻突然就流出来,我担心自己忍不住,会伸手拍打她的肩膀或递过一块手帕之类。谢天谢地,好在没有出现这样的场景。

办公室常来一些年轻人,最多的是大学生们,还有一些社会上的各色闲散人员。年轻的姑娘和小伙子们热情澎湃,谈话时常常没有任何过渡就直接进入忘我境界,激动不已。他们管杂志社里所有的人都叫"老师"。那些可爱的姑娘把这儿看成了神圣的学术和艺术殿堂,而我们则把她们看成了青春的象征。我总是很好地、恰如其分地给她们以帮助。我从没有说过一句与自己身份不符的话。我喜欢她们的热情、昂扬、不加掩饰的情感流露,但我想自己仅仅是、始终是一个合格的编辑,一家杂志的工作人员。姑娘们离开时,我与她们招手告别——我不记得曾主动地与她们握过手。可马光则不然,他一有机会就要抓住一双双纤手,而且总要握上很长时间。这在我看来显然是不够妥当的。在业余时间,我总是尽可能地避开这些年轻人,那时候我只愿沉浸在老朋友们当中,沉浸在自己的家庭生活里。如果有哪些更热情的姑娘和小伙子们找上门来,我也会把他们约到上班时间,约到办公室里。这样,娄萌,马光,所有的同事都在一块儿了。我发现自己一直是这样,一直是这样谨慎。

另外,我们办公室的小打字员是一个嘴巴有点歪、但看上去却是十分讨人喜欢的姑娘。我来这儿不久就发现,很多人都愿到打字室去,有人找一个借口,一钻到里面就不愿出来。听说前几年我们的老编辑甚至为她犯了错误——同在一个大办公室里待着,满脸胡子的老编辑却一封连一封写信给她。小打字员刚开始搞不明白,还以为那些信件都是需要打印的稿件,就把它们统统打了出来。结果最后她明白过来已经有些晚了。当然是马光看得透彻,他立刻就报告了那个石猴似的领导。严肃的老人戴上金丝边眼镜,把打印得清清楚楚的求爱信一篇一篇看过,边看边用红笔在上面画线,最后批了一句:"何其相似乃尔……荒唐之至!"

那个满脸胡茬的老编辑落了一个不轻不重的处分。

我来到以后,小打字员重提这段往事,泪眼汪汪对我说:"老宁,你知道,这也怨不得他的……"

"是的,怨不得他。"

当时我盯着这张稍微有些歪的小嘴巴想:这怎么能怨他呢?都怨你长得太别致、太吸引人了,马光背后就说过:她的小嘴巴多好啊,虽然长得歪歪扭扭,但一点也不妨碍亲吻……当然,我的这个不够庄重的想法只是一闪而过。但是说心里话,我实在是觉得那个老编辑为此而遭受处分有点冤枉,都什么时代了啊!而且他真的是一个好人,对事业忠心耿耿,如饥似渴地钻研业务。他是我们整个编辑部里最讨人喜欢的"老小孩儿"。就因为热爱艺术,就因为葆有一份纯洁和热情,才有可能不加掩饰、忘乎一切地倾吐心中的爱恋。他暂时忘记了怎样从世俗的角度去看待一些问题、去判断一些事物,过于沉溺其中,结果也就疏忽大意了,做出了如此"可笑"的事情。好在我们的小打字员天真无邪,她倒完全可以理解领导所不能理解的一些事物。这也是不幸中的万幸吧。

当时小姑娘向我诉说时,突然哭了起来。这样她的嘴巴歪得更厉害了,露出了一排又白又小的牙齿。那一刻我觉得她真像一只小兔子。她哭着,越哭越厉害,最后竟伏到了我的肩膀上。由于当时丝毫没有准备及其他,我没有来得及马上把肩膀挪开,就那样让她倚了大约有三四秒钟。可就在这可恶的几秒钟里,不巧偏偏就被马光撞到了!他一推门,先是一怔,然后立刻朝我做个鬼脸,装出一副心照不宣和大大咧咧的样子,一抽身走开了。

第二天马光对我说:"真好,是吧?"

"你是什么意思?你想到了哪里?"

我不愿解释,不过心里清清楚楚,问心无愧。我想这事儿他最终还是会搞明白的。果然,主编并没有找我谈什么,而且事情很快就过去了。

那个老编辑快到了退休的年龄,他将带着一丝失落和不甘,还有显而易见的羞愧离开。一次我们在一起时,不知为什么他主动谈到了这一事件。我尽量给予宽慰。他握紧我的手:

"老宁,你知道,明人不做暗事,我当时并不怕这些信落到别人手里,不过实实在在讲,它只该由一个人来看,我是说,她该自己看呢,打印出来,这算什么……"

我无言以对。

"我并不指望她能给我回信,也不以为她会爱上我,这已经不是我这样的老人所能够追求的事情了……"

我忍不住问了一句:"那你为什么还要给她写那么多呢?"

老人红着脸:"我忍不住啊!我喜欢她啊!"说着泪水顺着深深

的皱纹滚落下来。

"你不怕老伴知道吗?"

"我不怕。我跟老伴说过这事儿。"

这倒使我吃了一惊:"是吗?她不跟你吵吗?"

"她知道我有这个老毛病,但我不坏。她说真想找个人把我阉了……"

我笑出了眼泪。

分手时老编辑又告诉:他心里不光喜欢那个歪嘴打字员,还喜欢——甚至是更喜欢咱们后来的头儿——娄萌!说到这儿他搓搓手,又拍打膝盖:"可我总不能给娄萌写信吧!那可不一样——一个人哪能爱自己的领导呢?"

四

与老编辑谈话的那一天心里很不平静。我想了许多。是啊,世上就是有这么一种人,他们常常被唾弃,被斥责,仅仅是因为他们更容易裸露自己的情感。他们是怎样的人哪,永远年轻,永远不会衰老,永远像一个儿童那样天真烂漫,热爱无边。实际上他们什么罪过也没有。他们不过是不善于隐藏自己而已。

我由此又想到了娄萌。她稍微懂得一点隐藏,因而没有招致多少非议;可是她的火热和浪漫在她的周边、她日常生活的这个杂志社里已是饱满流溢起来。但我们所有人并没有因此而厌烦,相反却对其有一种说不出的爱护和疼怜之情。

可怜的老编辑不知扶持了多少人,一个地地道道的老好人,与方格稿纸打了一辈子交道,伴着红墨水和铅印清样儿走完一年又一年,直到皱纹密布。可他最后就这样不太磊落、不太光彩地结束了自己的工作,回家去了。我心里非常难过。

有一天我遇到了那个石猴似的原领导——他现在已是杂志社

的顾问,不知怎么又谈到了当年的那个"老少恋事件",一提到老编辑,他仍旧愤愤然:"我们什么人都能要,就是这样的人不能要!"我见他的口气很硬,也就不再说什么了。

我将来的麻烦只能出在一个人身上,这就是多嘴多舌的马光。这家伙可能是我的克星也说不定。来杂志社工作不久,我在洗澡时就见过这个三十多岁的小伙子,这家伙全身多毛。当时他让我吃了一惊,我差一点说他是一只动物。我倒吸一口凉气,心想怪不得这家伙精力过剩,贼大胆,没有什么不敢做也没有什么不敢说的。实际上他远比那个老编辑走得更远,在那类荒唐事情上无拘无束。可怪就怪在他反而没事。

我从内心里怜惜娄萌。可我不知该说什么,不知该怎样坦然面对她的眼睛。她从不提那天的事情,好像什么都没有发生。大约过了半年之后,她就交给了我和纪及那个任务:为霍老写传。

受 命

一

原来霍老很早就开始物色为他写传的人了,本来这个事情就要落到王如一或另一个研究员身上,可后来不知是谁给于节出了个馊主意,说让刚毕业不久的才华横溢的博士来完成这一重要任务吧。要抓紧时间哪,霍老已经有一把年纪了,他这个时候还可以谈出很多东西,可别等得太晚。这样的遗憾、惨痛的教训难道还少吗?总之要趁着他健在的时候把一切都抢救下来。

"抢救"两个字正是于节院长陪我们见霍老之后提到的。他那次还说:"你们应该抽空看一下电视台刚刚拍摄的霍老的专题片。"

那是一家电视台为了纪念一个重要的节日而专门拍摄的一部多集文化专题片。我们杂志社里的马光看过。他在背后总是用不恭的口气议论出现在镜头里的霍闻海，还模仿对方拃着腰站在高处或拄着拐杖行走、看着远处的天空思索……电视片里还剪辑了许多资料镜头，回顾了战火纷飞的年代、抗日的炮火，甚至是一些地下工作者的活动场所。有乡村、河流、高山、大海，只要是霍闻海足迹所达之处，都拍过了一遍。霍闻海老发表的文章，出版的书籍，都叠放到一块儿，让镜头慢慢摇过……马光告诉我，镜头在一个杂志上的大字标题面前停住了，然后越推越近，直到整个屏幕上只剩下四个大字："大哉，闻海！"

　　娄萌给了诸多鼓励，她说："你们发挥才华的时候到了！"

　　我不吭一声地听着。

　　"你们要把这本传记写好，那是不朽的……"

　　"是我们不朽还是霍老不朽？"

　　她未加解释，只说："它成功的重要条件，就是找到了一个合适的传主；在我们这个城市里恐怕再也找不到有比霍老再合适的人了。我知道很多人都会抢这个题材，最初是我向老于推荐你的！"

　　"真是感谢你。不过我担心写出来的全是废品，根本不值得一看呢！"

　　"不会的，凭你们两个的能力，我知道会成功的。主要是传主有意思，你们写的是一个传奇人物——从战士到学者再到高官。你们会写到他的戎马生涯，写到寂寞的学术生活，特别是写他的……"她吞吞吐吐了一会儿，"当然爱情生活也不必回避……"

　　最后两个字让我有了兴趣。我们都知道霍闻海已经离过两次婚，而第三次婚变也在开始。他和妻子现在已经分居。他把老婆从那座小楼里赶跑了。关于这方面的传闻很多。我这时倒想，如果能给我们真正的写作自由，让我们根据自己的理解一直写下去，那倒一定会有十足的可读性。可惜这大概很难做到。

消息最灵通的人士从来都是马光,他曾就霍闻海的一些传闻暗地里告诉我:"霍老的分居事出有因。"

我说:"还不是合不来嘛!"

"那怎么会合得来呢?他现在正与服装杂志的一个女编辑打得火热呢。"他眨眨眼问,"见没见过那个女编辑?"

我的好奇心终于被撩拨起来了,看着他。

马光扮个鬼脸:"就是外号叫'小贱人'的那个肖桂美。"

我愣了一下。想起来了,有一次开个什么大会,我们坐在较前边一点,有一个人打扮奇特,她一直从主席台那儿绕过去,走到最前的一排座位上。那天的主席台上就坐了霍老。她打扮得怪模怪样儿,从主席台下招摇而过,大概就是为了给霍老看吧。她当时还是一个三十多岁的未婚女子,脸和脖子都搽了厚厚的脂粉。

马光细说由来:"她从前跟我们杂志来往也很多,我们很熟的。有人给她取了这个外号——'小贱人'……她跟霍老的年龄差距太大了。"

我们算了一下,发现他们可能要差一半以上的年龄。

二

那天娄萌叮嘱我一定晚些走,说一会儿专门有车子来接我们。我问她什么事情?她笑笑:"到时候就知道了。"我被这神神秘秘弄得心里发痒,再问,她说:

"霍老要接见你们了!"

"什么时候?现在?"

"就现在,霍老一会儿派他的司机来接我们。"

正说着电话响起来了,原来传达室把电话打上来了。娄萌有些慌促地抓起桌上的提包,招呼我一声,往楼梯那儿快步走去。我跟上她。

一辆崭新的奔驰轿车停在院子里,司机戴着雪白的手套,抭着腰站在车旁。这个人外号叫"蓝毛",系着一条闪闪发光的电镀腰带。这时候他很利落地摆了一下手,打开了车门,坐到了驾驶员的位置上。我们进了车子才发现,原来里边已经坐着纪及。

车子在娄萌宿舍那儿停了一下,娄萌下,于节院长上。原来他要陪我们去见霍老。车子开得很快。于节的头发梳理得一丝不乱,好像刚刚理过发,两手合起放在胖胖的小腹上。我又看了一眼左边的纪及,他正像以往那样皱着眉头,一副若有所思的样子。他总是这样发呆,总是有点过分专注。

车子驶进了一个深宅大院,一会儿又飞快地打了个陡弯停住了。我们一下车就站在了一座小楼跟前,这就是霍老家了。小楼建在靠近山脚的一片小松林边上。整个的大院里都住了一些重要人物,他们是这座城市的管理者。这部分人活得很老、很好。站在这儿,可以感到一种带了松脂味儿的清新空气正从山脚那儿吹来。蓝毛摘下手套往车子上一抛,然后引我们进楼。

小楼里面很朴素,多少有点凉爽。于节走在蓝毛后面,我和纪及走在于节后面。走过大厅往右拐了一下,踏上了一块浅蓝色的地毯。这块地毯蓝得可爱,像泛着油。我发现纪及还是那副神情,像是一直盯着于节的后背往前走。于节院长实在是有点胖了,稀疏的头发快盖不住头皮了。从毛发稀疏的后脑这儿看去,他是一个多么厚道的领导啊。我们待在了那儿,因为蓝毛进入了另一个房间。

一会儿接见我们的人出现了。

我从来没有这么近看过他。老天,这哪里是一个老人啊,整个人看上去只有五十多岁的样子,绝不像想象中那么衰老。以前我们在判断年龄时多么容易犯概念化的毛病啊!瞧瞧他吧,比我那次远远望去的样子还要年轻。他站在一间很宽敞的会客室门口,跟我们一一握手,连经常见面、经常找他汇报工作的于节院长也不例外。他握着我们的手,脸上流露出仅有的一丝微笑,但极为亲切。他没有说什么,只是做了一个手势,让我们进去。

我和纪及坐在一条长沙发上,于节坐在了霍老旁边的单人沙发上。而蓝毛环顾了一下会客室里的暖水瓶,又看了看杯子里泡好的茶,就到外边去了。我们每个人的面前都摆了一杯热茶。我注意到这个会客室大约可以坐二十多人,如果再添一点椅子,就可以坐三四十人了,足可以用来开一个座谈会。屋子里没有烟缸,可见在这里是不能吸烟的。

霍闻海中等个子,稍稍有点发胖。我惊讶地发现,他长得像个老女人,而且也像女人一样留着齐耳长发。他仍然保持了东部平原的那种口音,说起话来缓慢、低沉,语调十分奇特。我想大概这也是他不苟言笑的一个原因吧。如果他在路上被一个生人看到,也许都会把他看成是一位老太太。他脸上的毛发不重,并且又及时地剃除了,这使他看上去越发不像一个男人了。我心里想,大概由于他极少去一些公开场合,所以才越来越神秘、名声也越来越大吧。他经常来往的都是这座城市里的重要人物,所以也就更加神秘了。他在人们的想象中变得庞大了,变得不可接近、不可企及。可是,瞧这个人现在就在我们旁边,就在几公尺远的地方,他在微笑呢。是的,整个人非常和蔼。因此无论马光背后用多少玩笑来讥讽面前这个人,我这会儿还是多少产生了一点感激的心情。我觉得能够和他一块儿坐着,听他谈点什么,真是一个难得的机会。

于节首先向霍老介绍了我:"霍老,这位老宁嘛,也是个秀才喽。他是我家娄萌的同事……"

霍老面带微笑点头:"噢,好的,好的。"

他身子一动不动。我觉得他的目光多少有点呆板。他的一只眼睛似乎有什么毛病,真的,两只眼睛是不同的,左边的一只是温和的,有点生气;而右边的眼睛却阴森森的,冰凉冰凉。我第一次看到一个人可以长出两只完全不同的眼睛!我心里突然忐忑起来。

于节又介绍纪及:"喏,这一位就是我们的纪及了。就是以前给您谈过的、一年前分配来的那个……名气很大哦,您看,现在的年轻人……"

霍老似乎对纪及更感兴趣一点,迎着他点头,笑笑:"好么,很年轻么,我们的事业后继有人么,大有希望么。好么!"

于节又说:"您的传记我安排了他们一起合作,两个人相互取长补短,一定会完成得很好。他们准备先熟悉一下材料,在下半年把初稿拿出来,到时候还请您……"

霍老的手小幅度地挥动一下,打断了于节的话:"不必了,初稿出来你看一下就可以了。你是很熟悉的嘛。嗯?"

于节说:"如果那样也可以;我担心您的时间和身体……那算了吧,就由我来定稿吧!"

霍老呷一口茶水:"好的,就这样吧,好的。"

他把目光转向我和纪及,语调极其低沉、和缓:"本来么,我不值得你们一写,我有什么可写的嘛。可是更上边,有关领导同志还是坚持写一写。这作为一个抢救项目,我不得已只好同意了。不过,我希望你们更多地写一下土地和人民,而不要过多地写我。要记住,多写那里的山山水水,那里的——人民!"

这时候于节从衣兜里掏出一个小本子,飞快地记了起来。这一下让我和纪及都有点尴尬,因为我们竟然没有带一个本子一支笔。霍老好像也注意到了这一点,瞥了瞥我们,又转身看看于节,盯着他飞动的笔尖说下去:

"人民才是真正的英雄,而我们自己却往往是幼稚可笑的。"

于节点着头:"是的。"

霍老仰靠在沙发上,微微闭上了眼睛。我发现他梳理得十分齐整的头发在沙发的靠背上蹙了起来,看上去越发像一个老太婆了。他眯着眼,显得十分慈祥。他厚厚的嘴唇一定阻碍了他的语言功能,所以他说起话来就格外慢、格外费力。这时候他大概已经陷入了沉思。也许我们不该过分地打扰这位德高望重的老人,哪怕是短短的一句话、一个字,也可以引起他各种各样的回忆……

就这样,会客室里静静的,一根针掉在地上都可以听见。终于,纪及把面前的杯子弄出了响动——他大口地喝起了水,接上说了一句:

"霍老,您给我们谈得细一点吧,这样我们写起来就容易了。我们希望找机会跟您更多地谈一下……"

于节马上有点慌促,看看霍老又看看纪及。霍老睁开了眼睛。我觉得他的右眼——就是目光冰凉的那只眼——往纪及那边用力地看了一下。我发现纪及在这目光下不由自主地往后缩了缩。霍老开始回答他的话,不过依然像刚才一样的语气:

"这些你们可以去找于院长了,他还会给你们提供一些材料。我最近身体很不好,事情也多,有什么问题可以直接去问于院长……"

于节立刻把话接过去:"是的,我那里有很多材料,你们找我就可以了,尽可能不要打扰霍老,他现在连很多重要的会议都不能参加了……"

纪及好像又说了一句什么,十分惋惜地搓了搓手。他又大口喝茶。

就这样,一次重要的接见结束了。从跨进会客室到离开,大约只有二十分钟左右。这越发使我觉得有点沉重,一种被压迫被压抑的沉重。我们作为一本传记的执笔者,当然想与对方有更多的接触、更多的了解。我甚至想了解这座小楼里主人的日常琐屑,他的生活习惯,等等。比如说通向会客室的这个走廊尽头的房间,它是怎样的?它的陈设?在大厅里弯弯向上的楼梯铺了地毯,踏着那个舒服的楼梯走上去,里面还会有什么?当然,这些只是一闪而过的念头,我并没有放肆到提出这些要求的地步。

三

我和纪及开始消化材料。这些高高积起的复印件啊,全是一些有关霍老的事迹介绍。我觉得一个最简单不过的办法,就是尽可能使用这些材料,将它所提供的一切加以剪裁,用一种严肃的,同时又不失活泼的笔调写出来。如果有可能的话,再配一点图片,这可能就是一本不错的书。可是纪及偏偏那么认真较劲,执拗得很。他说:

"一定要看霍老的著作。要看他亲手写了什么,这是任何东西都不能取代的……"

他要从那个人的字里行间去了解一切,寻找一颗心灵。我明白,也完全能够同意,可是我似乎有什么预感,甚至有些担心……我没有说什么,既没有反对纪及,也没有表示赞同。因为他是对的。纪及向于节提出了这个要求,于节也不好回绝。几天之后,于院长终于让办公室的秘书送来了好多材料。这些材料有的还带着图书馆的标签,有的依然是复印的。纪及很快把这些材料读完了。刚开始他还做了卡片,后来干脆连卡片也不做了。他从中找了几份让我看。有一些书不是霍老的,只是作为主编在书上落了名字——对这类著作纪及一概不看。他要看的只是霍老亲笔写下的东西。他给我的几份材料都是一些哲学方面的文字,比如《再谈真知来自实践》《谈内因和外因的关系》,等等。说真话,作为哲学著作,这些文字有点过于浅显。不过这毕竟是面向大众的普及读物,再加上时代的局限,似乎不必苛求。但接上纪及又把复印出来的一些诗作给我看了。应该说我是这方面的一个"小小专家"。

感受如前相同。那些关于"战地重游",关于"大海""大河"的感慨,关于历次"生产运动"的颂扬,只是一些文白夹杂的押韵句子而已。是的,时代的印记;还有,就是它所特有的某种淳朴和清新——甚至是刚健与单纯交织的特别气质。尽管如此,也还是与霍老极大的诗名形成了强烈反差。我随口说:"也还好……"

我最后看的是从文博部门拿来的霍老书法作品的复印件。这是经过于节的再三努力才搞来的,很不容易。说实话,正是这些书法作品难住了我和纪及,因为我们都没法评判它的优劣。书体大致让人眼熟,不过它究竟是什么体还说不准。每一个字都写得很大,一律草书。我不懂。这一点我和纪及都是外行。我们最后看的是霍老的散文和杂文,一些在战争年代发表的通讯、短文。它们与那些诗作给人的感觉差不多,虽然没有出人意料的深奥,但实话实说,内容仍旧有可取之处;因为年积月累,数量上倒也的确有一些了。

大约就是研究了这些资料之后,纪及的热情迅速冷却了。

他再也没有与我谈论合作的事情,奇怪的是却没有完全放弃这个工作。在勉强取得于节院长的同意之后,纪及一个人背着背包到东部去了。

他走了几个月,回来的时候记了满满几大本。那都是关于古航海遗址的一些勘察笔记。当然,霍老出生地的一些事迹也记了不少……

他正是在这次东行之后,工作的兴趣越来越淡,最后竟把它抛到了一边。

现在看,纪及那一次实地考察传主的过去,当然是至关重要的。一切皆由此转折。正因为他的实地勘察,结果才让其大失所望。从霍老的父母到霍老的青年时期,他都记录得一丝不苟。很可惜,霍老的"传奇人生"不仅没有打动这位年轻人,反而让他放弃了自己的工作。

于节也许发现了这一点,几次催促纪及。纪及一声不吭。娄萌不得已又找到了我,让我找他赶紧工作起来。

那些日子里,我们关在那个单间宿舍里,闷闷地喝茶,偶尔还点一支烟。我们都不会吸烟。他让我学着吸一支。烟味把我们呛得不停地咳嗽。他断断续续讲了一些事情——关于传记,关于霍老。

霍闻海的母亲是一位农村妇女,一贫如洗任劳任怨,善良而无辜地过完了自己的一生。她的最大不幸是找了那样一个男人。这人是典型的乡间流氓,赌钱,屠狗,后来还做了民兵头儿,是人人都害怕的那种角色。在村子里,一提起霍闻海的父亲,那些上年纪的人还直冒冷汗。不少人还记得,那个人当年甚至自己动手造了一杆土枪,一天到晚背在肩上,喝了酒就爬上屋顶迎着巷子放枪。他故意把枪口抬得很高,把走上街头的那些人吓得乱叫。妻子几乎每天都要挨揍,他吆喝一声,整座小泥屋都要抖动。他发起火来,有时会一整夜边喝酒边打自己的女人。霍闻海出生不久就开始陪母亲挨揍,有一天他对母亲发誓,说要杀了父亲。

父亲用钓鱼钩拴上一块鸡肉,一口气钓到了好几条狗,把狗肉埋在冻土里,按时挖出来吃。整个冬天这个男人都是醉的,整个冬天也是母子两人最难熬的日子:男人光着身子蹲在炕上,一手端着酒壶一手握着皮带,动不动就抽他们几下子。母亲一连声告饶,用身子去护瘦骨嶙峋的孩子,这更激起了男人的火气。孩子一声不吭,死盯住这个男人。男人提起他的两只小腿,做出一副劈杀的样子,母亲好一顿哀求才算饶他一命。可是刚刚坐到炕上,他还是死死地盯住这个男人。

这一年霍闻海十四岁。又是冬天,河上封了冰,父亲十多天失踪后终于回家了。母亲赶紧为男人热饭,想不到男人酒足饭饱后当着孩子的面使出了兽性,往死里折磨妻子,一直把大脚踩在她的肚子上。黎明时分,母亲眼看就要上不来气了,憋得脸都紫了。儿子先是发出哀告,然后就到黑影里摸出一把菜刀。他照准男人踏住母亲的那只脚狠狠砍了一刀。一声长嘶。他扔了刀,撒开腿就跑。

瘦得皮包骨头的小闻海像寒风中的一只小鸟,半身赤裸,没命地飞去,一直飞出了曲折的街巷。可他的身后是那个红了眼的男人,这人手举一柄四齿粪叉穷追不舍,一只脚血糊淋拉。这场疯狂的追赶被早起的村里人看到了,他们惊得大气不出。

半身赤裸的孩子跑啊跑啊,一直跑到了河边。一夜的激流把河冰冲开了一道宽宽的口子,这使孩子无法过河。他在冰口旁边蹲了几蹲,一咬牙一闭眼,噌一下跳了过去。正这时后边的男人也赶到了,这家伙无奈地看了看泛着冰碴儿的河水,然后照准对岸的儿子猛地抛出了粪叉,嘴里发出"嗯"的一声。

那柄粪叉几乎紧贴小闻海的头皮飞了过去……

霍闻海就此开始了流浪,半年后又跟上了出伕队。就这样,他一直随着支前的人流往前,一年后又和一部分年轻民工一起,直接转到队伍上当了兵。

无 可 奈 何

一

大约是我和纪及从东部回来一个多月之后,娄萌郑重地警告我说:"你们从现在开始,再也不要议论霍老的事情——特别是他在混乱年代、在领导小组的那些事情……"

我极力回忆曾跟哪些人谈起过霍闻海。似乎记不太清。不过我记得曾跟一个最好的朋友——在高校工作的吕擎讲过。不过他不是随便传话的人,不可能跟其他人传播。想来想去,最后想到了王如一。

那一次他到我这儿玩,谈到现代诗,主动提起了霍老。我当时凭记忆念了霍老的一首旧作,接着就谈到了写传记的事情,谈到纪及了解到的一些关于霍老,特别是他在领导小组的事情,说:"看来我们是没法完成这个艰巨的任务了。"当时王如一立刻瞪大了一双猫样的眼睛,那双眼蓝幽幽的:"为什么?"他这副模样多少让我产生了一些警醒,于是就设法绕过了这个话题。王如一咬着牙关,笑了。接下去我不再提霍老。

现在我怀疑就是从他这里,有些话经过夸大和进一步演绎,越传越远。我记得当时特别嘱咐王如一:千万不要再给其他人谈传记的事了,以免扩散,使霍老误解纪及。王如一嗯嗯答应着。可是今天我才恍然大悟:他并没有承诺什么,而且即便承诺了也并不可靠。正如纪及所言,王如一这个人是不值得信任的。他这样评价对方:

"他属于另一种人。"

我告诉纪及:"他在这儿夸你,说你们两人交流很多,他经常到你那儿玩,是少数看得起的人之一;还有,连他一贯瞧不起人的夫人也去看过你……"

"我对这种言过其实、当面奉迎的人总是不放心。他见我第一面就说:'你的学问和人格都是顶尖的,我一辈子都难以望其项背!'还说'咱这个单位复杂得你怎么想都不过分,但我们之间的情感、我们的友谊是永久的,会保持终生'——他还特别提到了前些年知识界的磨难,'我们这儿简直是一场连一场的混战,是最敏感的地方,几乎没有一个人不受伤害。其中原因固然很多,但还是要说到知识分子的弱点:坚忍而又脆弱,天性多疑,听信谣言,容易起哄,幼稚,感情用事,结果不是好心办了坏事,就是坏心办了恶事,同事之间差不多都他妈不敢交朋友了——如果那个时候你在这儿,我们就会背靠背地干,那时候可以互相保护……'他当时说得动情,泪水就在眼眶里打旋。"

"他属于爱哭的男人,这种人应该提防。"

"他说前几年科学院也闹过许多大事。好多人差一点没被整死……"

我知道那也算一个特殊时期。可现在一切都过去了,人们开始埋头于自己的专业了:"现在毕竟不是过去了,大环境已经改变了,如今再也不会把大批的人赶到农场工地,或者抓到监狱里去了。"

纪及没有做声。谈到王如一的老婆,他马上摇头:"那是一个可怕的女人。我真怕见到她……第一次跟丈夫到我这儿就乱翻乱找,把我的卡片碰在地上,还到床上抓起短裤给王如一看。王如一转脸就对我说:'这个娘儿们可得小心,她一高兴,五分钟就能把你收拾了。'——这是一对什么夫妇啊……"

"那你就远远躲开她好了。"我笑了。

纪及的脸色非常难看:"她叫我'叽叽分子'——说'我最讨厌'叽叽分子'!"

"王如一来往最多的人还有谁?"

纪及想了想:"他有一个好朋友,虽然不常见面,可都知道关系密切。那人由于特殊的原因和于茀来往密切,甚至也能接近霍老。不过他在外地的一个研究所,离这里有一千多里呢,叫耿尔直。"

"我好像听说过这个人,蛮粗的。"

"是的。我刚开始看到还吃了一惊,以为是研究所的雇工。根本不像一个文化人,满口脏话,动不动就骂人。"

我明白这是怎样一种人:"假豪放"。他们伪装粗鲁,以此来博得别人的好感和信任,同时也为了掩饰自己的软弱和胆怯、曲折阴暗的心理……

我把娄萌的话告诉了纪及。他怀疑就是王如一和耿尔直之流乘隙而入:"当时让他们来做会多好啊,这也是选人不当的后果!"

我同意这样的推断。但我怀疑那两个人会是好朋友,因为我听过王如一在我面前说耿尔直的坏话:那个人有高级职称,实际上腹中空空,是靠送礼才捞到的;那才叫送礼高手呢,看上去大咧咧的,内里却是胆大心细,一旦看准了就不惜血本,于节也是受惠者;他那个粗鲁劲儿正合霍老的胃口……我复述了一遍王如一的话,纪及说:"由此你就可以看出他们所谓的友谊到底是什么。"他痛惜地叹气,"另一些人也许就因为扔不下斯文,弄得越来越可怜。他们最害怕暴力。开大会的时候,有人如果提一点什么意见,哪怕这些意见很隐晦,并且不一定是指向上边的,立刻就会有人跳起来——他们故意满口粗话,拍桌子砸板凳,还威胁着要把谁揪出来。他们显然想用暴力威胁那些提意见的人。这一招果然管用,很多人再也不敢讲话了。那些家伙早就摸透了专家们的脾气,谁受得了面对面的人身污辱?"

纪及的话让我想到了以前工作过的03所。真佩服他的深入观察,说得一点不差。我曾经与吕擎交谈过,他说大学里也是一样,如果一个人不学得粗鲁一点,简直就没什么生存空间……纪及叹气:"我常常想,一部分人为什么非要从小辛辛苦苦学下来、走进一种专业不可呢?这带来的究竟是什么?是战战兢兢的生活,是回避和退让,而且长年累月的思考还损坏了体力。人要打谱过另一种日子,像许多市民,他们直到现在还要去拉煤球,去煤场排队,到廉价货场里挤……这需要有个好身体。我们恰恰在日常的脑力劳动中把那点宝贵的体力耗尽了。我有时不知道为什么要走到这条路上来，要选择这样的一个职业！"

我久久沉默。

纪及像自语一样，这时手按窗台看着外面……纪及的话令人一阵沮丧。是啊，我想起了许多先辈，许多人。几乎无一例外，无一幸免。他们遭受了各种各样的磨难，有的甚至妻离子散。然而他们并没有什么罪过，他们只是辛勤一生，把心血倾注在自己热爱的专业上。而另一些混迹其间的人物倒可以高高在上，驱使和管理，不仅主宰了别人的命运，而且还成为最大的"专家"。这就是事实。

纪及抬头看着我，像是进一步坚定自己的决心说：

"我不会为霍这样的人立传。我不会为他写下一行字。"

我思忖着："可是说实话，听了霍闻海小时候的事，我心里倒生出一些敬意。苦难和人的一生该有怎样的关系，可见每个人都是一本大书啊！他从河边逃生到现在，经历了多少艰难困苦；他走到今天这一步真的是不容易的……"

"但无论如何他还是一个名不副实的人，说到底只是一个扭曲时代的产物。"他定定地看我，"你可能也听说了，在过去一场连一场的运动中，他都是各种领导小组的成员。这个城市死了多少人啊，他手上不可能没有血……"

"他身上肯定有不少污点和错误，可是……我听梅子父亲说，在那个严酷的环境中，他总算功大于过，也尽力保护过一些人……"

"就算是吧，不过当我们如实记录他手上的血迹时，又会怎样呢？"

我无言以对。但我心里觉得纪及对于历史、对于现实中的人和事，都有点过于苛刻了。真是无可奈何，因为这是他的看法，人人都有坚持自己立场的自由。

二

后来娄萌再次暗示我一定要管住自己的嘴巴：她手下的工作人员如果这样，也会影响到于节的。"很可惜，想不到刚刚参加工作的一个年轻人就这样狂妄。幸好霍老是个胸怀坦荡的人，他不与年轻人计较。这个纪及太不像话，不仅在学术上贬低前辈，而且还污蔑他的人格！"

我第一次听到她在明确指责纪及，就说："这一切都是谣传，纪及决不会那样的……"

娄萌淡淡一笑："你不要为他打掩护了。我什么情况都了解。"

"在学术问题上，他当然会阐发自己的见解，可是不会无中生有，更不会诽谤霍老。"

娄萌不言。我当然难以说服她。可我真的担心纪及，知道他那种耿直的、不能够遮掩的心性会在某一天给他带来不祥。我当时判断，他肯定因为激愤，在某人面前说了霍老……因为他无法遏制，他无法平息自己的激动和愤懑。

娄萌进一步叮嘱："你已经在文化界干了这么久，已经很成熟了——有些话不必说得太多，是不是这样？"

"是的，是这样。"

娄萌那双黑亮的眼睛看着我，一会儿就变得温和了。她轻轻摇了摇头，目光里流露着一种爱怜和痛惜，或别的什么意味。她叫了我一声，但没再说什么。

"娄主编，我明白你的意思。我不会给你和于节院长招惹麻烦的。"

这一天我们分手时，她又谈到了于甜——她的那个宝贝女儿："你知道吗？我是爱护纪及的，关于他的很多事情我都是听于甜讲的。你可能不知道,于甜对他的事很好奇,常常回家谈他。这个痴心娃娃。你应该让纪及明白,有些事情他管不了,也不该多嘴的。他到现在还没动手写那部传记呢,怎么能把一些道听途说讲出来?人家霍老是个光明磊落的人,他很少议论别人。你们年轻人应该学习这一点。"

"是啊,他的品格多么崇高。他是一个伟大的人。"

娄萌盯了我一眼。她不喜欢调侃。

她又问起我对纪及的真实看法、总的印象,甚至征求我对女儿与纪及关系的意见。

"纪及是一个正直的学者,虽然我对他的家世、对他的过去还不太了解;但我觉得他是值得信赖的人。"

"是吗?"

"是的。我认为纪及很有前途。他不久会有更大的成就。他早就是一颗学界'新星'了。"

"是的,他已经是颗'新星'了!"

她点点头。我这会儿不知怎么又提起了王小雯,空气立刻紧张起来了。娄萌的眼睛四下望了望,说:"你知道,这个话本来我不应该讲,可我实在忍不住,我得告诉你——那可是个敏感的孩子啊!"

我怔住了,呆呆地望着她。

"霍老——也许还有别人,都很喜欢那个孩子呢!你应该劝一下纪及,最好和她不要过多地来往,这可不是小事情啊……"

我压住心中的惊讶,嘴上却故意说:"不会的,霍老品德高尚,他才不会对那么小的一个孩子有非分之想。"

娄萌正色道:"这你就错了。人非草木,霍老毕竟是一个有血有肉的人。你知道,我认识霍老可比你早多了。我了解他,从来不敢让我们的于甜到他那儿去。你知道吗?于甜刚毕业的时候,霍老还曾经提议让她到他的办公室工作,或者就到科学院,做他的联系人呢。我们家老于说,恐怕这不妥当吧?我们多少还要搞一点回避政策吧?霍老说不碍事。可是我们家老于当面感谢,回来却对我讲:无论如何不能让于甜接触他,霍老在这方面是不太注意的。当然了,他只是指生活方面的事——有大本事的人往往都是多情的——难道——难道你不是吗?"

我的脸立刻红了。我很想甩出一句:我可没有马光,也没有你多情啊!只是这样想,没敢讲。

"霍老位置那么高,人也好,可惜在生活方面太多情了,这也影响了他的进步。以他的资历来说,他的位置应该高得多……"

"老天,这还不高啊?"

"还应该高得多!你们不知道,他那么大的官了,别人想都想不到做事会像孩子……有一回他在街上走,看中了一个卖咸菜的姑娘,为了多接触多搭话,每天里去买好几次咸菜,回头吃不了都扔了。还有一回看好了机关的女播音员,一有工夫就跑进播音室,结果有一次不小心忘了关麦克风,院子里做工间操的人都听见他说了什么……你看吧,这对威信怎么会没有影响……"

我倒觉得霍老蛮有趣,好奇地盯着她,想再听一些。

"总之这些事儿你知道就行了,千万不要对别人谈。我跟你讲了这些还真有点后悔呢……"

"我明白了,我知道利害的,一定不会多言多语。"

娄萌拍了拍我的肩膀。这使我不太舒服。她想起什么,这会儿到自己的小包里翻了一下,又去办公室桌上找了半天,最后才从一个抽屉里拿出一个大的信封。她把它郑重地放到了我的面前:"你看看吧,这是霍老闲下来写的一些片断,算是自传的一部分吧,以后成书时会用上的。肯定会很有帮助。"

我马上去取那个信封,她却一伸手按住了:"慢着,你先自己看吧,暂时不要给纪及看——也不要给任何人看;因为这毕竟是他随手写下来的,并不是定稿。"说完这才把它往我跟前推了一下。

我迫不及待地将信封里的东西掏了出来。老天,这么大一沓子,而且全是老式红色竖格稿纸,是用毛笔写成的行楷!一股老宣纸的香气扑进了我的鼻孔中,随之一种钦敬在心里油然而生……我喃喃着:"我一定,一定会好好阅读的。"

娄萌一直注视着我:"这是霍老对你多大的信任。他大概从来没有给其他人看过吧!这么着,为了不损害原稿,你还是复印了再读,早些把原件还给我。"

我当然同意。说实在的,在我眼里这本身就是难得的书法作品——虽然对这门艺术不太在行,但我觉得这字迹衬托了红色的格子,实在非常美观。就凭这一手毛笔字吧,也让我们这一代人自愧不如。我小心地将它们抚摸一遍,然后装了起来。

我回到家里,马上发现梅子的脸色有点不对劲儿。我问她哪里不舒服,她没有回答。停了一会儿她说:"你和纪及一定要管住自己的嘴巴啊!"又是这样的话!我马上追问:

"到底怎么了?"

"不怎么。这是真的。"梅子口气低下来,"这是回家的时候父亲让捎给你的一句话,他是好意。"

我压住了心里的不快,但把手里的皮包重重地放在了桌上。

…………

几天后见到了纪及。我不愿把听来的一些话告诉他,只说:"那个传记你可以不写,但没必要那么死心眼,到霍老生活和工作过的每个地方都去细细了解。你完全可以消化一下资料,然后决定做或不做。"

纪及摇头:"这是不可能的。"

看着纪及黑黑的面孔,我觉得无可奈何。是的,我对纪及无可奈何;而纪及还有我,我们大家,对霍老也无可奈何……

自　传　片　断

………………

　　[蛮庄战役]战役正式打响为午后三时十分。最初听到闷炮三声,从声音上判断大约相距十里左右。王参谋看表然后叮嘱副团长:带二排赴东侧阵地,以巩固我方重要布防。该小岭海拔仅数十公尺,远看与一大土堆无异。但它在战事当中颇为险要,所以上面布兵五百,迫击炮六门,以扼守左翼谷口,阻断敌人逃逸的企图。硝烟很快升了起来,机枪及步枪声像爆豆一样。王参谋面有焦色,在窗前不停地踱步,一会儿又接电话:敌一加强连昨夜偷袭我营部,因疏忽而致某首长负伤,所幸伤势较轻,但左眼难保。我听了心情沉重。该首长对我有知遇之恩,也属于劲旅中的豪杰,早年曾一马当先擒敌于沙河岸边,手里仅仅是一枚手榴弹而已。可见战事总是难测,尚未激战而损失在先,令人唏嘘不已。回想往事浮想联翩,以至于长时间神情恍惚,战友几次喊我都未听到。

　　初战可望告捷:天黑前三班突击得手,未有大的损伤而获重机枪一挺,俘虏敌人四十二名。消息传来让人不由得一阵高兴,炊事员焖了猪后肘送往前沿。这次战役已非从前可比,战地给养方面真是没有二话,这都是因为周边人民斗志昂扬,连日来虽然人困马乏夜不能寐,但往往是一家人悉数支前,争先恐后,各种吃食饮用品源源不断送上来。可见人民战争的思想已经深入人心,敌进我退,敌疲我攻,再大的顽敌也不会得逞,一切胜利都在意料之中。战斗至夜间八时许,我又领一新的任务,去后勤部门协调人员锹镐事宜,为突击填壕以备总攻之需。

我曾于正式入伍前随民工支前三年多,对后方各等情形了如指掌,深知一村一疃的首要工作,无非是三老四贤,如农会妇救会民兵诸位当值,都属于革命骨干,他们一呼百应,事事想得比我们自己还要周到。即便于最艰难的岁月,进了村子,他们有时还能在战斗间隙为首长演一些秧歌,做一顿精美夜宵。说到这里,三旅二团政委当有一笔可记:那年秋分时节部队整休,正逢当地发生哄抢寡妇事件,奉区委指示协调处理;政委参与工作,这期间被一寡妇二姊相中,两个人眉目传情,遂成就一段姻缘。战地黄花分外香,雄关漫道真如铁,鱼水之情在此实难一一表述。可惜战事吃紧,很难有充分时间休息闲置,所以往往是一夜才歇过来,又得开拔,来去无踪,没有个定准缘分。好在是人民待我们亲如手足,视我们为子弟兵,只盼我们早日归来,多打胜仗。

入夜时在碾盘边一草棚歇息,听着远近时急时缓的枪炮声,不到一刻钟竟睡着了,可见人已十分疲劳。梦中觉得左目疼痛难忍,像中了弹,泪水哗哗流下来,心想我才二十几岁就落下了这样的残疾,命好苦啊。醒来才知道是因白天首长受伤一事刺激所致。天已快亮,东方有了鱼肚白。可是我身上就像压了一块石板,沉得爬不起来,只得稍事耽搁。这会儿回想起许多往事,想得最多的就是随支前队伍流离的情形。那时我年仅十五岁多一点,形同孤儿,瘦得柴棒一样,途中那些饿犬见了我都要拉着红舌头追上几步。可怜我日夜思念慈母,也深知儿行千里母担忧。恶父嚣嚣的模样如在眼前,恨不得借来八路军的盒子炮,往他的脑门上打一枪才好。慈母一日不能脱身,我也一日不得安生。我当年参加革命,最初就为了救母亲一人,后来接受教育,才知道只有解放全人类,才能解放自己的道理。为共产主义奋斗终生之远大目标,始得确立。

说到这里最感谢的人还是入伍后的文化教员。该同志年纪比我还要小一岁,是资产阶级子弟,受革命理想鼓舞,弃家奔向光明,所以文化很高。他面貌英俊,性情坚强,把自己的欢乐全抛到了一边。如兼文化教员第二年,曾有一面容姣美的护士找他,都被其屡屡劝止。他有一个宏愿:只有全国胜利之时,才是个人婚配之日。据了解该同志说到做到,直到革命成功的1949年10月底,才完成婚姻大事,可惜女方已不是当年的那个护士了,面貌相差很远呢。总之我有幸跟从这位老师,知识意志双双得到磨炼,也为日后踏上重要领导岗位而奠定了厚实基础。

蛮庄战役有惊无险,总算大捷。捷报传到东部老区,人民欢呼雀跃。我于战斗结束或间隙出入休战阵地,捡得战利品多宗,计有毛毯三床、自来水笔一管、毛笔六支、左轮手枪一支、红炮台洋烟三盒、自来火一个、呢子大衣两件,另有一些小杂碎不计。全部物品除自来水笔留用以外,其余一律交公。

自蛮庄战役结束,部队经过了三月休整,然后迅速开赴南部山区,实现新的战略转移。

得一词条·君房

吾愿不揣冒昧或斗胆放言:四海之内,悉知大英雄徐福完整称谓者不出三两人耳。看官可知,古代有模有样之人物一般会有数名号存世:乳名、大号、字以及斋号。可惜如此周备良好之传统已被今人所弃,寂寂人生直到终老,只顶得二名以至谢世,却无有半点抱憾与惭愧。说到此吾可坦言相告,本人诞生于贫贱之家,房无一间地无一垄,即上无片瓦下无立锥之地也,识字即托伟人解放之福,又何求名号之齐全也哉?故今日腰悬名片上书大号串走四方也算幸运,从未奢望半途取字,文绉绉浪得传世之虚名也。一切皆因盛世不期而遇,百废待兴,人愈考究,行路以华车代步,生日则设下花宴,名号称谓亦变得五花八门。君不见稍有文化者则要毛笔架起,研墨铺宣,至少取下四五斋号,三两笔名,另有乳名本名以及最雅之物——字也!故笔者从善如流,知今是而昨非,立起直追,于近期摘取三字待定,一朝确立,即尽快印上名帖昭示天下。

话归正传不赘。人人皆知名后有字,却罕知字与名号之间有微妙关系存焉。殊不知立名固易,取字颇难——二者终须交相辉映,相得弥彰。这情势好似民间俗称:天猫地狗,配成两口。也可用话粗理不粗之成语道破天机,即名与字之间要狼狈为奸。既然如此,看官自然会问:堂堂徐福何以取字君房也?莫不是名号急需配伍而忙中出错也哉?百般端详,委实难找徐与君、福与房之间有何亲缘可攀。说到此吾不得不如实相告:笔者就此也颇为作难,再三琢磨仍不得要领,以至于夜不能寐,绞拧床上如同患了阑尾之炎,让一贯盼吾重病不起之内人桑子都不忍卒睹。白天抱缺觉少眠之躯继续思考,并遍查典册,以求真实。谁料想伟人之趣异于常人,到处渺渺无踪,毫无记载。总之此等隐秘一朝不解,于心难安,推敲不倦,只为真理。

如此辗转大约两年有余,终得一丝丝缝隙透出些许光亮。此事说来实在话长,笔者只得择其要者略叙一二,待看官心中明朗随即打住。却也为何?皆因此举实关险要,属于秘中之秘,万不可过分宣扬。这其中虽有为伟人讳之说辞,也有受文明约束之无奈。故在此踌躇再三,还是吞吞吐吐,取藏头露尾之法。最终解密皆因另一事端之发现:徐福婚事之坎坷,可谓举步维艰。照理说白面书生,一表人才,虽未必是方面大耳,却也算品貌端正;家境殷实,学问无双;一对吊眼,天生地勾人魂魄;两只白手,最适宜摸摸索索。既如这般优越条件,又为何三十而立,未纳妻室?要知道古人寿短,三十不曾婚配,急急乎难死活人!再说下了,咱先人本是身怀才志之男儿,凡这等人士个个性情火暴,人人难以匹敌,又怎能一等再等？一拖再拖？按常理,他们最宜于未雨绸缪,暗中多几个相好络绎不绝,也在情理之中。只可惜咱先人徐福殊无这等艳事,岂不怪哉？

却原来先人志向忒大,报国心切,万卷诗书,烂熟于心。看官可知诗书一物固可壮阳,然一旦操弄过激,则作用相反。咱先人即为诗书所害,君不见日日朗读,天天背诵,口角泛出白沫,茶饭尚且不思,又怎顾得男欢女爱？当年齐国也是天下淫事之都,艳丽之女随手拈来,袒胸露背双乳高耸者自不在少数。可咱先人熟视无睹,迎面错过,浑然不觉。到后来学成归里,安身徐村,本可谓衣锦还乡,人人羡慕,娶他三五房媳妇易如反掌。怪只怪徐福诗眼未蜕,不辨美丑,再说瘦骨嶙峋也不宜终日捣弄那事儿。在此另有情形亦不可不叙,即咱先人乃特别急公好义之人——何也？原来秦兵东进,学人逃窜,跟随徐福进驻徐村之人日增一日。他们一旦安顿下来,首要之事即是求偶。这其中有的年长未娶,有的散失一方,有的喜新厌旧,总而言之欲要完婚,何患无辞。这一来他们人生地不熟,一切全要仰仗徐福。咱先人东西相女,四下打听,至多时一日牵来十余女子,让饱学之士尽情挑选,终让其个个有所斩获,确立姻缘。据不完全统计,仅回归徐村当月,经徐福撮合而终成眷属者即三十有二！如此规模,上好女子势必所剩无几,又哪来尤物与咱先人匹配？悲夫！所谓近水楼台先得月,娇月却予以他人！

也活该是吉人自有天相,咱先人艳福不浅。合当是徐村曲折,街巷迂回,有些特殊人家按女不动,乃剩下仨瓜俩枣也未可知。话说有一至大丽女姓卞名姜,知书达理,眉目秀美,含而不露。该女身量高大与吾内人桑子无异,具是长腿美臀,嘴巴稍大。卞姜某一日与奔忙一天之徐福街头相遇,随即两眼发亮,酒窝闪闪,羞涩难当。君不见凡是美艳之女,必然羞涩过人,其中之奥妙当另文专述。这里只说先人机会来临,一切皆是天然。本来徐福遛街之时神色木然,不思情事,这会儿却一改本性,驻足大呼!这一来双双中意,日后势必难分难解,一切都在情理之中。说时迟那时快,咱先人即刻问下姓甚名谁,旋又写了帖子,寻求婚配,决不拖延。一时间晴空朗朗,大地回春,燕子成双,百鸟争鸣。也是咱先人有福,遭遇美人,心中突然一阵急切,于是乎确定本月吉日,完成婚配。

笔者查证几欲成立:整个徐村惟有徐福成婚最晚,按阴历算来年龄可在三十一岁零两个月。总之年龄不可谓不大,择婚之机不可谓不匆。然事出天然,顺应物理,但结无妨。当年徐村尚有群体听房之陋习,一俟天黑,新房前后老少咸宜,好不绵密。笔者暗忖,这般景象与时代科技落后不无关系:届时既无电影,更无电视,收音之匣尚且未见,村人寂寥无趣,故寻些热闹花絮也在情理之中。据后代人士相传,那一夜还算安稳,窗内悄无声息,直至拂晓,惟有几声长叹而已。

原来是情到浓时,无须言语。咱先人自知娇妻难得,倍加珍爱。卞姜年岁也不在小,常言道姜还是老的辣,二人一夜缠绵胜过常人数倍,却又能无声无响。

说到此,名与字即不难破解,聪明看官想必已猜个八九不离十——徐徐来临之幸福,正人君子之房事,简称"徐福——君房"。此乃隐语,是为纪念至爱婚配也。有诗为证:青春易逝如流水,洞房花烛有几回;但要夺得俏佳人,俱是天意无须媒。

第 三 章

时间的皱褶

一

纪及病倒了。而在王小雯出院之前,他还一直没事,没白没黑地奔波——整个抢救和康复出院的日子拖了十几天,好在人最后没事了,这才让人舒出一口气。我发现纪及最初的惊悸过去之后,很快就能沉静下来。他一个人料理病人,为她守夜,换洗衣服,喂饭,简直是无微不至。医院的大夫和护士们都把他当成了病人的男友,私下对我说:"多老实本分的男人哪,怎么会把姑娘害成这样?"我告诉他们:"不,不是因为他……他们两人真心相爱;他非常爱她……"

"那为什么还会这样?"这是医院的人问得最多的一句话。

我说不出,因为我知道的也并不比这些人更多。

因为没有家人知道,伺候病人的事情只有纪及和我分担。我要为其取一些东西、拿药等,而病房内的事情也只有纪及来做了。开始的日子里病人不能自理,纪及要帮她擦洗换衣、大小解之类。她睡着了时,他就伏在床边,这样一直陪伴一夜夜、一天天。

我在二楼的走廊处几次碰到蓝毛。我认为这个家伙是在暗中监视病人、我和纪及。我问纪及:最早你是怎样得知小雯住院的消息?他说:"自己赶来时已经很晚了,小雯苏醒过来一次——她醒来的第一件事就是交给护士一个纸条,上面是我的电话号码。""那么是谁送她来的?她吃药后又是怎么被发现的?"纪及说不清楚。我说:"你必须弄清这些细节,因为这些至关重要。"纪及咬紧牙关摇头:"是的,我问过她,可她总是把头转到一边。我不能再问了,现在重要的是让她快些康复。总有一天她会说出来的,她会的——她醒来的第一件事就是找我……"

我同意纪及的判断。但我想正是因为他突然出现在医院里,也就一下打乱了某些人的计划。我想象中蓝毛一定与这个恶性事件有关——而且极有可能就是他把王小雯送到这里来的,想无声无息地处理,待到病人出院,把一切都瞒下来。如果我没有猜错的话,那么这家伙最不希望看到的就是纪及出现在这里。是的,小雯爱着纪及,她从死亡的边缘刚刚挣扎回来,第一个想到的人就是纪及。她甚至没有告诉父母和弟弟……

蓝毛在楼梯口那儿不耐烦地吸烟。他戴了黑眼镜,以为别人认不出来。我相信他在远远地瞄着我们。等着吧,你这个恶棍如果做了伤天害理的事情,就一定会遭到报应。

小雯出院了。因为她的身体还相当虚弱,纪及要把她接到自己的宿舍里。小雯一开始不同意,后来由于纪及的一再坚持,她只好顺从下来。我们三个乘了一辆出租车,我坐在前边,他们两个在后边。一路上,我从反光镜中几次看到小雯亲吻纪及,眼睛里泪花闪烁。

这期间我除了为他们送去一些吃的东西之外,尽可能不在纪及那儿停留。我想让他们更多地待在一起,因为这是一段特别的时间,他们将有许多话要说。一次巨大的不幸和创伤,往往也是一次新生的机会。听医生说抢救这样的病人需要洗胃,需要将她吃进的东西全部冲刷出来。"危险吗?""是的,幸亏送来及时,她吃进的药量太大了……"洗,呕吐,再洗,吐尽一切。是的,一切昨日的污脏与毒素都要倾吐一空,从而使其成为一个崭新的人。

两天之后,小雯才离开了纪及的宿舍。我一跨进他的屋子,鼻孔里全是一种栀子花的气味——小雯喜欢这种花,纪及就为她插了一大束。而纪及却对这种气味过敏,她一离开就立即把花撤掉了。两天时间里纪及的鼻腔因为栀子花的刺激,说话一直瓮声瓮气的:"小雯以为我感冒了呢。"我注意到屋子里只有一张床,也就是说他们两天来一直是睡在一起的。纪及说,"我本来是在外间打一个地铺的……两天两夜,她大部分时间都偎在我的怀里。她不太说话,闭口不提为什么要那样做。我不想逼她说。临走的时候她只重复一句话,就是只爱我,不爱任何人。还说这辈子最对不起的一个人,就是我了。"

"这两天等于是你们的新婚之日……"

"算不得新婚,我们只是抱在一起……在她说出自己的秘密之前,我们都不会真正在一起的。"

看着他没有一点光泽的脸庞,越凹越深的双眼,一时不知说点什么才好。"最对不起的一个人……"我嗫嚅着。

"这是她说的。可我想也许恰好相反……"他久久地望着窗外。那是一座老房子的锌皮屋顶。

我不明白。纪及的病除了疲劳之外,更多的是深长的痛苦和惊惧造成的。他做梦也想不到会有这样一场折磨。长期的爱与徘徊,结果却换来了对方的一场生死搏斗。一个弱女子如果不是面临了一次难以战胜的恐惧、一道不可逾越的深渊,是万万不可能做出这种选择的。纪及那副缜密的头脑当然会推理出许多原由,作为一个恋爱中的人,没有谁会比他更敏感、更接近那个谜底。他只把一切都淹没在沉默中。一连几天他都在高烧,后来又是巨咳。像是感冒的症状。我要陪他去医院,他却坚拒。最后我只得把医生请到他的宿舍里来。总算退烧了,人脱了一层皮。我发现愈加瘦削的纪及仰躺在那儿,眼窝深陷,眉骨高耸,多少像个异族人。他闭合的双目给人一种肃穆感,甚至连棕黑色的皮肤也加重了这种神色。我们相识一年多来,许多时候,当我正视他的一瞬,心里偶尔还是要泛起一股莫名的紧张。我常暗中告诉自己:你比他年龄大,经历也比他复杂,你是兄长呢。可话是这么说,在某个安静的时刻,我仍然还会被某种神秘的拘束感给攫住。这是真的。这会儿我暗暗端量,发现他像一个完美的雕塑,五官棱角分明,在暗淡的光线下像一种特别的金属,发散出微弱的光辉。我甚至在想,王小雯或于甜,姑娘们只要切近地了解或接触他,就会产生出一种深刻难解的爱恋。还有,就是他深藏不露的某种蕴含,某种可感而不可知的男性内容,这一切都会产生深长的吸引力。他长期严苛的学术生涯,还有神秘的家世渊源,都在其身上化合成一种难以诠释的气质。这是无法言说的,然而也是不可抵御的。

二

我开始从头梳理,着手把一部书的提纲写出来。我反复想着纪及说的"平行文本",惟担心自己能力不逮。我将自己要写的这一沓文字命名为《东巡》。因为我从一个千古帝王身上看到了人生的漫长旅程,而这旅程又似乎浓缩成最后的三次抑或两次——而且全部都与徐福的船队出海有关。对于一个以惊人的武力征服了天下的帝王来说,齐国故地成为他生命中最后的难解之谜,这种神秘感直到死亡来临的一刻都没有解除。这些无尽的隐秘都包藏在时间的皱褶之中,要让其哪怕得到一次稍稍的呈现,都需要一只巨手去仔细抻理。然而这是无比困难的工作,我一直对自己的能力心存疑惑。

千古一帝死在东巡之路上。

他的陵墓不得发掘,后人视为畏途。而这在有着勘探癖和发掘癖的现代人来说,是极为不可思议的事情。人们只是极其谨慎地从边缘那儿掘开了一角,即发现了让世界惊叹的兵马俑——一小部分,他们个个甲胄在身,神情迷茫,全部望向东方……

那是帝王最后的旅程,也是他的终结之地,齐国,齐国,东方,东方——大海,三仙山。

东巡之前究竟发生了什么?大王最后灭亡的齐国又一度发生了什么?这是我沉默的朋友纪及思考最多的问题。我永远不会忘记他从东部归来后的发问:最后,徐福出海的船队所装的最重要的东西是什么?纪及的回答是——种子——不是一般的种子,而是思想的种子。是的,就此,一部多年不得完成的重要著作被注入了灵魂。这被他称为"内心的力量"。而我的"平行文本"也由此得以滋生。如果说这"平行文本"的一边是严密的史实与推理,那么它的另一边则应该是烂漫的想象。而想象的根柢仍然要扎在真实的泥土中,是历史的真相,是抻理开来的时间的皱褶。

人们都知道齐国的国都是富甲天下的临淄。关于这个富裕的都城,仍然是《史记》给予了充分的记载,已成为后来人张口成诵的篇章:"齐地方二千余里,带甲数十万,粟如丘山。三军之良,五家之兵,进如锋矢,战如雷霆,解如风雨。即有军役,未尝倍泰山,绝清河,涉渤海也。临淄之中七万户,臣窃度之,末下户三男子,三七二十一万,不待发于远县,而临淄之卒固已二十一万矣。临淄甚富而实,其民无不吹竽鼓瑟、击筑弹琴、斗鸡走犬、六搏蹹鞠者。临淄之途,车毂击,人肩摩,连衽成帷,举袂成幕,挥汗成雨,家敦而富,志高气扬。"就是这样一个现代都市,物质丰饶到了如此地步,国力强悍到了如此地步。而伴随极其丰饶的物质,却是更为灿烂的思想,这就是天下驰名的"稷下学派":临淄城的稷下学宫经历了最辉煌的齐威王齐宣王时期,云集天下名士,仅封为上大夫受到极大礼遇和尊崇的就有七十六人。这是天下学术与思想的中心,建筑宏伟,人数众多,是数千人的庞大队伍。黄老学派、阴阳五行、墨家、名家、纵横家、儒家,各种思想云集交错,百家争鸣,辩理驳难,成为海内外精神思想史上的最大奇观。稷下先生享受至高的尊崇,居"开第康庄之衢"的"高门大屋",如孟子出门,随行车辆竟多达四五十乘。他们"不治而议论"——即可以一味地高谈阔论。

如此稷下学宫,前后时间长达一百五十余年。

学宫衰败之期,即是物质茂长糜烂之日。齐国灭了莱国,从此半岛海角则成为它的腹地。渔盐之利,再加上天下最大的冶炼基地,都在这个半岛。齐国重商,临淄是商业最发达的都城。临淄大街上行驶的是华丽的车辆,车内铺了厚厚的绣花毡毯,并设有精美的茶具和酒具。车辆行驶中,乘坐的贵族一边饮酒一边欣赏歌女的演奏。大街两旁有无数的酒肆与绸庄、豪华客栈,妓女出没招摇。斗鸡走犬之徒,闻名遐迩的拳手球王,都在这里会集。各类赛事频频举行,官商豪宴通宵达旦。当年孔子曾在临淄听过一场浩大的韶乐,竟陶醉到"三月不知肉味"。而今比这韶乐还要盛大的演奏比比皆是,不同的只是没有了孔子那样的耳朵,听者都是一些大腹便便的王公子弟,一边听一边大口吃酒吞肉。天下熙熙,皆为利来,天下攘攘,皆为利往。一来一往,趋之若鹜。稷下先生不见,稷下学宫已废。那些大言之士被尽情奚落之后,不得已纷纷西行。齐国士兵以前勇武过人,精锐之师令敌人闻风丧胆,所谓的"进如锋矢,战如雷霆";而今甲胄闪亮,战车辚辚,却在拼死一吼的进攻中四散逃命。齐兵中看不中用,个个贪生怕死,已在邻国传为笑谈。

富饶美丽的东莱之地,即东部海角,在齐国最昌盛之期,曾为强大的国家提供骏马和丝绸,宝剑和盐,更有淳于髡等数不清的精英学士。这个海角一度可以称之为齐国的心,齐国的花园,齐国的禅房,更是齐国的鱼米仓。而今这个海角已沦为以临淄城为中心的帝王之都的丰厚的陪葬品,或肆意榨取的一块膏脂。

时机已到,在燕赵韩魏楚先后尽灭之后,终于轮到了最强大的齐国的灭亡。

三

纪及认为嬴政的先族也在东方。"嬴姓的秦族起源于齐鲁,秦人与商族同源,都属于以鸟为图腾的东夷族。秦人是经过了长期的西迁才来到了西部的。所以,只有东夷文化才是他们的母体文化。"纪及深厚的古学根柢令我无法怀疑,这使我想到秦始皇的东巡与求仙,也可以在很大程度上视为对故土的怀念——还有血脉里流淌的文化因子在发酵……我又一次提到秦王陵发掘出的兵马俑面向东方、他们迷茫的神情。这里面有多少是神秘的向往,又有多少是故土的怀念?

纪及的病稍有好转就投入了刻苦的书写中。他不能停止,一天到晚都埋头于工作之中。我将陆续写好的《东巡》章节放在他的案头,却不敢过多地打扰,也没有询问他的看法。这些肤浅的文字但愿不会让其大失所望。他从没有对我评议《东巡》,我想这是他持重的性格所致。我看到放在他案头的那沓文字被动过,有的地方还折了边角,这说明他已经仔细看过了。以他的性格而论,没有十分成熟的看法是不会说出什么的。

我们分头工作,偶尔交换笔记资料。我很快面临了那个震惊世界、在很大程度上改写了人类文明史的学人大喋血——焚书坑儒事件。这恰是纪及让我注意的徐福东渡之前发生的最重大最不可忽略的历史事件。"我把它看成是东渡的中心事件,即事件的核心。如果抓住了这个中心和核心,徐福东渡之谜就可以破解。"纪及在一张复制的古航海图上画满了红色的线条,咸阳城被他画了一个大大的圆圈。从咸阳往东,一直到齐鲁,再往更东部的古莱夷属地,都有一条红线相连;在胶州沿海一带的琅琊台下,又是一个大大的红圈。我知道这是血流成河的地方,红色即是鲜血。

王小雯这期间来过一次。她经历了那一场之后,人变得格外孱弱,好像整个人显得更加娇小了。她在屋子里走路没有一点声音,像只受惊的小猫一样。她的眼睛让人想到上扬的柳叶,比常人的稍显细狭,可是徐徐展开的弧度却有一种不可抵挡的魅力。但她绝不是那种随便调笑的女人,而是极度的矜持和羞涩。这就使其小巧玲珑中有了某种肃穆,一种拒人于千里之外的神气;还有了掩藏不住的小动物的顽皮。从第一眼见到她,我就知道让纪及深深沉入的挚爱是什么——它不可言说,但别有魔力,真实地存在着,使一个如此刚毅的男人难以自拔。由此我又想到了某种可怕的伤害:任何敢对这样一个柔弱的女子下手的恶棍,都应该接受最大的惩罚。她是这样一个少女,手无缚鸡之力,来自贫寒的山地……

她一来,我就想快些离去,纪及却总是拦住我。小雯安静地为他整理卡片,抄写一点什么。我们谈话时,她偶尔抬头倾听。这时她的一对柳叶长眼闪着动人的光。她会为纪及泡一杯茶或营养粉,这些东西大半是她带来的。她不忘同时也给我冲泡一杯,这令我感谢。她的像猫爪一样的小手以前噼噼啪啪地打字,后来就离开了打字机,改做了办公室秘书。这双小猫爪精巧而敏捷,无论做什么都是那么利落。她的背影像一个十三四岁的男孩,精致紧缩俏皮——当她转过脸来,如果是生人,一定会因这张突然出现的生动面庞而发出一声惊叹。

此刻,她在一边倾听两个男人的谈话,像一只小羊那样安静。

东巡·一

一

始皇在赵高的一再劝谏之下,将每日阅览的竹简减去了半车。咳嗽,失眠,这在过去是极少有的现象。那时无论多么焦思和忙碌,几乎一躺下就可以睡着。他在最繁忙的日子里总要远离那些宫妃;更多的时候,只让一个小宦官睡在一边:醒来时摸一摸他滑腻腻的额头,然后慢条斯理地吩咐一些事项。

小宦官长得灵巧,身体像丝绸一般润滑。

因为睡眠不佳,始皇整整一个白天都萎靡不振。时近黄昏,他如大梦初醒般神情恍惑,竟然不知怎么问了一句:"我是谁啊?"

小宦官慌慌应道:"您是陛下。"

他望着窗外,目光游移,仍然像在喃喃自语:"可有人说朕就是勇、毒、猛、利;是一个无所不能的人。"

他说完喉咙一阵发痒,但忍住了没有咳。

小宦官端量着始皇,越看越觉得这个人有些陌生:细长的眼睛,黄黄的面皮,早就弓了腰,还要咳个不停。小宦官真想和他挨到一块儿,比比两人究竟谁的个子更高。小宦官有一个奇特的本事,就是躺下用力一伸,身体可以长出半尺;而他站起来就立刻复原,显得矮了。他觉得始皇只稍微高出一点。他想说:如果俺没有给清净一番,也许还会往上蹿哩,也会长出像你那样浓黑的胡子。

始皇偶尔要抓挠瘙痒的身体,这时皮肤上立刻出现一道道凸起的红条。小宦官每到了这时候总要取一点药水,往他的身上搽几下,直看着这些凸起的红条消失。

始皇仍旧望窗子自语:"有人总说朕无所不能——"

小宦官嗫嚅着:"是啊,陛下无所不能。"

"朕让天下雨,天就会下雨吗?朕让天上响个惊雷,它会隆隆响起来吗?"

小宦官说:"这……"

始皇的目光从窗外收回,莫名其妙地咕哝了几句什么,眼睛有些湿润。这样过了一会儿,他突然站起,从墙上取下了卢鹿剑。始皇端量剑的肃穆神情让小宦官心口发紧。

始皇在刚刚点起灯火的大厅中央踱了一会儿,又把卢鹿剑重新挂到墙上,这才斜倚到榻上。这是在渭河南岸的章台宫里,这一处离宫别苑曾是他年轻时候最喜欢的地方。这里装满了美好动人的回忆。

也就在这里,他曾作出了一生中最重要也是最困难的决定:以迅雷不及掩耳之势,一举歼灭了乱权的嫪党。宦官嫪毐备受母后宠用,已成宫帏大害,权倾朝野。立下功业的是御前郎将蒙武,他带领一干武士于午夜发事,缉拿嫪毐以及余党卫慰竭、佐弋竭、内史肆。天明时分,一群将士又将母后居住的大郑宫围住。一切进行得十分顺利,太阳落山之前,太后已被迁往别处囚禁起来了。

那算得上腥风血雨的一天。他至今记得来往于章台宫的那些将士的神色,以及他们沾血的衣袍。

不久之后是对相国吕不韦的处置:先是免职,而后逼其服下毒酒一杯……

"陛下该歇息了。"是小宦官的声音。

这一声呼唤将他从回忆中引出。步入寝室,一股浓浓的胭脂气险些让他打了个趔趄。他并非那么喜欢这些女孩子,虽然曾一口气把从六国纳来的四百多个女子召为宫女。这个夜晚,他知道自己又要失眠了,而这时最大的乐趣,就是与她们之间无拘无束的交谈。他特别喜欢的是来自东方的齐国女子,最想听的就是出自她们口中的那些海边奇闻。

这一天小宦官做了个奇怪的梦,梦见自己的身体在飞快地伸长。他醒来时,首先去查看身体,发现依然故我。他有些扫兴。

外面小鸟喳喳叫。小宦官跑出去一看,见博士淳于越在门口树下读书。这个淳于越每天清晨即起,背上一捆书简,在树下咕咕哝哝。

小宦官上前施礼问好,他只用眼角瞟来。

小宦官说:"请教博士一个诀窍。"

"讲来。"

小宦官就问了:"始皇帝为什么一夜一夜不睡呢?难道是那些丹丸的作用吗?"

淳于越捋着稀疏的胡须:"万物都有气数,一切皆由天定。丹丸也无济于事,一个人气数尽时,则如灯将熄。"

小宦官的脸色黄了,嘴里连连说:"明白了,明白了。"

实际上他什么也不明白。他刚刚识了二百个字,而且这二百个字中有的是燕体,有的是齐国传来的,有的是秦国的文字。这在统一文字后的这些年里也就算个麻烦。淳于越曾亲手教他写过那个"马"字,可他怎么也学不会。淳于越骂他"朽木不可雕也"。

二

始皇醒来的时间越来越晚了,小宦官就一直守在门口。他不允许任何人打扰。约莫半上午左右,里面传来了阵阵咳声。他赶紧提提裤子跑到外间,轻轻叫一声"陛下";再一声咳嗽传出,他才敢走进寝室。一片脂粉的香味呛得他几次掩鼻。他爬上寝床,想把始皇搀起来。始皇自己坐了。

小宦官两只胖手在他后背上一搭,每个手指都落在一个穴眼上。始皇坐在那儿,眼睛却一刻也没有离开板壁上的一张军事图表。那上面画了高山峻岭、河流、城郭,分别写了燕、赵、魏、楚、韩、齐。如今的六国山头已被秦旗如数覆盖了。

他看着那张图,忽然发出一声长吟,低沉而悠远。

小宦官两手一抖,同时知道这场按摩也该结束了。

始皇抖抖身子,穿上衮袍,戴上皇冠。他足蹬一双奇特的高底木靴,这立刻显得高大了许多。皇冠紧扣前额,他轻轻往后一扶,使头皮抻紧,两只眼睛于是向上方吊起来,像一双鹰眼。他走出宫来,跨出二门,两旁是几个等待晋见的文武官员,他们跪在那儿呼唤陛下。

他神色依旧,如入无人之境,只继续往前。几个武官立刻在几百步远的地方布下岗哨。

他一直走出宫墙。前面是一片辽阔的大水。这片大水是五年前从渭河中引入的,号称"东海",水中分别建了三个岛屿,取名"蓬莱""瀛洲""方丈",即传说中的三仙山。大水在深秋里仿佛冒着热气,那是一片缭绕的雾气。为建这处"东海",当年从六国征调了二十万民工,历时三年方才告竣。它最初是一个齐国方士的设想,那个人尽情描绘了东海神仙境界,说上面居住了仙人,他们藏有长生不死的仙药。"如何采得仙药?"始皇提出了日夜挂念心头的事情。方士答:"这还需假以时日,陛下不妨一边差人去寻,一边在咸阳仿造一个东海,在海里筑起三仙山,如此日久,说不定神仙也就不请自来了。"他对这个建议特别赞同,因为想象中的神仙也像人一样,也会喜欢离宫别苑,就像朕的兴乐宫、六英宫、甘泉宫和长杨宫……

在兴建"东海"之初,派往齐国寻觅长生不老药的队伍就出发了。那全是由一些方士们组成的,他们个个自告奋勇,人人一马当先,仿佛此事唾手可得。他可不敢那么轻信,为求事成,每个方士行前都赠予重金。

　　五年一晃而过，几乎没有一个方士凯旋归来，有的甚至连影子都不见了。这五年里他只在咸阳的"东海"畅游，坐在富丽堂皇的楼船上，一次又一次登临"三仙山"。然而这里从来没有一个仙人光顾。

　　"蓬莱""瀛洲""方丈"，他远望着这片无边的大水，轻轻呼出了声音。

　　他沿岸边往前，刚走了几步就蹲下来。

　　小宦官赶紧凑过去，见始皇正面对着一群黑压压的蚂蚁发呆。

　　"蚂蚁搬家，要下雨啦！"小宦官咕哝了一句。

　　密密麻麻的蚂蚁，成千上万，顺着一条土埂流动。始皇看着，看着。小宦官亲眼见他细长的眼睛飞快地挑了挑，背手站起。始皇两眼往旁扫了扫，又看看天际，说："不知李斯他们准备得如何？"

　　小宦官这才想起今天将有一场阅兵。

　　从水边走开，他们一直往前。那些卫士们也要跟上，始皇一挥手，兵士们立刻退远。小宦官知道，他这会儿只想两个人在一起。

　　他们走了很远，一直走到一些曲折的街巷。街市上熙熙攘攘，卖柴的，卖米的，还有卖盐的。所有人都衣衫褴褛，神色慌张，面容憔悴。始皇看着他们，有时候低头问一问米盐的价钱，有时还拍一拍这些人的肩膀，对答几句，故意把声音弄得别别扭扭。小宦官发觉他会说街巷俚语，怪僻土话也懂不少；他还亲眼见始皇从一个没有牙的老人手里接过一块锅饼——要知道这在咸阳城里还很少有人吃这种食物，大概是从胡人那里传来的。始皇低头嗅这粗糙的食物时被呛着了，咳起来，咳的声音很大，以至于好多人都投过目光，以为发生了什么大事。

　　他们继续往前。前面的街巷更加曲折，卖东西的，讨要的，耍把戏的，还有卖甜米粥的。一个老婆婆跪在那里，手扯不足两岁的孩子向行人磕头讨要。始皇眼睛里渗出了泪水,后来一只手向小宦官伸来。小宦官赶紧从衣兜里掏出了一把钱币。始皇捏了捏,放在那个老婆婆手里。始皇走开时,步履变得沉重了。有一会儿,那此起彼伏的吆喝声竟让他止步不前。他挠挠下巴,在小宦官的耳边说了几句,就匆匆地往回走了……

天际传来了雷声,然后就淅淅沥沥下起雨来。小宦官这之前就跑出宫门望了几次,一直担心变天呢——变了天,阅兵怎么搞?他正这样想时,大将王贲来叩门了。

王贲虎背熊腰,年轻英俊,是大将王翦的儿子,曾经随父率大军六十万灭楚,后又入齐,军功盖世,是始皇最喜欢的一个将军。小宦官知道他是为什么事来的,就问:

"你是为下雨的事,对吧?"

"就是呀,陛下今天要阅兵,可是你看这天气,眼见得雨越下越大。是不是禀报一下,改日再……"

小宦官知道这不可以,故意问:"你带来多少将士?"

"离咸阳不远的蒙恬将军的那一部分,督修长城的,全给我调来了,一共十几万人呢。"

"他们都在哪里?"

"他们这时候正往谷地里走呢,用不了半个时辰就能列好阵势;将士们淋点雨倒不怕,陛下怎么办?他年纪大了,快到五十的人了。"

小宦官笑笑:"你这句话也就是在这儿讲吧,让陛下听到,要倒霉的。"

三

大约是十点左右,始皇穿戴齐整。宫门外早备好车辆,待他出门时立刻有人支起盖伞为他遮雨。

闪电亮个不停,雷声轰鸣,滂沱大雨直浇下来。文武大臣跟在后面,冻得瑟瑟发抖。始皇神态自若,踏在车上,两手扶住横杆。大家加快了步子。离谷地很远,就看到一片旌旗飘动,阵阵鼓声把雷鸣都淹没了。始皇脸上被雷电映得闪闪发亮,双眉蹙动,两眼射出火炬一般的光亮。他下了车辇,一直向着列成长阵的士兵那儿走去。

离队列还有几百米远的时候,大将王贲振臂呼喊着什么,士兵们挥起了如林的手臂,喊叫着:"陛下!陛下!"

整个山谷都在回荡。

始皇神色凛然,紧抿嘴角。他向谷地上的兵士轻轻挥动手臂。

又是一阵惊天动地的呼喊。

大雨浇个不停,风搅动起来,旌旗猎猎,号角鼓声响成一片,山谷震颤。

始皇在长阵中巡行一遍,然后站在了最高的山包上。那儿有一棵高大无比的白果树。这时大家都看到他拔出卢鹿剑,迎着空中猛力一挥。好像在刹那间,风停云止,连雷电也一起消失了。雨水变缓,淅淅沥沥,看样子将很快收敛。

众将士又是一阵呼喊。山谷在喊声里再一次抖动。

喊声毕,丞相李斯率文武大臣从谷地一侧而来,在始皇两边跪成一片。始皇垂下眼看了看谷地下坡,望着那连成一片的蚂蚁般的士兵、将士,然后转过身,登上了湿淋淋的车子。

始皇离去了。那个身材高高、面色蜡黄的丞相李斯站起来,轻轻抚了抚衣袖,在始皇刚刚站立的白果树下待了一会儿。他发现王贲正在吹动号角,那整整齐齐排列的将士开始移动了。眼下的阵势让他想起了几年前的一个场景……

那一天他正随陛下狩猎。始皇不停地拉响弓弦,收获最多。刚刚射了一只虎,陛下余兴未尽,用力打马,要攀上一座高峰。山坡太陡,骏马裹足不前,文武大臣都替他捏一把汗。可是这时始皇翻身下马,徒步往山上登去。大臣也只好随他攀登。那时陛下体健,并不像现在这样又咳又喘;他第一个登上大山之巅。

整个的山川大地尽收眼底,伏云滚滚,雾霭千里。始皇展望大山南北,神情肃穆,看着看着,那双细长的眼睛射出了逼人的光亮。他伸手指点着远处雾霭中的山峰:

"何不沿大山筑起高城,挡住胡人!"

一个博士喘息着问:"从哪里修起呀?"

陛下的卢鹿剑往东海之滨指了一下,然后又从空中划了一道长长的弧线。那意思再明白也没有,就是要从东海岸开始,沿着那起伏的高山峻岭修一座连天接宇的大城。

"天哪!"不知是谁喊了一声。

始皇用眼角瞥了瞥。四周再无一点声息。

丞相李斯看在眼里,身子莫名地发抖。回宫后,他立刻命令几个博士连夜画图。他们在羊皮上大致根据地理图形画好了山脉,又在这山脉之上,按照始皇的意思画了一条舞动的、长龙一般的巨城。

李斯把这张图端到始皇面前。始皇瞥瞥而已。李斯明白,陛下是不屑于看这张图的,他只想面对真正的高山大河。

海内闻声而动。大将蒙恬亲率大军督修长城。亘古未闻的巨大工程就这样展开了。

就在开修长城不久,始皇又发布命令:统一文字,统一度量衡,统一车轨,统一钱币。

李斯看着乌云退去的天空,看着身后茂盛的白果树,看着谷地里正在撤退的兵士,口中喃喃一声:"陛下……"

此刻始皇正躺在卧榻上,他似乎有些疲累了。

小宦官不止一次从始皇的呼吸中嗅到一股怪异的气味。这种浓烈的气味是不久以前才出现的,由此他知道:陛下又开始吞食方士们赠与的丹丸了。这些丹丸曾一度停过,起因是宫内试丹的宦官中死了一个,死的时候七窍流血,据御医说是丹力暴发。始皇在停止服丹半月之后,只觉得浑身无力,双目昏花,无奈只好重新拾起丹丸。这让小宦官为他捏了一把汗,并从心底痛恨那帮齐国的方士。

自从陛下结识了那些方士,就常常与小宦官谈一些稀奇古怪的想法。这些想法他从来不与人传。他知道有人听了会认为荒诞不经:一般人怎么会理解陛下的奇怪念头。

有一次一个齐女给始皇掏耳朵,使用的是红铜做成的挖耳勺。陛下在这个时刻特别爱听一些古里古怪的东海奇闻,她们也就渐渐没了拘束,一边讲一边笑,那把挖耳勺竟碰疼了始皇。陛下痛苦地一皱眉头,小宦官立刻就夺下了挖耳勺。始皇一直看着它被小宦官折成了两截,目光里好像有些惋惜。

也就在那不久,始皇传下了一个旨令:海内金器一并收起,铸成金人。一道旨令迅速传遍全国,士兵逐门逐户搜查金属铁器。除了必要的农具之外,所有的兵器悉数收起。白天黑夜,车辆辘辘不停驶往咸阳。接着那些化铁匠也应招而来。所有的兵器都投入化铁炉,化成铁水,浇铸金人。一溜儿巨大的金人耸立在广场上,令人叹为观止。

只有小宦官知道,整个事件或许起因于一只小小的挖耳勺。

得一词条·杀鲛

好个大鲛!此乃东海神灵所遣,盖因神灵不待见咱凡人寻觅仙山,一路上自然麻烦连连。这大鲛红翅甩挞,扁口一丈,长须数尺,巨尾大若船帆,体长七丈六尺有余,眼如铜盆。莫说是气力超绝,万夫不抵,单说这模样,也将人吓个半死。故出海者每每为其所伤,或被活活吞下,或于巨浪拍击之中船毁人亡。呜呼,可怜我徐福先人手下勇士无数,仍不敌这水中大怪。无论春夏秋冬,只要船队入海,行不出六里,即有大鲛翩翩而至,领队者砰砰打炮,尽是水炮;纵队横队,一溜儿拉开,好不威武。先人徐福下令以桨做剑,以橹代矛,结果是拼个鱼死网破,船队尽散。一连数日徘徊于近海,不得远行。原本是风平浪静,顺风顺水,一旦扬帆,不出三刻即有大鲛来袭。

近代研究者多半将大鲛判为鲸类,抑或巨鲨,更有甚者一口咬定是海豚无疑。错矣哉!错矣哉!君不见东莱海域,坦坦荡荡,渔事兴隆,真可谓国泰民安,一片欢乐景象。谁料知一旦求仙入海,即有大鲛纠缠,可见神仙早已知晓,心有灵犀,莫可混迹。如此思度其中奥妙,不言自明。咱徐福先人何等明智,诸事了然在胸,只不过巧装糊涂,拖延时日以骗秦王。

徐福闻听秦王一怒杀方士于琅琊台下,风吹泪绝,面无惧色。他头戴黑色四棱帽,腰扎青丝长围巾,脚穿方口黛帮千层底,上系宽幅手纺棉布腿带,手持鹅毛羽扇,不亢不卑,面见秦王。先施一弯躬大礼,而后侍立。秦王微眯双目,鼻垂悬胆,口喷恶气。宦官喝道:"好个方士竟敢不跪?"徐福长揖:"官家莫恼,东莱夷人礼数不同,跪拜者惟祭奠鬼神父母也。今见陛下无怠慢耳。"秦王吭一声:"我来问你,朕命你入海求仙多有时日,为何不见绩效,难道成心捉弄与朕不成?"徐福美目一扬:"大王错矣,自臣接受重托,即不敢片刻松懈,日思夜想皆为寻仙,惟苦苦不得矣。""那又为何?"徐福上前一步:"啊嘿陛下,咱数次出海,都被大鲛所阻,皆因神仙知晓心事,故百般刁难!可见大鲛拦路,今生仙山无望也!"秦始皇听个明白,转身默默不语,暗自双泪长流。

始皇哭时,四周文武莫不低头噤声。自从秦王身体糟朽,少不得几声啜泣,下雨阴天则放声嚎哭。有一宫娥平时获宠,娇声缠绵,令大王怒生胆边,伸手抓住扔下高楼。四周大气不出,惟有徐福朗声说道:

"陛下休得悲伤,在下自有妙计!"

始皇隼目大睁:"从头细细说来!"

"依臣看来,神灵厌嫌吾等诚心不足;再说仙山之药价值连城,岂能轻取!窃以为欲取得海道便利,大王还需破费……"

始皇死死盯住徐福,大气不喘,暗自盘算:狡黠儒生巧言令色,欺骗与朕。大鲛何在?朕得亲眼一见,如若有诈,尔等必要身首异处!

秦始皇不曾直接道破心机,只眯起双眼:"既有如此大鲛,无需慌促,朕与尔等前抵东海,一探究竟便可。"

秦始皇起身挥手,文武百官一齐出动。浩荡车队从琅琊出发,直趋东海。海上巨浪翻滚,茫茫苍苍,片鳞不见,大王一瞥徐福,愠色难掩。徐福急忙施礼:"大王,大鲛原在东莱海域,那里才是大河出海之口!吾等还须忍耐心性,由此往前……"

车队一直前,沿海周转,不曾停息。徐福被唤至始皇辇上,同车者还有赵高、李斯。车队行至芝罘,只见碧波翻涌,寒色青苍。海面若有动静,顷刻间红翅拱起,掀巨浪高达丈许!徐福急急喊道:"陛下快看大鲛!"始皇两眼昏花,赵高一旁指点,呼声连连:"陛下正是,那厮红翅拍打不已,真真大鲛!"始皇立即发令:"弓弩手,给朕射杀!"

弓弩手纷纷蹿至海边,一瞬间弓弦齐鸣,箭如雨下。只可惜风疾浪高,大鲛跳跃不止欢腾而去,一霎时踪影全无。

车队继续往前。

行至黄陲。该地海滩平展,水浪汹涌不若芝罘。徐福一直盯住海面,不敢稍有闪失。正这时一队大鲛复又出现,耀武扬威游往岸边,嗵嗵水炮排空而击!徐福正欲呼喊,始皇已经抄起大弓,断然弃辇,跟跄奔往海边,立定引弓。大鲛中箭,却能戏水如旧!呐喊中弓弩手聚拢一处,箭矢如雨……一大鲛翅斜翻扭于浅滩之上,全体将士齐呼万岁!

徐福侍立一旁,待喧嚣渐渐平息之后,脱口呼道:"陛下好箭法也!"

东巡·二

一

围困齐国之初,始皇曾问王贲:"贲,你如何使三十万大军所向披靡?"

王贲说:"陛下,臣牢记先父的教诲,对兵士,要给他们以信,给他们以勇,但不给他们以智。"

始皇若有所思。王贲接上说:"给他们猪、骡、马、牛肉吃,让他们喝生马血。"

始皇笑出了声音。

王贲感到陛下高兴了,于是滔滔不绝:"三十万大军,枪刀剑戟,排山倒海,六国岂有不灭之理?"

结果齐国几乎不战而亡。这些日子里,宫内欢呼雀跃,始皇脸上却肃穆如常。

赵高忙着摆宴庆贺。始皇在等王贲归来,一直端坐宫中。"王贲什么时候回咸阳?"他问左右。

卫尉忙答:"今天夜里差不多了吧?"

赵高走过来禀报:"已经快马去催了。"

齐国的美女、钱币、金银细软、绸缎,还有上好的竹简,一直源源不断地运进咸阳。

有一个少女长得高大、洁白、俊美,这在咸阳城里无论如何也找不到的。始皇问她:"你是王族吗?"

少女点头。

"多大了?"

"十九。"

赵高在一旁咕哝:"齐国地处东海之滨,与东莱相邻。莱国就有这种女人,她们个个身高马大……"

始皇做了个手势,赵高闭了嘴巴。

这时有人喊道:"王贲拜见陛下——"

始皇迎声起身,竟往前走了几步。

王贲已跪在正殿。

始皇说:"王贲,我已候你多时。"

"臣步履迟缓,臣有罪。"

始皇呷了一口水,让王贲把战况一一道来。

王贲说:"三十万大军一字排开,齐国将士惊慌失措,若真的打起来,恐怕也不堪一击。"他瞥瞥始皇,咽了一口,"不过,开始却不是这样;齐军试图阻拦,倚仗要塞,拒不投降。而我将士正等着屠城呢……"

始皇鼻子里"哼"了一声。

"伐燕赵,"王贲提高声音,"将军振臂高呼:'为陛下而战!'兵士齐声响应,山摇地动,声如雷电,大军如海涛汹涌。城垣守敌浑身颤抖,何能抵我。厮杀中,有人手举长矛连呼'陛下',英勇无比。有的战士中了敌军毒箭,倒下那一刻还在呼喊'陛下'。陛下如果亲临战场,目睹壮烈之厮杀,一定会留下深刻印象。"

始皇嗯了一声,赐座。

王贲坐了,鼻子上渗出米粒大的汗珠。

始皇说:"你的父亲王翦当年率六十万大军灭楚,也是喊着'为陛下而战',兵临城下,敌军连连溃逃,毫无抵挡,一泻千里。楚地横尸遍野,胡虏岂敢猖獗。大军无非是陛下伸长的手臂,强拳劲臂而已:进而灭燕,灭代,最后亡齐。齐国何等悍嚣,如今却不战而亡,正应了他们军师的一句名言,所谓'不战而屈人之兵'也……卢鹿指处,必是降敌。"

"陛下所言甚是。"

始皇说过这一番话之后,已有些倦意,最后声音低沉得几乎听不见:"偌大一个齐国……真是可惜。"

王贲有些不信自己的耳朵,这时茫然地望着陛下。他这会儿突然想起,齐姬就是齐国人啊,她是陛下最宠爱的女人,陛下大概是为她而怜惜啊……这样想着,他就说起了齐姬。想不到始皇立刻摇摇头:

"齐……是朕的故国。唔,这话说来长了,你不会明白的。嬴姓其实来自东方……"

王贲越发摸不清端底了。他口吃起来:"陛下……难道……这个……然而……"

二

这是一场浩大奢华的宴会,咸阳全城都闻到了香味。煮肉的香气直传到百里之外,人们说:今生今世能见到这么一场大宴,死而无憾了。文武百官、乐师、武士,欢聚一堂。乐工高奏凯歌。御前郎将蒙武朗朗笑语,健步如飞,双目在人群中扫来扫去。宴饮间戒备森严,卫士们有的穿了便衣,有的穿了军服,簇拥始皇左右。

赵高说:"有功将士坐前排。"

宴会散去,宫内突然陷入一阵空前的寂寞。始皇问小宦官:

"从齐国来的那些异人呢?"小宦官知道陛下又想起了那些儒生方士,心里还在迷恋长生不老术呢。他几次想说:什么去东海里寻找三仙山,分明是些骗子,这些家伙只有一个处置方法,那就是一杀了之。但他不敢这样明明白白说出来,这会儿只是说:"那些异人寻不来仙药,十有八九是吓跑了,这时辰嘛,我估计他们都回齐国去了……"

"唔?有这等事情?你从头说来!"

"这个嘛,反正,反正大街上的方士——那些齐国怪人再也不像过去那么多了,这是千真万确的……"小宦官有些吞吞吐吐的。

"他们是什么时候走的?"

小宦官脸上渗出一层虚汗。他突然觉得以自己的好恶来应付陛下是十分危险的一件事,这会儿赶忙应道:"还有的呀,总有的呀。这么大一个咸阳城,各种怪人都有。他们当中有星相家,会占星术;还有人在炼一种神丹;最让人惊异的就是那个大聊客'老齐'——这个人对齐国掌故、朝野逸事,可谓无所不晓。你以前不是见过他吗陛下?"

始皇想了想,终于记了起来。他如梦初醒地拍拍脑瓜:"听那个大聊客说话,如同梦呓,实在是荒谬而多趣。"

记得那是一个微雨濛濛的下午,一个在传说中被称为"齐国通"的大聊客老齐终于被唤进殿来。这人长得獐头鼠目,样子实在不算雅观。为了遮掩他全身的那股腥膻气,中车府令赵高命人采来五色鲜花。大聊客端坐角落,不停地抽鼻子。

大厅中响起始皇沉沉的声音:"你且说来。"

大聊客叩头,而后合掌道:"微臣如有唐突,还望陛下恕罪。"

"可。"

大聊客闭上眼睛,两手叉起,像沉入深深追忆之中。这样停了一会儿,他以缓缓的语调叙说起来:"咱老齐这人也算个有大口福之人啊……"一句话说得无有边际,一旁的人都吃了一惊,连始皇也愣了一下。但他忍住了听下去。"咱自小喜好奇巧吃物,可谓食不厌精。每有宫廷大宴,吾等必得设法蹭上一顿,口腹大快矣。记得先王三日必有流水长宴,伴有舞乐华裳好不盛大,吾等探头探脑,提一把笛子也就混进去了……"

"唔?这是怎么回事?"始皇终于好奇地打断了他。

"是这样哩,齐闵王这人喜好音乐哩,这跟他爹他爷都差不多,乐队一进宫就乐得翘胡子。我呢,就随上人溜进去了。其实我什么都不会,连笛子有几个眼儿都不知道。"

"哈哈……"始皇笑了。

大聊客老齐被这笑声大大地鼓励了,声音提高了许多:"咱只记着一顿好吃哩!只等大伙儿吹吹打打起来,咱就趁乱往旁一歪,坐到流水大宴旁,把什么鱼翅海参鲇鱼唇往肚子里扒拉起来……"

始皇眯着眼去看赵高。赵高问:"慢着,你刚才都说了些什么?什么吃物?"

老齐像受了委屈一样吭吭几声:"连这也不知道啊,鱼翅是鲨鱼鳍,海参是长了刺的……鲇鱼唇也是美味。反正都是海里那些有大滋养的东西哩,陛下该弄一点尝尝才好。这些物件一下了肚,不到半天,身上的阳气也就兴隆了,走路有劲爱攥拳,小鸡儿怪精神的……"

赵高笑得身上直抖,一边抖一边用眼角去瞥始皇。他发现始皇由于被这个怪人所吸引,头颅已经往前探了一截。始皇的目光突然眯了一下,接着大感不解般问道:

"唔,你给我照实说来——你说自己吃过齐闵王的流水大宴,那么你多大年纪了?"

赵高这才猛醒过来,赶忙扳着手指算了起来。还没等算个仔细,那个大聊客就笑了:"我们齐国人活个几百岁也不是什么奇事儿。我爹就活了三百岁。我爹活着时候常讲齐桓公和管仲的事情——嘀呀,我得说,齐桓公更是一个好吃的主儿呀……"

始皇于是不再追究这个人的实际年龄问题,眯着眼睛听下去。

"齐桓公老头儿年轻时候就是个浪荡子,到老了还是那样哩。他喜好房事儿——陛下一听就明白了不是?他最愿吃一些稀奇物件,什么海胆海肠子、鲅鱼丸子胡椒粉;吃起鱼翅来就像吃面条儿,燕窝当成了老母鸡汤一口气就喝去大半碗,还说什么'寡人就差没吃上一口人肉了,也不知是什么滋味儿'。他这一说不要紧,虽然是半真半假开个玩笑,下边有个叫易牙的小人听了,就回家把自己刚满月的孩子杀了,做了一大碗肉汤端给了齐桓公……"

赵高睁大双眼看着始皇。

始皇鼻子里哼了一声:"竟有这事儿?"

"千真万确,要不说齐国灭亡了嘛,齐国从根上讲就残忍无道啊!齐国的老祖宗们,哼,不是我当着陛下的面说啊,他们比秦国的道德相差十万八千里呢!就拿这其中最有本事的齐威王齐宣王父子来说吧,比起陛下,那也真是九牛一毛,算不得什么。他们这些人个个好色,连齐宣王自己都承认,说'寡人好色'嘛。陛下也就可想而知了,这都是一帮什么货色……话又说回来,在讲究吃穿享乐方面,他们倒是大有一套的,不像咱秦国,净吃一些羊肉面饼什么的。咱这边,我是说陛下,也该去东边,去齐国那地面上弄点海参鲍鱼回来。"

始皇睁开眼睛:"听说有些长生不老的草药……"

大聊客赶忙拍打头颅:"你看看我就忘了这一截儿。那是自然的了。不过那都是方士们才有的啊。说到方士,陛下不会陌生吧,他们也来咱秦国了不是。齐桓公齐威王,还有下边的一个个主儿,都不是有恒心听忠言的人,他们只知道胡吃海喝,山珍海味不离口,一吃就吃个肚儿圆,哪里还顾得上好好进补药石啊!要知道丹丸这些东西,吃进嘴里是要有些苦味儿的,那些家伙干别的行,就是不能吃苦,于是乎,然而也就……早早地把身子骨弄朽了个屄的!一天到晚让小妞儿陪着,嚯也夫,一夜一夜不睡,像齐桓公,陛下让我说他什么好呢?"

"你就别卖关子了!"赵高轻声呵斥一句。

大聊客接上:"这个齐桓公把齐国整治得也算兴盛,成了春秋首霸,照理说也是有为之君了吧?可就是为人不齿。这个人是个半吊子……这是我们齐国人的说法,那意思就是,嗯,一个五迷三道的人,一个动不动就瞎胡闹的家伙。这个人压根儿就不像一个国君,有一段时间动不动还逛窑子呢!"

始皇看看赵高,赵高凑上去小声说:"窑子,就是妓女待的地方……"

大聊客耳朵极尖,听得明白,立刻大声呼应:"对呀对呀,就是那种地方。想想看,他宫里有多少像模像样的女子,可他还是要往窑子里钻,为了让人认他不出,就胡乱披件衣裳,跂拉着鞋,披头散发的……这都是国相管仲为他办的好事儿。那管仲,嘿,能为大哩,把好大一个齐国弄成了天下最会做买卖的地方,让天下最富的大商人都往这儿跑。什么办法?就是在临淄城里开了七百女闾,按一闾二十五家计算,那要有多少窑子啊!它们都开在了宫里,这全是为了齐桓公的方便嘛。那些大商人,带一辆车的白吃,三辆车的不光白吃,连牲口草料也包了;如果带来五辆车,那还要配给五个女人服侍他哩!这些大商人一天到晚在临淄吃喝玩乐,把天下的财富也就全带到这里来了……"

始皇再次眯上了眼睛。他在心里惊叹这个管仲,同时却又一次想到了自己最佩服的秦国先王的名相:商鞅。是的,如果说管仲治理一个国体靠的是热敷,那么商鞅用的就是冰镇。冷得彻骨,严刑峻法。他们的办法不同,各有一路,但孰优孰劣今天已经清清楚楚了——齐国越来越热,结果高烧不退,把偌大一个东方大国烧迷糊了。想到这里他哼了一声。

"臣接下去,还要给陛下好好讲讲临淄哩。这个地方啊,真是了不得哩,了不得哩……"大聊客擦了擦嘴巴。

始皇摆摆手。赵高立刻对大聊客说:"以后再说吧,陛下还有别的事呢!到时候你听我吆喝就行了。"

自 传 片 断

[治学篇]每每回顾往事,总是心潮澎湃,感慨系之。最不能忘记的人即第一位文化教员。该同志音容笑貌如在眼前,只可惜时过而境迁,音信全无,不知其人如今幸福与否、历次运动风云激荡中能否安然度过?可叹我中华道路是曲折的,然而前途是光明的,多年来虽经历诸多弯路坎坷,但总算有马列明灯,最终指引我们踏上现代征程!说到此我忧喜交加,情不自禁时竟老泪纵横,不能自已……

该教员年纪轻轻且出身资产阶级,竟能够克服若干不利条件,觉悟领先于部队许多战士,阅读马列原著,由浅入深耐心讲解。从人口足刀手等简单文字教起,再配以拨破魔佛等拼音字母,进而指点物品以认识文字,从事巧妙教学:行军时在背包上贴一大字,令战士耳濡目染。凡事物皆有内因外因、本质表象、矛盾对立统一等内在规则,更有实践第一、物质决定精神的唯物史观。这些深刻原理从一开始即贯彻下来,所以我必须说,他是引我哲学入门第一人!当年课本稀少,无非是油印小册子若干,粗纸毛边笔记本一个,铅笔一支,毛笔两管三管不等。然而艰苦条件下心志更坚,战士们听课认真,呷一次笔写一个字,都像小学生一样做起。

我记得老师眉目清秀,身体比较单薄,眼睛近视,但他当时考虑到群众影响和政治因素,很少配戴眼镜。全国接近胜利时他才弄了一副眼镜,因是缴获的胜利品,故虽然是上等的金丝眼镜,然而度数并不合用,只是聊胜于无而已。老师勉强戴了金丝镜片,有时不得不以手抬镜腿校正瞄准,大声朗读课文,铿锵之声犹在耳边,让我至今想起来还要心酸。可见斗争岁月何等艰难,却是个个争先向上,鞠躬尽瘁,死而后已!哪有现在这样情形,物质丰富,斗志涣散,哪个单位不是人浮于事!当然,合理享受也是常情,人民皆有追求幸福的自由,但却不能一味向往资产者的糜烂,忘记终生奋斗的宏伟目标!说到此追昔抚今,不禁悲从中来,几次欲言又止。老师精通诸子百家,却能一再批判孔孟,事事以身作则。当年伙食有限,队伍休整时难免油水不足,一碗粗菜清汤寡水,可是战士与长官基本上统一伙食标准,偶尔杀一头猪羊也是僧多粥少,不能解馋反而引得心痒。但是革命者自有未来的向往,胜利正离我们越来越近,这个事实不言自明。所以首长与文化教员共同的讲话就是:新社会的建设中,我们都需要更多的文化。正如主席所言:没有文化的军队是愚蠢的军队。

　　我们努力学习,于是打败了愚蠢的军队。被俘的敌人一个个军毯裹身,然而几乎大字不识一个,与我们学习前情形相似。如谈到阶级觉悟则更是荒唐,一个个出身穷困却要为地主资产阶级扛枪卖命。我曾于夜间多次去文化教员的单身宿舍,种种情景一生难以忘怀!他铺盖极其简单,被褥上足有十几处补丁,可是书籍数量超过了师长!我至今还记得第一次见到套红印刷的延安著作,捧到手里墨香扑鼻,其中讲辩证唯物思想和实践观点,初一看云里雾里,研读再三而后则心中洞开,眼界大长!另一次更是烙印深刻:于其住处看到了浅灰色漆布精装《资本论》!厚度竟达一大拃有余,而且仍旧是香气袭人!我生来也是第一次见到伟人照片,对那深邃目光和旺盛胡须不能忘怀！当时即抱定信念：一生都要做坚定的马列主义者，并于革命实践中紧握笔杆！

说到这里添一个有趣的插曲：我们师长传说中很会写诗，每有战斗空闲，就会口诵一首，一旁警卫即要快笔录下。受首长影响，我们副团长也学习作诗，久而久之竟然如同吸烟一样成瘾，以至于不能停止。团长因职务繁忙，虽羡慕而无暇拾笔。在我百般央求下，副团长终于将诗作一示。这是我平生第一次当面见到诗，并懂得它的大致情形，如每行字数和押韵等等要求。配合文化教员前者所授之拨破魔佛，渐渐可以试着写出字数统一、隔行押韵的正常诗句。初次作诗兴奋不已，然而总算有勇气拿给教员指正一番。记得他手抚眼镜腿看了足足有五六分钟，渐渐面有惊讶之色，最后蹦出一句："多写多练，一定成功！"受其鼓舞，我于当年即写下了四十多首，其中大约有十余首还不致令人脸红吧。于是我将这些诗作稍稍优异者呈于首长，终究博得更多鼓励。

戎马生涯，征程劳顿，红颜知己，一切都不能动摇我学文化学哲学作诗文的决心！时间在于挤，要有钉子精神。这时节我已经二十多岁，按村里一般情况和规律已到了谈论婚配的年龄，但是，队伍上并没有这些迹象。大家都在忙于战斗，除了个别首长年龄实在较大，再加上职务重要需有爱人照顾外，其余人都不太考虑这些，再大的困难也能克服。因为分工的不同，战斗中我主要来往于前方和后方之间，所以并没有负伤之类，因而与女护士等人也就没有多少接触。这就使我能够将更多精力用于文化学习，精神集中而且实力充足。说到这里，也就不难理解我为什么在短短的几年时间里，即成为全团最有文化的人。这里可以说，不仅是一般意义上的知识，即便是哲学和诗这样深奥的领域，我也都迈入了门槛。常言道：师傅领进门，修行在个人。我的师傅是年轻的文化教员以及那位副团长，但我的最伟大的导师，则是实践本身！任何产生于实践之前的所谓高论,所谓的天才论,皆是唯心主义,是必然向其反面转化的失败的结局!当我的事业有所成功之后,不少人就以天才论、谈我有什么天生过人的智慧等等,横加议论。这都是我特别不能苟同的!我想说的是:哪里有什么天才!我无非是将别人打牌抽烟的时间,全用到了学习上而已!无非是几十年如一日地坚持而已!我的口号是:我的一生是学习的一生;我的座右铭是:学习学习再学习!我的信念是:生命不息,学习不止!

至于养生知识,那是后来和平年代的成果。这时因工作关系来往于乡间边区一带,少不得与一些基层人士晤谈,深受启发。群众才是真正的英雄,丹丸气功阴阳之术并不神秘,耳濡目染也算有些收获吧。以我的哲学知识来看,养生原理与唯物观念两相统一,并没有根本的抵触。再说许多首长戎马一生,那时敌进我退,敌疲我打,打得赢就打,打不赢就跑,一年年下来早就身体羸亏了,重者已经是朝不保夕,亟待调养。俗话说书到用时方嫌少,到了这时候才知道养生乃是一门深奥的学问。可喜的是我们老家地处海边,古代即有方士频繁活动,这些人最懂长生不老之学,按古为今用去粗取精的原则,温故知新,一切也就需要从头实践了。最想不到的是这个过程竟有其他收获:渐渐掌握了许多古代大航海家大方士徐福的事迹,由好奇到深入,最终成为徐福专家。这就是唯物主义者怎样知难而进,如何做到百尺竿头更进一步的道理。我这一阶段的主要著作散见于报端,其中有些篇目因内容过于深奥晦涩,只可用作内部交流,并不宜发表,如:《论老年床上养生二三法》《丹石摄补与阴阳调理》《人生百岁不是梦》,等等。

你在高原

海客谈瀛洲

卷二

第 四 章

季　风

一

《海客谈瀛洲》正在一份重要杂志上分期刊出。终究是这样一部古航海研究著作摆在了面前：学术与思想的深邃，质地缜密坚实。关于季风与洋流、历史上最重要的几次东部远航，都显示了崭新的见解。风格稍稍特异，立论严谨别致，文字精敛且隐隐溢出一股悍锐之气。这意味着多年的沉潜，巨大的精力耗损，以及一个学者于窒息般的环境中奔突而出的心志与决心。一如惯例，它面世后照例是沉默与清寂，仿佛这千般求索、这青灯黄卷的日日夜夜，仅仅是为了回应邈邈星空中的那个"遥远的我"……自然，现实的喧哗和叹赏往往留给了庸常，杰出的心灵不必渴求荣誉。除了老所长顾侃灵先生激动不已再三感慨之外，再没听到其他任何议论。最后一期刊出不久我正好遇见了王如一，这次有些意外的是，总愿冲动在先品头论足的他却闭上了嘴巴。我故意把话题转到这上边，他立刻说："哦嗬，听说是写季风和洋流的，不少地方涉及了徐福东渡，回头一定拜读——还是先让我那口子读吧，这娘儿们眼尖。"说完撇撇嘴，快步走开了。

经过一场辛苦漫长的劳作，纪及该好好休息一下了，谁知他却陷入了新的痛苦。这是我未曾预料的——他叹气,指着那本杂志说:"看过了吗?"我看的是打印稿,杂志还未细翻。他抚摸着打开的纸页,颤颤的十指像触及一个新生婴儿。"他们根本不在乎作者说什么,我反复提醒甚至抗议,可直到最后还是删除了这么多文字!他们割掉的都是重要的部分啊!而且不加任何说明!奇怪的是,越是让人心疼让人爱惜的部分,就越是遭到阉割!我真不忍心打开它们,不敢再看……你对照一下打印稿就知道了,它给删得惨不忍睹……"

也许是错觉,我好像看到了这会儿的纪及眼中有泪花闪烁。当我再次注视时,才发现这双眼睛是焦干的。我在文稿发表前不止一次看过,若草草翻一下杂志当然发现不了什么。可我完全能够理解他的沮丧和愤怒——对这样一部字字精敲细凿的心血作,任何伤害都显得残忍……可我知道,此刻所有的安慰都显得轻飘了。

桌上同时摆放的还有一本簇新的繁体字书,那是与杂志差不多同时面世的海外单行本。"它没有删节。"纪及指指它,但情绪仍然不高。当然,对他来说关键还是杂志的刊出,因为它不仅有广泛的传播范围和影响力,更为切实的意义是所有学界同仁几乎都要订阅,这其实是一场期待已久的倾谈与对话……"海外本印数极有限,没有多少人能够读到……"

"那就早些出版它的简体字本吧,这是最好的补救方法……"

纪及摇头苦笑:"没那么简单。没有哪家出版社爽快答应这件事……"

"为什么?"

他没有吭声。这有点奇怪。难道比海外本还难出吗?我不信。

从纪及那儿离开,我一出门就给吓蒙了!老天爷,只不过是一个多小时的时间啊,天和地都变了,这只是上午十点多钟的时候,该是一天里最明亮的辰光,可是上下浑浑的都变成了黄中泛黑的颜色,能见度只有几十米!一个不祥的词儿在我脑海中一闪而过:世界末日?前后左右一片昏黑,又没有发生日食。没有什么显著的声音,如雷鸣电闪之类;但用心去听,可以感到邈邈天幕之外正传来撕裂般的响动,这声响只是隐隐的,却让人有一种深深的恐惧……我对眼前这一切毫无思想准备,不知道是宇宙中的什么力量在发威,于猝不及防间遮蔽了天地……我回忆最初是怎样的——踏上街头,只觉得尖尖的风夹着尘粒直灌到衣领里,扑了面脸;然后一抬头,就是这样的天象;有微微的风吼,低沉而强悍;再看地上,已经蒙了厚厚一层沙尘。这会儿仰脸,可以看见压低的浊气仍旧从一个方向往这儿移动……是的,我想到了,每年的这个时候总会有沙尘袭来,它由更远处,从一个大陆的纵深掠过半岛,吹向海洋。

按照纪及的说法,公元前210年发生的东渡(逃离)事件,其船队就是借助了一股季风——它比这个时间稍晚——跨越渤海海峡,沿海岛链之弧进入西朝鲜湾,继而穿过对马海峡。然而对于这座远离半岛的内陆城市来说,这场季风却越来越有些变味儿,它变成了上挂天下挂地的黑煞,让这里变成了一个令人胆战心惊的季节——这样说毫不夸张,因为关于这场延续持久的猛烈的西风、它的可怕故事,近年来人们一口气会说出很多。午夜里一听到尖厉的风声,老城居民都在心里念着:"来了!又来了!"一边想着会有什么倒霉事突然降临:阵风会掀翻屋顶,击碎窗户;更不可思议的是伴随邪风而来的黑幕,天地无光,沙尘盖地,人们不敢上街不敢出门,许多人得了莫名其妙的疾患:医院会在一夜之间塞满病人……大风十有八九要带来瘟疫和不祥,这已经是公开的秘密了。所以我一直以为季风之后的那一段日子,它与徐福逃离的时间相吻合,并非完全是因为海洋动力学的原因,它远没有想象中的那么单纯,而是有着更为深层的奥秘:恐惧。当然,这样的预测在纪及来说是荒诞不经的,他甚至不屑于瞥过去一眼。

马光打来一个电话,催促我一定要早些到办公室来。我顶着正在变大的、阵阵尖啸的风急匆匆往前,冒着被迎面撞来的汽车碾上的危险,踉踉跄跄奔走,眼里不止一次吹进了沙尘,一路在想:他那里一定有什么重要事情吧。

进屋后娄萌还没有到,看来他就是为了赶在娄萌前边告诉我一点什么。办公室里只有我们两人,马光解着围脖,骂着,把嘴里的沙尘吐出来,从兜里掏出一份复印材料。

"老宁,看看吧……有人出手可真快啊!"

我把复印材料摊开。原来这是一份文摘复印件,一段一段全都摘自纪及在海外发表的那部书稿,并且将国内报刊删除的部分加以注明,形成了一个对照本。搞文摘的人显然花了不少脑筋才把那些片断选出来,而且做了一种奇怪的连缀和剪辑。这样从头读下来,行文显得有些刺目和怪异。"这、这是怎么回事儿?"我觉得有什么不对劲儿。

"听说只印了十几份。科学院的正副头儿每人一份,主要是送给上边的要人。"

我心上一阵发冷:"什么时候了!怎么还这样啊!这不是害人吗?这让人想起了……"

"我一点都不吃惊。大概是霍老不高兴了——你说呢?"

我忍住了一声不吭。我一瞬间想起了什么。这当然指前一段所谓的诽谤霍老的"谣言"。我说:"如果霍老有胸怀的话,就该找纪及谈谈,这样不就清楚了吗?纪及认认真真准备那部传记,对一些情况有不同看法,也属于正常!霍老……总不至于吧?"

马光的嘴唇翘起来:"你的心太好了。霍老可不会像你这样想问题。"

一会儿传来了脚步声,马光使个眼色,我赶紧把复印件收起来。娄萌踏进办公室,满头都用大围巾包了起来,摘掉围巾,我立刻看出她的脸色不太好:她当然会更早地知道一切。

果真,还没等我开口,娄萌就把皮包一扔说:"你的那个朋友真给我们家老于干了一件大好事啊!"

"怎么了?"我故意问。

"上边已经让老于去谈话了,老于都紧张了。"

"不就是一部学术著作吗?有人还编了内部文摘,真是无聊、可耻!"

她先是愣愣地看我,后来又端着杯子出神:"他啊……竟在海外出版了删节的那些部分!这就不是学术问题了……"

"那是同时出版的,并非故意加上了删节部分——而删节才是错误的……"

娄萌伸出一根手指:"先别这么说。事情一涉及到海外就复杂了……你等着看吧,这事不会就这么了结的,上边——听说吕南老去南方参加一个会议,闲下来翻过这本书,有话呢。"

"吕南老"三个字让我惊了一下。我愣愣地看着她。都知道那是个一言九鼎的大人物,他会这么快见到书?

"我真后悔没跟你们讲清楚……"娄萌的声音低下来。

"吕南老……"我自语着,还在琢磨。

"如果原稿先交给东部城市,他们会报送有关部门,然后再……如今一切都晚了……"

"提前审查?这太过分了吧?"

"因为这不是一般的个人选题,而是领导交办的一个重大文化项目——区别就在这里,再说本来就有许多人盯着……"

老天,如果她一开始就这样讲,我和纪及都不会应承下来的。

现在真后悔没有将它和那个传记一起推掉。算我们倒霉。

马光一直盯着窗外摇动的树梢,这会儿转过脸吐吐舌头:"以后咱编刊物也要谨小慎微了。"

娄萌转脸看他,有了一丝笑容:"真要谨小慎微倒也好了,你们这些人就是天不怕地不怕。你们的胆子比我们这一代人不知要大多少。"

我想说咱们是同一代人。而我与纪及的年龄差距更大。奇怪的是娄萌很自觉地把自己和丈夫于节,甚至是霍老他们划成了"一代",而我这个年届四十的人却要和她女儿于甜划成一代。当然了,马光也属于她女儿这一代。这种划分究竟是荒唐可笑,还是依据了某种更科学的心理指标?

下班出门,夹杂着尘粒的西风更大了。天色黑中竟透着紫,就像黑夜,却没有一丝星光。我裹紧了衣服去找纪及。进门后正遇到顾所长,老先生气呼呼地说着:"这太卑劣了!都什么时候了,还来这一套……"

我告诉了娄萌与我的谈话。顾说:"刚才我们正说这事。看来有人早就动手了,他们行动得可真快。有人就是习惯于搞这一套,轻车熟路!"

二

我在想娄萌和马光的话——从他们的口气中可知,此事一定与那个霍老有关。我想到了一位大学者——以前怎么就忘了这位老人?他就是秦茗已——在一些重要问题上,霍老也要让他三分。霍老在很多场合讲话就常常说"秦老"如何如何。有人说每逢节假日,一些领导还要去专程看望老人呢。他如今各种社会活动都不参加了,但崇高威望仍然有增无减。这会儿我想,尽管不必太在意这场"季风",但何必让纪及承受这份压力呢?我们也许应该去拜望这位老先生。文化界都知道,他过去曾受过很多折磨,但从未弯腰屈膝,称得上一条铮铮铁汉。在这座城市里,他是良知和信誉的化身。我们有时甚至觉得,对这座城市的知识分子而言,秦茗已只要活着,就是一种安慰。在任何时候,只要提到这座城市,许多人会将秦老引以为荣。然而现在一般人只是崇敬有加,很少去打扰他了。大家只在一年里最适当的时候、或实在忍不住了,才会往他那个小四合院里踏进一步——还离小院老远呢,当看见那棵白玉兰花树的梢头时,一种崇敬之情就油然升起——轻轻叩门,他那个年龄很大的未婚女儿就会出来开门。她把客人无声无响地引进秦老的卧室兼书房去。有人进去,秦老会摘下眼镜看一眼,那慈祥的目光就使人安静,使人激动……

我这会儿想着秦老,说:"纪及,必要的时候,我们真的可以去找一个人——秦茗已老先生!有一年,我被人带去老先生那儿一次……"

纪及抬起头,眼睛闪亮:"秦老!那时在学校读过他多少书啊,现在同住一座城市,反而没有勇气去拜访先生……"

"你真该早一些去认识一下秦老,那是一个'文品人品并重'的老人。我们见了他即便什么都不讲、只看一眼也好啊。平时老人寂寞自得,很少到热闹地方去。一种真正的学人性格。"我语气里不知不觉有些冲动。

顾侃灵插话:"老宁说得不错。秦茗已在这座城市里没有第二个人可比,凭他在学界的信誉,就连那些轻浮之辈也不敢在公开场合说一个'不'字。那个'霍老'还口口声声说是先生的学生,他算什么'学生'!我老顾还不敢这样说呢。前些年我还求了秦老一幅字呢,猜猜写了什么?"

他看了看我们,点点下巴:"'学也无涯'!"

这时有人敲门。进来的是王如一。他一进门两眼尖亮四下乱睐,然后就是心事重重的样子,从衣服内层里摸出了那份复印件,拍打着上面的灰尘:"我操,这么大的风!"

我们都没有做声。

王如一晃动着那个满是皱纹的额头看看几个人,细声细气:"怪事,怎么这么快就搞出了一份'内部材料'?"说着一转眼盯住了纪及,"我老婆看了!她说你写季风和洋流的那些章节绝了……这才是古航海研究啊!夫复何言!徐福他老人家如果不是这个月份里出海,我就倒着头走一个来回……"

顾侃灵不理这个话茬,问了一句:"你知道是谁搞的?"

王如一连连摇头:"讲不好。是那些行政人员搞的?"

顾侃灵摇头:"那些人搞不了。你看,有些话衔接得很刁钻,猛一看还以为原稿就是这样。非常险恶呢。我觉得这肯定是行家里手,办这种事还多少需要一点文字功底。"

王如一说:"我讲不好。我不知道谁能做这个。如此卑鄙,然而……"停了一会儿又转向纪及,"该跟于院长好好谈一次了……"

纪及苍黑的脸上没有一丝笑容。

王如一吭吭几声,凑近了我小声说:"赶空儿看看我的词典吧!现在除了补充词条,主要就是建索引——三种索引方式呢……"

三

时间有点晚了。我从纪及的目光中感到他需要我待在这里。当王如一最后一个出门时,我就告诉了娄萌传达的信息——"吕南老翻过了这本书,说了三个字:'乱弹琴'……"

纪及看看天色,听着呜呜的风声,说:"我们真该去一趟了。"

"去于节那里?"

"不,去看秦茗已老先生……"

我点点头。时间有点晚了。可纪及一直看着窗外。我看出他这会儿有点激动。他平时很少这样。我就说:"那好吧,好在他离这儿不远。"

一路上风急一阵缓一阵,时不时把路面上的脏东西吹起来。我说:"这是这座城市最让人讨厌的季节,它大约要持续几天……"纪及仰头看了看,没有说话。往常星星会疏疏地挂上天空,可这会儿一切都笼罩在一片浑茫之中……前边是大屋顶平房区,树木也多起来。我们似乎远远地就可以闻到那个小院里透出的花香。一种深沉的香气。

秦茗已平常足不出户,可是盛名就像院里的花香一样,传播到很远很远。

我们在小院围墙外面停住了脚步。就在伸手去按门铃那一刻,我有点犹豫了:真到了非打扰老人不可的时候吗?我们需要求助于老人吗?正这样想时,纪及伸出食指按了一下门铃。

响起了脚步声。门打开了,秦老的女儿站在面前。她先是看到了纪及,接着目光转向了我。

从她的神色里我知道秦老没有休息,他正在自己的书房里。

小院用红砖铺了窄窄的甬路,所有露出泥土处几乎都栽了花草。到处落下一些树叶,这儿全是很老的树木……最东边一间平房亮着灯,柔和的灯光从窗户上反射出来,让人感到暖煦煦的。整个小院里一点声音也没有。一只黑白花猫从一个小夹道里跑出,看了看我们,炫耀地飞蹿到院子中间的那棵大槐树上。

"爸爸,来客人了。"我听到女儿轻轻通报一声。

这时我们已经走近他的书房门口。我轻轻叫了一声:"秦老。"

女儿让我们进去。小心翼翼转过一道屏风……面前的秦茗已满头白发,消瘦,个子偏高。他反应有点迟钝,这时候拐在书桌上的左手抬起,那是他辨认来客时惯有的一个动作。他好像就靠这抬起的左手,靠它的触觉来感知周边的事物。我知道他的眼睛要好长时间才能看清来人。他这样"哦哦"应答，一边客气地让我们进屋，一边仍在辨认。我告诉他自己是谁，再向他介绍领来的客人。我觉得这次造访有点唐突，不过没有后悔。

秦老终于认出我来了，神情立刻放松了一些。他让我们两人坐在一边的沙发上，自己仍然坐在那个宽大的藤椅上。我们向秦老问安，照例问了一遍饮食起居，秦老一一回答。不过我们谈话的时候，才发觉秦老不像看上去那么老迈。他虽然快要九十岁了，可思维依然活跃。他的目光也还灵活，整个的举止动作都不像如此高龄的老人。他走起路来两腿还算结实有力，可见肌肉并没有萎缩。我想这可能与他早年那段遭遇有关。他曾经一连多年做体力劳动。秦老讲起那一段历史的时候曾经揶揄说：

"那是一段难得的经历，是一段重要的健康投资。如果我们只为了锻炼身体，能够坚持整整几年吗？恐怕不会的。也只有那种强制的状态下，我们这些室内动物才会拼上一股劲儿花上几年。这些年，我的神经也算给调整过来了。"

眼前的秦老真的十分健康。

这时候他女儿为我们端来两杯水。秦老指着水："淡茶，怕你们喝不惯咖啡。"说着转问纪及："小纪同志，愿意喝茶吗？"

小纪站起来，彬彬有礼："秦老，可以。"

秦老微笑着，看我们端茶。

时间已经不早了，怎么开始这一场谈话呢？我想还是开门见山的好。于是我说起了朋友最近的事情——被删节的《海客谈瀛洲》以及……

纪及双手呈上了那本题有"请秦先生指正"的繁体字本。

秦老"哦哦"应答，取过桌上的眼镜看书。他的食指按住了标题，一个字一个字读了一遍，摘下眼镜。

"好的，不过我的眼睛不中用了，这个字体很小，我要花一段时间哩。"

纪及说："秦老,那太感谢您了。我真有点不好意思……我在学校时读过您许多著作,那时我就想……"

秦老微笑着,点头。

我告诉秦老,这本著作是纪及完成的一项重要选题,是历经多年的一本心血作。我这样说时纪及一个劲儿制止,可我还是坚持说完："可就是这么一本书,竟招来了那么多可怕的干预……"

"都有哪些干预呢?"秦老问。

我告诉他出现了内部文摘的事——我鼓了鼓勇气,提到了霍老："霍老不喜欢这本书,但他这样做不仅仅是针对这本书的,而是——怎么讲呢?"我看看纪及。我想说关于给霍闻海写传记前前后后的那些不愉快、那些奇怪的周折。可纪及的目光把我阻止了。我这才想到:真的没有什么根据可以这样指责霍闻海,也找不出二者之间的因果关系。可是我却固执地认为此事一定与他有关。算了,我还是忍住,没再说下去。

秦老重新戴上了眼镜,瞥了几眼书说："霍老对你们讲过他的意见吗?"

纪及说话有点喘息："没有。大家很难见到他。"

"噢,"秦老轻轻咳着,"闻海同志我是了解的,他是一个严谨的同志,不会做出格的事情。他也许太忙了,你们要主动一点。有什么想法,可以给老前辈谈谈嘛……"

他说到这里瞥了一眼屋角的小桌。顺着他的目光看去,我们这才发现小桌上面放了一部黑色电话。我的心上一动。我想如果秦茗已先生能够抓起电话,只需要一分钟的时间就可以跟那个人接通。他的一句话等于我们多少呀!可我们不能期望老人现在就抓起电话。他大概还需要把书读过吧。我咽了一口唾沫,忍住了。

秦茗已看着纪及,用缓缓的语气说道："学术上可以各抒己见,要知道真正做到百花齐放、百家争鸣何其艰难,但惟此才有意义。要坚持真理,在学术问题上谈不到什么妥协:既要固执己见,又要善于吸取。在这方面受到启示是有益的。但这并不等于随便更改自己的探索,改变业已证明的判断。在科学的道路上是没有平坦的大路可走的……"

纪及这时候已经从沙发上站起,嘴角颤抖,但没有说出什么。

秦老瘦瘦的左手往下压了压,示意他坐下。

老人说下去:"我们年轻的时候,条件与今天没法比呢。那个时候科学家是在非常困难的情况下进行研究的。国难当头,万马齐喑,我们这些知识分子没什么作为可言。没有经费,没有起码的条件,我们不得不自费印刷自己的著作。三两个学者凑到一块儿,就是一个研讨会了。今天条件有多么好,有科学院,有组织嘛,有上级领导。我觉得你们这一代真遇上了大好时光……"

秦老的话缓慢而又沉重。我知道这都是他的心里话。不过我还是想把一些重要环节告诉老人,也许这是遗漏不得的。我说:"秦老,我想起来了……"

"想起什么了?"

"关于这部著作,吕南老好像说过一句话……"

"噢?"秦老第一次这么专注,身子探向前面,目光直直地看着我。

"他说过一句话,也许会有一定影响。可是我们相信,吕南老很忙,他根本不可能这么快就把整本书看完,而且他说这句话的时候,书才刚刚出来……"

秦老一声不吭地听下去。

"吕南老是在南方一个会议上讲的,好像说了三个字……"

老人盯住我:"他到底讲了什么?"

"吕南老好像只说了三个字……"

"三个什么字?"

"'乱弹琴'……"

秦茗已往前探出的身子一下靠在了藤椅上。他再也没有讲话。我看着秦老。老人像睡着了一样,头仰靠在藤椅后背上,一声不吭。

老人一动不动,大概真的睡着了。老人疲劳了。我们站起来,但不知怎样向老人告别。

他听到了声音,重新坐直了身子,睁开眼,点点头站起来。他好像突然衰老了许多岁,腰弓得那么厉害,伸手到一边去找什么。

纪及赶紧从旁边取过拐杖递去。

老人拄着拐杖把我们送过甬道。在那棵高大的玉兰花树下,老人站住了。

我们回身望着他。

往回走的路上,我们两人一声未吭。

我们向交通车停车点走去。好大的风啊,站在路牌下,可以听到风在树梢和楼顶上尖叫,听到沙尘打在树叶上的声音。天上没有一丝光亮,但能够感受又浓又沉的黑色、某种质地坚硬而又混浊的什么,正由西向东缓缓移动。所有的夜鸟都收声敛口,行人捂紧嘴巴,连车辆都不敢鸣笛……

耻辱的印记

一

在办公室,娄萌突然问起了我去东部出差的事,催促说:"你的假期早到了,为什么还不走?"

难得她这么关心我。不过我后来一想,又觉得她好像有点过于急切了。她希望我快些出发？是的,她或许想让我早一点离开,别在这个节骨眼上与纪及搅在一块儿。

我回答她:"放心吧,我会和纪及一起离开这座城市,我们要一起上路。"

"要休假就早点走吧,回来还有好多事情。这时候杂志社里反正有马光顶着。"

"请放心吧。不过……"

"不过什么？"

"不过也没有什么……"

"乱弹琴！"

许多天了,娄萌下决心在办公室里不谈科学院的事情,特别不去触及"纪及"两个字。她的脸色比过去严肃多了。本来她是一个爽朗的人,不像一个令人畏惧的领导,而始终是我们的一个同事,一个温和的大姐。只可惜,最近这种感觉没有了。在这种气氛下,大家说起话来有点期期艾艾。大家不停地喝茶,把吸到嘴里的茶叶吐掉,有时直盯盯地从杯沿上望着她。只有马光依旧轻松,有时还吹吹口哨,偶尔瞥娄萌一眼。

娄萌呵斥他:"上班时间,吹什么口哨！"

马光伸了伸舌头,没说什么。

我在一个偶然的机会发现小打字员也在看杂志上的《海客谈瀛洲》,竟然看得津津有味。她怎么可能把这样的著作看下去,这倒怪了。肯定是马光讲了什么,她的好奇心给撩拨起来了。我问她:"有意思吗？"

"怎么没意思？你们觉得有意思,我就觉得有意思！"

娄萌有一天也发现了小打字员在看这份杂志,就问她从哪里弄来的？小打字员吞吞吐吐,后来只得承认是马光给的。娄萌立刻找到马光:"你怎么在编辑部里传递这样的杂志?"

"公开出版物,有什么不可以?"

"上班时间,你总不能领头看闲书吧?"

"现在连领导都在学习这本杂志呢!"

"你胡扯!"

"你不信就回家问问老于。这么重要的文件,学术界的大事,我们怎么可以不闻不问呢?"

娄萌叹了一口气。都知道她拿马光没办法。马光在这里从来都是一个特殊人物。娄萌到杂志社里工作之后,马光变得更加懒洋洋的了,几乎没人可以管束他。部主任从来就不管马光,现在马光完全是一个自由人了。他不遵守上下班时间,可以随便到外地出差,而且还享有真正的"言论自由"。有时候他会说一些很离奇的话,可以骂那些道貌岸然的人物——别人吓得伸舌头时,娄萌才不得不责备几句,他就说:"大人不见小人怪。"

马光近来有发不完的牢骚,这些牢骚多少都与娄萌有关。有一次他们在走廊拐弯处说话,我不幸听到了几句。娄萌说:"你就这么坏吧!"马光说:"毛病!""你就这么坏吧!""真是毛病!"

接着是一阵喊喊喳喳。

当我走过去时,他们立刻刹住了话头。

马光的眼镜闪着亮光。他的眼镜腿很长,整个眼镜搁在鼻梁的末端,让人想起一副长柄放大镜。娄萌有时高兴起来,就伸出一根手指按在马光的脑门上,像管教孩子似的用力一拧,呵斥几句。

马光或许真的可爱。工间休息时他伸个懒腰,故意模仿一些蹩脚的诗歌朗诵者,把手扬起来,朝上方用力伸出,喊着:"啊,青春多么美好……"再不就是:"啊,女郎!女郎!我的女郎……"

他还会作一些精致小诗。但我知道这并不认真。一个贝壳,一棵君子兰,甚至是一只茶缸,他都能从中揭示出某种哲理和诗境。他不停地把这些精致小诗送给娄萌看,引起她的阵阵好奇,让其赞叹不止。那是由衷的赞叹。她说要把这些小诗拿给老于,让老于练书法用——都知道她家老于是一个书法迷,那是受霍老的影响。

马光背后笑着告诉我,说因为霍老的书法参加了一个什么"五老展",还得了一个大奖,从那之后于节也就加快了训练步伐。我也知道这事儿,因为我的岳父就是"五老"之一。马光对娄萌说:"你们家老于顶多再有一年就会挤进'六老'。一个响当当的书法家,紧步霍老后尘。"

娄萌听了倒不怎么恼怒,笑吟吟看着马光:"你真是个长不大的坏孩子!"

办公室里的人谈论起于节,都是一片赞扬。大家没有一个不认为他是霍老最好的接班人,也许再有不久就是对方那样的位置了,接下去照例又会有一连串的头衔。总之霍老的衣钵一定会传给他。

这些议论中常常蕴含着其他一些成分,娄萌不是一点听不出来,而是从不计较。她只是谦恭地谈着霍老:"人家身体很好呢,尽管年纪那么大了,可身体比四五十岁的人还要结实。"

马光说:"这不可能吧?他走路已经挂拐杖了!"

"噢,那不过是一种装饰罢了。"

我也相信那个霍老根本就用不着拖拉着一根拐杖。

娄萌说:"他是那一茬人中最会养生的,正经有些办法。他想拥有自己的'二度青春'。"

这句话让大家一愣,接着都笑了。

娄萌很认真:"真的,你们不知道,他练功、吃长生不老丸,还让肖妮娜每天给他按摩。"

"'肖妮娜'?"大家抬起眼睛,"什么工夫又出来个'肖妮娜'?"

马光揭开谜底：“不知道？'小贱人'跟了霍老以后，霍老嫌她的名字太土气，就给改成了'肖妮娜'，平常在家里只说'妮娜过来一下'，'妮娜，我给你介绍一下客人'，'妮娜快下班了'……多来劲儿！"

大家一阵哄笑。

事后娄萌把我叫到一边说："你不要在马光跟前议论'小贱人'什么的。"

"是他领头这样喊的……"

"你不要太幼稚了。他很早以前跟那个'肖妮娜'来往很密切呢。"

"有这样的事？"

"他们一直不错，还正经谈过一段呢。有人在马路边上见过他们相挨着站。"

我想起了她和马光那一幕，知道了什么才叫"相挨着站"。有趣极了。

"很早了。不过两三年前他们还一块儿轧马路呢。这是真的。"

我相信娄萌的话。在这方面女人有一种特殊的敏感。我说："可是我知道马光很讨厌她。"

"未必这样。他不过背后喊几声'小贱人'，让嘴巴痛快痛快罢了。他真正讨厌的是霍老……"

我仍然不太明白。

娄萌不再深入下去。她故意转换话题，谈到了自己女儿时，立刻眉开眼笑："甜甜这孩子真有意思。她每个节日都要给爸爸和我买点礼物。这孩子害羞，有些事情却跟她爸谈不跟我谈。我想打听她一点秘密都难，她像个小娃娃那样把头拱在我身上……这孩子头发真黑，该梳两条大辫子了。要是早几年，我就让甜甜留这样的发型,现在当然不行了。她留了娃娃头,这孩子。不过现在到底是大了,不愿跟我吐露心事了。"娄萌说到这里把声音压低,"你最近见到纪及了吗?"

我立刻告诉她:"见到了。"

娄萌叹一声:"很可惜,本来是多有希望的一个年轻人!"

"他现在仍然很有希望。"

娄萌像没有听到我的话,说下去:"你知道吗?这句话只有我给你讲了,我们家老于是很重视纪及的。他很喜欢这个年轻人。本来在下一次人事调整中,有可能破格提他为副所长,然后接老顾……这方面的竞争者很多,像王如一!"

"王如一我太熟悉了,他怎么可以和纪及比!"

"王如一来科学院的时间长呀,年龄也比纪及大,而且王如一与肖妮娜接触很多。特别是——你不要与任何人讲——他的老婆桑子几年前就与霍老有来往。就因为这一点,王如一在家里很怕老婆。所有与霍老关系密切的人,他都注意保持联系。在这方面纪及是个弱项,而且最近又……出了这个事情!"

"这算什么。"

"人家可不这样看。他这本书牵涉的问题是多方面的。你以后会意识到的。不过尽管这样,我们家老于还是尽力保护他。你知道,老于对你们年轻人多好啊,你说是吧?"

"当然是啦。无论从哪方面讲,于院长对纪及都是很关键的人。"

"首先是我们家于甜要替纪及打抱不平。这事只有你一个人知道就行了,不要外传。于甜是个书呆子,也总是偏爱书呆子。她在家里往我们老于耳朵里灌了不少。老于从来不在孩子面前多说一句话,可我知道他心里还是被打动了。你知道于甜对纪及可真是……她在家里极力护着他呢。以后就看事情怎么发展吧。你该劝纪及收敛一点,在这个节骨眼上千万别莽撞。我们老于如今是身在夹缝,一方面要爱护手下的同志,另一方面又不得不跟上边保持一致。你知道老于做什么事情都是规规矩矩,一丝不苟的……"

二

我想把娄萌的意思向纪及传递一下,也好就此谈一下于甜。我认为王小雯出了那个可怕的变故之后,纪及应该清醒了,也许应该来个快刀斩乱麻——比较起来,于甜与他才是更合适的一对。于甜没有一丝瑕疵。她尽管算不得多么妩媚,却非常可爱。于甜是这个时代里少见的一个娴淑姑娘,稳重中蕴藏了一份痴情,看起来有些冷漠,实际上却有一颗火热的心,这也多少有点像纪及——纪及看起来也是一副冷冷的肃穆,可内心里同样是滚烫烫的。

我把娄萌的话告诉了纪及,纪及半天不吭,后来点点头:"我知道于节是非常善良的人。"

"想不到于甜一直在暗中护着你呢。"

纪及抓起一支烟点燃了,吸了几口咳起来,又赶紧揉掉。我发现他的手有些颤。这样停了有十几分钟,他抬头看着我。我发现他额上的一根脉管在突突乱跳。他的嗓子有些哑。

"我一直把一些事情压在心里,早就想说了,可又不愿跟你提起——这关系到别人的秘密,而且使我……觉得耻辱!你听了肯定也会阻止我继续下去……"

我有点吃惊,一时不知他在说什么。

他的脸憋得发紫,吭吭哧哧一会儿才让我明白:他一直在隐瞒关于王小雯的一些事情,这既出于男人的虚荣,也出于爱——他不想把一段屈辱的往事告诉别人,哪怕是最好的朋友也不行!他曾下决心替她保守一辈子秘密……可现在他挺不住了。就像站在了一个十字路口,不知道该往哪里走。他下不了决心,像一个复仇的勇士,举起了刀却不知道往哪里砍。就是这仇恨让其两眼冒火,日夜无眠。"你知道吗?小雯已经很久没有与我联系了,我多想跟她再谈一次,哪怕是最后一次。可她拒绝了。她不想再伤害我折磨我……那一次出院住在这儿,她知道再也无法隐瞒了,就告诉了所有的秘密。这之前我也有许多怀疑,可她说出的,比我所能想到的最坏的结局还要可怕……"

"她说了什么?就是出院那两天?"

"就是她从医院抢救过来之后,住到这里的时候。我们几乎没有睡过,只是谈啊谈啊。她鼓起勇气全都说了,因为她在心底已经做好了准备——讲完分手!我挨着听下来,连自己也吃惊。她恳求我原谅,同时一定让我答应——我甚至不知道答应她什么,只是点头。这是大山里来的一个孩子,像我一样,为了她,我什么都能答应——可最后才明白是让我答应从现在起,马上分手,再不见面……我听下去,听她从头讲一个可怕的故事。这种故事只有从大山里走出来的人才能听懂、才能理解。我全都理解,理解她为什么会做下面说的这些事情……那时她十八岁,经一个老乡介绍来到这座城市,在一家小招待所做临时工。她有一个女伴在一家宾馆工作,有时去那儿玩,就认识了霍老。这就是整个事情的开始。下面的,你自己会想象得到……"

我在听。纪及停顿了许久,像是在犹豫是否说下去。

"那家伙把她调到了这个宾馆,转成正式员工,而后就是威胁利诱,把她占有了。接下的一年里,霍又把她安置到一个机关做了打字员,并答应把她的父母和弟弟接到城里来——后来这些事情真的做到了——还给她弟弟安排了一份很好的工作。她把霍当成了一家人的救命恩人,为他做什么都愿意。她在这些年里一直是霍的奴隶,满足了那个老畜牲的各种欲望。但这还不是最可怕的……"

我屏住呼吸听着。原来我一直以为是那个蓝毛和她有什么瓜葛，看来这其中比我想象得更为曲折。原来那个蓝毛在为自己的主子做特别的服务，一切出头露面的事都由他来做。

"我说过，山里的日子太苦了，王小雯家祖祖辈辈都在那里煎熬，那份苦不是一般人能想得出的，所以只要能逃出苦海，付出天大的代价他们也愿意。而且她以为自己这样做是搭救了一家人，霍闻海就是全家的上帝。这一切，我说过，没有在大山里活过的人是不会理解的。你听了可能不信，小雯十八岁之前，也就是来城里之前，甚至没有见过苹果！问了问才知道，她家里那儿真的没有苹果。在山里，她一天到晚跟着爸爸妈妈干活，山风把皮肤吹出一道道小裂口，裂口里又渗进了灰尘，变得就像一种动物的鳞皮。就因为这层皮，她进城后只能做最粗的活。一直过了两年，她才算蜕掉了老皮……姓霍的对她变着法儿折腾——让她做一些无法启齿的事情，说什么这是特殊修炼，是采阴补阳健身法，甚至让她和另一个女人一块儿做！她一反抗，那个女人就想法制服她，还让她吃一种自制的丹丸……最不幸的是，她改做办公室秘书后，在学术会议上认识了我，从此一切都变了。可是什么都瞒不过蓝毛，他那一帮老盯她的梢。霍身边的人狠狠惩罚了她——那是另一个女人，她把小雯折磨得遍体鳞伤，还在她的臀部文了一个羞耻的记号，这就让她永远不敢在别人面前露出自己的身体……"

"有这样的事？真像传说的黑道……"我不敢相信。

"现实比想象走得更远。老宁，我真想把那个野兽杀掉，然后再撞死自己！王小雯哀求说，你一莽撞就毁了我们全家：他们会把我们全家重新赶回山里。我怎么能不明白，可我不能忍下去啊！我该怎么办啊！如果是我自己，那怎么都好办，可这牵扯到小雯一家……有些事情我一直瞒了你，就是很早以前蓝毛一伙的恐吓——有一次我走在大街上，一辆车子猛地停在跟前，只差一点点就轧到了我。司机从车窗钻出脑袋,正是蓝毛,他说:'这次饶了你这条小命,你再敢和王小雯一起,就把你报销了!'那天我找到了小雯,多想听到一句合理的解释——可她最后说:不是他——是另一个人,一个大人物……就这样道出了谜底。一段生不如死的日子开始了——我们都无法战胜自己,无法离开对方……就这么折磨着,直挨到那一天小雯自杀……"

三

"小雯以为死去是最好的一条路径:既摆脱了折磨,又不会让霍报复她的一家……她太傻也太善良了,这就是手无寸铁的山里孩子,他们个个都一样……她准备在离开我之前形影不离地过上几天,日日夜夜抱在一起,把一切都交给我。她把那个羞耻的印记给我看了,一直跪在我的面前。如果不是我亲眼看到,我怎么会相信这就是发生在城里的事情!我问她:是霍亲手给你文上的吗?她摇头。她吞吞吐吐,说是那个常和她在一起的女人——对方用做游戏的方法先把她绑了起来——然后用一根长柄针不停地刺……"

"那个女人是谁?"

我想起了马光和娄萌说到的肖桂美,就问:"姓肖?或者——肖妮娜?"

"她说那个女人有一个外号,霍只叫她'骡子'。一开始我以为她是那种假男子一样的粗鲁女人,听小雯说又觉得不是。她说这个女人个子很高,身材非常好,说话嗓子很亮,是标准的普通话,和广播员一样;这个女人力气大极了,就像一个做粗活的人,两只胳膊和腿都肌肉发达——霍时不时要让这个女人踩住一顿折磨,管这叫'理疗',动不动就说'咱开始理疗',然后就让她折腾起来,有时还要小雯配合。他们特别痴迷长生不老的事,在家里供奉了徐福画像,也吃丹……根据小雯的描述,我突然想是不是王如一的老婆桑子?"

"真的?如果是这样,那简直……有可能吗?"

纪及不再说话。

我想起娄萌好像说过霍与桑子的关系:"你如果让小雯指认一下,不就全明白了?"

纪及摇头:"小雯连我的电话都不接,更不要说来这儿了……看来她这次下了决心。多么固执!她太绝望了。还有,她太自卑了,她告诉我这些,目的只有一个,就是要离开我……"

我只能叹息,没有一点办法。我看着纪及,从他那双执拗的眼神里,想到了其他:我不相信在这种情状下,特别是蓝毛的恐怖威胁之下,他会默不做声将一切都接受下来,哪怕是为了小雯。

他看我一眼,像害冷一样吸了一口凉气,接着身上抖瑟了一下。

我问:"你真的没有与霍单独联系过?一次都没有?"

他沉默了一会儿,低下头:"我忍不住,因为我再忍会疯掉的。费了好多周折才找到了霍的电话,可他根本不接。我就给他写了一封信,很短,告诉他:'你面对的并非我一个人!即便有一天我死在你的爪牙下,有人也绝不会放过你!你必须停止作孽,别等到我与你同归于尽……'我这样写当然是一种警告,因为我被逼疯了,当时想不出更好的办法。可惜我没有想过这样做的后果——小雯要承受更大的压力,而对一个畜牲又根本起不到警示作用……"

"同归于尽?你根本没有机会挨近他,他住的大院有人把守,出门有蓝毛这样的保镖,你这封信只能提醒他更加防范!"

纪及咬咬牙关:"我太冲动了。其实我应该和你商量一下……我的信发出没有多久就接到了蓝毛的电话,他嬉皮笑脸,最后说要告诉我点'正事儿'——一开口差点没把我气死!他说我在东部那个城市考察时,曾经诱奸了三位少女,如今证据就握在他们手里,要不要看一看啊?我一时噎住了,他那边就说:'放明白了,放老实点,你这个小儿科!你敢夈翅儿,咱这就办了你!'说完电话就扔了……"

"多么卑鄙!不过他们真能做得出来!"

"我一直在想,这是他们用编出的一套来威胁我,还是真的让人做了伪证?要知道凭空捏造的难度很大……我不相信有人会替他们做这个。"

我想到了徐福温泉和那个姓唐的副秘书长:"不,如果他们利用唐再加做这点事,那是再简单不过的了……"

纪及睁大双眼看我,又扭头去看窗外剧烈摇动的树梢,自语说:"是啊,就像对付小雯一样,先刻上一个无法抹掉的耻辱的印记,让我们从此羞于袒露自己,只想把自己包得严严实实……"

"这个方法卑鄙,可是有效。"

"这是人世间最下作的人才能做出的事情。"

"是啊,如今我们就遇到了这样的人……"

四

"那几天我一点都不瞌睡,可是担心她刚刚抢救过来的身体受不住。她恳求我听下去,说憋了一肚子的话不说会死。我一点都不觉得这是夸张,我想她如果早点说出来就不会那样了……她赤身裸体,就像一只小鸟。我不敢看她这样子,因为我从来没离这么近看过她。我渴望她,那就留给以后的日子吧——我以前想我们会有一辈子的时间呢!她泪眼汪汪看着我,抓起我的手放在身上。我的手一动不动,因为我不敢。我喉头发胀,舌头涩得拉不动,所以想说的话也说不出来了。她的泪水越流越多,背过身去不再理我。她又想到了那个耻辱的标记,猛地坐起来,不再流泪,像一只小猫一样盯人,怯生生的。她瞪着我说:'不,你什么都知道了,嫌弃了!我太脏,可心还没死……我求你最后和我一起待两天,只两天,好吗?'我不敢看她的身子。她用目光鼓励我。我细细地看,它真该是我的而不是任何人的身体啊!除了那个印记,其他什么也看不出,到处都簇新簇新,像儿童那样的脖子和锁子骨。她害羞得像小沙鼠那样往下扎。我就用力把她揽在怀里,她呜呜哭起来。我的眼睛又一次触到了那个印记,一下蔫在了那儿,无论如何都没有力气再看一眼……这就是那几天的情形,我们终于没法在一起……"

谁 的 儿 子

一

　　黄昏降临了。每当我要离开这个小屋的时候,纪及都一阵发怔……我知道剩下的时间里他会独自默默坐上许久,这对他真像是一种煎熬。此刻,他那双目光仿佛在劝阻我留下……
　　每天的这个时候纪及显得太可怜了,我真不忍把他一个人扔在这间黑乎乎的小宿舍里。看着杂乱无章的小屋,我会想到这是一个遗失在城市中的孤儿。他一个人生活在这儿,实际上没有一个亲人。我几次耽搁下来,和他一起吃饭,只为了能够在这里多待一会儿。这时纪及拿出了两包方便面,又从角落里找出一块干馒头、一点焦干的牛肉片。他不好意思地笑笑,把这些东西放在煤气炉上煮,正煮着又想起什么,找来一个洋葱头,切一切捧到了锅里。我知道纪及每天都是这样凑合,所以才害了那么重的胃病。真希望他早些组成一个家庭……我知道让他忘记痛楚的方法也许只有一个,那就是获得一份新的爱情。这对于他和小雯来说可能是一种近乎残忍的设计,可似乎也没有其他更好的选择。

我一再谈到了于甜。我一想到这个大龄青年那对黑漆漆的眼睛,就觉得她可爱、温厚,简直是太适合眼前的纪及了。可是对方只要一听到这个名字,就一阵沉默,最后仿佛害冷一样浑身哆嗦——我已经不止一次见他这样了。我想这个话题一定触动了他内心深处的什么……"在这段时间里,你应该和于甜交流一下,因为她那么关心你,在爸爸妈妈面前已经成为你的坚定支持者。"

纪及木着脸,微微叹气:"我当然非常感激!可是啊老宁,在和小雯的事情完结以前,我怎么也不会和另一个姑娘接触的。"

"你觉得还没有完结吗?"

"不会完结的……你不能明白,谁都不能明白!怎么说呢?我们都是山里孩子,是一样的人,到处都一样。我们从第一眼看到,从两人熟悉开始,到现在从来没有变过……"纪及的声音越来越小,渐渐只有他自己听得见了。他在看窗外。我叹了一声,他这才转过脸,提高了声音,"我知道,妈妈会喜欢小雯,她在盼我领回这样一个女孩做媳妇。小雯的话她听得明白,城里姑娘,比如于甜,妈妈见了面会听不懂她在说什么……"

"小雯现在也不说山里土话了啊!你怎么了?"

"不,山里人之间什么时候都说得通。有时候还不是'说'——我讲不明白,我的意思是,妈妈如果知道了我和小雯的事情,一定会赞同;她不会让我做个狠心人,不会让我把她一个人扔在这儿……"

"是她扔下了你,她无论如何都要离开你,这是你说的。"

"我不能扔下她,只要她还在,还活着……"纪及已经不再听我说什么了,只这样咕哝。我看着他像茅草一样的芜发,焦干无光的皮肤,心里一阵发疼。这哪里还是那个思路清晰的学者,那个洞悉和透彻的思者。爱情的热病患者与冷静的思者水火不容。我已经无言。

桌上的瓷盘里有两个苹果。我的目光落在上面,又想起了水果的话题——关于小雯十八岁之前没有见过苹果这句话,我到现在还不敢相信。她作为一个北方孩子,有这种可能吗?可是我不能怀疑纪及的话,也没有理由怀疑。我取起一个苹果,看着上面红色的纹路……

"其实我第一次看到苹果是十二岁,那一次跟上妈妈去镇子赶集,"纪及咽一口,"妈妈早就说过要给我买一个苹果,说了快两年了。我一听苹果两个字舌头就咂个不停,把各种美妙的滋味都想过了,想着这就是苹果!我们村子四周的山岭光秃秃的,没有一棵像样的树,更不用说果树了。方圆几十里都没有果树。这里的山地没有水,只长一点点地瓜和豆子。如果要吃白面,就得到镇上用地瓜干去换,留着过年包饺子。天天吃的是地瓜干,发霉的、被老鼠咬过的,都得吃。无论是什么年成,都得准备吃干菜拌瓜干粉,吃上三个月、半年。因为家里的瓜干不能全吃光,还要留下一些换盐割布。在村子代销点里,什么东西都是用瓜干兑换。当然,妈妈说给我买一个苹果,其实不是用钱买,是用瓜干换来一个。我跟妈妈往镇子上赶,心里什么都不想,只想着苹果。我已经试着在纸上画过许多苹果了,妈妈说其中的一个画得像极了——那是我用蜡笔染上了红道道的,它真的有一股香味儿。这天镇上开一个物资交流大会,就是最大的那种集市,那里什么都有,热闹得让人一辈子都不会忘记。会上有卖油炸糕和白面馒头的,还有卖红眼小兔子的;可我这一天什么都不想,只想着能有一个苹果。我一进交流会就跟紧了妈妈,什么也不说。妈妈知道我最想去哪里,她差不多一点没有耽搁就往一条热闹巷子赶过去了。我满鼻子都是苹果的香味儿,我想妈妈不用打听,她是被这股气味引着往前走。妈妈胳膊上挂了一个篮子,里面有半篮瓜干,我知道这其中的一小部分会变成一个苹果!就这样,妈妈走着走着突然就站住了,像害羞一样回头看我一眼,伸手揪了我一把。我这时马上看清了,在一块支起的不大的木板上有白粗布盖住的什么东西,它们簇起来像一堆馒头——一股浓浓的好闻极了的气味就从白布下面溢出。我的心跳加快了,不由自主地伸手去掀白布的一角,这会儿妈妈眼疾手快地按住了我的胳膊。她把我的手捏得紧紧的,喘着气问摊主:'多少才换一个?'对方竖起了一根手指。妈妈显然被吓住了。可我只想让这场交易快些达成,屏住了呼吸听妈妈与那个人讨价还价。我到现在还记得那个人的样子:络腮胡子,大眼,头顶有一撮白毛。我记得妈妈最后说了一个数字,但我没有听清。反正那个人同意了,伸手到白布下取了一个……这就是苹果啊!像一个小小的彩色皮球,像缠了一道道最鲜艳的丝线,一端是一根好看的梗子,一端是浅浅的洞眼。'只要一个?'那人问。妈妈点头,像害怕一样迅速拉着我的手走开。我死死地抱住苹果,贴在胸前,其余的什么都看不见了,只机械地跟上妈妈。我们到了一个人少的地方停下来,妈妈脸上已经渗出了汗粒。她说:'吃苹果吧,吃了我们还要去买盐。'我摇头。'怎么?'我看看苹果,还是摇头。'傻孩子,这不是看的,这是吃的啊。'我点点头,可我只用鼻子深深地嗅着,一次、两次、三次……夜里,我把苹果放在枕头边上,一夜都是它的香气。我不会吃它的……"

二

我十二岁见到苹果,大约又停了两年吧,也就是说十四岁的那一年,发生了一件影响自己一生的大事:我终于知道了我是谁的儿子。以前妈妈总说我是她去后山拾柴时捡来的,我从来没有一点怀疑。但这并不表明我就是石头生出来的,我还应该有一个父亲。所有人都嘲笑我,还有人骂我是杂种。妈妈因为我受尽了苦楚,我得说她是人间最不幸的人。随着我知道的事情越来越多,我明白自己是一个有罪的人,我这一辈子都欠妈妈的。原来妈妈怀了我几个月以后,村里的头儿就看出来了。那时民兵是有武装的,他们比现在的民兵厉害得多,背着枪押上妈妈,把她关在一座山上的小孤房子里,不给她水喝,非逼她说出怀了谁的孩子不可。妈妈为了保护父亲,死也不说。因为只要她一吐露,父亲可能就没命了。冬天,妈妈靠捡掉在窗台上的冰凌吃才活过来,她说半夜的风把冰凌刮断了,有一些溅在近处,她就捡来吃。她死也不说,不能说啊。他们就打她。她为了护住肚里的孩子就用手去挡,最后两只胳膊全是淤血,手上没有一根指头是好的。我的父亲怎么这么胆小啊?他为什么就不能站出来承认啊?他又到底是谁啊?我刚懂事那会儿恨死了父亲,后来才知道是错怪了他。

原来我的父亲是一个大罪人,几年前和一帮参加劳改的人就在我们村子旁边做苦力。那时父亲认识了母亲。他的原配妻子在城里,早就不再理他了。那是一个坏女人,就是她揭发了父亲所谓的罪行,父亲才被转到重罪犯这里来,而原来他只在一个农场里,那里的活儿比在我们村子旁做苦力好多了。我们村子旁是一个大窑场和一个采石场,里面干活的人虽然不是判了刑的人,可也差不多,他们并没有多少行动自由,而且工作十分危险。也就是在父亲转到这里的第二年,妈妈有了我。可父亲不久就被押到另一个地方去了,好像是河北,离我们这儿有上千里。他一个戴罪之身,如果再被母亲透露出是孩子的父亲,那后果才不堪设想。所以妈妈咬死了牙关,什么也不说。

原来妈妈与身上有大罪的父亲偷偷相爱,那时没有这爱,父亲就会更惨。妈妈说自己像是一直在这大山缝隙里等一个男人似的,她终于等到了。妈妈说这就是她的命:一个人最终是什么命,要躲也躲不开。她描述了我至今没有见过面的父亲:瘦高个子,戴眼镜,一头密密的毛发硬撅撅的,轻微的络腮胡子。她说父亲平时不太说话,心又细又好,是一个大城市研究所里的人,不知怎么就犯下了大罪。妈妈也说不清是什么罪,反正知道他们这一伙日夜干苦力的男人都是些没有指望的人,就差戴枷扛锁了。和父亲在一起的那些人,其中的一个又犯了新罪,结果就给转到另一个更严厉的地方,还没等半年就判了,人给枪毙了。妈妈说当时父亲知道了这个消息大病了一场,不久牙齿全掉了。因为他说那个被枪毙的人前一年还与自己相挨着铺子睡觉,两人算是知己,说那是个天真有趣的人,学问也好。妈妈和父亲都是偷偷相会的,他们知道这事走漏一点风声,两个人全完了。那时父亲在窑场里脱坯,干活有定额,为了能在前半夜完成定额,以便有机会跑到窑场后边的山窝去,他要在一整天里死命干活。妈妈说父亲那时身体还好,除了腿受过伤有点跛,其他方面还算好。那个山窝有十几年前挖的一个地瓜井,早就不用了,井口长满了棘子,连动物都不愿往里钻。他们小心地把棘子用石块压住,进去后再撤了石块,这样外面的人谁也发现不了。他们在里面布置了这一辈子的新房:酥石井壁上的每一点悬土都刮下来,刮得又光又滑;地上铺了厚厚的茅草,最上一层又是妈妈用马兰草编织的席子。妈妈说,父亲对她说过:只要有过这一场,这辈子死了都值。父亲告诉妈妈:他只要有一口气都要回来把她娶回城里,那时候他要把所有好友都叫到家里,告诉他们这是他的老婆,他一辈子的新娘。妈妈说她一点都不担心,更不怀疑父亲将来回了城会改变主意。妈妈说她没有文化,可是她有个本事,那就是看人最准——只要一眼看上去,对方是个什么人就明明白白。她说:"你父亲是个有良心有主意的男人,他认准了什么就再也不会变。他看上的女人就会过到底,就会过到白头。"

我没有见过父亲的照片,因为妈妈手里没有。所以我就问啊问啊,在心里画他,在纸上画他:一直到妈妈看了我画的,说差不多了,就是这样了。妈妈从他的眼睛说到牙齿、头发和耳朵,还有脚——父亲的脚是细长的,瘦瘦的,妈妈说这天生就不是准备出大力的一双脚,可惜老天爷却把他赶到这样一个苦命地方来了。妈妈说男人的脚只要宽、前边参着,脚弓得厉害,那准是出大力的脚。"可你爸是一双秀才脚,怎么磨也还是那样的脚。最后老茧都把大小脚趾裹起来了,脚后跟的老皮棘针都刺不透,看上去也还是秀气哩!"妈妈说着就扳过我的脚看,说这活脱脱就是你父亲的脚——爷儿俩的脚简直一模一样!"一样的脚可千万莫走一样的路啊!"妈妈总是这样叹气。我一直不知道妈妈到底是什么意思:是怕我也像父亲那样做起了学问,还是怕我像他一样沦落到大山里?我一度曾以为是后者,但现在想也不一定。妈妈到底是什么意思?我当时问她,她只是再重复一遍原来的话。可我这一辈子都要琢磨。我最后一定会弄懂的。

我两岁的时候父亲突然出现了——我不记得了,可妈妈一再说起这一天,因为这一天对于他们两人太重要了。当时他们可想不到这是最后一面啊!妈妈说那天晚上刮起了大风,一会儿又下起了大雨,她睡不着,半夜了还扳着窗户看。她说心里那个不安哪,这辈子都忘不掉。打雷了,雨更大了,她像过去一样想着父亲,只不过这一次心老要嗵嗵跳。突然这时候窗户拍响了,有人伴着雨水的哗哗声小声喊着,她听不清也不敢开门。后来一个响雷霹雳,她从印在窗上的人形儿一下认出是父亲!妈妈来不及开门了,直接把窗户打开了。就这样父亲裹着一身泥水进了屋子,第一件事就是看自己的孩子——我还睡着呢,妈妈急急地把我喊起来,对在我耳朵上说:"快呀,娃儿,你爸可回来了,快让你亲爸看看你!"我眯着眼被拉起来,父亲把我看了又看,妈妈说也分不清是雨水还是泪水,反正你爸满脸都在流下水线。他用胡子扎我的脸,我吓得哭了。这一夜我们一家三口团聚了,整个后半夜紧紧搂在一起。他们说了一夜话。妈妈说原来父亲是逃出来的,他这些年一直在找一个机会往外逃,哪怕只看一眼就赶回去也值得。就这样,他终于抓住了一个节骨眼,趁去城里陪一个病友的间隙,连奔几十里往这里来了!父亲在天大亮以前还得赶回城里,他们剩下的时间一分一秒都不再分开。离开前父亲又把我抱起来,跟我说了无数的话,把我按在心口那儿好几次……可惜这些我都不记得了,因为我那时太小了。这是父亲第一次见到我,也是最后一次……

三

妈妈不识一个字,可她有一点工夫就督促我读书,说:"孩子,你是读书人的根苗,你得识几箩筐字才成!"我听妈妈的话,只要认下来的书本就扔在筐子里,后来真的有一箩筐了。山里小学不让我读书,村头儿骂咧咧的:"咱这里不收杂种,不要私孩子。"妈妈求他们,他们还是不应。是妈妈好说歹说才说通了一个语文老师,他答应业余时间可以为我补习。我们家只要有一点像样的吃物,妈妈就让我捎给老师。妈妈那些日子常说:"孩子,你再长大一点就进城去找你爸吧,他一点音信都没有啊!他是病了还是去了别的什么地方,咱娘儿俩一点都不知道啊!"妈妈念叨父亲的声音、她抹鼻子眼泪的样子,我一生都不会忘记。那时我想父亲又恨父亲,恨他一下扔了我们再不回头。妈妈不允许我说父亲一个不字,她说你爸是身子不听自己使唤的人啊,你爸有一点自由也会跑来家的。"孩子好好长大吧,长大了寻父去!"

妈妈将父亲留下的几本书交给我,只等我能读懂的一天。原来这其中的两本是父亲自己的著作,它们都是关于古航海方面的。我就是抚摸着这两本书长大的,从每一个字开始认起,从每一个句子开始理解,直到差不多背上了整整两本——不,我能一字不差地背出这两本书!这就是我后来走上古航海专业的原因。我觉得是父亲,是他亲手把我领上了这条路,告诉我哪里有滩、有流、季风是怎样的,大洋里的海道、旋流和巨涌。我从书本上首先认识了蓝色的大海,而后才是真正的大海——我第一次见大海已经是二十四岁了,那时我像看一个神话似的,两眼发直,一声不吭,泪水糊了满脸还一无所查。我觉得自己站在了父亲面前,真的,他在看我,在我耳边说:"你终于来了,我的儿子!"

我十八岁的时候依照妈妈的嘱托,进城去寻父亲。先是去了那个研究所,然后又去河北的一个农场,再去更远的盐场。这一趟可怕的远行之后,我觉得自己真的长大了。从此我一生都不会害怕长路了,也一生都不再害怕坏消息。因为对我和妈妈来说,最坏的消息都在这条路上了。原来父亲在我两岁的那一年逃回村里一次,然后就再也没有离开过苦役。他在农场里做最苦的活计,还要忍受拳打脚踢。因为他从那一次以后就有了一个说不清的罪过:想逃。父亲说:我如果想逃就不会再回来了——我不是又回到了农场吗?他们一次次审问他,打他,他咬紧了牙关,就是不吐露远处那个山村的秘密。到后来他编出一个谎话,说想城里的家了,就趁那一点工夫往城里跑了一次。那些人对他的话将信将疑,只是看管得更严了。就在父亲被转到盐场的第二年,有一天他肚子疼得厉害,同一个房间里的人回忆起来,说他喊叫的声音可怕极了。那是一个午夜,盐场里的医生没有一个来看过。天还没有亮,父亲就死在了自己的铺子上。

过去了这么多年,父亲的死因还是得不到确定。有的说是急性胰腺炎,有的说是胃穿孔或阑尾炎……盐场那儿有一个坟场,可是由于坟头实在太多了,谁也说不准哪个才是父亲的。我只好在这片密密的坟头前跪了许久。

那一次寻找父亲,我最大的失误、最后悔的,就是去了一次父亲的城里老婆那儿。因为我当时想不出一点办法,就按研究所里某个人的指点,去她那里去询问。她是一个胖子,白白的,大眼睛一转一转看我,一开始还算和蔼。我怎么知道她在套我的话啊!

原来她装作同情和关心的样子,问这问那,竟然一点点得知了我是谁的儿子!然后她立刻变了一个人,就像疯了一样满屋大叫大跳,还说你等着你等着,接着就要把我反锁到屋里。我终于明白自己做了怎样的傻事,就不顾一切逃了出来……可这事的后果,就是几年以后她竟一路闹到了我们的村子里,站在街上没有一点羞耻地破口大骂。她根本就不像一个知识分子,比起她来,妈妈真是了不起啊,那会儿妈妈把我扯到屋里,说我们不理她!

这个坏女人出卖过父亲,恨着妈妈,到处讲父亲有个私生子,说父亲真该千刀万剐。更可恨的是许多年过去了,父亲终于平反了,单位上发放了补偿金,那个女人全装到了自己口袋里。

我多么想早些成家,这是妈妈惟一挂记的事情。她说:"孩子你早些为我生个娃吧,再晚了我就等不及了。"妈妈的身体不好,我最挂念的就是妈妈了。我把她接到城里,可她在这个小屋里住了两天就吵着回去——她说这辈子就是离不开那个村子。我按时寄钱给妈妈,可她一分都舍不得花,全攒下了。我不知道她有什么用处,后来才明白——我不敢责备她,只能说她的钱用得对。原来妈妈像村里的其他人一样,也承包了一块地。那块地是全村人都不喜欢要的,就是窑场后面那个山窝附近的棘子洼。她把它打理得好极了,上面一块乱石子都没有,还在边上盖了一座小屋。小屋的旁边就是那个废弃的地瓜井。只有我知道,妈妈为什么会在这里盖屋。我也明白,她今生今世再也不会离开这里了。

吕　擎

一

很久没有见到吕擎了。这之前我曾经把《海客谈瀛洲》分送他们。我特别想让吕擎看到。吕擎与纪及的关系并不密切,但与我无话不谈。我不记得他到杂志社去过,因为他不太喜欢娄萌,更讨厌马光。他说马光是一个混子,说你们这个行当里混子最多。"中国的什么事情都坏在这些混子手里。"他说的许多话常常自有道理,但又难免夸张和偏激。我知道马光生活上很随便,很少有严肃认真的时候,年纪轻轻就想当个混世魔王,也的确有这样的倾向和危险。吕擎的父亲是一个著名的学者、翻译家,早就过世了,遗留下来的一个小四合院在全城最有名的橡树路上。因为他那个地方宽绰得很,所以成了我们一伙朋友经常聚会的地方。

我这次专门把那个复印件捎了来——这之前在电话上仔细说了一些情况,终于引起了他的关注。吕擎很快看过了复印件,嫌脏似的用两个手指夹着扔到了一边,说:

"那本书我读过了。"

"怎么样?"

"可惜专业部分我不能很懂,不过还是吸引我一口气读完了。刚才我和母亲就在说它,我说这是一年多来读过的最好的一本书。有好几次我想给你打一个电话,后来还是忍住了。"

我真是高兴极了。我说:"可你刚才看了复印件……"

"一些无能的人总是热衷于这样一些事情,因为他们再没有别的本事,也找不到更好的机会。"吕擎用一双热切的眼睛看着我,"能写出这样一部著作的人多么令人羡慕!他该是一个无所畏惧的人啊……"

我告诉他:正是如此;不是纪及畏惧什么,而是作为他最好的朋友,让我心里怜惜!我特别不想看到他目前的困境——本来我们可以把这场闹腾当成一次游戏,因为反正他们最终也弄不成什么,可现在看也多少得花点心思了——要害就在于吕南老说了一句话。我想请吕擎在他们大学里找找老先生,他们的话很关键——这些人如果能跟吕南老说明一下，事情也许会好得多。如果吕南老那儿通融或理解了，那么也就大可不必在乎霍老了。我告诉吕擎：顾侃灵老所长有很多老熟人，他也在想法做点什么。纪及估计是霍老在背后起了某种作用，这座城市不乏险恶的、人面兽心的家伙；可我并不觉得霍老真的有那么坏……

吕擎看着我："与霍老游戏？他可不是那种容易玩起来的人！"说着又转向窗外，"吕南老当然很要害，可霍老还是症结所在。他这些年纠集了很多人，大学以及其他地方，正经有一批人呢，连吕南老也要让他三分。他在文化界已经混得太久了，亲手培植了不知多少'人物'，这些人都要报他的知遇之恩。"

"你见过他？"

"以前只听人喊'霍老''霍老'，听得耳熟。我还以为是什么超人呢，有人说这人就像个老太太似的，也留了那样的半长发，可笑极了……我们有些读书人真是可怜，他们什么错事也没有做过，只老老实实干着自己那一份，可总是像刚刚挨过一拳似的。就这么可怜。我父亲就是这样的人。他后来真的挨过一拳又一拳，就这么给人活活打死了。母亲让我继承他的事业，我说好哇，您让我接着挨揍，一口气让人揍死——是这样吧？母亲很生气，觉得我没出息。我不知道什么才是出息。我业余时间偏要练一手好拳，我不揍人，可是我也决不让人揍。我觉得人这一辈子没什么可怕的，无非就是这样！我什么都看得明白。我如果是纪及和你，会有完全不同的做法。"

"你会有什么做法？"

"我什么人也不找。我也绝不设法去疏通吕南老，因为我离开了他们同样可以活。人活着的方法可太多了，只要你愿意、你有勇气。我那一次出差到外地，整整一个冬春的时间，走遍了西边平原和南部山区。我看到了那么多人，普普通通的人，他们白天在地里做活,晚上睡觉,老婆孩子,一大家子热汤热水,过得很好。可是谁又知道他们?他们从出生到死亡,只是那个村子里的人、他们的亲戚朋友知道。有多少人注意过他们?他们一直在过自己的日子,就是这样。他们一个一个都比我们健康,比我们有劲儿。人其实没什么可怕的,无非是像他们一样,做一个默默无闻的人,无非是流汗糊口罢了。如果有了这样的思想准备,别的也就不怕了。"

我一时无法回应吕擎的话。我想说:并非所有人都有这样选择的权利,尽管这是辛苦劳作的权利。有人恐怕连这个权利也得不到,他们可以逃得很远很远,有人也会把他们追得很远很远。一句话:置人于死地。我想的是纪及的父亲,自己的父亲,吕擎的父亲,还有许许多多的人……我问吕擎:"如果他们盯住你不放,一直盯住你,你又怎么办?"

"那我就先停住,然后迎面走上去。"

"他们向你伸出拳头,你怎么办?"

"我用手架住。我要用最后的一点力气去撕咬。我要回击!"

"可你知道自己不是对手,你只是孤单单的一个人。"

"是的,孤单单的一个人。就因为这样,我压根儿就不准备赢,我准备死在他们拳头下面、倒在他们跟前。可是我不会告饶,我不会给他们跪下。"

"他们会把你按在地上,强迫你跪下!"

"那是他们把我按倒在那里,不是我真的跪下。"

好一个倔犟的吕擎。面对这样的人,我也无可奈何、无话可说。可惜话是这样说,真要做到太难了——而能这样做的人又太少了。但我不怀疑吕擎是这样的人。

吕擎深思了一会儿,语气低缓下来:"当然每个人的处境都不同,都面临了自己的一摊子。纪及在那种环境中,特别是他刚刚到一座城市不久,还要费好大劲儿才能立住脚跟、适应下来。这很难。我如果见了面会告诉他:好伙计,让我们先停住吧,先沉住气——我们要把一切想好了再说。或者是忍受下来,或者是打出拳头去,只是千万不要折磨自己,因为这全都没用。还有一个好办法,就是轻轻松松地和他们游戏起来,拖住对手——时间会把一切都解决掉。真的,许多恶贯满盈的家伙最后就是被时间给解决掉的。我有一个朋友告诉了一句话,说:'吕擎啊,时间是一个很神秘的东西!'他当时像告诉一个天大的秘密似的,趴在我耳边讲过之后,还低眉蹙脑四下里睃呢!其实他真的讲出了一个人人都视而不见的大秘密——时间将把一切都解决得很好,一定会的。当然,时间又会带来一些全新的、让我们感到恐惧的陌生东西,那时候我们同样也只能求助于时间:等待,等待它来处理这一切,因为这是一些令我们束手无策的东西……"

吕擎磕着牙。后来他又问:"吕南老到底说了一句什么话呀?"

我告诉了那三个字。

"原来就是这样一句话。我还以为说了什么呢。很简单嘛。"

"就是很简单。可是很简单的一句话带来的问题可就复杂了啊。有人会利用它达到自己的目的,办一些不可告人的事情,搅起轩然大波!如果早上二十年,会让人死无葬身之地!这几天,你在机关和一些场所,走到哪里都能听到有人议论,说上边又说过什么话了,那个纪及出了大事了——以往的经验是,风声多大雨点就有多大,现在的纪及已经被停止了所有的工作——事实上就是如此……"

吕擎一副不以为然的样子:"他们当中真的有人听到吕南老这样讲过吗?"

"当然没有,都是通过一个渠道传来的,因为一般人谁也见不到吕南老。"

他笑了:"那多简单,反正是见不到,那就让我们重新编一句话不行吗?"

"编一句什么话?"

"随便编一句,编一句对纪及有利的话传开去不就得了吗?"

我觉得这太孩子气,思路奇怪而幼稚。我忍住了笑问他:"你准备编一句什么话?"

他想了想说:"吕南老说了:'尚可以。'"

我没有笑。同样是三个字,而且口气也很像。

"吕擎你算了吧,这算什么办法。这是游戏。"

吕擎看着我:"你们开始想当成游戏,想逗别人玩儿,可就是想不到对方也是在做一种游戏,一种残酷的游戏!它利用一些人的弱点,利用一些人的愚蠢,多年来一直在做这种残酷的游戏。你看不破它,你就会惊慌失措,被这游戏玩晕,最后一个跟头栽下去。你如果看破了,既可以换换心情,又不会掉以轻心。这样他们说不定真的会无可奈何,因为我们打乱了他们的游戏规则——就让我们一块儿参与这场游戏怎么样?"

他微笑着看我。

我笑了。这才是"乱弹琴"呢。

吕擎与纪及有很多相似之处,比如这两个人都从心里藐视霍老,但惟有吕擎敢于和吕南老做游戏,这一点我并不怀疑。我很想把今天的谈话回头告诉纪及,我想纪及听了一定会笑出来,那也是蛮好的一件事嘛。纪及时下多么需要这种游戏的心态,需要放松啊,可惜他一直做不到——我现在好像也做不到了。

二

如果吕擎的父亲健在,那就一定会与霍老打交道。那个饮誉学界的老人当年跟霍老非常熟悉。科学院一些上年纪的人都认识吕擎的父亲。霍老当年还是一个中年人,有一段时间也常常到这个小四合院里来,管老人叫"老师",管吕擎的母亲叫"师母"。那时候他常从这里借书,学着欣赏一点书画,还要跟老人家学书法……总之那是一个十分殷勤的人。后来政治风暴一来,到处乱了起来,他也揭发了老人的一些"言论",甚至还领人到这里抄家,搞走了几套最珍贵的藏书和书画。这些东西至今都没有归还,吕擎的母亲怀疑它们还在霍老手里。

有一次开会,吕擎的母亲与霍老走进了同一个会议大厅,对方见到吕擎母亲赶紧过来问候,重重地叫了一句"师母"。吕擎的母亲说:"你现在是'霍老'了,不该管我叫'师母',是不是?我也担待不起你这样的学生!"

当时霍老是当着许多人的面叫"师母"的,吕擎母亲这番话让他十分难堪。这大概是他多少年来第一次当众受到羞辱。吕擎母亲的脸色一直冷冷的。

这个场景是吕擎转述的。他说:"母亲满头白发,在大厅里一站,真是引人注目。她的话每一句都说得很低很慢,但很清晰。母亲就这样看着尴尬的霍老说:你和我们从来都不是一类人,所以也不必在我们这些人里边找'老师'了。你的老师该是另一些人……对方吞吞吐吐,红着脸说:'谁是我的老师啊?谁是我的老师啊?我很尊重吕老嘛,我很景仰他嘛。'母亲当时冷笑着,一声不答。那个霍老连连说:'误解么,都是误解么。'他用拐杖捣着地板,对四周的人说:'你们看,我们这个知识界啊,我们这个知识界啊,文人相轻、相轻,乱传口舌!嫉妒啊,嫉妒成风啊!你看这是多么大的误解啊……'他这样嚷叫时,母亲仍然微笑着。"

我当时听了非常痛快,这会儿又提到了那个场景。

吕擎告诉:现在他们大学的校长与霍闻海的关系就不密切,起因讲起来好笑。原来霍闻海通过人暗示过,让学校主动一点,聘他做大学的"名誉校长"。校长却不以为然。好像是吕南老身边的人有这个意思,校长最后觉得事情很难办,就拖着……类似的事情很多,一些老同志提出任"名誉教授"的很多,如果一一应承还不知要发出多少聘书呢。"这不是钱的问题,这是一所大学的尊严。我们校长对霍闻海的底细也算知道一点,因为过去他们曾在一个编委会里工作过,霍闻海当时任主编,校长任副主编,他们当然少不了要切磋学问——在混乱年头里那几个文化部门一度合并,统归一个文化工作领导小组来管理,霍闻海当时就是小组成员,那时校长要见他一次都难。当时学校里好多老教授都受到了冲击,度日艰难,有的简直要挨饿受冻,他们都从原来的住宅里被驱赶出来,住到没有任何取暖设备的小房子里过冬。校长因为跟霍闻海在一块儿共过事,就去求他,想让那些高级知识分子重新回到有取暖设备的房子里。谁知道霍闻海只让他的秘书出来见了校长,转告他的话:注意立场。那一年冬天,有两个老教授在严寒中得了并发症,去世了。这个事情校长深深地记在心里,'名誉校长'的事情又怎么会通融! 就这样,他和那个霍老的关系一直紧张。"

我想起了一位画家说过的一件事,问了一句:"漫画家靳扬当时就在那个文化领导小组管辖下吧?"

吕擎皱皱眉头:"他在什么单位?"

"他在一个什么院啊。"

"什么院都要归那个领导小组管。"

"靳扬就是那时候被抓起来的! 有人说这也与霍老有关。"

吕擎说:"这个我说不准。但一般不会错的,那时候领导小组决定一切。"

那个画家说的靳扬让我永远难忘——这人画了所谓的"黑画",后来患了精神病,再后来被杀……"那是个天才画家! 他的事情当时闹得很大,成为一个惊动全市的大事件。当年谁都知道他是一个了不起的天才,许多年轻人非常崇拜他。艺术学院好多人现在常常提起他。人们知道的是他画漫画儿,其实他主要是做别的研究。一些老教授是他的朋友,他们说起当年的事情……这个人后来患了精神病,尽管症状十分明显,可也没有被饶恕。整个故事太可怕了。现在许多人捧着他的画集,却很少有人知道他的结局。现在的知情人,那些教授们,一提起靳扬就哭……"

这时突然响起了敲门声。吕擎说:"可能是我的学生来了。"

"你也有了弟子!"

"没办法,是一位领导的秘书。他找了我以前的导师,说要考研,想在业余时间让我辅导——导师可能有事情要找这个小秘书办吧,就硬性摊派给我……"

他去开门时我想到了别的:说不定我们可以通过这个学生做点什么呢!

三

进来的秘书有二十五六岁,人很机灵,老远就喊老师。

吕擎说:"来,我给你们介绍一下。"接着给我们作了介绍。

小秘书个子不高,有点瘦;不知怎么脸上的皮肤很亮,头发梳理得一丝不苟,一看就觉得机灵、勤快,讨人喜欢。不过他一静下来就会让人发现,他远比这个年龄的人更为沉稳,没有多少躁气。他明亮的眼睛看着吕擎,说:"领导去外地了,我一个人没事就跑出来了,不知道老师正忙着……"

吕擎说:"没事儿,不忙。我们不过在一块儿扯闲篇。我们正谈一个朋友的著作——嗯,就是《海客谈瀛洲》……"

那个小秘书立刻会意地点点头:"纪及吧?啊,纪及。是啊,纪及!纪及……没事吧?"

我很快明白他也知道了纪及的事情,忍不住说:"事实上什么事也没有,不过是有人蓄意整人就是了。你如果有机会可以向领导介绍一些情况,事情远没有别人汇报得那么严重。"

吕擎说:"许多领导根本不了解事情的真相,他们又急于表态。要知道他们的话对下边影响很大。会有人借他们的话兴风作浪,他们会跟着领导的口风转……"

小秘书听着听着眉头皱了起来,然后长长叹了一声。他叹息着,声音非常沉稳:"没有办法,'文人相轻'啊!"

吕擎怔怔地看过去。

小秘书又说:"我们都知道一点。平时都不愿插手这些事儿,知识分子成堆的地方往往有一个共同的毛病:窝里斗!你就简直分不清谁是谁非,分不清哪些人是一派、哪些人又是另一派。这些人啊,你没有一点办法,只好离他们远一点……"

小秘书皱着眉头摇晃着,一副无可奈何的样子。

吕擎把脸转向小秘书。我眼看着吕擎的脸红涨起来,接着又变得煞白。我想缓解一下气氛,可是小秘书完全没有察觉,仍然摇头叹气,一副深沉的样子。

就在这时吕擎炸雷一般地吼了一声:"滚你妈的蛋!"

小秘书还没有反应过来,看到吕擎暴怒的样子,猛地往后跳了一步。

吕擎说:"你这个鹦鹉学舌的蠢货!你以为你伺候的家伙就不是一些王八蛋?你以为他们就可爱?谁给你这样的胆子,让你谁都敢藐视,你竟然藐视起了'知识分子成堆'的地方!既然这样你为什么不在自己身边直接找个老师?你干吗还要到我这里来?你这个乳臭未干的坏小子!你以为只有让你提包的人才是好样儿的,才是榜样,才博学,才有好人品,才不会'窝里斗'!是不是?你的眼睛只要没瞎,就会看到他们怎么斗,他们斗起来更狠!他们斗起来更要命!不过他们更卑劣更隐蔽而已。比起他们来,另一些人不过是更直爽一点、更纯洁一点、更可爱一点罢了。你还嫌那里混乱?你就不想想这些混乱是怎么造成的?这不过是当中钻进了几个像你这样的臭小子罢了!你这样的贱痞子先给一些人提包,然后那些人就要施舍,把你们派进来,让你们骑在一群学者身上屙屎屙尿!这就能把一个好端端的文化界知识界搅得天翻地覆,就是这样……滚你妈的蛋!滚吧!回去把我的话一句一句学给他们听,一字别差,告诉他们:我骂你是一个提包的贱坏子!"

秘书完全没有准备,张口结舌,唉唉应答。他往后退着,差一点被脚下的一个花盆绊倒。

吕擎一扬手说:"走吧,别在这里气我们了。你赶紧走吧——回去提包吧!"

秘书一脸汗珠滚下来,还想解释什么,看到吕擎瞪着双眼,就大喊一声转身跑了。

小秘书走了。吕擎上前去关门。刚才的一切就在一瞬间发生了,完全没有先兆,出乎预料。我惊得一时说不出话。我发现吕擎转身的时候脸色还有点发青,还在骂:"这个小王八蛋,他也学会泼污水了……"

吕擎激动得解了衣扣,站在窗前喘息。我在想怎样把话题引开。我说:"我们最近要出差了——我想和纪及一块儿到东部平原上去,可能要走开很长时间……"

"出去走走也好,老在这座破城里闷着,非气疯不可。"吕擎捣了一下墙壁。

"勒扬到后来就是被逼疯的——在这个城市被逼疯是很容易的,你瞧刚才那个小秘书,他一方面要跟你学习,另一方面又要当面嘲笑我们……"

吕擎擦着自己的手说:"这小子如果跑慢了,我非砸断他的鼻梁骨不可。他总以为我们这样的人手无缚鸡之力,怎么也不会知道我吕擎就天天练拳、打沙袋。我一拳就能把这臭小子的脑壳揍个大包!"

接下去的一段时间又要说纪及,说科学院,最后议论起娄萌,说到了她的男人于节——吕擎说于节算是一个"奇奇怪怪的人物"。

我说于节的人品不错,只是胆子小一点。他人很老实。

吕擎摇头:"我的导师最熟悉于节了,他们是老同学。他说于节根本就不是一个科学家,他怎么能到科学院去做领导?"

"行政管理也可以啊,不一定非要科学家才能当院长。"

"那他为什么要一个研究员的职称啊?"

我没法回答。

"于节只写过几篇文章,他那几篇文章你看了能笑掉牙。就凭这几篇文章当了研究员、教授,你说滑稽不滑稽。我们导师说于节这个人笨得出奇,在学校里就是有名的一个反应慢的人,几乎门门功课都不及格。现在呢,竟然到科学院里当了头儿,这简直是滑稽。类似的事儿我们导师知道很多,扳着手指一口气能数上好几桩,所以说现在全都乱套了——你很可能发现一个数学系教授只具有初中数学水平,也可能发现一个艺术家协会的头儿是一个大老粗,连一本稍稍像样的小说都读不懂。"

我说:"大学里也许会好一点。"

"你错了,大学一点也不比别处好,它们的情况非常相似。大学确实有一些老学人令人尊敬,可是那些招摇撞骗的人更多,名声传得更远。他们也结着领带鬼模鬼样的,名片上印的头衔吓死人,你知道他们肚子里装了什么?你不会知道,因为一眼看上去都一样的……"

得一词条·七十二代孙

徐村再生之日,必是事业兴隆之时。伟人盛世,佳话连篇。君不见长江滚滚,后浪追逐,几欲滔天!吾于东部沿海徘徊日久,驻足难归,以至于焦思费解,不得要领。却也为何?皆因徐村虽则皇皇有名,村风淳朴,近年也颇有小康之象,然终未有大器局之人物横空出世。天下事物必有一定之规,人间万象皆为自然铸就,既是名士故里、豪杰余脉,就当声色俱厉,不一而足。吾曾于常年学术考察奔波中得一见识,即凡是古来相门、状元进士者,久后门庭即便散落大野,若代代究查,亦可见异能之辈,他们终要出人头地,面目一新。呜呼,而今堂堂徐村仅出三两小康,一二乡约,实在不足为训,有悖常理也哉!

今有王姓如一者不辞劳辛,四处搜寻徐姓家谱,殚精竭虑,凤毛麟角,终有所得。原来风云时代,折戟沉沙,须戮力洗磨方辨得前朝踪影。战国时期,秦王残暴,动辄杀人又何止万千。秦二世更是穷凶极恶,血流成河,来日无多。故徐福先人一去东瀛,纵马不归,得志称王,二世那厮直气得七窍生烟,小肠喘气。布秦兵于东莱一线,以至于带甲十万,烽火遍地。郡县俱是按名造册,排查徐姓,稍有迟缓,即遭涂炭。良民不得安生,百姓含悲忍泪,骂过秦国无道,再咒徐福千刀。一时间天地无光,鸡狗悲伤,莱河流尽绛紫水,渤海满是虎狼声。先人徐福于行前四载即令乡民更名换姓,远走他方,可见目光之宏伟。惟有个别殷实私利之家,迷恋世俗积累,不思远谋;也曾有三五顽耿人物,自恃大丈夫左不更名右不改姓之气节,坐以待毙。此二者终受屠戮,惨烈之状不再一一。

详考氏族流变之学问,牵涉古文字学、家谱学、民俗学、人种学、人文迁徙学、地理学、考古学、星相学、占卜扶乩学、易学、海洋学、预言学、风水学、测字学、揣骨学,以及阴阳之道黄老之术,不一而足,说来实为天下之玄理,人间之妙门,非常人可孟浪涉足也。在下说也惭愧,凡四十有六,积月累年,欲穷天地之变、环宇之幽,查毫发之微细,辨闪烁之瞬息,终获得一门洞开,满眼豁然。然吾不敢稍有懈怠,终日惴惴,避内人而蓄生锐,遮常眼以求静穆。如此遍察山区平原,更有典籍野史,可谓韦编三绝,悬梁刺股,人瘦如荒年猫犬。在此不揣冒昧,放言唐突于方家,并就教于三老四严,望不吝赐教。

徐者,许者胥者;故三姓几近一统,混杂于东莱街市。也曾有些许人氏腿长心疾,暴走于燕越之地、楚韩之间。然秦兵悍矣,又加以外地口耳,不辨字音,故将三姓混杀也不在少数。一时间冤魂不散,乡党代罪。受此启迪感召,遂有大聪明者改徐为曲,暗含"冤屈"之意;再有更聪明者改为霍字,以铭记暴秦之大"祸"。于是其中惟有曲霍二姓存留最多,他们至今犹在,且大智若愚,以逸待劳。如此避秦直至陈胜吴广,项羽刘邦,天下揭竿一拥而上,剪灭无道。汉高祖元年天下归一,流散之徐姓始得认族回乡,一时间徐村炊烟又起。然霍姓之深谋又岂是常人可比,该姓始终未能尽数归村,仍旧于流散地怡然泊居,繁衍香火,子嗣接续。该姓不见于秦氏家族谱系,盖因庸常无知,且嫉贤妒能。实则霍姓最为正宗,意志坚强,于乱世而博弈,逢流年更进取,于是代代佳音不绝于耳,无须扬鞭自奋四蹄。个别顽劣者自是少数,或因为贫穷潦倒,默默存志也未可知,如霍莫来大人即是一例。

莫来者,徐福后人也,霍闻海之父也。该先生早已不在人世,劣行斑斑不必讳言,也为闻海所痛斥背弃者。然人有千失,必获一得,莫来大人混世一生,尚得至宝一件,即男童闻海。该男儿事迹伟岸已不需吾等饶舌,近来所编史册俱有记载。本词条仅为拨乱反正之作,所为无非指出霍姓实乃徐氏正宗也。屈指算来,莫来父也休为徐姓七十代,由此不难推演,霍闻海即为徐福之七十二代孙也!呜呼!万般苦辛,一朝铸成,吾等总不致半途而废,功败垂成。于此看官自当明白:万事皆有因果,也算机缘巧合,霍老赫赫然显露真面目也!

大哉闻海,谦谦霍老。该英男戎马半生,尔后下马从文,身居高位,腹富口俭,堪为北国之栋梁也!在此已可告慰徐福在天之灵,呼一声瀛洲先人!再说而今徐福研究日隆,东西呼应,大有不可一世之功。然各方会长,名实未副,牵强从事,不得要领。吾等有感于此,决心共克时艰,正着人八方运作,筹备国际徐福研究总会,并敦请霍老就任该会会长!

　　诗曰:风萧萧兮车辚辚,勇士下马著高文。长江后浪推前浪,且看七十二代孙!

第 五 章

秦 王 路

一

　　我与纪及再次踏上了前往东部平原之路。对我们来说,这是一条极为熟悉的路;另外令人心中感慨的是,它恰与当年秦王东巡之路重叠:作为一个古航海史专家,纪及几乎每年都要到东部沿海考察那些古港和古河汊、岛屿与天然深水湾、旋流和水道之类。他特别对那些废弃淤塞的古港感兴趣。而我这些年来所有的下乡时间差不多都耗在了东部的山区和平原上,在那儿来复跋涉。

　　东部平原实际上是群山和丘陵怀抱的一块盆地,北接海湾,是一片平坦开阔的陆地。它的东部和西部临海都有一些隆起的小山,被海水侵蚀成一些陡立的峭壁。整个平原属于断陷盆地,进入中生代之后,构造运动扯开了新的一幕:这个过程表现得强烈而频繁,形成了大面积的中酸性侵入岩体和火山岩系;北部台凸继续抬升,而凹陷开始下降,接受沉积,于是形成了这片盆地,从而奠定了这一地区的构造格局。

　　我和纪及在出发之前就作出了一个大胆决定:只要一挨上那片平原的边就开始徒步行走,我们要直接用脚板勘踏这条"秦王路"。就因为这个设想,我们这次随身只带了很少一点行李——纪及的这种习惯与我完全一样,我在那所地质学院上学的时候,就常常利用假期和几个同学一起、或干脆独自一人,徒步进入大山深处……这次我们的计划是下了火车之后,直接穿越莱山山脉,然后抄一条近路向东部海湾进发。

印象当中,踏入莱山之后的山路大致都很好走,还记得那年夏天我一个人走进了那片大山——当时学校放假了,同学们照例都奔自己家里去了,而只有我无处可去。那个火热的夏天啊,我迎着热风穿行在山壑中,石英斑块在太阳下反射的光芒刺得两眼泪花闪闪。往往是经过了一整天的攀援,傍晚时分恰好可以踏上那些山岭的分水线。那种登高一望的感受令人历久难忘——花岗闪长岩就踏在脚下,一道山脊一直蜿蜒到淡紫色的雾气之中,从雾霭中探露的一个个山尖像水墨画中渲染得一模一样……踏着这些裸露的石头往前,一路尽可饱览美景。那时候我还多么年轻,连续奔波一整天都不知疲倦。与现在不同的是,当时身上的背囊又大又沉,好多山里人还以为我是一个收获颇丰的猎人呢……岁月匆匆,好像只一闪十几年就过去了。我这次真想和纪及沿着当年走过的路线,徐缓放松地重新走上一遍,只可惜作为一个中年人,已经没有那么充裕的时间了。人哪,越来越行色匆匆;而且这一次我要更多地迁就纪及,因为他是在一种特殊的心绪下出发的,整个人正憋足了一股劲儿续写那部著作的下篇呢。这是怎样的心志和气度,对他来说,所有的滋扰仅仅是更加有利于生长的腐殖而已。还有,与我不同的是,他出门后只把那个小屋子一锁也就了无挂碍。我更希望这清爽的山风会将他所有的烦恼都一吹而散,吹到身后。

走在路上,不由得想起与梅子一起来这里的情景。我告诉纪及:在孩子出生前,我曾经和她走过这么一趟,那时候我们两口子甚至背了个简易帐篷,因为行前就准备一有机会就宿在野外。纪及听了有些好奇,就仔细打听起那次的情形。我一一讲给他听。

野宿的感受、一路上的趣闻轶事,一切都令他兴奋,他连连说:以后自己一定也要搞那么一架简易帐篷。他羡慕起我学过地质专业,说这方面的功底对古航海研究会有多大帮助,而自己现有的这一点地质学知识太皮毛了。他的话让我一阵沉默,我在想那个研究所……一切都过去了,如今我心里更渴望的是这自由的空间,是时时泛起的浪漫一念:花掉整个下半生的时间,像个行吟诗人那样走遍大地……

纪及神往地望着前面的一溜儿山影。那是有名的小平原南部山地的"屋脊"部分。在它的分水线以北,所有的河流都要注入那个海湾。这片山岭大约至少有五条河流生成,除了著名的芦青河和界河之外,还有三条不大的河流,它们分别是降水河、丛林河和蓝河……从这里到达那片山岭大约需要一整天的时间,于是我对纪及说,我们必须加快步子。纪及对这里熟悉得很,他点点头:"从这儿一直到山根下大约要穿越十几个村庄呢,我们最好中午吃一点饭,找到一户老乡家里休息一下,争取夜晚赶到山下的村子里过夜。"

他从怀中掏出一个地图册给我看:上面密密麻麻标画了一些临时区域线,还有一些地图上没有的村庄名字。原来他对这一带的熟悉程度已经超过了我,这有点出乎预料。他指点这张图详细解说:"我们之所以要走这样一条路线,就因为这一围遭有不少好故事——我们的'平行文本'写过的故事,当然包括那个古代航海家大迁徙的故事!这里有大量秦始皇东巡留下的一些传说和遗迹,以前却没有专门下力气搜集。徐福在这一带活动的时间应该很多,他的一些祭祀活动就在这片山地进行,很可能最后一次拜见秦始皇就在莱山的月主祠,而不是琅琊台。有关这一段的历史关节一直让我入迷,在学校时就看了许多资料。可资料是一回事,实地考察又是一回事。我们都知道徐福大约有两到三次出海,起航港却有几个湾地可供选择——最后一次,最后一次才是最重要的啊!他究竟从哪里启程?如今学界对这些各执一词,我书中的论述有所侧重却不能废弃争议。这是一个不可以草率的探索过程,当然不能迁就那个东部城市的一厢情愿。从正史记载上看,他最后一次出发不仅带了弓箭手,还带了三千童男童女。河北省留下了一个'千童县'。我们走过的这一路,可以搜集许多徐福当年征集'童男童女'和'五谷百工'的传说,还可以看到一些徐姓家族留下来的祠庙。秦始皇最后一次东巡先到琅琊,后到黄县境内的莱山——他拜过月主之后才开始东行,去芝罘和成山头。"

"书上说他在那儿射了大鲛……"

"这之前徐福被召见过一次,从时间上判断极有可能是秦始皇登莱山的时候。当时见到秦王的不会是徐福一个人,肯定还有他的一些朋友,不少学者和方士。很长时间了,我的精力都放在这次东渡上,它让我无法放弃……"

二

太阳升起很高了,我看了一下表,发觉我们应该加快速度。纪及说往常他在这个时候已经走到丘陵下边的那个镇子了,中午通常都是在那里吃饭,休息一下,天黑以前即可赶到大山前边的村庄。

为了走得更快一点,我们开始沿蜿蜒的渠畔往前。这片平原好像整整一个夏天都没有正经下过雨,土地旱得厉害。我的印象当中,这里的水渠总是有水,可现在只有渠底的一点稀泥浆,各种植物从渠畔一直蔓生到渠底,在渠底长得黑乌乌的。最多的是葎草,这种桑科植物在渠畔上和其他杂草缠绕一块儿,茎部和叶梗生满了倒刺,给我们行路带来了很大困难。我提醒纪及小心葎草,因为只要碰到它就会留下一道血印,让人痒得难受。我以前曾看到平原上的人怎样巧妙地把它除掉:先割断几个主根,然后像卷一张渔网或席子一样,把满满覆盖的一地葎草卷起来……渠岸上还有一些蕨类植物,它们都是孢子植物。有一种偏叶耳蕨,叶柄禾秆色,基部密密生满了皮疹形鳞片。这里有东北岩蕨,沼泽蕨,还有长得很高的凤尾草——它也属于蕨类。

纪及看到了一大株好看的绿色植物,就径直走了过去,说:"扫帚菜!"

它大得惊人,已经长到了半米高,茂盛的枝叶像一个新绿的圆球,还在往上蹿长,到了夏秋可长到一人多高。纪及抚摸着它:"我在路上遇到这种菜总要揪一些嫩叶。有一次我一路揪了很多,中午到了老乡家里,就用它做了一种菜窝窝,好吃极了。"

"这就是书上说的'地肤',要趁嫩食用,做成饼和汤菜。"

我们尽管抄了近路,看来要按时赶到镇子已经不可能了。最后商量了一下,就决定拐到公路上乘一段汽车,这样就能按原定计划完成这一天的路程。

直等了半个多小时,身后终于驶来了一辆大型面包车。司机很随和,一个人兼司机又兼售票员,见我们招手就停下来……车子在公路上奔驰,乘客当中什么人都有。沿途所有的村庄都要停车,于是总有一些人上上下下。我们上车还不到一个小时,车子就到公路边上一个加油站排队加油。迟迟加不上油,前边吵起来了,越吵越凶,好多乘客都从车窗上探头。我和纪及有些焦急,就下了车子。

原来一辆红色轿车长时间停在加油位上,加油站的人请他移开车子,主人就横起来。这个人黄黄瘦瘦,大约有三十多岁,样子很凶。他说:"我加不上油,谁也别想加。"

我回头望一眼,后边已经停了许多车子,所有人都急坏了。

加油站的人跑到一边打了个电话,一会儿就有一辆车子开来了——从服装上看,大概是公路稽查和交通警之类。我们松了一口气。

那个红色轿车的主人叼了一支粗雪茄,抖着腰看着远处说:"不给老子加油,谁也别想走。"

加油站的人急急地跑到那个戴大盖帽子的人跟前,一边比划一边讲。大盖帽子听着,很快让身边一个人走过来,向开红色轿车的瘦子说了几句什么,瘦子马上硬硬地喊出一声:"不行!"

我看不明白。纪及说:"这个人,蛮不讲理!多少车给压在这里……"说着竟往前走了一步,我赶紧扯住了他的衣襟。面包车司机见纪及这样,就过来小声劝说:"千万不要过去啊,那个家伙可不是一般的人。这里谁都认得他,他叫老尚,哪有敢招惹他的啊,这是镇上一霸,车多哥们儿也多,谁见了他都得好生说话。那个加油工是刚来的,可能不认识他……"

又有人上前劝说。老尚叼着雪茄,仰着脸不动。我们后边有一个开自卸大货车的五大三粗的司机,摇晃着走下来,走到老尚一边说:"你加不上油,也不能碍这么多人,都等着你吗?"

老尚像没有听到一样,把雪茄猛吸两口,然后取到手里,照着那个司机的手腕就杵上去。司机没有防备,"呀呀"大叫,接着一手就把老尚的衣领抓起来,将人提离了地面。后边不知有谁喝了两声彩。这一喊,不远处立刻有几个路警跑过来,一齐厉声喝住了那个粗壮的外地司机。

老尚说:"快把这小子给我抓起来,妈的!"他骂着,往那个司机脸上吐。

司机被两个路警挽住了胳膊,用力挣脱,旁边另一个路警就上前一步,从他身上取出了驾驶证。粗大的司机立刻蔫了。这时大盖帽子还在劝着老尚。老尚一声不吭。大盖帽子拍着他的肩膀,亲亲热热地扳着他到一边去说了一会儿,老尚这才宽宏大量地扬扬手：

"算啦，看在你老兄的面子上，饶他一次！"

那个加油工搓着手，害羞似的给红色轿车哗哗加起了油。红色轿车风驰电掣一般开走了。

下面这一段路程中，满车厢的人都在议论老尚。有人说这个老尚如今至少有几千万了，也有人说他早就有"一个亿"。一个知情人说："这人已经到处都是别墅，还养了一个车队、一个保卫队。他那个建筑公司只是一个幌子，其实什么都干，从倒卖走私汽车到挖金矿、开窑子，还转让承包工程。那些大的建筑项目，第一个顾主非得找他不可。方圆几十里没有人敢越过老尚，他一个承包工程几十万的合同，一转让就要上百万。所有来这镇上任职的头头脑脑都要先拜老尚，因为只要老尚找别扭，那么这个人迟早干不住，就得赶紧滚蛋！"

车子里一片嗡嗡声。另一个人说："老尚今天还没打电话哩，你看他还算给面子，如果他用电话叫几个人来，这个加油工非得腿断胳膊斜不可。说不定这个加油站还得给砸了、点上火烧了！"旁边一个人举例说："有一个税务局的人，不知怎么得罪了老尚，老尚没有理他，也没找他的麻烦，结果是他自己吓得在老尚门口转悠了三天，只等人家出来赔不是呢。老尚从屋里出来，给了那个税务员一支烟，然后又给他点火。那个人慌得烟卷直颤，掉到地上两次。老尚说：'兄弟，就这么点胆气，还来收大叔的税？'"

三

到达村庄的时候，天已经快黑了。我们开始找过夜的地方。我想问一下村里有没有借宿的闲房，比如说过去每个村子里都有"马车店"之类，供过路人食宿。纪及笑了，说现在早没那些了，我们得找一户老乡家宿下。

这个小村只有一百来户,比我们一路上走过的那些村庄显得更加凋敝贫寒。我不记得以前来过这儿,但它破旧苍黑的样子却让我毫无陌生感。纪及说整个这一带都是这个样子,一般来说离大山越近村子越穷,比起紧靠大山脚下的村落,丘陵地区这些村子就算好的了,而平原上的就更好一些;靠近公路的村子要比相对封闭和偏僻的地方好……太阳马上就要落山了,小村里的人大多没有归来,他们大概还在山里忙碌。我们在街上遇到的都是老老少少,打听了一些上岁数的老人,最后就在他们的指点下找到了一户宽敞的人家——他们说那一家只有一个老太太,她自己住了一个小院,三间房子足够你们住的了。他们介绍这户人家,只说:"到吴寡妇家里去吧……"

我们敲开了老人的门,来开门的是一个六十多岁的老太太,一见我们的装束似乎就明白了,问:

"是来投宿的吧?"

我们点头,向她问好。

"我这里倒是有地方住,不过你俩得告诉村头儿一声,如今不是过去了,正查得紧哪!"

纪及在我耳边说:"以前从没有这种情况。"他问老人:"大娘,什么查得紧?"

"前几天村里来了几拨外地人,他们一连抢了好几家,然后逃进了山里,往东边跑了。"

"还有这事儿?"

"他们开始也说要借个宿,睡到半夜就动了手,天不亮就跑了。打那以后进村的人都要登记哩。"

纪及说:"那就登吧。"

我们俩一路打听着到村委会来了,一问才知道,村委会的办公室就是过去的一个马车店改的。蹲在里面的一个人长着络腮胡子,穿着一件脏里脏气的西服,下身是一条老式便服裤子,还挽着裤脚。他脸色黑苍苍的,布满了皱纹,看上去有五十多岁,正警觉地用眼角瞟过来,不做声。我们说明了来意,他鼻子里哼了一声。一边的人介绍说:"这是我们的老主任。"我立刻说:"主任好!"

主任这才站起来,让我们坐到里面的凳子上。

纪及和我都掏出了证件给他看。他不识字,就递给一旁的人。一旁的人放在光亮处看了看,大声念着。

主任说:"噢,原来又是两个'叽叽分子'!"

他把"知识分子"说成了"叽叽分子",我觉得耳熟。我熟悉这个地方的人,连他们平时举手投足间透露出来的意思都能会意。纪及并不在意,一脸和善的笑。

主任说:"行了,你们去吧——要不就留下吸袋烟?"

他说着从内衣口袋里掏出一盒进口烟,自己取了一支点上,把整盒烟往我们面前一扔。

我们谢过了,然后赶紧离开。

我们在吴寡妇家里安顿下来。老太太的西间屋收拾得像个小客房,看来好多过路的人都在这儿住过。吴寡妇给我们送来开水和手巾,好像对这一套已经相当熟悉了。纪及掏出一点钱给了老人,老人毫不犹豫地接过,掖在大襟衣服下,眉开眼笑。她说:"你们住在俺这儿保险睡个好觉。俺这山里静气,空气也好,过路的都这么说。你不知道哇大兄弟,来的人什么样的都有,你俩俺一看就是好人。有一年上从东北来了个留小胡子的年轻娃儿,半夜里还往俺屋里跑呢,他噗噗捶门,说什么屋里有老鼠。哪有老鼠?俺亮开灯,掩着衣怀起来,跟他去抓老鼠。刚进了门,噗,就被那个兔崽子捂在身子底下……你说气人不?"

纪及笑起来。我也笑了。

老人接着咕哝:"俺打四十岁上就开始守寡儿,也没个风吹草动的,那个丧下良心的！这下可好！第二天俺报了官,村头就把他绑起来,用柳条子抽了一顿。后来才知道,他是个监里放出来的主儿。村头说,得,再送回监里就是。就这,一些穿黄衣服的把他铐走了。也真是,没管教好又放出来,你说糟蹋人不是？要做那样事情就不要到俺这干净人家里来。他该去找穿'牛腚裤'的！"

纪及不解:"'牛腚裤'？"

"就是啊,村西头那家有个闺女,人家就做那种营生,挣下好大一堆钱,盖了一座大屋呢！"

我说:"可能是穿'牛仔裤'吧？"

纪及吸着凉气:"那你们村头该管了！"

"村头？她是村头的干闺女,还要按时给村头一些钱呢。村头家买了个摩托,就是她给的钱。"

吃过晚饭后她在屋里点起了煤油灯,坐在灯下和我们拉呱儿。看来她惯于和一些过路人交谈,说话间神态自若,始终微笑,兴致勃勃。

纪及书呆子气地掏出了笔记本:"大娘,您能给我们讲讲徐福渡海求仙的故事吗？这是秦王东巡的路,村子里有很多关于秦始皇和徐福的传说,以前我也听过。"

老太太拍了拍手:"哦哟,村里大人小孩儿都知道,秦始皇早些年就在俺村东的山头上看过光景哩。那时候秦始皇快老了,让人抬着才能上山。徐福跟在秦始皇后头颠颠的,像个跑堂的……"她说到这里把嘴捂上,"俺这话要是让村里姓徐的听见,他们好扇俺耳刮子了……"

我笑问:"为什么？"

"为什么？这你还不知道？俺村里有好几户姓徐的,都说徐福是他家老祖呢。当年秦始皇为求仙的事儿急了,一急就火起来,想杀徐福那几个人——也许是皇帝手下的人把话传歪了,反正呼啦啦姓徐的都跑了。他们顺着山沟跑,跑到俺村藏起来,繁衍出这么一帮子后人。"

纪及瞧瞧我:"这也并非没有可能。"

老太太拍手:"就是呀,他们长的模样,一看就跟俺村里人不一样!"

我问:"他们长得跟你们有什么区别?"

"区别大啦去了。俺这一庄里的人是从大西面迁过来的,个头不高,敦敦实实;徐福那支人是北海边的,个子怪大,大双眼皮,脸儿发黄,你看看他们后人都是高个子……"

纪及点点头记下来。后来他又问了几句什么,掏出另一个本子,在上面画了一些图。他停笔问:"从这个小村到山后的河,就是那条栾河,有多远的路?"

"走近路十二三里就到了。那条大河哟,过去可不是这样,过去比现在要宽上好多,河里水也多,走船哩。俺刚才说的那个姓徐的老头儿,就是顺着这条河从北海边上转到咱山里来的。他还勾引秦始皇坐他的船哩。那条河一直通到一个港口上,叫什么'栾河营'。"

纪及点点头。看起来他对这一切听过了不止一次,早已非常熟悉。他问:"您能给我们讲讲秦始皇的故事吗?"

"那可多了去了……"老太太扑打一下膝头。

四

秦始皇来到莱山这儿,山珍海味吃了不少,东边的美女也正经见过一些,心里不免寂寞起来,想玩点更有趣的事。他找来山下的贤宿里长,问他莱山下可有异人?里长说异人?咱这里什么都缺,就是不缺这样的东西。大王说"异人"可不是东西,里长说咱知道不是东西,异人全不是东西,不信陛下就等着看吧。那会儿他就告诉说,莱山下栾河边上出了一个神笔画家,陛下该请来哩,这家伙画什么都能画成活的。秦始皇乐了,立刻传旨。

只半天的工夫那个画家就给请到行宫里来了。原来这人年纪不大留了长须,头上还戴了四方小帽,话不多,细长眼乱瞥。秦始皇对他印象极差哩,觉得他贼头贼脑的。可是因为要看他画画儿,也就忍住了没有说什么。画师放下黑乎乎的箱子,从里面取出一大叠子画画的家什,开始干了起来。他直接在行宫的墙上画了桃花,画了腊梅,画了一条大河,就是栾河了;这条河直通大海,大海上又有大船和三仙山,也着实俊美。秦始皇忍不住,恣得头都快撞上画墙了。画家木着脸说:你这可不行,你就是大王也不行。他歇息的时候,秦始皇就让他手把手地教着作画。他给大王配好颜色,教大王从握笔开始,大王不得不按他的盼咐去做。可是这笔握在手里老要松脱,再不画下的墨道就歪歪扭扭,更不要说画一个图形了。秦始皇羞怒异常,责令画家教些诀窍,务必快速传授。画家说:"陛下莫急。陛下,这可不同于你号令天下。这是手艺。"

秦始皇说:"狗屁手艺!"

画家说:"你号令天下,只需猛力威权;画画儿这事体、这手艺活儿就得有功夫了,性急了不成,它曲折无限,凝聚天人智慧哩。"

秦始皇说:"啊狗屁!我平定六国,席卷百万雄师,区区小技怎能难住朕?"

画家将着胡须笑了:"陛下,平定六国是武夫之事,无非是动用蛮力尔。这是手艺哩,上通天神,下接鬼魅,万万马虎不得哩。"

他简直在用教训的口气说话。他走上前指点:让秦始皇持笔时必须将笔放在正中,不得歪歪扭扭。秦始皇在薄木板上作画儿,不知涂脏了多少木板,最后终于把笔摔掉。

画家不快了,脸都变了色,说:"陛下,如此性躁,怎能学得手艺?你须从头好好画起。"

秦始皇火起,一掌打去,谁知那个画家眼疾手快,只是一闪,把秦始皇闪了个趔趄。秦始皇恼羞成怒,命令左右将他捆起。左右卫士上前就把画家的两臂缚住。画家这时只微笑着。

秦始皇说:"死到临头了,你还敢笑?"

他命令刀斧手将画家的两臂砍下,说:"你不是两手都能作画、能得不行吗?我看你再怎么作画。"

谁知刀斧手刚刚举刀,画家就说:"陛下且慢,我有一法儿能让你立刻成为神画手。"

秦始皇犹豫了,想了想,还是阻止了刀斧手,命令左右给他松绑。

画家脱了绳索以后,慢悠悠搓揉着胳膊,使劲扭动着十根手指头,又把周身拍打了一遍。

秦始皇心想,这些臭儒生画工之流,毛病也真多,就绑了他那么一下,还要这么搓揉。难道还要抹上医师的油膏不成?正这样想着,那个画家说了:

"陛下,我可得好好活动活动筋骨,这样才画得好,教得好;如果不算过分的话,能不能给咱两盅酒儿喝喝?"

秦始皇忍住气,示意左右端来一盅白酒。画家一仰脖儿倒在嘴里,然后照准行宫的那面大墙"噗"的一声喷射出去。只见一片蓝色,一片红色,溅落在了画面之上,又眼见着变成了一片滔滔海浪。海浪之上点点金黄,好比是夕阳映照之下的粼粼泛光。

秦始皇说:"好一个……"

四周站了许多人,文臣武将都有,他们一个个呆了眼,鼓掌哩。

画师取出笔来,紧着手三两下涂抹,画成了一只龙船;龙船在栾河上行驶起来,又入了大海,在海浪之上浮浮漂动,眼见着活了。

秦始皇惊得目瞪口呆。

正在这时,画家一声呐喊,翻身跳上船去,手握篙橹,喝一声:

"蛮狄之王,且看我作法也!"

秦始皇刚一听"蛮狄之王",还以为他吆喝别人呢,想了想才知道是喊自己。这一声把他气得七窍生烟,刚要发作,只见那龙船白帆升起,海浪翻腾,大风也吹起来,卷动着海浪把龙船推向远处。那个画家在远处笑微微看着秦始皇,喊:

"你这个凡夫俗子,你这个蛮狄之王,借着蛮力收了六国;可是你就治不了一个人的心智。平定六国归你,画出神画归咱。古人云:鱼与熊掌不可得兼哩。蛮王切记切记,免得空生惆怅,落个老大悲伤,不值哩!"

说完,又一阵风起,画家在船上轻轻摆手,还做着摇头的动作。只一会儿,船和人就消失在海天交接之处了……

这就是大王落下的一腔仇恨和永久的遗憾。那种屈辱他一辈子都不会忘记。当时秦始皇怕左右的人把这种耻辱传给国人,那时他将无地自容——如果传开去,说大王竟然被一区区画师作弄到这等地步,他的威,他的力,他的勇,他的猛,都到哪里去了?他将再无颜面去见其他文武大臣。那时一个念头涌上脑海,他即让左右都待在行宫里,不准走动;然后他飞快出屋,传来李斯和大将军王翦,对他们耳语了一番。

那座行宫被团团围住,严严封起,然后就堆集了无数木柴,将其点燃。

行宫里的人都被活活烧死。所以迄今为止,没有流露一点风声;所以秦始皇东巡时留下的这座最大的行宫,已经没了一点痕迹……

东巡 · 三

一

始皇今天已经是第二次拒绝了齐姬的要求。她想念公子扶苏,提出让他回咸阳一趟。始皇一开始不太明了她的意思,以为她要儿子从此离开大将军蒙恬,从守关筑城的军营那里脱身。齐姬是他最宠爱的女人,而扶苏是他和她生下的一个英俊男孩。他摇头,面色十分冷峻。"我已经两年没见他一面了,昨夜又梦见他了。哪怕他只住一夜,天一亮就赶回营地……"齐姬的泪水在眼眶里旋转。始皇用一连串的咳嗽打断了她的话,也等于是回应了她。

"你就不想自己的儿子?"她一双泪眼凝视着他。

他怀疑是自己从这神色中读出了这声询问。是的,她并没有这样的胆子。他把目光转向了宫墙上探出的一棵侧柏梢头。在离去的一刻,他定定地看了齐姬几眼。多么娇美的面容,岁月有情,不忍摧折这个东方的佳丽。她来自齐国,那个三面环海的半岛之国,当年的她真是明眸皓齿,肌肤如玉。他永远会记得第一眼的印象:稍长的脸庞,丰腴而俏皮的唇,微微陷入眶中的大眼。这与秦国的女人是多么不同啊。公子扶苏的眉梢那儿酷似齐姬,更有性格、细腻、多情,这一切都像他的妈妈。始皇最喜欢的就是这个公子,可是他心里明白,自己将亲手交付予一个社稷的男人,是绝不可以生出如此一副柔肠的。始皇想让他保留这副英俊的面容,而身躯内流动的,却要是一脉铁血。也正因为这个,他才让扶苏去了大将军蒙恬的身边。

"陛下,时间到了。"

在小宦官的催促声里,始皇的目光像晚霞一样从齐姬的脸庞上一丝丝落下。他突然在最后的一刻发现了她鬓上有一丝丝银发,心上突地一怔。但他忍住了,沉沉地转身。他觉得自己的身躯足足有一方巨鼎那么沉重。

车辇在渭河南岸行驶,稍有些急促。与往日不同的是,这次始皇只有五辆随车,出行的一套繁琐都降到了最低限度,身边甚至没有带上大内总管家赵高,也没有丞相李斯。今天他要做一件隐而不彰的事情，巨大而微小。巨大是因为性命攸关，微小是指见一个人而已。这个人没有官阶，甚至算不得秦国的子民，只不过是一个风雨飘零之人。据说这个人时下已经二三百岁了，从东方而来。他心里奇怪的是，天下几乎所有的异趣和惊世骇俗之物莫不来自东方。显而易见的是，这个人据奏报所称，可谓异人中的异人了。他言行诡谲，时而狂妄时而羞怯，胆大包天却又谨小慎微。为了慎重起见，始皇让几个内臣与之周旋了数日，又让李斯过目决断，甚至指派几个宦官陪了几日，在沐浴的时候细细观测了这个人的身体。

他这样做的目的很容易理解。几乎半个咸阳城里的人都知道，始皇帝不止一次险遭暗算。那些被秦国所灭亡的六国歹人正在以各种方法实现自己的盘算，那些复国主义者真是顽强无畏、处心积虑到了令人震惊的地步。他们或分布在人流密集的都城闹市中，或隐匿于巡行的路径两旁，甚至在献图时寻机行刺，也就是那次最为惊心的"图穷匕首见"！而在更早的时候，在统一六国之初，始皇对这一切威胁还似乎不屑一顾。那是危机深伏的日子，更有年轻气盛的傲慢，于是也就招致了一次次惊魂动魄的场景。他相信，所有这一切都会留给史官们，让他们在将来去好好地加以描绘。这倒无所谓。

其实始皇对这个来自东方异人的细致观测，也不仅仅是为了规避危险，而是源于一种生命的好奇。那不是一般的好奇，而是深入到骨髓的迷恋和诧异。他曾经于深夜未眠之时唤醒正在一旁呼呼酣睡的东方少女，让她一丝不挂睡眼惺忪地打着哈欠回话。这时候秋风微凉，少女的乳部因为阵阵凉意而变得僵僵的，也更加可爱，他拍拍它们，开始问起海边上的一些奇闻。这些关于神仙的故事他已经听过了一千遍，但那都是出自方士口中。如今，这些故事由少不更事的女子再说一遍，也就更为有趣，也更为可信了。每听到了高兴处,他就会把她们紧紧抱在怀中,两眼流出了长长的泪水。

在东方,特别是齐国人那里,好像做一个长生不死的人是如此的容易,如此地切实可行。而在西部秦国,却成了一件遥不可及的事情。不仅一般人连想都不敢想,就是他这个千古一帝,尽管费尽心机地揣摩和实验,也仍然不得要领。时间真是快极了,对他来说就尤其如此,每到了面对铜镜的时候,他就会听到内心深处有一个急躁的声音在沙哑地呼喊:快啊,再不就来不及了……

二

与少女同眠,每夜更换一个,这是那些异人的主意。他们说这是长生术的一种,原理既深奥又浅显,比如说水往高处流:始皇年纪稍大,而少女正当青春旺季,生命之流于是就会通过肉体源源不断地补充过来;还有阴与阳的神秘关系,这就更为神妙了……始皇并非是一个好色之徒,对男女事情素来有些平淡,但现在不同的是,这样做显然是出于更为远大的追求,于是只得依照异人的点拨行动起来。日子久了,他才发现其中的真正妙处绝不在于交欢,而是失眠之时的放松交谈。近来失眠是越来越频繁了,这时如果一人独处可真是糟透了。夜深人静,两个人无拘无束地闲扯起来,天南地北无所不聊,一旦忘记了彼此身份,那种乐趣真是不可言喻。少女讲的全是小时童趣,什么逮知了捉迷藏,偷果子钻树林,随上父亲出海等等。少女讲着讲着就忘了对方是谁在倾听,竟然把腿蹬到了他的肚子上,笑得咯咯响。这是始皇最为高兴的时候。"俺村有个人一百八十岁了,还能挑一担南瓜上街哩。"始皇听到这里就瞪大了眼睛,忽一下坐了起来。少女一愣神,不讲了。"讲下去,朕听呢!""他,他爷爷的爷爷,他们都'仙化'了……"始皇大声追问:"什么是'仙化'?""就是成了神仙,过了那界去了。""'那界'又是哪里?"小姑娘胆子渐渐大起来,大着声音回答:"连这个也不知道啊?就是海里的三仙山哩!"他的心怦怦跳,却一声不吭。又是三仙山!天啊,就为了这个"三仙山",朕可是费尽了心机,耗去了无数钱财,至今也还没有摸到它的边缘呢。看来一切都需忍耐些,找三仙山这事儿起码是没有错的。是的,三仙山,这在东部沿海已经成为家喻户晓之事,怎么会是一个骗局呢?

八年前有一个齐国人第一次谈到了"蓬莱""瀛洲""方丈",说是上边有神人居住,那才是神仙境界,结果遭到了丞相李斯的嘲笑,说这是东方诈术,是一些无聊荒唐之人沦落咸阳,想出来的一些卑鄙伎俩而已。当时始皇故意不作决断,只听他们二人当堂申辩,一旁听着也算有趣。那个齐人用眼角偷偷瞥了一眼始皇,从他一双微眯的吊眼上似乎看出了一丝鼓励,于是就大着胆子抢白起丞相。李斯问:"你说的'三仙山'是否亲眼所见?你所言的长生不死者可有一人到过咸阳?如果不是,如果全是道听途说,必是妄言诈术。"齐人嘴角下垂,鼻尖好像也垂下来,哼了一声说:"世上人谁又亲眼见过阴间?可是到头来还不是都要到那里去遛上一圈;天地神仙没一个跟丞相大人搭过话吧,可您老还不是照样供奉?您当年没有随皇帝封过泰山?这也是听信了诈术不成?"李斯身上一抖。始皇暗笑起来。

那一天晚上始皇宴请了那个齐人。席间他发现这个齐国人好生有趣,三杯酒下了肚竟无所不言,还与陪酒的女子动手动脚。有人怒目相向,都被始皇用目光制止了。齐人悄声告诉他一些养生的秘诀,还当场出示一些浅棕色的丹丸,说这些丹丸都是亲手所炼。"那可花费了咱不少工夫,躲进深山七七四十九天,采来一百五十样妙品冶炼不息,其中还经历了生死大劫哩……"说着竟褪下衣衫,露出锁子骨下边一点疤痕。始皇没看明白,问:"这又如何?"齐人夸张地一夯两臂:"还如何哩,炸了膛了个鸡儿哩……"始皇听他一不小心说出了一句粗话,就笑了。对方恨不得立即就让始皇吞服两粒,一边呈上,一边先自咽了两颗。始皇示意一边的宦官将丹丸收下。始皇在齐人袒胸露背的时候,注意到这人后颈和前胸生了一层密密的黄色绒毛,就忍不住伸手抚摸了一下。齐人半是嫌痒半是羞涩地扭捏着,说:"久服丹丸,看它发了力哩,身上也就旺旺地生了这些。"始皇没说什么。他倒更愿意相信那是东夷人特有的一种多毛体征,这也难怪,野人嘛。

宦官试食丹丸的结果,就是性子躁了许多,可也果真添了不少力气,他们没事就举石头玩,再不就蹦蹦跳跳。问其感受,有的说饭量更大了,有的说想把地上踹个窟窿,反正满身有了使不完的劲儿。始皇于是就想亲自试一下丹丸了,赵高却阻止说:"还是让臣再试一下吧。"

赵高的忠诚每每让始皇感动。感动之余就是慢慢等待。十余天过去了,赵高腆着大大的肚腹过来了,跪下奏报:"陛下,臣试丹一十三日,自觉下腹发热,双目有光,两腿轻捷;还有就是,腹股沟冲腾出一股胀力,净使横劲儿;平日里臣牙口不好,而今敢于咀嚼硬物了。"始皇大悦。

始皇开始吞服丹丸。一切如同赵高所言,初食丹丸,浑身都是力气。有一次他抓起一个石礅,轻举过顶,抛下时砸地一个深坑。他立刻封了那个方士一个官位,并赐以黄金。可是接下来情况就不那么乐观了,非但依旧无力,面对铜镜,他还发现自己正急剧衰老,面色暗淡,皱纹加深,头发也开始发白了……

这是他第三次来到六英宫了。他在这里会见那个二三百岁的仙人。此人银须飘飘,一双眼睛陷得很深,乍一看就像一个不久于人世的家伙。可他一开口就是"齐威王对我说……""齐宣王见了我时……"诸如此类。以此推算,眼前这个人真的有二三百岁了。说到始皇曾派方士去东海探寻三仙山的事,老者马上首肯,说这是个不错的主意。始皇更正道:"哪里是主意啊,那些人都走了好几年了!""有音信乎?"老者神秘地探过头颅问道。始皇摇摇头。老者痛惜地拍打膝盖:"这就需要陛下亲自去那里看一看了……"

一连多少天,始皇与老者谈论的都是怎样亲临东方;他们细细谋划起东巡的大事。

百花齐放之城

一

我们因为没有帐篷,所以不能在莱山顶过夜,也不敢在山脊徘徊得太久。我和纪及只能沿栾河往前。这样天黑下来,我们就可以宿在河边的村子里。

顺着莱山山脉的走向,先是一直趋向东南,而后又转向正东,最后则往北折去。山脉在这里形成了明显的断层;漫长的北坡被雨水切割成一道道豁口,聚水成溪。有的地方坡度很陡,有的则是长长的慢坡,任潺潺溪水汇流。

在慢坡的半腰上,阳光充足起来。这里,那些在阴湿之地生长的植物渐渐变得稀疏了,开始出现一些落叶灌木和乔木,有的竟很高大。我看到了一棵槲树,它大约有八米多高,这时候已经长出了球形小果。槲树旁是一棵细叶麻,属荨麻科多年生草本植物,也生了荨麻那样的须毛。我没有伸手动它,因为不知道它会不会像荨麻那样蜇人。

纪及说从莱山北坡到大海约有五十公里:"栾河的整个流程也就是这么长。因为这条河与一段历史传奇连在一起,就变得很重要了。几乎所有搞古航运史研究的,说到东部沿海的湾流汊口都要提到它。"

因为没有眼障,我们站在这儿向北可以望上很远。近处的坡下是一片古老的树林,林间有裸露的石头,其间可以看到渐渐汇拢一起的小溪。由它们汇成的栾河几乎没有弯曲,就那样一直向前,几公里之后才缓缓地折向西部。从这里看去,它好像是被距离十几公里远的另一条大河——芦青河所吸引,于是向它靠拢了一段——两河相距不远并行而进,直到走着走着好像突然想起了什么,记起了更为紧迫的行程,这才回到了原来的流向,匆匆向北而去。它一直穿过大片大片的土地,先是在丘陵东侧缓缓绕行,然后经过一些富饶的村庄,直至注入大海。它的入海口就是纪及最感兴趣的那个古港:栾河营港。我记得以前也从那里走过,奇怪的是没有多少印象。

走下山坡时我和纪及都发现鞋子和裤脚被染成了青色和深绿色,花花点点,像被彩笔描过一样。纪及说:"宿下以后再洗出来晾干吧。"我告诉他:"恐怕很难洗掉,这是蓼兰。它的叶子可以提炼加工染布用的靛青。"

我发现自从进入大山之后,纪及惆怅凝重的神情没有了,眉头渐渐舒展,人也开朗多了,高度近视镜片后面的那双眼睛重新变得明亮清澈。那双眼睛是这样热情,看着你,一种强大的感染力使你兴奋和振作起来。但愿我的朋友永远是这样一副神情才好。

栾河是一条季节河,这会儿正是一年里的多水季节,可惜由于砧山南坡新建了一处大型蓄水工程,所以上游的水大部分都被拦截了。可即便这样,渐渐变宽的河道还仍然可以让我们感受水旺季节的雄伟气势。令人难以置信的是,如此的滔滔之势竟是由我们看到的那些涓流汇成……小溪渐渐在山坡下显出了力量,聚起的水流像是刚离开羁绊的一头顽皮动物,一路跳动冲腾。它们割开岩石,把那些并不牢固的泥土中的烂石也冲刷出来,将其重重叠叠散放在宽沟里,一直流布到整条河谷的开阔地段——溪水从峻岭中一路冲撞挣脱而出,这会儿顺着山坡一泻而下,喧嚣着,欢跃着,一直奔到很远很远才平缓下来。随着奔向新的一程,它们把一路携来的沉重留下,在宽宽的河道里垒成了一处又一处石滩,然后继续顽皮地冲刷着地表,把浅处的石块,连同那些植物的地下根脉网络一起挖掘出来,在宽阔的河堤处形成了一缕缕黑色的胡须。

水流转弯处总有旋出的土顶,它的下面总有深深的水潭。水在这儿打旋,鱼鳖和其他一些水生物都在这里栖身。我和纪及走近了一处深潭,试着用石块抛击一下,立刻有一个浓重的影子在河草那儿一闪,大概是一条黑鱼。我告诉纪及:"在过去,我如果遇到这种情况一定要停留一会儿,设法逮一条大鱼什么的:就为了一顿美好的晚餐。"纪及咂着嘴:"别说了,怪馋人的。"

我看出纪及对这种生活无比留恋。他说等时间充裕一点的时候,他一定和我,再约上一些朋友,从容地在这片山区和平原、在大海边上勘察和奔走,待上一段;他特别强调:"那时候我们可一定要带上简易帐篷啊……"

纪及说到这儿眉头一皱,这马上让我想起了城里的事情。我在想那场令人厌恶和恐惧的呼啸的浊尘。说到未来的山地和平原之行,我们身上的绊索同样很多,也许很难在大地上自由流畅地奔走……人的一生啊,就是这样滞留、企盼,荒芜和张望。

二

我们走下山坡,大约又走了十几公里,来到了荒无人烟的一片小平原上。这一片小小的平原竟然包裹在丘陵中心,四周都是山岭,整个平整之地实际上只有两三平方公里,看上去更像一个人工垒起的超大山寨或城堡,而一条河流就直直地从这片小平原偏左一点的地方横穿而过——走在这片小小的平原上会忽发奇想:这在古代会是一座多么坚固的要塞啊。

纪及站下来指点着:"你看丘陵的西边一点,那里大约只有一华里宽的山口,当年只要守住这个山口,敌人就不容易攻进来了。这儿真的可以建一个小小的、坚固无比的国都了!"他这样说时,若有所思。他大概在想那个极富争议的历史公案:东莱古国遗址。当年这里出土了大宗文物,有人据此考证,即指此地为东莱国都城——它与另一个为齐所灭的莱子国并非同一个,而是历史更为悠久、存在时间更长的一个东部半岛国家。而我仅凭一点微不足道的古史知识和学术能力,力陈和支持这个观点。但据我所知,那个著名的秦汉史专家、时下正被那个东部城市奉为神明的蓝老,却是这一观点最顽固有力的反对者……

这一夜就要宿在县城了,因为栾河就从那儿穿过。县城东郊就是传说当年徐福东渡集合队伍的"登瀛门遗址"。我们要在那里耽搁一阵,然后再顺河而下,直到"栾河营古港"。从栾河营古港向西南二十华里,就是那个历史上有名的"百花齐放之城"——徐福故城思琳城。我和纪及不知不觉加快了步子。本来按原计划,纪及先要在河两岸的一些村庄滞留,这一来他即决定与我快些入城,说:"如果有时间的话,我们回返的时候再沿着同样的路线走一遍。"

我们只想快些到达目的地。天黑之前,我们终于到了县城。

这是东部沿海一座有名的县城。由于这儿有很多古迹,所以长年都有许多参观的人。这些年由于本县辖区内有水陆码头,所以经济发展很快,各种高层建筑像雨后春笋般涌现,已不像典型的县城面貌。城街上差不多是清一色进口车辆,那些锃光瓦亮的各式轿车在夕阳下闪着夺目的光彩,而与这些车辆伴行的就是那些懒洋洋的人群。一个个肮脏的垃圾桶就摆在垂柳下边,一球球的苍蝇在桶边翻滚,每个桶前都站着一两个捡破烂的人,他们有时会为争抢一点桶里的东西互相争吵。

我们要直接到登瀛门,仍然沿着河的左岸往前。就在这座城的东部,栾河稍稍打了个弯,而在它拐弯的地方,就是那个小小的村庄,它的名字就叫"登瀛门"。按纪及《海客谈瀛洲》之说,当年就在这里,徐福集合起东渡的五谷百工和童男童女。他说当年这里的河湾很宽,可以汇集上百只船舶;这里离栾河营古港只有十几华里,因此从这里补充东西将非常方便。

纪及掏出背囊里的一张图,仔细地记起了什么。他说:与过去我们几次来这儿的情形稍有不同的是,如今徐福东渡的事已经引起了当地政府的极大注意,他们要在这里立一个石碑,还要搞其他一些关于秦始皇东巡的仿古建筑……这当然是受了另一个城市的影响,两城之间突然较起了劲儿——我记起不久前和纪及来这里时,官方还对我们避而不见,更不热衷于什么徐福研究这一类事。

我们在登瀛门徘徊。栾河穿过县城的时候已经被重新修整过,但河道越发变得狭窄了。两旁堤岸被石头仔细砌过,这样上游的水再也漫不上河岸。窄窄的河道有十米多深。

"我们要翻一下县志。上一次我们看得不全,有关资料搜集得也远远不够。一些正史记载差不多了,要遗漏也会很少,剩下的就是充分重视所谓的'野史'。当然,考古发掘是另一个倚重——这个工作许多地方刚刚展开,登瀛门遗址还没有做。博物馆里存了一些老百姓翻地时掘出的陶器,这次一定要看一下,以前两次都被拒绝……"

"为什么拒绝?"

"我也不知道……"

我们搭了一辆小型客车去河口,一路上这辆车不断发出"嘭哧嘭哧"的声音。只走了一个多小时的时间,我就闻到了海边特有的腥咸气味,接着看到了几只翻飞的海鸟,心情为之一振。纪及一下车就直奔一个地方而去,原来那里矗着一个石碑,碑上写了"古港"的字样。

这里是一处文物保护地。出现在眼前的是一个废弃的海湾。海湾大约有上百亩地大,长满了芦苇,里面有微风吹起的细细波纹;水很浅,很脏,料定里面也不会有鱼了。它与大海之间隔着一条沙坝,那沙坝一看就知道是自然形成的,而且时间不会特别久远。我有些怀疑,看着纪及:"这会是徐福东渡的古港吗?"

纪及点点头:"大概这里是最重要的地点之一。"

"就这么一个土里土气的样子?"

"如果看上去很气派,那就一定是假的;如果看上去土里土气,甚至让人失望,那么它倒有可能会是真的。"

我琢磨着他的话,想弄明白其中的一点点道理。

纪及徘徊,四下端量,指着远处说:"原来这里的海湾要大一些,不,要大上许多,这里在当年是一处很有名的东方港湾,一度做过军港,所谓的几次'征番',都从这里集结军队、运送粮草。后来由于不断淤积,再加上西部的一个大港开始建设,从清朝开始这里就一点点衰落了。前几次勘察发现,这里直到清代末期还有围城呢,右侧有大面积的客栈和杂货仓。你不能想象,当年从这儿沿栾河上行二十多华里都挤满了平底船。"

"可海船一般不会是平底的。"

纪及笑笑:"是啊,你说对了。那时他们在这条河里只是集中运货的船。不过这一段路线大约只有十华里,再往上游河道窄浅,也只能跑平底船。所有的海船那时就汇集在这个港湾里,从这儿望去就是一片密密麻麻的桅林!"

我们在这儿怔怔地站了一会儿。

天还没黑。纪及说我们还得早些与有关部门接上关系,离开了当地支持,我们的考察会变得寸步难行。结果稍稍出乎预料的是,我们被安排到了一个招待所里,住进了一个带有卫生间的、铺了地毯的房间里。

三

纪及在写字台前整理自己的笔记。我倚在桌上翻自己那个平行文本——《东巡》打印稿。我准备一路上尽快把它再看一遍,以便做最后的修订。本来想在城里用一段集中时间改完,可又想携上它与纪及在路上讨论。

走廊里有人在小声嘀咕什么。我放下书稿出去了,因为觉得有人就在我们屋门旁边站立。这当然是一种错觉。一个人在长廊里走来走去,他高高的个子,背有点驼。他的背让我觉得正有沉重的什么压在上面……

大约又过去一个多小时,门外响起了杂乱的脚步声,好像有一些人穿过长廊。接着有人敲门。原来是一个秘书。他进门就说:"快,请快一点。"

他的样子有点急促。我们都不知发生了什么事。

"请你们到会客室去。领导想见你们一下。"

纪及看看我,那样子真是无可奈何。我说:"走吧。"

在秘书的指引下,我们给引到了招待所二楼东侧的一个房间门外:一位副县长正站在门口,他等着领我们进去。

原来这个小会客室里已经坐了一个胖子,见我们进去只是微微点一下头。他对面和身边的几个茶几上都摆了茶和水果。副县长向我们介绍,说这是县里领导,然后再把我们一一介绍。领导眯着眼睛,伸手朝下压了压,示意我们在对面坐下。

他先轻轻咳一下,然后说话了。由于嗓音太低,尽管说得十分缓慢,还是无法让人完全听得明白。

"欢迎啊,嗯,你们……"好像就是类似的话。

他的身体进一步向沙发上仰靠,终于稍稍提高了声音:

"欢迎你们哪,科学院的同志,杂志社的同志,很好嘛。你们到这里来实地考察,很好嘛。这可以大大推动我们当地的徐福研究工作。前不久还有人来这儿联系过编《徐福词典》、成立国际徐福研究总会的事……你们论证了徐福东渡从这儿走、又是这里的人,那对我们这个地方的,咳!知名度,咳!将是一个很有力的……宣传和,啊哈?是不是啊,啊哈……"

副县长连连说:"是的是的!"

这时候我觉得屋里的气氛极其肃穆。纪及推了我一下,我知道他在想王如一,想这个极尽钻营之徒……旁边那个宣传部的干事,还有一个秘书,早就打开了本子,一直在飞快记录领导的话。

"希望你们多住些日子,好好看一看,不要急着离开。咳!希望你们能够在这个问题上多投入,嗯,希望你们这样嘛。我们本来要专门抽调一位同志,嗯,我是讲,主要领导,陪你们走一走嘛,可现在太忙,分身无术啦……我会让部里同志和你们一起走一下的……"

他本来在说给我们听,可是却把头偏向副县长一边。我和纪及多少觉得有点莫名其妙,对他的一番话也不是十分理解。他的地方口音非常浓浊。正说着一个秘书进来了,夹带了一个塑料夹。我们瞥了一眼,看到夹子封面上有"机密"两字。秘书躬腰走到面前,把那个塑料夹递上。领导的身子甚至没有动一下,只用一只手托住夹子,另一只手接过秘书递来的钢笔,在上面轻轻圈了一下。

秘书点点头,合上夹子走了。领导接着说:"现在工作进展还是很快的嘛,你们走一走就知道了。我们现在的中心工作,就是……"

他的声音越来越低,越来越低,终于再也听不见了。

副县长站起来:"领导很忙,他还要会见另一批客人,我们今天就到这里吧!"

我和纪及站起,不知怎么就给送出来了。整个过程匆匆忙忙,让我们一直搞不明白这是为什么。

出了长廊我才想起一件事,对纪及说:"咱们不是要看出土文物吗?快趁这时候对人家提出来吧。"

纪及于是回头,正好与出来的副县长碰个对面,于是纪及提出了自己的要求。

"这个嘛,好办。明天一早,不,现在就让部里的同志带你们去。"

四

在博物馆的一个大房间里,堆着好多坛坛罐罐、一些奇形怪状的陶器。这些东西在我眼里都差不多,纪及却如获至宝地蹲在那儿,两眼放光。他急急地往本子上记着什么,嘴里不断发出叹息。这就是历史上记载的那个"百花齐放之城"——思琳城遗址出土的文物,纪及有时惊讶得嘴巴都合不拢……在这儿看了一个多小时,出来时我们发现已经很晚了,就请一直陪同的宣传小干事回去休息,说就让我们自己在大街上遛一会儿吧。小干事两眼眯成了一条线,似乎有些诡秘地笑着,很快走掉了。

入夜的县城是如此热闹,街上的人比大白天还要多。而在我的经验里,在北方的这几座县城,一般来说照明是不足的,所以通常一到夜间大街上就暗下来,人流也变稀了。可是这里却完全不同,在一截长约三四百米的主要街道上,两旁店铺林立,灯火辉煌,好像全城的人都出来了。令人惊奇的是,白天被我们忽略的一些繁荣景象全凸显出来了!瞧临街的橱窗里商品琳琅满目,连最时髦的服装和各色大城市才有的消费品都一应俱全。我们一边忍住心里的惊讶一边往前走,真有点疑心自己是否走错了地方,正置身于某座现代都市呢。好在这样的街道并不长,几百米过去,行人也就少了许多,然后就是我们所熟悉的那种窄街暗巷。不过即便是这里,灯光也比过去记忆中的要明亮一些,人也要多一些。一些卖东西的店铺一直开着,而过去一到了夜间九十点钟也就关门了。

从那条最繁华的大街拐角往北,是一条斜向的略窄一些的街道,这儿有一个出奇明亮的电子广告牌,牌子不远突然出现了一处"夫妻用品商店"。我有些诧异的是,这种店竟然开到了这里。我发现纪及的目光在橱窗前只停了一瞬,很快往一旁瞥去,最后转回到我的脸上。我的脸被这目光灼了一下。我知道这是恼愤和羞愧、外加谴责的目光。好像这里出现这样一个商店完全是我的错一样。我忍住了没有笑,反而往橱窗前凑了凑。巨大的高达一尺的棕黑色阳具赫然矗立,其他各种男女性用品都摆着悬着布满了四周……我几乎没有听到身边有个童男子在哼哼地表达反感和不满,径直走了进去。两个浓妆艳抹的小姐热情欢迎我的到来。店里还有几个客人,他们都紧紧地伏在玻璃柜台上看,手指戳戳点点,议论着这些用品的长短优劣。小姐笑靥迎人,往旁注视了一下,脸庞立刻绷紧了。原来纪及也只好跟了进来,就在我的旁边。小姐胆怯的目光刚才就落在纪及身上,这会儿收回来,再次落到我的脸上,然后又恢复了微笑。这时一直伏在柜台上的几个人也凑过来了,其中的一个人叼了雪茄,指一指矗在旁边的高大阳具,不无埋怨地说:"这怎么用啊!这有法用吗?"那个售货员小姐转向他,立即改为一脸的诚恳:"哪里啊,回头客很多的呀!"

从夫妻用品店出来,再往前就是南北向的一条稍窄的巷子,这条巷子灯光远不如那条主要大街亮,然而却有一种热烈逼人的气息——两旁一色的霓虹灯在闪烁,上面是各色迷人的动画图案:饮酒的细腰女人、手持吉他的西部牛仔、拥吻的男女……这里原来是"休闲一条街",发廊、按摩室、休闲酒吧,诸如此类罗列了足有长长的半华里。"这,这比我们那个城市还要疯狂!"纪及说。我也难掩心中的惊讶。不过我想在我们居住的那座城市里,类似的场所可能掩藏在它的更深处,比如我们很少去过的一些巷子、一些边缘地带;更主要的是,在一些高级宾馆的特别消费项目中,其实已经包含了这些东西。这一切并不比我们以前去过的那个东部城市的"徐福宾馆"更甚。所不同的是,一座县城地方本来就狭小,也就那么几条像样的街道,所以一切也就无从遮盖,令人瞠目。我说:"哦,这当然不同,这儿是'百花齐放之城'嘛!"

一些打扮得五颜六色的少女就站在店铺旁,她们搔首弄姿,向巷子里的行人打着招呼。这些少女几乎全都染了金色或红色的头发,有的甚至是蓝色的。硕大的耳环晃动不已,让人担心那小小的耳垂随时都会被扯穿撕坏。可怜的孩子,可怜的小城,可怜的夜晚——我心里有一种从未有过的愧疚,这愧疚不知是对谁的……

一阵时高时低的音乐声从身后涌来,很快又被更大的喧闹给遮住了。音乐五花八门,有摇滚,有古琴和筝,听了听,其中既有慵懒之极的靡靡之音,有甜腻的软曲,还有悠远激切的《十面埋伏》、动人心魄的《二泉映月》……一切全都搅成了一团声音的糊糊。我回头望去的一瞬,强烈地感受了今夜,并在心中跳出一个全新的概念:百花齐放之城。

仰看着天空,这才发现更遥远处,有一片其他城市所没有的晴朗天宇。我迎向更高阔处大口呼吸着,想清洗这一天里被污浊了的肺叶……

得一词条·童男女

一说到徐福采药带走之童男童女,必会言及"千童县"。有人说该县置于河北,远在西北滨海是也!然究其原理,盖因先人徐福施行几次选美比赛耳!如今时兴选美,可知古时亦然!先人徐福是何等聪明人物,既然秦王金口大开,说爱卿只要为朕找来长生不老之药,寻到三仙山,尽可折腾无妨。如此这般,徐福才放手大干,放眼海内!话说域内邈邈,江河滔滔,人生几何,美女多多,先人徐福最爱霓裳,曾几何时搜尽粉黛。那秦王老儿在咸阳囤积若干美物,且有一座大型冷库,名曰"阿房"。说起阿房宫,气得倒栽葱,秦王老儿于渭水河畔高筑宫闱,贮藏美人,又不惜奔波千里,去齐楚燕赵寻觅艳女。大车嘎啦日夜尽响,马不停蹄,无非是装运美色,车里藏娇。那班女子原以为一步登天,去当娘娘,人人兴高采烈,个个摩拳擦掌,描眉画眼,好不疯浪。哪知到了地场,一并塞入冷库,几欲冻死。看官你道怎地?原来秦王听下李斯孬言,说东边保鲜海物,皆用冰冻之方,咱这里美女如云,一时也难以享用,不如先行保鲜之法。大王恩准,于是一些美女被活活冻死,另一些大呼小叫,库卒才不得不把温度调至零上十度,总算差强人意。

徐福先人之选美,不是羡仿秦王,而是志向远大,图谋久长!他之逃离,既非一时苟且之欢,更非小人图利之举,而是寻找平原广泽,冒死建国。君不见古今刀光剑影,血色喷溅,皆为一个国字也!立国必得人丁兴旺,一切全靠人民。然荒岛光秃,不胜鸟兽虫蛇,又何来人民?若此纵有天大伟力,也势必要忍受独木难撑之苦。所以先人徐福想出妙计一条,即以大鲛拦路为名,求始皇应允带走三千童男童女。言道:这些嫩嫩美物,大王既喜,神仙也概莫能外!试想大鲛几番阻拦,皆是海神故意难为,咱需出手大方,头脑活络,送上一些童男童女,如此礼物才叫厚重!以前遭遇大鲛,不是抛米即是抛面,连连扔些牛肉猪头,后果如何?照旧是人仰马翻,半途而废!却也为何?盖因我等吝啬,出手小气,所施小惠无非平常吃物,算不得诱人大荤!大荤何也?陛下自当知晓。所以言之,偌大一个国家,在给神仙送礼诸事,万不可小里小气,穷酸模样!常言道在家千般好,出门事事难;又说下:穷家富路也!总而言之陛下喜好之事,人家神仙也必喜好;陛下夜里搂抱什么物件,人家神仙也必搂抱!所以说以心比心,换位思考,即无往而不胜也。始皇闻听委实在理,然转念又有不解,问:"既然如此,爱卿在船上装些童女也即可以,为何再装童男?"先人徐福一捋胡须,躬身禀报:"陛下万岁万岁万万岁!您老聪明一世糊涂一时!就不曾想想女神?陛下总该让女神也有些欢喜吧,不然,男神有了搂物,女神还不气死?要知道天上人间俱是一理,女神等于半边天哪!"话已至此,一切皆明,始皇一拍膝盖:"朕就依你!爱卿可多多挑选,国内尤物尽你搜寻!"

一言以蔽之,先人徐福就此放手而为,故有本词条开头之所谓"千童县"。其实真正中选之童男童女,还以东部居多。盖因蓬黄掖一带,自古美人辈出。传言年前某领导噩噩,于东部尝试频仍,结果不出月余暴病而亡。呜呼!该领导音容笑貌如在眼前,现依为贤者讳之原则,暂且隐去原名也罢。总之当年选美,已为不争之事实。先人徐福就此可谓独具慧眼,一眼看去,凡是美人即休得逃脱。他们俱悉自己原为大海喂鱼之备,遂吓得呜呜大哭,屁滚尿流。然哭也无益,秘而不宣,机关内藏不可泄露。殊不知童男女皆宝贵之物,谁人舍得弃往大海?这等玩笑如何开得!先人徐福恨不得取来柔软棉花,个个包扎,人人呵护!

如同今日选美,点中只是初步,尔后则需训导培养,颇费工夫。徐福要教童男童女唱诗文、练身段,会诸多手艺:男童学打拳,女童学绣花。秦王之督察看过,大为不悦:"既然早晚作为鱼饵,又何必花费这屌工夫?"徐福朗朗而答:"老总有所不知,但凡神仙皆精细异常,心明眼亮,只一瞟之间即知吃物孬好,万不可大意疏失。原是美物,如能走有走相,坐有坐相,再会些许诗文,即便神仙也要欢喜忘形——他们心里一疼即舍不得下口,咱也就省下诸多美童!设若反计,一个个脏皮娃娃,远不似正经物件,大鲛一气之下,三两口吞下肚去,而后再问咱要,别说三千,纵有三万也是枉然!"督察闻听言之有理,遂即应允。

　　说是童男童女,实指原本贞洁之青春年少。婚者自然不取,因拖家带口多有麻烦,船驶海洋,孩子哭老婆叫,何等腻歪!再则,情窦初开之青年身藏爱力,深不可测!这爱力由春风吹拂一路,登岛时也正好焕然一新,"说时迟那时快",届时可捉对相欢,为咱徐福先人呼啦啦生出若干孩童!总之一切都是现成,泛泛人民眨眼间也就生产一片!

　　个别研究者曰:徐福一旦出海,有权有势,恐怕是近水楼台先得月——在下并未亲眼所见,故不得造次。在此仅依据人生之一般常理,稍做猜度而已。可想当年选美,由春至夏,一鼓作气,徐福即便是天大本事,也难抵娇声憨语……好在先人尚有家眷,名曰卞姜,大家闺秀,貌似貂蝉,不媚不浪,举止大方。虽说未免于午夜小有染指,然终不致纠缠不休,弄得沸反盈天。凡举大事者皆能节制精神,蓄敛意志,在徐福而言,此不啻为小菜一碟。呜呼,呜呜呼,咱先人以身作则,满营里还算肃静,帆起帆落,操练不已,只待那好风一来,溜乎也哉!在下有诗为证:

　　顺风顺水好行舟,童男童女反朝廷;抬头一瞥皆美目,青春能抵十万兵!

东巡 · 四

一

　　始皇所行之处,旌旗如云,遮天蔽日;车队十里,烟尘四起,齐鲁东夷,一片喧嚷:"来了秦王,来了秦王!"方圆几百里的人蜂拥而至,纷纷爬上土岭山丘,遥遥观望始皇的车队。

车辆飞驰,快马加鞭。

"俺从来没见过这么快的车马。"有人说。

"他们为什么急急匆匆,像被什么追赶一样?"有人又问。

一个族长模样的人说:"呸!秦始皇勇力过人,四海都平定了,谁还敢追赶他?"

一个后生指着慌慌东驰的车队说:"你看,如果不是被什么追赶,它怎么能跑这么慌急?"

族长又斥一声,后生不说话了……

始皇坐在一辆最大最华丽的车辇中,双手叠起,口中喃喃,小宦官坐在一旁。始皇眼也不睁。

小宦官咕哝着什么。始皇仍不做声。停了一会儿,始皇嫌车太慢,吐出一声:"加鞭。"

小宦官喊:"加鞭!"

车子都快颠散了。

小宦官想起什么,说:"报告陛下,听说莱夷之地有坚硬木材。"

"什么木材?柞木吗?"

"比柞木还要坚硬十倍,名叫川榛,坚硬如铁哩。"

"噢,用它做车轴好哩。噢。"

"有一种树木比川榛还要坚硬十倍,它叫坚桦。"

始皇说:"到了莱夷之地,所有车辆皆换坚桦做轴木。加鞭。"

车队急驰而去。

一群乌鸦追逐着,围着车队盘旋。

李斯和赵高的车子紧追几码。他们在始皇车前驱赶着那些乌鸦。没有用。乌鸦嘶哑乱叫,仍然围着车队飞上飞下。

李斯对赵高说:"陛下如果看见,必定心烦……"

赵高抓起弓箭要射乌鸦。可是那弓箭太大了,他拉了两下没有拉开。李斯一笑。赵高有些恼火,把弓扔到一边,又唤人取小些的弓来。大家吆吆喝喝,一起去射乌鸦。

没有一只乌鸦中箭。

"黑鸦甚刁!"赵高说。

李斯瞥他一眼,抓起一旁的牛角号,迎着空中呜哇呜哇吹了几声。乌鸦散开了一点。

车队疾行十天,穿过鲁地、齐地,到了东莱。有人报告始皇:

"到了莱夷。"

始皇直奔东海、琅琊。

浩浩车队向东,马不停蹄。

"陛下行宫到了,歇一歇吗?"

始皇咳一声。车子停下。

中车府令赵高吆喝兵士从车上往下抬东西,又在车前铺上厚厚的毡垫,扶着始皇走下来。始皇颠簸了一路,有些气虚,额头上渗出一层虚汗。小宦官用真丝手绢给始皇擦了额头。

行宫里摆了很多漂亮的真丝制品。始皇知道东莱人善骑射、会养蚕,这是当地的特产。他撩起那些真丝制品看了看,一阵赞叹。案几上还摆放了各种各样的彩色贝壳。有一种斑贝光滑如镜,用手摸一下,清凉芬芳。他端在眼前反复查看。

赵高说:"这是花贝。东海之滨遍地皆是。"

始皇"哦"一声,将它放在案上。

始皇在行宫里一连住了几天,吃尽海味。刚开始略感腥臊,到后来又觉得鲜美无比。赵高唤来一些夷地美女,她们一个个长得身高马大,皮肤鲜亮,光彩动人,远比咸阳之地的女子多几分姿色。赵高让她们排成一行,像检阅兵士一样在前面来回走动,偶尔拍拍她们的肩膀,扯起手来拍打一阵。美女们一个个神态安详,并不媚笑。始皇在一旁看了,心中惊讶。

一个美女说:"俺这地方的闺女一般都是讲个'自愿'的。"

赵高说:"'自愿'不好。不要讲'自愿'了。"

美女们再不做声。

赵高问:"你们为何长得这等光润?"

美女答:"俺们长年吃些海藻贝类。"

始皇心里说:噢,光滑如贝,怪不得呢。可见临近大海,利多弊少。仙风吹拂,人必长寿。

他连连叹息,惊羡不已,忽又闪过一个念头:该在这莱夷之地建成第二座国都,一东一西,与咸阳遥遥相对,岂不快哉!如此海内必将更加安定,两处要地,朕派心腹爱将据守一端,只由快马飞报即可……

在行宫歇了五天,车队一直驶向琅琊台。

始皇命李斯取来笔墨,亲手写了几个大字。李斯模仿始皇,不停地挥笔。一会儿一篇雄文草成。始皇命令唤来石匠,将这碑文刻在大石头上。这样,天之一角就留下了始皇永久的踪迹。

二

始皇登上石台观望东海,心潮如海浪般翻腾汹涌。他命令赵高在两日之内唤来当地所有的贤达、方士、儒生。两天过去了,琅琊台下果然出现了一大帮方士、儒生和贤达。他们各个阶层的人都有,操着不同的语言,穿戴更是五花八门,看上去颇不整齐。有的穿了丝绸锦缎,上边还坠了光滑的贝壳,有的戴了四方小帽,有的把头发扎成一束。奇怪的是还有人背着宝剑。始皇让人把背宝剑者唤过来,问:

"你来这里还敢携带兵器?再说很久以前朕就命令尽收兵器以铸金人,你的宝剑又从哪里来的?"

这人是一个儒生,说话嗓子有点尖:"禀陛下,我们远在天涯海角,陛下的命令没有抵达哩。"

始皇一惊:"你住在哪里?"

"我们住在琅琊以东一千二百里的蒿莱岛上。"

始皇听他口音有些怪异,就信以为真,不再询问。不过他心中暗暗吃惊——竟然有一块土地还在朕的威力之外。他问众人:"知道唤你们来干什么吗?"

大家面面相觑,难以回答。其中有一个方士双手高举过顶,原来手心里握了几个绿色丹丸:"早就盼着陛下啦,献上仙丹。"

始皇命一旁的小宦官收下仙丹。

又一个儒生说:"陛下来此是倾听治国之道、采纳百家之言。"

始皇说:"唔!"

另一个儒生说:"闻听陛下威力无边,四海膺服。要保社稷长治久安,必得采纳百家思想,择其精华……"

始皇说:"唔!"

少顷,始皇轻轻招了招手。赵高登上高台,站在一尺之外。始皇鼻子里哼了一声,赵高咽一口唾沫,急急背起了律条,一口气背了二十多段。稍停,赵高说:"这都是秦国法律,一切行为皆要依据法律,百家之言必须废止。"说着提高了声音,"这次传你们来,就是让你们到东海去采长生不老之药,限你们半年时间将药采回。时辰一到,当唤尔等。采到药者,陛下有重赏;藏匿仙药,故意拖延,等待观望,虚与委蛇者,斩!"

下边一片沉寂。

大约停了一刻,有一个白面书生走上前来,喊一声"陛下",并不跪地,只施了鞠躬礼,不急不躁说道:"陛下,俺明白您的意思,也知道那药儿在东海之中、三仙山上。"

"那又怎么?从头道来!"

"要到三仙山必得心藏经纬,善观星相。一句话,得是个有大韬略的能人哩。"

始皇"唔"了一声:"你们当中有谁堪当此任?"

"我们当中是有一个那样的人儿,可惜他没有来哩。"

"嗯?"始皇细长的双眼飞快闪动,"他是谁?故意回避不成?"

"禀报陛下,不是回避,实是不知。不知者不为罪也。那个人就是有名的大方士徐福。他是'百花齐放之城'——思琳城人也,平日里只专心攻读,不闻窗外之事。"

始皇愣了一下,问一旁的李斯:"东海边疆还有这样一座城市?百花齐放?"

那个书生未等李斯回答就说:"禀报陛下,在下说的'百花齐放',不是真的鲜花遍地,而是说那座城里聚集了天下最有名的学问家,在那里可以议论横生,辩理驳难。"

始皇忍住了什么,让车队在琅琊台驻扎下来。

两天之后,有人禀报说:"思琳城的那个徐福来了,求见陛下。"

始皇整一下衣冠,让人传徐福。

小宦官撩开厚厚的丝绒门帘,一个细高身量的人弓着腰钻进来。原来那门开得太矮,它是照咸阳人的身高开的,而东莱人个个身材颀长,所以进门时不得不弓腰。

徐福进门后立刻叩拜。

始皇赐座。

徐福端坐一旁,昂首挺胸,始皇这才看清了他的模样:这个人打眼一看就是一个儒生,面皮白皙清瘦,胡须经过修饰,眉毛浓重,双眼雪亮。始皇盯着对方的一双美目问:"你是思琳城的方士吗?"

"在下正是。"

"你知道朕东巡莱夷吗?"

"在下刚刚听说,故急急赶来,求见陛下。"

"你多大年纪啦?"

"三十八岁。"

"听说你稔熟航海之术,不止一次抵达了三仙山?"

徐福施一个礼:"禀报陛下,在下并没有真的踏上三仙山,只是遥遥观望而已。此地东临大海,气象万千,春夏天景常常出现仙山奇观。"

"唔?"

"风和日丽之时,熏风阵阵,只听到一阵仙乐隐隐飘来,而后海天一色,出现幻景,仙人境界历历在目,男耕女织,车船悠悠,好一派仙苑风光啊。"

"平日里怎个不见?"

"平日里有凡俗之幕将其掩去,每当仙境施行祭祀大礼,方闪开帷幕一角,我等凡人才得一窥。要取长生不老之药,须备好龙船千乘,然后耕波犁浪,献上珠宝,方能取来仙药。"

"朕命你走一趟何若?"

徐福再次施礼:"陛下如此信任,在下万难不辞。不过可得给臣一段时间啊。我还要打造车船,征集海工。水道艰险,天有不测风云,这实在并非易事。"

始皇思忖片刻,一一应允;遂又召来中车府令赵高、丞相李斯,命他们一切皆依徐福开列之清单,不得有误。

当夜始皇留徐福宴饮,席间细细询问三仙山及长生不老之药,还有那个"百花齐放之城"的一些情形。两人晤谈甚快。

三

始皇东巡,除了看到万顷碧波,在琅琊台下刻了手迹之外,别的什么也没有得到。他渴念的长生不老之药,暂时还没有踪影。不过他相信以徐福为首的一群方士会为他办成这件大事。

东巡之日，赵高和李斯几次向始皇建议，这一行人马该亲自到那座思琳城去看一看。因为大学者淳于髡、邹衍这些举世闻名的人物，甚至还有韩非子的老师荀况，都在那座赫赫有名的城里讲过学。也就是这些人议论横生，指点江山，声名传到千里之外，传到了当年的咸阳城。这样一座名城差不多就在脚下了，为什么不去亲眼看一看呢？

始皇寻思再三，最后还是拒绝了。

离开莱夷的前一天，他只在睡梦中到过那座城邑，还闻到了一种浓浓的芬芳。原来他站在鲜花之中。这些鲜花竞相开放，有的紫红，有的浅黄，有的碧绿，有的甚至是浓黑。它们由苍翠欲滴的叶子衬托，在朝阳下露珠闪烁，如珍珠一般熠熠生辉。好一座"百花齐放之城"。三三两两的儒生们一边谈论学问，一边在花间走动，有时还顺手给花儿松松土。始皇知道，这完全是得力于气候和土壤的关系。因为在那座干燥的咸阳城里，就不可能长出这么一片绚丽的花朵。他醒后痛苦地闭了闭眼睛。大约只一会儿，复又睡去，这一次梦见一片黑压压的动物蜂拥而来，它们牙齿咬得格格乱响。近了，原来是一大群老鼠。这群老鼠多得可怕，如涛似潮，像海浪一样涌来。顷刻之间，鼠群退去，留下的是一片可怕的惨状：一地鲜血，一片残渣；鲜花没有了，到处一片狼藉。鼠群把花梗花叶全部噬尽。这里成了一片白茫茫的泥土。

始皇吓了一身冷汗。小宦官被惊醒了，坐在旁边看着始皇惊恐的眼睛。始皇觉得那群老鼠格格的磨齿声还在耳畔响个不停。他坐在那里，若有所失，这时想起了什么，让小宦官立刻去传赵高。

赵高没来，却传来了娇滴滴的声音。原来那些美女们被半夜推拥起来，来不及稍施脂粉就来陪伴噩梦初醒的始皇了。始皇未睁眼睛，就像打坐一样待在睡榻上。他嗅着青春的气息，粗大的指关节一下下颤抖，喃喃自语，突然睁开眼睛问一个小妞儿："家住何方?"

美女们一个个你推我搡,哧哧笑。这个说俺爸种桑,那个说俺妈织布。那个小美女说,她爸是个小官吏,不大不小,掌管一百四十八户粮草税收。说俺爸把这些东西征给官家,官家再送给陛下;陛下使了它就心情愉快哩。

始皇问:"你们谁到过思琳城?知不知道徐福这个人?"

她们争先恐后答:思琳城?谁不知道思琳城?歌里唱道——

渤海之滨思琳城

夜夜琅琅读书声

....

始皇一声不吭,而后说:"我要和你们一起赶回咸阳。"

美女们听后个个哀伤。远离故土,远离东夷,远离思琳城,特别是远离了大海,在这湿润清爽的空气里长大的美女,一旦到了干燥的咸阳城,就会像开败了的花朵一样。

....

自 传 片 断

[续治学篇]学问的累积好有一比:如涓流汇聚坝塘,如细雨滋润大地。我在少年时候多么渴望读书,只可惜家贫如洗,上无片瓦下无立锥之地,父辈不仅教子无方,简直就是横加摧残。幸亏有慈母呵护,这才渐渐长大成人,但糊口尚且勉强,学问哪敢奢望。一切全要仰仗革命队伍,实际上这才是我的再生父母。歌中所唱天大地大以及爹亲娘亲云云,于我实在是切身体会,而今天的青年之所以不能领会,完全是因为没有斗争生活的实际经验所致。如果将后一代投入革命熔炉,只需冶炼他三年五载,保准其认识大大提

高,一个个将变得面貌迥异了!这就是在斗争中改造世界观、从实践中汲取真理的深刻道理,只可惜如今每每被一些人所忽略。这些其实属于哲学方面的问题,过于深奥,这里暂且不去讨论。

说到对后一代的教育,不免还要啰嗦几句。众所周知,帝国主义一直把和平演变的希望放在第三代第四代身上,这是何等险恶的阴谋!老一辈痛心疾首,那是因为亲眼看到了先烈们抛头颅洒热血,多少英魂死不瞑目!仅以我个人所见,就有那么多先烈牺牲在前沿阵地和后方医院。那时我们缺医少药,哪有现在这么多良医,再加上仪器透视吊针手术等等;当时无非是麻药一上立马开刀;有时麻药不足也只得强忍剧痛,喊叫声撕心裂肺……我亲耳听到的烈士遗言,至今想起来还要流泪。对照现在少年青年诸种享乐行径,金钱至上没有理想,每到深夜总是耿耿难眠!当然,致富有方,追求现代化,也是我们的英明国策;特别是一些老同志,兢兢业业苦了多半辈子,来日无多,如今也理应有些享乐了;然而我们在享乐的同时,切不可放松警惕,而是要把教育下一代的百年大计提到议事日程上来,绝不能卫星上天,红旗落地。心中默咏:英特纳雄奈尔,就一定要实现!万望做到:两手都要硬!

再说学习。我的知识无非是战斗和工作间隙一点一滴累积起来,哪里有什么过人的天才。至于人们常常说到的机遇,那也是参加队伍以后才有的。革命才是我一生最大的机遇。那些首长和战友,特别是首长,哪怕仅仅接洽一面两面,也会留下终生难忘的印象。他们的风范学养,更有博大胸怀,纵有几十万言也难描难绘。记得以前所提到的文化教员,还有另一些首长,恕不一一,都是我的良师。说到书法艺术的入门,首先就要感激首长。记得某一日去驻地送一密码电报,进门后只见首长躬身挥毫,好不专心!案上有宣纸一卷、字帖一册,还有砚台印章之类。此番情景看在眼里,记在心头,那墨略有微臭然而也能沁人心脾。总之从此我也依样画瓢,写了起来。这习惯坚持数十年,如今不仅行草魏碑都能写得,而且名砚名帖积起若干,待我百年后将如数捐给国家。

要论诗文及书法艺术,没人能比吕南老!第一次见他是去师部驻地听首长报告,该首长即是吕南老。初次见面不免惊讶:生就一白面书生,个子不高,身材单薄,说话嗓音略有些尖细。但听着听着也就敬仰起来!原来他的知识是如此的渊博,可以说博古通今,并不断有洋文插于其中!原来首长本是留洋法兰西,出身大户,青年时跨洋过海回国救亡,组织起义。关于吕南老的种种经历事迹,即便花费百万言也难以概括。从那以后,他很快成为我一生的敬仰。解放后有幸工作在同一座城市(这期间吕南老也曾短暂去外地担任要职,并在特殊时期受过不公正待遇),于是常有机会亲耳聆听他的教诲。我后来诗词的长进以及书法的提高,更有哲学研究方面的深入、收集名砚名帖的爱好,都与吕南老有关。这期间因为他的介绍,还曾与左联时期的一位老先生有过交往,这也不可不记。那位老先生虽然晚节不保,曾于斗争关键时刻有过极尖锐过火的不当言行,但学问和经历仍然让人向往。老先生的大公子也喜爱文学,曾著有一长篇小说,其中嬉戏语颇多,至为惋惜。在此关于事物充满矛盾,并各自向相反方面转化的原理,更有内因外因的关系,他们父子就是最好的例证。其父严谨而又倨犟,不苟言笑,其子却能戏言时代,每每做出荒诞不经的创作,为界内人士所侧目。有人曾以时代影响的缘故来谈论这些现象,殊不知内因才是决定的因素。试问:适宜的温度能把鸡子孵出小鸡来,又怎能把石头孵出小鸡来?

我爱惜人才既是自己的本能,也是来自革命的传统。因为我深知本领知识来之不易,只要是人才,不论他有无怪癖狂言,最先要给予的还是保护和理解才是。当年队伍上有多少知识分子?这些人开始做事也并非按部就班,一个个资产阶级气息不可谓不浓厚。然而经过血与火的磨炼，再加上极左政策中杀了一批，剩下的哪个不是好样的？他们在后来大多能文能武，能上能下，有的还在烽火硝烟中成了身先士卒的英雄。这其中除了个别的通敌叛国者，大部分还是我们的依靠力量嘛。试想即便在中高级领导中，知识分子不也是很多吗？他们也算是革命队伍的中坚之一。本人虽为雇农出身，但后来也算是文化人士，所以相互保护也是分内的、自然而然的事情。当年"文革"风云骤起，气势猛烈，一些大知识分子所受冲击也是必然的。如本市文章泰斗翻译大家吕某，一度曾被赶出世代居住的四合院落，至冬天严寒都不能回家，我见后即非常怜悯，曾与军代表辩论多时，终于达成共识，准其回家居住在分隔出的一个小间里。需知在当时能够做到这样已属不易了。类似情形数不胜数，再如大学的知名教授，不知有多少被勒令下放，在农场林场苦苦煎熬。这当中我多次建言要物尽其用，让他们得以喘息，重回书房著述。现在据不完全统计，由于我的全力相助或暗中保护，免除各种伤害者绝不少于三四十人！这些当事人或家属，在后来大多以各种方式表示谢忱，如赠书题字或携糕点探视等，令我感动不已。当然事物形形色色不一而足，或恩将仇报或出于误解，事后对我恶言相向者也不在少数。如那个大翻译家吕某，自身陷入不幸，却在关键时刻揭发一位漫画家，其夫人对此却讳莫如深。这也是人性悲哀之一种吧。

  乱世浊流滚滚，风云难测，其中时代造成的痛苦难以表述。但做人总需要回顾幸福和欢乐，革命者更需要乐观主义精神。任何时候，事物皆有利有弊，俗话说忠孝不能两全。比如那时造反声浪一浪高过一浪，最初我也在被革除之列，后经上方解脱，这才结合进领导小组，也是万幸。由于工作的关系，能够在日常中接近许多艺术家及名流学者，受益良多。对有名的画作真迹就近欣赏，并在工作之余搜集了多方名砚。需要指出的是，我以前所出版的哲学著作以及诗集数种,这时同样不能再版,而是后来阴云散去方才一一重见天日。由此可见我在当时也并非现在某些人所理解的那样踌躇满志,而同样是有苦难言,万般无奈。最困难时即吕南老被囚当月,两派苦斗流血,机枪都架在了墙上!后来是我冒了生命危险,送达吕南老夫人密信,这才把老首长解救出来。这事在当时因一时奋勇而未及害怕,可以说奋不顾身,只是今天想起来才有点后怕!此事也需要感谢一位女同志,该同志以演艺界陪同上级观摩的机会知道了一些消息,这才探得吕南老的下落。她后来成了我的第二任妻子,正所谓患难夫妻吧。正是她的机智无畏帮了大忙,对此吕南老也多有感激。那时是我一生中最痛苦的阶段,而今想起来还唏嘘不已。

说到革命的乐观主义精神,没人能比得上吕南老。记得当时一伙人将其秘密解押到一处破庙中,地处荒郊野外,凄凄凉凉,且有人随时提审。可吕南老不愧是身经百战,处变不惊,始终坦然面对。他因为当时手头无书,就口哼京戏而自乐。说到这里需要特别说明的是,我与京剧结缘之深,除了年轻时于战地剧团耳濡目染外,主要还是受了吕南老的影响和教导。他对传统京剧烂熟于心,尤喜程派,一些主要唱段能够一字不差地背出。也正因为如此,后期京剧改革中他才能一展身手。这个过程我也参与其中,于是更有机会接近老首长,成为了一生中最幸福的回忆。那时于偶然的机会认识了一位东海道人,并学做一种"不老丹",想不到献予老首长时却受到斥责。想来我对养生一事颇有爱好,而后才知道本人与徐福先人尚有一定的血脉渊源。这期间我曾将到手的一些名砚名帖及时送与吕南老,顺便求教,所获知识绝非书本中能够得到。又比如有两张伪画,吕南老只消片刻就将其识别出来。不仅是书画,那些古籍孤本、古币古玩之类,也都是吕南老的所好。记得一方金丝楠木雕就的案几,让他叹赏再三,把玩不已。

新时期初期,大乱走上了大治,举国欢腾。我的各种旧作经过整理,也得到重见天日的机会。其中有的还出了仿古套函和精装本,并由吕南老亲手题写了书名。今天看时过境迁,我的著作虽在当年起到了一点普及的作用,但如今看来不免有些粗浅。所以当有关方面策划出版全集一事,我还一直犹豫不决,以至于延宕至今未能面世……

第 六 章

陌 生 的 城

一

　　由于纪及的缘故,我们在东部平原上耽搁了一个多月。当他不得不随我一起回城时,还是有点恋恋不舍。时间对我们来说当然是不够用的:他对勘察中的每一个疑点都要不厌其烦地探究,这往往使我们不能尽快地从一个点转到另一个点。一开始我有些焦急,后来总算慢慢安定下来,习惯了他的节奏。瞧他盯住泛黄的纸片或一堆陶片的眼神吧,说它专注和精细还远远不够,而是一种攫取的贪婪。那一刻他头颅前倾,像即刻就要从两千年前的烟气中捕捉到一个血肉生命似的。可我们知道,那些掩埋在历史尘烟中的隐秘,谁要染指一寸,也就足以耗去一生。而纪及好像完全忽视了这一点。

　　这座城市啊,在归来者的眼里是如此陌生。我们一步踏入,却不得不用一副稍稍吃惊的目光去打量它——望着纵横交织的马路和穿梭往来的车辆,一时竟不知该往哪里去。这座城市仍在轰轰运转,它等待我们的将是什么?

　　想不到这么快就见到了王如一。他说已经打听我好长时间了,这一下可算归来了!他好像极想听到我对《徐福词典》打印稿的赞扬——仅仅如此？可惜当我试着把话题转移时，他马上哼了一声，模样有点恶狠狠的，咬着牙，脸都青了。他喷着气，像报复，又像告诉一个天大的秘密："哼，这回总算弄明白了，吕南老说的是——'乱弹琴'！"

"我在出城之前就知道了。"

"不过你知道吗？把纪及的书一段段摘录的人是耿尔直！"

我大感意外。见过这人，五十出头，高高的个子，留了一把很不自然的大胡子。就是这样一个以"豪放"著称、常常拉出一副抱打不平架势的人，却做出了这样的事。

王如一欲言又止，一对凸起的眼球转着，不再吱声。

我知道最早发现耿尔直是个"假豪放"的，是顾侃灵。他说此人扮演了一个路见不平拔刀相助的角色，暗里却总是巴结霍老，最善于物质贿赂加语言贿赂。在霍的亲自关心下，竟一步跃到了正高职称……我想到了外号叫"骡子"的女人，为了试探一下虚实，故意说："桑子不是与霍老关系密切吗？她如果能帮一下纪及就好了……"王如一马上甩一下头："嘿！这小娘儿们跟头面人物个个合得来。实话实说吧，她不过是逗他们玩；腰带紧着哩！我早就对你说过，我们是一对政治夫妻。她在家里欺负我倒是一把好手，那真是骑着头撒尿啊……"他咕咕哝哝，半是责骂半是炫耀，"我这一段忙极了，要筹备国际徐福研究总会，还要……就让她风风火火地过吧，这娘儿们注定了是叱咤风云的一生……"

踏进分别一个多月的杂志社，心中有些莫名的忐忑。这儿就像整个城市一样，对我来说突然变得陌生起来。好像这会儿正处于一个虚拟的场所，一切都不那么真实——视界里突然失去了大片的平原和纵横的山脉，一下就虚空起来。办公室里的人活动着，常常让人觉得他们像纸片一样单薄，我们之间点头、微笑，却没有质感和重量，一切都轻飘飘的。尽管这样，我见了娄萌还是马上察觉到了异常,人有些冷淡。她总是能够让人从脸上一眼就看出高兴与否。她在喝水,两手捂在杯子上,眼睛不再离开我。停了一会儿,她从抽屉里拿出了一沓纸:"你看看吧,这是我们杂志准备下期发出的。"

老天,原来是一篇又拙劣又刻毒的批判纪及的文章。什么年头了,游戏的套路竟然一点没变。我忍着一点点看下来。文章显然署了化名。我问娄萌这家伙是谁?她只说是上边交待下来的。这篇文章从古航海史的角度提出了很多问题,竟然转弯抹角牵涉到民族关系和地缘政治之类——虽有一定的学术根柢,但刁钻,阴暗,全是旋涡,一次极危险的导读。

我说:"绝对不能发出这样的文章!袖里藏刀!"

"这是上面的安排。类似的文章中,这篇还算温和的。目前我们一个字不发恐怕不行——这对纪及已经是一种保护了。"

"这样的保护?如果有人写一篇反驳的文章呢?也发吗?"

娄萌没有回答。

"没准儿这篇阴险的文章就来自那个人……"

娄萌立刻急了:"你可不能……乱说!"

"以后我们看吧,早晚会清楚的。这样做会惹怒很多人,并不聪明!"

娄萌沉默了。可能我过于冲动了,她的样子很难看。正这会儿马光过来了,在旁边听了几句,没有插话,故意翻弄一沓稿子,然后才把眼镜摘下,看着我和娄萌。因为有一段时间没见马光了,我发现他比过去憔悴了,那张总是闪着光泽的脸现在有点灰暗,甚至有点发乌,头发也乱了。我觉得他沉默的样子不是装出来的,好像真有什么心事。娄萌像是说给我们两个人听:"一个年轻人刚写了点东西,就老虎屁股摸不得……"

我差不多要喊起来了:"你真的以为纪及是个'老虎'吗?谁是

老虎你心里明白!他们在这座城市横行了多少年,咬死咬伤了多少人,他们才是真正的食人兽……纪及多可怜,他在这个城市里没有一个亲人,说白了不过是一个孤儿。我们真的忍心向一个孤儿下手吗?"

娄萌僵了一会儿,声音开始低下来:"我把他的书看完了。我是忍着看的。老于说:你一定要看一遍,看一遍才有发言权。就这样……"

"你真的认为那么严重?"

她没有说什么。我心里想:你看得懂吗?如果和一个看不懂的人争论,没意义!

娄萌最终并未应允不再发表这篇文章,只是暂时把它收到抽屉里去了。我舒了一口气。

二

下班后我很想与马光交流一月来的情况。可是马光再也不像过去那样爽快了,有点吞吞吐吐,似乎要回避什么。我发现他的样子很消沉,甚至讲:"算了吧老宁,不关你的事儿,也不关我的事儿,咱们还是少掺和的好。"

"可能不关你的事儿,但关我的事儿,因为纪及是我的朋友——而且……"我差一点就说出"平行文本",急得大声说了一句,"我认为也关你的事儿!"

马光的脸色一下变了:"你说什么?我怎么了?"

"因为你应该有起码的正义感。你应该站出来为一个好学者讲句公道话。"

马光微笑:"我还以为你在说什么呢。"

"难道不对吗?"

他抿了一会儿嘴唇,终于说:"告诉你吧老宁,'七十二代孙'身边的人也把你给盯上了。"

我好像被轻轻戳了一下。

"你还是劝纪及早点软下来吧,挺下去只会坏事……"

"软下来?让他下跪?"

"霍老咱招惹不起啊……真的犯不着去惹他,真的!"

马光说完这句话不再理我,径自下楼去了。

女打字员在屋里,她见马光离开了就轻轻敲门上的玻璃。她在向我眨眼睛。我走过去。

不知她要对我说点什么。她把腹部贴紧在抽屉上,一用力,拉开的抽屉就给顶上了。但她很快又把抽屉拉开,看着我,笑眯眯只不说话。这样看了一会儿,我忍不住问:

"到底什么事?"

我觉得这个小打字员此刻有些诡秘。她是整个办公室的人都喜欢的一个女孩儿,这会儿只是笑着,显得怪模怪样的。她说了一句:

"那个服装杂志的女编辑来找马光了,一连找了两趟。"

"肖桂美?"

"对,'肖妮娜'。后来她急匆匆把马光叫走了——你想听吗?"

我点点头。原来这个小姑娘也不简单。我说:"谢谢你,你的情报很好。"

她得意了:"肖妮娜过去也来找过马光,他们每一次都在一边悄悄说什么。这一次他们没说话,一见面就焦急地走了。我觉得他们俩像有什么事儿。"

看来她这会儿急着帮我,却又一时拿不定主意。我感谢她,期待着,只是不知该怎样鼓励。已经很晚了,她站在那儿,很长时间什么也说不出。我不知是否该离开。小打字员仍然不愿挪动,就这样站了一会儿,说了一句:"你这次出差好久啊!"

"一个多月,和别人一块儿——你知道纪及吗?"

她垂下长长的睫毛:"看过那本书嘛。"

她说这句话的时候声音非常低沉。后来她开始关窗子。当她走过我身边的时候,我闻到了一股浓烈的香味。她回头看着我,关上窗子:"宁哥,走吧,我们一起走。"

我们往楼下走去。可能因为鞋跟太高吧,她揪住了我挎包的一根带子。这时楼梯口的老工人听到上边有声音,就上楼问:"还没下班啊?你们两个走得太晚了……"

顾侃灵在我们离开的这段时间,除了找一些老朋友帮忙化解问题,再就是进一步研究了《海客谈瀛洲》,对我说:"书是很结实、很有见地和才华的。不过我现在担心……吕南老不会懂的。"

"只要不是特别专业的部分,还是可以看得懂的——吕南老是个有功底的大知识分子啊……"

顾所长叹气:"人老了,眼一会儿就花了。说白了他不过是听了别人的话——"

"如果吕南老没有说过那三个字,有人就不会这么起劲。"

顾所长大口吸烟。我发现他的脸和嘴唇都变成了乌紫色,这大概与嗜烟如命有关。他每次都把一大口浓烟吞咽进去,那可能是装进胃里去了。只剩下一个烟蒂了,他又是一阵猛吸才扔掉,说:"在你们离开的这段时间,我去找过那位老教授。老人的态度很明朗,他从很早就看透了霍老,说那人能待在今天这个位置上,未必不是某些人的恶作剧。老人曾经通过一些渠道反映过一些意见,可惜没人听,有人总是这样搪塞:科学家嘛,文化人嘛,只埋头搞科研,不会做管理工作,我们要有擅长管理的专家嘛,哪怕是半个专家也好嘛!老教授说:'半个?那人连半个也算不上,他只会从骨子里仇视专家。'……"老顾说到这儿一张脸涨得通红,"这样的话只有德高望重的老教授讲吧,如果我们讲,上边的人一定要说我们是文人相轻……是啊,你想想,一个有名的'哲学家''诗人''书法家''散文家',同时又是杂文学会和新闻学会的名誉会长——有人竟敢说这样一个人不是'专家'!即便是老教授讲出那番话来,也被认为是嫉妒和诽谤,并非实事求是的持重之言。老教授很爱面子,出于义愤,说起一些事情气得拐杖捣地,可是捣过之后也就过去了。没人听他的话。这次我谈到了纪及的事情,老人答应马上就去找吕南老——他们是燕京大学的同学,还一块儿搞过学生运动。我相信他会去的。这位老教授做事情就像研究学问一样认真,他认为不能做的就不做,应该做的就当面答应——只要他答应下来的事情就一定会做。"

受顾老的鼓舞,我找到纪及,商量怎样一块儿去找于节——我没有提杂志要发文章的事,只说应该去看一下领导。费了不知多少口舌,他最后总算跟我走了。

当我们晚饭后到于节院长家里时,他们全家人都在看电视。事先没有预约,因为我担心那样会被拒绝。于节一见了我们满脸都是意外,还有多少掩饰了的一丝不快。娄萌看上去还算热情,她大概对所有客人都是这样:"你们可是稀客啊,请坐,请坐!"

我觉得她对纪及的热情中掺杂着另一些东西。我马上想到了于甜。于甜去了另一间屋里,这时我见她在门口那儿闪了一下。我想她一会儿就会来到客厅的。

娄萌端来一些水果,还端来一盘小糕点。这种小糕点在市面上是见不到的,可能是从国外带回来的。娄萌手边总有一些稀奇古怪的吃物、一些玩的用的东西。我发现娄萌对纪及还是更多地注意一些,时不时要用眼角去瞟一下。纪及不紧不慢地汇报他的东部之行,认真得让人觉得可笑。于节听得非常专注。纪及渐渐说到了他在海外出版的那本书,说到了它和文化项目之间的关系,解释说:本来他想直接写一下徐福东渡的,但在研究和调查过程当中获得的各种感受更加丰富一些……

我一直认真听着每一个字。于节轻轻咳一声,点点头又摇摇头。

三

当纪及继续向于节汇报时,我就起身到娄萌那儿去了。

我们又谈到了那篇恶毒的批判文章。我仍然坚持原来的观点。我发现她谈下去的兴趣不大,后来笑着打断我的话:"你能跟我们于甜谈一谈吗?"

我迟疑着,这次是我不感兴趣了。

"你知道吗?于甜也学着写些东西了,她早就想拜你为老师了。"

她站起来,我也只得跟上去。可我真不知该怎样讲才好。娄萌把我引到旁边的一个房间里,于甜正在那里读一本书,它的封皮花花绿绿,是一本英语书。我知道于甜一直想试着搞一点翻译,还找吕擎请教过。这会儿她看到我立刻叫了一声,嗓子脆生生的,而且还做了一个她这样年龄的女孩子不常有的动作:脚跟往上跷了一下——整个身子往上一攒,显得很顽皮的样子。她又倒水又拿吃的,叫我"宁叔",后来又改成"宁哥",称呼上颠来倒去。娄萌走后她说:

"我看你和纪哥这一段都瘦了。"

她的眼睛好尖,只在门口一瞥就看出来了。我逗她:"我们还经得起你爸他们折腾啊,当然要瘦了。"

于甜正色道:"你别误解我爸呀,他是个好人。你知道说了算的是霍老,我爸实际上还在保护纪及呢。"

"算了吧,你爸主持工作,让人们把那些复印材料分发到每个所里,还往上送,召集座谈会,这能算保护吗?"

于甜急了："你不了解！我爸现在最难做人了，下有专家上有领导，他是夹在中间的。上边不断给他施加压力。我爸即便这样做了，上边还不满意呢！"她皱着眉头小声告诉，"你知道吗？你们走了这一段，霍老身边的那些人总往院里蹿，他们把耿尔直从外地召回来，还有另一个人，也从外地给召来了。反正下边研究所里的人给叫回了好几个，都是过去跟上边有点关系的人。"

"他们要干什么？"

"说是筹备一个什么'总会'——对，'国际徐福研究总会'；住在一个招待所里，在那里商量事情。"

"都是哪一些人？"

于甜想了想："我爸知道，他有时断断续续说出一点。好像最活跃的是王如一，还有，你们编辑部的马光……"

"马光可能不沾边吧？"

"现在范围扩大了，只要是他们感兴趣的人就会请到那里。再说，纪及与好多院外人士来往密切，马光和你，那些人脑子里都有呢……"

这真的超出了预料。有人一大把年纪了，竟然如此热衷于这些蝇营狗苟的事。我摇摇头，感到极度的失望，还有好奇……

"听说他们还请过顾所长，他推托有事，没有到。"

我舒了一口气。顾侃灵到底年纪大了，腹富口俭，竟没向我透露半个字。真有意思。好就好在他既不跟那些人同流合污，又不想把这些消息透给我和纪及。我心里虽然有些不满足，但对他的敬意却油然而生。

于甜讲完这些就沉默了。她好像在专心倾听客厅里那个不紧不慢的粗重的男声，脸上漾出神往的样子。

我想说点什么，但找不到合适的话。后来我问于甜："你好长时间没有见纪及了吧？"

于甜苦笑:"人家很忙,再说王小雯老要找他呢。"

"王小雯……你不要在意。"

"我也知道纪及不会和王小雯谈得拢。王小雯是什么人呀!"她脸上露出了鄙薄的神情,"她现在……是霍老的人,有时在楼里一待一天。还在那里过夜呢。"

"这是……谣传吧?"

她委屈地看着我:"我有一段时间和王小雯无话不谈,我们是好朋友;只是后来我们才逐渐疏远了,可以说是分道扬镳了。"

我想趁机为小雯开脱一下,说:"霍老是领导,王小雯有时不得不去一下,但最终不会怎样的。人们传说的那种事不可能是真的。"

于甜愣愣地看着:"还不是真的呀?你不知道刚开始的时候王小雯有多害怕,让我给她想办法出主意,我比她也大不了几岁,能想出什么办法!我知道一开始是怎么发生的——霍老会握着她的手一下下抚摸,拍她的肩膀,摸她的头发……就像父亲那样。他比她父亲的年龄还要大好多呢,她一定会以为那是对下一代的爱护呢,后来就会……因为我知道那人的德行,有一次我到他办公室去——那是爸爸在外地给家里打来电话,让我转告霍老一个事情,就去了——他借口给我糖果,一把握住了我的手,接着就摸我的头发和手。我想抽出手,他就用力往怀里一拉说:'嗯,大叔不乐意了!'我只得忍着。他又摸我的后背,拍打。我脸都涨疼了,把他甩开,推门跑出去……有一段王小雯一见面就哭,说自己'完了'。纪及可能不知道这些……"

"纪及也知道一点……"

"不,他不知道。他要知道了一定早就不和王小雯来往了,那样霍老也就不会这么恨他!"

"小雯也是一个受害者啊!"

"是的,可是……"

"可是什么?"

"可是她离不开霍老了。她不该再去找纪及,这会害了他的。"

我看着激动起来的于甜,无言以对。我明白她在说什么。

和式料理

一

娄萌一直怀了一些奇怪的心事,这我从她的眼神中就能看出。我说过,她这个人心里有什么是很难隐藏得住的。她美丽而稍稍浅薄,也不乏善良,对青春有些过分的留恋,这是我的另一个印象。这一天办公室里的人都走开了,屋里只剩下了我们两人,她用眼睛示意我留下来。我这会儿期待地看着她,想早点知道她要说什么。这是个特殊时期,我希望她能帮助我们。她不急不慢地呷一口茶,手指甲在杯子上泛着紫蓝色。我真不明白像她这样年纪的人为什么要和一些宾馆领班一样时髦,也不明白她为什么要戴长长的假睫毛,搽那么浓重的睫毛膏。显然于节对她是完全放任的。毫不夸张地说,在这座城市里她尽可为所欲为。她笑吟吟地看着我,说:"那天晚上你和于甜谈得还好吧?"

"于甜是个好姑娘,对人非常诚恳。"

"是啊。我总想不明白,那些人面兽心的男人一天到晚都干了些什么!他们有的好高骛远,有的吃里扒外,有的好赖不知。还是《红楼梦》说得好,男人都脏,女人是水做的……"

她一开口脸上的笑容就没了,而且言不及义。这莫名的火气似乎没什么来由。她怎么说恼就恼呢?是因为纪及与她女儿的关系?好像不完全是。我想过她目前的心态:既想让女儿与纪及早些确定下来,又因为最近发生的事态而吃不准,正在犹豫。当然,婚姻的事最后还是要由于甜决定,女儿如果真的下了决心,娄萌也只好顺水推舟,这似乎没什么好选择的。由此也可以推论一下最近发生的这场不大不小的风波:到那时于节将十分尴尬,他会面临一次艰难的选择。但娄萌会促使丈夫痛下决心,即在一定程度上摆脱霍老。这样整个的形势也就变得十分有趣了:霍老发现这个纪及成了十分棘手的年轻人,其身后还有一些人在袒护他。但我不知道娄萌眼下的火气到底来自哪里。我琢磨着,试探着说了一句:

"我觉得于甜与纪及真是合适的一对儿。纪及也可能因为害怕自己连累了你和于院长,故意想回避一下吧。好在这事很快就会过去……"

娄萌"哼"了一声,冷笑:"以前可没发生这些事啊,他照样躲躲闪闪的。有人吹嘘他几句,他真的以为自己是什么天才呢,大概有些发烧。"

我赶紧为纪及解释:"不不,他是十分内向的人,有时心里有许多话,可又说不出,他常常因为这一点被人误解……"

娄萌又笑了,笑得很诡秘:"谁知道呢。也许这个黑黧黧的家伙心眼多得让人害怕,你也想不出他到底在打什么算盘。真的,有些人看上去老实极了,实际上一肚子男盗女娼。纪及一边和王小雯来往,同时又和于甜有些联系。这算什么啊!姑娘大了,又是个痴心孩子……"她说着飞快地瞥我一眼,"我们于甜大眼水灵灵的,怎么看也比那个黑蛋强啊。有时她从外边回来得太晚,真让我担心啊。我又不能直着告诫孩子。我知道时间长了吃亏的还是姑娘家,一个姑娘,该离男人远着点,留个心眼儿,可不能几句话就让人哄住……"

我听了很惊讶,因为就我所知,纪及与于甜并没有太多的来往。

"咱们都是过来人了,这样说说又坏不了什么。于甜个子本来就高,发育得早……哎,如果遇上不安分的男人,我们做父母的一点办法都没有。认命吧。女人哪,谁来怜惜她们?"说着低下头。我发现泪水在她眼眶里旋转,简直吃惊极了。我不知道这是不是她今天谈话的主题,心里充满疑惑。

她在小包里摸了一会儿,找出什么药丸吞下去,擦擦眼睛:"谁都打年轻时候过来啊。我从头想想自己这些年,可真不容易,真不容易!不去想这些了,因为想一想就难过。孩子也大了,我不想让孩子像我一样……你知道,女人只要心眼儿好,太热情了,别人就会误解,说不定还要欺负她……"

我同意她的话。最后几句也许要算至理名言。

娄萌摇着头站起,我知道谈话就这样结束了。可是我一边站起一边在想:你过得还不容易?天哪,如果不是我亲耳所听,怎么也不会相信!在这座城市里,难道还会有另一个女人像你一样养尊处优?你一直被这座城市呵着气儿宠着、用手心捧着!多么奇怪啊,原来什么女人都会有没完没了的怨气。是的,她们往往藏下了一腔幽怨。娄萌一边往外走一边说:"走,我们去吃'和式料理'!"

我再三推托,可她连听也不听,一直走在前边。看来和式料理是非吃不可了。她的这种霸道劲儿本身也算有趣。

我们坐出租车一直拐了不少弯,最后才到了一处最有名的日本女人开的馆子里。

二

我以前从没来过这儿,一是没时间,二是这儿的饭菜实在太昂贵了。日本女人嫁了个中国人,她自己当老板,结果短短几年就发了大财,眼下租用的店面大得惊人,也豪华得让人难以置信。娄萌一走进来就牵动不少人的目光,刚找下一个僻静的隔间,日本女人就小步颠着过来了。娄萌点菜,飞快翻动菜单,十分熟练的样子。看得出她经常来这儿。

"马光这小子最爱吃这儿的……"她可能发觉自己失了口,赶紧止住了。

"马光的消费水平不低啊!"

娄萌抬头看我一眼,没说什么。

日本清酒像一瓶中国老白干掺上了三斤白水,没什么味道。"喝啊,能喝就喝!"她劝我。我说:"这种酒谁都能喝的。""那你就喝啊。"她的声音温软极了,像是突然变了一个人。整个隔间里都暖煦煦的,像盛春一样,而且洋溢着浓浓的花香。她让我喝清酒,自己却只喝菊花茶。生鱼片,寿司,那些精致的小菜旁边往往摆上一片红色的枫叶。一切都这么好看,只可惜人工痕迹太重了些。"等一会儿我们吃荞麦面,来这儿就吃荞麦面吧。"她说着,出其不意地端起我的盅子喝了一口清酒。我立刻要给她添一杯,她却连连摆手,"不不,我只是尝一尝,我不能喝的。"

奇怪极了,她仿佛只是那么轻轻一抿,整个人就醉了,面色像桃花一样粉红,额头泛出粒粒香汗。她的呼吸有些急促,常要露出洁白的牙齿。她的牙齿异常整齐,这在整座城市里可能都是独一无二的。有人风传她的生活作风极其糟糕、对一些事情有特别嗜好等等,这在如今已毫无杀伤力:一方面无可佐证,另一方面谁又会重视这些呢。人们只会注重一个人的实际功用,如他在生活中对我们到底意味着什么?比如这会儿,她请我吃了如此精美的和式料理,就让我十分感谢。

娄萌上唇翕动着,像少女一样羞答答的。她猫一样的大眼此时有一层油光,盯住我说:"我想告诉你一些事儿,可又怕你的小嘴儿不严。这可不能乱说的呀,这是要命的事儿……"

我的"小嘴"停止了咀嚼。

"真是要命。我不知道有人精明得要命,为什么就连这点事儿也看不出来。社会多复杂啊,许多事情要躲还来不及呢,可一些危险就在眼皮底下,有人就是看不见。或者是因为陷得太深了,你知道,'情'这种东西是很容易迷住人的心窍的。以前我就该对你说点什么,可那时怕你产生误解,嫌我越描越黑……"

我简直一点都听不明白。突然泼来的一番话,蕴含的信息量让人发蒙。我受不了,说:"娄主编啊,我越听越糊涂了!你在说谁啊?"

她的小手在我头上一摸,又轻轻拍一下:"你真的没听进去?你没喝醉?"

"一点都没有。"

"你真是傻得可爱。行,我告诉你:我说的这个人就是马光。"

我吸了一口凉气。老天,我从来都把他们看成了一伙,从来不敢在一个面前说另一个的坏话。是的,今天真是让我好好见识了一下。只从那天在楼梯口见到她和马光相挨着亲嘴,就知道她与那个多毛青年有着非同一般的关系。可时下分明又有些不对劲儿。出了什么问题吗?

"有一件事你不说,我也不说。这就是那天你在楼梯上碰到的事儿——我们真是太大意了!马光就爱冒险,他觉得这样做才刺激!我知道你会想象我们走得很远,是一种暧昧关系……其实并非如此,我可以对你负责任地说一句,我对我们家老于是忠诚的!问题就出在这个毛手毛脚的家伙身上,是他把一切都搞坏了!他总觉得只要自己愿意,干什么都成——他就是这样的生活逻辑,这也是奇怪的时代把他们、把一些男人宠成了那样,培养出一种近乎于西方嬉皮士——其实也就是流氓的生活观念。说远了,只说那一天吧,那一天已经是他第三次冲动了。这之前他也失态过,喝了酒,那是我们一块儿去一个朋友家里聚会,回来的路上他假装着来扶我,故意挨近……"

我差点笑出来,呷了一大口酒。

"如果男人都像你一样矜持和自重该多好啊!我从来都把你当成自家小弟弟看待,如果换了一个人见了那一幕,那还了得啊,那还不知会怎样想呢!就说那一天的事儿吧,那天我和他一前一后往下走,正走着脚崴了一下,他怕我摔倒就上来搀——这家伙够机灵了,可是一搀住就不愿松手了,你想想我当时有多尴尬!我被逼得身子往后仰去——再仰就得倒在楼梯上了——就这样,就是那一刻,你给撞上了!"

趁她大口喘息的空儿,我稍稍回忆了一下那天的情景。我觉得与事实稍有不符的是,他们当时是笔直地靠在一块儿的,他们紧紧靠在一块儿,这不会错的,因为我记得他们两个人的腿是交叉在一起的——我一抬头首先看到了四条交叉的腿、平底鞋和高跟鞋。可是此刻我不能说出心头的疑惑。

"……你想想看,这么多年我哪遇到过这样厚脸皮的人!而且对方是我的下级!他比我尚且要小上许多!"

"真对不起。我完全……完全没有准备。实在对不起!"

"算了。事情过去也就过去吧,只要你能明白是怎么一回事就好,但愿你不要误解了我们。我和他是清白的——至今还是清白的。我想说的是另一件事,因为我和他的事你现在也明白了。我要告诉你的是,马光是个一天也不能安分的人,听人说——这种话说出来不好听——他每天都在忙这种事儿,一天到晚急得团团转!"

我大概不自觉中露出了大惊失色的神情,她马上瞪着我说:

"真的,我一点都不夸张,也许还没说到数儿上呢——人和人是不一样的,有人就是对这种事儿上瘾,都无心工作了。他有时真不像人哪,就像一头牲口!就是这样的一个人,你想想吧……我们难道、难道不该提醒他一下吗?"

她或许面临了"一头牲口"的威胁。我吸了一口凉气:"怎么提醒?他只好自己负责了!"

娄萌恶狠狠地捣了一下桌子,日本女人又颠着碎步跑过来,娄萌朝她摆摆手:"自己负责?他负不起。这不是他一个人的事儿……是的,这关乎到我们杂志社的声誉,一颗老鼠屎带坏了一锅汤,别人会怎么误解我们啊……我想告诉你的是,他现在正面临着什么危险,这些如果我不说,你怎么也想不到的。"

面临危险的是"他"而非"她",这倒让我费解。接下去的几分钟里她一口一口抿茶,不再说话。我知道她在观察我。我的脸火烧一样,这时候才知道日本清酒的厉害。头有点晕。但我硬撑着。

"马光要有大麻烦了,这回也许逃不掉了,因为他触到了一个网上!"

我怔怔地看着她。

"那是一张大网,偏偏就让他撞上!他就是这会儿马上往回撤还不知来不来得及呢!恨铁不成钢啊,谁叫他是我们的人呢?有时候我也很矛盾,不知该管还是不该管。有些话闷在心里难受,只好跟你说一说了……"

三

娄萌的头探过来,好像醉得比我还要厉害,脸上全是酒气。她的内眼角凑得很紧,看上去有些可笑:"小宁啊,你可能不知道,马光色胆包天,他与霍老的妻子……已经很长时间了!"

我想起了女打字员的话,这会儿一声不吭。她的手指狠狠地往下一捅。

"那个肖妮娜自然不好,但作为马光应该心里有数才行,可他不,他从来都是照单全收。不客气地说,他们都是那种人,就是这么回事。他们以为霍老不知道呢,胆子越来越大了,有人发现他们随处在一起,简直是一点忌讳都没有了!有一天我刚进办公室就闻到一股怪味,你知道这骗不了我。后来我了解到,那个肖妮娜在没人时偷偷进过咱们的办公室!你想想吧,一个好端端的办公场所……"

我想着女打字员提供的细节。看来一切都是真的。但问题是这种事儿并非我们杂志社能够制止。我有些困惑。我对马光巨大的欲望感到费解,真的很难理解这种事儿。我想劝娄萌换一个话题,因为在这方面我不是一个疾恶如仇的人。我觉得从刚才那一会儿自己脸上就有些烧,现在肯定是红到了脖子。我想了想,说:

"我们该要荞麦面了。"

娄萌的眼睛睁圆了:"你就急着吃!"

我笑了。

"快了,霍老快忍不住了,其实这事根本不用他管!他那个司机蓝毛手底下有一大帮人,他们正好手痒呢!以前他们打残过好几个人……人家这次肯定不会放过他的。"

我听到这儿倒有些怀疑,因为我想起于甜告诉的一个消息:有人以筹备"国际徐福研究总会"为名,纠集了一伙人住在招待所里,他们当中就有马光!既然如此,蓝毛等又怎么会动马光呢?我想肯定是娄萌过于紧张了,她想得太多。

娄萌突然抓起了我的一只手,声音里带出了抽泣。她真的流泪了:"宁,你们毕竟是一起的啊,你该帮帮他,该时常提醒他。可你千万别提是我说的,一说出来他反而会误解,以为是我在嫉妒,借霍老来吓人!他会躲开我,使关系变得紧张起来——你想一想就能明白。"

我当然会想得明白,这会儿故意说:"既然这样,那就让霍老教训他一下得了!"

"那可不行!绝对不行!"

"为什么还要护着?这是一害嘛!"

娄萌重重地捶了一下我的手掌:"你真是傻得可以!总算一个单位的人嘛;再说他手里那一摊子谁来接?不能意气用事啊。还是讲点大局观念吧,好不好?"

"好吧。"我点点头。

娄萌马上高兴了:"就是啊,一切防患于未然,尽到我们应该尽的责任,剩下的事情就由他去好了。"

她长长地舒出一口气,从包里摸出一粒红色的药丸填到嘴里,抓起我的杯子,将剩下的清酒一饮而尽。

该吃荞麦面了。我这才发现她真的像是饮多了,面色红得更加厉害,眼角流露出一种特异的神采,张着嘴呼呼喘,以至于直盯盯看人时透出了一股痴憨气,倒也非常可爱。这显然是那种药丸起的作用。我站了起来。

"你要干什么?"

"我要荞麦面!"

"你给我坐下!"她朝一旁张望,日本女人跑过来了。

接下去的一段时间酒彻底醒了。我的脖子上流动着汗水,连头发都湿乎乎的。荞麦面来了,是凉面。娄萌还是不吃,仍旧是一副意犹未尽的样子。她看着我:

"我还有几句题外话呢!你想听听吗?"

我期待着。

"那好,我告诉你一句话吧,你的那个好朋友,就是纪及,最近可真是死里逃生啊!"

我愣了一下，但很快明白她在耸人听闻。我笑了："无非就是一本书嘛，最终还能怎样！"

"你想哪去了，我可不是指这个。我是指他与女人的事，就是那个王小雯……他太莽撞了，傻傻地爱上了一个女孩子，却不知道对方的背景，对其他种种情况一无所知。这太危险了……"

我觉得一股血涌到了头顶，眼前像有一阵白雾飘过。我马上说："多大年纪了啊！卑鄙！竟然想长久霸占一个少女！这是什么世道啊……"

娄萌吸着凉气，吃惊地看着我。她把手掌往下按了按："小声点，小声点！你别说这些……告诉你吧，霍老可不是一般的人，他学徐福，炼长生不老丹呢！刚才我吃的红丸就是、就是他给我们家老于的——他不敢吃，我敢；还有，霍老找王小雯可能是搞'采阴补阳'的，当然这都是传说，你们年轻人不知道……"

我愣愣地看着她。我发现她这会儿左边的一只眼睛好像有点斜，人却变得别有神采。

她的头往前探着："药丸啊，采阴补阳啊，作用倒也有。不过……我们能改变现实吗？再说纪及，城里的好姑娘多了去了，他怎么就偏偏找上了她？难道离了王小雯就不成？"

"是啊，这就是爱情！"

"爱情，啊，老天，一说到这里咱们就一点办法也没有了……好在事情已经过去了，两个人已经各就各位了……"

"各就各位"这个词儿简直被她用绝了。我不知该怎样说了。我只觉得这顿和式料理吃得太奇怪了，心里好像一下子给塞进了一大团污秽，这大约需要很长时间才能消化。

我无望地看着这碗荞麦面。

骡子理疗师

一

霍老从浴室里出来时,发现屋里到处都没有人。他从里间找到外间,连大衣橱都打开了,还是没见人。"嗯?嗯哼?"他嘴里叫着,眯了眯眼,一缩肚子,围在腰上的大毛巾就掉在了地上。大衣橱的镜子映着他手书的"蘑菇厅"三个大字,再就是徐福画像,下边是他一丝不挂的身子。白得没有血色,肚子上、肩膀一侧,有几块颜色不同的斑,有的形状就像蝴蝶。他也不知道这是怎么回事。一身的肉委实不少,艮艮的,无光。"咱是亚光胖人哩,"他撇撇嘴,用下巴浅浅的胡茬去蹭肩膀和锁子骨,"真痒,啊呀真痒。"他转身照着,这才发现后腰那儿实在韧壮,屁股又大又方,双腿粗短有力,直杵地板,两脚一动发出啪唧啪唧的响声。脸上是一团和气,大脸圆圆像蒲扇,双耳垂肩福不少。白发齐刷刷剪过,抿在耳后像个大婶。他打着哈欠走开,一时忘了地上的毛巾。

"骡子!骡子!"他又叫了几声,索性一气之下仰在床上,又一个翻身伏下。

这样躺了大约十几分钟,他觉得有人——是她,骡子,蹑手蹑脚爬上了床。偏不理睬哩。骡子先是蹲下看了一会儿,然后哧哧笑,坐在他的腰胯那儿歇息了片刻,动手按起了他的颈、肩和背。那双手真是该狠的狠,该柔的柔。这样从头到脚按下来,再做成刀状砍他的周身,嘴里发出一连串的咕哝:"大卸八块!大卸八块!"这双手细长然而极其有力,并且稍稍粗糙,按住他的颈部往下狠力一撸,从脖子到尾骨立刻出现一道浅浅的红印……"骡子啊骡子啊……"他叫得越来越轻,渐渐化成一片呻吟。

骡子骑住他待了一瞬,低头在他后脖那儿亲了亲。霍老慢慢爬着,先是上肢撑起、撑起,再用力一挺。骡子眼看就给掀翻了,笑着去制服他。他叹一声又伏下了。骡子这次一条腿弓起踏住他的背,再急急搓手,直搓得灼热,一下捂在他的腰上。"哎呀好生舒服!好生舒服!"他喊了起来。

骡子穿了一身紫红色丝绸睡衣,用一根松松的带子系了,刚湿过的波浪长发垂在肩上,张着大嘴,一直斜着眼看骑在身下的人。她长时间盯住他的后脑,这会儿皱鼻子瞪眼,做出龇牙咬人的凶狠样子。当然这一副神情下边的人看不见,她只是喜欢做这样的凶相。从他身上下来后,她开始完成最后的程序:一手握住他一条腿,用力拽和劈,再直直地往上举起,举到头顶那么高。

"哎呀我的妈呀,这真不是人遭的罪啊,哎呀妈呀……"他大呼小叫,两腿乱蹬。

一切她都习惯了,只在这喊叫中铁定地攥住双腿,照旧做下去……最后,她在他屁股上重重拍一掌:"行了,起来吧。"

霍老哼哼着坐起,像打瞌睡一样。她一动不动,安静了十几分钟。

两人站起喝水,搬动果盘,咔嚓咔嚓咬东西吃。骡子催促他:"还是穿上吧,别着凉。"他"嗯嗯"着,把手里的东西放下,去一边穿上睡衣。骡子扳住他的下巴看了看,马上严厉起来:"我说什么了?就是贪吃!你可又胖了啊!"他赶紧点头,又摇头:"骡子啊,可别冤枉我了,我没吃什么啊,我是喝白开水都发胖的那种人……"说过重新把头偎下,发出哼哼声。骡子取来一个苹果吃起来,果汁顺着嘴角流下,一滴滴落到了他的头发上。

一种若有若无的音乐丝丝缕缕响起。霍老慢慢昂起头来:"又是莫扎特哩……"他凝住了神,嘴半张着,泪水在脸上划下了两道线。骡子叹气:"没办法,你一听就哭,一听就哭!泡咖啡,喝洋酒,整个儿成了一个洋老头!"霍老擦擦泪水拥住她:"咱还睡骡子哩——这事儿洋人办得?""办不得。"她咬住苹果,两手扶起他的脸,用两个拇指抻理他窄窄的额头,"你这人是福相,不过脑瓜长得像鳖盖一样……"霍老火了,背过身去,任她怎么哄,就是不理。他跳到一边喊:"大叔不乐意哩!"

剩下的一段时间骡子迈着长腿在屋里走来走去,笑嘻嘻的。她坐近了问:"霍老,咱不闹了,问点真的,你怎么一听那种音乐就能哭出来呢?这里面的窍门到底在哪里?能告诉咱吗?"

霍老瘪了瘪嘴:"咱这是坐电梯直蹿全聚德——高雅(鸭)哩!"

"霍老咱不开玩笑,快说说吧,怎么就能哭出来呢?"

霍老叹一声:"我就是拿你这头骡子没办法,得了,还是教给你!听着——你闭上眼听,只用耳朵跟上走,就好像赤脚踩上了滑溜溜的玻璃板上,越走越快,越走越快,后面还有人用鞭子抽着赶着,你心里一急一冤,再加上害怕,不就哭出来了!"

"真的?原来是这样啊!怪不得呢!我得试试了……"她说着马上闭了眼睛。

时间一分一秒过去,就是哭不出来。最后她终于失望了,大睁双眼:"不行,还想笑哩!"

"当然,这哪是一朝一夕的工夫。"

霍老起身去搬一张卷边红木小桌,将其放上一边的地毯,又端来一套紫砂茶具。他们一边一个坐下后,霍老开始取了一本线装书,戴上眼镜。骡子从怀里掏出一个瓶子,里面是桐籽大的红绿两色药丸。霍老瞥一眼,仍旧看书。骡子就倒出一粒绿丸塞到他嘴里。霍老咀嚼药丸的样子像一个老太太,她就爱看他这副模样。绿丸是壮筋丸,红丸是欢喜丸,都是她找人配制的。如果吃了红丸,霍老就不再安生了。他咽下嘴里的东西,说:"那些不知内情的人,还以为咱俩一见面就捣弄那事儿呢,哪知道咱是这么安稳,七天八日里才有一回采阴补阳。"骡子转脸瞥一眼徐福画像,点头:"学先人徐福嘛!有我给你拾掇着,至少也让你活一百二十岁!"霍老叹气:"老了,这一辈子啊,就这么戎马一生过去了。""才上了几年战场?""呔,不见硝烟的战争更激烈哩!""那倒也是……"骡子想起什么,欠起身子,"你再给我写几幅字吧,又有人找咱要呢!"

霍老不快地哼着,唉声叹气站起。骡子愉快地去准备笔墨纸张了。霍老蘸饱了墨站在那儿,想了想,写下一幅:"路漫漫其修远兮,吾将上下而求索";又写了一幅:"万众一心奔小康"。他把笔扔下:"一古一今,都是名句。"

骡子高兴地自己取来一枚刻有"蘑菇厅"字样的闲章盖上,又加盖了两枚名章。

二

"我半夜里睡不着这么寻思啊,净寻思咱俩的事儿。你别以为我是个只顾炼丹、采阴补阳的人,说话不值钱,咱是真话哩。掐指一算咱五年了,一天比一天牵挂!一个个比较一番,谁有你贡献更大共同语言更多?没有!绝对没有!可以说,你是我老婆中的老婆!"霍老摘下眼镜,一下下揉着眼睛,抹去浅浅一层泪水。

骡子低下头:"说这些做什么。我反正跟你在一起什么都不求。这大概也是上一辈子欠你。"

"你为我理疗、出远门找人炼丹,从不计较男女事情。原则上讲,作为一个老同志,这些年我也跟你学了不少知识……"

骡子连连摆手:"快别这么说了,你的丰富经验,我再有一辈子也学不完哪!我跟上你,不是看上你的地位和金钱,而是从心里佩服你。以前都说霍老怎么怎么,名声在外真人见不着啊,谁知道一见面这么平易近人——而且,是个多么直爽的人哪!五年前——

我怎么也忘不了五年前,那时咱们才是第一次见面呢,你私下里就小声告诉,要和咱这样那样的。我羞得啊!尽管这样,第二天还是跑了去。我知道你肯定是爱上了咱,是实在受不了才这样说的。而另一些人呢,色眯眯盯人,坏心眼儿都装在了心里。不是跟你说大话,看上我的人千千万,可我一尥腿就把他们甩了!谁想占咱的便宜,门儿都没有!而你呢?我倒是心甘情愿,这就叫弯刀就着瓢切菜,顺了弧了!咱俩在一起,你就是把我糟蹋死,我都没有一句怨言……"

霍老白她一眼:"男女双修嘛,怎么叫糟蹋呢?"

"不过是顺口说说。我的意思是一切随你好了,老孩儿就是爱咬文嚼字,会挑理!"

霍老满意地笑了。他的嘴一缩,缩成无数皱褶,噘起来亲了亲她的额头和脖子。他重新坐好:"肖妮娜跟你学理疗,学这么久还是不得要领!那真是个笨婆娘……"

"可人家年轻啊,来日方长啊!"

"还有小雯,这小物件压根儿就不学!这非得你来调教不可,一物降一物啊,她一见了你腿都软了。不过你也别老呵斥她,还得哄着她哩,要以身作则,同时让她在实践中提高……"

"可是她不吃欢喜丸!"

"后来不是吃了?凡事都要讲究个策略嘛。"

"这小妖精早晚是个祸害——她和那个姓纪的拱在一块儿,生出一打小妖精你都不会知道。你这人别的毛病没有,就是心太软了,太善良了,遇事总也下不得手……"

霍老低下头:"我是有这个毛病。唉,人的年纪一大,对年轻人怎么看怎么好,下不得手。"

骡子注视他一会儿,说:"霍老,真的,我今天一进门看到了你,心里就想,你是越来越慈祥了!"

"是吗?"

"越来越慈祥了!"

霍老点头:"我照镜子时也发现了。大概还是年龄的关系。内因是变化的根本,外因是变化的条件。"

"当然,这是哲学。"

"我希望你也学学哲学——学也无涯!"

"无涯!"

霍老呷了一口茶:"在养生方面咱俩切磋多年,受益良多。主要是气功、丹丸,外加采阴补阳。他们要串通着让我干'国际徐福研究总会'会长,我可要当仁不让了!你知道我是越来越不喜西医了。咱中医什么都能治,样样都是药,恨不得使个眼神都是药;那天一见面你就把我按住了,折腾完了才知道你是给咱治病哩。不过咱中医里有些药——恕我直言,也忒邪乎了,连屎尿什么的都入药:大粪叫'人中黄';尿叫'童溲'。妈的,我就是病死也不吃这几味药……"

"人哪,什么时候也不能说这样的大话。再说了,这都是劳动人民的智慧,是实践中得来的。"

"这倒是,一切来自实践,而我们自己往往是幼稚可笑的……然而,虽然,我还是嫌恶心哩。"

骡子笑了。她四下里瞥着,伸展着两臂。

霍老一边端量一边说:"我啊,一看你这张大嘴就受不了!再看两条腿,真是一头骡子啊……知道为什么给你取下这个外号吗?"

"咱知道,那是老孩儿调皮呢!"

"不生育,骑上好,有劲道能吃苦,身上水光溜滑的,两条大长腿,怎么就不是一头骡子? 和你在一起,说实在的,也亏了我底气足,不然闹腾起来,早就被你这把火烧死了,还不知谁采谁呢! 五年前咱一挨上身子就知道,嚯咦好家伙,这火暴性儿,要么骑住,要么让你甩下来一顿蹄子踩巴死!还好,调教了五年,慢火炖肉,总算一点一点规矩起来……"

骡子点头:"回顾这些年来在你身边接受的教育,心里忒感动呢。"

"以前都怨你那个男人,是他把你引上了邪路!"

"说起他,"骡子咬咬牙,"我真恨不得跟他白刀子进去,红刀子出来……后来年长了几岁,才算忍住。用你的话说,走到一起总是缘分哪。如今我不光不再恨他,还想提拔他哩!"

"这就对了!人无完人,金无足赤。谦虚使人进步,骄傲使人落后。要用全面的、变化的眼光看待同志……"

"我惟一不甘心的、直到现在想起来还怨的,就是把好生生一个处女之身交给了他!老天爷为什么不让我早些遇见霍老啊!"

霍老伸手理着她的喉结安慰道:"别这样说了,还是立足于现实吧!"

骡子眼中渗出了泪水。她不停地叹气。

"从唯物的角度来看,物质才是第一性的。你那时与他的结合,也不仅是精神的和谐;就是说相互的吸引仍然有物质的基础——不对吗?"

骡子擦泪:"怎么会不对!他瞎吹自己来自高知家庭,在城里有一座楼就要归还他们家了……其实都是没影的事!骗子,地地道道的骗子!"

霍老笑了:"就是嘛,你如果早一些懂得了辩证法,谁又能骗得了你呢?你让他骗骗我看!"

"哎,别说了,说了伤心。这世上谁能骗得了你啊!"

霍老又笑:"你能骗得了我。人一生出爱心,那心眼也就等于零了——我在你面前等于零,信不信?"

骡子一下扳住他亲起来,发出撒娇的声音:"老孩儿,我心疼你还来不及呢,事事都想着你……"

三

"我就琢磨怪哉,你是怎么学会了理疗哩?还能和我一起找药制丸?你又不是出身中医世家。"霍老放下手中的茶和书,又搬来一个小小的棋盘。

"我呀,我们搞体工那一行的,谁不会按巴按巴?后来去的地方多了,特别是东部那些道观呀庙呀民间呀,怪人多了。我什么都学,知道艺不压人。"

"下一步你主要学学哲学,有了它,就什么都好办了。"

"霍老高就高在这里。一般人跟你动心眼儿准吃大亏,因为你用哲学对付他们,也活该他们倒霉。宰鸡硬是使上牛刀,那只鸡吓也吓死了!"

霍老笑了:"小骚娘儿们话粗理不粗。来,走棋。"

"你又这么叫。"

"小骚娘儿们,看看,一上来就愿架炮……"

骡子极想赢一局棋,多年来就想,可惜一次没成。霍老曾让过她一个车一匹马,都无济于事。她曾问对方这是怎么一回事?对方答:"哲学。"她其实更相信天长日久的训练——这家伙从战争年代就摸棋子儿,一般人哪会是他的对手?后来她提出让给自己双车,对方不干了,说没有这么让的。最悬的一次是车马炮全让了,他仍然险赢。一连几年过去,下棋成了两人最着迷的一件事,但她从未赢过。"你就不会走神、不会疲沓?那时候我就会赢你一局。"她这么说。霍老答:"棋场如战场,既然上场,必斩你于马下!"

她如果骑在他的身上时,就会学他一句:"必斩你于马下!"

两个人一连下了三局,结果一如往日。她先自疲了,提议唱唱京戏。这是他们两人的又一爱好。这首先是霍老的最爱,当年在任上分管文化,还有与个别演员的耳鬓厮磨,少不了学上几嗓子。他教给骡子,而骡子天生就有这个天赋。巧的是骡子善唱老生甚至花脸,而他一直唱青衣。两人常练的都是一些对唱,比如《四郎探母》中的"听他言吓得我浑身是汗",可谓百唱不厌。骡子看着他短短的双臂比比划划,还有像模像样的兰花指,总是忍不住赞叹:"老孩儿真是想不到啊,谁能想得到你会这样?这简直就是梅兰芳啊!"

霍老摇摇晃晃站起,脸色红润,双臂摆出一个姿势唱道:"尊一声驸马爷细听咱言,早晚间休怪我言语怠慢……"骡子接上的是令人难以置信的老生腔儿:"公主啊!我和你好夫妻恩爱不浅,贤公主又何必礼仪太谦……"

唱到紧要处,两个人简直无暇喘息,来言去语,珠联璧合。

"公主虽然不阻拦,无有令箭怎过关?"

"有心赠你金鈚箭,怕你一去就不回(啊呀)还!"

"公主赠我金鈚箭,见母一面即刻还!"

"宋营离此路途远,一夜之间你怎能够还?"

"宋营虽然路途远,快马加——鞭——一夜还!"

唱到此,霍老大眼瞪了起来,一脸陌生以及尖利而不失婉转的唱腔,让骡子倒吸了一口凉气!他唱道:"始才叫咱盟誓愿,你对苍天与我表一番!"

骡子跪下了……"公主要我盟誓愿,将身跪在地平川。我若探母不回转……黄沙盖脸尸骨不全!"

一句盟誓唱过,她真的泪水涟涟了。

霍老大口喘着将她抱住,两个人一时无语。这样大约五六分钟过去,骡子自语一般说:"老孩儿,我和你真是一对儿呀,咱在天是比翼鸟,咱在地是连理枝。""那还用说。那是自不待言的了……

一句盟誓唱过,你猜怎么?""怎么?""我觉得就活生生是你对咱说下这些哩!""一点不错,我也这么寻思呢,我在想,咱要是有一天背叛了老孩儿,就叫咱像戏中人一样——'尸骨不全!'"霍老立刻捂住她的嘴:"小骚嘴儿没有不敢说的话,这太不吉利了呀!"

骡子坐在了地上,拉也不起,最后哽咽了。

霍老站在一边,束手无策的样子,抚着自己的胸口说:"你说怎么办,恩爱成这样。这真是只有说不到的,没有做不到的!我琢磨着,谁要冤屈了我伤害了我,你能杀了他……"

骡子一个扑棱站起:"这话一点都不假!我早就想说,谁是你的仇人,你只要使个眼色,我半夜里就去把他宰了!我真能做得出来……"

霍老低下头:"咱怎么会不信呢。不过我才不怕仇人哩,真正的唯物主义者是无所畏惧的。"

"我就知道你会这么说。没人比你的心更软,我说过,你是越来越慈祥了……"

霍老回身从一个地方倒了一点洋酒,又叼上一个烟斗。骡子赶忙给他的杯子里夹了一点冰块,待他吸了一口烟时,拔下烟斗自己也吸了一口。他瞥着她:"如果是战争年代,你保准是一个武士,穿了长筒皮靴,手里提着一根马鞭子。""那肯定是了。腰上还有盒子枪,想枪毙谁就是谁。"霍老咂咂嘴:"是啊,不过如今是和平年代了,咱坐享太平,也耽误了不少事儿。"说着把烟斗从她嘴里取下,深深地吸了一大口,让浓烟从两个大鼻孔中徐徐冒出。

那装了红绿两色药丸的瓶子就放在一边,霍老看着,终于想摸一粒。骡子眼疾手快一把抢过瓶子。他盯住她,做出愁眉苦脸的样子。她贴近他的耳旁说:"你忘了?你可是徐福的七十二代孙!都快当总会长了,什么时候采药,吃多少药,心里该清清楚楚嘛。"他承认:"这倒是实话。唉,当年如果徐福是个女的就好了……"

骡子愣了:"这怎么讲?"

"事情还不明摆着嘛,秦始皇让一个男的去为他办那种事儿,这太玄了嘛。这种事儿交给女的就不同了,两人自然会结成阴阳密友,先将外因转化成内因,到时候你再看!"

骡子拍一下膝盖:"我怎么就没想到这些?啧啧,要不说你是霍老嘛!"

"俺先人把童男童女拐了几大船装走了,吃香的喝辣的去了,他还会拿药回来?这秦始皇真是聪明一世糊涂一时啊!也罢,这事怨不得他——当时还没有哲学这东西嘛!他不懂辩证法,这就活该倒霉了不是?"

骡子一直大张着嘴听。这嘴巴实在大于常人,这是霍老最喜欢的一个器官。他走上前去,亲了亲,又为她抹去周边的口渍。

四

"咱开始吧?"骡子问。

霍老把一斗烟吸尽,磕了,又一仰脖儿咽下最后的一口酒:"开始。"

这是他们最喜欢的事儿之一:捉迷藏。整个的二楼和阁楼主色调是蘑菇色,三年前由两人商量,命名为"蘑菇厅"。整个厅都是他们尽情闹腾的地方:先是一个藏了,另一个找;如果在规定的时间内找不到,那么一个就得付给另一个五百至一千元不等。平时只要霍老不想见任何人,上了二楼就要关上通往楼上的一道门,任下边的人怎么敲都不开——有一次蓝毛来了,一个劲敲门,惹得霍老火起,打开门暴怒大斥,蓝毛冤枉说:"没有法儿呀,是一个大领导要找、找你哩!"霍老斩钉截铁道:"就是联合国找也不行!"蓝毛伸伸舌头退下了。

从此都知道通往楼上的门一关,谁也不能打扰,一敲那扇门就要引得霍老大大发一场火,故他们都叫那扇门为"火门"。

"火门"一关,楼上的人就处在了另一个世界里。这会儿骡子用一方手帕蒙上他的眼,又把他推上床,就赤着脚溜开了。她故意把衣橱门和周边的什么碰得砰砰响,然后无声无息地摸上阁楼,钻到了沿边的空间里——这儿是被木板隔开的一个小通道,里面铺设了暖气管和水管。这个地方是她早就想好的去处。

约莫十分钟之后,霍老急三火四解了眼罩,一个扑棱从床上跃起。他两眼发亮,嘴角咬紧,生气地擦去下巴的一点涎水,盯住衣橱就蹿了过去。里面的衣服被他翻乱了,除了找出骡子的一副金色假发、一根腰带,人影儿也没有。他砰一声关了橱门,又刷一个转身,狠狠按了一下机关——一扇蘑菇色的木门缓缓开启。里面是一个不小的空间,他嘿嘿笑着钻进,拐了一个小弯摸了摸,失望极了。看看表,只剩下五分钟的时间了,他匆匆打开床边的柜子、通往阁楼的楼梯间,一无所获,只得再摸上阁楼。这时他已经后悔把主要注意力放在二楼了。在阁楼上定了定神,喘一口大气,猫下腰瞄着几张大沙发空隙。他弓腰小步急跑,从一个空隙蹿到另一个空隙,灵活得像猫。可惜正这会儿时间到了,不知什么地方响起了她的掌声。他骂一声:"妈的巴子,咱这回败了!"

他气哼哼地、无望地看着骡子从沿边那道木板墙后钻出来,头发上满是木花之类,衣服也沾了灰尘。骡子一出来就鼓掌。他无声地下楼,她高高兴兴跟在后边。刚刚下楼,霍老就从写字台的抽屉里摸出一个皮夹,掏出了一沓钱,数了数递给她:"一千,妈的!真倒霉!"

骡子打扫身上的灰尘,乐得合不拢嘴。

霍老擦着满头大汗说:"真是想不到,你能爬到那里边去。以后我连阴沟都得捅一捅了……"

骡子喝着加冰的矿泉水,晃着:"这地方被咱玩透了,也不过就是两层,没有赌头。等我把'丹房'给老孩儿盖起来,再玩起这个你就瞧吧!那时找人就得延时了——延到二十分钟,那多有意思!"

"丹房"是骡子正准备在郊区盖的一座别墅,已经策划了半年。霍老立刻问:"图纸带来了?""带来了老孩儿!"她从一个坤包里翻着,摸出一沓纸,展开来,"照你的意思改好了,瞧,看上去不过是一座大屋顶平房,不起眼呢!实际上它有高大的阁楼和宽敞的地下室,是地地道道的三层!加上相接的耳房,花园和暖房,还有大壁炉,正经是一套古怪洋房呢!里面应有尽有,老孩儿喜欢什么,咱就添置什么,到时候炼丹啊双修啊,非让老孩儿欢喜得满地打滚不可!"她咕哝这些时,霍老好像并不在意,只一遍遍看那图纸。这会儿他看出了什么,指着耳房:"别离正房这么近,挡光;主要是连廊太短了,拉开一点,再拉开一点,嗯。"

骡子凑过去,点头。她扳着他的肩膀:"要没大改动了,咱下个月就施工了!"

"钱凑足了?"

"足了。咱老孩儿的钱一分都不要,咱自己挣这笔钱。"

"骡子有办法哩!再说你就是跟我要也没有,为人民服务一辈子,不过是个高级服务员而已,大钱从来没有……"

"你就别哭穷了,这些我都知道;我可没跟你要啊!"

"要也没有。"

骡子按着他的鼻子:"知道了,清廉啊!行了吧?"

他不再说这个话题。骡子突然想起什么,问:"小雯还哭哭啼啼的?"

霍老脸色立刻严肃了,哼一声:"说什么怀上了。后来蓝毛告诉我才知道,她是自杀未遂……幸亏蓝毛发现早,好不容易救过来。"

骡子像听一件喜事,磕着牙:"我这会儿把她揪了来?"

"让她消停消停吧……小物件啊,胸脯像长了两个小苹果。"

骡子缩起鼻子:"我知道霍老喜欢她喜欢得不行,采起阴来像抱个小猴儿一样。我不嫉妒,不过你要防她的外心……"

"这你就不用操太多的心了吧!"

骡子不再言语。她把图纸折好放进坤包里,随手又抽出了霍老写下的书法,再次展开品赏,赞叹:"真有内功啊!瞧这笔画,瞧这结体!瞧这……"说着瞥瞥他,"你的字比吕南老的好多了!"

"可别这么说!"

"真的呀,我还用奉承你吗?那个吕南老不过是权高位重,跟屁虫多一些而已……"

霍老瞪一下眼:"别说了!"

骡子这次不知怎么了,梗着脖子:"我偏要说!我就得说点真话!吕南老从学问到人品再到字,哪点能比得上你?他不过熟稔为官之道罢了,再加上一大帮跟屁虫……"

骡子说这些时并未注意一旁的霍老已经涨紫了脸。这会儿他突然大喝一声:"拿家法来!"

骡子猛地止住了,惊看着他。

他又指着她喝道:"拿家法来!"

骡子蔫了:"老孩儿,别介……"

"拿家法来!"这一声威严而低沉。

骡子低下头,只得到一边去了。一会儿她提来一个小船桨模样的东西,柄上还缠了布条。她一边交给霍老一边小声央求:"别太、太狠了。我知道错了……"

霍老根本不听,眯着眼抓过木桨,示意她趴下。

骡子叹着气,将下身褪出一截,伏在了床边。

霍老扬起手中的器具打上去,骡子的屁股立刻生出了一道两寸宽的红印。"哎呀,哎呀!"她大声呼叫,他像没有听见。一口气打了十几板,他张口大喘,总算收了起来。

骡子继续伏在那儿,呻吟不已。

"起来吧!"

骡子还是伏着,呻吟声反而加大了……

转　折

一

时间一天天过去,周围死一般沉寂。朋友们认为该做的都做过了,可就是没有一点好的或坏的消息。

大约是那次去和式料理一个星期之后,一天早晨我进了办公室,首先发现娄萌的目光又变得温和了。而这之前她是那么忧郁、恍惚,甚至是悲伤。从这天早晨开始,不仅是娄萌,周围的一切——从空气中、从稿纸哗哗翻动的声音里,都透出一种宽松和欣悦的意味。也许长时间的压抑让我变得有点神经质了,可我的这种感觉是不会错的。

我尽可能若无其事地与娄萌交谈。我发现她从那次深谈之后变得有些沉默了,甚至不愿就同一个问题再多问一句话。当我试图就马光和霍老之间的关系询问点什么时,她就像没有听到,马上把话题转向了别处。这使我怀疑她上次交谈中吐露的一切并非经过了深思熟虑,而只是在一种特定场合中的冲动。她大概多少有点后悔了吧。我不知道她是否真的希望我去跟马光谈一次,向对方发出那样的警告。于是我只能等待一个机会——一个自然而然的场合、一个合适的话题,我会按她说的去做。因为我觉得触动一下马光可能是她的真正意图。

娄萌又像一位体贴入微的大姐那样了,亲切无比,居高临下。我好像又重新注意到她的穿着与仪态:一副中等身材,稍显丰满,整个人保养得好极了,这也许真的得益于霍老赠予的丹丸;她的面庞既喜气洋洋又温柔庄重。明眸和秀眉,微笑中露出的洁白牙齿,都传达出一种美好的生活信息。一个人与她在一起工作可能会稍稍兴奋,有一种亲近感和幸福感。

"宁,你这一段感觉怎样啊?"

感觉当然是好多了。可我不知道该怎样回答。

时间还早,马光他们还没有来,办公室里只有我们两个人。往日我们很少同时早来,因为我把赖在床上当成一种难得的享受。可是这一段因为气候或其他的什么原因,我总是起得很早,并且愿意尽早到办公室里来。这种情形多少和刚刚调到杂志社的时候差不多。娄萌目不转睛地看着我,我就去看窗户:有两只麻雀从一束柳枝上跳过来,落向窗台,歪着小脑袋往里望。娄萌的目光落在我的耳廓上,那儿正微微灼烫。她用一种与往常大不相同的语气说话,柔软极了:"你这些年一直忙着往外边跑,一趟又一趟,你岳母说你'长了一双野蹄子'——是这样吗?"

我笑了,然后告诉她一个有趣的经历:曾经有一个人在我们家不远的那个立交桥下给我算过命,这家伙会"揣骨",就是根据人的骨骼形状之类揣摸人的命运,据说这是最高级的算命方法——他当时按了按我的脚踝那儿,两手抖一抖,又按了按我的脚趾,然后就惊叹起来,大呼一声:"你长了一双'流离失所的脚啊'!"

娄萌夸张地"啊"了一声。我说:"大概我命中注定了要走来走去的,从很小开始,直到最后……"她并不在意我说什么,打量我:"四十岁的人了,头发还是那么黑,一闪一闪亮呢!"

我承认自己的确长了一头好头发。梅子曾经说我:"还就是头发好。"

"你可要好好工作啊！"

这是一些多余的、没什么实际内容的话。但她只有高兴的时候才会说这样一些废话。她越是高兴，说话越是多余、前言不搭后语。我随口应道："嗯，好好工作！"

她的手抬了抬，大概是想拍我一下，或摸一下我的头发，但这手举到半空里又停下了。她按着自己的前额说："我们家老于很喜欢你。"

"于院长的工作多忙啊……"我不知该怎样回应这句话，只觉得尴尬而有趣。

娄萌很快打断我的话："他再忙，也忙不过你呀！"

娄萌今天特别愉快，也特别放松。这让我想起一个重要的事情，它一直让我放心不下，于是就趁这会儿问了一句：

"我们还要登那篇发难的东西吗？"

娄萌的笑容立刻没了。她在观察我。这样停了一会儿，她像自语一样咕哝："看看吧，也许得拖下去了。又看了一遍《海客谈瀛洲》，头疼。老天，这就是所谓的天才的文字啊，涩得要命……拖下去再说吧，咱们最好别搅进去。"

"这就对了。我们就是应该有自己的独立品格，何必跟着风头转……"

娄萌瞥我一眼。她想尽量把话题变得轻松，这时问："喂，你和他在一起时，没有遇到漂亮姑娘吗？"

"遇到了，不止一个。"

"哦？"娄萌的眼睛亮闪闪的，像猫，"你在说纪及？"

"当然是了。不过纪及是个老实人，见了女性不敢抬头。"

娄萌正要说什么，门响了一下，马光和那个小打字员一前一后走进来。女打字员像马光的一条尾巴，亲亲热热地随上他往前走。娄萌严肃地叫了一声，马光马上摘下了太阳镜和长舌旅行帽，砰砰啪啪放了挎包:"领导!"

"别巧嘴滑舌的,清样到现在还没有出来,你还有心磨蹭。你看看几点了!"

"啊哟,都六点了呀!"

实际上这时已是九点二十分了,他故意乱说。娄萌一把抓住他的手腕,把表往他脸上一推:

"你长了双什么眼?"

马光夸张地抖着胳膊:"噢,我把表针看倒了。"

娄萌一高兴就不像个领导了。我们都喜欢她这样。连最年老的那个编辑有一次也兴奋起来,背后评价娄萌说:"真好哇!"

这天下班我在立交桥边见到了于甜,开始还以为是碰巧遇到的,后来才知道她提着那个花书包在路口等了好久。她是特意来告诉我一个好消息的,有点喜形于色的样子:

"宁哥,你见到纪及了吗?"

我说还没有啊,我两天没见他了。

"你去告诉他吧,我听爸妈在家里议论他呢,他们说吕南老好像又说了一句什么话——这话对纪及很有利呢!"

"一句什么话?"

"说不清。他们没有具体讲,好像是吕南老对纪及的那部著作又重新说了一句——不知是什么话,反正和以前说的不一样了,口气有点变。你没发现吗?科学院里再也不传阅那份复印件了,大家现在都不吭声了。反正形势又变得对纪及有利了——你得早点告诉他,不然他会闷出病来的!"

我终于明白了这些天的感觉缘何而来,并对自己的敏感有些得意。我这会儿突然想到了在"和式料理"那儿与娄萌的交谈,一下明白了谈话的一半内容是针对了女儿婚姻的。于是我鼓励于甜说:

"你应该多找找纪及。你怎么不去呢？你应该亲自把这个消息告诉他，那样他会很高兴——你现在就去怎样？"

于甜拧动着手里的花书包："宁哥，你不知道，他这个人又拗气又骄傲，不愿理人。再说你也知道……他现在心里装的是谁。"

她在说王小雯。而我马上想到的却是娄萌的一句妙语——王小雯和霍老已经"各就各位"了！但我不能这样说，我只说："纪及与她已经是不可能的了。再说，你和他即便是普通的朋友关系，也可以找他聊啊。他是一个多么有才华的人，你和他在一起会学到很多东西。"

于甜噘嘴："找他做老师？那我一定会学坏的。"

"为什么？"

她不回答，微笑着，做了个告别的手势。

我走开一段路回头看她，见她的背影非常秀丽，身材不像过去那么纤细单薄了。她过于苗条了，所以形体稍稍靠近母亲一点会显得更美。是的，她最终会是很漂亮的——在灿烂的下午阳光里，我觉得她很好看，很有吸引力。

二

纪及去办公室了，顺路去了一趟菜市场，手里提着一个很大的网篮，里面装满水果蔬菜、方便面和馒头，还有一些油瓶酱油瓶之类。可见他采购一次足足可以用上一个星期。这家伙的胃病就是这样搞成的。我正要走时碰到了他，帮他接下东西。他开门时我把于甜的消息告诉了他，他好像并不在意。

我说："我认为是比较真实的。"

"你知道我从心里厌恶这些东西。其实我懒得听他的任何话——无论是好话还是坏话。很少有人像他们那么无聊。当然，我也没法像你说的那样，把这当成一场游戏，它还是会影响我的心情。这就是我脆弱的方面。可是没有办法,我一直这样。现在逼到眼前的问题是,我的所有研究项目都被终止了,一切工作都被停止了。"

我怔怔地望着他。但我不明白的是,他为什么不放手做自己愿做的事情呢?还有,为什么非要完成他人批准的项目呢?于是我说:"那你就做自己想做的吧,何必等他们网开一面!"

纪及摇头:"当然。不过也没这么简单——我为这些项目投入了多少时间和精力啊,有的是从学生时期就开始准备的。如今他们一折腾,既没有了项目资金又没有了时间!时间意味着一切——这里有人可以把你限制到死,比如说他们会故意分给你一些其他的事情,让你不得清闲又不能搞自己的专业——或者是不让你出门考察,或者是把你派到很远的地方去单独完成一个让人厌恶得要死的任务。比如他们一句话,就可以把我打发到耿尔直那里,一个星期、一个月、半年、两年,都是他们说了算。那样耿尔直就成了我的老板,成了一个最可怕的监工,变着法儿从精神上折磨我……"

我明白了,后悔刚才说过的话。我同情纪及,这时越发强烈地感受到:在这座城市里,他真的是一个孤儿,单身一人;他现在正做的,是在与周围的一切默默抗争。为了宽慰他,我说:"好在吕南老正重新考虑问题,从各种迹象来看,好像是这样。"

纪及皱起眉头:"随他们去吧。不过我最想听的倒是秦茗已老先生的看法。"

纪及说几天来他一直在等待秦茗已先生的意见——几次想约我去见秦老,又怕对方身体不好,没精力看那本东西。"现在已经过了几个月的时间了,秦先生一定看过了,说不准吕南老的态度还与秦老有关呢!"纪及一说到秦茗已就有些兴奋,想即刻与我出门。

这天傍晚我们去了秦老那儿。

秦老的兴致明显比上次高了许多,态度也更为温和。看来他的精神也好了一些。那只花猫一点儿也不怕生,大模大样地从我和纪及面前走过,一下跳上了秦老膝盖。秦老把它抱在怀里抚摸着,玩弄着,那么慈祥。我有点感动。不知怎么,一见到秦老,看到他高高瘦瘦的样子,我的心里就泛起难以遏止的感动。我想这是岁月所能留下的最好的一位老人了,洁净、安然,有一种笃定内在的力量。显而易见,他正是我们的楷模。我还想起众所周知的一个事实:在三四十年前,在最艰难的那些岁月里,当许多人都苟且求生的时候,他却能始终挺立着。

话题很快就转到纪及的书上了,秦老说:"我大致看过了……"

"大致"两个字使我有一点点失望,但纪及却很感动,半张着嘴巴看着秦老。可能在他看来,对方哪怕是草草地翻上几页,也是一种荣幸啊。

听下去我才明白"大致"是个什么意思。

秦老说:"我的精力、眼神都不允许像过去那么读书了。在过去,一本著作我要反复读上几遍,画杠杠、记笔记、摘要……现在不行了。我只能逐段看一遍而已,有时候还要借助于放大镜……"

我松了一口气。原来秦老这一代学人与我们有完全不同的治学方法、完全不同的习惯。他们所谓的"大致看了一遍""粗粗翻了翻",实际上仍然还是比我们要认真。

"我从来就赞成年轻人的探索精神。没有探索,我们的事业就不能发展。我们看问题、搞学问,都不能固守原有的角度和方法。我认为这就是学术上的前赴后继。我希望,你们永远不要失去探索的精神,要有询问的勇气,要有追究的勇气。一般而言,那些明了事理的前辈是会给予宽容和爱护的。"

我发现纪及的脸色有点苍白,一双手不断地在膝盖上摩擦。对方的话刚刚停下来,他就轻轻叫了一声:"秦老……"

秦老对年轻人的激动早已习以为常了,这会儿在纪及的呼叫声中无动于衷——也许一口气说得太多,有点疲劳,这时把头往后仰去,微微眯上了眼睛,手里一下下抚摸着那只花猫——花猫这时正极力把一只前爪从他的手心里挣出。秦老按了按它,说下去:

"小纪同志还很年轻嘛,路还长嘛。在你这个年纪里应该是有勇气的。如果这个时候死气沉沉,墨守成规,那以后呢?一个人的勇气并非一直都能保存下来。或许一个人的勇气也与年龄有关哩。很多同志年纪大了就容易留恋过去,这就是平常说的怀旧啊……"

秦老的话让我陷入了思索。我在想勇气和怀旧之间是否真的有那样一种关系?我想不通。

秦老右手的食指不知怎么按在了花猫圆圆的小鼻子上,这就影响了它的呼吸,它不得不用力地把头抖了一下,发出"扑哧"一声。秦老睁开眼睛,瞥了瞥花猫:"我就是从你们这一代身上看到了事业的希望。我老啦,来日无多啦,可是未来的希望就在你们身上……"

最后一句话使纪及从沙发上站起:"秦老,感谢您秦老……"他汗津津的手握住了那双瘦骨嶙峋的手,喘息都变得急促了。

秦老很被动地接受了这种巨大的热情,微微点头,把手抽出来拍拍沙发。

纪及终于安静下来,重新坐回沙发上……

分手的时候,秦老亲自把我们送到了大门口。与我们握别时,老人说了一句:

"年轻人……未来的希望啊!"

他说完这句径自转身,好像生怕再一次看到我们似的,颤颤抖抖地走回小院,进到那个明亮的书房里去了。

我们久久站在小胡同口。

这个夜晚多么安静，多么好，可能是这个城市所能拥有的最好的夜晚了。

三

我不记得纪及屋里有过这么多朋友。科学院里平时与他有些来往的几个同事都来了；一些不经常与纪及在一块儿的年轻人也来了。可是他们非常知趣，见一些年长者来到，就陆陆续续离开了。

最后留下来的是王如一。他白我一眼，然后对纪及说："很久了，一直想好好谈一谈读那本著作的一些感受，可恨的是总也抽不出时间，忙啊！忙啊！我们这一代知识分子啊，真是人到中年哪……茶油酱醋盐，去医院，跑煤气站，就是没有一点工夫。不过平心而论，纪及贤弟，'既生亮何生瑜'，捧读大作，竟让我一夜无眠！夫复何言……尽管学科有别，壁垒森然，我还是感激泣下，将大著列为必读之书……"

纪及哼一声："它可不配你耽误那么多时间……"

"可不能这样讲，"王如一在鼻子前竖起一根手指，"那些东西我相信是看得懂的。不错，我对古航海一窍不通；可是我看到的是你从浩如烟海的史料中如何提炼金子！这个非同凡响的冶炼过程啊，我无法想象它的艰苦，无与伦比……这是真的，我有时甚至想，这既是严谨的学术著作，又有浓烈的诗意。如果我们当中有谁将其改写成一部长诗，真是功莫大焉！这个问题该问问老宁——"他说着把脸转向了我。而我在他的目光转过来之前就已经有些不自然了。我甚至在想这家伙翘翘的胡须间都是讽刺。可一切都像是煞有介事。他是真诚的吗？我是说他对纪及的赞誉，有几分逢场作戏、几分真情实感？不知道。我对王如一早就失去了基本的信任。此刻我倒想问问他：筹备中的"国际徐福研究总会"怎样了？

"七十二代孙"何时即位?

我还没有来得及问什么,他却一直看着我,愤怒地把手一挥:"这些年里,我们早就看腻了那些假正经!假正经掩盖不了虚伪和言之无物。而这部著作——怎么讲呢?我愿把它的探索看成是一次真正的冒险之旅,一次伟大的突破!"

纪及有些疲倦了,说:"请不要说它了……"

"那怎么行嘛!它尽管不一定合乎某些人的规范,可你知道,学术也是一门艺术啊!我们搞现当代的特别注意形式层面的一些东西,它之应用,如国外,"王如一咕哝了几个外语单词,"而在我们这里,特别是老头子们,啧啧,一言难尽……代沟啊!这就是代沟!"

我简直不明白王如一在说什么,对这个人最好的估计,是他冒充内行,故作高深没话找话;如果往更坏的方面考虑,那么很可能是故意浑搅,比如幸灾乐祸之类。我插嘴打断他:"老同志之间的区别也很大,而且某些人的做法,也很难用'代沟'之类去概括。"

王如一拍着大腿:"'欲加之罪,何患无辞'!有的人实际上,嗯,我不说你们也知道他是谁,我不点那个人的名,因为我曾对他特别崇敬……有一些人,他的话永远也不会兑现的,这个我知道。他说过的话很快就会忘掉,可是他对于自己的一些利益却从来不会忘记。比如说他甚至连司机的老婆也安插到重要岗位上去了。有的人甚至想挑拨我和纪及的关系,这位贤弟和我,任何的诽谤、挑拨和别有用心的流言,都是痴心妄想。"他说到这儿一下搂住了纪及的肩膀,"纪呀,就我们两人的关系而言,我不说你也明白——"他把脸转向我:"以前有人说纪及是个天才,说我们俩一定会'龙虎斗'。多么可笑啊!夫复何言!说真的,我虽然比他多吃了几年干饭,但自己深知无论在人品还是在学术成就上,永远都难望其项背……"

在他大声嚷叫的时候,我心里却在想吕擎说过的一句话:他对王如一这个人总有一种不安的感觉。他说尽管与其见面的次数很少,严格讲还算不上认识……对于眼前的王如一我并没什么好印象,他频繁出入杂志社——有人一再提醒他这样做是为了接近娄萌。我最初的印象是他容易激动,有时只一下就达到了情感的峰巅,让人不可接受;当然,要冷却起来也非常之快——只是如此而已。

四

第二天我和纪及见到了顾侃灵,他一见面就笑,神秘地眨着眼睛:"知道吗?吕南老有话了,调子变了!"

我问:"到底说了什么?"

"具体内容还没搞清,不过这回肯定是一句好话嘛。我以前就给你们讲过,事情没什么了不起的,必要时我会亲自出马的——怎么样?"他看看纪及,"这一段我不仅找了秦老,而且还找了一些老朋友。我一直在密切关注事态的发展,如果有必要的话,我会亲自去找吕南老的!"

他抽出了一支香烟叼在嘴上。他兴奋到不能自抑的时候会狠狠吸几口。他点上烟,摆弄打火机的动作很漂亮,在手里撩动几下,放到了衣兜里。他张大嘴巴深深地吸了一口,实际上并没有把烟吸进肚里,只是让烟在口腔那儿打一个旋儿再徐徐吐出。"小纪呀,这一次那人算打了个败仗。他可能还不服气,不过并不知道我也插手了。这家伙不要踩着脖子欺负别人……"说着转向我,"你看,这个人从不露面,他想做什么事情,只要转转眼珠歪歪嘴巴,有人就会替他做得好好的。那一帮人配合得天衣无缝——如果连他也站到第一线了,那就说明他们弹尽粮绝,已经消耗得差不多了。"他显得轻松和高兴,"没什么了不起。事物就是这样,物极必反,在一定的时候就向反面转化。我是搞农民运动研究的,深知一个道理:任何事物都是量变引起质变,这是不会错的。官逼民反。刚开始的时候你只能发现事物的一点苗头,像一个小小胚芽,它会在不知不觉中成长,最后长成参天大树。事物发展到了顶峰,再就是衰落,是走向反面……"

我对顾侃灵开了个玩笑:"你这番话很像摘录霍老那个哲学小册子里的。"

顾侃灵不好意思地摇摇头,自嘲地一笑:"我们这一代人啊,没有办法!"说着按了按我的肩膀。

与顾侃灵分手不久,大约是两三天之后,他又给我打了电话,在电话里大声说:"有时间吗?纪及找不着,你就来一趟吧!"我感到会有什么事情,就匆匆赶去了。

顾侃灵一见我就说:"事情完全落实了,是这样,"他搔搔头,"那个老教授找了他的老同学了,还不错,吕南老总算给了一点面子……"

我在听——到底是一句什么话呢?

"老教授对他的老同学讲了很多情况,又把原著给了吕南老。这之前吕南老的秘书也曾经把一些摘要给他看过。吕对文章没有说什么,并没有直接的意见;不过他告诉老教授:他因为这本书,这个文化事件,曾在一个会议上作为'插话',着力重复过一遍。"

"到底是一句什么话?"

"'对年轻人要爱护!'"

我觉得这句话那么熟悉,在哪里听过呢?还有我以前听过的"乱弹琴"三个字,都很熟悉。

"那么纪及的项目又可以进行下去了——一切照旧?"我忍不住问。

"反正没人再提了……"

这些天在办公室,我注意了一下马光。从东部出差回来,我一直觉得马光有点奇怪的变化。尽管他一再掩饰,可我还是能够看出一点什么。我发现他有点忍不住,好像要鼓鼓劲儿跟我谈谈了。他邀请我到一个咖啡馆里去坐一坐,一再邀请,同时连连叹息。

他找了一个最尽头的黑乎乎的小间,要了两杯咖啡,又要了两杯味美思。我们轻轻呷着,并不说话。马光吸上一支烟,眼睛眯着:

"老宁,你可能也知道了,蓝毛那帮人前一段找过我。"

我没吭声。

"你可能明白,我没法不去,但那也是迫不得已。因为那个小贱人——就是'肖妮娜',出面拉了我几次,她当然代表了霍老。怎么讲呢?我是不敢掺和的。可是怎么跟你说呢?我这人你可能也知道的,实在调皮得很——我是指以前。我以前与肖妮娜是很密切的,这个也有人知道。可是自从她与霍老这个大象走到了一块儿,我们之间就没有什么实际内容了。问题是当时是什么时候啊,谁又知道她有一天会钻到那个霍老的被窝里呢?这并不是我的错啊!可令人苦恼的是现在:肖妮娜竟然对我说我们之间的事儿霍老知道了,但大人不记小人的过,只要我能够走好下一截路,一切都没什么问题!这不是赤裸裸的威胁嘛!这真让我有口难辩⋯⋯我苦恼了许久,最后决定还是去一下。我同时也想了解,他们一伙到底要怎样⋯⋯"

他这样讲的时候我马上想起了娄萌的嘱托,于是说:"那些人,比如蓝毛他们,是非常残忍的。你应该十分小心才是⋯⋯"

马光却不愿就这个说下去,摆一下手接上刚才的话:"到了那里我才发现,在这个招待所来来往往的都是霍老身边的人,他的外甥,就是那个司机蓝毛,在那里是最重要的人物,许多人都要听他的。在酒桌上,耿尔直坐在主座。大家一块儿喝酒,谈论的事情是怎样筹备'国际徐福研究总会',可绕来绕去,还是与纪及的事情有关。他们骂得很难听,说纪及这小子忘恩负义。当时我听了也不知他们对纪及有什么'恩'。难道就是因为纪及到科学院来工作吗?要知道纪及是一个杰出的学者,他不必乞求任何人。我搞不明白。后来肖妮娜不断地向我灌输,说霍老如何如何器重纪及,而纪及如何不择手段地败坏霍老;纪及联系了这个城市文化界的一帮人,组成了一个可怕的小集团——他们借助海外的力量,背后当然还有许多人,首先是推倒霍老,然后取而代之……"

我很震惊:"他们说的'小集团'包括哪些人?"

马光沉吟着:"听口气有你、吕擎……总之,他们说不希望我也加入这一伙。"

我的怒气一下冲到了脑门:"这真是太卑鄙了。我们只是帮纪及说了句公道话,怎么就变成了一个'小集团'呢?他们真像是做上一个世纪的事情——一出闹剧!"

"我也看出了,所以不可能往里掺和。可是你知道,肖妮娜不断地缠我,有时候还打电话威胁我……"马光低下了头,很痛苦的样子,"你知道,我一点也不喜欢肖妮娜,甚至很讨厌她。可是,过去……"

我能明白他的痛苦。我不怀疑他时下对肖的厌恶之情。

"那时候我很好胜,只想开个玩笑,就和肖搞到了一起。我不太喜欢她,可总还不至于厌恶。后来想一想,给霍老戴上了一顶'绿帽子'也不错。这个政治文化界的大象值得开开玩笑。谁知道肖妮娜可不好招惹,我就被她死死地缠上了。现在他们想把我当成手中的一张牌,想让我这样那样……老宁,我不得不告诉你这些。我很后悔。我希望你以后和朋友们都能谅解……"

马光的话意味着什么,我还不太理解。我头上出了一层冷汗。我不知道马光与娄萌的关系,但我太好奇了。我沉默了一会儿还是忍不住,问道:"娄萌呢?她多么好啊!她知道这一切会怎么想呢?"

马光咬着嘴唇:"娄萌与我的事情差不多也过去了。我不愿想这些事情。就让这些事情都过去吧……"

我怔怔地看着他。我看到他敞开一点的领口处,还有探出袖口的一截手臂上,都翻着又粗又黑的长毛。这是一个大猩猩。我又注意了一下他的牙齿,天哪,又大又坚实。他的眼睛很大,睫毛很长,锃明瓦亮像豹猫的眼睛。我怔住了。

"你怎么了?"

我掩饰着自己的慌乱端起酒杯:"没有,没怎么……"

"你害怕了?"

我想说是的,我从来没看到身上长了这么多毛的家伙啊。我一口一口抿酒,不再说话。

自传片断

[海上三日纪行]谁见过和平建设时期的繁荣景象,谁就明白当年为什么要浴血奋战,也对无数先烈的牺牲感到一丝欣慰。为有牺牲多壮志,敢教日月换新天。高峡出平湖,当惊世界殊!全国上下处处宏伟工程,人人热血沸腾。整个机关立起直追,时不我待。以我为例,白日忙碌,夜里加班,稍有一点空闲即挥毫不停,写下大量歌颂新生活的诗词作品。这当然是受了国内大好形势的激励。总之人人思进,没有几个自甘颓唐的人。个别因为出书或演艺有名的人难免居功自傲,经我一番训斥,始能夹起尾巴做人。其实群众才是真正的英雄,你一个人浑身是铁又能打几根钉?如此简单的道理,战争年代过来的人一经点拨就通。再则以我为例:之

所以能够取得一些成就，绝不是因为具备了过人的天才，而仅仅是依靠组织，勤于实践罢了。

　　这期间参观东部渔业生产又有意外收获。当时匆匆登上一岛，却对凄凉之状印象颇深，于是心中忧虑民生。因一行过急离开，不能细细探察，格外于心不安。想不到后来工作日益繁巨，加上政治运动频仍，这一耽搁就是二十多年，直到五年前方能再次成行。那次正好有一位女士去东部出差，由她提出一路同行。我每次外出都有随员，这一回却甘愿辞掉他们。这一来既可省下一部分公帑，同时又可避免前呼后拥。领导者欲要了解基层民生实情，却又每每兴师动众，岂不矛盾？我对此流弊素感痛惜，并决心由己做起。古代微服私访之举，我们也不妨效法一二。

　　由该同志引路，搭乘便车轻装上阵，一路正好可以了解许多下情。该同志身高一米八五以上，面貌姣好，能说一口流利的京语，结婚数年尚未生育，性格爽朗。我出城不久即打消了她的某些顾虑，因为对我这样一位资历颇深的领导，年轻人初见必然有些畏惧，这也是可以理解的。但我于长期实际工作中养成了一个本领，即总能使他们在极短的时间内不再紧张，并能让其主动问话，尽量创造出一种谈笑风生的局面。我的基本做法就是：先故意做出极为严肃和老迈的姿态，比如唉声叹气、咳嗽、行动笨拙，不断说自己年纪大了、不中用了等等——而后突然就活泼起来，也不妨与他们开一些过火的玩笑，使对方又惊又喜；随之对方也就非常放松了——这样又怎么会畏缩不前、紧张得连话都说不流畅呢？这说到底也是一种领导艺术，但不是短时间内所能掌握的。我们常常说要与群众打成一片，可见最难的还是身体力行。总之我们两个在外人看来既不像上下级（她只是个股级干部），又不像夫妻关系，倒更像两小无猜的同乡突然于路上相遇了：你说我笑，咯咯有声，最高兴时我还把一块大白兔糖果塞到了她的衣领里！可见彼此已经多么融洽了啊!

　　这就为我们在海岛上的三日逗留创造了极好的条件。我一反常态地直抵目的地,不打搅地方官员,而只雇海上渔民做个向导,只为了看看盛世之期,当年见过的那些岛屿生活有否改善?我准备将此次考察实情写一报告,提供有关部门决策时参考。坐渔船登上雾中小岛,心中惊诧不已!原来二十余年过去,这里依然如旧,简直没有一丝改变!还是当年的草寮,还是那个道士模样的人,还是骨瘦如柴,下巴往前探去,灰尘满颈,一双眼睛呆若木鸡。他竟然像个懵懂,对国内外大事,比如美利坚伊拉克等一概不知。他每天里除了喝些自栽茶叶,再就是采些草药,吃的是随手可觅的鱼虾和海草。我认真端量时才发现:他与二十年前所见的面貌无甚变化!老天,据此推论这人少说也有一百多岁了!那时当地渔民都说岛上有逃避公社劳动、闭门修炼的异人,今天可见所言不虚。他对自己的真实岁数遮遮掩掩,想必是害怕。其实对其不必过分追究,因为他如果真的以自身的实践修行成功,也算对人民的最大贡献。他的所有方法一旦成熟,为什么就不能贡献出来?须知革命工作并没有高低贵贱之分,只有分工的不同,他虽然逃离了公社劳动,但就贡献来说又怎么会少于一般群众?所以我当时虽未公开地给予鼓励和提倡,但内心里还是相当默许的。当然,对此过分提倡也不宜,因为这毕竟不是大多数人所能办到的事情。

　　小岛上长满了棘子和酸枣,有一些海蚀穴,里面铺了茅草,显然是常常有人来坐。我心上一动,马上想起了一个人在这洞里独坐修行——但我不便直接询问,只是谈一些日常生活与生产情况。我盘腿坐在茅草上,以便让他触景生情,自动说出一点修炼的事情。可惜这人戒备心太重,始终没有流露什么。吃饭时,他招待我们的竟是最粗的饭菜:半生的鱼片和海带之类,外加玉米窝窝,难以下咽。我像他一样两手一攥就吃起来,同行的女伴却终于弄得呕吐,然后吃起了带去的方便面。不过我注意到这人于饭后吞食了两粒药丸,若无其事地抹抹嘴巴。后来我与之谈起了徐福,对方马上两眼放光。夜里我与他睡在同一个大铺上,女伴也在一边眠下。需要说明的是,这样的通铺在当地常见,因为可一溜儿排开多人或三人以上,原则上是可以男女同眠的。

我讨来四粒药丸,服了三粒,另一粒留待回城化验。服药片刻即觉浑身发热,下体大胀。我用力忍住,而后反复询问他的年纪,对方只伸出两根指头。这当然是二百岁的意思!我大惊失色,再问,对方却说是八十有二。我明白,他后悔刚刚说了实话。接下的时间我们又看了岛上四处,特别关心饮水卫生和医疗诸项,发现水为天然矿泉,而良药就是百草。至于那些铺了草的洞穴,则随处可见。晚饭时我帮他抱柴做饭、提水,早晨又帮他淘茅厕。这些活计令女伴大为反感,后来也许总算明白过来:我作为一名高级干部尚且能身先士卒,她自然深受教育,于是一同干了起来。

第二天老人即受感动,带我们看了他打坐的地方,还教给我们制作强身的药丸。中午时分天气晴好,他又驾船载我们去了临近的一个小岛,原来那里还有两户人家,都是打鱼为生;其中一人是个五十左右的老太太,对我们颇好。我从她的眼神看出来,她与老人的关系颇不寻常。询问才知道,这些散在岛上的人士大多与徐福有关,是他老人家当年出海落下的,这就好比革命队伍中途掉队的人——这些人虽然意志远不及随队伍走到底者,但毕竟还是要比一般群众进步许多;所以从这个意义上看,他们既然散居在岛上,那么长生的秘诀总还会有一些吧。

第三天由精神勃勃的老人带路划船,又访了十几里外的雾中小岛。这些岛大半没有人烟,谈不上组织生产,自然也没有民生问题;但我一直在想日后怎样开发——旅游或其他方面有何作为?在小岛上闲逛时我终于乘其不备,又一次问到了他的年龄,这一次他因为毫无戒备,把二十年前的年龄脱口吐了出来!老天,这一推算他真的已经有一百四十多岁了!我退开一步端量,发现他银须飘飘,不是仙人又是什么?我忍住心中大惊,在心中暗暗思量:这一次微服私访本为体察民情、了解海岛现代化建设而来,想不到却有了更为重要的发现!

当夜仍回到通铺上安歇。尽管一天奔波已十分疲累,但我和她还是趁老人睡去的时候,认真地讨论了一些养生事项,特别谈到了徐福求仙与这些雾中小岛的关系……半夜里我们拨灯坐起,只顾将其中的难点和疑点记在了本子上,彼此连衣衫不整都未在意。所幸的是,她始终能够以科学的态度对待这些很容易引起误解的领域,今夜一改平时的嬉笑脾性,神情专注地做着笔记。于是我那一刻心中即明白了:这的确是个悟性过人的、能够吃苦耐劳的、可以长期合作的女同志。

你在高原

海客谈瀛洲

卷三

第 七 章

多 声 部

一

　　整个城市好像突然沉寂下来：没有我们期待的种种消息，也没有出人意料的尖音。好像一切都没有发生过，一切照旧，这座城市就像一条漂满了杂物的河流一样，正日夜不停地慢慢流淌。年轻人的城市应该闪烁变幻五光十色，有长吟和嘶鸣，有狂欢和嬉戏，有传奇英雄的拔剑长啸，有鬼怪神仙，有空中飞艇和地下暗河，有一大早从公园里出逃的大河马……没有，它每天从一大早就开始晒太阳，明天的一切仍旧如同今日，总是同一张面孔同一幅风景在我们眼前晃动。我们甚至盼望真的有一个藏在老城深处的老妖，它法力无边，半夜里为所欲为，吃人不吐骨头，浑身生满疥疮，让我们在恐惧尖叫中与之进行惊险的追逐。可惜没有，身边全是平庸的日子。

　　我常常琢磨霍老的自传片断，对那些红杠竹纸上写下的漂亮行楷几近入迷。我不仅是看过一遍而已，而是极力想从字里行间读出更多的隐秘，有时想起什么，会将前边读过的段落重新找出来。我发现这些文字既是认真追溯往事，又像是一次漫不经心的讲述，但大致不会让我怀疑其真实性。除了个别可以理解的情感夸张之外,所记述的旧事应当还是相当可靠的。我注意到了文字缝隙中透露出的一些隐秘,如其中写到的吕擎父亲的事情——这令人十分震惊,那会儿的愕然和费解让我一时无心再做其他:想不出霍老为什么要如此轻易地记下这几行字,如果是故意污人,其后果却是可怕的。吕擎父亲作为一位令人崇敬的形象,就此留下了污痕——有人从此就会用另一副眼光去端详往事了。至于霍老所说的因为吕擎父亲的揭发而招致不幸的那个大漫画家,我暂时还不能肯定会是靳扬……平静下来想一想,实在找不出霍老当时刻意诋毁那位大学者的必要。一切只可存疑,只在心里结下一个又大又硬的疙瘩。

前一段时间,我们发现自己正在接近他人预设的某个陷阱,内心里竟滋生出一种莫名的、探险般的兴奋。我们既为那些忠厚长者伸出援助之手而感激,同时也为一些人的谨慎惶恐而暗自发笑。这当中,只有纪及那张苍黑的脸上表现出深刻的厌烦,好像在说:我们哪还有时间进行这种游戏,无论是对于个人和整个知识群体,都没有时间了。他只为一个事情难过和忧心,那就是爱情。本来就很糟糕的胃又在起劲地反抗了。他陷入痛苦的同时又深感无聊。他对一个时代和一个城市完全缺乏幽默感,也丝毫没有游戏的心情。

可是我和朋友们渐渐发现:无论是谁,他一旦牵进了某种游戏之中,其固有的一些规则就会凸显出来,一切都将按部就班地进行下去,该来的必会逼到眼前,双方谁也停不下来了。所以我们大家仍然要集中精力,要注意打听一些事情,这不是煞有介事,而是一种需要——当马光说这一段时间霍老身边的人正做着反击的准备时,我立刻瞪大了眼睛问:

"他们要反击谁?"

"反击谁?不完全是纪及——可以说主要不是纪及,而是他背后的那一批人。在霍老眼里这才是潜在的、最大的威胁,这些人一有风吹草动就走到了一起……他心里清楚,只有一个纪及并不可怕,可怕的是那一大拨人,这些人会蠢蠢欲动,一有机会就向他发出了挑战。而他们过去连尝试一下的勇气都没有。现在的情况不同了,时代变了,许多人的胆子变大了。纪及是因为年轻,因为刚刚来到这座城市,不知深浅……"

马光有条有理地分析着。我在想纪及。纪及终止了那个传记项目,是因为厌恶,从心里否定了霍老。他对霍老所有的著述都不屑一顾,对其经历也只有轻蔑。我对他这种脱离了时代环境的偏激之情可以理解,却在心里存有诸多保留。他完全忘记了一个人与一个时代的对应关系,多少犯了简单化的毛病。我真想让他看一下那些自传片断,后来又觉得没必要了。他对霍老有相当顽固的看法,多次对我分析这个人,用语不乏生动,也不乏深度:

"此人长期以来都是以双重面目出现的:在政界他是文化元老,在文化界人家是行政权威,时间一长两面都习惯了,习以为常了,谁都得尊重这个既成事实,谁拿他都没辙!再说人也会有一种从众心理,有时还渴望出现和保留一两个领袖级人物——也真的需要一个头发向后梳理、足不出户、只在关键场合才偶尔露露面的形象;有这样一个不苟言笑的人,出现在他应该出现的场合是十分必要的、完全合理的——如果这个人突然没有了,那就会引起很大的不安甚至不适,以后还得重新寻觅这样一个人。大家会不约而同地在心里为这样的一个形象预留专门的位置。如果谁要取消这个形象,那就会破坏很多人的心理秩序。破坏者可得有不少勇气,还要不怕麻烦,不怕掉胳膊掉腿、缺皮少肉才行——从根本上讲,这是不被允许的。至于说那个已经约定俗成矗立起来的人物,他的学养如何、德望如何,并不是至关重要的。学养深成就大的人在一座城市里一口气可以找到许多,但这些人都不合使用——实践证明他们是不中用的,他们只能待在一个沉闷的角落,咀嚼自己的那一份。用一些人的话说:虽然他们是专家甚至大学问家,但他们的一条腿是瘸的。尽管他们可以著作等身,但就是缺乏某种特别的东西或者说是独到的素质,比如他们大到对整个时势的把握,小到对一座学院或一个机构的领导能力;而且无一例外的是,他们面对最重要的问题、在关键的时刻,从来都处理不好——这时候反应迟钝当然不行,太清楚了也不行;而是要恰当地糊涂一些,要半眯着双眼,嘴里'啊啊、啊啊'地叫着,以争取时间,慢慢弄明白到底要站在哪个地方才行。木讷讷的才好,必要的时候一定是口齿不清,而且听觉也不要太敏。要常常学会两手拢起双耳用力听人讲话,能够听见的自然听见,听不见的永远也听不见。这样的人好找吗?很少,严格讲他们才是一座城市或一个时期最宝贵的,是绝对不可多得的人才。而霍老正是这样的人。所以说每一座城市都不能缺少霍老这样的人,他在任何地方任何时期都会是重要的……"

　　马光说肖桂美近期宣布:纪及以及他的同情者、他背后的那些倒霉蛋,根本就没有任何希望。他们企图向霍老挑战,可是忘了自己站在一个什么地方、向一个什么人挑战。"'他们无论怎样乱动心思,到头来一根毫毛也伤不了霍老,不信就等着瞧吧。'你听听,这就是那个小贱人的话。她的嘴抹得血红,一张嘴——那可是一张'海口'啊——就露出满口黄牙。这个小混蛋自从嫁给了霍老就有了一股刺鼻的邪味儿,一个彻头彻尾的贱坯子。认识她真让人后悔得要命。这个玩笑开得太大了。你知道我这个人好奇心特重,一冲动一高兴就想干点什么,结果常常委屈自己。有时我并不喜欢那些娘儿们,她们的贪婪可不是你这个局外人能够想象的。就这样,到后来厌恶就自然而然地发生了。我本来与肖妮娜的事早该了结的,当初完全是因为一时兴起,因为恶作剧……你知道我这个人玩耍的心思太重,想跟霍老打打游击,想用一种老法儿逗逗他……结果老家伙还是比我棋高一着,俗话说得好,'姜还是老的辣',这一来正好是霍老报复了我!"

这些话包含的层次太多,我听不明白。

"你看,是这样:我总觉得那个霍老够蛮横、路子也太野了一点,就想给他点颜色看看,偏偏就要和小贱人来往——想不到这正好合了霍老的心意:他对小贱人也厌腻了,正希望她离远点儿呢。他需要有更多的时间来追逐王小雯和其他人,正想找个借口让小贱人不敢闹事呢,这一下正中下怀!可惜我察觉得太晚了——我们,我和小贱人,都上了霍老的当了!"

"她什么时候知道了王小雯的事?"

"早就知道了。我曾经给小贱人指出过这一点,本想让他们内讧,谁知小贱人说:'那都是一些用心险恶的人在造谣生事,他们在别的方面动摇不了霍老,就在生活作风上败坏他。霍老是那样的人吗?多少年风风雨雨都过来了,谁能在这方面捉住他的把柄?'我听到这儿吃了一惊,真的搞不懂了!谁不知道霍老在这些事情上臭名昭著,她竟然替他辩护,可见两人已经在暗中达成了默契。当时我恨死了,心想这真是一个彻头彻尾的'小贱人'……我忍着,听她说下去,'王小雯到家里只是做一点秘书工作,因为霍老年纪大了,我也有自己的事情,比如说送打字稿啊,传阅文件啊,还帮我们做一点点小事……'我故意说:'这已经是大事了!'她说:'小事。现在的人,哼,都自私得很,谁愿意为别人贡献自己那一点?谁又能急别人所急?王小雯能……'"

我听着马光的复述,不解地看着他。

马光做出一副要哭的样子:"那个小贱人也抱怨,说霍老尽管吃药练功,可到底年纪大了,消化不良,精力也大不如从前了,躺下就睡,不愿多说一句话。她闲下来有多少话要跟霍老谈啊!她想请教他,也想安慰和被安慰……'难哪,做女人难哪……'"

马光说着笑出来："她自以为是个不得了的人物。不过要讲起来也不那么简单,那是在一个特别的圈子里:他们都知道有一个穿着瘦裤腿、打扮得妖里妖气的女人。她是全城最早去迪厅的那一拨花枝招展的女人,还试着吃过摇头丸,好在没有成瘾。"他做着频频摇头的样子。

"打扮吓人,刚认识时总说自己出身华侨,是南洋妞。后来才知道完全不是这么回事,都说,嚯,还南洋妞哩!那个海边的小城都知道这里出了一个有本事的闺女,背着拳头大的小皮包,在外面找了一个大官。他们不知道霍老的官到底有多大,只说省长都不如他大哩!不过村里人都知道她再也不会回来了,连过年都不回,爹妈病了也不回。有一年春节好不容易回去了,一进门就嫌家里腥气,还打了小妹一耳光。她父亲气不过说了几句,也被她骂了个狗血喷头……这都是那里人亲眼见的。"

我想不出两个辛苦一生的老人有多伤心。一对朴实的、靠劳动养活自己的人,生出的却是一个如此廉价的东西,她没有自尊,没有一点儿根性。我从心里为两个老人难过。他们真不幸。

马光接着说："那两个老人的年纪还没有霍老大,她父亲可能比霍老还要小几岁。如果不是亲眼所见,我也不信……真的,用王如一的话说,就是'夫复何言'!"他夸张地伸长两臂,"现在只要提起纪及和你,她就咬牙切齿,说看着吧,看你们的下场!说你们在一块儿嘀嘀咕咕,往霍老身上泼了无数污水,所有的不实之词都来自你们……在这座城市里没有人敢不尊重霍老,两个小丑竟然纠集了一撮坏人对付一个德高望重的人……还说这也绝非偶然,看看那个纪及的出身吧!"

我愣愣地看着他："出身怎么了?"

"她说纪及的父亲是一个非常恶毒的人,早就是我们的敌人——'他饱尝了专政铁拳以后,就滚到一个小山沟里去了,结果怀着不可告人的目的,在阴暗角落里生下了这么个黑孩子。这个孩子像他爹一样阴险,别看平时闷声不响的,一些恶毒的心思可真不少。他咬着牙上了大学,让我们的社会花了那么多精力和财力把他培养成一个博士,然后又分到一个高级科研机构,可只记着为父报仇——你看他报仇的第一个对象就是霍老!他终于找到了发泄自己内心仇恨的人……'小贱人还说这个黑苍苍的人之所以有严重的胃病,就因为他恶毒,在深夜里和那个恶毒的父亲对话,练一种咒语——诅咒我们的国家和社会……可惜现在阳光灿烂,没有这些毒菌生长的机会和土壤,于是他那部诅咒书就拿到海外去出版了——狐狸尾巴一下就被我们捉住了!吕南老是谁?一位久经战火考验的革命者,人家从燕京大学时候就是一位地下工作者了,一眼就能看穿……"

我忍着,心里重复着"诅咒书"三个字,咬了咬牙关。我说:"可是吕南老最近说了,'对年轻人要爱护'!"

"是的,这句话起了一点缓解作用。可是你要明白,吕南老既可以说这样的话,也可以说另一些话。我们不能对一句话寄托太大的希望……"他叹息着看我一眼,转了话头,"你一定要原谅我,我以前可能太浪荡了,爱开玩笑爱冒险——总觉得生活太单调太平庸,总想去那些别人没有去过的角落看一看,结果就遇到了一些危险,比如说眼下的肖妮娜……最近她盯得我很紧。我知道她要干什么,总是躲着。她一遍遍电话催,急三火四的。我会脱身的。吕擎他们不要误解我——吕擎对我过于严厉了。你知道我心里是敬重他的,绝不像他想的那么坏……"

我在想其他的事情。我说:"反正既然已经那样了,你就和肖妮娜保持联系吧,这样我们起码可以了解一些情况,帮帮纪及。"

马光喊着:"天哪,你这是让我'舍身求法'呀!"

"你已经舍身了,又不差那一点。"

"这是很难的……这还得试试看……"

"算了吧,你最大的毛病就是谦虚。"

"这很难的,这得试试看……"

二

回家时,我看到岳父正在练书法——他们这一茬人差不多都成了书法家或诗人。他正在提笔运腕,一抬头瞥见我,立刻把笔搁在砚台上:"你过来一下。"

岳父搔了搔梳理得整齐的背头。他们这一茬人都喜欢留这种发式,它似乎代表了整整一代人的权威、气度和修养,甚至还有他们的立场。不知怎么这种发式总是让我望而生畏。我觉得自己与这种发式之间有着那么多的纠缠、一些解不开的疙瘩。有时我会觉得遗憾,岳父也留着这样的发式。我走过去,他拍拍一旁的沙发,先自坐了。我不知道他要讲什么。但我从他的目光里看到了一丝疼怜。

"你嘛,最好不要掺和纪及的事情啦。"

他没有转弯。我听下去。

"我以前给你讲过么,那涉及到霍老。"

我点头。岳父咳咳,声音低缓地说下去:"霍老我是很了解的,他对你们来说是个老领导、老前辈了。他现在身体还好,可是工作太忙,可以说日理万机。你们应该爱护他、维护他。小纪嘛我不了解,这青年可能有点才华,有点名声,但也不可以不讲分寸,由着性子来,犯些荒唐的错误……"

当他停下来时,我终于有机会解释道:"这只是一般的学术问题,学术问题是提倡争论的,并且要在平等的气氛下争论……"

岳父转了转脸,不再看我。这是他考虑问题时才有的一种表情。他这样待了一会儿,说:

"哪里。事情比你想象的还要复杂许多。它在海外的影响是很恶劣的。海外,如今斗争多么激烈!所以,这不仅仅是一个学术问题……"

我的声音稍大:"不,各种争论、包括海外的不同声音,都是正常的。"

"你不要再说了,我应该比你了解情况。我只希望自己家里人不要卷进去,不要犯错误,到那时后悔也就晚了。"

我默不做声。

岳父叹息着,不胜怜惜地走到写字桌前了。我也凑过去。他以前常常讲自己使用的是一种"香墨",里面有什么麝香和冰片——可是这次我却闻到了一股浓浓的臭味儿。

这天梅子也对我重复了与父亲类似的话。我不愿讲什么,只是看着她。梅子长了一双杏眼,凝望的时候既可爱又可笑。当年就是这副目光让我怦然心动。我在心里说:你没法看清自己的丈夫正在做些什么,别看你有一双杏眼。我甚至没有给你看一眼《东巡》,为什么?就因为担心你压根儿就看不懂,也不会理解。你在这个一本正经的家庭里待得太久了,已经没什么幽默感了。这当然是不幸的,但还稍稍可以忍受。因为这个年头不可忍受的事情太多了,没有幽默感又算什么。须知幽默感太多也会出事的,眼下我和朋友就是一例。这个事情的责任完全在我,或许还有吕擎。我们在动手做这一切的时候都是自然而然的,甚至连自己都没法阻止自己,更没有权衡什么利害得失。真的没有。我可能要给家里添一点烦恼了,可是爱情能够把我原谅。她是我的同路人,而不是我的同志。这已经很不错了。尽管我们走到了一起,而且深深地相爱。她在我耳边喃喃絮语。她在说一些别的。对了,还是换个话题吧。我想我们应该谈点别的。那些沉重得让人喘不过气来的事情还是暂且放一放吧,放到明天或后天,放到一个更适合谈它的场合。

星期天的整整一个上午我都在重读自己的这部"平行文本"。我庆幸自己没有像纪及那样将其发表——不是担心什么,而是觉得修改的余地太大了。我似乎刚刚捕捉到了一种内在的韵律、按住了它的脉搏。我想我会有更好的书写。我开始激动起来。我明白自己曾经是饱含激情地讲叙着陈旧的故事,那个大历史和大传奇。我没有迷茫于一种荒诞之中,没有。清晰、理性,如同"平行文本"的另一半。当然了,从虚构作品的角度看又是另一回事儿,但它肯定已经超越了虚构,也超越了一般的专业。我一时不知该怎样评价自己这部蹩脚的《东巡》。

思绪一会儿就转到了霍老和他的自传片断上。我在想其中写到的吕擎父亲。这时我正把以前听过的一段历史公案与之联系到一起,身上立刻出了一层冷汗。那是艺术学院的朋友告诉我的:曾经有一个漫画家叫靳扬——此人就因为被一位著名的学者所揭发,从此身陷牢狱之灾。一位多么有才华的人,死的时候还很年轻。靳扬的死曾经震动了全城……这事上年纪的艺术家才知道,他们一提起那段往事就气得浑身打抖。现在,我心里蹦出的一个问号就是——霍老自传中写到的那个画家和学者,这会儿真的可以双双对号入座?

那个画家的死,那个极悲惨的故事,只能由漆黑的颜色来记录……我不愿在这个时刻去过多地想它。

而这些日子里,吕擎正在读《海客谈瀛洲》。不仅是他,他们学校那些朋友,那些教授们,都在传阅这本书。当然,一本学术著作不会有这么大的反响,许多人看的倒不是什么专业问题,专业方面没几个人能懂。大家想看的只是其中可能隐含的秘密——即一本所谓的"诅咒书"……

诅咒书!诅咒书!诅咒……

本来这"诅咒"应该是极其吸引人的,因为它在写那个古代传奇、那一段航海史。徐福出海求长生不老药的故事大家都知道,陌生的只是纪及这样的"诅咒"。我这时真想告诉他们:你们还应该看看它的"平行文本"——在它并行不悖的另一半里,你们渴望的问题也许就会得以解决。此"文本"乃本人所为也。可是这还需要时间,也许不久的将来你们真的会看到两个文本的对照读物呢。这将是"诅咒"和"吟咏"的结合,而绝不是什么恶作剧……

　　吕擎与其他人不同,我相信他。连日来,他一边读纪及的书一边作了许多笔记。如果这本书真的是一本"诅咒书",那么他也完全听得懂其中的咒语。

三

　　于甜背着那个惹眼的大花书包,突然出现在我们家。梅子赶紧迎接,热情得很。不过我一见于甜就觉得她的眼睛稍微有点浮肿,好像哭过。于甜真的越来越胖了,也越来越美丽了。

　　梅子总算高兴起来。于甜很少到我们家来,只要一来就和梅子一块儿讨论结毛衣。有时我甚至觉得奇怪:毛衣里面真的凝聚了这么多学问,需要她们如此认真和专注吗?后来我看到过不止一本《毛衣编织法》,这才明白:行行出状元,到处都藏了学问啊。她们一坐下就谈论起来,细声细气的。女人真是奇怪呀,她们的这种喃喃絮语打动和安慰了多少人,我们这个世界真的需要这种声音。瞧她们说话像呵气似的,"是啊""可不是吗""是啊""嗯""噢",就是这一类声音温暖了你,让你感到生活的可爱和可信。

　　不过这次我宁可认为于甜是来找我的,其目的肯定与纪及有关。于是我很想找个借口把她从梅子身边引开,可梅子正跟她扯得热乎。

　　"反针?正针?"

于甜看看我,告诉梅子:"反针反针!"

"不是说正针吗?"

"反针!"于甜温柔地嘱咐一句。她的嗓子细细的,嗓音很好听。可是她的眼睛一次又一次到旁边寻我,终于引起了梅子的注意。梅子把那些线团收起来,轻叹一声走开了。

于甜一声不吭地坐在那儿,齐耳短发被重新修整过了。她脸上一双大眼真正像紫黑的葡萄,她的鼻子原来比常人稍大一些,挺拔,粉粉的,我此刻觉得她身上三分之二的庄重肃穆都来自这个鼻子。如果不看鼻子,不从侧面看去,你会认为这是一个温和有余的姑娘。我真的常常不明白纪及为什么会忽视她的美。如果说王小雯更为娇小别致、让人过目不忘的话,那么于甜则有一种长久难消的庄重之美。

我问:"你见到纪及了吗?"

"……"

"只希望你们能经常保持联系。这也是你妈的意思啊。"

于甜叹息一声。

在这个秋天里,女人怎么都频频叹气?这可不是一个好兆头。梅子叹气,还有,娄萌近来也常常叹气。

"宁哥,我爸爸被上边批了。"

"为什么批了?"

"还不就是那些乱七八糟的事儿。我听见爸爸在家里抱怨,唉声叹气,情绪从来没像现在这么低落。你想想这么大一个机构,在外地还有一些研究所,一大家子人吃喝拉撒睡全要爸爸管哪。可是他还要听上边的,那些人愿意管就管愿意问就问,有时爸爸去请示,他们就说:你放手干去,不要缩手缩脚;还说,你不要每一样事情都来问我们,大胆干吧!可有时候秘书一个电话打到家里,爸爸才知道犯了忌讳……究竟该怎么做他也不知道,只怕惹了那些人不高兴,作难死了。妈妈说你干脆辞掉算了,说说嘛,哪能真辞呢。想不到爸爸有一次真的跟上边提出这个意思,人家把脸一沉说:'老于呀,你有什么想法吗?如果有就直接谈好了!'我爸那次吓坏了,回来后再也不提辞职的事儿了。他知道有人为什么恨着他,话很严厉。妈妈更害怕。他只得忍气吞声地干,头发都快掉光了……"

"这次怎么批他了?"

"说爸爸处理事情不果断,拖泥带水,会产生很不好的影响,事情会糟得难以收拾。"

"什么拖泥带水了?"

"就是处理纪及。他们怨爸爸没有立刻让纪及停职检查——要在全体大会上作深刻检查,其实这等于开批斗会。"

"可是纪及的正常工作早就停止了,他的研究项目也不能进行了,还要怎样!"

"就是呀。爸爸问:'恐怕已经有点过了吧?'谁知上边马上就批起了爸爸。那人说我爸爸已经很久——可能是指这些年来吧,一直是个没有脑子的人……我爸爸没有想通,结果一位老领导就火了,拍了桌子。爸爸回来脸都变了,我从来没见他这样。他说话声音发抖,连夜跟妈妈商量,最后还是不愿让纪及站到全体大会上去。因为这没有理由。爸爸说这样显然把学术问题搞成了另一种问题——让人觉得一夜之间又回到了过去。一棍子把人打死啊,再也不能这样干了……爸爸唉声叹气,昨天晚上一夜都没睡好。我可怜他。我听见他和妈妈深夜了还在说话。我也没有睡好,为纪及担心,就到这儿来了……"

我长时间没有做声。我想于甜也许做得很对,现在不应该再告诉纪及什么了。不是担心他的承受能力,不是。一个能够写出那样文字的人,只会从心里鄙视对方。可我还是有些担心——担心什么自己也说不明白。

四

当屋里只剩下我和娄萌两个人的时候,我说要汇报个事情。娄萌正想提着包离开,这会儿看看我,很不情愿地坐下了。怎样开场呢?她的情绪真的糟透了。我一开口有点吞吞吐吐的:

"好长时间没有看到于院长了……他好吗?"

娄萌白我一眼,大概知道我指了什么。人在这时候常常是过于敏感了。她说:"好个什么,有你们这一号人,他还会好吗?!"

她很少这样埋怨别人。我故意做出一副无可奈何的样子:"于院长真是一个好人……你并不知道老于在我们这一代人心目中的形象。大家私下里对他评价很高。他是一个做实际工作的人,不像有人那样欺世盗名!"

娄萌大喘一口,开始正眼看着我:"是啊。我们家老于就是个出苦力的命。他总是被动,受埋怨,左也不是右也不是。所以你们也应该体谅他配合他。你看,本来事情平息下来了,可是你们找这人那人的,又惹出了麻烦不是!"

"老先生们想保护一下年轻人罢了。"

"有人想得太简单了。就不会装一下哑巴?要知道,他们这样一来也就帮了倒忙,把一大帮人都牵扯进去,这容易让人想到更多——一伙一伙的!这只会把事情搞糟搞烂!现在怎么收摊我都不知道了……"

我不能明白她的意思,更不知怎样解释才好。我看着娄萌一起一伏的胸部,绝望地怜悯着。这是一个多么温柔的女性,胸中却要装下这多烦恼。她本来应该无忧无虑地活着,顶多有一点无伤大雅的绯闻;可现在看完全不是么回事,世事复杂极了,而且无可逃脱——她竟然每天里有一多半时间要皱着眉头唉声叹

气——既为男人的事业操心,又要领导这么重要的一份杂志,这对于她而言是不是有点过分呢?我这样想着,一句话就脱口而出了:

"娄主编,吕南老说了一句话,他说:'对年轻人要爱护!'难道现在不爱护年轻人了?"

娄萌抓起包往外走,一边走一边说:"唉……你们这一帮子除了惹事、除了恶作剧,再不会做别的……"

她走了。我从窗户上往下望了一眼,一眼就看见马光站在那儿。原来是他们约好了,可能要到什么地方去。马光这小子就站在传达室旁边等她。我想马光与她的关系看来比过去接近了许多,这小子真的把她摽住了。他们难道又要去那间和式料理吗?我有些嫉妒。我想起了日本清酒的香味,想到了那些隔间……那是再适合不过的亲吻场所了。听着娄主编咔哒咔哒的脚步声,我的心里酸酸的。

走 向 冬 季

一

王如一约我和马光一起谈谈他的《徐福词典》,结果第二天又打来电话改约,吞吞吐吐,让人觉得反常。通常他跟杂志社里的任何人接触都非常主动热情,因为他有自己的某些打算。可是最近一段时间他一直在回避什么,躲躲闪闪。至于那本词典,对我和马光来说倒成了茶余饭后的作料。马光常常咧着大嘴喊叫:"啊,得一词条!得一词条!"

有一次我见王如一提着包急匆匆往前赶,就大声喊了一句:"夫复何言!"过去他会马上停下,而这次却一边回首打招呼一边不停地往前赶:"回头见回头见。忙啊,很忙很忙!会连着会,很忙很忙……"就这样嚷着钻到了一个巷子里,不见了。

我在大街上见到王如一的第二天,顾所长说一个人——就是那个叫耿尔直的家伙从外地来到了城里,他满脸酒气到他们研究所去串门了,一进门就砰砰啪啪拍桌子,说了许多言不及义、大而无当的话。都听不明白他在说什么,但知道来者不善。

老顾皱着眉头:"事情可能有点不祥,因为耿尔直的那个外地所离城里一千多里呢;而且,这个人只要豪放起来,那就一定是出事了——事情不到万不得已,这个人是不会千里迢迢赶来的。"

这天上班,马光等在楼梯口那儿,小声把我叫住了。他很神秘地四下瞥瞥,从书包里掏出了一个复印件。我以为还是上次那个,马光却说:"新动向。"

我把它装到衣兜里,觉得它在里面一蹦一蹦的。我找个地方快速把它看完了。天哪,如果不是亲眼所见,这一次可真的不会相信。这个复印件比上一个要厚得多,而且它不仅摘于那本书,还把纪及所有发表的文字及平时的发言(有的是私下说的)都摘录了,更险恶更不择手段的,是把不同时期某些人的偏激之言都搜集到了一起。这些语言堆积成大杂烩,读来当然有点吓人!它这次让人一看就明白锋芒所指,当然早已不是什么学术问题,而是明显的构陷。它把那些所谓的影射、象征,还有所谓的人身攻击处都一一标画出来,有的地方还加了着重号;更可怕更阴险也更让人气愤的是,他们竟然在一旁不断地加注和批语,用语都是极其恶毒、毫不掩饰的。很明显,这份复印件大概已经放到了吕南老的案头。我的心怦怦跳。事情显而易见地变得令人恐惧了。一旦风头悄悄转向,嫉妒就会刺激阴谋。这个文摘的风格与上一次截然不同,它肯定是出自一个更为狡猾阴险的人物。而且我总觉得这些按语半文半白的口气那么熟悉——我一遍又一遍翻看,到后来发现它很像那部词典的文风！王如一的手笔？这个问号只在脑子里一闪,立刻让我浑身战栗。因为就在前不久,我还亲耳听到他在纪及面前一再表达那种崇拜和忠诚。

"这不太可能……"我咕哝着,说出了声音。

回到办公室,我马上看到了娄萌冷漠的眼睛。看来刚刚获取的爱情也没能使之欢乐起来。是什么东西抵消甚至扼杀了她的爱情？是什么东西把刚刚到手的幸福给损毁净尽了呢？我看了看马光,马光若无其事地在那儿用铅笔涂抹什么。他在画漫画吧？我知道马光有一个嗜好,就是在思考问题和工作间隙里画上几笔。那些漫画有时真是惟妙惟肖：他把我们办公室里所有的人都画过了,从女打字员到老编辑,还有另一个上了年纪的女编辑,我、娄萌……不知怎么,他把娄萌画得极丑,有时候还给她画一个大鼻子。尽管如此,他的漫画还是很让娄萌喜欢。马光让她在画上签字,她也愉快地照办。

说实在的,我就是从马光的漫画上才进一步认识了娄萌。我发现娄萌的鼻子真是有点大,这一点于甜遗传了她。我过去怎么就没有看出呢？不过她的这个鼻子配在这张脸庞上,倒也显得和谐。

一整天我都埋头工作,没有一句话。

我们办公室的气氛显然比往常沉闷多了。下午娄萌起身走出办公室,不知去了哪里。趁这工夫马光飞快坐到了娄萌的位子上,小声告诉我：

"你知道吗？那个蓝毛拉着小贱人来找过我,而且车子上还有一个穿警服的人……"

我愣了一下。

"那家伙有三十多岁,外号叫'狸子',是一个科长还是什么长。反正这小子经常和蓝毛在一块儿,出入舞厅和酒吧。他们打得火热,蓝毛平时拉着他窜来窜去。不过我相信他们这会儿是到霍老那里去了。"

"那又怎么?"

"你真钝。你想,霍老在一般情况下是不会让这一类人进门的。"

我还是不明白。

"你太书生了。他们和保安方面的人联手,这就非同一般了。"

我摇摇头:"不会,绝对不会。这无论如何与那些人也不沾边呀!"

"那什么才与他们沾边?你脑子不转了。"

我们正说着话,娄萌一步进来了。马光做个鬼脸离开了。正好工间休息的时候到了,马光吹起了口哨,唱起了一支民歌,还试着扭了两下。马光穿着牛仔裤,娄萌看了两眼说:"这像什么!"

她的责备里有一丝亲昵。这时电话铃响了,我接起来,然后捂上听筒喊马光。

"谁来的?"

"不知道,听口音好像是'肖妮娜'。"

"小贱人?那你告诉她我不在。"

我问她"贵姓",对方答"姓肖",我就说:"马光说他不在。"

"什么?"

我知道随口说走了调。

马光做个难堪的表情,只得过来抓住话筒:"噢,噢,我以为是谁呢!噢,我不能去呀,没有时间啊。对啊,没有时间啊……"

他把话筒一下扣上了。

"她让我赶到一个宾馆,我想那边肯定有事儿……"

"请你吃饭?"

"不,那儿有好多人。'狸子'也在那里。她现在走远了,瞧瞧,她这会儿想用狸子吓唬我!"

"就是那个穿警服的'狸子'?"

"我以前告诉过你,就是那个统帅一帮小兄弟的家伙。"

我想起来了,那其实是郊区一个黑社会的小头目,就是承包什么建筑公司之类的那个家伙。我曾经见过他,胳膊上刺了一条青龙,手指上戴了好几枚大戒指,模样令人恶心;不过有时也打扮得假模假样,穿上警服。

马光说:"反正不论怎么讲,这小子从来不干人事儿。小贱人和他坐在一个车上,我就觉得不妙……你该告诉纪及他们小心一点了——还有你。老哥,要多留点儿神,别眯着眼睛,那样被人扎了刀子还不知道怎么回事呢!"

我虽然感谢马光的提醒,不过总觉得这未免有点夸张了。

马光咂起了嘴,皱着眉头。他在向我做手势,我就跟他走进了打字室。女打字员见马光进来,很自然地退到了一边,又微笑着走出。马光小声告诉——这是小贱人告诉他的——最近有人给她和霍老写了一些威吓信,信的内容乱七八糟,一会儿骂霍老是个骗子流氓,一会儿又骂小贱人,说他们之间互相背着都有一手,等等。有些话很可恶。"我知道你们这一伙是不会搞这个的,那就肯定有人趁机泄愤,因为霍闻海这些年也得罪了不少人。可是我想事情还是有点儿蹊跷……"他说。

"怎么了?"

"你就不想想,怎么偏在这个时刻有人写这种信?肯定有缘故!小贱人告诉我,他们把这些匿名信一律保存好,说霍老可不是一般的人,他是高级领导,一旦受到了威胁,那么有关方面就会来保护他。这已经触犯了刑律!你想一想,有人肯定会借保护霍老的名义整人,就是说他们要用另一种办法来个猝不及防……想到了没有?"

我走出了屋子。我需要镇静一下。窗外的城市熙熙攘攘。外面的世界一天到晚都是车流人流,都是轰鸣的喇叭和音乐。这汹涌的人流里每天掺进了多少故事,悲惨的故事,欢乐的故事,幸福的故事,还有惆怅的故事,孤独的故事,无可奈何的故事和恐惧的故事……天越来越冷了,冬天的气息已微微吹来。我们差不多正在走向一个故事的结尾——这是真的吗?

我不想待下去了。我只想尽快离开这间屋子,想去找吕擎或者……不知怎么,我在不安的时刻里,首先想到的就是吕擎他们。正是吕擎的冷峻、严厉和苛刻多次帮助了我。我曾把希望于甜与纪及结合的想法跟他说过,并将与娄萌的周旋、找一些老先生的情况告诉他——吕擎半是玩笑半是认真地回了我一个对子:一腔兄弟情,三分平庸气。

二

吕擎正在他的厢房里,一个人坐在那儿,像拼七巧板似的在一个大案子上摊开一些纸片。他见我来了马上笑了:

"你来了正好,看吧,'奇文共赏析'!"

吕擎最近一直在研究纪及的那本书,但谁也想不到他会用上这样的功夫,一口气搞来这么多资料。摊在桌上的都是有关霍老的报章,大多是他从图书馆复印来的。我看了看,发现其中的一大部分在我和纪及写"传记"时已经接触过。而这些吕擎显然是初次见识,所以才让他觉得大开眼界。

吕擎说:"恐怕大部分你们也搞不到吧!"

我又仔细看了看,发现有一些不是从图书馆里搞来的。我承认,其中的一部分我和纪及从来没有见到,因为于节院长所能提供给我们的往往是一些更完整也更"体面"的东西,我们自己搜寻的也是较为集中的部分;像这些零零碎碎的诗作和哲学文章、批判文章,我们确实没有见过。

"看这一首诗,"他说着拾起一页念道,"'忙时吃干,/闲时吃稀,/万民奋起,/赶超美帝!'再看这一首——'人人努力把猪喂,/个个勤奋来积肥。/打得粮食千万担,/贫下中农超英美!'"

吕擎摊开了几篇报道文章,上面仍然是霍老的署名。那篇文章的题目是:"大王庄再放卫星,亩产小麦九十六万四千斤";另一篇哲学著作的题目是:"再论外因是变化的条件"。还有一些系列文章,什么"工农兵学哲学札记之一、之二、之三……"与它们摆在一块儿的就是这些札记汇集成的小册子。我翻了一下小册子,发现有的段落还颇有文采,不过整个看来还是过于幼稚通俗了,时不时地让人生出浓浓的幽默感。

吕擎说:"你知道吗?就连这个哲学小册子也由当年一些人给他整理和润饰,那当然是一些倒霉鬼,他们费力费神,到头来却要因此犯下不可饶恕的罪行,什么'塞了私货','妄图歪曲和篡改其精髓',等等。我在收集这些材料的同时,也搜集了好多霍闻海过去的事情,有些能让人笑出眼泪,有些会让人气得发疯。那可不全是一些笑话呀,老宁!就是这么一沓破烂不堪的东西把他垫得高大起来,最后竟成为学术界的一位'巨人'。这些乱七八糟的东西本来是很滑稽的,只要有人稍微给他戳一下,让它们见见风和阳光,就立刻会垮掉。可是没有,过去不可能有,今天也很难:有人会指责我们,说成是年轻一代不必要的急躁和苛刻,说我们不能用历史的眼光看待问题……种种理由总是堂而皇之,每个人都是又宽容又深刻的正人君子……"

我不知道他的话中是否包含了对我的嘲讽,因为我真的认为他在这方面与纪及太过相似,即偏激。偏激有时候是很容易的,但就是解决不了多少问题。在这一点上,我很难苟同他们。文章合于时而作,任何文字都会与一个特定的时代遭遇——怎么可能回避这种遭遇呢？但我这时不想和对方辩论。

　　吕擎磕着牙,摸了一支烟又放下。他不安地抹抹嘴巴,走几步:"一个人只能活很短的时间,只是几十年的时光。可是一个人想保住自己起码的尊严,又是多么难。你必须忍受屈辱,把一切都忍下来;不然,有人就想让你活更短的时光。看着这些材料,这几天我就一直在想:他们为什么就看上了霍老一类人？这个人品行恶劣,智商低下,蛮横又愚蠢……为什么？想了许久,想得头疼,后来才算明白一点点:这是他们的恶作剧。他们在随心所欲地制造一些所谓的'专家',纯粹是一种恶作剧。也只有这样,才能让那些人——一些真正意义上的知识分子痛心疾首,痛得心碎。他们会在这种恶作剧面前感到无可奈何……这种对人类智慧和良知的公然侮辱,就这样走到了尽头。这可不是绝无仅有的现象,你想想看,尽可以在许多地方找到这样的'霍老'……"

　　吕擎把那些材料一下推到了案板下边,拍打一下案板:"该是结束和揭露这个恶作剧的时候了！我们他妈的已经受够了！"

　　他说这些的时候,我却不由得想到了他的父亲:一位著名的学者、翻译家,当年就是被活活冻死打死的。那是一个多么让人尊敬的老人、悲惨的老人。我多次听人谈论他,我们许多人的书房里都能找到他的著作;可是,也就是这同一个人,霍老自传片断中却记下了有关他的致命一笔;还有那个更加不幸的靳扬……但我不想,也不能够在此刻说出这一切。人的卑微和不幸,就是如此触目地摆在了我们的面前。我如果这会儿说出事情的真相,对他将是十分残酷的一件事。

　　我从书包里掏出了马光交给的崭新的复印件。

　　吕擎只看了一眼,就不屑一顾地把它抛到角落里。

　　他吸上烟:"我的估计没有错,事情真的开始了！"

　　…………

几天过去,还是没有一点声息。这是一种可怕的沉寂。

纪及来过两次,问我忙些什么?我说还忙过去那一摊子,你呢?纪及说他烦躁得很,一点都工作不下去……

"你听到什么了吗?"

"没有,是别的事,是其他……"

这只能是他和王小雯的关系。我有些沮丧,问他最近见到王如一、顾侃灵所长他们了吗?

"偶尔见到,就是到办公室拿信件的时候,"他踌躇了一会儿,说,"有一次到办公室去,蓝毛的车子正好过来了。你知道那种高级轿车有时候跑起来一点声音没有,他故意不鸣喇叭,悄悄开到我后边,猛地一按高音喇叭,把我吓了个趔趄。我只往一边躲开了,可他跳下车来差一点动起拳头,说你他妈的耳朵塞了驴毛啦?你想找死啊?你瞎吗?你也不看看这是什么地方!他又骂又吐。我知道他想故意激我火起来,好跟我干一场恶架。我那一会儿真是受不了,两只拳头握起又放下,放下又握起。我不知该怎么办。如果和他撕扭到一块儿,只有吃亏的份儿。我知道他暗里是专门学过打人的,而且他是个大块头。"

我气得咬紧了牙关。我知道蓝毛不像纪及理解的那么简单——对方并非只是想吓他一下,不是。这个人的话里很明显地掺杂了别的意味。我相信这一伙流氓什么事都会做得出的。

纪及又说:"……她连电话都不接。我难过极了,整天闷在屋里。"

我没有告诉他复印件的事,也没有告诉于甜的消息。他还陷在自己的爱和痛之中,可那边的游戏已经变得有些残酷了。我真的更加担心……知道一切尚未可料。在这座看似庸常的拥挤的城市,有人正做着杀伐的游戏。也正因为是游戏,是一部分人残忍的活法,所以稍有不慎就会成为这场游戏的牺牲品……

三

娄萌这几天见了我总是热衷于谈论一个话题:希望我能到外面多跑一跑,说如果我想回老家的话,可以请假,总之要赶在真正的冬天之前。现在正是离开的好机会,反正杂志社里的人手够用,等等。

我没有接茬,装着没听明白,因为我知道她想劝我到下面去躲一躲风头。她大概害怕了,害怕中还掺杂了一份可贵的怜惜。她既不愿看到我和朋友们在这时候搞出什么名堂来连累她,也不愿让我们受到过分的精神和肉体伤害。这多半是好意,可我只觉得这好意也好笑。这一天她又唠叨起来,我终于忍不住了:

"娄主编,我们刚刚出去那么长的时间,你又希望我们躲开了!放心,我们连累不了你和于院长!"

"我不是往下撵你们,我只是想这样对你们好!"

"我不明白好在哪里。"

"你不是总要抓紧一切机会往下跑吗?你不就愿意在下面窜吗?你爱人有一次还当着我的面抱怨呢,说你总是把她一个人留在家里,说你这辈子有走不完的路……"

我知道这是梅子的话。我笑了,"感谢你的体谅。"

"真是'长了一双流离失所的脚'!"

"你怎么不让马光出去?"

娄萌的脸转到一边,不再搭理。停了一会儿她又说:"真是的,什么时候了,你还有心思开这样的玩笑……"

我知道她的这句话里可能包含着很多内容,是的,事情可能真的已经有些不妙。我不做声了。但我并不想从她嘴里探听更多的东西。我想于甜和马光他们可比她要痛快多了,特别是于甜。我想那确是一个好姑娘,人很正直,又充满女性的怜悯。如今这样的姑娘真是少见,在这个城市里就更是凤毛麟角。我真替纪及惋惜。如果我可以强迫别人做什么,如果我有这个权力的话,那么我马上就会命令纪及和于甜成立一个家庭,而且要快。我相信他们在一块儿会生活得甜蜜无比,两个人都一天到晚乐呵呵的。要知道快乐比什么都重要啊,现代人得想方设法使自己快乐起来才行。

马光最终不负重托,两天之后搞来了比较可靠的消息。他说:"事情真的不好了——不过你别紧张。"

"你讲吧!"

"他们现在包下了那个招待所的好几间客房,耿尔直,还有外地找来的几个人,都住在那里。这几天已经在那儿召集了好几拨人喝酒、开会,反正都是乌七八糟的那一套……"

"那个主角——即将上任的'总会'会长出面了吗?"

"听小贱人讲,霍老只在家里接见过耿尔直一次。王如一反复要求见霍老,霍老就让耿尔直领他去了一趟。反正王如一几个人,还有大学里的一些人——都参加了耿尔直他们的活动。借筹备'国际徐福研究总会'纠集了一大批人。这期间由王如一和耿尔直几个人起草了一份材料,是直接写给吕南老的。其中的副本大概要分送很多地方。所有去那儿的人都当场签了字、按了手印。这一次他们直接就是保护霍老,呼吁吕南老支持他们回击一个勾结海内外别有用心的人、阴谋诽谤霍老的犯罪小集团。他们指控说这个小集团人员复杂,涉及到科学院内外、各大学,并继续在社会上辐射和扩散,形成了一股很恶毒的力量。总之这个小集团的一些核心人物都是长期仇视我们社会的一拨,是很坏的变质分子……"

马光嘴里吐出的一连串修饰语、定语,使我觉得恐怖而又滑稽。与原来想象的一样,五十年过去了,那些人的词库仍然没有得到更新。我问他:

"这个小集团的主要人物都是哪几个呢?"

"当然是你和纪及、吕擎他们——还有大学和社科联的几个老家伙,名单不详……"

"再有呢?"

"可能还包括院里的人。"

"包不包括顾侃灵所长?"

"听小贱人讲,'老顾还算老实'。"

我笑了。我想老顾是一个最难对付的人,不过不像别人那样锋芒毕露罢了。我问:"那么顾所长到底是怎样的态度呢?"

"听说那些家伙发动了广泛签名之后,又想进一步扩大范围,用一些人的话说,就是'要团结百分之九十五以上的人'。他们说要争取科学院内外、全城文化界老中青三个层次签字,只有这样的材料才有分量。于是他们就去请顾侃灵。他不敢不去,因为那是以霍老的名义请的。可是到了那里一看,特别是看了那份材料之后,也就委婉地拒绝了。可能这事被人报告了上边,于是打击范围也就包括了他。那份材料里还加进了很多类似的话:'重要科研部门的领导权、一些关键岗位,已经被一些异己分子占据,问题十分严重';'虽然小集团只是一小撮,但他们与各种势力遥相呼应,呼风唤雨,一有风吹草动就会闹起来,而且不择手段,能量很大,希望能够及早采取果断措施'……"

我听了只觉得有点头皮发麻。我不能想象这种"果断措施"的严厉程度。我承认,我一听到这种词儿还是有点慌促和害怕。我不禁自问:我和朋友们,特别是纪及,真的犯下了如此严重的罪行吗?就我来说,我不过是想保护一个朋友,而他在这座城市孤身一人,举目无亲,真的是一个孤儿,一个弱者,且重病在身。回头细细想一下,我们并没有什么越轨的事情,更没有居心叵测;我们与大学的老先生、其他的知识界朋友,仅仅是保持了一点工作上的联系、一种人们都可以理解的友谊。在节日里,我把纪及请到我们的小家庭里,饮上小小一杯酒,如此而已。当然我钦佩他的才华,尊重他的人格,这在一个质朴正直的人来说都是自然而然的事情;而且我与他和吕擎,在许多问题上的见解是极不一致的,常常要发生许多争论……

马光定定地望着我,那目光在替我担心。

我还在笑着,问他:"蓝毛和王如一几个究竟有多大的力量?怎么能把那么多人召集到一块儿签名?"

"老宁,你有时想问题也太简单了。你想一下,后面有霍老啊,只要有他的影子,什么事情还做不到?他们有很多有利条件,比如说他们可以封官许愿,而你们就不能;他们可以用身上手上的那点资本去唬人,而你们呢?到现在还是两手空空。像纪及,连老婆都没有,住在一个窄巴巴的小宿舍里……你们有什么力量?"

我哑口无言。是的,我们真的一无所有,这好像是突然之间才发现的。可是即便如此又该怎样?束手待毙?

离开办公室的时候我走得很慢。我没有乘车,而是沿着一条僻静的街巷缓缓往前。我想我们将迎接一点什么东西了,这种东西非常熟悉,它毫不陌生,原来一直伏在一个地方,只等一个机会苏醒和归来。这一切都是或早或晚要来的,如果没有纪及,一切也会来的。这一切躲也躲不过。这不太让人愉快。我心里默念着:纪及啊,老弟啊,咱要不愉快了。

西天的晚霞比哪一天烧得都红。暮色开始笼罩整个城市。这个黄昏,空气湿度陡然增大了,气压发生了变化,我觉得左胸——受过创伤的那一面正隐隐作痛。我抚摸胸肋,张望越来越暗的天空。往哪里去呢?这会儿我不想回家,只想一个人到更僻静的地方走一走。

我跳上了一辆去市郊的公交车,想让它把我拉到很远,直接拉到那条大河的岸边。

我想起了河堤外的那片草地,我想一个人在那儿好好待一会儿。

车子摇摇晃晃,像一辆快散架子的木头车。不知停了多少次,摇晃了多久,才到达了目的地。

我走下车时天色更晚了。我跑上河堤,想看一眼在暮色里泛亮的河水。一口气登上了河堤,全身都渗出了汗水。我的心狂跳不止。我的身体不知不觉中已经变得虚弱了。我刚到四十岁,一副躯体竟磨损得如此厉害。我抑制着心跳,屏住呼吸,看这条久违的大河。

它没有一丝波浪,静静的,一动不动,水面像凝了一样。暗蓝色的天空,一道道隐隐约约的彩云映在其中。我迎着河的上游望去,远远的,河水像一把宝剑一样消失在远方。向下游望去,那里似乎有一条小船,凝止在微寒的水汽中。

这条河让我想起童年,想起了那座小茅屋。我们家不远也有一条河。我想起了妈妈,想起了外祖母,想起茅屋后边那一棵巨大无比的李子树。李子树,银亮银亮的密密花朵,花朵四周旋转着蜂蝶。外祖母站在大李子树下,头发像李子花一样。外祖母的眼睛望着我,就那么定定地望着我。

"您放心,这没有什么。这不过是一个大人所必定要经历的一些事情,就是这样。我不会使您失望的……"

我看见满头白发的外祖母在听我说话,她平静地点了点头。

得一词条·斋戒

先人徐福将三千童男童女尽数招集,艳阳下齐刷刷一片,何等欢欣！水嫩小脸儿于阳光下闪亮,胳膊如藕瓜,巴掌似佛手,新鲜且脆生,甜汁飞溅。先人恣得慌乱,吩咐人支起大锅一溜儿,投进莲子核桃花生栗子,再投进地瓜玉米高粱穗子,而后另开锅灶尽煮大鱼大肉。呜呼,水汽腾起十丈,百兽皆馋,哄然围拢,个个想分得羹水一杯。三千童男童女伏身大嚼,却也为何？只因个个来自穷苦人家,人人走出陋巷寒门,平日里何见此等伙食？徐福见其吃相内心欣悦,只愿个个口颊生香,人人肚圆膘满。

吃过一餐即要开始斋戒。这是上船前之大仪式,非道行深远之大方士而不能为。先是禁绝各种荤物,除鱼肉禽畜,更有葱姜蒜韭一干菜蔬。各类禁吃之物列出长长一条单子,贴在炊房之中。连吃三天斋饭,而后又服下粒粒安稳丸,只为戒躁戒急,从此安静微笑看人,恬然笃定处事,遂有一片和平景象。如此下去又是三天,大浴开始。这一场至为关键,任谁也不敢马虎。看官可知,该地方孩子整天泥一把水一把,屎里打滚尿里和泥,嘴上粘了地瓜糊,手上敷了百日灰,不细细搓洗干净神仙又如何要得。此理徐福与秦王之督导言说半天,土里吧唧之物方才听得明白。所有督导皆酒肉之徒,终日里喝黄酒吃羊腿,膻气刺鼻,自然不利斋戒。他们大吃大喝,不洁气息飘至童男童女之侧,皆因二者炊房相邻,馋得孩童龇牙瞪眼。为此先人徐福磨破口角,暗中送上银两,应允斋戒一过即请开宴,这几日先食用豆腐将就一二。

说起沐浴之事,有人即巧做文章,说什么童男童女皆被送往栾河,大洗三天；说什么连日里一条大河波澜翻滚,尽是上好大娃,戏水模样喜死两岸村民。还说童男童女个个身穿一条红色肚兜,像煞过年时张贴的"年年有余"中的抱鱼娃娃。并说他们洗得高兴,直唱了三天三夜小曲。还说徐福于三天辰光里身先士卒,扑通通跳入河中,与童男童女们一同戏水。林林总总不一而足,总之一派胡言,瞒天过海,司马昭之心路人皆知。

其实沐浴乃天大礼数,岂敢不慎之又慎!栾河乃浊流一条,内有鱼鳖虾蟹,更有水蛇,其余不洁之物在在皆是,美艳童子岂能轻易投入?再者,三千之数,四方搜寻,所费不赀,官府上下皆视若异珍,又怎能动辄施放于风高浪急之川?君不见今日之栾河尚有浪涌起伏,昨日之栾河又是何等狂暴!据考当年河道宽达一百三十六米,凶险之渊薮也!当年船行大海,必于此河起碇,真可谓人声鼎沸,夜不能寐!如此大川,平常人士避之惟恐不及,又怎会将皇帝钦定之少年美物如下水饺一般嗵嗵抛入?呜呼!呜呜呼!吾等万不能信也!

说到沐浴之佳所,实乃咱城郊五千年历史之"千年汤",亦即今日之"徐福温泉"是也。此泉含上等矿物元素,营养超群,芬芳扑鼻,中外驰名,可想当年俏俏娇娃,何有不去之理?再说本泉乃温热之汤水,温度约四十二度五,涤荡脏腻,舒肌润肤,乃上上之选。老皮陈灰,瘙痒寒湿,脚气顽症,一触即灭。当地官府接到敕令,差遣衙役,封山围岭,只三五声吆喝,流民杂毛一干全无,顷刻间作鸟兽散。只见那温泉荡漾,波纹不惊,绿中透蓝,笑靥迎人。老先人徐福甩起长袖,率众生赶赴温泉,一个个喜气盈盈,眉开眼笑。那三千童男童女自然羞涩,站在那里宽衣解带,你我相觑,红颜薄命。咱先人徐福率先入浴,扑腾起来,阵阵硫磺直冲肺门何等惬意。小小童男顽皮异常,手脚并用,翻转筋斗。小小童女含苞待放,小乳未丰,发髻尽散。女领班入得水来,接近徐福,软语相向,耳鬓厮磨,撩水弄景,惹得心烦。待一轮皎月升起,一片混沌,男女杂处,又是另一番景致。总之洁身为要,素心放平,内外双净,诚可对天。惟有个别人不得要领,终究也难调教。

洗涮三日,捞出一个细细观测,只见他们肌肤近乎透明,眉清目秀,小嘴薄薄,舌翘如猫。胯部腋部,腿裆尾骨,皆无一丝浊痕。徐福先人说一声"好也",挥手发令,众童子这才呼呼出泉,取一把山草擦干躯体。余下事更为重要,即再入厅堂,合掌焚香,默立邈思。徐福先人乃制香行家,造丹行家,点火熏人行家。有先人引导,不仅是童男童女,更有百工杂役、秦王督导,一个个鱼贯而入,不得遗漏。一时间烟气缭绕,门窗吐雾,一片肃静。大芬芳熏得人鼻涕眼泪不止,喷嚏连连,嗝逆声声。督导们乃西部壮士,粗鲁蛮人,故这等场合少不得屁滚尿流,大煞风景可见一斑。惟先人徐福端坐静寂,掌心向上,双眼微眯,一绺长须飘飘若仙。好先人!未及入海求仙,仙体已备,谁个不服?且看那班秦王督导,一个个近神境而心慌,入道场自萎靡,衰败模样不堪入目。再看那三千童子,光鲜依旧,双目炯炯,环顾左右,宽衫大袍,格外神气!

熏香仪式费时不少,从日出三竿直至红霞满天,人人毛孔洞开,异香入体;个个心肺吐纳,内外雅致。司仪官声朗嗓高,众熏人按部就班,一通大礼行过,三揖对拜,方为圆满。

出得厅堂,仍须小心为要,节饮食,少思欲,远情色,绝杯酒。只待楼船一列排开,别过乡亲,毅然登舷。从此算是脱了凡尘,去寻神仙,万里长征,迈出一步。

东巡·五

一

始皇在一天之内更换了五处宫苑,还是无法安睡。他听从那个二三百岁的方士所言,将宫内所有的窗户都用黑布遮起,不透一丝阳光。这样做的目的是求得一种隐秘的效果,以便等待神仙降临。方士言之凿凿,说如果陛下与宫内凡俗之物混在一起,神仙会厌恶的,这种厌恶将使其远远地躲开。始皇虽有些将信将疑,但暂且还是依照他的话去做了。他一开始还以为方士既然足有二三百岁了,本身也就是一个仙人了,谁知有一次刚刚流露这样的意思,方士连连摆手说:"不可,不可也!吾等本行走于求仙之途,只是长寿而已,何敢轻言长生?说白了,不过是多活了几年而已,离真正的神仙还差十万八千里呢!"始皇听了此番言语更是钦佩,于是不再犹豫,一切都按他的指点细细做起来。

由于连夜失眠,始皇只觉得脚下无根,走路踉跄,两眼视物迷迷茫茫。最初他还以为这是接近了神仙境界,后来因为不止一次眼前发黑,这才觉得不妙。御医来到,号过脉后又看舌苔,连连呼叫陛下,眼里泪花闪烁。御医开下的都是滋补镇静之药,说陛下万不可再吞服丹丸了。就此,那些花花绿绿的丸子也只好暂时搁置起来,可惟有百岁方士的晤谈让他从心里受用。他心里最牵挂的还有徐福,不知这个人准备得如何、能否尽快出海?他预感到徐福这一趟东海之行,极不同于五年前的那些方士,他有理由期待那个重要的回音。

在这些日子里他还要关心一下自己陵墓的修造情况。这在过去是一件带来极大快乐的事情,可是自从迈入四十六七岁之后,仿佛一切都变化了。他以前从未怀疑过另一个世界的存在,今天也不会否定;只是他越来越不愿意想象那样一个世界了。与前几代秦王不同的是,他在即位的第二年就开始了自己陵墓的修造,这是一个极为漫长浩大的工程,直到几十年过去,一切仿佛还看不到收尾。原来的计划不断得到修正,从巨大的墓室到陪葬品安放,从地宫主体到周边设施,都一再地突破原有的规模。这当然是一个逐步扩展的过程。因为无论如何,地下的一切还是比地上的要少得多,简直是不值一提。但如果悉数复制地上的宫苑,也显然是不可能的;更有众多的宫妃和随从,也不会一一跟他到另一个世界里去。那里必将是一个黑暗的天地,这正是他一想到就不快、甚至是越来越恐惧的原因。为此他专门叮嘱地宫执掌者：要设置一种永不枯竭的长明灯，要以人鱼膏为灯油，以水银为江海。为防止有人进入地宫，他特别让他们设计多处暗藏的机关，任何大胆之徒一旦走近半步就会立刻射杀。他心里明白，自己迈入那个世界的同时，必有宫女妃子、甚至是一大批臣僚跟随。对后者来说，他们当中的大部分是不会高兴的。可是这也由不得他们了。

不断有陵墓进展情况的禀报。这是他极为厌恶的信息。这等于在向他发出一种可怕的催促。后来他索性将禀报者一次次拒于门外。执掌陵墓大事的大臣吓坏了，他们害怕造成失职，会引来杀身之祸。不得已，在其一再恳求之下，始皇只好将亲自审定过目的权力交给了中车府令赵高。赵高欣然领命，从此这一烦人至深却又难以推诿的重大事项总算有了着落。那个世界的事情尽管重要之极，还是让别人可着劲儿折腾去吧，朕真正关心、感到最为迫切的，还是眼前的这个世界。比如说徐福船队的远行，就时刻挂在朕的身上。

也就在这样的时刻，突然发生了一件不祥的怪事：那个常常与之晤谈的百岁老方士失踪了。这怎么可能呢？如果这个方士不是逃匿而是死于宫廷暗杀，他心里倒还安定一些。问题是那个家伙真的是逃匿了！因为事后有城门将士报告：一个银须飘飘的老者出城去了，理由是要回东海那里取些东西。这种不辞而别显然凶多吉少，结论只能是背弃，或更大的诈术和阴谋之类。他为此深深地不安起来。他心里明白，宫中对方士异术一类事情烦言甚多，只不过极少有敢于当面陈言者罢了。如果这个百岁老方士逃走的消息一旦传开，必会是十分令人尴尬的事情。

一连多天，懊恼让他不知如何解脱。与此同时，关于儒生方士的更离奇的传闻又沸沸扬扬了。

二

他以前做过的一个梦又回到了脑海:那个鲜花盛开的城郭中突然奔涌着一群什么……这些东西渐渐近了,他才看出是一群老鼠,它们长得十分肥胖,就像一头头乳猪,皮毛黑得发蓝,蓝得发紫。眼见得这群硕鼠淹没了整个鲜花之城。一阵咔嚓咔嚓声之后,遍地鲜花没了,繁华的城郭之内什么都没了。他觉得此梦正向他昭示什么,让他很长时间咀嚼这个梦境,展开了无限的想象。他觉得自己平生最恨的,就是极想尽快去做而又不能为之的麻烦;他从来都是意到手到,手到事毕。可是这一次他却向自己的另一种欲望妥协了——就因为徐福他们一伙,因为那些方士所肩负的采药使命,而不得不遏制自己。他一直在想那个逃离的百岁方士,这时毫不怀疑这个老家伙就隐匿在这座城市。他们在这样敏感的时刻聚集一起,意欲何为?

有一次在梁山宫,始皇凭高览胜,突然看到山下正行驶着一个庞大的车队,好不威赫。稍稍震惊之余,他问了问,这才知道是丞相李斯出行。他当即表达了心里的不快。谁知不久就有人将他的话报告给了李斯。整个事件也许不大,却足以给他警醒。由于一时难以找到那个向丞相通风报信的家伙,一怒之下,他就将那天梁山宫中跟随左右的一群人全部处死了。

中车府令赵高说得好:"陛下之威无所不在,陛下之信无所不在,陛下之法无所不在,陛下之力无所不在。"

那些得到宠幸的妃子攀附、取宠,有时也不免撒娇。始皇用食指点点她们的脑门,她们就恐惧地微笑。她们说陛下的手指就像宝剑一样锐利。他认为女人有着奇怪的理解力和洞察力。他有时真想在她们面前诉说心中的委屈、各种各样的欲望,甚至是一些微小曲折的想法。他呼吸着她们的芬芳,倾听着她们的窃窃私语,与她们一起等待雄鸡鸣唱。

她们说:"陛下啊,您的雨露普降全国;您是甘泉,永不干涸。您的恩泽就像咸阳城南那个有名的温泉一样,汩汩流动,而且冒着热气。"

他不动声色地听着。不过当他的脸转向铜镜时,就立刻发现了无光的肌肤、起皱的面皮。他似乎听到了她们隐而不宣的一句话:你没有征服的东西还有日月辰光,你挡不住时光的脚步,它将把你缓缓地磨碎、磨成粉末,磨得什么也剩不下。狡猾的妃子只是这样想,未敢讲出来。如果讲出来,愚蠢的陛下也许会把所有表示时光的东西——比如滴漏日暑什么的,全部砸成屑末。可是尽管如此,最后化为屑末的只会是他自己,而不是时光本身。时光是无形的、无孔不入的、无时不在的,时光是真正伟大的。它甚至比太阳海洋月亮星斗,比这一切都更加伟大。它的伟大是因为它没有形状,也没有规模,它只是一个无限。

她们知道自己仅仅是时光老人派来的一些小小的、微不足道的尘埃,这会儿轻轻地撒在一位皇帝身上,遮盖他青春的光泽。她们不像皇帝一样害怕时光。她们兴高采烈,从容优裕。

始皇有一次忍不住对丞相李斯谈起了那个梦境,李斯沉默了一会儿说:"昼有所思,夜有所梦,不足为奇。陛下很可能听了那些儒生吟唱《硕鼠》那首民歌,这才浮想联翩,演化出这个梦境来。"

始皇不语。那些儒生们唱起歌来摇头晃脑,那些齐国稷下学宫的谬种也混迹在咸阳城里。他知道这都是不祥的种子。那些门客儒生方士们谈论起治国之道、带兵之方,研磨起什么"万民安乐之法",真是令人愤怒。

他与李斯在宫内长廊里散步。对于这个丞相,他可从来没忘对方的出身:一个写过简刻过书的人,装了一肚子墨水,有韬略,有各种各样的念头。令始皇不安的是,李斯的念头常常要取代自己的念头。不过他实在需要有这样的一个人陪伴左右。有时他真的不知道,对付此人应该用卢鹿剑,还是应该用一杯甜酒?不过有一点他是记得的,那就是决不让李斯接近女色。他知道,清苦而严谨的生活极有助于规范一个人的思想。一旦李斯怀中也搂抱起那些润滑的肌肤、香喷喷的脂粉,这就好比在他思想的部件上擦了润滑油一般,那副脑瓜就会愈加活络,说不定还会谋反、篡位呢!

他们走在一起时,始皇的眼睛闪来闪去,就在思虑这样一些奇奇怪怪的问题。他想起了一句缠绕自己的老话,不禁脱口而出:"丞相,你看这世上最难征服的东西是什么?"

李斯"嗯嗯"两声,没有回答。因为这个问题太难以回答了。他想啊想啊,想个不停,后来说:"陛下,臣想起来了,但不知当讲不当讲……"

"但说无妨。"

"是啦,是啦。我想来想去,觉得最难征服的,还是人脑壳里的东西……"

"唔?"

"是这样,世间颇有些乖张怪戾之人,比如博士淳于越他们,比如那些儒生方士们。他们的脑子日夜不停,各种念头都在里面旋转;但他们只是不说,危险就在这里。"

始皇看着李斯,目光阴阴的。

"我在想,这才是最难以征服的。脑瓜里的东西愿怎么活动就怎么活动,滋生一万条奇怪的想法,任何人都无法约束它们。陛下不能够让它们像大将王贲带领的兵士一样,令行禁止。这就是臣所能告诉陛下的忠言。"

始皇点点头:"那个老方士逃去之后,你听到过什么议论没有?"

"臣,臣不敢说……"

"照实说来。"

李斯抬起头:"那好吧。咸阳城里的方士儒生们借这个事件摇唇鼓舌,说什么陛下是一个德行低劣的人,这辈子都别想靠近神仙一步,无论怎么着急都没有用;那个半仙之人正因为失望了,这才愤而离去……"

三

始皇发现自己的嗓子突然有些沙哑。他对李斯说:"你去办吧,弄明白他们脑子里转动什么,然后,让他们停下来——"

"可是,臣,臣用什么办法呢?"

始皇不屑于回答,说完马上转身走开了。李斯久久地僵在那儿。

不知过了多久,他听到了脚步声,抬头一看,见赵高正从十几步远处走过。他快步追了过去。

李斯简单复述了皇帝的旨令。赵高笑着说:"这也没什么难的。"说着就咕哝出一套奇特的办法。李斯将信将疑地看着对方。赵高说:"不信你就试一下!"

李斯回到府中,立刻找来御史大夫,说:"从今以后,你帮我做一件要事吧:每天早晨捧一个金盘,到七十博士当中走一圈儿,告诉他们,每天清晨必须将一夜所思所想,如数放进盘中,不得藏匿。你要把它们原样端回来。"

御史大夫作难地搓手:"所思所想乃无形之物,如何托在盘中?"

李斯像始皇那样,不屑于再说什么,只转身走开。

从此每天早晨,人们都看到御史大夫身后跟了一个小童,小童端着金光闪亮的盘子到博士儒生们中间去了。所有人战战兢兢、又是异常郑重地把自己的所思所想,向这两个人倾吐出来。

转过一圈之后,他们就来到丞相府,盯着空空如也的盘子说:"禀告丞相,一切都装在了这里,容我们一一道来……淳于越昨夜里想:添置一个玉环佩在衣衫上。"

李斯鼻子里哼一声:"这也平常。"

"还有人想逃到高句丽一带地方,若是美妙,就再也不回了。"

李斯一愣,且忍着听下去——

"还有人想……"御史大夫吞吞吐吐。

"照直说来,不必晦涩。"

"是啦。他们还想……还想靠近一下妃子。"

李斯一下睁开了眼睛:"大胆!"

接着,御史大夫又背述其他一些奇奇怪怪的东西,什么"想养一只金丝鸟"啦,"想和皇帝一起狩猎"啦,"想与女人厮混"啦,"想偷一点儿东西"啦,"想一口气写三车竹简"啦,"想替陛下制订安邦方略"啦。还有人想赤身裸体到咸阳城里走上一遭,等等不一而足。

李斯说:"了得!了得!实在了得!"

就这样,每天御史大夫都将众儒生所思所想择其要者报告丞相。久而久之,他对各种人的心思全部掌握,只不置评。那些儒生博士们也就放肆起来,各种想法五花八门,应接不暇;再到后来,竟然让人难以置信——比如说其中一个方士甚至要练习一种吐纳之法,白天吞下月亮,晚上吞进太阳,循环不止,以求永生。另有一个博士流氓成性,满腹才子佳人,还幻想着将自己变成一位美女,招摇过市。特别是一位年长博士,竟然死灰复燃,又一次想废郡县立分封,和王公贵族打成一片,而且还要将渔盐之利归还东夷。

李斯害怕了,找到赵高说:"你看,这些人闲来无事,必生事端;种种想念如此恶毒——究竟有什么办法,才能让他们的脑瓜不再活络转动呢?"

"我倒有一个办法,不知可否……"

李斯直着眼睛倾听。

"吾闻咸阳街头铁匠那儿,会打一种铆钉,那种铆钉一端尖尖,一端粗粗;它即可拴住活络东西。"

"你的意思是……"

"那些儒生方士们脑子里像抹了油一样活络,要将其止息委实不难,那就是从后脑那儿贯入一根铆钉,铆紧之后它们也就不会转来转去的了。"

李斯身上一阵发冷。他此刻突然想起了当年的韩非。

韩非是一个雄辩之才,能写出华彩文章。始皇未见其人先闻其声,曾经说过:朕若能与韩非见上一面,死而无憾。后来韩非真的来了,也果真博得了始皇器重。李斯发了嫉心,谗言不断,说韩非在儒生之间多有蛊惑,必乱朝纲……讲来讲去,始皇对韩非陡增厌恶;再到后来听韩非讲话,句句都不顺耳,找一个罪名就把他杀了。可是斩了韩非始皇若有所失,后来竟悔疚起来。因为有时候他想找人谈谈,总是最先提起韩非。

想到这里,李斯就要对赵高的主意再琢磨一下了。

固执的一代

一

终于来到了这样的季节,寒风阵阵,穿裙子的女人溜溜跑动。天冷了,树叶飘飘的时光就要来临。随着天气变凉,人们脸上绷紧,出门时夹紧衣服走路,还要时不时地歪头看天。这座城市在这样的日子里要有一半时间顶着铅云,它们说不定什么时候化为浑雨落下来,那时一地黏黏的泥浆人烦狗也烦:它们不停地抬起蹄子甩动。

这种天气压得人喘不过气来。还不如马上下一场铺天盖地的大雪,把整座城市浑成一片呢。在这样的大雪天里,我曾和纪及每人戴一顶翻耳小帽跑向人流稀疏的城郊,喷吐着两道白气,看一群群麻雀起起落落。冬天啊,洁净的雪地啊,没有被践踏的雪地啊,你让我如此地怀念。

据说也就是在这个初冬,吕南老经过了一个夏秋的鼓噪,终于有时间安定下来,仔细审阅了全部有关《海客谈瀛洲》的海内外资料,整个事件也就胸有成竹。他在一次内部会议上针对这场风波说了一句话——这可以看成是一锤定音。

我问了顾侃灵,他说那句话是有的,不过到底说了什么还不清楚;看来最后还是要去找一下吕南老……我对他的这个动议并不乐观,因为我一方面怀疑他能否见到吕南老,另一方面还多少有些担心:会不会把事情搞得更糟?经过一段时间的接触,我觉得他大概不是表达某种意愿的理想人选。这样犹豫了一会儿,他又说:"再不我去找一下秦老吧!如果秦老这时候能站出来讲几句,大概事情也就了结啦。"

和他一样,我对秦老倒一直寄托着希望。

这些日子里吕擎一直木着脸,一声不吭地做手边的工作。他要完成的是本学期学校的工作,受我和纪及的影响,也开始注意起秦王东巡的历史探究。他还随手写下了一些阅读笔记,有一些部分涉及到了霍老。就我看到的一些段落而言,这些文字相当芜杂斑驳,但极为犀利和丰富,语气就像冬天的铁块一样冷硬;但也不乏调侃,如:"我对徐福好奇,但厌烦七十二代孙!"他并没有把笔触停留在一些具体的分析和评价方面,而是由此深入和扩展开来。他多次引用霍闻海的那些著述,并阐述产生这些著作的历史条件和背景、它们在当时和后来的传播和影响等等。这是更为深广的历史与现实的忧思。

我告诉他："从各个渠道了解的情况来看，有关方面真的已经把事情搞大了，我们都成了整个事件的中心人物，是围攻和诽谤霍老的幕后组织者——这一次好像不仅仅是小题大做，有人真的是醉翁之意不在酒……"

吕擎冷笑："这样讲太抬举了他们。'七十二代孙'算个什么？他不过是昨天遗留的一点精神霍乱，一个行将就木的流氓而已。他并不值得我们大动干戈。"

"精神霍乱"——这句比喻让我抬头看了他一眼。我在心里说：吕擎啊，你心里到底装下了多少愤怒和痛苦，这其中也包括自己父亲的隐秘吗？你常日紧缩的眉头间的竖纹，是否也因为对父辈的叩问而加深？你从不与我讨论类似的隐忧，它们或者压在更深处，或者你对父辈的过去还一无所知……人性中蕴含的这一切阴暗和丑陋，也可以在今天、在我们自己身上流布和蔓延。我不禁在想那些长久的淤积、因为发酵而变成的恶臭由哪一代人、哪一些人打扫的问题。在这个浮躁匆促、满眼闪烁铜锈的时刻里，谁还会为这样一些问题所激动所忧愤。无暇顾及。行色匆匆。什么正义、公理，起码的道德感，都成了奢谈。没人去体味这恍若隔世的悲凉。有的只是表演，是对于更大利益的盘算和追逐。在各种各样的利益权衡之下，朋友和亲人之义轻若鸿毛。一个从来不敢面对自己的内心、畏惧劳动的胆小鬼，却可以把自己打扮成第一号反体制的勇士。嘲弄，无耻，背叛，欺骗，攀附，类似的流氓行径可以让其感到无上的荣耀。这就是触目惊心的现实——更可悲哀的是，我们所有人都可能在这过程中变成一个自觉不自觉的合谋者；也就是说，我们每个人都难以置身事外。

我看着他。他的目光告诉：他不仅是痛苦的一代，而且是固执的一代。

吕擎看了一眼书架上的父亲照片,说:"这是母亲给我摆在这儿的,我总是挪开。我害怕看父亲的眼睛。看看他当年的目光吧,对这个世界充满了信赖。那一代人真是单纯得可怕。与此同时有人却在残忍地搞一些恶作剧,把霍老这一类人空投到我们这座城市里来。那时父亲他们不但没有反抗,反而高高兴兴信以为真,以为真的来到了一个点石成金的魔法王国。其实是白日见鬼!除了父亲他们,我们这个城市里还有一些傻呵呵的好心人,他们心甘情愿把霍老一类当成大人物供养起来!可他们做梦都想不到这些人会无恶不作、血债累累,会是一些真正的混蛋……"

他说出的只是某一部分历史事实,可见他还不知道历史的另一面。那将是有所不同的、更残酷的认识。

"我们一家三代都出生在这座城市里,对它的历史还算熟悉。这里从古到今出过多少思想家、学者、诗人、音乐家,还有伟大的爱国者、将军和哲人。这是一座自豪的城市。可就在这儿,我们的父辈却伸手迎接了这么一群恶棍!真是耻辱……现在没有办法,接上打吧,因为当年那一场还没结束哩!再说这也不是一厢情愿的事情,这是一场遭遇,是父亲他们没有打胜的一场遭遇战……昨天晚上我跟母亲谈了很久——我们从来不愿多谈,因为再谈还是那些:父亲的冤情、他一辈子做学问、搞翻译,老实得连这个小四合院的门都很少迈出。他只是搞研究,只是工作,四十岁上腰就弓了眼也花了,他的劳动无害有益,起码是毫无危险。可他就是没有想到自己会变成一个十恶不赦的罪人。父亲给绑在了院中这棵老槐树上,被皮带打坏了一只眼睛……"

吕擎咬着牙。他想抑制自己,可是没有成功。"老宁,你想一想当时吧。我父亲对那些打他的人一个也不熟悉。这里没有私仇。大概他临死都不会明白,有人为什么这样荒谬又这样狠毒……那年冬天他们把他关在水房里,里面到处结了冰,可就是不准生炉子。他蜷在冰上,硬是给冻死了……这样的记忆,让消费时代的狂潮给一下卷走,不是太可悲了吗?我们是五十年代出生的人,是能记住事情的,这可能就是我们的命运吧!"

我觉得手指骨节在吕擎的诉说中疼痛起来。我屏住呼吸听着。

"你以前劝过我,我母亲也多次鼓励我,让我做个好学者。我没有回答。因为我还没有想好。我要好好想一想,想好了再做。我不想把那条路简单地重走一遍,因为我害怕。消费时代会更好吗?我才不信!这样的时代会用另一种方法宰割,我不能轻信……那个吸引父亲他们的东西还在,只为了抵抗这诱惑,我就得耗掉全身的力气!我会绕着它走,站在旁边看着它。我更想做的倒是另一种人:一个大睁眼睛的提醒者……无论我的力量多么弱小,我还是要彻夜不眠地守在这儿……"

吕擎脸色苍白,唇上没有一丝血色。

我一声不吭……

二

在办公室里,我从来没有这样沉默。也许我冷漠的样子使马光和同事、特别是娄萌感到了惊讶。

多少天了,吕擎的话一直在心头低回,在耳畔回响。我无法忘记,无法从这声音中走出——就在他愤愤言说的同时,他丝毫也不曾察觉的是,我的脑海里却正在浮现那个不幸的漫画家……

娄萌又一次催促我下乡了,我终于直截了当对她讲:"我明白你的意思,也感谢你的关心。你不过想让我出城去躲一躲,可是出城还要返城,我还会重返前线的!"

娄萌皱皱眉头:"别说得这么吓人吧。"她生气了,但没发作。

停了一会儿她又问起纪及,我就说:"他正在自己的小屋里等着他们呢!"

"等着谁?"

"等着有人来把他捆走。"

"你也太夸张了,谁捆他嘛。他如果有错误、有问题,也不过是检讨几句,怎么会像你想的那样呢?"

"是吗? 只是检讨几句? 就算是这样吧,可一个人为什么要无缘无故地站在大家面前检讨?"

"因为……"

"因为那些王八蛋要把他制服,要杀一儆百,要用他来告诉所有人,无论是谁,最好永远趴在那儿,谁也别想站起来……"

娄萌瞪大了眼睛。屋里所有的人都看着我。我这才发觉自己声音那么高。我于是停下来,随手翻开一本书。可是我什么也没有看进去。

娄萌像是等我平静了一会儿,才长舒一口说:"你千万不要误解我的好意。我,还有老于,真的是为你们好……"

这些话倒是真的。她往旁看一眼,声音放得更低:"你告诉纪及,上边让立刻停止他的一切工作,最近就要做出新的安排——他们要让他去下边的所里……老于很为难,和我商量来商量去,最后想出了一个办法,就是先让纪及到外面考察一段。这样老于也可以对上有个交待,就说他已经到下边去了……"

我承认于节夫妇的安排是煞费苦心的。在这个风头上,他们也只能把保护对象赶到乡下。而我想的是,在乡下,在山川大地之间,一个人可以变得心胸开阔,可以把忧愁和焦虑全都抛开……但我犹豫的是,这次远行毕竟不是纪及所愿,而只是被迫的一次出走……尽管如此,我现在倒真的希望纪及能和我一起走开——走得越远越好! 想到这儿我就说:我会把您的意思告诉纪及的,如果他同意,我们就一起走了——也许我们这一次要走很长时间,也许会满载而归的。

娄萌脸上立刻露出了笑容,仿佛马上就要为我们送行了:"下去的时候多保重,特别是纪及,他的胃病很重,你要多帮助他、照看他。多带一点食物。"

她大概仍然对女儿和纪及的事抱有希望吧?如果真是这样,那就好多了。我心里有些感激娄萌。

我回去后想马上找到纪及,可最先遇到的却是顾侃灵。他一见面就急切地告诉我:"吕南老的那句话打听到了。"

说真的,我尽管厌烦,却仍旧好奇。我问:"一句什么话?"

他飞快地眨眼,嘴巴因为噏起而有了许多皱纹:"这是原则问题……"

我身上不知变得更沉重还是更轻松了。我只是突然觉得:比起吕擎、我们,吕南老和霍老,他们才是更为固执的一代……

第 八 章

恫 吓

一

在我的经验中,梅子全家最厌烦的一件事就是我的缺席:时不时地走开,越来越频繁地离家离城。他们有一段时间甚至怀疑我患了类似于多动症那样的毛病、染上了某种"奔走癖"。可是最近一个月来我却发现了一个例外,就是他们也像娄萌一样,希望我在这个冬天到来之前消失一段时间。那就走吧。但愿梅子不要因为我经受更多的颠簸,让我心里留下那么多愧疚。

这个家庭表面上看一切似乎也还平静,实际上却是波涛汹涌。一切都是因为"门不当户不对"引起的:她的一家住在著名的"橡树路",那是城内名副其实的贵族区,一二百年前由异族人建起来的。这一家人算是驻扎在城里的"胜者";而我的一家却是真正的失败者,惟有我一个人莽撞无知地乱闯,一不小心闯到了橡树路上。婚后我有点自知之明,坚持把小家挪到破破烂烂的东城区:最初梅子剧烈反抗,后来虽然勉强同意了,但内心里却一直蒙受了委屈。她不再说什么。可我们的这个小窝毕竟还是温暖的。同一座城市还住了岳父岳母和内弟,当周末这一家迥然不同的人聚在一块儿时,会形成一种奇怪而驳杂的氛围。当然,我在这中间常常显得有些多余和不适。

"我就要和纪及一块儿走了,你……"

她不愿搭理我。我发现只一会儿的工夫,她的小脸就变得红扑扑的,额上渗出了细小的汗粒。她抬起头望着我——这双杏眼就这样望了我快二十年。这目光真是复杂,它带着爱怜和凄楚,还有一点儿不解和无奈。在她眼里我是不可救药的人,任性、狂妄、偏执、单纯、善良,这一切的奇怪综合。但她也只得爱下去了,因为不爱也是不可能的。她的眼睛如同一对光洁的杏核儿,是书上形容的"杏眼通圆"。想一想这些年来让她气愤不已的一些场景,我真是很傻。生活多么不易啊,以至于骂多少粗话也不能表达心头的淤积。看看吧,看看我给折腾成了什么样子,本来是一个挺好的东部少年,就像一株水旺的渠边梧桐一样,如今却变成了一棵老秋木!我这些年已经懒得去照镜子,因为满脸都是难以褪尽的疲惫和憔悴,一道道的皱纹——我一看就沮丧到了极点。青春已逝。所以当我看到欢快活泼、情绪良好的梅子时,心里就感到一阵宽慰。

梅子在结婚之初就多次表达了这样的意思:一生都不希望我做一个好大喜功的人,而只希望我是一个没有七灾八难、平平安安的人:有一份安定的工作,上班下班,节假日带着老婆孩子出门……多么让人羡慕的小日子。可惜我们和大家一样,猝不及防地跨入了一个消费时代,出门一看,大街上突然有了翼手龙,有了食人兽,有一边跑一边撒尿的色情狂和癞皮狗……梅子所向往的那份平淡,其实就是人生的一种清福,它现在是越来越难了,可遇而不可求。而我大约从一出生的时候起,就注定了要过一种颠沛流离的、凄凉清苦的生活。放眼看苍苍茫茫的世界吧,人一旦投入其中就等于钻进了一片浑海,你只得伸开双臂奋力游动。这里的狗鱼水虫缠足草有的是,等着溺水吧。如果自认为是一个倔犟的人,那就折腾下去。我不足二十就体味了人生之艰;七十岁才会遭受的厄运,三十岁就提前到来。无尽的坎坷就像连绵的丘岭一般,层层相叠。我因思虑而困苦,我因幻想而厌恶。我逼人的热情永远不被理解,我因为无边的追思只好午夜枯坐。我有时躺在漆黑的夜色里捕捉大马的叩蹄、雁群的呢喃,把一座喧嚣的都会当成了远野乡村。哪里才有中年人的朗朗星空啊,哪里才躲得开这尘雾蒙蒙的一片阴霾啊。

我的身边空无一人。直至中年,遇到了纪及。

我对梅子一遍遍说着这个城市新人,一个面色乌黑嘴唇发紫的青年。她笑吟吟地说:你请他来家里啊,让他来我们家玩啊!可是我们的热情最终感染不了一个孤僻的人,他还是很少来这儿。梅子叹气说:他大概一个人过惯了……

这会儿我一直在凝神,梅子站了起来。她要为我准备出差的东西了。我把她按在椅子上。她突然想起什么,告诉:"我忘了个要紧事儿,王如一来我们家了,听说你要走了,他正要找你呢。"

这个人的消息竟如此灵通。他很长时间都在躲着我们,甚至不敢通一个电话,这会儿却突然跑来了。我想这其中必有缘故。

二

王如一刚见面就咋呼:"从昨天起我就找你老兄啊,心急火燎的……"我说:"别夸张了,那天你约我们谈词典,后来连影子都不见了,看来你已经吓坏了。"他急急分辩:"哪里哪里!我现在忙得很,这一段主要忙那个总会的筹备,真的腾不出手来啊,连老婆都见不着……找了你几次,我比你都急呢!"

"可不要找错了人啊,找错了人,以后什么东西也得不到!"

王如一的脸色一下变了,开口嚷叫:"老伙计,我们可不是一年两年的交情了,你怎么这样讲我?"

"我不是讲你,我是——'从逻辑的观点看'。"

王如一拍拍脑瓜:"噢,好像有这么一本书,是这个名字……"

"你看过吗?"

他摇摇头。

"你也不需要看这一类书,它们晦涩,而且都是'落后的'世界观,看得人头昏眼花还看不懂;倒不如看一些简明扼要的东西,比如说霍老很久以前写的那些哲学小册子——那些小书既是真正的哲学,又通俗,从八十岁的老教授到乡下大爷都看得懂。"

王如一用眼角瞟了我一下:"你真的那样认为吗?"等不到回答,就点上一支烟,吸了一口说:"霍老的哲学嘛,说老实话,他……也就是那么回事儿吧;不过他是那个时代的哲学家,是吧?一个时代有一个时代的要求嘛,人在任何时代里发迹都不容易。正像我们这个时代里留下了一些深奥晦涩的哲学一样,那个时代就是要留下一种明快的哲学、普及的哲学。那时候,'工农兵才是哲学的主人'。"

"是啊,工农兵是哲学的主人!"

王如一摇着头:"唉,这些东西在当时尽管也很有影响,不过说真的,它们毕竟时过境迁了……现在看就有些直白了……"

"直白吗?也不见得。这些哲学,包括一些诗,它们的命运,作者的命运,今天看仍然是个谜团——曲折迷离,应该说晦涩得很,比今天流行的哲学还要晦涩呢,你还嫌'直白'!"

王如一颊肉抽搐,笑了几声。他眼睛专注地盯着一个地方,像在寻思什么,停了一会儿说:"我知道你又要和纪及一块儿走了,有很多话要跟你讲——不讲不行啊!我只想说,我们交往已经很久了,我真心实意把你当成我的老师——我知道自己这一辈子无论是文品还是人品,都永远难望你之项背!"

"夫复何言!你也对纪及说过同样的话。你这人啊,最大的毛病就是谦虚!"

"我知道你对任何直接的表白都会怀疑,那就看行动吧。我今天不愿解释什么,情况很复杂,你会听到各种各样的流言。他们实际上既中伤了我,也离间了我们的关系。不过瞧着吧,这些人只会自食其果!"

我笑了:"你把我们的关系看得太了不起也太重要了。好像我们俩的关系比得上两个大国之间的关系似的。"

王如一用一根手指严肃地敲一下桌子:"可不,一人一世界嘛!我把咱们的友谊从来都看得很重!我不允许任何东西去玷污它!"

"真让人感动。我知道你这几天忙极了,尽管这样,你都没忘我,还要为我设宴送行……"

王如一狐疑地看了我一眼:"我刚才给你讲的那一切都是很动感情的,我常常想到你这些年对我的帮助、两个人一起探讨问题的情景,常常激动得不能自已。当然了,对一些具体问题,我们又不尽相同……"

"当然是这样。"

"是的是的,这些不同的看法,从来没有影响到我们俩的友谊……"

"好像是这样——但实际上是不可能的。"

王如一的脸沉下来,嘴唇紧紧绷着。

我望着他的样子,觉得好笑。面前这个人是非常脆弱和胆怯的,可同时又如此天真。他总想在当代生活的各种奇怪角落和缝隙中钻来钻去,像一条鱼那样圆滑和自由。

三

"我这一辈子的全部精力都投到了专业上,在这一点上,我与纪及和你没有任何差异。当然了,我也想在生活中更顺利一些、少一点遗憾。但我不会因为要获取什么而做下背叛原则和良心的事……"王如一满脸的诚恳。

"你就那么相信自己的'原则'和'良心'吗？它们真的那么可靠吗？我有时就不相信。"

王如一龇着紫红色的牙龈："这还有什么怀疑！难道一个人离开了良心、原则——还会干什么好事吗？"

"是啊，我也曾经像你一样看重这些。可是后来才发现，它们本身也像酒一样，可以掺水作假。对待它们也许只有一个办法，就是先放它一会儿……"

"放下'原则'吗？"

"对，就让我们先把它放到一边，先来点实实在在的东西，比如说喝一杯茶——我和你谈了这么长的时间，你也该倒一杯茶给我提提神了，别光急着讲什么大话。"

王如一的拳头在我胸脯那儿捶了一下："你这个家伙呀！"说着就回身去倒茶了。可是他端来的不是茶，而是一杯咖啡。我呷一口润润喉咙，还好，这个家伙没有忘记我喝咖啡不放糖，苦苦的。

我喝着咖啡，对王如一又有了一点点好感，说："如一，我们不要争来争去了。说心里话，我也很重视你的友谊。像纪及，他一个人在这座城市里生活，举目无亲，大家都该帮帮他。你如果在街上看见一个重量级拳击手狠打一个身体羸弱的人，就没有一点同情心吗？"

"这是当然的了，不过……有些事情不像你想得那么严重啊。有些事情……过去也就过去了，你如果太认真反而不好呢……"

"对呀，我们不认真，可是有人会认真！人家会不管你的死活挥起重拳，一直打到底！"

王如一的上唇翘起来："老宁，我和你从深层意义上讲是非常一致的，我何尝看不清？我不过是想：何必招惹别人呢？人家气数未尽,我们也奈何不得人家。我们这些人怎么奈何得了……"

"既然他们已经发达成这样了,那为什么还要找茬儿收拾我们这些穷人呢?"

"穷人"两个字刺激了王如一,让他不安了。他连连重复着那两个字,瞪着两只圆眼:"就是呀,人家有别墅、有汽车、秘书,有各种各样的朋友——我们呢?简直是穷光蛋!可我总是很小心地躲着他,我可不愿踩老虎尾巴……"

"老虎尾巴厉害,甩一下就能把你打个趔趄,弄不好还要把骨头打碎。有人说对付这样乱甩的尾巴,还不如准备一把斧子,干脆给他剁一截去!"

王如一做个鬼脸,吸了两口凉气:"妈呀,瞧你说的!可惜咱没那样的胆子……"

我单刀直入:"我可得到了一个准确的消息。"

"什么消息?"

"前不久你与耿尔直他们一块儿炮制了一份文件,而且一块儿在这份文件上签了字,按了手印,上书吕南老甚至更上边,有这个事吧?"

王如一砰一下把茶缸放下:"这是哪来的风?这是什么话?这他妈的是谁在造谣?我说嘛,有人要离间我们……流言蜚语!"

"夫复何言!你先不要慌,我问你有没有在这份文件上签字?"

"我就是签,也绝不会签这样的文件!"

我不愿再谈下去了。可是我要走时,王如一却全力阻拦了我。他邀我随便吃一顿便饭:"什么都是现成的,你不是讲过喝酒喝茶吗?就让我们两个随便喝一点吧!"

他说着麻利地进屋打了个什么电话,出来时满头大汗,急火火的,一把将我按在了座位上。

四

　　王如一取了一点罐头,提来一瓶我喜欢的味美思葡萄酒。既然待下来,就想谈点轻松的话题,可王如一总要引到最近的事情上。我明白了,他想寻找一切机会解释和开脱自己,把一切说成是"不同程度的误解"……我终于忍不住了:

　　"天底下哪有这样的误解……"

　　王如一不再吱声。我发现他的耳朵突然像兔子一样竖起来,正微微活动着。正这时有人敲门,他腾的一下站起来。

　　进来了三个人,他们当中有两个我认识:一个是耿尔直,一个是司机蓝毛;另一个又黄又瘦,我没见过。

　　耿尔直一进门就假模假样仰起脸:"嚯,想不到有贵客在呀!"

　　王如一赶忙给我介绍。耿尔直其实认识我,一下握住我的手:"久仰久仰,久仰啊!"

　　蓝毛爱搭不理地笑一笑。

　　这时王如一要的菜已经送到了,他快手快脚地端过来几碟,又取来几个酒杯,让他们全都入座。

　　几个人默默喝酒,谁也不吭声。王如一极力想把气氛搅起来,可几次努力都失败了。我发现没有一个人向我介绍那个黄黄瘦瘦的、神色阴郁的人。我呷着酒,往他那边瞥了两眼。也许是我的目光刺疼了他,让其不快,他竟然将面前杯中的酒一饮而尽,接着把杯子"砰"一下抛在地上。

　　我和王如一都看呆了。我不知发生了什么事情。可是蓝毛和耿尔直却不动声色,还像刚才一样缓缓喝酒。脸色阴郁的黄瘦小子绾起了衣袖——我立刻看到他胳膊上文了一条青龙。我一下明白了:这是那个大名鼎鼎的"狸子"!

　　他一边绾衣袖一边对王如一说:"你他妈的是请我喝酒,还是要存心害人?"

王如一哆嗦着嘴唇:"老弟,你看你这是说到哪儿去了?"

狸子怒喝:"你怎么往我杯子里扔玻璃碴子?"

王如一抖着手:"我们都是喝了同一瓶味美思,怎么能有玻璃碴子?"

"你还敢跟我犟嘴?你也不看看老子是谁?"

王如一连连摆手:"这真是冤枉人……"

狸子指着地上摔碎的玻璃杯:"你还说没有玻璃碴子?你看这一地!"

这个家伙显然故意找事。不过我还想看一看,因为我实在弄不清这是一个什么场合、正上演一出什么戏剧。我仍然轻轻呷酒。

这时候蓝毛站起来劝阻,狸子骂骂咧咧坐下来。可是他并不吃菜,也不喝酒,而是用筷子比画着王如一说:

"有人想跟我的朋友过不去,还他妈的是什么臭'鸡巴分子',我动动小拇指头,他就得这样。"说着"咔嚓"一声把两根筷子折断了,狠狠扔在脚下。

耿尔直笑了:"怎么伙计?连你耿大哥也要一块儿骂吗?你耿大哥就不是'鸡巴分子'吗?"

狸子说:"耿大哥和蓝兄弟除外,你们是条汉子,这我知道。我是指那几个死猫烂狗,还敢跟我们哥们儿过不去!"

耿尔直宽宏大量地拍拍他的肩膀:"伙计,放心吧,有你耿大哥在,别说那几条死猫烂狗,就是他妈的三五百人合起来,我也不在乎。我耿尔直也是著书立说的人,可我天性好打抱不平,有什么事情,只要是我们这个圈子里的,你就跟耿大哥讲一声。你耿大哥,嗯,这么讲吧——"说着抓起了一旁的酒瓶,"我能把酒瓶子拧成麻花,信不信?"

狸子说:"那是当然的啦,耿大哥的豪气,我们兄弟几个没有不服的。这么着吧,除了你耿大哥,还有我们蓝兄弟,谁敢身上长刺,我就让他剃头刀子揩腚——好险!"

一句话说完,耿尔直、蓝毛,甚至是王如一,都哈哈大笑起来。

我明白了,这几个恶棍在唱一出双簧。一种极度的厌恶和鄙视涌上心头。我站起来。

王如一飞快摆手:"老宁你不要介意。你怎么?走?还没吃饭呢……"

"我有点恶心,还是让我先走吧。"

耿尔直阴沉着脸一声不吭。他的脸色难看极了。

蓝毛笑嘻嘻的:"老弟恶心?我们狸子兄弟会两手,让他给你按按穴眼儿?一按穴眼儿你就不恶心了!"

我转向那个黄黄瘦瘦的家伙,目光一动不动盯着他那双阴郁的眼。我看着他,一直看了有一二分钟。我憋粗了嗓门问:

"你要给我按按穴眼儿吗?"

狸子看一眼耿尔直,又看一眼蓝毛,把那只文了青龙的胳膊动了一下。

我又一次问:"你真要按按穴眼儿吗?那我们两个到屋子外面去按吧,别妨碍人家吃喝。"

那个黄脸瘦子斜了蓝毛一眼。耿尔直皱眉。瘦子立刻破口骂道:"去你妈的蓝毛!你妈的!我什么时候会按了?"

他不再理我,只埋下头喝酒。

我走出去。王如一在后面慌慌地叫着,我没有理他。他追出门:

"老宁,老宁兄弟,你千万不要误解……你没有误解是吧?他们是自己来的,我并没有请他们!"

"你很有出息,你的这些朋友也不错。再见了伙计!"我重重地拍了一下他的肩膀,走开了。

向 东 方

一

这次我们行走的路线与上次不尽相同。那时我们下了火车之后就开始徒步跋涉，可这一回我们要乘车直抵琅琊台——因秦始皇东巡而名闻天下的那个海滨。火车可以直接驶到离琅琊台很近的地方，我们准备在那里下车，完成预定的项目之后再开始下一步行程。

原本期待这次出差会是悠闲自在的，因为我们都没有什么具体的任务和指标。可一登上火车摇摇晃晃出了城才知道不是那么回事。心里沉甸甸的。我们身上背负的不仅是一个背囊……纪及坐下不久就掏出一个本子看着，像以往一样，他在行前准备了周密的考察计划：从琅琊台到"天尽头"，再到芝罘，从芝罘乘汽车到栾河营古港和登瀛门，最后到殷山遗址；东行考察的终点则是那个"百花齐放之城"——思琳城。与上次稍有不同的是，我们要在琅琊台和"天尽头"一带分开一段时间，两人各自活动，最后再赶到思琳城会合。

从战国直到秦代，琅琊台一直是海内五大著名港口之一，秦始皇曾在这里盘桓多日，初识大海。作为古航海专家的纪及，对这一带当然熟悉得很，笔记上画满了各种各样的路线图，对当地的各类事项都有详细记载。

古港紧靠徐山，处于胶州西岸，水深浪缓，是一处天然良港，早在几千年前就可以停泊大型船队。纪及告诉：在春秋战国末年，吴国和齐国曾经在这一片海域上进行过一次海上大战。离海港不远处的一个小岛叫薛家岛,上面有大量的木材可以用来造船,所以又是古代造船和航运的最好场所。琅琊湾中还有两座小岛,一座叫"斋堂岛",一座叫"沐官岛",相传都是因为徐福率领童男童女在此斋戒和沐浴而得名。纪及说当年徐福东渡的船队极有可能从琅琊出发,沿山东半岛北行至成山头等候季风,然后再穿越大海东渡朝鲜半岛、抵达济州岛。至此完成第一段航程。这之间相距一百海里左右,航程只需几天时间。下一段航程是沿朝鲜半岛南下,横渡朝鲜海峡,经对马岛驶抵日本九州。纪及还详细分析了另一条路线:从芝罘到日本横渡黄海,航线长约九百三十海里,若以每小时航速五海里计,那么昼夜兼程只需要七八天的时间。

"有人认为当年的船队从山东半岛穿过东海,比如说从成山头直航朝鲜半岛西海岸,那似乎是不可思议的事情。如果从那里出发,从它们的西海岸最外侧长山川或百灵岛计算,相距有一百多海里——可是这段海域不能仅仅从地图上去分析,因为这里的海流终年为南北向,流速在零点二节到零点六节之间,对东西航行极为不便;而且当时尚未发明罗盘仪。所以现实一点考虑,当年的船队只能沿着近海、在视距范围逐岛航行,或者靠日月星辰的出没来导航。船队的动力主要是靠海风吹送,或者摇橹。你想在这种情况下,要穿过成山头以东的大海,那会是多么难的一件事……"

面对着滔滔大海听纪及现场讲叙,有一种极为特异的感觉。但他越是试图更具体地讲解,我越是摸不着头脑。纪及只有苦笑。我问他一个最基本的问题:"当时一只船能载多少人?"

"当时已经能造大艞、小艞、楼船、桥船、阁船等各种各样的船只。最大的船可以容纳一百多人。当时徐福大约率领了三千多人,那么他们至少有四五十条船,外加用来装载粮草器具的船只,可能多达七八十条或上百条。反正那是一支浩浩荡荡的大船队了……"

我们在琅琊台下——当年秦始皇屠杀儒生的地方久久不去。这里已是芳草萋萋。秦始皇第一次东巡时曾让儒生和方士们采长生不老药，而今那些人大部分都四散奔逃——因为这时咸阳焚书坑儒的事件已经传到了东方。秦始皇大怒，先是引诱，而后又命令士兵四处搜寻，把所能找到的儒生方士全部押解到琅琊台下，一口气杀了几百名儒生。令人费解的是，就是在这样险恶的情形之下，那个徐福竟然能带领一些方士和儒生，赶到琅琊台拜见秦王。

二

"天尽头"是从半岛伸入海中的一个小小犄角，据说由当年的秦始皇和李斯取名。我们站在一片陆地的尽头，面对着的是浩渺无边的大海，是冲腾而起的水浪；海雾一会儿飘过来，一会儿飘过去。站在这里真的可以沉入缈缈幻想。当年的秦始皇以为这儿就是大地的尽头，他往大海深处探望，只见乳雾涌荡飘逝，鸥鸟隐语，飞鱼蹿跳，臆想邈邈深处必有一处仙境——可惜那里不是他这样的帝王之威所能抵达之地，它属于神仙的疆土。

我和纪及从"天尽头"起步，沿着曲折的海岸线一直往前走下去，这样将环绕半岛而行。我们相信这就是当年秦王的徘徊之地，是令他东方之行最为兴奋的一条路线。这样长时间顺着海岸往前，一直走到相对平坦的一块小平原上：一眼看去会想到俄罗斯画家笔下的荒原。这里最多的是铁角蕨科过山菊，根基短而直立，顶部密生披针形的黑褐色小鳞片，叶片顶部越来越尖，延伸成鞭子形状。这种植物的繁衍力强极了，叶子着地即可生根，重生出崭新的植株，在地上弯弯曲曲形成一线，一株株渐次排去……小平原边缘有一片整齐的、可能是人工种植的黑松。这片松林把我们强烈地吸引了。呼呼的海浪声和松涛声浑然一体，竟难以区分。进入松林深处，不时踢到草地上的松塔，它们在金色的松针上滚动。野鸽子咕咕叫着,伴着一两声斑鸠和野鸡的鸣唱。横亘在眼前的是一条几近干涸的人工渠,岸上爬满了荤草,长得那么旺盛,简直势不可挡,像绿色的火焰一样沿着大渠一直往前燃烧。我们沿着渠岸走,不一会儿就看到了一个小小的渔村。

我们身负背囊、戴着旅行帽的样子,一下引起了村里人的好奇。他们问我们从哪里来?我们告诉从琅琊台那儿转过来。"嘀,走了那么远的路!"一位老渔人脸上油亮油亮,睁大了一双眼睛喊着。他向我们、也在向旁边的人竖起一根指头:"那可是秦始皇杀人的地方哪!"

我对纪及说:"你看,杀人毕竟是大事啊,几千年过去了,这里的人还在谈它呢!"

老渔人可能听到我的话了,转过脸来:"那是秦始皇火了。他杀的都是有学问的人。人一有学问心眼儿就多,秦始皇就不信服他们了,一逮住就咔嚓咔嚓——杀了,扔进海里了。到现在打鱼船一过琅琊湾,还能听见大海里有冤魂喊哩。"

我问老人:"这儿有很多徐福东渡的传说吗?"

老人指指四周的大海:"这里,琅琊那里,再往前到登州,一直到栾河营港,这么大一片,都是当年秦始皇琢磨事儿的地方……"

"他们琢磨什么事儿?"

"琢磨怎么搞来一点长生不老药啊。他打下江山,修了长城,哪能就这么两腿一蹬死了?那可不行!你看秦始皇贪心不足啊。人哪,有生就有死啊,想不死还行?不过要死也不要连累别人,不能因为自己快死了就动手杀别人,杀啊杀啊,流的血把海水都染红了,这有个什么好?老天爷怪罪下来,他就没能活着回去!"

老人这样讲,是指秦始皇第三次东巡病死在路上,在沙丘那儿咽了气——传说为了保住这个秘密,掩住尸体的腐臭,一路都用臭鱼烂虾埋起来,急急运往咸阳……沿海一带的人没有不知道这个历史故事的。老人似乎对这个结局非常满意,这会儿笑眯眯从腰上解下一个酒葫芦,礼让一下,仰头大饮一口。酒味很浓。老人捋着胡须,真像一个仙人。

"在这一围遭,你要听徐福的故事,那可多了!"

老人把酒葫芦拴回腰上,伸手指一指前边:"你们是去那里的吧?"见我们一脸迷茫,就说:"就是老林场啊,当年那儿从四面八方——反正都是大城大市的地方,赶来一些有学问的人。这些人当中干什么的都有,有的会画,有的会唱,有的会写,反正一家伙全赶来哩,就在那里卖起了苦力。说是让他们卖苦力,其实就是劳改呀,有人一天到晚死盯着他们干活哩。这都是一些苦命人,前半辈子不孬,下半辈子挺糟,还不如咱打鱼的!看看吧,他们那会儿整天伐木头刨地,这对他们可不是轻省活儿……"

听到这里,我明白了,告诉纪及:"这里当年有一个'五七干校'。"

"老林场那里还有种地的,有些老工人,有招待所哩。"老人笑眯眯地看过来,相信我们就是到那里去的。

我和纪及商定:当他沿着海滨寻找古港的时候,就让我一个人在那里留下来吧,最后我们在那个"百花齐放之城"——思琳城会合。

三

我们分手的前一个夜晚,差不多谈了整整一个通宵。都没提城里的事情,不愿让它坏了时下的心情。心照不宣的就是:我们要尽可能地让这次远行变得高兴一点,忘掉过去。纪及说如果我有兴趣的话,就找时间一块儿到他的出生地去一趟。那一架架大山啊,那个度过了童年和少年的地方,只要一提起来就让他两眼闪亮。他说那些山比东部要高得多,也险峻得多,那里的人至今都在过着另一种生活……其实我很早以前就想去了,这些年来走了很多地方,可还没有到过南部山区:那里因为极度的穷困而有名。有一段时间吕擎他们要去,后来因事耽搁也没有走成。原来那片贫瘠的大山就是纪及的老家啊。

　　黑影里,纪及的声音有些异样。我知道他在想自己的母亲,就把话题岔开了,可他总是望着黑漆漆的窗外,像在听林木哗啦哗啦的响声……半夜以后,纪及仍然不想睡,就到床上去整理考察笔记。我不愿打扰他,和衣躺了一会儿,后来忍不住就去看他的笔记。那上面画了很多图形,有一些像坛坛罐罐,大概是记录了古港附近的出土文物。他告诉我这是莱子古国——有不少出土文物就来自那儿的古国遗址——出土的"㠱器":

　　"这是非常有名的文物!有人专门写过《㠱器》这样一本书呢。这一件就是1951年在莱子古国原址上发掘出来的,圆角长方形,子母口,口两侧还有复耳,耳和器间有双梁相接;盖上有个方钮,器下有方足,盖和全身都装饰着瓦纹,器的内底和盖内都刻了字……我这样讲你不能明白——如果上次我们在一块儿就好了,咱们可以边看边讲。"

　　"可是博物馆只有㠱器图片,那里没有藏品——"

　　"就是有也不会让我们看的!"他笑着。他对那座博物馆的所有藏品都很熟悉,像春秋时期的"吴王夫差剑"——说到这儿纪及连连咂嘴——临淄出土的战国时期的"国子鼎"——"像有名的举方鼎、京鼎,它们都是商代文物啊。"我问什么是"豆"?他仔细介绍,努力想说个明白:一种深盘高圈足,盘外壁装饰着一些涡纹、凹旋纹,圈足上还施有两道凹旋纹……他特别谈到了西周时期的一件文物,说:

　　"这件文物你该知道呀!"

　　可惜只能让他失望,我一点都不知道,在这方面我是十足的外行。

"那是有名的'方奁'！它就在东部平原这儿出土,长方形,有两个盖儿,盖上还有一对裸体男女相对跪坐,而且方奁的四个腿儿就由裸体人形做成——你看古人的思想自由奔放得很,他们竟然在方奁合盖上铸起了男女裸体！"

他说从这里回城时,一定要抽点时间和我一块儿去看看这件奇物……因为谈得兴奋,到后来就不想睡了。因为第二天还要赶路,我们不得不在黎明时分强迫自己躺下……

让人羡慕的是,他只一会儿就发出了细细的鼾声。可是我后来一直未能入眠。我在想以前所经历的那些远行的夜晚。多少年来我一直在平原和山区走来走去,这种没有尽头的奔波和行走是从童年时期就开始了的——在那片海滩平原上,在我的出生地,在芦青河两岸的丛林中,我曾经一直奔走不停;后来我又一个人到了山地,在那些大山的缝隙里窜来窜去,像一只野物那样四处寻食,规避危险,追逐着同伴……最后有幸进入了一所地质学院,这才离开了平原和山地,直到栖身于一座城市——一切就像做梦一样！从此我有了崭新的朋友,有了一个热乎乎的小窝。很可惜,我总不能在这座城市和这个小窝里安定下来——仿佛有一个声音一直在远方呼唤,它发出了声声催促:快啊,快啊,快上路啊！就在它的呼唤声中,我真的一次次走出那座城市,告别拥挤的人流,走向童年的大山和原野……我发现自己真的越来越不能待在同一个地方,我必须不停地走、走;我必须用脚板去探求那些或陌生或熟悉的土地,去寻找去叩问……

可是我在寻找什么？追逐什么？

我睡不着,黎明前一直在极力回忆关于奔走、关于山地和平原——那一幅幅鲜亮的图片……记得那一天又回到了那片山区,清晨,因为一阵冲动,我竟然一大早就健步登上了一个山包——至今记得那天带着一身汗水攀援、蓦然抬头的惊讶：眼前是喷薄欲出的一轮红日，在晨光里欢快飞去的一只苍鹰，还有两三只云雀在头顶欢唱……走下山包，走向潺潺流动的溪水；捧起溪水洗脸，不远处就是一块彩色的石子，石子旁是一条银亮的鱼；它倏然游开一点，晶亮的小眼睛瞥着我，缓缓隐入水草……

窗外的树叶在风中抖动，各种小虫子发出了鸣叫。我此刻仿佛身处出生地的那片小果园——恍若躺在茅屋里、蜷在外祖母身旁……那个孩子啊，后来他打着赤脚，脚上满是泥巴和裂口，奔跑不息，一直跑到少年、青年，然后又跑到中年……

黎明前我在轻轻吟哦，那是一位印度老人的诗句：

在既往与未来的滔滔合流之中／我总看见一个"我"／
奇迹般地，孤苦伶仃，到处巡行……

四

很多年前，老林场实际上与旁边的农场是同一个行政单位。如今这里的林场已经名存实亡，靠近大海的这片沙滩平原上，那些高大的乔木已经被砍伐得差不多了，剩下的树木大多树龄只有五六年的样子，而且都是木质粗劣的速生杨之类。偶尔能看到一棵柞树、一棵小叶杨或一棵桑树。稀稀落落的灌木当中有一两条水渠，沿着水渠往前，有一棵日本三蕊柳：一种杨柳科小乔木，油油的紫褐色让人看上去心情舒畅。在别处很少看到的油松，在渠岸上也变得多起来，它们蓬蓬的树冠，红褐色的枝条，精巧的松果，让人一下子觉得这个地方可爱起来。脚下是洁净的沙子，上面偶尔生出一株鬼针草、一棵千层菊或一株地黄花。酸枣棵多极了，它们常常密得没法下脚，我只好小心地绕开它们。

与这片稀稀落落的林子相连的就是农场了，那里土质略好一点,属于半沙土,栽种了花生和玉米。现在不是农忙季节,农场和林场里的人都很松闲。我入住的招待所里有两三个管理人员,领头的是一位老太太,她戴着眼镜,衣兜上还插了一支钢笔。我们经过几天相处,话就多起来,后来不断牵涉到老林场几十年的变迁史……当她知道我来自那个城市之后,好像有点忍不住了:

"当年啊,那些人都是从南南北北来的。我没读多少书,可我喜欢这些人。我发现他们都是有大学问的人,干什么的都有。我当时在林场里做会计,从头至尾经历下来:把他们迎来,又把他们送走。有人来的时候还活蹦乱跳,走的时候腰也弓了腿也抖了,还有的死在这里……"

我听下去。以前吕擎和他母亲多次说到过这片林场和农场,好像还提到过一个留守的老校长,一个命运多舛的姓淳于的女人……

"那时候随他们来的一帮人,其实就是看守,厉害着呢。再加上场里原来就有一些民兵,把这里管得牢牢的,就差没在来人身上绑锁链、没在场子四周架铁丝网了。那些文化人大半都是好人、老实人,他们一个个都不愿说话,一天到晚就是埋头干活,一边干活一边想些心事。文化人心事重啊。你想这还不要给累坏呀?天哪,可怜人!不知他们现在还有谁能活着。有活着的,也该来这个地方看看……有一年上,有个戴眼镜的就在林子里走来走去,我想他一准是来找什么的……如今这里冷清了,像片老坟地似的。可当年这里热闹……"

她讲着讲着眼睛一湿,然后再也不说了。

我没有多问。我知道她想起了什么难过的事儿。

停了一会儿,老太太主动告诉我:她是想起了一个好孩子——一看到我就想起了他!"那个好孩子来农场的时候也戴着一副小眼镜,他近视得厉害哩。来的时候才二十多岁,因为年纪轻,脏活累活偏要摊派给他。场里那个管武装的人是个狠性子,偏偏就盯上了他,动不动就大声呵斥,让他立正,让他和林场的民兵一块儿出操。他们倒不是要把他练成一个军人,是要折腾他。他一跑错步子,听错了口令,那些人就像吆喝牲口一样把他叫出队伍,让他自己上操。那个孩子啊,没人给他缝补衣裳,好像家里也没什么人了。我看着怪可怜的,就找一些旧衣服给他替换下来,把他的衣服洗好缝好……我女儿常回林场里歇假,她在外地读高中,星期天都回来,就帮着年轻人洗衣缝衣,给他叠得平平整整的。她把那些衣服叠好,还用报纸包起来。日子久了,我发现这孩子老要到外面去看上操。可怜的孩子啊,就这么喜欢上了那个年轻人。我又害怕又高兴,知道他们都是好孩子……可我的女儿太小了呀,她那会儿才十七岁呢。"

我担心这会是一个悲剧。我屏住呼吸听下去。

"有一天我的女儿跑了,半夜都没回来。后来我问她哪去了?她不答。有一次我看见她伏在那儿看什么,见了我赶紧收起来。我知道那是年轻人写给她的一些字。我想他们夜晚一定是在林子里说话了。我告诉她:你不要连累那个年轻人,他们要按时歇息,号子一响都得熄灯。当年这里像管军营一样。半夜里常常听见拍桌子、呵斥、骂人。我一听到这些响动就想那个年轻人,担心有人对他动手动脚的。我悬着心哪,牵挂他就像牵挂自己的儿子。我劝女儿好好读书,不要再往他们那里跑——可你知道年轻人一开了头就停不住。我的痴心孩子后来连学校都不愿去了,总在林场里磨蹭。那个年轻人有时也到我们家来,见了我腼腆得啊,话都说不成句!有一回我叫住他,说孩子不要躲我,大妈不过是想当面告诉你:要自己学会爱惜自己,因为我没见有人来探望你。要靠自己好好爱惜自己了,你总有熬出头的一天。好好干,等你从这里出去的时候,再回来找大妈,大妈会像对待亲生孩子一样……"

她说到这儿伏下头,用衣袖揩起了眼睛。

"我那会儿的意思明明白白,我的意思是说:你不要耽误我的孩子,我的孩子也不要耽误你。等以后,等你再大一点儿,身上的案子——我也不知这算不算案子——结了的时候,再做我的女婿……我盘算得挺好,谁知道说了那话没几天就出事儿了,他给关起来了……农场把过去的牲口棚拆了,在那里搭了一个地窨子,里面又潮又脏,铺了稻草。小窗小门都镶了铁栏,人关在里面就得被折磨得死去活来。那个年轻人给关到了地窨子里。你见过地窨子吗?"

我点点头。

"我女儿一天到晚哭,让我去救救他。我怎么办?我又有什么办法啊!找谁都没有用。说起来没人信,这事是我后来才知道的,原来是他同屋的人把他给告发了……其实什么罪也没有,他不过还在写写画画,不停地记笔记。原来一个人只要染上了这种毛病也就改不掉了。他把笔记藏在自己被褥底下,同屋里有好几个人,不知是哪一个看见了。狠性子畜牲把字纸抄走,没几天就把人抓起来了。你看,那个年头都一块儿做苦活,都是一样的罪人,这当中还有人在背后往死里挤对同伙儿……"

"他可能写了什么犯忌的话……"

"谁知他写了什么啊!年轻人气性大,一抓起来就不吃不喝。那些看管他的人可着劲儿折腾。他们往他脸上吐唾沫,揪他的头发,他受不了这个侮辱,绝食了。我早些知道就会去劝劝他,劝他吃饭吧,招了吧。后来什么都晚了。他死在了地窨子里。场里派人去通知他的家里人,好几天过去了也没人管。原来他家里人也不要他了。我可怜他,觉得他算半个自家孩子!是我给他换上了干净衣服……"

老人哭成了泪人,边哭边说:

"你不知道,我的女儿现在比你大,还没找下婆家。她忘不了那个年轻人啊。她这会儿就在那个学校里教书。她这一辈子也苦了。我最放心不下的就是这孩子……"

两天之后,老人引我去看了那个年轻人的坟。

一座小小的坟头,坟尖上还压着被雨水洗白了的一束草纸。坟堆紧靠着一棵赤松。那赤松长得蔫蔫的,枝叶往下垂着,好像也在悲悼。

离开老人时我问:这一带还有哪些人知道当年林场和农场里的事?那个留守的老校长还在吗?

老人想了想:"那就是肖筠了……他当年也在农场,如今早就不做什么事了,没回城,就住在老林场,和儿子住在一起……"

得一词条·登瀛

登瀛者,必与出海求仙有关。盖因如此,此条之正名乎岌岌可危,不可稍有懈怠也!却为何也?皆因名利一出,万人相争,非要将咱先人夺到本地名下而后快,哪还顾得礼义廉耻!说起登瀛,必是初登瀛洲启始之焦点,于是乎这也登瀛,那也登瀛,一时间风雨大作,流言满天。究其实,吾市才是真本实料,有根有据,真真乎登瀛也哉!

说到此或有人伸指向东,指点登州海角,言说一小村名为登瀛云云。其实如此命名无独有偶,无分先后,不足为训。想当年沿海一带传说多多,徐福勘测也非三地二址,想必是东西巡弋,南北突奔,只为了找良港、觅佳所,何曾自囿于一端!沿途百姓,议论纷纷,指东道西,传说纷起!因徐福事功而得芳名者不可胜数,然究起航行历史,又非得求真落实不可,此乃历史之大义,后世之责任,举金刚之巨钻,凿千年之隐秘。正可谓拨乱反正,溯本求源,白猫黑猫,俱收囊中。话说公元前210年古历三月,季风吹拂,人心活络,百鸟鸣唱,咱先人徐福举事在即。本市东去十里之湾乃通河曲,水深矣形隐矣,其畔有小村影影绰绰,今谓之影影村。此村考证下来,影影实为瀛瀛,乃历史久远淹没真相之一例。瀛字乃古文之重镇,说来话长,非得兼有古航海与秦汉史之专长者方能释义,野村泊民哪能解得?故只好就俚依俗,胡乱称谓。

自影影村向东南一刻余,即抵海湾。此湾真真好也,大风不起巨浪,宛若祖国内湖,周边崖石微青,连接起伏山岭;入夜有野猫号叫,日出则百鸟欢腾;水色碧碧,浪纹绵绵,小鱼浅翔,大蛤深陷。有村姑携篮而行,移步款款,风吹小袄,细腰一拃;村民淳朴,乡风高古,以渔为生,其乐融融。当年海湾实一集合之重地,桅林密挤,风吹如哨,咱先人徐福为百船之心。一班衙役日夜逡巡,头插鸡毛,手持长枪,胸口一个秦字,何等嚣张!村民皆知此湾连接瀛洲,大事生发,就在眼下!一旦号角吹起,由此起锚,一去向东,即消失在茫茫大海之中。开拔前一月间稍为松弛,船上小童尚可下来透风喘气,与沿岸村民搭上三五言语;秦王督导也脸有笑意,见村妇则殷勤有加,以图私情。待二十日之后,风声渐紧,人不下船,船不靠岸;官民两分,男女有别。往日卖粽子者皆不得靠近海湾,武士督导横眉竖眼。船上大旗猎猎,腥风劲吹。猫头鹰深夜号叫,吓死活人。叼鱼狼日夜穿梭,形状疾疾。这时节咱先人徐福端坐舱中,口中念念有词,以求神仙保佑。那神仙一班,位列八面,有水流神、大风神、云神、雷神、霹雳神、擎灯童子、定针罗汉、守礁老母、海汊仙子、星煞、夜猫、阳鸟、雾哨、橹生、缰头、打烊老公、火眼、水豪、牧鱼王、锚家……不可胜数。

船队浩荡,出发时固然伟大,停泊间亦为壮观。故此处海湾,历史永恒,千年荣耀,享誉万载。君不见有小人胡编乱造,说什么这登瀛子虚乌有;又说是那登瀛或许可期。分明是狼子野心昭然若揭,这边厢已备下翻案文章。耗大资求专家纷纷东来,出大力一个个捷足先登。就不信驳不倒无耻谰言,更不怕有混淆黑白莫辨。逢盛世百事兴一马当先,壮声威破古谜岂有他人。吾小王名如一人微言轻,吾贤妻为名媛八方奔走。夫妻间通力做一事一毕,编词典再考证学无止境。市副秘本姓唐心智高明,大手笔抓大事挥挥洒洒。眼见得功已成告慰先人,恨难邀徐福爷共赴庆典。咱这里一而再,再而三,只记下本真事,天下流传。

东巡·六

一

谁见过中国第一位大皇帝的车队?谁见过千古一帝?始皇第一次东巡,浩浩荡荡的车马刚驶出渭河大平原。恭候在驰道旁的守军将领注视着眼前斑斓的旌旗,突然呼喊道:"陛下!陛下!"兵士们也一齐举起刀戟呼喊起来。声音震动四野,把车上打盹儿的始皇吓了一跳。他猛地睁眼,出了一头冷汗。小宦官赶紧取一个毡子给他围上。他咳嗽起来,吐出的痰带着血丝。

始皇想:我是被自己的声威吓着了。他动动手指,接着又打起了瞌睡。

那个领头呼喊的将军被就地斩首。随行的兵士鸦雀无声了。

始皇不一定什么时候醒来,兴致好的时候会问:为什么一声军歌没有?一声呐喊也没有?这像朕的车队吗?

始皇一路忍受着颠簸。小宦官一直侍奉在身侧。始皇听到了哗啦哗啦的声音,问:"到东海了吗?"

"禀报陛下,琅琊还远着呢。"

"我怎么听到了呼呼的海浪声?"

小宦官告诉:"那是车队正经过一片丛林。"

"丛林?这儿离琅琊还有多远?"

"禀报陛下,还有四百里。"

"区区四百里,"他一边嘀咕,脑子里一阵划算:用这片树林造船,那是最合适不过的了。他咕哝一句:"船……"

"陛下,这里没有河,造了船也没法入海。"

始皇睁开眼,伸出无力的手指:"开一道河。"

小宦官让身边的人记下来:开一道河。

这时李斯、赵高的车子都驶近了,始皇摆摆手。车窗的帘子打开。始皇轻声说话,小宦官再高声传递出去:"有蒙恬的消息吗?"

李斯大声回答:"禀报陛下,他督修长城,已剩下最后一截了,马上就要大功告成。"

始皇点一下头,咕哝一句。小宦官喊:"扶苏怎样了?"

扶苏是始皇的长子,前些年被始皇遣到边关,随同蒙恬大将军督修长城。人们估计他十有八九要继承皇位。赵高一听到扶苏两个字,肥厚的嘴唇就使劲儿歪向一边,好像牙疼一样。李斯不知怎么回答好,半晌才说:"公子尽心尽职,勤勤恳恳。"

始皇闭上了眼睛。

扶苏相貌堂堂,文韬武略皆备,曾是始皇和齐姬的掌上明珠,只可惜与那些摇唇鼓舌的儒生混在一起,进而也效仿那些人,对时政横加议论。始皇有时看着气宇轩昂的公子,不知该疼还是该恨。他抚摸着儿子的后背,拍拍结实的臂膀、圆乎乎的臀部,心中有一种奇怪的感觉。他发现儿子长得如此俊美,而且小小年纪就蹿了这么高,将来必定比自己伟岸。他很想把身边的卢鹿剑即刻授予公子,但后来还是忍住了:这个举动无异于告诉国人,继承皇位者必是长子扶苏。

马蹄嘚嘚,车轮辘辘。东巡途中实在太寂寥了。沿途郡守都跪在路旁迎接始皇,他高兴了就停车搭讪几句;不高兴连看也不看。

有一天行至路口,只见两边旌旗飘扬,不见头尾。好大的气派。他不由得让人把车队停下。下面禀告说:这是某地某军的将领在此恭候,已经两天两夜了。始皇传那个将领过来。那个人一步一礼,跟跟跄跄,全身颤抖。始皇待他跪地仰脸时看了一眼,立刻生出一些厌恶。这人黄色面皮,脑尖颈细,一双眼睛骨碌碌转,看上去邋里邋遢,连崭新的将服也遮不去一身窘迫穷酸。始皇问了他的俸禄,更是大惑不解。他享受厚禄,又被一班人侍候着,饮食精美,竟养不出一副官相。"有无疾病?"回答说"没有"。始皇又问他每天看多少竹简?每月在军内巡视几次?回答都吞吞吐吐。显然是个懒惰之人。没有疾病,俸禄丰厚,又不勤政,还成这样一副模样。这家伙一定是个酒色之徒。始皇嘴里吐出一声"咻——"

那个人吓得瘫软在地上。

始皇走下车辇,踏上一个高坡。士兵们一起呼喊"陛下"。这时候小宦官看得清楚,始皇脸上又闪出了光泽,一双眼睛威风凛凛,一下子年轻了十几岁……

二

琅琊总算到了。始皇命令安营扎寨。十里军营搭起来,好不气派。人们都说:始皇在此又筑起了一座咸阳宫殿。那些郡守们慌慌张张,再次奔跑起来。他们运来了大宗当地美食,又载来数车美女,并让她们打扮得如花似玉。始皇日思夜念的只是三仙山和长生不老药,对丰盛的物质和所有花花繁繁皆视而不见,只颁下旨令,让那些寻药的儒生方士尽快到琅琊台下集合。

两天过去了,那些儒生才拖拖拉拉来了几十个。

赵高不得不让兵士们挨村挨户去把他们找来,说是始皇"有请",实际上扭着胳膊,从后边推拥着把他们驱赶到琅琊台下。这些儒生抛下手边诗书，别了父母，泪水不断，因为他们在这个季节里都要忙于攻读。有的方士从石缝里采得一两株奇怪的花草，就在屋檐下晒干，这一次勉强呈上来。

琅琊台下渐渐聚集了五六百个方士儒生，就剩下徐福——那个思琳城的著名人物没有到场——始皇有令，对徐福及其同僚不准骚扰。

儒生方士们住在琅琊台下的帐篷里，十分拥挤，吃着简单粗糙的菜肴，不停地抱怨。

始皇让李斯赵高他们一一询问，得到的讯息却令人失望。那些儒生方士们根本就没有出海的计划，也没有什么上等良策。始皇心生厌恶，不再谈论寻仙一事。

这一天有人急急来报，说儒生方士们已经待不住了，前一个夜晚跑了三十多，第二天又有一百多个逃走了。始皇火起，"砰"地拍了一下案几："留下的儒生方士悉数捆绑，跑走的，速速捉回！"

一连十多天捕人。有的儒生方士吓得乘船往海上逃去，有的已经上了船又被追回。不过最终还是有不少人逃到了海上……

始皇命令把所有儒生方士悉数带到琅琊台下，在沙滩上捆绑示众。卫士们把他们像拖东西一样拖出来，不论年少年迈，只用绳子拴成一串。他们喜欢清洁，脸部修得非常干净，即便在这些天的恶劣群居中，也还是尽量把自己打扮得整齐；哪怕只搞到一点水，他们也要洗一遍身体。面对这些如狼似虎的兵士，他们大多都能昂首挺胸，神色坦然。士兵们把他们拖倒在地，但一有机会站起，他们马上就把衣衫上的泥土扑打干净。

四面八方的百姓都被驱来。赵高和李斯让人点了三堆大火。赵高登上高台，先是背了几段秦国律令，然后颁布罪行，说这些儒生方士极为狂妄古怪，是谋反之源。李斯站在一旁。赵高提高了声音："敢于议论时政，谤毁陛下者，罪不容诛……"

接着他命令把几个最年长的儒生扔进了三堆大火里。

四周百姓吓得哭起来,他们一齐跪下求饶。卫士们用宝剑指着跪下的人,让他们沉默下来。

这时儒生当中有一个人认出了李斯。他来自思琳城,曾在那里接待过很多游学之士,知道李斯也是一个儒生,后来在吕不韦门下当了幕僚,还写出了有名的《谏逐客书》……他这会儿刚刚呼出了一声"李……"就被赵高的连连呼喊打断了。这尖尖的嗓音播散的是死亡之声,所以人人恐惧。卫士们在喊声里大开杀戒,有的儒生方士给倒立着埋进沙土,有的腰斩,有的拴住手脚,从高高的石崖上推入大海。

鲜血遍地,刀剑尽染。哭嚎声响彻山野。

围观的百姓给吓昏了。只是半个时辰,所有的儒生方士都惨遭屠戮。被杀者共有四百六十多人。鲜血把方圆一里多的土地都染得通红,血流成河。

三

始皇被搀入帐篷。到了睡榻上,他再也支持不住,一下子倒在那儿。小宦官赶紧给他擦额头,按人中。

"陛下!陛下!"李斯急急呼叫,一直跪地。

始皇终于睁开眼睛。赵高捧出两粒绿色的丹丸。始皇接过又扬掉了。"拿来……"他咕哝着,"给我拿来……"

小宦官双手捧着一个金盘,不知怎样才好。

"给我……时光!"

小宦官这次听明白了,颓丧地把金盘收起来:"陛下……'时光'不是一个东西,它无形无影……"

"给我拿来!"

小宦官看着赵高,赵高看着李斯。"时光"在哪里?陛下赢得了一切，平定了六国，天下什么都是陛下的了，可是惟独"时光"是一个例外。

始皇闭上了眼睛。

李斯与赵高耳语一番，准备赶紧收拾帐篷。到哪里去？到思琳城，去找那个徐福。这时所有的指望就在那一班人身上了——那仙药里面就包裹着"时光"！始皇紧闭双目，听见有人窃窃私语，就睁开了眼睛。李斯就把刚才所思所想讲了一遍。始皇伸手拍拍他的肩膀："爱卿……车队可分两路；先到莱山，那儿离思琳城不远，我要祭拜月主。"

李斯不太明白。

"光阴如箭，光是太阳，阴是月亮；朕身体衰竭，已近暮年，如今拜不得太阳啦，就让我去拜一下月亮吧。"始皇定了定气，又说，"不必惊扰徐福，不必惊扰那个'百花齐放之城'，且忍耐些。"

李斯和赵高退下了。

第二天凌晨，长长的车队向西北方驰去。莱山是月亮神居住的名山，它在思琳城南四十华里处。始皇在车中闭着眼睛，不断发问："莱山到了吗？到了吗？"小宦官答："就要到了，就要到了。"

车行五日，到了莱山脚下。人们抬着始皇，文武百官相陪，几个卫士围在四周，往莱山登去。始皇登上山巅，远望思琳城一带、海滨平原这块膏腴之地。莱山北麓有一座金碧辉煌的月主祠，始皇的目光转向它，满脸虔诚。

逝　者

一

我去林场寻那个老校长，有人就把我引到一位中等个子、长得虎实实的汽车司机跟前说:"找你爸呢!"听招待所的老太太说,老校长有两儿一女,这是他最小的一个孩子,其余两个都住在城里。老校长退休以后,城里孩子屡次接他去住,他都拒绝了。他要和这个开汽车的小儿子住在一块儿……这会儿小伙子端量着我,长时间没有做声。我觉得这是一个内向的青年,其精神气质在体力劳动者当中并不多见。他好像不太耐烦,声音低低地问:

"你认识我爸吗?"

"不认识。经别人介绍,想见一下老人。"

他马上淡淡应一句:"他现在很忙,谁也不见。"说完就站起来,想撇下我走开。

我有些急,告诉他:"我这么远来,就是为了找那些当年在老林场劳动过的人,我认识的很多朋友,他们的亲人都在这儿干过——请你帮我一下吧!"

他听到这里咂了一下嘴,仰脸去看远处……他好像想了一会儿,这才说:"那你去找他吧。不过我可不知道他愿不愿见你……"

我来到了一座小砖房子跟前。陈旧的砖房离那些集体宿舍还有一段距离,差不多是孤零零地矗在了一片槐林里。这片槐树林远远看去黑乎乎的,很密。小房子四周堆放了一些干树枝,一些很多年前就放在那儿、已经被雨水洗得发黑的烂木头。旁边拴了一条狗,它老远就向我叫起来,小伙子喊了几句,它才合上嘴巴。

砖房分成四间,最西边一间是老校长的屋子,里面是一个小书房。我进去时,老校长正在儿子的喊声里摘下眼镜。我发现他多少有点慌促地把桌上的什么东西收到了抽屉里,然后才转身站起。握手时,我看到他那双眼珠有点发灰,鼻梁上有一道被眼镜压上的痕迹;满头雪白的短发茬,衬着一张极清瘦的脸膛。身上穿的是一件洗得褪色的中山装,裤线笔直,裤脚稍短,洁净的白线袜从皮鞋口上露出来。他把我让到一张藤椅上,然后才坐下来。我说明了来意,他点点头,嘴里机械地应着"哦哦、哦"。

　　老校长的名字叫肖筠。在吕擎家里,他的母亲不止一次谈起一个叫"肖筠"的人! 是的,此刻我面前就坐着这位活生生的见证者,他当年曾与那些人朝夕相处,是他们当中的一员……我向他讲着吕擎父母、这一家人……看得出他很激动,站起又坐下,解开了上衣扣子,不停地抚摸那件旧毛衣……他发出一阵长长的感慨:"那时候啊,那时候我们都身强力壮,正是做事情的年纪呀,可惜什么都不能做! 吕擎父母去了另一个地方,我们就来了这片林子里。我们种花生地瓜,种高粱玉米,管林子,还试着养柞蚕。时间一晃就到了现在,如今死的死散的散,就是回了城也做不成什么事情了。这个地方才是我最难忘的啊! 好多人埋在了这里,我得留下陪陪他们……这样我早晨散步时就能看他们一眼,走在田边地头,当年的情景一幕一幕闪过一遍。当年的老友在哪儿吸过烟,在哪儿做过活,在哪儿吵过架,都能一一想起来……"

　　我想起招待所那个老太太讲的悲惨故事,就小心翼翼地提起了那个年轻人。

　　肖筠皱着眉头一声不吭,许久才抬起头说:"这都是一些老故事了,老故事讲得多了让人心烦。有人烦,恨不得大家马上忘掉这些故事才好——所以我就不断地记下来;只要活着,我就专心做这一件事了……"

二

　　"那个年轻人叫路雨。也许这名字不太吉利,一路上总是瓢泼大雨,就把人给淋坏了……他死的时候才二十二岁! 有时候我想,人哪,这辈子做个平庸的人是不是更好? 比如路雨,从小就聪明过人,十几岁那名声就被人传来传去。他还有个哥哥,也和他差不多……这个爱幻想的孩子在这条路上走得太远,连父母都感到惊奇。他小小年纪就写出了许多奇怪的句子,高中刚毕业就出版了一本书,然后调到了一家杂志社……这孩子一双大眼亮晶晶的,大家都喜欢他,夸他宠他,由着他的性子来。他少年得志,人越来越任性,当然会得罪一些人。后来风声一紧,他的麻烦也就来了。就这样,最后他不得不和我们走到一块儿,给赶到这个角落里。在这儿他是最小的一个,大家都喜欢他,听他说说笑笑……

"就是这么一个孩子,我到现在还能记起他的大脑壳,黑乎乎的头发贴在脑壳上,长了一双大眼睛,戴着近视眼镜。他有一段突然不愿戴眼镜了,那双眼睛就显得格外大格外黑。后来我才知道,那会儿他正和一个姑娘谈恋爱呢。两个年轻人一有时间就要待在一起,深夜了还在林子里相会。他把农场的作息制度、一些严厉的规定,全抛到了脑后。过了一段时间,风声越来越紧,我们这些人简直变成了囚犯。有一回场里跑了一个人,于是从那时起熄灯号一吹谁也不能出门了。场里民兵早就盯上了他,几次去林子里逮人,呵斥了不知多少次,他仍然不能改掉在林子里乱跑的毛病。后来那些人把他逮回来就关禁闭,还脱下衣服羞辱他。有一次民兵头儿牵来一头母牛,对刚逮到的路雨说:不是性急吗?那就爬爬母牛吧。他们推推搡搡,扭他踢他,还拿来一个木凳子,让他站在上面爬牛。他死也不肯,他们就把他架起来往牛身上推、撞。他剧烈反抗,只一会儿就浑身是伤了。那些家伙折磨起人来特别有精神,非要他爬牛不可。当时都知道他受了伤,听他嚎着,不知道脚踝骨被牛蹄伤那么重,更不知道是骨折。只听他没好声地喊,脚和腿马上肿起来,连路也不能走了。就这样还有人说他是装的,想逃避劳动。后来他一连几天疼得呼天号地,这才被允许抬他去镇子上。到了医院一看才大吃一惊:必须截肢。我们急了,又连夜把他抬到了县城。医生看了,结论一样,说要马上截肢……我们跟去的人都哭了。他那时刚刚二十多岁,还是一个孩子啊。我记得那天夜里下了雨,窗上的铁栏杆被雨打得啪啪响,他木呆呆地看着我们几个,两眼一眨不眨。"

老人叹一口气,看看窗外:"就在施行截肢手术的前一天夜里,他自杀了。死前他留下了一封信,是写给那个姑娘的……"他去摸写字台的抽屉,捧出一沓纸页:

"我现在没事了就在纸上写写画画,随手记下一些。我是念着那些朋友,想得心疼,就一笔一笔记下来。这样舒服一些。我到林子里走一趟,到田埂上走一趟,回来就把一路想起的事情写一遍。我知道人老了,用这种方法与一些老友谈谈心。我不停地写,就等于不停地交谈,只有这样心里才好受一些。那些事情啊,就在眼前一遍遍闪过来闪过去。有时真想大哭一场才好,可是早就没有眼泪了。我年纪大了,早就哭不出了……刚才你听的那个故事,也记在这沓纸里了。那孩子,就埋在了林场,每到了逢年过节的时候,老太太的女儿比我去坟地还早。你没见那个女孩子,她现在像六十岁的人……"

老人要和我一块儿到田埂上走一走,到林子里走一走。

三

我们行走的路线就是老人每天都要踏一遍的小路和田埂。

穿过一片花生棵,来到一片稀稀落落的玉米地。老人指指田垄:

"那个时候我们种的玉米比这个要好,为什么?就因为种地的人都是一些有学问的人,他们把做文章的那股劲儿又用到种庄稼上了。尽管他们没有力气,一开始也不懂怎么做,可就是做得用心、卖力,像绣花一样侍弄这片地。这些人一旦学会了使锄头用镰刀,同样是好样的。就这样在野地上让太阳烤,一烤一天,一个个黑苍苍的,弓着腰,四周老乡见了都说:好家伙,真能做!那些农场的监工负责看管我们,每人要按时作思想汇报。那些人给我们一一起了外号,有时候不跟我们叫名字,就直接喊那些外号……"

肖筠看着前边的田垄:"送来强制劳动的一个人叫楚图,当时是哲学所的——因为头有点秃,脑壳也就显得大一些,他们就给他取了个外号叫'大头宝',见了他老远就喊:'大头宝,过来!'老楚当年五十多岁,正是好时候。他种玉米,两手提水,力气很大,可以一手提一个中号水桶!"

楚图这个名字我是熟悉的,我在校时读过他的著作。

老人叹息:"楚图是个有名的哲学家,本不该来农场,因为他起码有一个'文管小组'的头儿护着啊,那人姓霍……"

"霍闻海?"

"是他!那还是很早以前的事,霍闻海那伙人进城还没有几年。他们当年根据上边一些人的要求,要把一些部门'抓在手上',由外行转为内行。霍闻海爱好哲学,写了一些小册子、一些粗浅的读物。他听说了楚图,就让他给看一看。楚图看过了,提了些意见,霍闻海索性请对方改一遍。这时候他已经是文化小组的主要成员了,楚图不得不接下这些苦差事。后来这些文稿一篇连一篇在报上连载了,并在一份杂志上全文发表,发表时又加了'编者按'。那时候正号召工农兵学哲学、全民普及哲学——霍闻海生逢其时,很快出了五六个小册子,不久这些小册子又合到一起,成为一部厚厚的精装本。这其实全是楚图的劳动,是不得已的苦役。霍闻海的名声越来越大,渐渐名高位重,心里感激的就是楚图。所以最初楚图受到冲击时,有几次都被这人暗中保了下来。后来形势越来越严峻,不久老楚也给打发到农场来了……"

"他当时多大年纪了?"

"五十多一点。他来到这里他才知道,原来这里会集了那么多人,他们早就被赶来了。这里的所谓'书籍'就是一些批判材料,还有让大家背得烂熟的几本小书,等等。楚图有一个认死理的毛病,在我们这伙人当中是最喜欢辩论的,这可能也是哲学家的特征。那些看押他的人有时候为一点事情与他顶起嘴来,他就不停地与人家辩论,对方就骂他'臭大头宝'。有一次他们开他的斗争会,楚图在会上舌战喽啰,让他们好不气恼。那天在会上他正讲得慷慨激昂,有人手里拿着一个什么东西从身后转过去,冷不防给他塞到了嘴里。楚图没有防备,吐出一看原来是一块干硬的狗屎……他受不了有人当众如此侮辱,就病倒了。最后楚图刚刚能够支撑着走出来,那些人又把他派到深耕地上去了,那是最苦最累的活儿。他们发现他脑壳大,身体好,力气也大,就让他拉犁,还故意把牲口卸在旁边,说牲口累了。他的肩膀都磨破了,绳子勒进了肉里……

"有一个络腮胡子的人非常粗鲁,他手里握着一杆旧式的马鞭子,说这是他爷爷那一辈传过来的,是给大地主赶车时用的。他常常摇着鞭子喊:'万恶的旧社会啊!'他是教给我们做活的,实际是上边派来盯视我们的。他有一回问楚图:'离开老婆这么久了,想不想?'老楚说:'人非草木,岂能不想?'络腮胡子说:'你想她,就没带个照片在身上?'老楚很天真,就从口袋里掏出照片来。络腮胡子一把抢过去,一边端量一边蹿跳,还比比画画说了许多侮辱的话。老楚气得脸色发白,一动不动站在那儿。大家觉得有什么不对劲儿,刚要过去,他就一头栽到了地上。我们又喊又叫,好不容易才让他睁开了眼。可是他嘴里堆满了白沫,已经说不成话了,一只手也不能动了……我们把他抬到了那个镇上医院。医院那时候只提倡'一根银针一把草',结果多少天过去,汤药和针刺轮换不停,楚图只好了一点点。他的脸上有了一块块烧炙的紫斑,嘴巴还是歪,不过到底算是能吐一些字了。"

"这是中风吧?"

"是中风。幸亏不是最严重的一次……那个络腮胡子不光没受到丝毫惩处,还照样领我们干活。他嘲笑病后的楚图说:'什么阶级说什么话儿,你老要说一些反动的话儿,嘴巴还能不歪?'他的妻子领了孩子来看他,这得有霍闻海的特别关照才成。不久老楚又病了一场,有人说还是姓霍的网开一面,专门让人来把楚图拉走了。他是最早回城的一个,可是人也残废了,一半身子不会动了。后半截日月就是那个贤慧妻子侍候他。他当年只有五十三岁,本来事业和身体正处在最好的时候,却遭了这么一场大劫……他的儿子现在就住在城里,去年还来农场看过我,来的时候交给我一个油布包,打开一看,原来是写得歪歪扭扭的半部书稿——这是楚图在卧床不起的那两年里用左手写下来的。他的思维已经不太清晰,有些话显然不可理解,可是当他头脑清醒的时候,有一些话还是可以看得懂……手稿上的字有许多根本没法辨认。想想看,一个学者到了这个样子,已经朝不保夕了,还在挂记自己的著作……"

我想到了吕擎的父亲,还有靳扬,想到了脸色苍黑的纪及。这是同一个家族,同属一个特殊的家族……

"有一天我正看着这些手稿,楚图的爱人突然赶来了。她已经变成了一个老太太,满头白发,只有那对眼睛还像当年我见过的那样。她一进门就把手稿取到手里,再也不愿放下。我说:'留下吧,我想把它看完。'她说:'肖校长,我不是不舍得,我是害怕……'我问怕什么?她说:'我怕让别人取走。'我这才知道她为什么突兀地出现在这里。我向她保证不会让任何人取走,不会让它离开我的手边。她还是坚持说:'我也知道不会,不过我还是不放心。你还是交给我好吗?'我还能怎样?就只得还给她了。她就把这些手稿仔仔细细包好,揣在衣服里面,搂抱着离开了……后来我去她家里一次,这才知道那是楚图留下的惟一的宝贵遗物。她正在整理那个油布包里的东西,因为霍闻海建议某出版社出版,还要亲自为它作序。我等着读那半部写得歪歪扭扭的、像天书一样晦涩的哲学著作。"

老校长眼睛有些潮湿。我们俩站起来。

走上田埂。不冷不热的秋风穿过玉米田,拍响了它的叶子。长长的玉米叶像一把把刀剑似的垂在那儿。

"我平时都是一个人走在这里。田里很静,我可以做白日梦,梦见楚图就在这玉米地里走,听他把玉米叶子碰得刷刷响……"

自传片断

[战地重游笔记]俱往矣!一万年太久,只争朝夕。多少次于午夜醒来,眼望着窗外群星闪烁,竟想起慈母双泪长流,于是再也不能入睡。拥被起来坐到天明,又忍不住取来纸笔写写停停。弹指一挥间啊,两鬓却已斑白了。那条故乡的冰河如在眼前,这一纵竟投向彼岸,再也不能返回了。有道是:革命生涯千万里,金戈铁马尽驰骋,谁家养儿不防老?舍生忘死求功名。这一走就是三十年啊,没有回一次家,也没有见上亲娘一面。二十年前队伍移防,路过了十八里疃,这才知道离故乡只有四十多里了。然而战事危急,我不能踏上热土,只好迎着东方磕一个响头。那时我心里想的是亲娘,还有那个形同仇寇的劣父。他那天清早一粪叉没有将我杀死,也就给旧世界留下了一个死敌!我从那时起立志今生战斗到底,死而后已!

多少战友永不能再见,其面貌却个个活鲜犹在眼前,令我一一回忆,愈知江山得来不易,幸福必须好好珍惜。想到此忧愤难掩愈甚,觉得种种现实不堪入目:青年变质,中年忘本,一个个不思进取唯利是图。当然,前进路上坎坷多多,革命道路也并非笔直又笔直,我等也须满怀乐观主义。展望国富民强的伟大成就,抚今追昔,也自有诸多感慨涌上心头。年前驱车与随员一路走来,逢县宿县过市走衢,白日参观夜里洗澡,其间常常有当地领导来访,交谈中了解了许多民情旧事,生产总值财政税收等等,对巨大建设成就甚感欣慰。有熟人皆叹曰我胖了,诚然如此:饱食终日无所用心,实在惭愧。如今体重不能控制,已达一百七十三斤有余,血压也马马虎虎。当年却是瘦削青年,青筋疵疵着生猛了得,身背匣子枪一蹦三跳。首长身边的日子一晃而过,批评教导的亲切话语犹在耳旁。后来虽然因为工作需要去了后勤部门,可任务却丝毫未见轻松多少。门头沟一战的惨况不敢忘怀,我方于一天一夜损失兵员多达三千六百人!真可以说是血流成河,连团长和政委也战死了。而今门头沟已是城镇模样,楼房林立,商埠繁荣,发廊按摩室一应俱全,经济显然已经大幅搞活。记得那一役开始后我即奔波于前方后方之间,已是七天没能睡个通宵。拥军姑嫂热情高涨,一个叫三丫的妹子随我串乡走户,动员支前物品。有时累了就歇息一会儿,她让我讲些斗争故事,讲着讲着就睡了过去,醒来却见她的方格夹袄盖在我的身上。那种阶级感情战斗友谊,怎么形容都不过分,真是无以言表。一连十多天净在一起,同悲同喜,有时竟能忘记一切相拥而泣,不能支持时方才一个机灵分开。三丫的辫子长可及臀,贤淑过人,一双大手粗壮有力,是典型的劳动人民子女。她水灵灵的双眼盯我良久,那是因为战斗已经结束,两个人分手在即。千言万语化作一句:胜利见!其实胜利后七打棒散的,大家更加繁忙了,建设工作千头万绪,又从哪里见呢?

回想起这些往事泪水涌出,心跳怦怦不已,恨不得重新活过一遍,把大错一一改正才好。那时候自以为进城即是百废待兴,新社会万事开头难,我自己也是一样。最早在粮食部门,一个资产阶级小姐只经过轻微改造即做了会计,细皮嫩肉个子不高,很快与我谈了起来。当时我年届三十，男女情事已是箭在弦上，一发而不可收。不幸的婚姻就这样开始。我和她原本不属于一个阶级，所以后来的分手也在情理之中。为此领导批评严重，一时气愤在心，哪里听得进去。也怨我自小失去家庭没有爱护，所以见情即动不能韧忍，故而陷在其中不能自拔，以至于铸成了大错。这正是我今日时常悔责的方面。每见到旧时景物，比如战时走过的村落城镇，就会想起很多场面，有悲有喜不一而足。那些给我帮助和爱护的女子活灵活现，又怎会将其忘记！首长曾经批评我的多情误事，但生就的脾性却一时难以改正。有些不算严重的处分留在了档案中，既影响进步，又不能文过饰非。唯物主义者应有勇气面对客观现实。这就是一名战斗人员却不得不从事文化领导工作的原因所在。本来我心中更大的意愿是做更艰巨的行政职务，这也是我的专长。至于文化软性部门的一些规律，对我来说虽然掌握起来不难，很快就驾轻就熟，但毕竟算不得本人强项。好在从哲学的观点来看，事物皆有利有弊，相互转化，互为因果。比如本部门下属的许多从艺人员，其中有的不仅姿色过人，而且技艺高超。我于闲暇中进一步喜爱京剧，而且第二任妻子即是一位著名演员，她尤其擅长程派表演，曾得过华东汇演二等奖一次。

婚后头两年岁月还算幸福，除工作繁忙家务繁琐偶尔有些口角之外，免不了要常常去基层考察一番。因为是和平年景，所以我特别注意学习一些传统医疗知识，对养生投入了较大精力。每到一地必要寻医问药，对那些专心修炼的高人十分向往。故乡地处滨海，仙气缭绕朦朦胧胧，几个外岛难说就不是古代传说中的三仙山。我曾借考察之机约上三五好友登临海岛，果然遇上一二长寿老者！他们年届百岁有余，面色红润声似洪钟，不客气讲其中一个还有正常夫妻生活呢，而且妻子竟然小他二十二岁！采阴之说被百般批驳已经臭不可闻，然而从唯物主义实事求是的观点来看，又何等片面无知！再说丹丸，即便不能长生，起码也能助寿，岛上寿星几乎家家都有绝招，只是不愿为外人道罢了！即便岁数也是大加隐藏，其实到底有几百岁还得查查看呢！有些道士身在深山不露真面目，我记得他们从打鬼子时就是老人了，今天看上去年纪也并未显得大出多少。这些人用砂锅日夜煎煮东西，辅助吞吃一些自制膏丹丸散之类，人不长寿才怪呢！如上也是我重返战地的观察和发现，顺手记在这里聊以备考。

最不能忘记的是门头沟战斗的第二年。这一年华东战场形势已经明朗，我军歼敌动辄数十万，气势汹汹之敌眼见得收敛了许多。也许是紧张多年有些松懈吧，或者是因为放弃了世界观之改造，结果就于这一年酿出了一生最大错误，也使档案中落下了最重的记录。唯物主义者不必回避缺点和错误，也无须避重就轻。总之那一年夏季斗争形势过于乐观，后方前方同样洋溢着某种享乐气氛。首长二侄女叫闵慧的，从军政大学回乡，由我一路护送，走到柳村时正遇上流匪行窜，于是只得找村里老会长躲避三天两日。闵慧夜里受惊常常不能安睡，我们少不得就要拉些闲话，说着说着形势也就向着另一个方向发展，最终越过了同志的界限。整个事件的结局也就是后来的脱离军籍，即离队；所幸的是我对错误尚能深刻认识，再加上首长开明和对下级的爱护，最终不至于过分计较，总算给了重立新功的机会。所谓：人生一世谁无过，留取丹心照汗青。多情自有悲伤处，重踏旧地忆群英。

再过柳村时，我正好年届六十，眼望着满街柳色不胜唏嘘。打听老会长的旧居，这才知道已经拆了多年，时下已盖起了别人的砖屋。可见物非人是，天地两茫茫了。我在村里徘徊半天，县里书记听说后特意赶来陪我，准备了丰盛的晚宴，临行时还让我题字留念。这时节真是心潮起伏，对往日情景怎能释怀，于是也就毅然挥笔写下：多情未必不丈夫，一心向义真豪杰。身边这些人你看我我看你,四目相望皆不能理解。这也是很自然的了。

可惜身边没有留下一张闵慧的照片。只记得她微胖,脸庞稍黑,大双眼皮,穿了一套崭新的槐花染黄的粗布军装,扎了两条小辫子。浑身都是活力啊,浑身都是年轻人的朝气啊……那是远比现在的青年更健康更活泼的啊!奇怪的是她一点音信都没有了……为了抵挡心中的想念,我在家里时就反反复复用魏碑体写一首词:已是悬崖百丈冰,犹有花枝俏;俏也不争春,只把春来报;待到山花烂漫时,她在丛中笑……

第 九 章

荒原的悲悼

一

老校长肖筠一直在记着那本老林场笔记。我看了一下,只见厚厚的一沓都由深深浅浅的墨水写满,由于太用力,笔迹都凹进了纸面。"当年老林场里的人死得差不多了,剩下的没几个。我如果不记下来,再过几年谁还知道这里的事情……一笔一笔记下亲眼看到的、听到的。年轻人会觉得这些故事太老,上年纪的人早就烦了。可我还是要记下来,我死之前就干这一件事了。"他抚摸着它,一会儿又放进抽屉里。望着老人那双淡灰色的眼珠,我心里一阵感动。我知道他做的这一切只不过是为了战胜遗忘。可怕的遗忘症啊,它是那么迅速地大面积地扩散和感染,其结果只有一个,那就是在黑色的幕布下重新播种苦难。我深深敬重肖筠这一类人的原因,就是他们深知这一奥秘,正无比坚韧地做下去。还有纪及,那个脸色苍黑的家伙在不停地追究和思索,印证和查找,四处开掘,其目的是相同的。所有这些人都不会劳而无功,他们是遗忘的对手,微弱而强大的对手。

这些天我一直在想:这片林子为何如此快地衰败?农场又怎能这么迅速地损毁?真是令人百思不得其解。因为缺少人手荒疏管理吗？因为大自然的乖戾不测吗？真正的原因到底是什么？我为一片绿野、一片田园的行将消亡而心痛。

我曾向一个剪树的老林工寻求答案，老人说："林子里的树刚刚长粗长壮了一点，立刻就有人来砍，砍树的多，栽树的少，再加上天旱，费心费力栽上几棵也不愿活。老天爷是个小气鬼，这里打我记事起就没这样旱过。"

"砍树和大旱，后者不好办，可是砍树林场总会管吧？"

老人摇头："嘿嘿，年轻人哪，我这把年纪了，咱体会着可不是那么回事。依我看天旱倒还不是最难办的事，千方百计浇水、找耐旱的树木啊草啊栽上也行，再说老天还没坏到滴水不落的地步。难的是咱这地方遇到了一些什么人——我眼看着这几十年一拨又一拨人过去了，哪一拨都不是从心里爱树的人。奇怪啊，你别听他们嘴上说得多么好听，骨子里一个个都是恨树的人！你可能听了觉得这是夸张哩，其实说白了就是这么回事！他们恨树，恨绿油油的东西！你回想打小到现在看过的一些地方吧，什么在一天少似一天？树哩！早先咱这里的大树啊，两个人都搂不过来的大杨树大橡树啊，渠边田头地角上、房前屋后，一片又一片，如今早就没有了。不光是乡下，就是城里——我的亲戚住在城里，他们也说老城边的那些大树都被人弄光了。有人用各种法儿折腾，杀树，修路盖楼，没事了也要杀伐，反正早晚弄光了也就舒心了。你别看有人也往城里移大树，往自家院子里移大树，那是一时性起，他们归总是不爱树的。我从来没遇到像这一拨人这么不爱树的，他们走到哪里，哪里的树就得完蛋。他们进城，城里的树要完，来到乡下野外，乡下野外的树要完。所以啊，我到了一个地方看人怎么样，主要是看树——只要一个地方树多树大，到处绿油油的，那么你就放心吧，这个地方的人不坏，起码管事的人不算坏。对树对人其实是一个理儿，你见过发了狠杀树的家伙会对人好？那些有本事的人、有意思的人、好人,早晚都得被他们一个一个全收拾完了,就像一棵一棵伐树一样,这是不会错的老理儿……"

我一直用心听着。我从来没有听过如此简明的道理。我承认一个朴素的老林工竟然一伸手就抓住了问题的本质。有人恨树木恨绿色,完全像恨人,恨最有意义最有意思的那一类人——他们要将其一棵一棵砍伐,这是一种本能?是的,他们不爱树,也不爱人,他们是魔鬼。魔鬼在大地上游荡,藏在我们中间,还藏在我们自己心里!我们一生都将因为驱魔而痛苦……我忍住了什么,又问老人:

"那么农场呢?为什么庄稼成了这个样子?"

"农场也没有少施肥料,干活的人比过去也少不了多少。天旱了什么法子也没有。没树少草的,天就越来越旱了。我听说雨雪跟着大树走,哪里的大树多,哪里的雨雪也多——有人说正是因为雨雪多树才越长越多、越长越大啊!其实错了,全错了!他们从根上是说反了,不是那么回事儿,我敢肯定不是那么回事儿!老天爷是实打实地偏向树木的,老天爷一见哪里大树茂盛也就高兴了,一高兴就会打发手下的雨神去浇水,浇十遍百遍也不嫌累。大树仰脸看天,跟老天爷打个照面,两边都高兴哩!这听起来是迷信,其实呢,不会错的,这是上年纪的人才有的体会;人如果没上年纪,又不会细心去想事记事,你给他说了,他不光不信,还要嘲笑你哩!但愿你这年轻人可不要这样。"

我连忙说:"不不,我完全同意您的话。"

"农场离开了林场也就离开了雨水,再也不会兴旺了。在十几年前它可是另一个模样,林子密得不透风,农场的庄稼也黑乌乌,玉米结的棒子那么大个儿。来这里做活的人个个心事重,也个个守纪律,做起活来像绣花儿。苦命人肯下力啊!如今,唉,那样的日月过去了,老天爷再也不给你好收成了,树也不旺,地也不肥,老天爷烦透了……"

我不再问下去。这是个宿命感很强的老人,却往往一语中的。他只不过揭露出一些事实的真相而已。这些问题其实一直在缠绕着我们,谁都无法回避。"老天爷烦透了",这就是老人的结论。我想这片土地也烦透了,因为这片土地经历了那些悲惨的故事,实在承受不了那么多苦难和沉重,所以要理所当然地荒芜——它在用荒芜去悲悼和怀念,追忆那些逝去的、被折磨致死的人。就是这样,只有荒芜才能与一个追忆的时代、一份追忆的心情吻合。

林子里和渠边上最旺盛的还是葎草,它全身长满了倒刺,你走过去,它就会牵住衣袖挽留你。它碰到你的身体,使你感到火辣辣的,好像故意引诱你走进痛苦的回忆。还有百蕊草,长在高高的沙岭边缘或草地中,寄生在其他植物的根上,球形果已经在慢慢生成:它的模样总让人觉得有点神秘,像是那些难以归去的孤魂化成的……我蹲下来久久地看着,抚摸它像核桃纹络一样的果壳,闻着它奇怪的香味。

这里纵横交织着那么多土沟和渠道,那些宽一点的水渠还用石头精心砌过。如今岁月已把它们剥蚀,有的渠段正在坍塌,有的土沟严重淤塞……老人告诉:这些巨大的工程都是当年那些苦命人做成的,他们日夜挑灯苦做,汗流浃背,一道长渠要花费多半年的时间,好不容易建成了又派不上用场:上游没水了。设计这些大渠的人不是什么水利工程师,而是林场和农场里的管理人员,他们随心所欲,好大喜功,只顾指手画脚,甚至根本不搞测量。现在早就没人管理这些水利工程了,只任它们长满荒草:放眼看去,这些石渠真像伸展在大地上的树叶脉络,组成了美丽而神秘的图案。可想而知,它在当时耗尽了多少人的精力,可以说付出了人世间最昂贵的代价……

"当年做活的都是一些从来没摸过锄头和锤子的人,手生得很哩。可就是这些人,当年也要按定量干。那些身体不好或生了病的人,怎么也完成不了定量,手忙脚乱一锤子砸在手上,骨节都坏了,再也握不住东西了……有一年秋天发大水,河渠都涨满了水,我们当中的一个人到涨满的渠汊里捉鱼,钻到水底扎猛子。他一直迎着水流往上游,游了一会儿突然就慌慌上岸了,向这边摆着手大喊。我们知道出事了,赶紧跑过去。老天,原来上游漂过来一具尸体。大伙儿一齐动手把尸体捞上来,立刻惊呆了。有人当场呜呜哭起来。他就是一伙的啊,肯定是一失足掉进去了,你想想秋水打着漩儿,猛哩。我离近看了看,那张脸哪,被大水冲得、被鱼咬得全变了形,可他只紧紧咬着牙关,好像在最后的那一会儿还在忍着什么……"老人讲到这里,嫌冷一样把衣服往一块儿揪紧,抄起了衣袖蹲下……

二

我和肖筠沿着水渠往前走,到了一条横拦的土路处,他就再也不愿往前挪步了。因为水渠要过路,需要地下管道从路基下部穿过,路两旁都砌了泛水的石槽。他在石槽上坐了,抚摸着石头,看着远处……

"当年来这儿的人多极了,干什么的都有。有一些人是从外地、从很远的地方打发来的。这些人有的很孤僻,直到最后分手大家相互也没有熟悉起来。那些孤僻的人大半是从其他地方转过来的,编成一个专门的小组,给隔离在林场一角,好像罪行更重一些。有一年上来了一个专门研究古代宝剑和服饰的人。我见过他,那是一个矮矮的小老头,已经有六十多岁了,身体不好,行动不便,要拄着拐杖才能走路。这样的人怎么能劳动?监工就让他拔草。林子里有多少草啊,灌木当中长一些草根本就不碍事儿。可他们总要找点活儿给他,就让他拔草。老人拄着拐走路还费力呢,离开拐一蹲下就要跌倒。有人就给他搞来一个马扎,让他坐着干,还说:'你这个老头儿真有福,你看看满林场的人,哪有你这么享福的人?'老人'吭吭'几声,表示感谢……

"我们那时都知道来了一个古怪的拔草的老头,这人在界内很有名。许多人都想去看看他。要知道这些人当中搞什么专业的都有,大家对研究古代宝剑和服饰都觉得有趣。我接触过老人,想不到一旦交谈起来,他兴趣高得让人吃惊。我明白,那些关门闭户搞研究的人一旦到了这种地方,长期不再接触自己的专业,实在是太寂寞了……老人有一次正跟别人谈着,被另一个人听到了,那人立刻呵斥:'你这个老东西还不闭嘴!你自己的宝剑早废了,还宝剑个屁!'老人说:'我们讲讲古代服饰……'那个人大步流星走过来:'那我问你,古代人穿不穿裤衩?'老人吞吞吐吐,脸色红涨。正在他发窘的时候,那个人拍掌大笑:'哈哈,还什么大专家哩,鸟!连穿不穿裤头儿都不知道!还是让我来告诉你吧,'说着走过去,在老人的屁股上猛踹一脚,'裤头还是要穿的!'

"老人一头栽到了地上,脸被一丛酸枣棵刺伤了。当他摸索着爬起时,脸上的血又沾了沙子,梳理齐整的头发挂满了草屑。有人去扶他,帮他拍去身上的沙土、擦脸。老人重新坐在马扎上,咕哝一句:'士可杀而不可辱也!'

"隔了没有多少天,我们都听到了一个坏消息:那个老人在他的小宿舍里自杀身亡了……农场林场一连许多天没人吭声,大气也不出。有人把他那天说的话传开来,于是人们才知道:这是一个说到做到的人。他在这之前没有受辱吗?当然有。屈辱积到了一个数儿上,就不想再活下去了……老人死了,场里通知他的家人、他的单位,都迟迟没有来人。那时候可能通讯渠道不畅,也可能是他们接到消息太晚,反正场里等不及,就动手把他安葬了。我和另一个人被指派给老人挖墓穴。那天我们一声不吭铲土,想着人这一辈子……我忘不了老人那只小棺材颤颤抖抖往坑里放的情景。几个人把老人埋葬了,还在坟头旁边植了一棵橡子树,那是害怕日子久了风吹土平……想不到葬下老人两天后他的儿子才从外地赶来——原来孩子刚刚得到消息。儿子在橡树那儿大哭,拍打着,最后把埋好的坟头扒得不成样子。

"前些年他的儿子带着媳妇和孩子来了农场一趟。那一天是我领他们找到了老橡树。他让我再讲讲父亲在农场里的一些事,我也讲不出多少。我其实知道得并不多,因为当时我们与外地押来的这些人是分开住的——这些人不久又给押到了别处……我不过为老人挖过坟穴……"

肖筠不做声了。停了一会儿他抬起眼睛看我:"真不容易,如今还有你这样的年轻人,还能听这样的故事。许多人一听我说这些就要走开……"

我们穿过大片荒芜的土地,走到了稀稀落落的杂树林子里。登上一个沙丘,费力走过沙丘下坡,来到了一些橡子树下。原来这里有几棵苍老的橡树,橡树上有很多红色的马蜂。它们在吸吮橡树分泌的一种甜汁。离这几棵橡树二十多米远的地方有一棵孤零零的橡树,它矮矮的粗粗的,下边是一座生满了荒草的坟头……我仿佛看到一个老人坐在马扎上,手持拐杖。起了一阵微风,奇怪的是老橡树的枝叶一动不动……

东巡·七

一

始皇第二次东巡的车队从咸阳城开出来,不久就有消息传到了"百花齐放之城"。百姓一片惊慌,许多人预感到厄运就要降临了。

入夜,户户灯火通明,书声琅琅;明月悬在城上,百花闪烁露滴。身着甲胄的护城兵士偶尔从城垣下走过。夜色愈深,不安和骚动却难以掩去。市民们悄悄盘算始皇车队抵达东海的时间。他们都还记得前不久收缴各种诗书,运往郡内焚烧的情景。那些外来兵士凶残蛮横,竟然在城内殴打众生。好在市民们在许多天前就听到了口风,纷纷砌下夹壁,把一些简册典籍全部藏在了墙中。后来搜书人受到了守城将士的全力劝止,因为众儒生方士纷纷敦促守城将领保护这座"百花齐放之城"。

可是这一次始皇东巡,市民们都觉得凶多吉少。

徐福与众方士一连几天都在商议对策。大家明白,一切须从长计议。徐福一连多日不能安睡,或秉烛夜读,或踱步寻思。他曾仔细研究过始皇生平大事,慨叹不已。按一般说法,始皇出身狄戎,既擅长蛮力又不乏智勇。可是也有典籍佐证,嬴姓源于东海,这里才是他的氏族故里。不管怎么说,如今的始皇正是一个旷百世而一遇的强力之君,多思而雄辩,奇志顽念纵横驰骋,无所不能,挥挥洒洒。修长城,铸金人,惊世骇俗,威震海内。世上每一个生命都在接受大地的教化,百姓的教化,智者的教化——人必得敬畏自然天地;而始皇却是一个例外,他只信自己的神威与智勇,随心所欲……

半夜已过,响起阵阵敲门声。徐福知道这些天来许多人皆无法入睡。方士们把对策写在了竹简上,一一摆到徐福面前:逃、散、智。所有人都看着他。

逃,就是速速逃离思琳城,弃城而去;散,就是散于百姓之间,沦落土地之上;智,就是专于斗智,想方设法与狄戎之王周旋。他思忖片刻,然后把三种不同的竹简一并握在了手中。他们惊呼道:

"先生！我们……"

徐福缓缓摇头："现在往哪里逃呢？如果逃得近了，还会被捉回来；远了，比如说逃到秦王声威不能抵达之地，也许会长治久安。可那需要多少粮草、船只，更需要长期准备的时间！况且凭一城之力，还不足以成就大事。散？隐入杳无人烟的大山？这样且不说生计无以维持，满腹经纶又有何用？智，这倒是吾等所长。世上事成于周旋，败于莽撞，我们终究还得倚仗智慧。车队已经驶出咸阳多日，很快就要抵达东海，我们已无太多时间。逃为目的；散为补救；智为手段——三者合用，是可行也。"

有人小声议论："尽管秦王第一次东巡没有毁城杀人，可是这个'百花齐放之城'早已成为他的眼中钉刺，他总有一天会那样做的，这一天恐怕已经不远了……"

有人赞同说："他要我们做完最后的事情；事成之后，他还是要毁城杀人……"

只有一个颧骨高高的老者站出来说："徐福，如此这般，万万不可。齐亡秦立，乃天意也。一个忠义贤者应该顺应天意效力君王，即便身受杀戮，也算尽到了一份忠义。若不然，必留下千古骂名。"

老者的话让人目瞪口呆。徐福说："如此愚谬倒也可爱，不过我想问一句先辈，留在这里任其宰割，化为灰烬，忠义何存？归顺暴君，助长凶蛮，又算什么贤者？人无非从天地万物中汲取精华，义理神思之于我们，就好比果实之于车船。我们暂且负载而已，远非物主，有何权利将其拱手交与暴君？一只蠢猪见了屠刀还知道奔跑，一只野兔面对矛枪还要尽力躲避，更何况学富五车之士！"

老者唉唉不已，再不吭声。

众儒生方士散开之后，徐福仍无睡意。他再次打开一卷卷简册。

二

　　始皇东巡的车队越逼越近。有关车队沿途的各种说法都传到了思琳城,市民更加惊惧。徐福却与往常一样,神色安然。几天过去,有人来报:始皇已在琅琊台下驻扎,帐篷十里,旌旗飘扬。那里又开始大肆搜罗儒生方士,而且待遇很差,让他们挤在通铺上,吃粗粮菜叶,还不准随便出走。徐福叹息,深知那些人厄运将临。

　　十天之后,又有人慌慌来报,说不得了啊,像在咸阳一样,琅琊台下又一次大开杀戒:起初就因为跑了几个儒生和方士,秦王就一口气把所有人都杀掉了,整整四百多人啊,血流四野,到处都是凝固的血块……

　　一天天过去,再无新的消息。这样直到有一天传来确凿无疑的口讯:始皇的车队直奔莱山而去了。

　　徐福在帐内焚香,闭门不出。

　　又有消息:始皇的祭祀队伍就在山麓安营扎寨。

　　徐福安坐榻上,两日后竟睡着了。经过三天三夜酣睡,而后更衣洗漱,让人备车,说要面见始皇。左右先是一片惊诧,然后一齐上前劝阻。

　　徐福摇头,只不言语。

　　徐福登上车辆告别守城将士,南去莱山。在城门处,徐福突然喝止车马,回身问一句:"谁愿与我同行?"

　　一语既出,众人不应。少顷,有一个站出来,接着又是一个。最后竟有三四十人。徐福从中择了五人,随他一起前往莱山。

　　车子出城那一刻,徐福看到了将士们在默默注视,有的还流出了泪水。百姓们一直追出城门。四周的人都汇拢到道路两旁,看着端坐车上的徐福,泪水潸潸。有人唱起了凄楚的东海之歌,还有人连连呼喊。这歌唱,这呐喊,令徐福激动不已。

车子辘辘向前。此刻竟如此静寂,连马的喷气声都清晰可闻。

身后,如同风吹枝叶,一丝丝响起——那是由低缓走向高亢的歌声。将士和民众在用歌声送他远行,盼他归来——

徐福扬起美目兮

回望百花齐放之乐土

北风吹动布衣兮

胸装百万之雄兵

壮士一去不返兮

赴莱山慷慨悲歌

…………

徐福回头久久遥望,听着这沥沥落落的歌声。他双手按在胸口那儿默念:

护佑我吧,冥冥中的神灵!

自传片断

[风云存照]这真是一段不堪回首的岁月。好在一切都过去了,我们国家终究走出阴霾,踏入了新的长征。不过俗话说前事不忘后事之师,我不得不将一些重要事件如实做出记录,以备将来借鉴考察。其中有些场景必须亲身经历者才能详述,所以我常常觉得自己责任重大。一些置身事外的人惯于道听途说,总是把事实弄个颠倒,而且别人还会信以为真,即谓错上加错,实在荒谬!

时代风云滚滚而来,非个人所能阻挡,这不是哪个人的过。我们都不是大力神,谁也拦不住历史巨轮。所以每次说到这里,我都忍不住心中愤懑。不错,我的确曾经被结合进文化领导小组,成为主要负责人之一。然而这是整个运动进入较为有序时期,而非开始。最初我也是受冲击的对象，几乎每天都不得安宁！年轻人搜家从凌晨直至天黑，从没放过我一丝一毫！可怜妻子也要代我受过，几次被揪住耸动，忍受一般人不能忍受的侮辱！连她过去演出的剧目也成为罪行，竟然让其站在冷冰冰的院子里唱念做打，从此落下风湿寒病，每到冬天都犯。我们被勒令搬家，先是住到文化大院的小边房里，后来干脆将我单独关起。那些年轻人动不动就打人，对我还算客气，只不过用手戳戳点点，有一次戳在脑门上，遂留下一处血道。这样的日子一天天熬下，半夜里想想那些血与火的战场，不禁发问：难道革命一生就为了让这些小子前来侮辱？不错，他们提到的一点生活作风问题确实存在，这可能是有人泄露了档案。但一切早有结论，而且也不是什么政治问题，过于上纲上线实在无聊。更有甚者竟然依据谣传，夸大某些生活细节，指控我与女下级谈话时借机发泄兽欲，并在私下里倡导和实践采阴补阳的民间邪术。这其实只是我从医疗及哲学方面的一点理论探索，见诸文字的也仅仅是一些古书的引用而已，如"月藏玉兔日藏乌，自有龟蛇相盘结。相盘结，性命坚，却能火里种金莲"，哪里会是我的创造？凡此种种不一而足，险些造成今古奇冤……被关约有一月，幸好有人借送饭之机替我捎上一封密信，某领导于是得知时下处境，一个电话才把我解放出来。

　　从此就是另一种局面了。我即便进入领导小组也仍旧小心翼翼，尽可能保护一些同志。我也曾受过冲击，有过不自由的经历，又怎么会折磨他人？有人说我落井下石整过一些人，完全是望风扑影！有的没有抢救成功，那是因为上方严厉指示，并非我一个人可以左右的大案！还有人说我趁权力在手试图染指剧团某某，就更是血口喷人。她们当中的个别人主动与我热情还来不及呢，我又怎么会强迫对方！对此我的前妻并不能实事求是，因为她对我多有怨气，这一点完全可以理解。在运动中，真正落井下石者是十分令人惊讶的,比如大名鼎鼎之吕教授,就是最好一例。他最先揭发靳扬,还言之凿凿,将对方行文与漫画两相对照,得出致命之结论。吕教授自己处境已够凄惨,无非想立功自救。反正靳扬因此罹难,被打入重罪之列。我在这期间曾千方百计找人通融,为其脱罪。最好机会是借其精神病发作,争取将人释放——该病完全是伪装而成,对此我心中有数。但我从未指出该项疑点,总是为之百般遮掩。可惜事情发展至最后愈加复杂,加上形势紧张之极,最终没能保住。

关于靳扬事件,我只要想起就会流泪,同时难忘始作俑者吕某。至于靳扬不能获救之其他原因,当是其自身根源所在——这是许多人极不愿说起者,然而却是一个不能忽略之事实。在此,我本着对历史负责的精神,还是要据实以告。当时本来机会已到:因为精神病人可以不受指控,即便惩罚也轻而又轻;我两次对上级说明该点,并在一份鉴定书上冒险签下放人意见——这一点白纸黑字,或许今天仍有原始记录可查。总之事情眼看大有转机,可惜这时当事人自身犯下不可原谅之错:恋爱!想想看,人在异常艰苦寂寞之时发疯一样追求爱情,我等有何不解?问题是这种事情干得太不是时候了!何况女方是一出名之美人,众目睽睽是也!她那模样就是铁石心肠看了都难保不会动心,这一点谁都一样,关键是谁能用意志与理智加以约束而已!总之靳扬完全没有自知之明,借助疯力不顾一切,并确有证据一举得手——这就势必惹火他人!那些人还不知嫉妒成什么呢,结果即死死咬住,说该人疯病全是伪装……如此一来我也无能为力,悲惨下场于是不可避免。

艺术家格外多情,此一项不需我再饶舌,对此人人心知肚明。女子姓淳于名云嘉,曾为校花,其男人有名无实。该人为一老邦邦导师,年龄大她三十多岁,艳福不浅,俗话说姜还是老的辣,无非花言巧语,诡计多端据为己有。任何事物都是正反两个方面,矛盾双方相互转化,内因外因皆起作用,二者有此辩证关系。总之最后物极必反,果然向相反方面急遽转化,且不可逆转:老家伙于运动中第一批关押,娇妻也未能幸免,遂被赶入林场。于是乎与靳扬有了接触之机,所谓的祸福相依。至于那个老朽,则同情者少,我等不免设问:到底何德何能? 无非是罪有应得,咎由自取。

在整个领导小组中,我是出了名的软心肠,如果不是上边有首长护佑,极可能很快遭到清洗。因为个人抱负不能施展,心情苦闷,所以运动中大抵默默打发。其中惟有一件事极其乐意,即陪领导去剧院观看革命样板戏。这些剧目虽然看过多次,然而百看不厌。这除了因为剧目精粹之外,演员经常轮换也是重要原因。有些青年初次登台就有不凡表现,声音高亢,两眼炯炯有神。每逢演毕谢幕,我们都要上台接见,首长握住软软小手不愿松开。这些我看在眼里,喜上心头,于一旁仔细介绍。除了看戏,就是临摹字帖,这时候搜家得来之名帖极多,让我爱不释手。书法自然大为长进,也算乱世中的一点正面收获。写字之余也曾学过绘画,经人指点临过八大山人,然最终未能登堂入室。至于作诗一事,倒是战争年代之爱好,这时候非但未能停息,反倒诗兴大发起来,有时一口气写下十余首,短制居多。今天看这些诗作皆因时代烙印太深,未能收入集中,也算一憾。

大 雷 雨

一

老校长肖筠每天伏案书写,这显然成为他晚年生活中的一个重要内容。如果失去了这种生活,对他而言是不可想象的。他如此地执拗追溯,如此地害怕遗忘,这在当代可算是一个异数。时至今日,谁还热衷于此?消费时代的讯息涌来荡去,生活中的血泪痕迹都将被擦掉和覆盖,人们跌跌撞撞走进了记忆的空白区域,被欲望的泡沫糊个满脸满腮。这个区域显现和沉浮的只是遗忘的一部分,是破碎的记忆之屑。遗忘是享乐主义和现世主义方程式上最重要的一个字符,我们都将变成没有昨天的人。肖筠只是一个例外,一个倔犟的、不受欢迎的人,因为他会打扰现代人的节日,冲了别人的吉庆。他最为令人厌恶的,就是紧紧地揪住昨天不放。

在老人看来,找回记忆才是最紧迫的事情。在十三亿人口的庞大群落中,我们身边竟然拥有这样的一位老人!然而这是真的,他就活在今天,坐在我的面前。他每天记下的,是一部被苦难和忧伤浸泡的记录、一部目击手记。有人会感到惧怕,因为它显示了记忆的力量。

记忆的力量即真实的力量,它不可抗拒。

老校长走向田野林间的时候,常常因为沉浸于往昔而激动不已,于是就有了这一场场讲述。我相信这些讲述正是那本笔记的发声。我几次尝试问起霍老自传中多次提到的那个最美的女人——淳于云嘉——他却避而不答。不知经过了多少次沉默,老人最终还是开始了一次惊心的述说——这次的主人公不是别人,就是那个一直让我放心不下的人:画家靳扬!我的心噗噗跳动,因为我知道这与那个女人的故事连在了一起。我相信他长时间默默注视的时刻,有许多时候是在怀念这个人,或者是他和她的故事……他大概无法忍受心里的伤痛,无法遏制像浪涌一样起伏的心潮,无法承受那些场景的猛烈撞击——他还是想把一切都讲出来,因为它们在心底淤塞得太久了。

肖筠端坐着,扑扑流下了泪水。

我最看不得一个老人的泣哭,而这之前他从未在我面前掉过一滴眼泪。我握着老人的手,想安慰他,帮他遏制悲伤,可是无济于事。他以枯手掩面,好长时间不能将手挪开……

"你是从那座城市来的,可你不会知道那座城市有一天下了一场怎样的大暴雨……那天整整一座城市都在哭啊,它在哭我的那位老友……"

他这样说了一遍又一遍,并不提靳扬的名字。我怔怔地看着,等他揩干眼泪。"他当时的单位是科学院,并不是画家,而是研究古钱币。他在这个领域的成就远远超过了自己的画,可后者却使他扬名。当年他刚好四十来岁,画画只是业余爱好,虽然业内人士一直认为他是很有成就的画家。他的漫画集是死后有人整理出版的,当时只不过画了自娱——可是谁也想不到,就是这些画最后把他害了!我们这些人都认为他才华横溢,人也可爱。无论是前面说的路雨还是楚图,他们个个都喜欢他,对他佩服得不得了。只说记忆力吧,我从来没看到一个人的记忆力像他这么好,能从开天辟地一直讲下来,所有重要的历史关节都讲得清清楚楚,细节和典故也无一遗漏。各种钱币,包括古代家具、服饰,他都非常精通;他对古代音乐特别有研究,能讲'大不谕宫细不过羽'。他这人兴趣广泛,甚至还通晓中医,可以为人开药方,很多有名的中医都是他的朋友……一般来说,一个人懂得东西太多就必然空泛,可在靳扬这里就不是这样了,他只要做就会出类拔萃。我们当时涉及到一些问题,只要记不起来就去问他,那保险没错……"

我这会儿在想吕擎的父亲:面前的老人能否提供一个有力的佐证?我屏住了呼吸听下去。

"有人还告诉我一件事:他做学生的时候曾经背过一部字典。这有点玄,但据说是千真万确的。他的语言能力让人叹为观止,一开始学俄语,后来又自修法语、英语和日语,都达到相当高的水平。他在研究中涉及到一点阿拉伯语,实际上完全用不着从头去啃一门外语,可他就能一鼓作气把它也学成了……他到日本去了半年多,回来之后口语水平比那些专门译员还好。我这样一说,你就明白他是怎样一个奇才了……"

"最后呢?他是怎么给打发到老林场的?"我急于听到核心的隐秘,听到另一些人的名字。

"嗯,开始是这样的,他在办公室里闲了没事,就给对桌画肖像。朋友之间画起来就不免夸张一点,也更加传神。就这样画来画去,最后传到一个画家手里,对方赞赏不已。后来画多了,也就声名鹊起,好多画报、报纸都刊登起他的画来。他做专业累了,就随便画上一些——完全是业余自娱,是一种兴趣。可他做梦也想不到这些信笔涂抹的画会给他招来那么大的麻烦……不过实在一点讲,一开始的所谓问题并不是画上惹来的,而是另一个人,一个更有名的大学教授从他的学术文章上发现了什么,揭发了他……最后才牵扯到画上来……"老人的目光有些游离,好像在躲着我。他显然是故意回避了一个人的名字;而我此刻已经在心里判定,那个人就是吕擎的父亲。我的心上一阵发冷。

"靳扬是一个幽默的人,爱说爱笑,常开过火的玩笑,但是谁都知道他这个人光明磊落,单纯得像个孩子。他的爱人正好相反,是一个特别严肃的人,长时间绷着脸一声不吭,但像他一样善良。靳扬有时候说她:你严肃的时间很长啊!妻子就笑。在农场里尽管每天做活,大家累得连床都爬不上去了,可这时候靳扬还是千方百计给大家找点乐子:他学别人走路,学得惟妙惟肖;学一个狗坐在那儿,被一块小石子猝不及防击中时的狼狈样子——一切都妙极了……有时候连那些看管我们的人也给逗得开怀大笑,和我们掺和到一块儿,要求靳扬学这学那……靳扬肚子里的故事多得不得了,好像永远也讲不完。在整个林场和农场没有一个人不喜欢他,我敢说包括那些蛮横的监工,也渐渐对靳扬放松了警惕和约束,有时还给他纸和笔,逗他画一些漫画儿。他是我们那个时期最依赖的人,只给别人快乐,结果就忘记了自己的危险。如果他能再谨慎一点就好了,可惜别人对他放松了拘管,他自己也忘了。他有个毛病,就是愿意喝酒,喝起酒来无话不谈,兴致高起来就说个不停。他酒量大得惊人,有时能一口气喝上一斤高度白酒,这之后还可以作画……后来城里来人了,是个检查小组,这些人压根儿就没打好谱。他们在这里待了一个星期,注意力很快集中到靳扬身上了。他们说这个人够典型了:不思悔改,直到现在还口吐狂言,喝烈酒画毒画,肆无忌惮。他们把靳扬在这里画的所有漫画都带走了。

"大约只过了半个多月,上面又来人了。他们把靳扬叫到一个地方,一会儿就传来了呵斥声。事后才知道靳扬在辩解的时候惹怒了那些人,他们马上对他拳打脚踢,然后就把人隔离起来。夜里他们一伙人轮换值班,无非是折磨他,动手打人的次数越来越多。靳扬的喊声传出了很远,有时半夜听到他的叫声,我们一伙儿就不顾一切冲出去,又一起被堵回来。这样许多天过去,谁也见不到靳扬,直到有一天他们把他押出来:靳扬整个人都变得快要认不出了,一张脸肿得走了形,头发给扯掉了许多,鼻子也歪了,上面是正在结成的痂。后来才知道,原来是那些家伙让靳扬脸贴着墙站立,然后问他话,如果回答不满意,他们就猛地将人往墙上一推,鼻子就给撞得流血,最后撞折了鼻骨。他们根本不考虑让他住院,最多是让卫生室给涂点药水了事。后来靳扬鼻子上的痂掉了,整个鼻子往一边歪着,那些人就指着他的鼻子说:看,反动分子到处碰壁!

"靳扬受不了没完没了的折磨,整个人都变木了。他放出来没有几天又给关起来,锁在一个没有窗户的小屋里,里面又冷又潮,没有床铺,人要睡在茅草上。只要是审问开始就不允许他睡觉了,一打瞌睡他们就设法把他弄醒。如果他困得实在厉害了,无论怎么推搡还要睡过去,他们就用一根胶皮棍子照准头顶来一下,把人打得嗷嗷直叫……日子一长，靳扬被折磨得实在不行了，最后一双眼睛都往外凸着，像要暴出眼眶。他在屋里干嚎、在地上爬……那真是绝望啊，那是极度缺乏睡眠啊。他像个精神病人一样在屋里四处乱撞，一会儿笑一会儿哭，一会儿去抓窗子，手指甲都抓出了血。那些家伙只说他患了精神病，其实是长期不让睡觉造成的。靳扬很快被折磨得瘦成了一把骨头，只有一张脸肿胀着，眼睛往外凸着，那模样让人不敢看。就这样过了一段时间，他真的患了精神病：从小屋里放出来时，只坐在一个地方傻笑，笑着笑着就喃喃起来，一双手胡乱抓挠。他用草棍在地上摆周易的卦象，又画出一些奇奇怪怪的漫画……总是笑，笑过之后就嗷嗷大叫，那声音吓人——使劲仰起脖子叫，有时一直叫到嗓子出血。夜间他会坐起来，两手比比画画，做出各种各样的动作。我们同屋的人没一个敢睡，只怕他半夜干点什么。他这时候被允许睡觉了，反而再也睡不好了，最长的睡眠也不过十分八分钟，睡睡醒醒……就在这样的情况下还有人打他的主意：不知是什么人，为了解脱自己，竟然把靳扬精神病期间画出的东西收集起来，还写了情况汇报交给上边。这段时间总有人注意靳扬，所以这些材料立刻被他们当成了宝贝。可是靳扬精神病征兆明显，就给押到城里，给他做了各种各样的检查。因为靳扬如果真的是个精神病人，问题的性质也就不同了。他们最害怕的一件事就是担心遇到了一个更狡猾的敌人，即伪装精神病逃脱惩罚。有人已经断言：靳扬就是这样的伪装者，这样不仅可以摆脱惩罚，而且还能借以发泄心中的仇恨。靳扬怎么会没有仇恨呢？任何一个人在这种情况下都会有仇恨！他完全是被无辜地摧残和折磨！一个天真烂漫的人，一个最坚强最勇敢、最健康的人，最后真的被逼成了精神病……"

老人哽咽着，说不下去。

二

  我看过许多靳扬的漫画作品,当然全是印刷品。我不太懂画,平时却喜欢去看画展。当时我看到这些漫画只觉得它们有趣。严格讲我是像看文字作品一样看这些画的,透过它的意趣,感受作者本人。这个人起码有一颗童心,画幅中洋溢着无边的快乐,什么顾忌都没有。那是一种极其欢快、自由、流畅的生命,是它在强烈感染我。那时我丝毫也没有想到其他,更不知道这些漫画后面隐藏了一个惊心的故事、纸页里浸泡了那么多鲜血和眼泪、蕴含了一出可怕的人间悲剧。我怎么也想不到这样快乐的一个人会有那样的结局。是啊,所有人都有一个结局,它是神秘无测的,只在黑暗中悄悄等待一个人。我在读这些漫画的时候还完全没有预料的那一切,竟然早在二十多年前就全部发生了。作为一个后来人,这所有的不幸我一无所知,尤其是不知道它的细节……

  至于那一场大雨,我印象中有人说过,但他们似乎故意隐去了这场大雨的主角。他述说的只是"他"和"他们"的故事,而这些人,我直到现在也弄不清是否与靳扬在一起。当时他们说的"他",我一直以为是吕擎的父亲,现在看这是不可能的,因为他的父亲从来没有去过那个林场和农场。问题是那场大雨的时间和地点——似乎只是城里突降的一场大暴雨,又好像是在远方、在郊外的某座劳改营发生的一次洪漫。总之与大雷雨伴生的是一次惊天动地的大逃亡,是一直被有关部门密封了三四十年的一个突发事件。那场大雨一直下个不停,下了一天一夜,从那座城市再到远郊野地,整个世界都被浇湿了。

  那是一些做梦都想逃出去的人,有的想见到妻子,有的想找到自己的孩子,还有的只是二十左右岁的人,一直想投入母亲的怀抱。这里戒备森严,有岗楼和铁丝网,有值勤的士兵。总之这是一些陷入绝境的人,他们受尽折磨,死亡离他们并不遥远,他们早就应该冒死一搏了。就这样等到了这场罕见的大雷雨。当时是八月,连续的干热风、不能停歇的牛马般的苦役,让这些人一个接一个倒下来。极度燥热之后就是这场大雷雨,巨大的雷声把这些濒死的人从地上一一召唤起来,他们一个个睁大焦干的眼睛看着天空,只等着大洪水冲刷下来,冲决一切。

"他"的妻子在离这儿一千余里的另一个林场或盐场,他们已经两年没有见面了。想念得要死,想念本身也使他加快了走向死神的步伐。他已经在炙人的太阳底下昏死过两次,即便在最好的状态下走路也轻飘飘的,他知道,那是死神在身后向自己不停地吹气的缘故。一次次的单独囚禁,粗暴的逼供,一天一夜喝不到一滴水。"我就要渴死了,渴死了,我不怕死,可是我不想被渴死……可怜可怜……"他刚刚听到自己吐出的一声呻吟,立刻咬住了嘴唇。他叮嘱自己:"听着,你这个混蛋,你什么都可以做,就是不能向那些人求饶。"他这样咬紧牙关,直到半夜,一阵凉风吹进小小窗户,算是救活了他。他大口吸进凉气,让夜风中的水汽透过肺叶润湿他的生命。真的,就靠这个方法他一次次战胜了干渴,竟奇迹般地挺了过来。所有的时间都在想念妻子,他知道这是最后的时刻了——人在最后的时刻是能够隐约感知的,所以他在这段时间里要做自己最想做的事情。

大约是接近中午时分吧,本来还是晴朗的天空突然阴下来,只是一霎时天就黑了,狂风大作,接着巨雷就轰隆隆炸响。这场大雷雨啊,人的一生大约只会遇到一次——许多人一生都不会忘记它在当年是怎样可怕地降临,简直是号叫着扑到了大地上……当时他正在地铺上喘息,因为实在站不起来了,那些监工只得让他躺在工棚里等死。其余的人只要能爬得动,就要在滚烫的空气中干活,从半上午到这会儿已经有五个人接连倒在了阳光下。他们一倒下就被监工用水龙头喷得浑身精湿,然后直接拖进屋里。这些休克的人一个个躺在他的身边,发出吓人的喘息。大雨扑地的那一刻,他一个机灵就从地铺上爬了起来,这股猛愣劲儿简直让他自己都吃惊。他在门口亲眼看到那些凶神恶煞一般的监工们被大雷雨轰击得歪歪扭扭往回跑,有的刚跑了几步就被雷电击倒在地,再次爬起时已经像个落水狗了。所有埋头苦做的人都停下手里的活儿,他们没等监工的命令就双手蒙头往工棚里跑来,一边跑一边大叫,那是幸灾乐祸的叫声。

这些被彻底洗涤的人啊啊大叫着跑进工棚,一种不难察觉的震惊在迅速弥漫。大家一齐看门外的大雨,看这一生难忘的倾泻,瞧洪流滚滚从工棚旁边涌过,不远处的那道土墙噗一声塌下来。更远处有什么也在倒塌,伴随这倒塌声的还有一些人的惊呼,一些不知名的动物在野外大叫。他一直瞪着双眼,一眨不眨,心里被什么吓坏了。当那道土墙倒下的一瞬,他突然想到了一个字:逃。

这个字让他两手剧烈一抖,他发出了"嗷嗷"两声,旁边的人打了个愣怔。

天阴得可怕,中午时分就好像黑夜。大雨的号叫丝毫未减,看来已经不能按时吃午饭了,伙房里的炊烟已熄,午饭早就做好了,可是雷雨让那些伙夫们无法开门,工棚里的人也不敢涌出去领饭。人在大雨中特别容易饿,他觉得肠子饿得一抽一抽——这种饥饿的感觉已经许久没有了。他知道这雨只要再下一个时辰,那么四周的田野就要淹没,到处都会变得沟满壕平。他从心里盼望的就是这场大雨不再停息,他模模糊糊感到,自己这样一个几次快要渴死的人就是不怕大雨,所有身旁的这些罪人也不会害怕大雨,这从刚才监工们四处逃窜的样子就能明白,真正怕这场雨的人到底是谁。他只想在天完全黑下来的那一刻出逃。

天一点点走入了长夜。可是早在下午三四点钟的时候,工棚里的人已经有了午夜的感觉。外面什么人声也没有,只有大雨的怒吼。他从地铺上爬起,硬硬的头颅在门口那儿一晃,身体就要投进大雨之中了——正这时他又止住了步子,回头向棚内"啊啊"喊了两声。所有的人都明白了这个人要干什么,大家往上一蹿,几乎是众手一举,把他抬进了大雨之中。跑啊跑啊,不知道东南西北,找不到大门。狗的叫声也淹没到大雨里了,监工被骤雨吓得缩在屋里,等到察觉出一点什么异常穿上雨衣追出来,工棚里已经空空的了。探照灯亮起来,狗叫声增大,有人向天空放枪。可更大的是雨声和雷电声,是大水涌动的声音。一些跑窜声掺和在泥水里,像青蛙一样轻轻鸣叫,让人不再留意。

他循着倒了半边的土墙往前摸,因为他记得这儿有一个侧门——那里是通向逃路的最佳地点。他发现没有一个同行者,那些家伙慌乱中都四散奔逃了。有好几次跌在洼地上,头发已经被泥水搅成了一团。闪电只要一亮他就赶紧趴在地上,因为这比扫来扫去的探照灯厉害多了。他摸到了一截没有倒塌的土墙下边,极想弄明白哪一边才是那个侧门。正在这时一团雨水被风裹着抛过来,号叫突然从身后响起,有一伙人涌过来。他赶紧趴在一个土洼里。闪电中他看清了,大约有五六个棚友一齐跑来,他们一拐一拐的。他正要上前招呼,不远处啪啪响起了枪声。一个监工提着枪追来,快到人群跟前了还在开枪,子弹就从他们头顶射过。监工不知在骂什么,一边骂一边挨过来,挥起枪托就往他们头上砸去。他在电光里看到通红的血从一个棚友的头上流出。当那家伙再次挥起枪托时,有个一拐一拐的棚友一下抱住了那人的腿,猛地一拉将其拽倒。一伙人拥上去,夺枪,用脚狠踹。那家伙像野狼一样嚎,这嚎声太大了。探照灯一次次扫过来,但没有停留。他手心里捏了一把汗。这会儿他眼见得电光里有人举起了一个大石块,还没等他反应过来,那边就砰一声砸了下去。嚎声没了。一伙人弓腰四顾,飞快消失了。

　　他一直没有找到那个侧门。最后他惶促中不知怎么踏进了一道水沟,湍急的水流只一下就把他卷倒了。这之后就什么也不知道了,整个人都在一种梦境里。这是一个阔大无边的、痛苦无比的噩梦。梦中他两手沾血,浑身是伤,被无数的人推拥着,一边踢他的腰、腿,疯狂地打他的脸,一边拖起他飞跑,速度就像飓风一样。天哪,这是要往地狱里拽人哪,这是要把人撕成八半啊!他想呼叫,可是嘴巴已经被缝上一般;他想挣扎,无奈全身早就被一道道铁锁捆个铁紧。风声雨声像棉絮一样包裹了他,滚动着撕扯着往前,一直往前……

　　等他苏醒过来时,大雨已经停止了。

　　他惊奇地发现,这会儿全身的泥巴都被洗净了,平平地躺在一个白沙渚上。多么神奇,整个世界都换了,这里四周安静,绿柳依依,望一眼平展展一片,无边无际。这是哪里?他极力回想,想得头痛,就是想不起来。他终于记起了最后的时刻:枪声、雷雨声、时隐时现的狗吠。他费力爬起,然后一直盯住不远处的堤岸。他总算明白过来,这是一道河岸。泪水涌了出来,天哪,这儿是一条大河的下游,自己肯定是被一夜的大水冲到了大河里,然后一直往下游漂流,最后给送到了这个沙渚之上。这真是神灵的一次搭救,是梦幻般的逃脱。

　　他最后在想:那些棚友全都没了踪影,他们大概随大雨一起消失了。

三

　　"肖老,我一直想问的就是,那天的大雷雨下了多久?这一天还发生了什么?与靳扬的事件同时发生的吗?"

　　"大雷雨下了一天一夜。冲毁了大片庄稼。农场受了水灾。"

"还有呢？林场农场——我是说接下来的这个夜晚，有人逃跑吗？"

"没有。他们被大卡车运到城里，折腾了一天，回来时连淋带吓，已经动不了啦。"

"靳扬就是这一天遇难的吧？"

"就是这一天。"

"是这一天中午？"

肖筠嘴唇颤抖，把脸转向一边。他没有回答我的话，只沉着嗓子讲下去，像是远处有个魂灵在倾听："……靳扬被单独关起来的次数越来越多。前一段还时不时放他出来和我们一块儿做活，到后来就不行了。他和我们一块儿种地瓜，我们刚刚把地瓜苗种得整整齐齐，他就伸出巴掌，一掌一棵把那些瓜苗全都毁掉了。我们怕场里管理人员看见，就悄悄把那些拍折的瓜苗换下来。最后我们不得不由一个人专门看管他，防止他做出过火的事情——那样他们立刻就会把他重新关起来。只要他被单独囚禁，那就算大难临头了，吃不到像样的食物，还要饥一顿饱一顿。他在屋子里大小便，弄得臭气熏天，脏东西沾上一身……那会儿真是惨不忍睹。我们千方百计让他和我们待在一起，上边问他怎样了？我们就说：蛮好的，蛮好的……"

"为什么不想法把他送到精神病院？"

"那不可能。因为他们固执地认为他是装出来的，他们还巴不得要利用这个做文章呢！其实我们都知道，靳扬的病已经非常严重了。生活难以自理，也不能正常参加劳动。他去挑水，挑到半路一屁股坐在那里，把一桶的水全都浇到了身上，一边浇一边笑，眼里还流着泪。泪水和清水一块儿在脸上流，头发湿蓬蓬的。我们把他拉起来，他怎么也不干，就坐在那里，伸手在泡湿了的泥土上画着。奇怪的是他到了这时候还能画出很好的画——我们给他抚平了,他又在地上重新画起来……我怕有人看见报告上边,就小声规劝说:'靳扬,我们离开这里好吗?离开好吗?'他只迎着我嘿嘿笑,就是不起来。我安慰他,想把他拉起来。可我刚伸出手,他就一下抱住了我,紧紧抱着,抚摸拍打我的后背,贴紧了我的脸,嘴里呜呜噜噜说着什么。我一句也听不清,只是感动,还有点害怕。我的脖子和脸全给弄湿了,我知道那不仅是他头发上甩出的水珠,还有他的泪……"

老人擦着眼睛,"那一次让我永远也忘不掉。那会儿我才知道:他虽然患了精神病,可是还有正常的思维,还有那么深的感情。可见无论他的思维多么混乱,也还是留恋友情。我看着他忍受疾病折磨的样子难过极了,我不敢回想这些啊……他现在如果活着比我的年龄还要大。我的这位好兄长啊……"

老校长说着说着又哭起来,一双枯手又捂住了眼睛。这样好长时间一声不吭,当他再次抬起头来时,那一对目光就变得有些吓人了。他注视着我,好像要从一个晚辈身上印证什么一样。我想躲开他的目光,因为那样子真的吓人。我觉得他要从我身上、我的目光中寻找什么、证明什么……他要寻找像他一样的悲哀、仇视,或者同情,还有怜悯和愤怒——寻找下一代人深深的理解和共同的悲哀吗?我想告诉他:老校长,您的那一切记忆和感触,一定不会白白流逝的,它一定会存留下来,存留人间……我心里被一股激流冲撞着,旋动着,眼前一片迷蒙……

我们就这样默默注视,一声不吭地坐着。如果我想得没有错,那么这会儿我们在想同一个人:一个曾经极其受人尊敬的著名学者,他却把自己的同类推入了万劫不复的深渊……太阳就要落下去了。残阳如血,大地一片暗红。在这一天就要结束的时刻里,老校长低下了头。我知道,他马上就要述说那个可怕的结局了。

"尽管我们想尽一切办法保护他,可最后还是要单独囚禁。我们最后也知道他再不可能在这里待下去了,因为他开始在半夜里呼喊——尖利的喊声半夜里传得太远,喊了什么有时听得清,有时听不清——他喊的词句在当时是可怕的,尽管他是一个精神病人。我们知道没人会理解他饶恕他,那些家伙会如临大敌一样对待一个可怜的病人……他常常吵得管理人员睡不着,我们也睡不着。我们知道事情恐怕要以某种可怕的方式了结……就在他喊了一个星期之后,突然来了一些穿黄衣服的人,接着就召集起全场大会,原来执法机关这次要宣布正式逮捕靳扬——一个恶毒至极的家伙,长期以来伪装精神病人,穷凶极恶地发泄刻骨仇恨……

"拘捕大会上,管理人员代表发言,我们这一伙当中也有两个代表在台上发了言——所有人都慷慨激昂,一齐斥责靳扬,说他是一个不可救药的分子……在一阵阵口号声中,靳扬给戴上了手铐,然后那些穿黄衣服的人拿出了一根绳子,当着全场人的面把靳扬五花大绑起来。那些捆绳子的都是一些身强力壮的人,是刽子手和专门家,他们用膝盖使劲顶着靳扬已经瘦得不成样子的身体,然后用力煞绳子。靳扬被煞疼了,嗷嗷大喊,面向我们,瞪大双眼,像告别又像求援……他望着我们在场的每一个人,我相信那一刻他头脑是非常清醒的……台下有的低头不忍去看,有的流了泪,更多的人紧咬牙关……"

我一直忍着,这时把脸转向了一旁。

"散会后他被那些黄衣服直接带走了,拉到了城里。从此他要关在真正的监狱里。我们当中就这样永远失去了一位最可爱最有才华的朋友。他是怎样的人哪,他真的像个孩子,他是真正的科学家和艺术家,一个大家公认的好人!他走了,走时戴着手铐,五花大绑。警车呜呜叫着把他带走了。那些闪亮的刺刀,还有那些背着枪的民兵,在台子两旁站成一行,那种气氛,那个凶狠的场面,我一辈子都不会忘。我们这些手无寸铁的人,却忍受着这样的威吓场面。我们当中的一多半在这之前就已经胆颤心惊、惶惶不可终日了……就在这场大会之后,同屋里的人半夜哭起来,紧捂着嘴不让他人听见……他们本来都是男人,可是他们捂着嘴哭,像老太婆一样,盘腿坐在自己那个二尺多宽的小铺子上哭。同屋的人唉声叹气,没有一个规劝。窗外的看管人员听见了,拍打窗户说:'吵什么?哭什么?真是一丘之貉,兔死狐悲!'"

"当时大家还没想到那个结局……"

"是啊,只知道他不会再回到农场和林场了,只知道他入了监狱。抓捕他的原因在会上都说了,可是后来我们一点点才弄明白更多的事情——说起来你可能要惊讶,可能会不信,就是在他疯掉、四处乱跑的时候,还爱上了一个人……"

我目不转睛地看着老人。我心中重复着一个名字:淳于云嘉!

"我一开始不信,最后才确信是真的。那是他疯头疯脑闯到林场女营的事——林场一度来了些女的,她们也和我们差不多,林场划出了一个专区管理她们。靳扬看到了其中一个最美丽的女人,对方强烈地吸引了他,结果他就一天到晚疯跑,还藏在草丛里等着她出来,给她画了许多张画……这些画当然大部分都被搜走了。"

肖筠伸手到一个角落里找出一个小箱子,在里面细细翻找,找出一个油布包。他把几张发黄的大小不一的纸捧到小窗前边,我赶紧凑过去。

它有些潦草,介于漫画和素描之间,一看就知道是急就章。所有的画都画了同一个女人——我突然觉得这张面孔有点熟悉,可怎么也想不起来——尽管草草的,可是他三笔两笔就抓住了她的神采——她正向这边瞥过来,像是一次温情的回眸……他就把这一刻的神情抓住了。我喊了一声:"淳于云嘉?"

"是啊,是她……靳扬心里的秘密从这些画上泄露了,这就更加激怒了什么人,因为林场的头目也紧盯着那个女子,正不知怎下手呢。靳扬的画都藏在自己铺子下,被捕的前两天才偷偷往我枕头下掖了这几张,我缝到了枕头里才保存下来……他被押走了。从那以后大家就是无声的劳动了,因为再也没有靳扬的声音了,没有他的影子了。这样又大约过了半年多,有一天突然场部接到了一个通知:让我们农场和林场的所有人都回城去开一个大会。几辆大卡车像装载动物一样把我们塞到车厢里,然后顶着烈日摇摇晃晃走了一天。我们被拉到了城郊一个古祠改成的大院子里……直到最后我们才被告知:这次是专门来参加一个宣判大会的。被宣判的人就是靳扬,结果还不知道,但知道这回是正式的宣判了。在整个大院里,朱红的柱子上、墙壁上,到处都贴满了标语口号。那些口号一看就心惊肉跳:'敌人不投降,就让他灭亡!'"

四

"这一天我永远都忘不了。这是奇热的一天,到处都像要着火一样。从早晨开始就热得难受,太阳出来以后简直无法出门。我们在古祠睡了一夜,天一亮就被押上车,记得一路上都是火辣辣的风。车子开得很慢,许多人眼看就受不住了。几个破旧的大卡车走走停停,好不容易才开到市中心的一个大广场上,看来这就是会场了:搭了一个高高的土台子,台子上方扯了红布,台上有一溜儿铺了白布单的桌子,持枪的人站成一行。再看四周,墙上、屋顶上,只要是高处都有人伏在那儿,怀里抱着一架轻机枪。我们给赶下汽车,拉到稍稍偏一点的台侧,然后又给吆喝到最靠前的地方。会场上已经陆续来了很多人,都是排着队唱着歌来的,随着队伍入场,会场的高音喇叭播送起战斗歌曲,间隙里还要播放口号。有人登台了,主持大会的是一些极其严厉的人,每个坐在桌前的人都是一副凶相。我们一来到广场就知道这个宣判大会极不寻常,一颗心怦怦乱跳。其实所有来参加会的人都知道今天被宣判的人会有一个什么结果,惟有我们这批从林场农场押来的人被蒙在鼓里。我们那时怎么能想得到呢?我们的这个朋友,这个患了精神病的人,他是从我们身边离开的——就像刚刚离开的一样啊!他的最后结局我们做梦也想不到……

"火辣辣的太阳下没有一个人眨眼,所有人都瞪大双眼看着。那个靳扬被五花大绑押上来了,天哪,只是半年不见人已经变成了这样,老了十岁,瘦得皮包骨头,几乎不能走路,是被人硬拖上来,然后定定地架住……他胸前挂了一个很大的牌子,牌子上的名字被打了个大大的红叉。他这时可能什么也不知道吧?目光散散地看着前边一点,嘴里好像咬破了什么,鲜血从嘴角那儿流出来。口号声震天动地,我们当中有人喊起了靳扬的名字,看押者就恶狠狠地盯过来。我们都呆望着,合不上嘴。我的脑海里一片空白,所有的声音都在撞击耳郭,可什么都听不清。到后来我仿佛听到了'死刑'两个字,又听到了'立即执行'……我站不住了,旁边的人扶住我,我问他:'我听错了,我听错了吧?'四周的人都不说话,只咬着嘴唇。我马上想:坏了,真的是死刑。

"一拨拨人上台发言,所有人都在大声喊叫,口号又一次次把发言打断。台上坐的人都木着脸,脸色一律青黑。那个文管小组的霍闻海也坐在那里。有人发言了,发言的人一致认为靳扬是伪装的精神病人,一个死心塌地绝不改悔的家伙,不杀不足以平民愤。他们举了各种各样的例子,并说他在从农场押回城里的这一段,经过医学专家的彻底考察鉴定,已有十足的证据认为他神志清醒,逻辑清楚,是不折不扣的伪装……宣判词读过之后,有人取来一个又白又长的尖木板,一下从靳扬的后背那儿直插下去。由于插得太用力,靳扬当时腿一弓,差点倒下去,两旁的人就用力一扯。木板上写了他的名字,名字上同样打了红叉……接上又是口号,有人架着他的胳膊往下拖——靳扬像是怎么也不愿挪动,伸长脖子去看太阳,看着看着突然呼喊起来……这声音就和他在农场时喊的一样,是那种能传到天外的吼叫啊。我们这一伙人不由自主地呼喊起他的名字,看押者怎么制止都没有用……我们喊了多久、后来又喊了什么,现在都不记得了……这时已经到了中午,记得就在我们的呼喊里,天空猛地轰隆隆炸响了。原来是惊雷,惊雷一个接一个炸响了。紧接着天就阴黑了,大风也卷过来,哧一下把会标撕成了两半……雷电通天接地爆响,大雨哗哗泼下来,台上台下的人全都浇散了……

"我那会儿直眼看着台上的靳扬,看着几个持枪的人架着他往台下走,看着他嘴上流下的血水。有人指手画脚,在雷电声中慌忙急促地喊着什么。看押我们的人招呼来一些当兵的,把我们赶离了台侧,让我们随着人流往前移动。我极力回头去看台上,对那些呵斥理也不理。我看到有人冲到台上,他手里提着一条生锈的铁链——那是一条勒牲口的嚼链。我明白了,他们怕靳扬一路呼喊,要给他戴上嚼链……他挣扎,扭动,旁边的人就狠狠打他的头。嚼链勒得太紧了,血从他的嘴上流到下巴、流到前胸衣服上。那一刻我看得清清楚楚,他的一双眼睛像闪电一样亮,那是恨啊。我想他目光里有一种奇怪的光亮,这光亮先是照着我们,然后望向四周。雷声大极了,好像要存心压过高音喇叭喊出的口号声。一些人啊啊大叫,惊慌失措地随着人流往前挪动……我们这一伙人中有几个昏厥了,当场被人踩倒,又有人上来把他们从脚底下拖出来……我像根木头一样被人推着,暴雨和人潮把我卷向远处。

"后来,有人可能怕我们跑走、被大雨冲走吧,就用一根粗船缆那样的绳子把我们全围到了一块儿。大雨浇得人全身发疼,雷电有好几次像是直接击在了头顶……我看见靳扬从台子拖下来就被推上一辆汽车,这是我今生看到靳扬的最后一眼……"

老校长的身体球成了一团。他像在极度寒冷的空气里一样,身体往一块儿收缩,又瘦又高的个子这时候缩成了那么小的一团。我怕他跌倒,去搀他。他躲开一点,要自己蹲一会儿。

这样过了许久,他呼呼喘息着:"你们就……就从来没有听人讲过那一天吗?"

"听过。我还听说那场大雷雨下了一天一夜,当天夜里发生了犯人集体逃离的事件……"

老校长摇头:"不,不是我们林场和农场,是另一处劳改农场发生的事。那里的人都是一些特殊犯人,据说他们的罪行要比林场和农场这些人还要重得多。那个夜晚发生的事件震动了全国,它一直被作为秘密严密封锁,这是我们十几年后才知道的。那一次逃出了六十多人,半途被逮回的人、死在大雨中的人,加起来一共有二十多人。最终成功的四十多人散在各地,在通缉中过着胆战心惊的日子,一年内又有十多人被逮回,还有自动投案的。这些人当中活着等到冤狱平反、最后见到了亲人的,大约连一半都不到。"

"如果没有那场大雷雨,一切也许就不会发生了。"

"是啊。可我一直在想,如果没有靳扬,也就没有那场大雷雨!"

他说完这一句,泪水顺着脸颊滑下来。

"可靳扬的故事直到今天还是一个忌讳——在那座城市不让讲,不能公开谈论。这是因为一些人害怕,他们想让活着的人尽快忘记这个人、这些事。可我还没死,我的朋友还活着,我们会记下来,会让一代一代人都记住。我们要记住一个人怎么被逼疯,又怎么被杀死。他们杀死了一个艺术家,一个学者——他们杀死了一个像孩子一样天真的人,最后还给他戴上了牲口的嚼链,在一场大雷雨里把他押走了……"

"淳于云嘉……"

"对,你要记住她,这是靳扬最后爱上的一个女子……"

得一词条·船场

　　贼有贼窝,船有船场。百艘大船,大者为艟,上下数层,皆铺地毯,宛若宾馆套间,应有尽有:偌大澡盆、小小丫环。可见资产阶级之思想历来深重,人民惟舒服是求。先人徐福平日里滴酒不沾,然而极爱洁净,每日里至少洗澡一回,逢月圆日外加熏香,以至于浑身芬芳,女人走近则频频吸鼻。先人原不好色,且重任在肩,脸相肃穆。内人卞姜者,年逾三十,徐村人氏,出身高贵,世代穿绸吃油。其父喜好丹丸,早已瞄上徐福,只为取药便利,从此丹罐盈满。卞姜身心俱美,贤惠修长,高鼻小嘴,两腮酒窝,最爱夫婿。年轻时厮磨缠绵,难免耽误工时,却也算切中情理。待后来夫君承担寻仙大任,她则唯唯诺诺,左右辅佐愈加殷勤。妇人深知秦王之暴,更晓其人乃西边蛮物,万不可掉以轻心。故船场一开,卞姜则料恩爱夫妻分手有时,后会无期。

　　船场即在海湾西山之麓。夫古来船场,必有三大要素:一则离海河就近,船成即可入水;二则取木方便,若奔跑百十里拖拽木料,岂不荒唐;三则有平场搭台,可令百工施展手脚。海湾以西即是此等地方,原是铁定不移,哪家若敢无理取闹,胡乱争执,定将其小鸡巴揪下喂鱼!

　　有人硬说徐福当年之船场,开在登州海角栾河营西去十里,惹得吾等火起,免不了连骂三声"扯鸡巴蛋"!如此好比官逼民反!试问栾河一带泥汤沸腾,脏水一湾,连叼鱼狼都避之惟恐不及,又怎会有人前去做船?栾河湾西侧自古风高浪急,海盗地痞横行无忌,最后又有倭寇来犯,凡此种种,怎能做得国家营生!要知道船场乃皇帝钦定大事,一丝一毫不得马虎,丢了船料铆钉事小,逃了木匠技师事大！

　　说到技师少不得唠叨几句。这班人马皆为国内最上等工匠矣，大河南北择取甚严，邻里有名，八乡出众，既有一等刀斧功夫，又见过水上世面。即是说除非真正率众做过大船者而不取。说来惭愧，咱中国一度是个旱国，水源不丰，故一时缺少船长技工；工程之师，原本少见，皇帝也愁。始皇曾几何时与徐福交谈："爱卿听朕一言，吾等大事最后若有闪失，恐怕必要耽搁在航船之上！"徐福回禀："陛下所言甚是，臣在徐乡一带遍访技师，而后大失所望：其人造船虽多，惜为渔家舢板，只可用来捕捉小鱼小虾，若荡出大洋寻找神仙，那算是脚后跟给后脊梁蹭痒——"始皇最喜东夷俚语，此时闻听立刻双目瞪圆："爱卿所言何意？"徐福咂嘴答曰："挨不上边儿！"始皇心领神会，连呼："正是也！"徐福皱眉蹙目："在下必得沿东西海岸遍寻工匠，悉数请来。"始皇曰："大江边上若何？"徐福摇头："江畔人家只造平底小船，不可航海。"始皇说："我又得一知识。"他与徐福相处甚欢，连连自语："朕为何不能早日遇见爱卿？"

　　一连三月，先人徐福皆在海边游访。所以如今海内遗迹颇多，四处言说徐福，皆因先人当年巡地宽广。其时凡遇船匠，必先施一大礼，然后说明来意，许下钱物。如此这般，逾腊月总算将人备齐。技师们一个个背箱携锯，哼着小曲而来。只消半月，船场搭将起来，从此日夜灯火通明，天天喊里喀嚓。那时节没有图纸，需大技师在地上画一原大船形，然后分头刻制木头。一俟船底做好，细工木匠则要施展功夫：他们个个雕花好手，人人锥凿行家；楼船上少不得雕梁画栋，手法但求工细。又因为打造楼船，技师中不乏盖楼能人，一干人马长于攀爬，一层强似一层，恍若为皇帝砌造殿阙！

　　最狠不过秦王督导，他们个个皆为粗人，两眼凶光，听命咸阳。说什么时间紧迫，大王难耐，急得一夜间生满头疮，小便失禁，故三月活计需一月完工！呜呼！一干人吃睡皆在船场，若日工不结，必用铁链将人拴于龙骨之上。这期间有人委实难熬,于半夜割断铁链,撒丫而逃。秦王督导四下捕捉,捉住者即砍去一足,曰:"瘸子又何曾误船!"一时间血染船板,哀声动地。徐福先人牙齿咬响,几欲西去咸阳禀报秦王!然秦兵本是虎狼心性,笑曰:鸟徐福若非访仙寻药而为,陛下早就把你日了,自以为长了大人模样不成?!

徐福先人想火烧船场,又恨未能尽早扬帆。两难之间,拳痒难耐!大英雄终于想出锦囊妙计,即与众方士设下乌鸦大宴,备好烧酒数坛名曰"二锅头"。看官司你道怎地?原来海里腥鲜秦兵不喜,村巷鸡狗又被其悉数捉尽,委实找不得一点肉星。方士们伸手一指树上,只见乌鸦簇簇,喜上心头。秦兵个个嗜酒如命,闻得酒香跟跄而来。酒宴设于一间厅堂,四周堆满柴禾。俟一群秦兵喝得大醉,青壮村民即拥紧柴垛,遍洒鱼油,锁闭门窗,然后大火放将起来。

大火急烧一夜,一簇恶红悄然暗淡。

至半夜船场游兵始觉不妙,于是荷矛奔突,大喊大叫。这边厢早有技师青壮一干英武,备好斧头抓钩,一齐拥上,奋不顾身。厮杀从月亮惨白开始,直到月亮西坠,血色尽染。所有秦兵共五十三名,烧死三十一名,生宰二十二名。技师青壮伤十人,死五人。

先人徐福连夜修书,上写秦王督导或酗酒身亡,或纵欲丧身,剩余几个零星失足落水。文书差人送往郡守,据估计到达咸阳至少也得半月二十余日。从此船场兵丁皆由郡守指派,他们隶属当地武装,凶狠减半,再无砍足惨剧。至第二年春,咸阳复派一队督导,个个面色苍黑,强壮如牛,随地吐痰。

咱先人徐福得知:届时这拨蛮物必随船队一并出海矣。

你在高原

海客谈瀛洲

卷四

第 十 章

兄 弟 行

一

　　我仍然踏着来时的同一条路径,沿着曲曲折折的海岸徒步往前。太阳升到树梢时,我开始往一座小山的陡坡上攀登,因为上边有一处古祠。可是当走到小山半腰的时候,突然发现那些走在前边的人驻足不前了。他们像被奇怪的东西所吸引,一齐昂首望着海天连接处,脖子伸得直直的。我觉得事情有点蹊跷,问他们,一个个却无暇回答,只是伸长了脖颈往前看。我越发觉得怪异,当循着他们的目光看去时,更是不解了:前方只是一片海汽迷蒙,什么异样也没有,无非是两三艘船、淡淡的岛屿远景……渐渐有人嚷叫起来,指指点点。哦,我用力看了四五分钟,这才发现海天交接处好像有一缕奇怪的白光,有什么模糊不清的东西在它的四周轻轻浮动——这样幻化孕育,水天交接处有什么更加清晰地凸显出来:一直模糊浮动的影子开始变浓,然后洇出了深深的颜色;它们一点点簇到一起,构成了一幅偌大的水墨画,又像渐入佳境的黑白电视画面,依次呈现出各种轮廓——山,路,楼阁——似乎还有一大片田野,田野上一个个活动的黑点大约是人影……整个画面都在不知不觉间变幻,它们一会儿拉长,一会儿变圆,颤动着,最后终于达到了极度的明晰——那一刻我差点叫出来,那究竟是黑白色还是淡淡的彩色,我实在讲不出来……在光和影、水与波之间,这会儿全都看清了!是的,我是如此清楚地看到了人影、汽车和挺立的摩天大楼。天哪,我明白了,我此刻,也就是现在,看到的竟是正在发生的"海市蜃楼"!

恍然大悟的一刻我不知喊了一句什么,接着看到周围的人有的在蹦跳,有的欢呼起来,他们在向远处奋力招手。这时旁边有人议论:

"这里每隔一两年就要出现一次海市啊。这在古代属于登州地界,古书上不知多少次记载过这事儿呢……"

我马上想到了纪及,他如果和我在一起,我们一块儿亲历这一幕,那该是多么高兴的一件事啊。这就叫"踏破铁鞋无觅处,得来全不费工夫",又叫"有缘千里来相会"!

有人拿出相机,一下下按着快门。不过我想,即使成功地拍摄到眼前的奇景,它也只是一个个定格,是一幅扑朔迷离的影像而已。如果有谁把它的变幻全程记录下来该多好!当年就是这种时隐时现的海市奇观,引起了古人那么多的遐想,认为是神仙之境,于是就有了秦始皇的奢求妄念,有了出海寻求长生不老之药、寻找神仙居地的贪求,也有了"胆大妄为"的徐福……

二

整整一天让我兴奋不已。千载难逢的海市蜃楼竟然被我遇到,这实在是一个幸运、一个吉兆。接下去的路程不由得步履轻快,浑身疲惫一扫而光。

在交通十分便利的时下,人们看到一个身负背囊行色匆匆的人总是感到好奇。他们偶尔把我当成一个地质考察人员、远行者,更多的是当成流浪汉、盲流之类。果然,在一些场合,我总要不断地遇到那些盘问者,于是就不得不一遍遍出示自己的证件。这在多年的旅行中早已习以为常了。

这天我睡在了小城旅店,它离发生海市的地方不远。睡到半夜突然响起了一阵嘈杂,有人在走廊里咚咚跑过去。原来是查夜的警察来了,他们把住了楼梯和走廊,然后开始搜查每一个房间。大约是深夜两点多钟,客人都在酣睡,这会儿全被粗暴地轰起来。房间的所有客人都要盘问再三,逐个登记。他们问我从哪里来、干什么?看了我的证件,再三端量,又从腰间掏出一张什么照片,与我的形象对照一番⋯⋯

这一夜完全被毁掉了。醒来仍然还要匆匆赶路,天黑之前再找一家旅店。这天凌晨又一次被轰起来,进来的还是一些查夜的人,不过他们不是警察,都穿了便衣。这些人当中有男有女,其中有一个是老太太,大约有六七十岁了,可脸上的神情同样威厉,尖利的目光盯过来,让我心上格外发毛。这伙人走了,接下去的几个小时却怎么也无法安定,尽管奔波一天累得要死,却怎么也无法入睡。我当时真的后悔没有带上一顶便携式帐篷,那样就可以睡到野外——沿海一带有多少可爱的灌木丛,它们生长在洁白的沙滩上,在那里宿营既舒服又安全。

后来的几天,每到夜晚来临,我只想找村里的老乡借宿——可那要走进一个村庄才行,因为小城市民一般是不会招待过路人的。我由此有了另一种担心:当有一天小村全部演变成小城的时候,我们这些赶路的人也就变得越发困难了⋯⋯这些年奔波途中的无数经历告诉我:在田野村庄总能顺利地找到一个热情的房东;在城市,哪怕是一个巴掌大的小城,要找这样一个房东都会费尽周折⋯⋯难道城市与人心,这之间真的有什么奇怪的联系吗?

终于赶到了思琳城遗址。可能是有些心切吧,这一天我多少有点傻,不是到离这里不远的那个县城宣传部门打听纪及,而是直接登上了殷山遗址。于是我又一次看到了那个令人费解的土丘,再次为它显赫的名声感到疑惑。与上次不同的是,这里已经开始了发掘,那剖开的一处处地方正被绳索拦住了,上面还盖了塑料薄膜。有人在那里守护着。看来这里的考古工作正在加快进行。我问他们有没有一个叫纪及的人来过这儿?他们说来的人太多了,我们怎么晓得?

我在发掘现场流连不去。我好像在用这个办法消磨时间,想奇迹般地看到纪及从一个地方钻出来。就这样一直磨蹭到天色渐暗,我才往县城走去。宣传部门只剩下了一个值班的人,一问,果然不出所料。他说:"纪及就住在招待所,他在等一个人——大概就是你吧?"

我匆匆赶到了那里,纪及已经吃饭去了。我赶到餐厅,一眼就看到了他——一张脸给风吹得更黑,头发乱蓬蓬的,那模样简直就像一个窑工……我故意一声不吭在他身边坐下,然后抓起一个馒头就啃。他觉得有点奇怪,一回身看出是我,"呀"一声站起来。我笑了。

他的屋子里共有两张小床,其中一张当然是留给我的。纪及高兴得很,说:"嗬呀,你终于回来了。"

我告诉他的第一件事当然是"海市蜃楼"。

"真的吗?"纪及的眼睛瞪得很大。

"真的!可惜我没有带一个摄像机给你拍下来。"

纪及搓着手:"哎呀老宁,我在这一带活动多久了啊,不知看过多少关于'海市'的记载,那么多人在讲,可就是没能亲眼看到!这是一种缘分啊,你这家伙自己都不知道福分有多大!有一回我在这一带的海边听一个打鱼的老人说,有一年秋天他正在海滩那儿割柳条,正挥动镰刀呢,一抬头,正好看见了对面大海上出现了一道城墙似的东西:很高很高,青乎乎的。他当时还不知道是怎么一回事儿,只觉得怪啊,大水中央这时怎么垒起了这么高的大墙呢?后来才慢慢醒悟过来,一拍脑袋喊:'海市!'我请他说细致一些,他告诉我,那个城墙看上去清楚得很,它的石头、砖块,差不多都看得见呢。当时我莽莽撞撞问了一句:是不是秦始皇修的长城?他说不是,不是,那是一座方城哩……到现在我也不明白'方城'是怎样。从道理上讲,由于光学作用大气折射,即便是很远的景物也会投映过来……"

他让我再详细一点讲讲这次"海市"奇遇,我就从头又讲了一遍。

纪及在旁边一个劲儿咂嘴,说从这点儿看,他的运气真的远不如我。

我问他这几天考察顺利不顺利、收获大不大?

"还算顺利。看到了很多新的出土文物,收获很大。你知道吗?在殷山遗址北面又有了新的发现,不过……"他的脸色暗淡下来,"那个遗址离一户人家稍微近了一点——其实相距有一百多米呢,与那户人家根本没什么关系,可对方硬说要挖就破坏了他家的风水。博物馆的人好说歹说,还是不行。原来那户人家是这里的一霸,谁说也没用,不让动土。最后有关部门答应包赔一大笔钱,这才获准动手……我去看了那里的夯土,听到的一些事情简直……"

我看着脸色发青的纪及,发现他像站在冷风里一样。

"说起来你肯定不信,可这全是真的。这家伙是以前的村头,而且是选上的。村里的选举有时能把人气死,那些无钱无势的人,没有一个大家族支持,天大的本事也选不上。反过来要是一个恶棍,有钱,村里人就不敢不选他。这家伙当了头儿就像老虎长了翅膀,想怎么就怎么,直到有一天干腻了,再指定一个人代他干。我要说的是他邻居的事儿——那一户只有父女两人,一个老人领着刚刚高中毕业的女儿过日子,她叫月月……"

三

穿过殷山遗址往北,一眼就能看到百米之外的那个村庄。还没有进村,只要稍一留意就会猜中那家伙的房子:最边缘的一簇建筑高大逼人,虽然不是楼房,但由几栋连接一起,围成了一个十余亩大的三进院落,虎气生生。我们从它大门口的石狮旁绕开,往东走了不远,就来到一个矮矮的小房跟前——它小得像鹌鹑窝。

院里有人咳着过来开门,一拉门扇见到纪及,立刻热情起来。老人看上去有六七十岁了,其实只有五十岁。他腰弓着,一对眼珠灰黄浑浊,头发黄白相间稀稀落落,有的地方还露出了几块秃斑,已是十足的老人模样了。这三间小屋里只有他和女儿两人,他睡东间,女儿睡西间——女孩有二十岁左右,一听到来人就回避,无法看清她的模样。老人突兀地告诉一声:女儿已经有婆家了,然后扭头与纪及小声说起来,最后声音大了:"可是……可是……'二秃驴'",他手指西边,"那畜牲还要来哩!"他讲不下去,眼泪刷刷流下来,一个人起身到外间去坐了。

纪及告诉我:"二秃驴"是方圆几十里最出名的富户,这些年专门打女人的主意,还恬不知耻地嚷叫:"咱上瘾了,上瘾了,咱也不知怎么回事儿!"月月上学时并没引起他的注意,后来毕业了,随上爸爸去田里,一出门就被他盯上了,说:老天,原来好东西就在咱嘴边上啊!他开始缠磨,各种办法都使尽了,扔钱、给东西、威吓,月月就是不从。可是这爷儿俩都不敢把事情讲出去,因为"二秃驴"太凶了,他们一见他就吓得抖。月月父亲不知央求了多少次,说了多少软话,没人的时候还给他下过跪,全没用。他一到夜里就要来掀那扇薄薄的木门,老人害怕,天一黑就用一根杠子顶上门板。"二秃驴"就从院墙上翻过来。老人听到有人跳进小院,就把里屋的门顶紧。"二秃驴"火了,使上蛮力,一膀子就把门撞开了,骂:真是不通情理,乡里乡亲串个门儿都不行!父女俩连声求饶,"二秃驴"听都不听。做父亲的抱住了"二秃驴"的腿,一直这样抱着……

从此地狱般的日子开始了。为了躲避这个恶魔,父亲想领上女儿逃开,可最后还是故土难离。老人哀求"二秃驴",只说女儿有了婆家,还吓唬说她婆家人可是有能为的人,她男人知道了你就担待不起……"二秃驴"听都不听,照例来撞门。

月月常常关在自己屋里哭,老人就说:"哪里也没有包青天哪,庄稼人去哪儿说理?'二秃驴'说不定要把咱房上的瓦全揭了,让咱爷儿俩露天睡觉。这就是咱的命啊,月月,咱扔下地,出村打工吧……"

……我和纪及出门,路过那个强大的西邻时,正好看到一个面色灰暗、长着两撮小胡子的人从高大的门楼里走出。我们走近了,他抪着腰直直地看,目光里全是迷茫和仇视……我们走开了十几米远,才听到后面传来狠狠的一声恶骂。

我回首瞥着那个人——这个瘦削不堪的、矮小的、贼头鼠目的家伙,今天竟变成一个不受约束的强人。在这个村庄,也许还有其他地方,当然还包括城里,最野蛮的家伙常常是不受约束的。这是一个冷酷的现实。

晚上我们好长时间没有睡去。纪及在听我讲老林场的事情。我讲到了楚图和路雨。讲到靳扬,我再也不能流畅地说下去了。纪及躺下又爬起,看着黑漆漆的窗户。他好像在努力望穿黑夜,看远处的老林场。剩下的时间他不想再睡了,披着衣服下床,在屋里站一会儿走一会儿,说:

"你知道我今天看到月月在想什么吗?"

"想什么?"

"我在想,总有一天,有人会选择同归于尽的。"

我吸了一大口夜晚冰凉的气息，一声不吭。

"所有不幸的人，所有木讷无能的人，成天忍耐的人，总有一天会冒死一拚。你等着看吧，像这一对老实无能的父女，就像他们自己说的，或者逃开，或者准备一把铁叉守在门边，那个恶霸敢跳进来，他们就会把他叉穿——然后自己也不活了！"

我看着他。我对这些话毫不怀疑。

纪及在黑影里说下去："他们会撞死仇人，然后再撞死自己。这个世界从过去到现在都是这样。有人已经无路可逃，把门堵起来、再把窗子堵起来——最后屋顶的瓦就得被揭掉……"

黑暗中，两人都不想开灯。我叫了他一声，他像没有听见。我又一次呼唤：

"纪及……"

四

按照原计划，我与纪及在殷山遗址会合后，就该准备踏上返城之路了。可是这一回他仿佛不再急切，好像还想延缓下去。他不提小雯的事情，好像不再想她——不，他只会将她深深地压在心底；我相信他说到"月月"两个字时，内心里其实早就置换成了"小雯"……他说要在回程前整理一遍笔记，把这次沿海一带的考察综合进去——同时还有一个新的想法，即今后的注意力不再集中在栾河营古港了——从那儿往东还有几个海湾，往西则有更长的海岸线，比如有一个伸向大海的连陆沙坝——所有这一带岸段都有可能是几千年前的古港遗址，也都有可能作为那个出逃的大航海家徐福的启航港。

结果我就不得不依从他的计划：背起背囊，徒步沿北部海岸往西，从栾河营古港起步，直走到那个沙坝；勘察完毕后，再从那儿乘汽车抵达铁路线，乘火车返城。我们沿着海滨平原，顺着平坦的地势由东向西穿行。整个平原缓缓地向西北倾斜,有好几条河流由南向北流贯其中。河谷切入平原,把它们分成若干个部分。在我们所路过的区域内,主要河流有栾河、界河、芦青河和略小一些的降水河、丛林河。这些河流是这片冲积平原的主要塑造者。河流在山区和平原具有明显的差异性:从山地启程时,河谷深切基部岩石,河床中的主要组成物质为砾石,于是形成了砾石质河床与河漫滩;河流蜿蜒出山时河床立刻就变得宽平,组成物仍然是砾石——而到了平原之后,河底就铺上了一层粗沙和中沙……由于多年来降水量不断减少,还有中上游水库的拦截,河底开始一段段干涸,河床成为漫滩——只有河的入海口处才形成一个稍稍开阔的葫芦形水湾,看上去就像小湖一样。我曾经在这样的小湖里"踩鱼":水深只达脐下,学当地人那样抬高膝盖,然后迅速落脚,鱼伏在河砂上就会被踩住……积水是淡水,常常掺有回流的海水,所以这儿生长了一些在海水和淡水交汇带上的鱼类。

纪及对于河口相当细心和留意,先要画图,然后再测量沙坝高度及水深。芦青河入海口让他特别兴奋,反复测过之后说:"看吧!这里在当年很可能也是一个停泊渔船的港湾,它原来的面积可达上百平方公尺,你从那个沙坝看过去,就可以看出它原来的规模……"

我们沿着河堤往前。这些堤岸在海边拐来拐去,有时与海堤交成直角,有时又平行一段。海堤是由激浪形成的梯状堆积,沙堤非常发育,高程可达四至五米,最宽处可达百米。沙堤和河口积水旁遍生了盐角草,这些藜科植物特别喜欢盐质土壤,它们在风中翩翩的样子很好看。河流的间隔地带,沿海沙土上长了茂盛的黑松,一片片密不透风。黑松当中掺杂着一些刺槐,偶尔还能看到一两株夜合欢和小叶杨、蒙桑。我们终于到达那个最大的沙坝了,它一直连接了深入水中的海蚀崖——主要由石英岩组成,坚硬的崖岸高耸直立,北面布满了海蚀穴,西面由泥质板岩组成,崖面凹凸不平。纪及很快注意到:海蚀崖的西南面是一处天然良港,几乎不需人工构建就可以停泊几百艘大型船只。"多棒啊!这里竟然没有建成一个现代港口!"

"这里会不会是徐福汇集船队的地方?"

纪及沉思说:"现在我们还无法知道……"

东巡·八

一

祭拜月主之后,赵高问始皇:唤徐福前来、抑或去思琳城?始皇摇头。

车队继续在莱山之麓驻扎。四天过去了,第五天有人禀报,说从思琳城方向驰来一辆车子。始皇微微点头。他的盘算只有小宦官知道:刚刚在琅琊台一带杀掉了四百儒生,徐福和那个百花齐放之城不会不惧。如果徐福逃逸,陛下就会用兵船追捕;如果知趣,只有乖乖来见陛下。陛下杀掉四百多个儒生,却没有惊扰那个百花齐放之城,极具深意。

徐福一行六人来到始皇帐外。

始皇穿上衮袍,正了冕苏,唤徐福进来。

徐福低头入帐,施礼,并不抬头。

"爱卿请坐。"

徐福语气平缓,声音微低:"谢陛下。臣本该率众到三十里外恭候陛下。臣在思琳城得知消息已晚,遂率众方士沐浴更衣,施行斋戒,以便迎接陛下。"

"爱卿一片虔诚,朕至为感动。"

"思琳城众方士为陛下寻求仙药,历经千般坎坷。此次斋戒,也为了感动上苍,而后面见陛下,接受旨令,再次出海,功到必成。"

始皇心中暗喜,嘴里却说:"朕在琅琊台下斩了四百多个妖人。"

徐福点头:"听说他们蒙骗陛下,诋毁朝纲,对出海采药之事虚与委蛇……"少顷又说:"禀陛下,自上次陛下东巡至今已有三年,臣率众方士及水上好手,两番出海,均告败北;只因海上有红翅巨鲛,成群结队,凶猛无比,船队无法靠近三仙山,只能遥望。此次出海如期成功,务必配备弓弩手,蓄更多粮草。"

"爱卿,始皇与你一同泛舟海上,沿栾河港东去芝罘,你看如何?"

徐福心中惊惧,但一时无法回绝。

"朕为你配备百艘楼船、弓弩手,蓄足粮草,你看如何?"

徐福立刻跪拜:"若能如此,臣以为长生不老之药指日可待!"

二

在琅琊,始皇命令摆上十里长宴,就像在长安一样气派。他要在此为日后启程的徐福船队祝酒,兴致极高。赵高、李斯和众大臣围在左右,频频举杯。牛角号一声接着一声,那是在汇集粮草、召集百工。一连数日,人群在士兵的引领下不断往琅琊台汇集,将由此登船,随徐福绕过成山头,回栾河港焚香沐浴,于二三月间正式启航,直驶瀛洲。

浩大的酒宴之后,始皇已经是第二次昏厥。御医告诉左右:陛下这一次病得实在不轻。所有人都交换着眼色。小宦官第一次感到了巨大的不祥。他对着始皇耳朵轻轻呼唤,然后看到有一个魂魄在始皇身旁徘徊,欲将离去——它竟想背弃始皇疲惫糟朽的躯体!

　　小宦官呼唤着,眼看着那个魂魄在始皇身旁徘徊,徘徊,又在他的呼唤中一点一点归来——始皇睁开了眼睛,环顾四周问:"为什么这样黑暗?"

　　天还亮着呢,李斯赶紧让人加上数支蜡烛。

　　"徐福一班人哪里去啦?"

　　"他们乘车到成山头,回崍河港去了。"

　　始皇"嗯"了一声:"要派兵督察,让他们提前起程——朕恐怕等他不及了……"

　　几个人应声离开了。

　　到了半夜,始皇突然说:"即刻开拔——回咸阳。"所有人都以为听错了。赵高说:"陛下,您身体羸弱,刚刚转醒呢,再说半夜三更如何动身呢?"

　　始皇细长的眼睛闪了闪,将右手抬起来,食指轻轻地动了一下,又闭上了眼睛。

　　拔营的号角使所有人都惊呆了,谁也想不到车队会在这个时刻出发。难道发生了什么大事吗?他们不敢议论,赶紧收拾东西。车夫开始给牲口上套。一切准备停当,小宦官与几个人把始皇小心地抬上车辇。

　　车轮辘辘,向西——咸阳的方向进发。

　　这车队来时浩浩荡荡,声威万里,归去时却在漆黑不见五指的夜路上。从此沿路将不再停留,也不搭帐篷。始皇食宿都在车上,大小解也在车上——有人捧一个金盘,忍着恶臭侍候。他仍旧时常昏厥,只要醒来,即催促身边人让车队快行——没一个人敢把他的旨意传给车夫,因为都知道他再也经不住颠簸了。

　　车子走得越来越慢,越来越慢,始皇的声音也越来越微弱,一次次昏睡不醒。御医给始皇灌下一种神奇的汤药,他这才转醒过来,醒来就一阵喃喃,可谁都听不懂。只有小宦官听明白了一二句,说始皇喊的是"蒙恬,扶苏……扶苏……齐姬……"

李斯说:"他老了,想自己的爱将、长子和爱妾。"

赵高脸上飘过一朵乌云,说:"可我明明听他在喊那些齐女,叫她们到身边来呢!"

李斯正迟疑,赵高已传身边的人,让那些满载美女的车子都靠拢上来,轮换着到始皇车上侍候。姑娘们发现,始皇大张着嘴,露出了伤残的牙齿。这牙齿颇不整齐,好像在一夜之间变长了。

始皇再也没有醒来。他一直大张嘴巴昏睡,可是两手还是紧握那把卢鹿剑,一刻也不曾松开。

三

车队向西,无数的人群看着这懒洋洋的车流,都在心里惊叫:这就是那个东巡的始皇车辇吗?怎么骏马懒塌塌的,旌旗垂落,风都不愿舒展它们?怎么有一层阴云压在车队上方?

这时候那群乌鸦——就是从东巡开始就一直尾随车队的那群黑鸟——又开始在上空盘旋了。

再也没人驱赶它们。因为始皇昏睡,李斯、赵高、小宦官,所有的人都懒得去轰散它们。大家都明白这是怎么回事,面面相觑,心惊肉跳。李斯早就从始皇的车子上闻到了一股特别的气味。他知道这是死亡的气味,是它引来了群鸦。他直盯着那群乌鸦,全身颤抖,面色苍白。

赵高问:"丞相,你病了吗?"

巨大的不祥笼罩了车队。大事就要发生了。这在中国历史上是至为重要的一个时刻。

车队里有两个人最先感觉到了这一点,那就是丞相李斯和中车府令赵高。李斯一次次问小宦官,对方只答:"始皇还在睡着,睡得很香;呼吸有律,鼻孔微动,偶尔眼角活动一下……总之一切正常哩。"

赵高也来问过,小宦官同样回答。

始皇此刻只在梦境里生存。他闭着眼睛,却看得见辽阔的疆土,看得见一些彩色的旗帜,一个庞大的车队。车队在这片疆土的东部,正向西部慢慢蠕动。但他不知道这个车队是谁的,它为什么如此陌生又如此熟悉?梦幻搅缠得始皇好累。他一遍又一遍睁大双眼去看——这个在他的疆土东部蠕动的、令人厌恶的车队;车队上空还有一层黑云似的乌鸦——他看啊看啊,终于明白了,这是一只送葬的车队!可是他又分明看到整个车队有那么多彩色的旌旗,有号角,有鼓声,不像是传统的葬仪……

车队渐渐消失在一片沙漠里。沙漠上空有一颗流星划过。午夜还是白天?一溜闪闪发光的圆圆的东西排成一队飞速而过,速度及光亮都让人惊讶。它们竟然能够在飞速前进中突然停止,接着向另一个方向飞去。"铁鸟……"始皇喃喃说道。

它们刚刚过去,又是呼啸而过的几只更大的铁鸟——它们是在相互追逐吗?

一些金发碧眼的人在巨大的、像长龙一样的长城上攀登,而且还用奇怪的腔调呼喊着。其中的一个问另一个:"为什么要砌这么长的城啊?"一个人背着一支大喇叭筒,一边走一边解释,大意是:这是在很久很久以前,第一次统一了中国的皇帝,沿高山修起的防御胡人的战略要塞……"一道高墙就可以防御异族入侵吗?"那个金发碧眼的人问着,还没等到回答,就摇着头笑起来:"我觉得这很有意思。这个皇帝多有气魄,又是多么笨拙啊。"

金发碧眼一笑,显出很放荡的样子。

始皇心里一阵暴怒,还有点悲酸。

车队向西,一群乌鸦紧紧跟随,尘土扬起一片迷蒙。这是谁的车队?这个车队那么熟悉又那么陌生,它从辽阔的疆土东部向西,一直向西,像一条将死的巨龙一样吃力地蜿蜒。没有错,车队的主人就要死亡了。这会儿始皇在恍惚中突然想到了那个大聊客老齐,想到了最后一次听他言说齐国的情形——真是奇怪啊,在为秦国所灭的六国之中,惟有一个齐国令他如此难以忘怀,关于这个东方大国的一切,竟然都让他百听不厌。这一次大聊客说起了临淄城,整个人兴奋得耳朵都红了。

"这才是天下最繁华的都市哩!说到这儿,我就不得不提到那个叫苏秦的人了。这个人见识了得!他是燕国人,天底下哪儿没去过?什么大人物没有见过?混吃混喝享尽了人间大福。可他一见了临淄,立刻就傻了眼个球的……陛下猜猜他怎么说吧?他说:'临淄甚富而实,其民无不吹竽鼓瑟、击筑弹琴、斗鸡走犬、六博蹴鞠者。临淄之途,车毂击,人肩摩,连衽成帷,举袂成幕,挥汗如雨,家敦而富,志高气扬。'老天爷,这是什么地方啊,城里什么花花事儿都有,一群吃饱了饭尽琢磨怎么胡闹的人,不好好揍他们一家伙还行?"

当时始皇一声不吭,在惊讶临淄城的超级繁华的同时,却又不无嫉恨——正在此时,大聊客却像洞悉对方的心思一样,说出了最后一句。始皇随之拍了一下座榻,连连说:"朕也这么看……"

大聊客老齐捋须而笑:"臣窃以为……嗯,怎么说呢?有其父必有其子,齐威王奢靡惯了,他儿子齐宣王有过之而无不及。他们天天大宴宾客,通宵艳舞,还演奏盛大的韶乐——有一回鲁国那个倒霉的大儒,就是那个叫孔子的人,坐着车正走在临淄街头,忽然就让车子停下了,他原来听见了不远处正演奏韶乐哩!结果这一听就半痴了,老家伙说自己'三月不知肉味'……"

始皇以前听李斯说起过这个老头儿,这会儿插话道:"这人当过鲁国的司寇。"

"陛下博学啊！陛下什么都知道！一点不错，这就是儒门的老爷子哩。再后来，我是说到了齐宣王这会儿，就是他们这群儒生吃香的喝辣的日子来了。齐宣王跟他爹一样，什么儒生方士各色学人都招到了齐国，建起了好大一片稷下学宫，待遇高着哩，让他们不治而议，专门横挑鼻子竖挑眼，你说有病不是？那个孔子的隔代弟子孟子好生了得，出门时身后竟跟了四五十辆车子，你看这是何等阵势！连齐宣王都得出门迎接，还要在雪宫里与他喝酒聊天儿，请教他哩……"

始皇微微睁眼："雪宫是个什么地方？"

"雪宫那就华丽了！那是齐王一座游乐玩耍宫殿哩，美女如云，美酒佳肴。齐宣王就在这里招待孟子，本是好心好意的，没想到被孟子给教导了一顿，你说窝囊不？齐宣王实在没有办法，就只好承认自己这个人有不少毛病，说'寡人好色'……"

始皇哈哈大笑起来。笑过之后，他的脸色马上变得铁青了。那个大聊客还想乘兴说下去，一抬头看到了始皇的脸色，不由得把张开的嘴巴又合上了……

始皇平生最恨或最喜欢的就是这些儒生。因为他们当中有各种各样的人，这些人说话颇为随意，口无遮拦，常常惹是生非。他这会儿听着大聊客言说齐国，想起的却是一个蹊跷的设计：无比聪明的丞相和赵高合计着，要将那些转动不停的一个个脑瓜全都拴住，办法是让铁匠锻出一些长钉，用它们固定所有儒生的脑瓜，使它们不再活络地转动。始皇最初听说这个设计时，心中曾闪过一个念头：李斯是丞相，更是大儒，以前还是吕不韦的幕僚，他的脑瓜转动得比谁都快，甚至比那个有名的博士淳于越还快。那么当所有的脑瓜都被拧住，这个李斯又该怎么办？也许剩下的最后一根铆钉要留给丞相了。

冥冥中，始皇又回到了那一天，耳边仍回响着大聊客老齐的话:"陛下,疆土分为有形无形两种。陛下所征服的只是有形的疆土,它上面有河流,有高山,有美丽的鲜花,有甘甜的果子。不过它们再大也有个边界。另一片疆土嘛,是装在人们脑海里的,它同样绚烂无比,同样也有着各种各样的颜色,只是它更大,大得没有边际,上至宇宙星辰,包容银河;下至九泉,通向无底冥界……"

他当时牙齿都有些发痒,渐渐磨出了声音。大聊客一无所查,只摸着胡须说:"我接下去该讲讲齐国一些老仙人的故事了——陛下一准愿听哩……"

四

乌鸦在上空盘旋。一片尘埃,一道蜿蜒西行的车队。这是谁的车队呀?默默无声,死去一般沉寂。号角息了,鼓声蔫了,旌旗垂落。这个不幸的车队呀,这个死亡的车队呀。

始皇看着在他的疆土东部偎偎而行的车队,心中充满了蔑视。

他又看到了一片片烽火。在他的国土上竟然突然冒出了这么多的青烟,一缕又一缕。他问身边的李斯:这是怎么回事?

李斯告诉他:"这就是按陛下的命令,将史书典籍收缴后进行焚烧。焚书的火焰已经点燃全国;陛下,可见您的威力无边。"

始皇感到了几分宽慰,又问:"那些儒生呢!"

"兵士们正在挨户搜查,这时候大半都捉到了咸阳宫前的广场上,拴在那些铁人旁边。一个铁人跟前拴一组,现在一共有几十组了。"

"带我前去,看看这些死到临头的、傲视人世的儒生有怎样的眼神。"

李斯领着始皇到广场去了。始皇在一个三十多岁的儒生跟前停住了。他发现这个儒生只是闭着眼睛。

"为什么不睁开眼睛呢?"

"我不愿看到可怜的人。"

始皇先是不解,后来冷笑:"死到临头的人才可怜。"

儒生仍然闭着眼睛:"是的,像你。"

始皇吓得脸色苍白。

李斯说:"大胆!胡言!"他气得两手乱抖,指着年轻的儒生,打他的耳光。奇怪的是,他的手打上去,手掌立刻流出血来。李斯握着手乱跳,仔细一看,原来眼前这个年轻的儒生在一瞬间化为了石人。李斯不信,掏出怀里的刀子在他身上剐起来,一下一下都发出了刺刮石头的尖响。原来他整个人真的变为了石头。

再前边就是捆绑的博士们,他们的脑壳上都使了铆钉。

鲜血染遍了咸阳广场。当夜,无论是否使上了铆钉的儒生,在始皇的命令下,都统一埋在了山谷里。

乌鸦飞得越来越低了,它们差不多要扑到懒洋洋的车队上了。始皇的目光越收越紧,紧紧地瞅着行进在自己疆土上的车队。它们此刻仍然在辽阔疆土的东部,向着西部,一点一点蠕动。

乌鸦喧闹着。可怜的车队,即将死亡的车队!这究竟是谁的车队呢?始皇仍旧不解。

一只小鸟

一

如此疲惫。睡睡醒醒过了两天。出门时好像是半下午,径直去了办公室。屋里空空无人,也许是个星期天。我在办公室拨通了纪及的电话,对方很久才接起来——老天,一个阴郁嘶哑的声音,简直不像他。我的心噗噗跳起来,放下电话就匆匆赶了去。

进了门才知道,纪及整整一天都卧在床上,这会儿一拐一拐给我开了门,然后还是爬上床去。他的头发乱蓬蓬的,脸色灰暗,转向一边,时不时望一眼窗外。那儿有一棵轻轻摇动的柳树,更远处,楼隙里可以望见淡淡的山影。"你怎么了?你病了吗?"我在端量他的神色。

他摇摇头。

我想把他扶起来,刚一离近却被一股滚烫的呼吸灼了一下。而且我还闻到了一种焦煳味。我往后撤了撤,盯着他,想看出回城这两天来到底发生了什么。如果我估计得不错的话,他这副反常的样子肯定与王小雯有关。我问:"你见她了?"

他把脸转过来——这使我一下看到了他脸庞左侧有伤,尽管创口很小,但一块淤青一直连到鼻梁上方。我吸了一口凉气。

"这到底是怎么回事?"

"回来第二天晚上,那天月亮太亮了,我怎么也睡不着,决定去找她。我再也不想这么熬下去了,想把一路上憋在心里的话都说出来……我顾不了那么多了,一口气赶了过去。她家在一幢老式居民楼的四层,她和爸妈弟弟一家四口住在一起;我从来没有迈进这个门,往常都是约好了她下来。我看见里面亮了灯,就上楼敲门。门不开。这样待了半个多小时,我只好下楼了。我站在离楼二十多米远的路灯下面——我知道她会从窗上看到我,过去我们就常常这样约会。可是这次过去了两个多小时,她还是没有露面。我不会走的,就待在这儿,我会待到天亮。这样大约到了凌晨一点多钟,我看到那幢楼下闪过一个人影——是她!我的心怦怦跳起来……"

他说到这儿又伏到窗台上去看什么,好像她随时都会出现在楼下一样。他抿抿焦干的嘴唇:"可是她走到跟前没有停,一直往前走。我就随上她。拐过一个小桥就到了停车牌下,往常我们都在这里分手。她靠在桥边的一棵树上。一只鸟飞过来,像认识她似的,落在就近的枝丫上……'你千万不要来了,千万不要!'这是她开口第一句话。我问怎么了?她说:'他们好几次警告我,说只要发现我们在一起,就一定给你身上留个记号……'我知道这是黑道上的话,意思是使人致残或破相。我那时一点都不害怕,只有一个念头,就是和她在一起。我告诉她:我明白,可我做不到……她不再说话,低了一会儿头,突然从衣兜里掏出一个苹果塞到我手里……'我要回去了,我要回家了。'她刚刚转过身,头顶的那只小鸟就飞了,它刚才还一直听我们说话呢。我跑去拦住她,告诉她今夜有许多话要告诉她。她说:'那就快说吧,千万别待久了。'我心里一急,什么也说不出了。最后我把手里的苹果都攥出了水,捧起来对她说:'小雯啊,我们俩都一样,都是山里孩子,都是十几岁才第一次看到苹果——可我们现在有了多少苹果啊,为什么还要怕?我们现在有了这么多苹果!'我那会儿前言不搭后语,可相信她全都听明白了。因为她一听就哭了,眼泪一串串流下来。她瞪着我,就是不说话。这会儿大约是下半夜三点了。我们身上都被露水打湿了。我对着她耳廓上说:'我知道你害怕什么,你是为了父母和弟弟,不敢和我在一起……我想了很多,我正下一个决心——我想我能养活他们;如果他们愿意,就和我山里的妈妈住在一起吧——我们那儿有两座小房子,一块地,地用篱笆围起来了,养了鸡种了菜……'她把我推开了,浑身哆嗦:'我多脏啊!你,你在说什么啊!'说完就跑开了,一头扎进楼道里,再也没有出来。"

  我看着纪及。窗外的光色洒在他轮廓分明的脸上,侧影真像一个木雕。我当然理解他,可还是忍不住心里的惊讶。一个入了迷的男子,如此不管不顾,撞上南墙也不回头。如果稍微现实一点考虑,这种关系不仅是危险的,而且真的已经无法继续。不错,爱情在更多的时候是排斥理性的。

"我甚至想,只要在城里,就不可能与她在一起。因为她说到底还是一个山里孩子,我也不想待在这座城市,天天只想着过另一种日子,回到妈妈身边——她不离开山里,那我也只好回去了。如果我有小雯这样的妻子,肯定一辈子都会幸福。她受过伤,她不脏;我们谁没有受过伤?我没有厌弃她的理由!我只能爱护她保护她,就这样一辈子。可我怎么办啊,老宁,在东部这一路上,我一个人时,每到了半夜就一遍遍问自己:你真的敢回大山,去过另一种生活?你敢吗?我现在回答了:我真的敢。"

我摇头:"这不是敢不敢的问题,而是能不能;你这样做肯定违背了母亲的心愿,因为她把你养大,就为了让你接上做父亲的事情——你要扔掉古航海研究?"

"这我在山里也会做下去!"

"那太困难了,你知道那是不可能的。"

纪及脸色憋得发紫,显然难以马上否定我的话,直到许久才长叹一声:"那怎么办啊?我到底怎么办啊?"

"最后你还是要把母亲接到这里的,她上了年纪,不能老守着那块围了篱笆的山地。还有,你也无法让小雯丢下自己一家子,因为这对她太难了。你要为她设身处地想一想——你想过吗?"

"当然,怎么会不想呢……就是这些让我日夜煎熬啊!"

我又想到了于甜——倒不是因为娄萌的嘱托,而仅仅是于甜本身……我声音缓缓地、像怕惊吓了他一样:"于甜喜欢你,你对她也很好,为什么、为什么就不能把现实和爱情统一起来?你们在一起,这是多么合适的一对!你啊……冷静下来好好想一想吧……"

纪及愣愣地看我,下巴神经质地抖动,突然变得口吃了:"统一?现实和爱情的……统、统一?"

我一瞬间有点害怕了,怕一时激怒了这位兄弟。我的脑海又闪过吕擎送的那副对子:"一腔兄弟情,三分平庸气"……我很想说一句:"对不起,我比你大了几岁,可能这是我人生经验中积累的一部分,它有些老旧;不过我还是有责任提醒你——无论你同意与否……"但我没有说出来,我突然失去了信心。

二

"那天晚上有一只小鸟,它飞走了……我眼里只有这一只小鸟!"

我屏息静气倾听。他却不再说下去。"一只小鸟",我在心里也久久重复这几个字。是的,我完全同意这种比喻,她真的能让人想到小鸟,那么机灵小巧,而且——单薄可怜!她在这座城市里太弱小太无力了,谁都不应伤害她一丝一毫,纪及就尤其不能;现在她正处于爱人与仇人的双重束缚之中,无法解脱。

纪及,首先是你,你能让一只挣扎的小鸟解脱吗?

他的"一只小鸟"、他的叹息般的呼叫和低语,我想自己全都听得明白。而以前我与纪及在一起的日子里常有这样的疑惑:我真的领会了他的绵绵诉说?他在释放心声,可这需要一种特别的能力才能捕捉、才能听懂。我没有遇到一个人像纪及这样,能够深深地沉浸到思想和灵魂的深处,旁若无人地自语,把思绪送到至为遥远之地。他沉默的时间有多长啊,可是一旦开始喃喃,就会没完没了……我常常被轻轻地,然而是至为惊怵地触碰一下,然后不再遗忘。

纪及说下去:"我明明知道自己属于那里,明明知道她和我一样,可就是不能返回大山了。我可能一辈子都不会围起自己的篱笆,那中间也没有我的一座小屋,小屋里也不会有小雯。那个晚上我在想:我要不要立刻冲到楼上,不顾一切地擂开那扇门,然后清清楚楚告诉她和她一家,说出一辈子都不再更改的决定:和她厮守一辈子、永远不放弃永远不改变?我抬头看着月亮,觉得这就是她的脸。可让我丧气的是,我再重复一遍,得到的还是那些回答。我看着月亮,觉得她的一双眼正盯得我害怕。这会儿我更肯定地对自己说:无论怎么她都是干净的、清洁的,她是任何人都不能污损的,她是最宝贵、天生就宝贵的啊,这样的人,只有我们大山里才有……"

我发现自己从来没有像今天这样疼惜一个人。是的,迷恋和命运,它们才是人世间真正费解之物。我的朋友正陷入一座迷宫,爱的迷宫。我一直想问他脸上的伤,可又不忍打断他的忘情诉说。

"妈妈以前看过她的照片,看了又看,摩挲着说:'多好的闺女啊,我敢说满村里也找不出这么俊的闺女。看这大眼,是怎么长出来的啊!'我听着难过极了,附和几声就回屋里去了。我知道自己没有办法把她领到妈妈身边,她就像水中的月亮一样。她爱我,这是一点都不能怀疑的事实。你知道我一夜夜睡不着,那是认识她以后才患上的毛病。睡不着,只想一个人。无论是在妈妈山里的小屋还是城里,只要一想到她受的伤害,我就痛,就睡不着……"

我终于打断他的话:"你还没有告诉我,脸上的伤是怎么回事?"

他低下头缓缓摇动:"没什么……这不算什么了,现在我已经完全不怕,也不在乎了,"他伸手按一下鼻子,可能那里在隐隐发疼,"那天晚上——其实已经是第二天黎明了——我一个人往回走。大街上没有人,交通车也没了。就是有,这时候我也不会乘车,只想走一走。路过一个公园门口,老远看见两个人在那儿喝酒抽烟。当时我没想别的,只见其中的一个奇怪地向我举手打招呼——后来觉得不对劲,一回头才发现身后还有人!原来他一直在跟踪我,与前面几个可能是一伙的,这时他猛地往前蹿了一大步喊:'拦住这小子,这小子是个流氓,他刚刚作案来着……'他一喊那两个人就扔了东西凑过来。我这才明白,这几个人今晚早就盯上我了！我往一旁跑，可他们已经做好了准备，根本不让我脱身……他们一边打一边骂，说要我把这个教训记一个月、一年——如果再有第二次，就让我记一辈子……"

我马上想到了蓝毛和狸子一伙。"这真是太卑鄙太下作了！我敢说一切都是他们——还是那几个人！"

纪及这时想的全是王小雯，好像并不关心谁打了他，眼睛直僵僵的："我会一直等着她。我会等下去……"

我请他到家里去过周末，他说这样子还是别让梅子看见吧。他指指旁边的冰箱："里面什么都有，你回去吧。"

他太固执了。我最后只有离开。

城区街道呈现一片灰黄色，这是整座城市永恒的色调。走在大街上，我在想小雯的一家——这一家人只因为一只小鸟才摆脱了大山：他们生活在这里幸福吗？他们害怕回到大山，比任何人都怕；因为只有他们才更知道那里意味着什么。对他们来说，挣脱大山就是一切，有时甚至可以为此付出可怕的代价……当然，也有许多人在怀念大山，可怀念并不等于一生与大山厮守。王小雯是谁？纪及是谁？我突然意识到：这两个人十几岁之后才见过苹果，都是大山里的孩子。而在北方，所有的水果中，再没有比苹果更普通更常见的了……就是这样两个孩子，他们在城里相遇了。

三

"你打了'唤狗机'没有？"狸子斜躺在车后座上，极不耐烦。蓝毛把白手套摘下扔了，再一次要了传呼。这样只等了四五分钟传呼机就响了，上面闪出一行字："我十分钟到。"蓝毛说："行了，这小东西还算听话。"

在等人的这一会儿，狸子吃了不少干鱼片、喝了几听啤酒，一边发着牢骚："这小妞儿可没让咱少操心。老板到底是迷了哪股子窍,非要缠磨这样的物件?满城里好东西多了去了。"蓝毛吸一大口烟,盯着车窗外,"口味不同嘛。也是,甜迷迷往跟前扎的人多了,老板都待搭不理的。如今女人想得开了,前几天一个模特儿领队对我说,要不要?纯一米八以上!""你准备给老板挑选呀?""哪里,老板的事儿咱不能问,我说过嘛,老板口味不同,他看上的都是'怪人',什么小不点儿,什么骡子;再看肖妮娜吧,多高的颧骨,这会克男人啊!""人家老板身体强着呢,可能有些养生的绝招儿。""那当然,采阴补阳嘛。骡子给他推拿,还造了些丸子,听说在玩徐福那一套,想长生不老。""还有那好事儿?那你怎么不搞来几丸?""我操,咱倒是吞下几丸,半夜里直打挺儿,火烧火燎的,想一头扎进冰窟窿。咱的道行太浅,吃不得丸子。""也是,听人说了,人和人不一样哩,有的人就是不受补,一补死得更快。""死得更快。有人也想学老板搞采阴补阳那一套,结果哩,刚补了不到半年就死了。"狸子拍手大笑。

一个小小的身影出现在前边的十字路口,蓝毛咕哝:"妈的瞎转悠什么,一看就是日得轻了!还不快些上车……"他烦躁地拍打方向盘,按喇叭。"别按了,她哪能听得见!"蓝毛只管按。那个身形小巧的女子离得近了,一眼看清了这辆车子,马上加快了步子,到了跟前一拉车门就上了车。车子嚓一下开走。

狸子问蓝毛:"师级(司机)干部,咱今天要干什么呀?"蓝毛眼睛不离前方,甩甩头:"你问王小姐吧,人家说了算。"狸子细声细气转向她:"王小姐,你今儿个想到哪里去?"对方不吱声。"说吧,老板有令,不能让你闲得慌,要拉出去转转,我哥儿俩让你高兴哩!"蓝毛接上:"就这样,还有人不知天高地厚,一摘下嚼链就想尥蹶子哩——王小姐,问你呢,咱三个去哪儿转转?"王小雯终于搭腔了:"你们愿去哪就去哪吧。"狸子说:"你不能总依我哥儿俩,我们愿喝花酒,你又不喝。"王小雯再不吱声。

车子东拐西拐,进了一个刚能跑开车子的小巷。一直往前,大约又是一百多米,往左拐入开阔的街道,这儿最出眼的就是一座五层高的红楼,大白天张灯结彩,上面是一溜儿金字:欢宴楼。车子停下,门口立刻迎出一位三十左右的女子,狸子咕哝一句:"当家的来了。"

"哎哟二位掌柜,一个星期不见了吧?我昨个还想哩,人家也许有了更好的地方呢,嫌咱这儿菜不好酒也孬……"

"哪里的菜能比得上你这儿?咻!"蓝毛摘下手套一扔,直着往里走去。

女人过来挽住他的胳膊,又回头朝狸子笑。狸子指一指王小雯。女人回头盯了一眼,对狸子挤眼。

进了大堂,一溜儿二十几个穿了长袍、戴了胸牌号码的高个女子一齐鞠躬问好。蓝毛等人理也不理,直奔二楼。女人跟在他们后边,小步碎跑,咕咕哝哝,把他们引进了最里边一间大屋。这是一个大套间,内有餐厅和卫生间,还有两个卧室。"有什么稀罕物件吗?"蓝毛一坐下就跷着二郎腿,吸着烟问。女当家说:"也真是来巧了,前天才从南方来了三个,说起话来软绵绵的,一听耳根就化了……"蓝毛看看狸子,狸子拍手,又看王小雯,说:"依我看,离吃饭时间还早,先给三位拾掇拾掇?"女当家一边为蓝毛脱下外衣一边说:"得拾掇啊!不拾掇怎么行!"说着对一边站立的小姐吩咐:"这边有两位先生、一位小姐,让他们过来吧。"

进来两女一男。两位女子让蓝毛和狸子斜躺在长沙发上,然后就从头到脚按了起来。一个油头粉面的小伙子对小雯说:"请吧。"就把她往一张沙发上引。小雯往后缩了一下。女当家的说:"都得按都得按。"蓝毛抬头瞥一眼小雯,鼻子里发出粗粗一声:"嗯?"小雯不再吭气,坐到了沙发上。小伙子的手真有力气,每按一下她都要叫一声。蓝毛对他喊:"你就不会轻省些?"小伙子有些冤:"掌柜的,这已经是最轻的手法了,她不习惯……"

午宴丰盛异常。除了他们三位客人,再就是两个陪酒——她们就是女当家说到的两个南方女子,中等个子,说话果然软软的,鼻音稍重。蓝毛问:"感冒了吧?"女子摇头。"那就是干过火了。"蓝毛面色严肃,接上又说了句吓人的粗话,王小雯身上一抖。两个南方女子立刻笑着:"领导真是幽默啊!"狸子也学蓝毛说了一句粗话,女子照样夸了一句。酒很快喝多了,两个姑娘花样百出,一会儿是"一口闷",一会儿是"交杯酒",对方不喝她们就说"亲亲脑壳",接着"叭"一声亲过了,他们也就喝下。狸子先一步醉了,想扳过小雯亲一下,被眼疾手快的蓝毛一个巴掌打去:"这事也就是我见了吧,让老板知道,你这只手都得剁了去!"这一耳刮让狸子的酒醒了一半,搓着脸:"我刚才是看花了眼,还以为旁边坐的是小姐呢!"那两个南方小姐立刻为他解围说:"掌柜的你来缠磨咱,咱还巴不得呢!你对咱愿怎么就怎么,你能来这里就是瞧得起咱了!"蓝毛说:"这倒是大实话!"

整个吃饭期间小雯几乎没动筷子,更没喝一口酒。小姐惊讶了,嚷:"这是怎么回事?这是不高兴啊?"蓝毛斜着小雯说:"这是俺老板的小老婆,如今不听话了,今天送给你们当家的调教调教。"说着一指小雯:"她俩今后就是你老师了,要听话;不过俗话说得好,'师傅领进门,修行在个人'!"小雯听了,吓得心口怦怦跳。她想找机会跑开,却又不敢站起来。

四

宴会结束已经到了下午两点。蓝毛和狸子醉得厉害,女当家的进来看了看,与两个小姐对对眼,问他们:"还能行吗?"蓝毛和狸子说:"怎么不行,咱行。""咱怎么都行。"女当家的说:"也别逞强了,还是喝点醒酒汤吧。"说着一摆手,两个小姐下去了,一会儿一人捧着一个陶罐上来。她们把浓浓的中药煎剂似的东西倒了两盅,不管两人怎么厌恶,还是给他们灌了下去。狸子一脸苦相,擦着嘴骂女当家的:"你这个日不死的东西,我怎么得罪了你!看我怎么收拾你啊!"蓝毛也骂。女当家的捂着嘴笑,对两个南方小姐说:"到现在了还逞能,这回见识了吧?"小姐点头。

王小雯见两个男人迷糊打盹,就站了起来。可是女当家一眼看到了,问她要干什么?她说要去卫生间。"不用出门,咱这屋里就有两个卫生间,你就是解再大的溲,咱这里都伺候得了你!"小雯没有办法,只好坐下了。女当家的立刻笑眯眯地问:"你怎么不拉屎了?"小雯不再理她。整个屋里都是呛人的酒气,两个男人打着盹,两个南方小姐就一人拿一方湿巾为他们揩着额头和手。这样过去了一个小时,蓝毛醒来,打了个长长的哈欠,又推一把狸子说:"啊呀真有一场好睡呀,头也不胀了,酒也没了!你说咱这女当家的有本事不?快些攒钱吧,谁先攒够了数儿,谁就把她领回去当小老婆!这娘儿们保准真金不怕火炼!"女当家的刮一下他的鼻子:"再叫你胡呛!赶紧进里屋正经睡吧,睡一觉该干什么干什么,明天上班也有精神!"说着朝一旁的两个小姐使个眼色,她们立即一人搀起一个,拖拖拉拉往不同的卧室走去,一进门就咕咚一声把门关了。只一会儿,两个卧室里就传出了不堪入耳的声音。女当家的出去了一会儿又进来,笑着对王小雯说:"吃饱了?"小雯点点头,又一次提出到外面去透透气。女当家的说:"第一回来吧?常了就习惯了,咱这里就这样儿,今天生意还不算最好的呢!"说着看看紧紧关闭的两个里间,小声问:

"他们来时跟你说明白了没有?"

"说什么?"

女当家的抄起手,"是这么着,他们这回是送你来工作的,你今个就不用走了。"

"啊？工作？我有工作啊！我在机关上当秘书……"

"知道，他们回头就给你去机关销号儿，从今以后你就是咱这里的工作人员了。"

"我不！我不干这样的工作……天哪，你在开玩笑吧？"

"咱一天到晚忙成这样，哪有心思开玩笑！你整天机关长机关短的，可也不能瞧不起咱第三产业呀！咱这儿在整个餐饮业都是数得着的，从效益到待遇方面——比如说接客吧，小姐提成比哪里都高！我们就是要让工作人员得到实惠！"

王小雯站起来："让我走吧，我还有事呢！"

"那不成，你是他俩送来的，他们不发话我可不敢放人。再说了，今儿个下午你还得试着接客呢！"

"你敢逼我，我就一头撞死在这间屋里……"一句话出口，泪水糊了满脸。她大叫着去擂那两个卧室的门。女当家的赶紧上前拉住了她，规劝说："别闹了，等他们出来再说吧，咱俩说不着！"

又过了半个多小时，两个卧室的门一前一后打开，几个人懒懒散散的。蓝毛出门就盯了王小雯一眼。女当家的对他说："可好了，咱刚给她说了工作的事儿，她就闹开了，说要撞墙。这样的咱可管不了，咱使唤不起啊！"蓝毛抃着腰，一声不吭。王小雯身子打抖，站起又坐下。蓝毛死盯着她，突然喊了一句：

"你就是撞了墙，你们全家还有你，也得从城里销号儿！"

王小雯一下伏在了沙发上。

蓝毛做个手势。女当家的马上取了步话机，咕哝了几句。两个长络腮胡子的大汉闯了进来，一进来就吵吵嚷嚷的："咱等了这么久，就没有接客的！这是哪门子店……"女当家的安慰道："别介别介，这不有了嘛！人家刚来呀，再说不管怎么说也得有个先来后到吧！"

蓝毛捂着嘴笑。

两个大汉上前就拉王小雯,王小雯大哭,一边叫着蓝毛一边挣扎。蓝毛抽出一支烟吸起来。王小雯又叫狸子,狸子把脸转到一边。两个大汉硬是把她架到一间卧室里,却并不关门。蓝毛和狸子、女当家的都跟了进去。两个大汉不顾王小雯的挣扎和嘶叫,将她按在了床上。其中的一个退后一步端详,说:"哼,小家雀似的!"王小雯咬在了大汉的胳膊上,大汉挣开说:"不疼不疼,咱早就防了这一招!"王小雯把头扭向一边喊:"我一准撞死在这间店里,我不会活着出门的……"两个大汉还是按着她,一边看女当家的。这会儿蓝毛终于摆了摆手,大声说:

"停了吧,我看也怪可怜的,就到这里吧!你们几个出去吧,我跟她有话说……"

屋里再无声音。几个人先后退出去了,连狸子也不例外。

王小雯满脸披散着抓乱的头发,泪水哗哗流淌。

蓝毛说:"别哭了,这都是你自找的!本来已经决定了,要把你送到这个店里,明天就给你去机关上销号儿。这事老板也同意了,他没有办法,他是流着泪点头的!这世上有谁比他对你好?你这辈子就是浑身上下烧成灰卖了,能报答老板的大恩吗?老板就是喜欢你——真是邪了门了,小家雀一样有个什么好——可老板就是喜欢你!这就没法儿了!今儿个看你哭呀叫的,咱也心软了。你好歹也算老板的人哪,我思前想后,再给你一次改正的机会吧,不过得问你几句,你得给我照实了说!"

王小雯止住了泪水,点点头。

"那我问你,你把老板的一些事儿告诉了姓纪的没有?"

"我,我不记得了……就是讲了,也不是成心的……"

"哼,你讲了!老板有些事只你知道!你是叛徒加破鞋!"

"我不是,我真的不是……我和他到现在都没有那种事儿……"

蓝毛咬着下唇:"少干不了！你这个小糟烂货……咱今天既往不咎了！我只问你最后一句——能不能和姓纪的割断联系？能不能？"

"我,我能……"

"你发誓！发誓！"

"我……发誓……"

得一词条·桑岛

自研究徐福东渡事件蔚然成学,桑岛即屡屡为人提起。该岛所在何方？杂说纷至沓来,研者多有究问,吾则不敢妄言,弃青灯而实勘,而今如实相告:栾河入海口正前方海域耳！看官作如是观,可知本典所载词条,皆有根源,绝非随行就市,图小利而害大义。岛址既在他乡,却又能如此记录,盖因尊重史实,不得涂改也哉！

自古以来,着绸衣且风度翩翩者,多来自东方之夷人,号称东莱。东莱者,海角人氏也,喜好炼铁熬盐,养马植桑。这些人等,面目颇怪,眼凹鼻隆,几似洋人,却有些小小能为。俗话说他山之石可以攻错,既有佳事咱家为何不学？于是乎先人徐福八方打听,以寻良亩,种桑养蚕,图谋后用。想必是先人眼光高阔,计划大业,准备一旦寻到海外仙岛,长期居之,也要民众穿这上等的衣服。

咱家徐福从徐村出发,自备干粮,沿海边走走停停,腥风满怀,牵念国事。全国人口也众,何人能有徐福心事之多。所想净是大事,即如何欺骗始皇,可见诸项多有麻烦,万万不敢疏忽。咱徐福礼贤下士,为人低调,即所谓低调进取之人氏。看官会想,堂堂徐福远走他乡,身边为何不带一二秘书？难道业务如此繁忙,偏要事事独自料理？正是也哉。先人徐福是伟人内瓤，常人毛皮，看去平易近人，和蔼可亲，故一路常有若干少女顾盼。徐福则大步流星，要务在身，且原本不善厮磨，于是乎不消三天二日，过成山入芝罘，再去栾河。

话说栾河之口，其貌不扬，虽不宜作出海之港，却有对面海岛遥遥相望！徐福抃腰立岸，海风吹拂鬓发，宛若蓄留背头之长官，额顶开阔，双目炯炯。再看他腰挎宝剑，鞘上镶铜，远近观看闪烁有光。大英雄面对海岛高喝一声好也！你道怎地？原来海岛近在咫尺，离码头仅五里水路，中间碧水荡漾，无涌无浪。再看码头之上，百船待发，帆影翩翩，群鸥环绕。自码头至小岛只需片刻，甚是便捷。先人暗自思忖，喜上心头，即刻喊过船家，登岛亲勘。

先人此番登岛，活该顺应天意。原来岛上布满野桑，葱茏茂密；渔村古巷，海草屋顶，青石砌墙，煞是可爱。男人出海，村姑耕田，更有养蚕巧手，开坊缫丝。咱先人三顾茅庐，不耻下问，一问到底。岛民一时口耳相传，皆说南边来一美男，身挎宝剑，声音朗朗，甚有威仪。且说这岛上风俗不似内陆，村民常年食鱼，夹杂粗粮菠韭，迎风喊话，性格豪放，男丁个个勇武，女子人人浪漫。好女子火热心肠，心慕贰好，在在淳良，与男子过往毫无扭捏气、小家子气、骄娇二气，真可谓襟怀坦荡，松弛放达，视如亲人，不分彼此。再说自家男人常年出海，遇风浪更是连月不归，或有海难一去不回，故女子往往一人持家，自强不息，从不畏惧。

简单点说，徐福徘徊海岛时节，确实有些上好日月。受惠于众女，得益于钗裙，成事全在女流。就此应了一句俗语：咱自己浑身是铁又能打几根钉呢？故依靠群众之原理，两千年前已确存无疑。徐福考察野桑，料理蚕宝，改良土壤，苦研园艺，扩大耕作，一时岛上景象大变，颇似桑蚕之盛地，而非渔业之乐土。男女老少，女子居多，跟随徐福，乐此不疲。岛上人民自古男子少而女流众，今日更是浓妆艳抹,笑语连连。辛苦劳动,必有犒赏;闲暇易得,欢乐难求。咱徐福于大月亮天点起篝火,舞之蹈之,与民同乐!该场景少不得美酒佳酿,三杯下肚即胡言乱语,手足无措,界限不清,好在岛民宽大为怀,未予深究。个别人投怀送抱,先人难拒,明晨醒来,自责甚重。

故从长计议,还需携来家小。所谓家小,无非卜姜。咱先人徐福择吉日良辰,派船遣只,接来家眷,从此同居茅寮。一时间满岛争睹卜姜芳容,街坊邻里议论纷纷,都说夫人难配先生,而且相差万里;惟有海上归来之壮士大肆赞美,谓卜姜乃天仙下凡,愧愧然不敢多观。他们夜不能寐,起坐饮酒,携酒奔寮,言说海上奇闻怪见。徐福爱听风浪故事,海市幻影,大鱼消息,每每放言直至天明。卜姜则夫唱妇随,煮酒备茶,稍稍憔悴也在情理之中。总之岛上三月,春阳灿烂,人心不古,浪漫异常。与此同时桑事大进,丝绸绚丽,只待五月,裁衣上身。从此岛上色彩斑斓,风和日暖,长袖吹拂,飘飘若仙,气死宫嫔佳丽。

究历史之因由,该岛实为徐福植桑基地无疑。如今岛上遍地野槐,桑枝少见,有人故质疑再三。其实呆头不必呆脑,大可活络无妨,试想徐福率船队出逃之时,正是秦兵咬牙切齿之日,所有关乎先人旧址,在在必毁。想必是张牙舞爪,狼吞虎咽,恨不得一举掘尽岛上桑枝而后快。由此推论,如今哪还有桑林茂密之情景也哉?

吾曾私下三勘该岛,届时携内人同往。内人非同一般,每每有惊人语,谓之:何必苦寻大海渺处之仙岛也?此岛即有一比!人居此岛,衣食无忧,男子犹有艳福!内人腿长目美,浓发滚滚,日常过往皆为高阶名流,乃见过大世面之人,其感叹必定非同凡响。但愿今日之桑岛,管理者博古通今,以史为鉴,保护环境,不污不染,再上层楼!在下每言及此,总难掩拳拳之心,即建议该地能否不远千里前去徐村,延揽人才,以继先人之伟业,再展故地之华裳?在此斗胆献言,不胜唏嘘,咄!

蘑 菇 厅

一

"进了蘑菇厅,好似履薄冰,屁话尽管说,真言不敢听;若是惊了驾,挥手马下扔,轻者使家法,重者锅里烹;更有小物件,玩赏分外灵,厅内有我师,欣欣三人行。"骡子起草了一首五言诗,由霍老亲自润饰,这才稍稍满意。骡子左看右看,又在"小物件"后面加了一个注:"即王小雯",却被霍老划掉了。她远近端详,说:"老孩儿到底是大诗人啊,瞧不过是三戳两戳,就成了名篇!"她劝对方赶紧将这首诗写成书法,装裱后即可挂上厅堂;霍老揉着手腕说:"不成不成,今天心上毛躁,中气不足,怕写不好的。""那又是怎么回事?吃个丸子不成?""不成,弄不好还得吃欢喜丸哩!"骡子嘴里发出一声"哧",捏捏他的鼻子,去里间做什锦长寿汤了。

霍老戴上眼镜,开始看一份文件,直看得眉毛一抖一抖。他的紫碎花绸子睡衣带子松脱了,露出了胖胖的腹肉。"砰!"他拍了一下桌子。骡子听到声音赶紧跑出来。他仍旧一声不响看那沓纸,头也不抬,骡子就离开了。只一会儿,他又"砰"地拍了一下桌子,骡子又跑进来。他翻过一页,眉毛动了动,伸手蘸一点口水,再翻一页。骡子再次退开。后来又有三次拍打桌子的声音,骡子不再理睬。汤汁做好了,她小心翼翼捧了来,站在旁边,直等他放下了那沓纸,才搅动汤钵凑近。她先舀一勺自己喝了,第二勺才送到他的嘴边。霍老肥厚的嘴唇咂了咂,咽下去,发出满意的一声:"嗯。"

"你就像一只老兔儿那样可爱,"她抚摸着他散散的白发,又为他系上睡衣,"咱俩说了多少次,这会儿不能看那些文件的,不能看;可今儿个你又犯规了。你说该怎么罚呢?"

霍老小口饮着膏汤,最后将剩下的一点一饮而尽,大声说:"该罚!"

"那就躺下吧!"

他像害怕似的,歪头瞥了瞥,挪到大床跟前,噗一下伏在了那儿。骡子按住了他,一只脚麻利地踏上去,然后砰砰打了起来。他大声求饶、呻吟,她就像没有听见。骡子低头看着他袒露的背肉,发现他屏气时,那双大眼的眼球都快瞪出来了。她伸出钢钩似的手指狠劲儿揪住了他的皮肉,一拉、一扭,背上立刻呈现一个个紫色的印痕。他像待宰的猪一样号叫,不停地挣扎,试图爬起来。然而骡子只管踏紧,后来索性骑了上去。这回他的身子给牢牢地固定在床上,于是就用力昂起脖子,想一拱身子把她掀翻。可骡子早就看出了对方的企图,下力按住,两手虎口卡住了他的颈部。

他一动不动,一点声音都没有。她伸出手指在他鼻孔那儿试了试,感到了均匀的呼吸,这才放心。大约又过了半个多小时,他出其不意地反抗了两次,都被她奋力制住了。于是下边的人大声叹息,呼呼喘气,双手作揖告饶。骡子这才松开了他。

霍老一脸的汗水,唉声叹气,爬起说:"不服不行,到底是上了年纪啊,年纪不饶人哩。"

"那还敢不敢国事家事搅在一块儿了?"

"是啊,你瞧我就是这毛病,一急就忘了。我说过,咱们要执法如山啊!也怨身边这些蟊贼,这些日子忒猖狂!唉,现在也不比过去了,工作委实难干哩!以唯物的观点来看,事物都是变化着的,这真是一点不假……"

骡子忍不住插话:"如果用对立统一的方法对付他们呢?"

"那是自然的了！目前还处于敌强我弱的相持阶段,如果不是用辩证的方法,我这辈子早就完了,死还不知道怎么死的哩……"

骡子咬着嘴唇,扫一下波浪滚滚的长发:"也许如今'内因'——这方面出了问题?"

霍老马上转脸看着她,眼珠一动不动。这样盯了一会儿,眼眶里似乎有泪水在旋转。他无声地扳过她的脸。她柔顺地任他扳来扳去。他声音低低地说:"骡子啊,知我者莫过于你啊!是的,正是'内因',正是'内因'!这才是我常常感到无能为力的原因——大约五十年了,我们还从来没陷入这样的艰难之境!我这样说,你总该明白了吧?"

"我多少明白了一点儿,然而我斗胆问一句:难道连吕南老也无能为力吗?"

霍老站起来缓缓走动,微微摇头:"不,还不能这样说哩;所以我现在没有别的指望,只在心里祷告——让老天爷保佑吕南老身体康健,硬硬朗朗的吧,这就是大家的福啊。可惜啊,多少年来,他只知拼命工作,平时连一点养生和娱乐都没有——他不像我们,不知道下下棋唱唱戏,没有这档子娱乐;几次送他不老丹——那是咱最贵气的丹丸啊——他接到手里看看,啪一下扔到了纸篓里……他嘛,全凭钢铁一样的意志啊!水泼不进针插不进哪!不瞒你说,有一次会议结束了,我想让他放松放松,试着领去一个小姐给他按巴按巴、捶捶背什么的,这是再正常不过的呀,你猜怎么着?他火气大得差点把我给吃了……得了,这方面他是不入门道的。"

骡子搓手,极度惋惜:"要知道这对老年人是愈发重要的啊!老年人没了女人,就好比花木没了水……"

"谁说不是呢!不过我们在这方面一点都帮不上忙。好在他现在还有一点点健身方法。"

"什么方法?"她好奇地凑近了。

"唔,干梳头、做操、快步走,还有,捏耳朵垂儿……"

骡子笑了:"那是多么古老、多么笨的方法啊!"

"谁说不是嘛!所以我那次尽管冒了些风险,惹着了他,也还是值得的。我常这样想:再多上几次,改变一下'外因',也许会让他有些变化的。人人都在变嘛……"

"啊哈,啊哈!"骡子笑了,"霍老,我倒不是对您不忠——事情反正说说总也说不坏的——如果有我在他身边,保准只花上半月二十天的工夫,就能让他的脑子活络起来,也让他的身体一天天好起来!"

霍老低头看她周身上下,厌恶地翘起了嘴角,不再说话。

二

蓝毛的车上坐了霍老和骡子。蓝毛目光不敢斜视,除了偶尔看看倒车镜,一直盯着前方。霍老大仰着坐在后边,骡子几次试图去牵他的手,都被他甩开了。"霍老,咱今天去哪儿?""唔,随便随便,不过是出来颠一颠。"骡子像是说给蓝毛听,又像是说给霍老:"这都是因为从战争年代过来的关系,隔一段时间非得坐车颠一颠不可,要不就吃饭不香睡觉不甜。"霍老说:"唔!"蓝毛不再吭声,稍稍提了车速。车子一出了柏油路段,拐上一条破损的水泥路,立刻颠了起来。霍老嘴里发出满意的"嗯嗯"声,骡子却夸张地往他身上拥,拥一次捏他一下。霍老厌烦地离开一点。"咱这是去哪里?"骡子问。蓝毛不吭声。骡子又问霍老,他闭着眼答:"我怎么知道,权在师级(司机)干部手里。"

车子拐了很长一段,复又驶上柏油路,然后进了一条窄街。这期间霍老一直闭着眼。在一个不大的铁门前,蓝毛回头看了看,见霍老一直在睡,就自己做主停了车,朝骡子努了努嘴巴。骡子于是搀起迷迷瞪瞪的霍老下车。直到迈下车门的一刻,霍老的眼睛还半睁半闭的。他进那个铁门时抬头看了一眼,嘴里发出"哼"的一声。骡子一直搀着他。进门即有一个油头粉面的女老板迎上来,一见他们就拍手:"啊呀真是贵客啊!这是领了老爷子来了啊!"蓝毛摆摆手:"别胡咧咧了,快找好手给俺老板拾掇拾掇!"女人应一声小步颠着走开。接着过来几个小姐和先生,女搀男男搀女,分别把客人领到一个个包间里去了。

这是一个按摩室。霍老被一个小姐扶进一间屋里时,眼睛还是半睁的。小姐开始动作起来,刚刚触到他的大腿,他一下睁大了眼睛,大声喊道:"这是什么地方?"还没容大惊失色的小姐回口,他就喊:"来人哪!"女主人迅速跑了进来,接着是蓝毛和骡子。霍老紧了紧不知什么时候松垮下来的裤带,怒气冲冲指着蓝毛:"这是什么地方?快走快走!"

蓝毛一点不敢耽搁,扶一下霍老,又连声向女老板道歉,朝骡子使个眼色,赶紧出来了。

直到上了车,霍老都怒气未消。他脸色红红的,眼睛睁一下闭一下,再不理人。骡子打破了沉闷,责备蓝毛:"首长可不去那种地方!首长今儿个心情还算好的呢,首长一旦火了,说不定一个电话就把他们取缔了!"蓝毛放了个屁。骡子赶紧摇开车窗。

车子重新拐上了一条坑坑洼洼的水泥路,再拐上一条土路。眼看车子就快驶出了城区,骡子看看霍老,见他闭上了眼睛。"这是哪儿呀?"她问。蓝毛小声回她:"这是贱嘴婆。"骡子哼哼笑,说:"活该挨训。"车子再往前,骡子终于认出这是去动物园的路。她高兴了。蓝毛在车子离目的地很远就给管理人员打了电话。骡子很高兴。她最想看的是狗熊,想着它一接住饼干就打敬礼的样子,兴奋得磕起了牙。

有几个人在园门口欢迎他们三个。这时由骡子搀着霍老走近了欢迎的工作人员,对方一迭声地问候,热情烤人。霍老却仍旧迷糊着,眼睛半睁,只是满脸堆笑,点头说:"啊啊,啊啊,谢谢,谢谢……"人家过来握手,霍老就一齐抓住伸来的几只手,捏着拍着,只不停步,一直往前。

这儿所有人都知道霍老的嗜好,他来园里别的不看,顶多是远远瞥上几眼;他来这里主要是看一头老野猪。所以管理人员早就在通往野猪馆的那条路上等了。野猪馆建得很偏,再加上来园里的游客主要集中在熊猫河马大象等几个馆舍,所以这里的游客很少。但管理人员还是将寥寥几人拦在了较远处,只等着霍老这几个人走近。霍老走得太慢了,骡子觉得他比以往任何时候都更像个小脚老太太,不仅是步态,连脸庞和发型也无一不像。

老野猪蜷在栏舍深处不愿出来,管理人员就扔吃的给它,想把它引出来。可它就是不动。蓝毛说:"像人一样,一老了就懒,坏心眼忒多。"霍老瞥他一眼。野猪总不出来,霍老就指了指旁边的一堆土块。管理人员立刻心领神会,抓起土块石块就往栏舍里抛,有几下击中了,它终于懒洋洋地出来了。

"嚯咦!"蓝毛喊起来。骡子也被它的模样吸引了。这头野猪可真是够大够老的了,瞧那毛皮秃一块少一块的,颜色不一,说不上是灰的还是棕的;那张脸真是沧桑啊,眼睛又小又深;最惊人的是两个大獠牙,弯弯伸出,左边的一个还残缺了小半截。骡子瞥瞥一旁的霍老,马上被惊呆了:老孩儿正紧盯着那头老野猪,头往前探出一截,像只老龟,脖子上满是深皱。她有些怜惜:他真的老了。不过她仍然能从他孩子般的眼神里,看出一种非同常人的好奇和急躁。他身上有一种无以名状的东西,就是这些让她时不时地惊讶。瞧他这会儿身子都快贴到了栏杆上,还嫌离得远了呢,又往前挪动了一下,最后真的挨到了隔离栏上,管理人员不得不小心地伸手挡住。他一会儿站一会儿蹲,换着角度瞟着,最后管理人员就搬来一个马扎让他坐了。这一下霍老看得更专注也更从容了,好像再也不准备离开似的。

　　骡子和蓝毛先是侍立一旁,后来实在没了兴趣和耐心。可是这会儿再看霍老,他正冲着那头老野猪笑呢;过了一会儿,他又对老野猪做出各种表情:木着脸,像是生气的样子;怒目相视,一副威吓的模样。这时那头老野猪也在看他,直挺挺站着,再也不是懒洋洋的了;它往铁栏边凑了凑,又扬起鼻子对准霍老,像是嗅和看……最后老野猪贴着铁栏来回走,一连走了几个来回,眼睛不时瞟一下栏外的霍老。

　　时间不早了,眼看中午就要到了。管理人员已经在和蓝毛商量午餐招待的事,蓝毛未置可否。

　　霍老终于歪头看看太阳,站了起来。

　　蓝毛和骡子吐了一口长气。蓝毛说:"老板,人家要宴请您呢。"霍老的眼睛又瞥一眼老野猪,说:"它大概口渴了,"说着转头对管理人员说,"它想喝水了。"管理人员连连点头。蓝毛再次重复园方要宴请的意思,霍老这才大声说:

　　"唔,不成。谢谢,不成。"

　　他伸展一下身体,揉眼,与园方人员一一握手,极其满足地咂咂嘴:"感谢啊,今天过得不错,感谢啊!"

　　告别动物园时,园方一再恳求霍老为这里题个字,霍老没办法,说:"那就题一个吧!"人家准备了笔墨,他马上在大张宣纸上写了三个大字——"蘑菇厅"。骡子急了:"这,这怎么行?您弄错了吧?"霍老这才发现有什么不对劲儿,一拍脑袋:"弄错了弄错了!"他咬住嘴唇想了想,重新写下四个字——"大野猪馆"。

三

　　给动物园题字的那个场景一直留在骡子脑海中。她在内心里深深惊讶:他真的老了。可是根据以往捕捉的类似举止,却往往是来自某种怪癖和任性,或干脆就是幽默——是的,这家伙有趣极了,又曲折又单纯,又凶狠又善良,老得土埋半截了,又时不时表现出超人的活力。她暗中甚至多次有过这样的疑惑,即只要那些不老丸还在,他是永远不会死的。是啊,这座城市里,她所接触的生活中,如果有朝一日没了霍老,那可真是想都不敢想的事情,那样日子就将别扭极了,就像汤里没盐一样。每逢这家伙洗了药澡躺在大床上,翻着白眼一动不动,她就想:这家伙赖皮着呢,这家伙如果没人理,高兴了自己就能这样赖上半天。瞧他年纪一大把,头发胡子一把灰白,胖得没了形儿,腰不是腰腿不是腿的,可是一旦发起火来,大眼一瞪赛武松。他常年不吃西药,迷恋推拿针灸、拔罐和中草药——而这其中最主要的是气功和丹丸、民间弄来的修身之术。这一档子在咱骡子这儿全是老现成!想当年她陪他千里迢迢去岛子上,沿传说中徐福走过的地方没时没日地转悠,曾有过多少难忘的记忆啊!他甚至跟老道学一指禅、学空腹吐纳法,闲下来就和她没完没了地做男女双修功,一边做还要一遍遍背那些拗口的口诀!这让她烦腻极了,后来才知道这是两相厮守的基础,而且还真的能够日久生情。骡子偶尔想起前些年对他的应付,这会儿还要觉得后悔和内疚呢。

那时候她不过是将其与类似人物等量齐观,背后取了个外号,叫他"老不死的",再不就叫"破皮袄",意思是天冷了不妨穿穿,天一暖随手也就扔了。就是从治病推拿上也看得出,那时他一哼呀,说妈呀不舒服了,快拾掇拾掇吧,她就一脚蹬在他的脊背上,咴咴啦啦来几下,让他大喊大叫一通算完。再不就从针灸小皮袋里抽出小针,嚕嚕给他捅上去,用指甲刮着针杆,听他喊着:"啊呀麻呀,麻呀……"两人也洗过"鸳鸯浴",看着自己高爽的身子和一个老胖多皱的家伙挨在一起,真得用力忍住恶心才行,那时她在心里告诫自己:"凡事都要吃得苦中苦啊!"她只是应付,叫他首长或老板,揪揪他的耳朵……如今看,凭霍老这种智慧脑瓜,他那会儿什么都知道,肯定是洞察秋毫心如明镜! 原来他一直在忍耐和宽容罢了!

骡子为自己前些年的表现深感愧疚。她知道自己如今真的心疼他了。考察是不是真心有一个方法,就是闭上眼睛想一个情景:霍老死了——自己面对这个情景高兴还是不高兴? 这一下才发现,自己内心深处马上泛起了一种郁闷,最后差点儿哭出来! 于是她明白了,自己已经深深地爱上了霍老! 既然如此,那么一切也就重新开始吧,那就把这场老少恋好好进行下去吧! 当然,大活人也不能净绑在一棵树上吊死,骡子还要走南闯北结交形形色色的朋友呢! 不过无论是谁,他们都取代不了霍老啊,无论是哪个地方,都不能取代蘑菇厅啊——二楼的火门一关,这就是他们两人的天地了。

霍老伏在床上,发出了轻微的鼾声,她就蹑手蹑脚走过去,给他搭了块毛巾。她后来一时兴起,在等他醒来这段时间,就从旁边的抽屉里找出了一根软尺。她细细地量着他的身体,嘴里咕哝着:"腿,七十二公分;胳膊,五十七公分;肩宽,五十八公分;胸厚,二十六公分……"这些数据都记在了一张纸上。霍老醒来了,搓着眼睛问:"你捣弄什么?"骡子一手提着皮尺,笑吟吟地把一张纸递上去。霍老只看了一眼就愤愤地扔在地上:"你怎么能记这个? 你记了些什么……胆大妄为!"

骡子害怕了。她发现霍老脖子都涨红了。她想说:"我不过是随手量了一下,并无恶意……"但没敢张口。在她的经验里,对方如果处于盛怒之中,辩解的效果只会适得其反。

霍老大口呼吸,直待了很长时间才算平息下来。他瞥她一眼,哼了一声。这是解禁的信号。她于是上前给他倒茶。霍老想起什么,问:"你的'丹房'盖得怎样了?"

"回霍老,地下室已经完工,正做地上一层呢。"

"嗯,也还快。"他端着茶踱着方步,"记住,'丹房'里最大的一间也要取名'蘑菇厅'——知道什么意思吗?"

骡子敲敲自己的脑瓜:"嗯,我琢磨是纪念吧!"

霍老笑了:"聪明,也算是心有灵犀一点通吧!"

"那是当然的了,那当然了!老孩儿心里想了什么,我都能猜个八九不离十儿……"

霍老坐在了蘑菇色的地毯上,扳着自己的脚问:"那我问你,我这会儿又想什么了?"

骡子磕着牙:"嗯,嗯,我想嘛,你是要吃欢喜丸呢!"

"不对。再猜。"

"那就是,"她抿抿嘴,四下里睃着,"想叫小物件来一次?"

霍老频频点头,然后一声不吭。

"那好办,就给蓝毛打'唤狗机'吧!"

"你打吧,打吧……今儿个咱仨要一起吃顿晚饭。我实在是想小物件哩……哎呀,想人的滋味真不好受,不好受哇!"

骡子端量他:"老孩儿是越来越慈祥了,心里总挂记这个那个。得了,我这就打'唤狗机'了。"说着抓起电话。

打了传呼之后就是等人。这一段时间两人都有点沉不住气了,于是又下了一会儿棋,猜了几条谜语。骡子下棋时与之有过一阵冲突——起因是她转身拿杯子时他偷偷挪子儿,这就使她很快丢了一个车。她据理力争,他却坚称绝无此事。这令她怨气难出,以至于哭了:"这算什么啊!本来你就占有优势,还要暗中作假,这真是、真是——'为富不仁'哪!""我打扑克你说我偷牌,下棋你又说我挪子儿,我看咱俩是没法玩了!""你就是偷牌,那次是我亲手抓住的,你也不止一次承认,今天又要赖账!你怎么是这样的人啊!"

猜谜语时霍老让了她几分。但其中有几条是他临时杜撰的黄色谜语,她怎么也猜不着,所以还是他赢了。"什么都得你赢、你赢,这哪里还有一点长者风度啊……"她咕哝不止,直到有人轻轻敲门。

"小物件来了。"骡子一下站起。

四

"咱今天有诗呢!"骡子扯着王小雯的手走到写大字的桌边,给她看那首诗,"诗里的'小物件'就是指你,明白了吧?"

王小雯一声不吭。骡子给她倒了一杯茶,她却趁对方不注意倒掉了——有一次骡子端来一杯饮料,暗中却使上了双倍的欢喜丸。

"好妹妹呀,有人天天想你呀,一天不见就抠心挖胆的……哎呀,小物件又瘦了,不过小胸脯还是肉嘟嘟的。让大姐抱抱你,来……"骡子抱住她拍打着,一边瞥着霍老。霍老每逢这时总是不快。可她就是不松手,直到小雯用力挣脱出来。

霍老坐在大太师椅上,一手有节奏地拍打着扶手,像戏文中那样拉着长腔问:"来的是哪一个呀?"

小雯小步走上去:"回禀老爷,在下王小雯……"

"嗯,"霍老品一口茶,"小女子家住哪里、何方人氏?"

王小雯只得按京剧腔回道:"在下来自大山,是山里人氏……"

霍老不再问了,招招手让她过去。王小雯心里咚咚跳,不知接下去他还要怎样。

霍老依旧拖着长腔,稍稍提高了声音:"骡子,你为这小女子换了上好的衣服。"

骡子上前施一个礼:"老爷,她这一身衣服也就不错了,怎么还要……"

"休得多嘴!"

"是啦,老爷!"骡子退下了。只一会儿,骡子就取来了一沓戏装,拣出一件给小雯穿上。这是一身北国胡人兵丁的装束,有风沙披和狐狸尾。她自己和霍老则分别穿上了驸马和公主的戏服。

霍老示意,骡子就端来一个瓷碟,里面是油彩。她凑近了给小雯描脸,小雯一动不动,生怕描花了。

像往常一样,霍老和骡子并不描脸,只穿了戏装。他们今天依旧要唱最喜欢最熟练的一段:《听他言吓得我浑身是汗》。他们让化装成"番兵"的小雯站立一旁:像过去那样小心翼翼,认真而木然,一动不动。与过去不同的是,她今天觉得骡子真的是驸马,而霍老实在就是一个公主——虽然太老了一点。如果闭上眼睛只听嗓门,那就尤其像:骡子还是那种老生腔,粗咧咧的而且干脆有力;霍老的假嗓则分外细嫩委婉,咬词比骡子还要清晰。

"听他言吓得我浑身是汗,十五载到今日才吐真言……"

"非是我这几日里愁眉不展,有一桩心腹事不敢明言。"

…………

"你到后宫巧改扮,盗来令箭爷好出关。"

"一见公主盗令箭,不由本宫喜心间。站立宫门叫小番——"

王小雯赶紧上前一步。

"备爷千里马扣连环,爷好过关!"

骡子今天唱到"叫小番"三字高音时,无比响亮且格外辽阔,简直像紫铜管里吹出的一般,震得整个蘑菇厅嗡嗡作响。小雯看她身躯高大,向自己伸出颤抖不已的右手,双目圆睁,一边喊叫一边踏进一步,不由得浑身哆嗦了一下……

小雯惊得合不拢嘴,连连后退,内心里却从来没有像今天一样认同这句唱词,觉得自己正是一个被呼来遣去的"小番"——而他们,真的是威风赫赫的"公主"和"驸马爷"。

第十一章

东巡·九

一

乌鸦在空中翱翔,一会儿高一会儿低。它们就像黑色的衣裙罩住了缓缓流动的车队。密密的乌鸦好像更多起来。

始皇明白了,乌鸦在给缓缓流动的死亡车队穿上一件丧服。

这支又熟悉又陌生的车队令始皇越来越惊诧。他知道自己的声威之大,笼罩四野,笼罩了海内所有的疆土;可是如今对这支死气沉沉的车队竟然有些茫然,不知是怎么回事儿。他只觉得自己继续在空间飞升、飞升;他一辈子都没有到达过这样的高处。渐渐地,他可以俯瞰更远更开阔的地方了。他看到了巍峨的群山,还看到了起伏的山岭之上有一条青白色的巨龙。没有首尾的巨龙啊,原来它就是很久以前修起的长城。那个下令筑城的人是谁?是我吗?

始皇觉得一切恍若隔世,它们变得扑朔迷离,有时清晰,有时模糊;有时近了,有时又推得遥远——直推到远古,推到了先王的时代。他似乎又听到了"坎坎伐檀兮,置之河之干兮",那种奇怪迷人的吟唱。他想起了自己年轻的时候,那个英姿勃发、浑身都是力量的人。那时面对的是强大的六国,以及比六国更为悍暴狡诈的群臣。宫内臣僚们交头接耳,厚厚的帷幕掩着他永远也搞不明白的玄机。宦官嫪毐炙手可热,更有吕不韦和母后的帷幄运筹。他们将一切都藏在幕后。嫪毐君临一切,母后对他言听计从。他们打得何等火热。吕不韦在治理朝政之余尚有闲心操纵文事,竟然让文人墨客著书立说,而且悬千金于门上,说什么著作定稿之后,谁能改动一字,就赠予千金。这是何等的傲慢骄横。当时宫内竟然文事兴隆,一片书声,谁也不知道这琅琅书声之下掩藏着一个窃国大盗。

那时的始皇只在暗中将剑磨亮,认定不久就是嫪毐倒霉的日子,即便是生母也要囚禁。人们议论他有鹰隼一样的双目,两道剑眉——它们又粗又长,眉梢还要往上扬起。他的细长眼睛稍微有点小,他就把头发扎成一束,紧紧一绷,这就使两只眼角往上吊着。这一切都说明他是一个刚愎自用、心比天高、内藏悍厉的君王。他面对铜镜这样想过,也就开始动作了。

嫪党满门抄斩;吕不韦喝了鸩酒;母后在囚禁中度过残年。他二十多岁才算真正执掌了权柄。这期间他想得最多的就是变法的商鞅,手边几乎从未离开那部后人整理的商君言论书简——这个施行严刑峻法的人令其无比怀念。他死得悲惨,车裂四肢,却是大地上一个不散的英魂。商鞅,还是商鞅!他抽出卢鹿剑,在卧榻之上的板壁上刻了"商鞅"两个大字。

从哪里飘来了阵阵琴声?如此美妙婉转。他听出,那是齐国的靡靡之音,令人陶醉。他曾经发布命令,任何人不得唱齐歌、奏齐乐。因为就是这些软绵绵的齐国之音夺去了秦人的魂魄。秦人的歌唱都是粗犷有力、高亢嘹亮的。只有这样的歌声才能令人振作,催人奋勇。而这齐乐完全是另一种调子,它们让人腿软骨酥。有人就哼着这样的歌在咸阳大街上扭动不止,臀部划着弧形,两手夯着在身侧摆动不停。这种奇怪的舞蹈——他专门问过一个见多识广、从东部沿海来的儒生,对方说那是东部沿海的渔人模仿一种大鱼的扭动;那种大鱼一钻出水面就是这么扭动,水浪哗哗响着为大鱼的舞蹈伴奏。当时他怒喝:"咸阳街头,只要看到跳这种舞的,立斩!"

命令传下,一天就斩了二百多。可是如今看来,这些引诱腐蚀人心的东西总是久禁不绝。他连连叹息。回忆起这一切,他觉得武力似乎可以将一切坚硬的东西磨碎,但就是对这种软绵绵的沁人心脾的东西无能为力。比如说,在把这些跳鱼舞的人斩绝之后,仅仅是一年多的时光,又传来另一种东西,它们仍然是从齐国传来的,那里靠近大海,打鱼人与胡人、与那些奇怪的岛人频频接触,传来了各种不可思议的癖好和物件。比如说从齐国的大商人载来的一些男女中,可发现有的穿了一些奇怪的粗布裤子。这些裤子乍一看粗糙不堪,细一看又别具心裁。它们紧绷腿上,身腰臀部具显,结果引得全咸阳城的人都大睁双眼去看,有时还尾随他们走上很远。后来咸阳城内的姑娘少妇们跟上穿紧身粗布裤的男人走,而那些小伙子们则跟上穿了这种紧身粗布裤的女人走。成何体统!他把那个大聊客老齐唤来,问个端底。老齐无所不知无所不晓,只说:

"这种裤子不可小视,看来只是遮羞之物,实际上是毁国之衣;穿上这种裤子,难保不会心思诡谲啊;秦国的风习规矩将会扫荡一空,法治也将不保。"

"这种裤子怎么称呼呢?"

"它们最早是那些沿海人模仿鱼皮做成的;因为所有鱼都穿了紧绷绷的粗鳞衣,他们于是特意纺出像鱼鳞一样的布穿在身上。他们唤这种裤子为'鱼皮衣';可是几千年后,人们也将给它取下一个新名儿。"

始皇皱起眉头。他本来想发布一个新的旨令,就是将咸阳街头所有穿"鱼皮衣"的人全部斩首;但后来一想恐怕"过犹不及"。他细长的眼睛闪了闪,生出一个崭新的念头。他让人在咸阳街头腾出一溜儿巨大的空屋,将所有穿"鱼皮衣"的人一律收进屋中,然后命令那些最为悍暴、粗野和好奇的士兵手执剪刀,将所有这些衣裤都剪碎割烂,并且不再给遮羞的新衣,让他们带着条条布褛走上街头,让他们无地自容!

一声令下,咸阳城里纷纷行动起来。结果最时髦的男女全都暴露了身子。当时在咸阳城暴露身子可是一件羞辱族宗之事,于是他们一族再也不愿收留。又因咸阳城内早就施行了商鞅的什五连坐法,所以街坊邻居都不敢收留这些年轻男女。他们一个个下场凄惨,不得不忍辱负重逃到边关,加入了修筑长城的队伍。大将蒙恬来者不拒,马上给他们发了套装。这些套装也是粗布制成的,不过宽大结实,上面编了号码。

有一天,始皇正穿了民装在咸阳街头闲走,竟然听到了齐国的靡靡之音。他想不到有人竟如此大胆,也想不到执掌京畿的中尉竟这样松弛。因为唱齐歌奏齐音乐是必定要遭受发落的。可是这次却是一个例外——

他迎着那声音走去。原来是一个华丽的车子,车上由贝壳装饰,一看就知道从齐国而来。牵马驾车的是一个穿戴丝绸的巨贾,车上有一位美女,是她在那里弹琴唱歌。所有人都驻足倾听、观望,啧啧称奇。就连那些卫士见了惊人的美色也目瞪口呆,一时忘记了应尽的职分。他暗自感叹,认为此女无啻于天仙下凡!他站在那儿,直看得大汗淋漓,然后唤住了一个身强力壮的卫士,掏出了腰牌。卫士急忙下跪。始皇揪着耳朵将他提起,对他咕哝了几句,然后悄然离去。

那个粗壮的卫士命令身边几个兵士将车子围住,接着将那个歌唱的齐国美女、连同她的琴,一块儿扛在肩头,飞也似往宫内跑去。

"朗朗晴空之下,有人竟敢哄抢美女!"大街上有人叫着,乱作一团。

那个牵马的巨贾搓手顿足,可就是没人帮他。

美女被扛进宫内。始皇穿上衮袍,戴上冠冕出迎。

那女子长得高大而俊美,泪痕未干,见了始皇,身子悚悚抖动。始皇托起她的下巴问话。齐女一一作答。始皇说:"随从商贾最无出息。朕封你为宫中贵人。"

那个美女就成了齐姬,得到了始皇的宠幸。始皇对其无比爱怜,日夜带在身边。以前他每天都要看三车竹简,可是自从齐姬来到宫中,改为每天只看一车竹简,而且还常常是草草掠过。一个善于进谏的大臣拜见始皇:"陛下,齐国女子履历不明,再说又来自敌国,陛下与之朝朝暮暮,既有伤体魄,又有损国格。"

"此话怎讲?"

"秦国地广人稠,美女如云,何必去齐夷边地寻一女子,此其一;齐王诡计多端,使用此计蛊惑始皇,刺探消息也未可知,此其二;还有,自古女色可畏,枕风足惧,齐女伴随日久,社稷伟业如何了得?再说……"

始皇打断了他的话:"简单点说就是了,你的意思无非就是这个女人不能要,是不是?"

大臣点头。

始皇哈哈大笑,用食指点着他的脑瓜:"你这个老朽,以为敌国的美女朕就睡她不得?别说齐国,六国美女朕皆睡得也!"

二

他发现自己伏在了厚厚的云朵上——好像某个画师在板壁上画过这样的模样,就是人待在成片的云朵上,踏云而行。此刻他真的站在了云端,躺在了云朵上。好软的云朵。他驾着白云在高空驰骋。往下望去,大山变矮,人成了一个个小黑点。所有的河流都历历在目,还有庄稼、梯田。他只嫌那个从东部驶来的车队走得太慢了,它简直是一寸一寸向前挪动;后来他才隐约知道,这车队是往咸阳而去的。好像车子上要发生什么大事——这事儿委实不少,大概是中国历史上最大的事件之一,所以此刻整个疆土才变得一片死寂,鸦雀无声;所以才有那么多黑色的乌鸦随着车队一路盘旋。

他努力让身下的云彩降下去,降下去。他仔细辨认,终于看到了车队里垂头丧气的兵士和一个黄脸皮的人。他认出那人是李斯,另一个胖胖的人就是中车府令赵高。他从高处才把赵高的样子看清楚,原来这个人那么丑。他又一次看到了巨龙般的长城,发现有人在刚刚修好的长城那儿撒尿,不禁怒从心起。他想惩罚那个人,却又觉得这种惩罚没有来由。他凭什么去惩罚那个人呢?难道这个长长的巨大的城墙真的那么神圣?真的那么不可亵渎?这又是谁修的城?是我吗?

这会儿,他看到还没有修好的一小截城墙那儿,人群像蚂蚁一样,他们扛着砖石往大山上攀援。他想这时候如果有一场雨,那么这些蚂蚁就要顺着山坡滚下,那可有一场好戏看了。一些兵士用鞭子和矛枪驱赶着筑城的人,吆喝着,凶神恶煞一般。他对那些兵士有着说不出的厌恶。大山的慢坡上,有一片巨大的连起的帐篷。那是督修长城的大将军蒙恬的本部。他知道有个叫扶苏的人——一想到这个名字就觉得身上一阵发热,那是触动了血缘之故。原来这个叫"扶苏"的人与自己有一种血缘关系。他慢慢想起来了,这是他和齐姬生的儿子。嚄,他在帐篷口出现了,好一个英俊的年轻将军!他真想凑上去抚摸一下孩子,挨近他闪动光泽的脸膛。扶苏年轻有为,英气逼人,只可惜有时太书生气了一点……在这个特殊的时刻,在车队向西缓缓行驶的时刻,他在云端注视着自己的儿子。他似乎觉得,这孩子应该派一个更好的用场。究竟要这个小伙子干什么还不清楚,不过他知道扶苏来到自己身边的日子已经逼近。他那对细长的眼睛此刻看得清清楚楚:这个扶苏不久就要在云端与自己会合。那时候他们爷儿俩将紧紧地抱在一起,彼此再也不会分开了。不过那时候的扶苏将不停地泣哭,泪水一洒下就变成滂沱大雨,冲毁江河、堤坝,泛滥成灾。我的孩子啊,你哭吧。你悲凄怨恨的眼泪呀,永远也洗不去满地血痕……

始皇还想起他年轻时的一个小小插曲。有一天他身着布衣在咸阳街头行走,和那些摆摊的百姓攀谈,觉得很有意思。那些不识字的人,粗手粗脚,尽讲一些奇闻怪事。他们有的竟然把始皇说成一个长着三头六臂的人,还说始皇是一只鹰隼变的;有人说始皇力大无穷,一顿饭可以吞下二十头乳猪,可以拉动九千九百斤的大弓,可以举起十二把石锁,声音也响得吓人,一声怒喝即可震塌一座房屋……始皇听了暗笑,问:"你们见过始皇帝吗?"

"没有。始皇怎么能见到呢?"

"你们到过六国吗?"

大多数人都说没有到过,只有一个人说他到过六国中的齐国、燕国和韩国。还有一个人说,他只到过韩国。可是更多的人从来没有出过咸阳城。多数人斥责那两个出过国的人:

"一派胡言!哪有什么六国?那都是你们编出来的怪话。只有一个秦国嘛。"

始皇心生怜惜:他们一生就在街巷奔波,顶多不过是走出咸阳城。他们误以为天下只有这么大……他又问:"你们为什么不识字读书呢?"

那些人哈哈大笑:"你是说摆弄那些竹条子吗?竹条子既不能吃又不能穿,摆在家里白占地方。俺爷爷那年就有一捆竹条子,那一天正好没柴烧,俺就把它捅到锅底,熬了一锅稀粥,怪好哩。"

始皇再没吭声。他想:还是商鞅说得对啊,只有大字不识的人才安分可靠,而一旦熟读经书见多识广,就成了人世间最可怕的动物了——立国与乱国者皆是他们。当时他心中闪过一念,欲将天下儒生尽收咸阳城内。

一道旨令颁布下来,秦国要邀集天下儒生。

一月之内,咸阳城里就会集了一百多个儒生。两月之后,又会集了二百多个。咸阳城的人不断地看到吱吱歪歪的破车拉着一些竹简。一车车的竹简排成了长队,所有儒生都往秦国而来。始皇立在高高的城头,看着驶进城门的儒生和卷卷竹简,心中大喜。他明白,这些人乘兴而来,却不会扫兴而去。因为只有他心里知道,当六国平定之日,他将关闭城门,不让一个儒生沦落民间。这样他就可以确保天下安定;必要时,他也可以让他们在城内变得无踪无迹——这只是一闪而过的念头。

六国终于平定,江山一统,始皇躺在卧榻之上,最头疼的就是这一群汇拢咸阳城内的儒生博士。同为儒生出身的李斯精通儒术,也懂得儒生的心事。始皇发现只有李斯才最懂得怎样治理这些人。始皇端量着他,觉得这个曼长脸儿上五官端正,还有两撮胡须,都长得匀称。他忍不住问:"朕问你一句,你要从实说来。"

李斯赶紧弓腰:"陛下,臣一定如实相告。"

"朕——你知道——并不喜欢你这样的人……不过朕有时候也不免自问一句:同为儒生,你为什么对朕这样忠诚呢?难道你的脑子就不像别人那么活络吗?"

李斯连忙跪地:"陛下,李斯本一布衣,平生只想追随英主;能辅佐陛下完成大业,才是至高的荣耀。"

始皇细长的眼睛闪了一下。他真的被感动了。

也就在这次推心置腹的交谈之后不久,咸阳城内开始焚烧诗书和典籍,紧接着又是一批儒生的坑杀活埋。一时间,海内对烧书一事议论纷纷,坑儒事件尽管严守机密,最后还是泄露,天下愤激

如沸。为此,始皇有些心烦。他与赵高和李斯议论,不知怎样才算妥当。李斯说:

"长此以往,必定引起国内儒生怨愤,他们尚有一些散在民间,一定会与六国残余勾结一起,密谋起事。"

始皇问他有何良策?李斯说:"箭在弦上,不得不发。坑一是坑,坑百也是坑。"

"你的意思是……"

"六国平定之前,儒生们逃出秦国也就保住了性命,可如今海内一统,事情也就由不得他们了。"

李斯和赵高,还有太尉、御史大夫,几个贴身的文臣武将,连夜拟定方略,主旨只有一个:怎样收拾散布在全国各地民间以及藏匿在郡县幕后的儒生。始皇令:"此举必须严守机密,尽快实施方略,勿懈勿怠,不得有误。"

…………

车队走得越来越慢,越来越慢,简直要定在原地不动了,他在云端之上俯视,一颗心急得都要跳出来了。他为什么如此着急?那个车队的主人究竟与他有着怎样一种联系?他讲不清,只是心急如焚。他希望那个车队插上翅膀,飞过蓝天,在咸阳城的广场上徐徐降落。

可是,那个车队还是缓缓的,缓缓的。车队之上的乌鸦依旧盘旋着,聒噪着。

癫　狂

一

我见到于甜,第一件事就是告诉她海市蜃楼的事。她睁着那双大眼睛:"真的? 是你亲眼见到的?"

"是的。真是百年一遇啊,我该好好感谢……"

"感谢谁?"

"不知道。大概是海神吧?"

于甜笑了:"也该感谢我妈,是她让你们走的啊……"

我没有做声。一句话让我想起了别的——于甜可是一个能够接近隐秘的人,她知道的事情很多。我真想说一句:我和纪及不仅想看到一个好心的于甜,善良的于甜,一个偏袒和掩护我们的于甜,还需要一个疾恶如仇的于甜……一段时间不见,她似乎有了一些变化,人比过去清瘦了一点,一双眼睛更大更黑,增添了一种楚楚动人的美。我就是不知道,纪及为什么不能爱上这样一位姑娘——当然这是一个十分愚蠢的问题。这会儿,我只想知道在我们离开的这段时间,那场风波到底怎样了。我直接问到了于节院长,她很快满脸忧愁。

"在你们离开这些日子,爸爸到过霍老那里,他们谈了很久。从霍老那儿回来,爸爸妈妈关在屋里,一整夜都没睡,唉声叹气的。我真可怜他们。我知道爸爸爱护纪及,可又实在没办法。这些日子里,妈妈和爸爸都瘦了。爸爸顶着各种压力工作,什么也不说。很多人都知道他有多难。这段时间上边的人常来电话,他只要一接电话就好长时间不能平静。耿尔直和王如一他们也到这儿来,父亲在客厅里和他们谈话,谈的时间很长。过去王如一和耿尔直很少来,对父亲很畏惧,特别是王如一。可是现在他们说话的声音都变高了,倒是爸爸赔着笑脸,小心翼翼……他们每次离开爸爸都要送出门去,回屋时脸色更难看了。我忍不住说:'爸爸,你到底怕什么? 你现在都这么大年纪了,完全用不着怕他们!'爸爸看着我叹气:'孩子,你还小啊!'说完就回自己屋里去了。爸爸刚走开妈妈就把那扇门关紧了,批评我说:'你怎么能这样跟爸爸说话?

你再也不要这样讲了——知道吗?'我说'知道了'。那个晚上妈妈还问我:'你跟小纪还有来往吗?'我知道她心里多少还是惦着纪及,这会儿不知该鼓励还是阻止我……"

我琢磨着她的话,又问:"最近见到顾所长了吗?"

她沉默了一会儿说:"好像因为年龄的原因,他从所长的位置上退下来了,顶替的人是王如一。"

这倒是一个新闻。我问是刚刚发生的?

"一个星期前,爸爸在家里说的。"

我吸了一口凉气:"王如一终于如愿以偿了。真是卑鄙——"

"你们真该永远待在外面,永远也不要回这座城市!你们该把这里所有烦人的事儿全都忘掉……"

于甜像个娃娃一样看着我。我发现她的头发那么光顺润滑,在下午的阳光里黑得像锦缎……

二

我接到了王如一晚宴的请柬,正看着,顾侃灵来了。他神色不安,进门时有点步态不稳。他很少来我们家,这次突然来访让梅子有些惊讶。她叫着"顾所长",对方立刻打断她的话:"唔,不要这样叫了,我已经不是所长了!"

老顾有些憔悴,一开口说话有些气喘:"事情你大概都知道了吧……"还没等我作答又说:"谁都不容易啊,王如一差不多为这个奋斗了二十年,今天才有了着落。"我一时不知该怎样表达心里的愤慨。他又说:"二十年,够长的了,人这一辈子有多少个二十年啊!王如一抓住了这个机会,火线立功。东边那个城市有个姓唐的副秘书长,他每次来这里找领导都是和王如一结伴儿……"我想起什么,问:"霍老身边有个叫'骡子'的女人,是不是桑子?"他像没有听到,只顾说下去:"其实我早就该退下来,由年轻人去干吧。不

过王如一——你看过他那部词典打印稿?"我的脑子还没有转过来,顾就冷笑起来:

"这小子大概疯癫了。他交给我一大沓纸的时候夸下海口,说'这是石破天惊之作!看看吧,我要在冥顽不化死水一潭的词典界掀起一场革命'!老天爷,我带回去翻了翻,给吓了一跳,这哪是什么词典?可他说稿子已经被人高价买下了,马上就要出版!这个世界真是疯癫了……"

我只是翻了翻,早就把它扔到了一边,倒是杂志社的马光常在办公室念上几段——几个月过去,一些段子他都能背得上来。令人惊诧的是,王如一在词典中不光写了"七十二代孙",还写到了自己的老婆。

"霍老真的会承认自己是徐福后人?"顾侃灵盯着我。

"我也问过娄萌,她说霍老的意思是,这事儿既然专家说了,他也不便干涉——'学术问题还是听专家的好,我们要提倡百家争鸣'……"

"疯癫了,疯癫了……"顾侃灵站起来,在屋里焦躁地走动,一会儿回身看我,"他请你和马光了吧?"

我知道他指的是王如一操办的这场晚宴。我告诉他:"请了,还一直让人催呢。"

"名义上是请我们这些人聚一聚,实际上是要庆祝自己的升迁——故意炫耀!你们千万别去赴宴,我也不去!他说'老宁马光都来啊,这可是我老婆办的,她不惜血本呀,你们一定要给她个面子啊'!他这等于是往我脸上吐口水……"

老顾的话让我想起王如一那次摆的"鸿门宴"。这小子大概又想故伎重演。我不想去,可马光鼓动说:"去吧,吃完了一抹嘴就走,要去看看热闹……"我知道他是冲着王如一老婆去的,他对所有风头正健的女人都有一种不可遏制的好奇心,"不入虎穴焉得虎子！我知道你们之间正内斗哩——可以去探探虚实！"

我把马光的话重复一遍。老顾说:"这家伙春风得意,踩着我的脖子往上爬,爬上去了,还想就近看看我倒霉的模样——从这个意义上说,我倒真的该去,好让这兔崽子看个仔细……"

老顾的幽默让我笑不出来,因为我知道他心里其实是很悲酸的。

"这个无耻的家伙,甚至还请了纪及!"他把一份印得十分精致的请柬掏出来扔在桌上,"瞧印得多讲究!还文绉绉的,称呼什么'兄台'……"

上午娄萌桌上就有一份请柬,她问马光都请了些什么人?问了几个人的名字,马光逐一摇头,她哼了一声。我明白这种场合娄萌是不会去的。她对那个女人十二分厌恶。"听说是个'快球手',能多快?如今连这种人也上得了台面!"说完抓起那个小坤包就走了,请柬就撇在那儿。

老顾说:"除了请柬,研究所办公室还打电话一一落实,说这是一次高端学术聚会,是关于词典问世前的介绍和讨论……"他对办公室的电话特别气愤:"你知道,我当了这么多年所长,什么时候让办公室干过这个?这家伙真是小人得志,一上来就这么摆谱!"

我劝他:"那就去吧,去看看怎么回事……"

顾倪灵拍着桌子:"他是想显摆,想出一口恶气,以为自己这回总算出人头地了……"

三

晚宴在这座城市最豪华的"凯尔凯尔"酒店举行。它的名字听过不知多少次了,可就是不知道这个古怪的字眼是什么意思。许多人以能来这儿用餐为荣,动不动就甩着大拇指说:"凯尔凯尔!"可是我相信他们没几个会弄懂这四个字的意思。

"凯尔凯尔！凯尔凯尔！"几个人站在大酒店的台阶上、门厅里呼叫，有的西装革履，有的穿了带寿字的绸衣、青丝裤子，还扎了腿带子，上衣口袋拉出一截明晃晃的怀表链子。女人打扮更是稀奇：旗袍与露脐衫间杂，灯笼裤和牛仔服混穿。姑娘留了男子发型的、男人留了一头披肩发的，这种人在大堂里比比皆是。最时髦的还是露了整个后背、头戴小黑帽并插了几根彩色鸡毛的姑娘。一个五十岁左右的女人好像化了舞台妆，一手牵一个扎了朝天锥的娃娃往里走。我进了这个大堂有点晕，像晕船一样。

按请柬上说的，我直接找到"白玉兰厅"。嚯，这个厅足有二百平米，除了宽大的餐桌和一长溜沙发，还附带有休息室和卫生间；大厅的一端是一个小而精致的硬木雕花讲坛，上面隐约可见一个小拇指粗的麦克。沙发上已经坐了几个不认识的人，他们在点头说话。卫生间的门响了一下，出来的人竟是顾侃灵。"哦，老顾来了！"顾侃灵扎了领带，头发梳理得光滑极了，让我好不容易才忍住笑。我知道他今天要故意打扮得精神一点。我们握手，他说："今天是各路人马大会集啊，估计来了不少。"除了沙发上的五六个人，休息室里还有——这会儿里面传出了王如一的大笑，原来这家伙早就来了。我和顾侃灵刚刚坐下，王如一就走出来，咋咋呼呼叫着"老所长、老上级"，上前和顾侃灵紧紧握手，然后又抓住了我的手长时间不松：

"啊哈！啊哈！你来了，终于来了……啊哈！"

王如一秃额上的一绺灰发好像被什么粘住了，所以他频频点头行礼时，它并没有像往常那样掉下来。他把我的手都攥疼了，看人时神情怪异，虚虚的热情中有更多的好奇。

从休息室出来七八个人，他们走过来时，王如一双手摊着："好啊，看啊，这是啊……夫复何言！"他一一介绍，东拍一下西拍一下，兴奋到了极点，最后竟然耸身一跳蹿出了几步，大声喊着："好啊！

贵客云集啊！好啊！"

正叫着突然就静下来，大家不由得一齐转头：门口出现了一个珠光宝气的高个子女人，发髻高挽，吊睛顾盼，皓齿闪闪。一股逼人的香气顷刻之间弥漫了整个厅堂。这女人个头太高了，很明显高于所有的来宾。她面带微笑，矜持有余，透着一种努力掩饰的傲态甚至骄横，注视了厅内片刻，突然发出了一阵朗朗大笑——就是这笑声让我恍然大悟，这是王如一的老婆！瞧她这副装扮让我一时都认不出⋯⋯我相信这儿大多数人以前都见过她，他们也像我一样刚刚认出来人，因为这时大家都发出了长长的叹息声，显然是松了一口气。

"感谢各位的光临，万分感谢⋯⋯今天是我们一个重要的、大喜的日子⋯⋯"

她最后一句刚刚吐出，顾侃灵就在我耳边小声骂一句："一对猪猡！"

一位稍显臃肿的男人，也是西装革履油头粉面，不离桑子左右，刚才一直被她的身体挡住了半边，这会儿闪出来，让我一眼认出是那个东部城市的副秘书长——"唐再加，喏，看到了吗？"我对老顾耳语，眼睛却一直盯着那人。我发现唐在这个场合似乎有点紧张，四下乱睃，看到我时目光赶紧移开。我想，今晚的豪华酒宴，实际上的主办者大概就是这个家伙。

桑子的长臂在空中画了一个弧，很像大力传球的动作。她大步流星地走向那个讲坛。一个盛装小姐过去帮她动了动麦克。她的声音立刻比刚才响了十倍，这是一副开阔、略显沙哑、音域宽广的嗓子。能发出这种声音的女人，一般来说都有一张超大的嘴巴和无耻的品性。"我们今天，我说过了，是一场朋友的、高端的学术聚会，我们不过是借这个场合庆贺一下、感谢各位多年来无微不至的帮助和关怀⋯⋯待会儿我们的晚宴才正式开始，届时将有重要领导派代表来参加我们的宴会……现在,请让我把来宾向大家做以介绍,他们是——"她一个个念起了名字。当念到顾侃灵的时候,她特意加重了语气,并强调他是"我们德高望重的老领导、前任所长、王如一的恩师";念到唐再加时,前边还加了一个英文单词"亲爱的",这让唐无比慌促地上前一步,给所有人鞠了一个大躬。我和马光则被界定为"新闻界的朋友、王如一的密友、事业上的同道"! 马光一直在我和顾的左右,这会儿两眼迷迷瞪瞪,嘴巴大张,呼出的热气不得不让我往旁躲了躲。

"大家欢迎——大家鼓掌……"桑子突然向门口歪着头,高声喊了起来。

原来大厅门口又出现了一男一女:男的戴了白手套,是蓝毛;女的就是肖桂美。蓝毛在肖桂美耳边小声说了几句,就退下去了。桑子向门口扬着手:"这就是我们今晚的贵宾,霍老的全权代表——夫人肖妮娜女士!"

大家热烈鼓掌。马光小声说:"小贱人的嘴巴描得多红,像刚吃了人的野狼……"

"下面——有请肖妮娜代表霍老讲话!"桑子又喊。

马光又凑近我咕哝:"她会讲什么话啊!"

果然,肖桂美朝桑子连连摆手,一边摆一边直接往酒桌跟前走去。

桑子停在那儿,一脸凶相,好像用力咬了咬牙齿:"那,那就请各位入席吧……"

若有若无的音乐一丝丝地响起来——《友谊地久天长》。马光说:"我操。"

西式餐桌,宾客分坐两边。盛装男服务生进来,一手高托银盘,一手背在身后,悄无声息地挨近客人。

我多想和老顾及马光相挨一起,可惜有名签,他们都坐在离我较远的地方。老顾被安排在了一个显要的位置上,我发现这种礼遇反而让他更加不快和尴尬。他的眼睛不停地向我瞥过来,像是求救。

在敬酒之前,桑子像唤狗似的朝对面的王如一招一下手,他赶紧站起来。桑子说:"今天我们要说的话很多,一会儿再慢慢说——现在我首先要说的是今晚的主旨——在我家先生接任所长及我们共同的学术成果即将面世之际,特别恭邀各位以表谢忱,并期待大家的宝贵建言,我们将永远感激和铭记……"

掌声很快淹没了她的话。王如一的脖子像有病似的,在她讲话时一直缓缓转动,一双眼睛贼亮贼亮。对面的桑子向他做了个手势,夫妇两人就东一个西一个地鞠起躬来。

四

为友谊干杯,为荣升干杯,为学术成就干杯,为老婆,为男人,为助手,为相识,为明天,为霍老,为夫人,为事业……没完没了的题目,哪怕一个题目只干半杯,所有来客也要沉醉如泥了。更可怕的是不止五六种酒混喝,中国酒外国酒交错,宴会进行不到一半即有三四个客人被架出去了。老顾也倒下了,因为怕他呕吐,服务员上来小心翼翼地搀住,还捧着毛巾。他的腿在地毯上拖着,冲着我喊:"我的酒量可不止这点儿,我还想喝呢……"

酒宴过半,大多数客人就不再安坐自己的座位了,纷纷站起来找自己的酒伴,四处敬酒。马光竟然即兴背起了《徐福词典》,一口气背了好几段,特别是王如一写自己老婆的那些词条、"七十二代孙"等,让他反复玩味。在座的大多数人都没看词典,他们渐渐听出了门道,喜上眉梢,不停地起哄叫好。桑子早就喝多了,这时根本分不清周围的人是否在喝倒彩,不时地抱拳致谢。她嫌热,脱了本来就穿得很少的衣服,在人群里挤来挤去。男人们一个接一个向她行了"洋礼",亲她的手和脸。有人夸张地喊着:"我可要亲了啊,王如一闭眼吧!"王如一醉得伏在桌上,一只手扬起来嚷叫:"没事儿,随便弄去,公、公用的……"大伙儿夸道:"真是大方,天底下最牛的男人,怪不得学术仕途双丰收啊!好样的!伟丈夫!"

有一个人始终清醒,这人就是唐再加。他一直在一边瞟着所有的来客,并不多喝。他杯子里装的是水或其他饮料。这事是由桑子最早发现的,她斜着眼埋怨:"唐啊,这就是你的不对了!今天这样的日子你不喝,那还等什么时候?这可是态度问题啊!""我不行,我今晚可不能喝醉啊。""那谁想喝醉?今天谁不喝醉,谁就是猪生的!"说完带头把一大杯酒干了。唐再加没法,只好哭丧着脸添酒,然后一口喝掉。很快他的脸红了,舌头大了,扳着一个个客人的肩膀啰啰嗦嗦说话了。他去扳肖桂美,把对方的脖子搂得紧紧的,还喝起了交杯酒。肖桂美一边喝一边瞟着马光,像是故意气他。马光终于走过去,一把拉开唐再加,又把肖桂美扶到了自己腿上,喝一口往她嘴里灌一口。肖桂美一停下来就咕哝,马光全不在意,只用眼睛追逐桑子。最后他把酒气逼人的肖桂美推下来,招呼服务员把她扶到沙发上,端着杯子径直找桑子去了。

"久仰了,"马光笑眯眯地凑过去,开始施展那套既卑劣又有效的功夫,"我早听说您的大名了,今天真是相见恨晚!"他碰一下对方的杯,先自饮下。桑子没有喝,而是好奇地伸手按了按他的脑壳,又弹了弹他发达的胸肌。"尊敬的夫人。"马光握住她的手,抬到嘴边亲了亲。桑子目不转睛地看他,叫起来:"哎呀,我就是受不了大小伙子这样亲我,我受不了啊!哎呀,你是、你是——哪个单位的?""如一的朋友嘛,刚才不是我在背你们的词典嘛!""啊啊,对不起,来,"她挽住他的胳膊喝起了交杯酒,一饮而尽,然后把杯子啪的一下扔掉,随即打了一个响指,喊一句,"音乐!"她拉着马光离开了酒桌。音乐声随之加大,桑子和马光牵手舞起来,吸引了所有的目光。大家一齐鼓掌。

就在他们跳舞的时候,一个女子慌慌张张地跑进来,连连说:"坏了,刚才一热闹就忘了一件大事,领导们发来的贺信贺电忘了宣读!这可怎么办啊?"她上前问桑子,正在跳舞的人根本不理;试图找一个主事的人,转了一圈才发现差不多全醉了。没有办法,她急得跺脚,最后就只好到讲坛那儿去了,掏出一张纸读了起来。

她的声音真是动听,问了一下才知道,原来是为宴会请来的播音员,专门负责宣读贺信贺电的。

一条条贺词五花八门,分别祝贺词典即将出版或荣升所长,祝贺者为公司老总、医院院长、大学校长,还有市领导和区领导、局长等等。特别引人注意的是一条来自欧洲的贺电,署名是"德勒德勒-阿德尼",据说是一位女士,名扬全球的"词源学专家"!

宣读中,至多有四五位在听。我这会儿怀疑:其中至少有半数贺词是他们夫妇杜撰出来的。

时间已经很晚了,有人终于提出离开,上前向桑子告别,并企图再次拉起她的手亲吻——桑子却大为恼怒地把手一甩说:"就这么便宜地把我给亲了?不行,时间还早呢!还有更重要的节目没有进行呢!谁也不准走,谁走咱就罚谁!"说着向一边的几个盛装男生又打了一个响指,高喊:"大厅封闭!"几名男生起身就锁上了大厅出口。我在心里暗暗叫苦:"坏了,看来想脱身是不可能了。"那些要走的人只好哭丧着脸回到自己座位上,有的为了表示抗议,就伏在桌上不再抬头。

王如一半个小时前就伏在了那儿,这会儿发出了粗粗的鼾声。桑子一听打鼾,咬得牙齿咯咯响,一脚踢开了挡路的椅子,随手抓起一把刀叉,被眼疾手快的服务员夺下来;她接着又抓起一束竹筷,蹿上一步,砰一声敲在王如一的脑袋上。王如一发出一声惨叫,两手抱头跳起。她还要打,一些人赶紧挡开了。王如一被架住时手还捂在头上,手一挪开,所有人都看到那光光的头顶有一块紫红的淤伤,好在没有破口。

"啊呀疼死我了！疼死我了！"王如一酒醒了大半,怯生生地看着老婆,按一下头顶就大叫一声。

桑子说:"你死不了！好生坐着,下边还有节目呢！"

满场的人都挺起身子,再没一个无精打采的,更没人敢伏在桌上了。

桑子的眼睛四处寻找,一眼看到了正与肖桂美比比画画的唐再加,就过去拉了他,面向大家说:"为了给大家助兴,今晚我和唐秘书长要唱一段京剧……"说完弯腰鞠躬。掌声响起来。

桑子拉着唐再加走开了,进了一个侧门。这样过了十几分钟,两人再次出现时,竟然像变戏法般牵出了一个小乐队！她和唐再加也各自穿上了戏装,还简单地描了一下眉眼。他们这伙人一出场就迎来了一阵热烈的掌声,还伴着喊叫和阵阵口哨。很明显,一切都是事前准备好了的。令人惊诧的是,桑子扮演的是《乌盆记》中的"鬼魂":几乎全部脱掉了原来的衣服,只披了一件薄薄的黑纱,灯光下简直是半裸,一对巨乳清晰显豁,嘴上却戴了老生髯口。大家搓眼,鼓掌,王如一面无血色,瞪着眼看了一会儿,领头跺脚拍打桌子,憋粗了嗓子高喊:"好啊——"

"下面要演唱的是《乌盆记》中的一段……"桑子自己报过曲目,马上随着过门进入了剧情,一脸的严肃。她这时真的像一个鬼魂,大眼呆滞,长发披散,双袖下垂;旁边即是扮演小店主的唐再加,他这会儿穿了一件麻衣,正用大瓷盘代替了那个乌盆,盯着它念念有词……桑子一开口就是苍凉凝重的老生腔,简直令人难以置信。唐再加却醉得厉害,端着瓷盘随上节奏晃动着,三晃两晃竟往后一仰摔倒了。大家一阵哄笑。"鬼魂"却自顾自地唱下去:

"未曾开言泪满腮,尊一声老丈细听开怀:家住在南阳城关外,离城数里太平街。刘世昌祖居有数代,务农为本颇有家财……好一似石沉落大海,要相逢除非是梦里归来……"

  一曲终了,马光第一个跳起来。他拿了一束花奔过去,刚刚走近,桑子就像绊了一下似的,倒在了他的身上。王如一跑去相扶,不小心踩到了仍在晃动瓷盘的唐再加,两个人竟扭打起来。小乐队进退两难,铜锣等挤在地上,发出一阵阵脆响。一时满堂里都是呼叫,乱成了一团。这时不知是谁的主意,竟然指点那个播音员再次站到了麦克前边,字正腔圆地念起了各界发来的贺信贺电……

得一词条 · 稷门

  高士曰:天下文化,皆出稷门。说到稷下学宫,这里只可用两个字来概括:阔矣。学宫就盖在稷门之下,即齐国都城西门或南门,故而得名。然而到底何门才为稷门,近代学者争论不休,龇牙瞪眼,慷慨陈词。古谚云:天下无处不学问,故关于稷门之址,或西或南之研究,不可不严重对待。吾在此郑重建议国家:应出一专门刊物,取名《稷门》,并成立"稷门学会",下设若干分会,以示隆重,广纳百言。如此显赫逼人之天下第一门洞,竟然至今方向未定,实为国家之耻、民族之辱。齐国乃东方大国,当年金钱盈罐,无处抛撒,遂盖起高房大屋,延揽天下饱学之士,让他们一天到晚吃香喝辣,尽享荣华。那是何等成色,学士为大,任谁也不敢参刺儿。君不见豪言壮语,满街俯拾,连拣粪的老汉都能出诗答对儿。当年稷下先生数千人士,个个待遇不薄,人人趾高气扬,想必是华服耀眼,游手好闲。他们出门有轿车,在家有美酒,娇妻侍一旁,低眉端小菜,不恭则罚。一个个于缠绵中著书立说,乐此不疲。吾辈向往稷门久矣,只可惜生不逢时,空掷悲叹。但花开两朵,各表一枝:吾国当代亦有高招,尊重知识,尊重人才,虽口惠而实不至,却也算聊胜于无。君不见技术发明,受奖百万,一家老少,再无忧矣。由此及彼,推人及己,但愿今日吾之词典,上级亦能多多厚爱,并深知其价值远非一时一事所能丈量。堂堂中华,岂可无典?敢问赫赫稷门,当年又产生过多少词典也哉?

稷下千人,七十六上大夫。淳于髡、孟子、荀子皆尊为卿。孟子出门,浩浩华车跟随,警车开路,呜哇呜哇。如此出行虽然扰民,但也算出一口恶气,令他人刮目相看。"吾善养吾浩然之气",此乃孟子语也,吾想此气概源于豪华之车,以及警车开道矣!如果穷酸陋相,尖嘴猴腮,动辄被打,且看他浩气何来?故吾等知识人士,喜爱稷门,事出有因,还望今日执掌权柄者多加体恤,并能够举一反三,大发津贴,广开财路,壮吾声威。说到此在下不得已而言及内人,隐隐中声泪俱下。该女身高一米九余,肌若白雪,身穿皮草,无往而不胜;曾几何时搬弄淫巧,尤喜内讧;见权势者奉若天神,将结发则视为草芥!堂堂男儿,岂有忍受欺凌之理?古时红袖必然添香,贵人纳妾,十之八九;而今穷则思变,物极必反,咱知识分子尤怕老婆,母老虎一声断喝,茶水倒流。如此下去,中华何能振兴?富强几时可待?综观天下各色民族,男女平等只可作为标语,实则男尊女卑方是正途。自古以来男儿勇气远非女子可比;偶有悍女赤膊杀敌,仅为一时之花絮。君不见先人徐福,男儿身也,千古一帝且被他骗得,又何况纤纤女子!先人伟业,日月同辉。而同期之女流,美艳者不过贮于阿房之宫,或凌辱致死,或昼伏夜出。

说到徐福先人,则不可不提到稷门。何也?原来琅琅书声传到徐村,终于惹得乡亲耳痒。老徐自备干粮,骑驴夜奔,直访得三两师傅,大开眼界。皇皇稷门,好不繁华,真可谓声色犬马,商贾云集。不解者惟有一事,好男儿既然血气方刚,如何端坐闹市之中?一旦上街,粉黛缤纷,与干柴烤火何异?呜呼!咱先人心存疑惑,闷头苦读,明辨阴阳,通识九州,直追邹衍。当年有儒道名法墨,阴阳小说纵横兵家农家,诸家并列,能者多劳,唇枪舌剑,硝烟滚滚。虽然是兵不厌诈,却能够不伤和气,一笑泯仇,百花齐放,百家争鸣。却也似麻雀投林,啁啾不已,一鸟声高,一鸟展翅,翅若黑长,必是鹰隼。咱先人装痴卖傻,学习良方,搓制丹丸,自服服人。那时节能人班班,怪技迭出,令皇帝老儿俯首帖耳。有皇帝端坐听课,听到酣处,连连检讨,所吐露者皆男女私情,即所谓"寡人有疾,寡人好色"。可见当年学士,声威之壮,舌如利器,百战不殆!咱先人一见神往,二见倾心,厮磨不去,学得真经,一十二载。故其骗人之术,不外乎稷门所授,亚圣亲传,虽非专项研究,也为旁门左道。总之求学稷门,不可不记,咱先人交游甚广,从东到西,自南向北,步履所至,皆有斩获。

说话间斗转星移,直移至公元前 210 年许,机会来临。咱先人携稷门之余孽,偶偶东行,藏于民间,砥砺意志,克己复礼。些许学士,忙于功名,老大不小,光棍一条。咱先人徐福先人后己,为他人做嫁衣,一个个学士皆圆满婚配,安家徐村,遂生下一些小聪明。徐福最后完婚,美色暗自收留,名为卞姜,幸福不已,此乃后话。且说他一心反秦,蓄须明志,蓬蓬一把,像个老道。村人见徐福皆一腔尊敬,称之为先生或长老。徐福索性着起长袍,上画阴阳之鱼遮人耳目。这好比一篙在握,专等风起顺路行船;又好比手持钢刀,只待月黑风高奋勇杀贼。期盼焦心,四十不到即添白须一绺。那卞姜也是美人坯子,一度见异思迁,幸亏先人使计将其降伏。只不过一旦船行远洋,夫妻事情又当别论。徐村里一班浪子,淫荡异常,七十二变,招招追时,与时俱进,花心怒放。可怜咱先人徐福英雄气长,儿女气短,撇下娇妻,留给街痞。惟可欣慰者乃满船美女,个个皆宜,人人亲近,咱徐福也非省油之灯。

所以说稷门之功,功在求仙。瀛洲三岛,志在必得。此一词条,实为正名:前有著作歪嘴说书,大言不惭浑说稷门,张冠李戴,将好生生一个稷门说成皇家大院,一班学士皆为贱臣。究其实封建专制,声威固大,但毕竟难抵方士丹丸:一丸下肚,即便皇亲国戚也要满地打滚,哪还有心发刁使坏!方士们头戴小帽,方方正正,丝绒衬里,冬暖夏凉,来往于酒肆茶寮之间,放浪于花街柳巷之所。一个个色胆包天,高谋远就,虽不杀不足以平民愤,但也属一代豪杰,永垂史册耳!耳!

回　眸

一

　　突然没有了声息,一切都像凝住一般。纪及愈加沉默,即使见面也没有多少话要说。在办公室,无论是马光还是娄萌,似乎都在故意回避某些话题。顾侃灵从那场酒宴回来就病倒了,我每个星期都去看他。
　　岳父一个月来突然兴致大发,更加勤奋地写起了书法和诗词,还试着撰写回忆录。他将很多"战地重游"之类拿给我看。我浏览一遍,发觉它与霍老的自传异曲同工,但比较之下却少了许多真性情。就此而言,霍老倒显得有些可爱了。我说:"霍老也在写,你们都在写。"
　　岳父自谦道:"我怎么能跟霍老比!"
　　梅子站在一旁。我发现她低头时有了双下巴,胖了。我们单独在一起时,我说:"我发现霍老在我们家简直成了圣人——他怎么会有这么高的威望呢?"梅子摇头:"也不完全是这样。父亲对这个人很熟悉,有很中肯的评价,他心里清楚着呢。"我马上来了兴趣：

"是吗？那他是怎么评价这个人的？"

"父亲说这个人有许多毛病，但总的看也还好的，的确是个善良的人，在混乱年头保护了不少人。父亲说这个人简单点说吧，平生只有两大爱好——爱学习，爱女人……"

我琢磨着这几句话，笑了。我问："父亲的意思是，这人概括起来是一个——善良的色鬼？"

"算了，我们不讨论这个了。"梅子到另一间屋去了。

吕擎家的四合院也在橡树路上，我从岳父家出来常常去他那儿坐一会儿。这一次开门的正是吕擎，他拉开门马上扭头，看样子手头正忙着什么。我随他进去，见满屋都是散放的卡片和书籍。他做事总是十分认真，这有点像纪及。他们是学者，都擅长整理卡片，考察寻访，认真得令人感动。这真是个驳杂的年头，姑娘露着肚脐上街，男人染成黄毛还戴了耳环，这边厢却依旧青灯黄卷，就差头悬梁锥刺股了……我知道吕擎近日与纪及和顾侃灵等人接触频繁，他们已经准备与霍老摊牌——用吕擎的话说，就是"绕开那群蝗虫般的小人物，直捣'七十二代孙'的老巢"，要从法纪、从内部，必要时还要借助舆论的力量，将可怜的小雯和她的一家解放出来。这当然是一场危险的狙击，能否取胜毫无把握。我特别保留的是，吕擎不必将事件复杂化——不能过多地纠缠历史问题，这样就扯得太远了。而在吕擎眼里，霍老是一个时代的恶魔，空降在这座城市里，是万恶之源。我不能苟同，不止一次对其指出：霍老与小雯之间仍然有不可忽略的、相当复杂的关系；还有，他身边那一伙人与他本人还有区别。我的话遭到了吕擎的严厉驳斥，到后来他干脆绕开我，只与纪及和顾侃灵联系了。

吕擎一坐下就聚精会神翻动一本小画册，我瞧了瞧，原来是那个古老的童话：一只狼披上羊皮混在牧人的羊群里，结果这群羊每天都减少一只……"前些天我们家来了一位外地朋友,我想让你见见他。"他把那本画册取在手里,"他是来找我母亲的,因为母亲跟他过世的母亲曾经是好朋友。他到这座城市出差,顺便来跟母亲借一些书——那是他母亲的著作。他想复印一些,因为这些著作早就绝版了,这样的年头大概再也没有机会出版了。"

"他是谁?"

"淳于甘阳,淳于云嘉的儿子……我这次亲眼看到了他,感受很复杂。多想和他谈谈,可他总是坐那儿抽烟,话很少。为了引他说话,我就谈这所大学的事情——他的父亲母亲过去就在这所大学工作,对一些人和事太熟悉了!我特别谈到了纪及和你、大家正在经历的事情,还有你们前不久去了那个老林场——那是他母亲劳改的地方啊……原以为他听了这些会激动起来,谁知完全不是这么回事,他好像一点反应都没有,很平静的样子。他来我们家两次,在市里待了三天。我想让你们认识一下,可电话总也没人接。"

真的可惜!我问:"他什么样子?多大了?"

"大概比你还要大一两岁呢。人看上去很持重,是那个海滨城市的老师,很内向的一个人。好像他也在写有关徐福的书。"

"啊?这也太巧了!不过我知道,他们那个城市也掀起了徐福热……"

"所以我想找你和纪及。当然这还不是主要的。"

我明白吕擎的话。关于那位女学者的不幸故事,我们以前谈过不知多少次。她在我们心里已经是个不幸的传奇了。我不知道淳于甘阳对父亲母亲的往昔到底知道多少?吕擎失望地叹一声:"他已经非常淡漠了。他好像对什么都无动于衷。"

我有些不解:"不关心父母的遭遇?这可能吗?"

"也可能因为他知道得太多了,已经听腻了;再不就是我们遇到了一个奇怪的青年——时下这样的人也挺多。"

"也许读书读傻了。"

"这倒未必,我发现他一谈到徐福就两眼放光,反应敏捷。后来我才知道,原来那个城市对所有研究徐福的人都要发放补贴——如果这个学术成果获奖,还要拨给数目更大的一笔奖金。可见他一点都不傻……"

二

在我们说话的时候,吕擎翻着案几上的那摞书,找出了一本很旧的竖行排印的著作,端详了一会儿扉页,然后把书推到我面前:上面正是那个女学者——淳于云嘉的照片!当时她好像只有三十左右岁,端庄、秀丽、微微有点胖;那双美丽的眼睛啊,火热、真挚,好像正在回眸的瞬间——她正如此切近地看着我们,那目光里好像带着一丝丝的惊讶和询问……我在凝视她,或被她所凝视。好像她也认识我,认识我这个后来者……我和她正在对视。这目光似乎在发出一声悄问:你不久前去了老林场,探听了我和靳扬的秘密,是这样吗?

吕擎把书取过去,轻轻合上:"母亲回忆说,她们当年在同一所学校读书,两人无话不谈。后来因为她考到了另一个学院,就很少见面了。她在当时是有名的'校花'——母亲说她漂亮极了,那时有多少人追她啊……想不到她又考回来了,最后跟了自己的导师——母亲说有一次好好端量了那个人,简直给吓了一跳,都不敢相信自己的眼睛:真是一个老人了,又矮又瘦,口讷,皱巴巴的脸,这怎么能做校花的新郎啊。她那会儿只感到惋惜……淳于甘阳是婚前生的,他随了母亲的姓。"

我对这段隐晦曲折的历史只知道一点点,但很不清晰。

"那位老学者是从海外回来的,从来没有结过婚,学校的人原以为他性情怪僻、有什么毛病。都知道这个人除了读书,再没有任何欲望和嗜好。对他来说只要有了书也就有了一切,对其他全无兴趣。名声大得不得了,不光著作等身,还教出了许多有名的学生,他们遍布大江南北。他当时年纪大了,身体又糟得很,早在几年前就要拄一根拐杖走路。他带了两个学生,其中一个就是淳于云嘉……她二十多岁,正是吸引一大堆目光的时候。老人自从收了这个学生之后,衣服变得整洁了,人也精神了,头发修剪梳理得一丝不苟,还结上了领带——这在当时的校园里是少见的,人们只在接待外宾时才这样。老人平时一出门就要拄拐杖,一方面腿脚不好,另一方面也是习惯。人们常常看到淳于云嘉跟在他身边,抱着几本书,一路上走得很慢。这成为校园一景:一位矮小的老人伴着他的女弟子来来去去。她快毕业时怀孕了,一个丑闻眼看就要抖搂出来:一切都遮掩不住了。不过大多数人都不相信她怀上了导师的孩子,因为大家早把那个人当成了一根朽木。校园曝出了惊人的消息,这在当时是不得了的事情……他们只好宣布结婚。有人甚至认为这里面也许隐下了更大的丑闻,以为那个老头替谁担了个虚名。不过既然承担了,就要承担到底。这个老人大概想以自身的声望抵御什么。那时候拿一个名高位重的老教授并没有太多的办法,如果再晚几年就另当别论了——校方要追究女弟子,是老人死命抗争才算把她保护下来……"

我在想老林场的日子,想肖筠老人。老先生当时很少提到那个美丽的女人,显然是于心不忍。吕擎手边的那个画册被他取起放下好几次,我拿过来一看,一下屏住了呼吸:靳扬的漫画集!

我从头一页页看起来,以便与心中的形象联系到一起,可惜无论怎么努力都没用。这些画页如此地活泼顽皮,洋溢着逼人的热情与童稚——它们怎么会与那样可怕的一个故事稍稍沾边呢?特别令我不解的是,当年那些嗅觉尖尖的人究竟是怎样从这些绘画中寻到了什么?瞧它们丝毫不会引起视觉上的不安,而完全是一片纯稚烂漫——这恰恰与肖筠老人叙说的那个人人喜欢、快乐无忧的形象是一致的！

"他心里装满了童话，直到最后……"

那场大雷雨的苍茫浑然一下把我笼罩了……我强迫自己回避，却无论如何都不能不想的一个问题就是：吕擎啊，你听到了那隆隆的雷声吗？你看到了靳扬戴的嚼链、胸前流淌的鲜血吗？你不知道这里面埋藏的是一个可怕的隐秘——你的父亲就是一个双手沾了他人鲜血的人……我不敢想，更不敢问。我不知道常常陷入深思的吕擎是否隐藏了同一个隐秘，并为此而日夜忍受噬咬。但我记得的只有他对父亲的深情追忆、对霍老毫不留情的诅咒。我知道，他心中存留的仍然是一个概念化的"父亲"、一个概念化的"霍老"——后者被不留情面地妖魔化了……我忍住了，伏下身去翻那本竖排版的旧书。久久凝视扉页，看着她。我在她稍稍透出一丝惊讶的温情回眸中，眼睛不再移动……我无法让纷乱的思绪从哗哗号叫的那场大雷雨中挣脱出来；是的，正如肖筠老人所说，当年靳扬于疯狂之中爱上的女人就是她——他匆匆画下的那双深情的、带着稍稍的惊讶的回眸，此刻就在眼前啊！

我把扉页上的照片捧得越来越近。这双眼睛啊，在向我询问，向我叙说……

三

是的，肖筠老人不愿谈论一个如此美丽的女性，惟恐触及可怕的哀伤。我记得老校长一提到靳扬最后的日子、谈到他爱上的女人，就低下头来，欲言又止……

当时林场女营编在了一个作业组，吃睡都在一起，可是不久淳于云嘉却分到了一个单身宿舍。刚开始好多人都羡慕，最后才知道那是别有用心。这是她来到林场半年之后的事情，城里派来了一支管理这个干校的"小队伍",他们由各种各样的人组成,有士兵,也有工人和农民,其中当然不乏一些下流坯。自从他们来到之后,农场和林场的日子就变得更为艰难了。刚开始的日子里还可以吃到肉,吃到馒头大米等,可后来就只有煮萝卜丝和白菜汤,主食是红薯和窝窝头,偶尔才会吃到一点变霉的大米。最不能忍受的是新来的督工,他们比过去的监管人员严厉十倍,对她们像对待犯人一样……这里真的成了一座监狱。

淳于云嘉不仅可以住在一个单身宿舍里,而且可以读书——可惜这里没有书,所能读到的只是一些批判材料和政治书籍。后来一个瘦瘦的监管头目对她说:"要读书那还不中?你就开个书单吧!"云嘉兴奋地开列出好多书目。有一天很晚的时候,瘦子来敲她的门了。他手里携着很少几本书,进了门再也不想走,一会儿开始动手动脚。云嘉剧烈反抗,瘦子说:"如果弄出声音来,你就算完了。拉监管人员下水,想想是什么罪吧!"她用尽所有力气挣脱,那个家伙未能得逞,却给她留下了许多伤痕。

也就是这些日子里,那个农场的疯画家出现了。

她最早发现这个人时吓了一跳。那会儿她正将一些砍伐的树枝往一起收拢,等待装车运到窑场上去。天起了大雾,风凉凉的,雨快下起来了。她去抱落在沟边的树枝,一低头就看到了一个头发芜乱的人,他在沟里伏着,正直勾勾地看她。"啊……"她只喊出了一个字就闭了嘴巴,往后退开几步——稍远一点就什么也看不到了,因为那人的乱发与沟里的荻草混在了一起。而且谁也不相信有人会浸在没膝深的水中,这时已是深秋了,水会很凉的。她心里怜惜这个人,还充满了好奇,就再次往前走了几步。这一次她看清了,这个男人有四十多岁,脸色苍白中透着青灰,额上还有几道浅浅的血痕。身上的衣服撕烂了,透过沾上的污泥和草屑,依稀可以看出是农场的工装。她于是明白这个人来自哪里了,为了证实这个判断,就做个手势,又指了指农场的方向。沟里的男人用力点头,眼睛却一刻也不曾挪开,一直瞄着她的脸。这种盯视真让人难为情,她把脸庞转开了,他却仍旧用目光追逐她。

大约半天的时间里,她一直在干活,他也一动不动地伏在臭水沟里。天空先是涌着浓雾,后来就变成了毛毛雨。她终于忍不住了,待林子里干活的人走开一点,她就凑近了沟边,问:"你怎么了?你在逃工吗?"

乱草中的那双目光像星星一样亮。很久之后当她回忆第一次的相遇时,首先想到的就是这明亮逼人的目光。他一直盯住她,笑了。她害怕这笑容。他后来低沉,却是爽朗自豪地告诉对方:"我不用逃,我是疯子,没人管疯子。"

她当然不信。因为真正的疯子是不会这样承认的。她只觉得有趣,就笑吟吟说:"是吗?疯子?什么时候疯的?"

"疯了半年多了。开始他们不信,现在信了,不太管我了。"他把跟前的乱草拨了一下,头往前探出一点,好像只为了看得更清一些。他的眼睛火辣辣地盯视她,有些贪婪。在这方面,她宁可相信他是个疯子才好。

她看看旁边,然后转过脸来说:"我看你也像个疯子,要不怎么不怕脏水呢!"

"我当然是疯子,这个嘛,他们找人看过了。说我就是疯子……不过,"他哧哧地挠着后背,抿着嘴,"你真是漂亮啊!我看过你好几次了……"

她心上一跳,脸烫了一下。"哦,疯子,你随便怎么说吧。你见过我?"

"见过,就在沟里——你在那边干活,我就到那边沟里。谁也发现不了我。再说他们也不管我。"

"你为什么要看着我?"

"因为我想你……我想画你——天天想你画你，睡不着觉……"

一阵低低的咕哝声使她完全相信了对方是一个真正的疯子。她吸了一口凉气，背过身去。不远处有吱吱嘎嘎的车轮声，大车快要过来了。她回身说一句："快上来吧，水太凉了！"然后就走开了。她迈出一步时听到了身后传来了低低的呼叫：

"我是个疯子——哎，我是个画家啊……"

四

从那天开始，淳于云嘉去林子里劳动时，总觉得暗处有一双眼睛在盯着自己。她时不时地抬头张望，留神四周的沟渠和草丛，什么也没发现。不过她知道，只要身边有其他人，暗处的那个人就不会出现——有时她真的相信这个人会极有耐心地伏在那儿，一直到自己收工离去。有一天她扛着铁锹走过一丛密集的马尾蒿时，身边的几个人刚刚离开，立刻就从后面的蒿棵里传来了他的声音："我啊，疯子啊！我啊……"她正要停下脚步，前边的人已经在呼喊她了，她只得赶紧追上去。

这使她心里怜惜无比：这个可怜的疯子真的就在自己四周，他藏在那里默默地看她干活，目不转睛。她想不出那要有怎样的毅力。从此她脑海里常常闪过他的面容，最不能忘怀的就是那双明亮的大眼睛。奇怪极了，她突然发现自己从来都没有见过这样的一双眼睛——这是一个疯子才能长出的眼睛啊：清澈无比，天真无邪，像孩子的眼睛一样。

一天夜里，淳于云嘉几个人被喊出去加班。一直干到半夜，正要收工时，突然从农场的方向传来了喊叫声。她们一齐驻足倾听。那嘶喊越来越尖利，还混合着叫骂声。西北风一阵强似一阵，这就把喊声更加清晰地传过来："再叫你胡诌！揍死你——""啊呀，不啊,不啊——""再叫你胡窜!嗯、嗯!再叫你……"淳于云嘉听着听着凝住了,她嘴里喃喃着:"是、是他,是他啊!"旁边的几个女人也在听,其中一个说:"他们又在打那个疯子了。疯子夜里不睡,巡夜的民兵就逮起来打他。"她心里发痛,问:"那个人真的是疯子?""当然是真的。也幸亏是这样,不然这个人的罪就大了去了……"

　　大约那次深夜喊叫过去了五六天,淳于云嘉终于又有机会碰到了他:这一次是她单独一个人干活,当坐下来歇息时,就听到了他在一旁的树丛中喊她,嗓子压得低低的。她的脸转向那个方向,见他正从树丛中伸出一只手,急急地摇动着。她四下看了看,起身往那儿走去。刚刚走近,她就听到了哼哼唧唧的声音——这个人的脸涨得通红,额上的脉管鼓起来,双手剧烈抖动。她本能地闪开一点,他却跺着脚说:"过来啊,看啊,我……我画了你这么多哩……"他说着已经在回身摸索,然后攥了一大沓递过来。

　　接下来的一段时间一点声音都没有。她在仔细看。如果不是亲眼所见,无论如何她也不会相信这么美好的图画竟是他画出来的!也正是从这些画幅中,她又一次印证了自己的美——那真是传神的笔触,一笔笔把她劳动、休憩的瞬间全记了下来。她心头一阵发热,泪水差点涌出来。她一回头,见他正趁这点工夫飞速地画着——她刚才低头看画的样子又落在了纸上,惟妙惟肖……"啊,你,你哪里是什么疯子啊!看你画得多么好!你是假装的吧?"

　　又是一阵哼哼唧唧的声音。他额上的脉管鼓了起来,鼻子又发出吭吭声:"我叫靳扬,靳—扬——你信吗?"

　　"当然信。我问你,这么多画都是你藏在暗处画出来的吗?"

　　"是,不过也有想你的时候……画……夜里睡不着,尽是想你、想你、想你……"

　　他磕磕巴巴,最后像呓语一样只重复这两个字。这使她想起面前的人真是一个疯子。她马上记起了前几天农场传来的嘶叫,立刻问：“那一天是他们在打你吗？”

"就是打我！他们在打我……"他笑眯眯的，好像在说一件令人高兴的事情。

云嘉细细地看他，想从破损的衣服缝隙里找到一两处伤痕。对方一直在迎接她的眼神，这会儿似乎看懂了什么，就麻利地解开了衣服，整个上身都裸露出来了。老天，这是一个被太阳晒脱了几层皮的男子躯体，黑黝黝的，常年的沉重劳动使其肌肉发达，鼓鼓的三角肌上方有三两道深深的割伤。胸前，两臂，还有锁骨，到处都是新旧伤疤。一些紫色的瘢痕颜色很重，就像刚刚开放的蝴蝶花瓣一样。她不由得伸出手去，可在触摸到这些伤疤之前又赶紧缩了回来。对方笑嘻嘻的，像是在展示一件了不起的杰作。"你当时喊的声音很大呢，那些畜牲……他们把你打成了这样！"她给他把衣服披上去。

"可我一点都不痛，现在不痛了！不痛的……"他为了证实真的不痛，还用手戳了几下伤处。

她马上按住了他的手。他一动不动了。他仰起脸看她，直到一双清澈的眸子里渗出泪花。"痛吗？"他点点头。"你痛？"她提高了声音，然后赶紧掩口。他立刻恢复了笑容，摇头。她这时发现他的笑容真是好看极了，像个孩子：无忧无虑，纯洁无邪。她这样看时，他突然喃喃道："我喜欢你……爱你……"她学着他的腔调："爱吗？是吗？"

她刚刚说完这句话，听到了一阵呜呜的风声，很快把脸转到一旁。她站起来。

他脸上出现了惊慌的神色，急促中一把揪住了她的手，而且十分用力，简直是恶狠狠的。"我不让你走，你不要走……"

她轻轻挣脱。她一用力，挣开了。

她走开，走出十几米远时，又回头看了看：他注视着她，一声不吭,眼里是满盈的泪水。她向他做个告别的手势,在心里说一句:"再见了,疯子!"

再一次见面是一个冰凉的雨天。那天突然下起雨来,而且很急。一起做活的人哗一声跑走避雨,淳于云嘉却就近倚在了一棵大树下边。雨一时停不了,大树冠下边由干变湿,渐渐头发全淋湿了。她四下寻找可以避雨的地方,刚挪步子就看到了他——长长的芫发在风里飘着,正急急从一丛爬满了芫草的灌木丛中钻出,身上的衣服竟然全是干的。她几乎什么也没有想,就被他牵到了那里面。她闻到了一股浓烈的水果味儿——原来他正在大口咀嚼一个苹果,果汁流到了胸脯上。她刚看了一眼,他马上把苹果按在了她的嘴上。她挪开嘴巴,他还是按到她的嘴上。她哭笑不得,伸手推着……他停止了咀嚼,只是看她。

雨在下着,看来一时停不了。她这才注意到这个疯子多么会找避雨的地方:一大丛灌林中间是两米见方的空地,上面铺了茅草;上方因为枝条密织,再加上乱草纠扯,简直就成了一处天然的遮雨草寮。看来这个人已经不知多少次蜷在这里了,这儿是他的一个窝——他就在这里看她干活。她心里热了一下。与此同时,她的手被抓住了,一会儿又被他贴在了脸上。她不忍抽出,只任他一下下贴紧、摩擦。她开始叹气,出汗,浓浓的水果气味包裹了四周。当她发现自己不知什么时候被紧紧抱住时,事情已经有些晚了——她正被对方颀长的身体给压在了地上。"不,不能,不要……"她的话像被噎住了,无力极了。然后就是闭上双眼。只短短的一会儿,她就感到了对方的某一部分,正与自己连接在了一起。她默念了一句男人的名字,泪水哗哗淌了下来。

这是一场持续了不知多长时间的疾雨,哗哗的雨声让他们不顾一切。他们相互咬得对方发疼,勒得对方发疼。云嘉觉得自己全部的爱恋与愤怒都扭结在了一起,她甚至不再顾忌和恐惧,几次大声呼叫起来。他在这喊声里变得更加疯迷,两腿不知怎么插到了沙子里,像一只硕大的鼹鼠那样顶着一头洁净的沙子,把她一次次压进松软的更深处。她闭上眼睛,觉得自己被一股无法言喻的力量拖在了一个洞穴的深处,又仿佛被一万条密集的丝线缠裹起来,她的整个躯体变成了一点米粒那么微小,让一个魔头似的大力士一口吞食了。这是一个被快乐吞食的过程,一个死而复生的过程。自己的一绺头发被这个可怕的疯子咬下来,一瞬间又嚼成了一团黑色的草屑吐在沙子上。她一刻不停地用亲吻堵塞他,阻止他,害怕他的嘴巴再次挪近自己的脖颈和头发。洁净的沙子把她和他全部包裹起来,他们一丝不挂,在沙浪里沉浮挣扎。这真是一场酣畅淋漓的沙浴,她被一个无所不能的沙中泳者牵引,一会儿跃上峰巅,一会儿跌下深谷。当她战战兢兢睁开眼睛的时候,看到的是两个无法分离的躯体从沙子中凸出,就像某种野生的淀粉块根,比如刚刚掘出的红薯似的,光洁、清新。一种从没闻过的清生气在雨中弥漫,铺天盖地。大雨还在怒吼,这声音把他们的阵阵呼喊遮掩得严严实实……

最后的探望

一

我一个人在街头匆匆走着,穿过拥挤的人流和车辆,一直向前。我步履急促,跳跃,像踏在了一片滚烫的烙铁上。脚下的柏油路、水泥人行道,到处都像烧灼一样滚烫。我只能毫不停歇地往前,从一道宽街走入一条窄巷,从笔直的胡同跨进曲折的小街。就这样转来转去,在卖肉的小摊前小心地侧身,然后来到鱼市。浓烈的腥气,刺耳的吆喝。继续往前。最后挡住去路的是一条东西流向的小河。河水污浊不堪,它们只剩下涓涓细流,像油渍一样颜色。这其实是从远处引进的一泓清水,如今已经变成了这副模样——它从遥远的原野跋涉而来,一路清纯;可是进入这座城市之后就开始污脏,渐渐变得浊臭难掩。小河拐角那儿有一处高台,它的基部就是这座古城墙遗址。

我登上了高台,上面光秃秃的。站在这个莫名其妙的怪异土台上,看着它四周的包砖,心绪迷茫。我向四周望去,目光极力穿越层层雾霭,去看一幢幢黑乎乎的市民土屋:红色的砖瓦已经被油烟灰尘搞成了奇怪的颜色。远处是高耸的一处处商厦和机关大楼。各种各样嘈杂正向脚下围拢过来,不远处的高音喇叭正响着一个粗壮沙哑的声音,混合了更近一点的流行音乐。一阵由远而近的嘶鸣让我转脸:迎面驶来几辆红灯频闪的警车,紧随其后的是一排同样闪灯嘶叫的三轮摩托——最后才是乌黑发亮的一串轿车……闪闪发亮的轿车好像没有尽头,一辆、两辆、三辆……它们开得飞快,像黑色旋风一卷而过,但我还是把它们准确地数了一遍:一共二十六辆。

车队在高台脚下转弯,向北疾驶而去。

我从高台下来,只走了一小会儿,刚才的车队又像长蛇一样转过来了。那种哇哇大叫的警笛声令人慌促和恐惧……我毫不犹豫地疾跑起来,什么都不管不顾,一颗心怦怦跳。前边的警车骤停,有人向我探头大叫。当他们试图下车惩罚我时,我已经蹿过了宽阔的马路,一头扎入了窄窄的巷子。

巷子里全是摆放的煤球之类杂物,脚下的通路像线一样细……

这座城市多么大啊,它是在灰尘和夜幕中不知餍足地繁衍而成的。它越来越没有边际了。它还在日夜不停地膨胀,郊区不断往后萎缩。刚才站在高台寻找往日的城郭,只看到一片烟气,它在梦中飘散,吹拂,没有边缘……只有在夜间才可以看到那些由近而远的、时强时弱的灯火,它们四处扩散,越来越弱,越来越疏。

走出细细的街巷,大街两旁落满了灰尘的法桐树下走出了几个年轻姑娘。她们穿着牛仔裤,披着刚刚洗过的长发——从装束上看可能是几个大学生,那么年轻,朝气勃勃,脸上闪着光泽,简直不像这座城市的生物。她们要去哪儿?比起她们,这座城市太苍老了,日夜喘息,肌肉松弛——然而仍旧拥有攫取的野心。它连发出一声叹息的力气都没有,可还是留意盯视所有的人……眼前走过的这些青春的躯体,仿佛从这一端穿行到那一端,即会被城市魔法变得衰老。

我不停地行走,好像正从一个巨大的腔肠动物内部穿过,感受它在蠕动中分泌的黏汁。我不能停止,不能稍稍滞留,害怕自己被蠕动和灼热给融化。我不停地蹿跳,追赶,一直往前……

二

我定定神,大口呼吸——已经站在了纪及的公寓楼前。快步上楼,伸手拍打绿色的小门。一点声音都没有。再次拍打,直到一个苍黑的青年出现。

屋子里不知怎么收拾得很干净,被子叠得也整齐,书全摞起来了,桌上没有一张纸片。除此而外,我还闻到了一种特别的芬芳。

凭直觉,我想刚刚有一位异性待在这儿,她把脂粉的香味留在了这里——也许不是脂粉的腻香,而是一种馨香,一种清爽的自然的香味——我发现在桌子中央放了一个漂亮的圆形南瓜,它是粉红色的,光洁的瓜皮放出了一层莹光,顺着黑绿色瓜梗均匀地长出了更深一些的络纹。它充满了活力和生机,让我忍不住伸手抚摸……一层滑润润的什么沾到了手上,好像莹光……人手无论如何做不出这样的一只瓜,无论我们使用多么好的原料和多么高的科技。我们用蜡,用化学物质,都模仿不了天然的果实。这只瓜可能是纪及从菜市场买回的——它完美得令人不忍食用,也就放在了桌上。他见我在看,就指着它说:

"简直是一件艺术品!与其他南瓜不同,它有一种清香气……"

纪及转动着那只瓜,让我看它的顶部、它的蒂,它呈放射状的那些红色丝纹……

我发现这时的纪及眼里放出了儿童才有的惊羡的神色。这只是一只普通的南瓜,可他好像第一次看到似的。我记起,眼前这个人十几岁才第一次看到苹果——他总不会现在才看到南瓜吧。

纪及还在赞叹:"多美的颜色!你无论用什么办法、什么油彩,都不可能真实地描摹它。"

"是的。它从土壤里生出来,一点一点吸收阳光、月光和露水,听着蝈蝈唱歌,看着小虫在它旁边爬动,就这样一点点长出来。"

我想问纪及谁来过这儿?充斥满屋的,真的只是南瓜的香气?

一会儿纪及把脸转过来,我知道他要说什么了——我从纪及的平静、从他嘲讽的微笑中似乎感到了什么。果然,接下去他告诉我:他已经被通知放下手头所有的工作。我吃了一惊。想不到这么快,也想不到接下去还会作出什么决定。

"是于节通知你的吗?"

纪及点点头:"于院长不像过去那样温和了,他很严肃。我想跟他谈点什么,后来发现已经不可能了。他只是生硬地把这个决定通知了我。我当时问他:那我干什么?他说你要好好反省!我问他反省什么?他没有回答,只是重复了一遍,转身走了。我当时难过得想笑。我想是啊,我在这儿待不下去了,我会被撵到一个偏远的地方,给一个最愚蠢、最暴躁、最可恨的家伙去做一个所谓的

'助手'。也许……那里对我来说比地狱好不了多少！"

他说到最后，有点喘息。

我觉得纪及对事情的结局估计得丝毫也不过分。某种又陌生又熟悉的力量使我们身陷苦境。人性中的顽劣因素成了天然帮凶，一切都在某个点上集结起来。我们像招了蚂蚁的骨头一样，最后只能是被啃尽、被分解……

有人敲门。原来是顾侃灵。几天不见，他明显地苍老了。我发现他的下巴有点神经质地抖动，努力掩饰着掏出一支烟点上，可是夹烟的手也在颤抖。

我问："老顾，你不舒服吗？"

"没有什么，没有什么——你们好吗？"

"还好。看小纪有这么漂亮的一只南瓜！"

他瞥了一眼，乌紫的嘴唇翻了一下，答非所问："我找过吕南老的那位同学，就是那个老教授。他们的消息总是很准确，而且从来不夸大其辞。据他讲，纪及的这本书只是一个'引爆点'而已，其实长时间以来这里就有一个问题没有解决……"

"什么问题？"

"'人'的问题。"

我迷惑了。顾侃灵哼哼着："他们还是想从根本上解决……他们苦于没有办法，不得已才夸大了我们的危险……"

我重新去看那只美丽的南瓜，抚摸它深红色的花纹。大自然的神秘果实。

老顾再次叹息："如果吕南老把一切都搞明白，如果他能够冷静一下，事情会多好啊！不管怎么说，我还是要找秦茗已老先生……"

"我们不是找过他吗？"

"应该让其他人再找一下。吕南老对他的话还是非常尊重的，霍老就更不要讲了……"

纪及打断他的话:"你就叫他的名字得了,什么'霍老'!"

"对不起,你看我这样叫惯了。我再也不跟'霍老'叫'霍老'了……"

我笑了。

三

这个夜晚闷得很。我和纪及沿着窄窄的巷子走了一会儿,突然一齐止住了脚步。我们站在那儿互相看着,彼此的目光都在问:还往前吗?纪及点点头。我们不知不觉走到了这儿——前边不远就是秦茗已老先生的院落。

纪及笑了:"你别误解我的意思。我不会蠢到这样的地步:请求谁来保护。我尤其不想让一个老人保护我们。他年纪大了,本来就忍受不了那么多的颠簸。"

"那为什么还要来这儿呢?"

"不知道。我只想看看老人——我好像有什么放心不下。总觉得他是这座城市的一种象征——就像天空要有星星一样,这座城市里要有他。我有时睡不着,特别想去看看他。哪怕只到他跟前坐一小会儿也好——"

我只得同意。我知道,有时候我们的确需要那种无言的激励。我们会从他们银白的毛发和清瘦的脸膛、那双由于衰老而变得深陷的眼睛中,得到一种奇怪的力量。

我们终于往前走去了。

秦老晚上不可能外出。他上了年纪以后,至多是在小院里活动一下,侍弄一下花木。一些很重要的会议他都不参加了,但即便如此,他在这座城市的声望还是日益增长。

我们在熟悉的绿色小门前按响了门铃。一会儿院里就响起脚步声,他的女儿来给我们开门了……我们进门时,她伸着手,好像要说什么。她的两手全是面粉。

这一次她没有大声通报。我们直接走进去。

老人对一切突然的造访都习惯和坦然了。他仍然坐在那个藤椅上,膝盖上伏着那只可爱的黑白花猫。花猫好像与秦老一样习惯了来访者,眯着眼睛,可爱的下颌压在两只胖胖的前爪上,听到声音连眼都不睁。秦老把脸缓缓转过来,借着微弱的光线看清是我们两个,目光稍微振作了一点,点点头。

我们没有看出什么异样。一位老学者就该这样。不过秦老的身体非常好,头脑清晰,说起话来底气很足——虽然他从很多年前就开始注意节省力气,说话尽可能压低音量。我们坐下来。主人没有问什么。他好像已经习惯了客人的主动叙述,包含对主人所表达的景仰之情。可是这一次我和纪及没有说话,因为我们只想在他面前坐一会儿。

秦老抚摸着花猫,偶尔抬头看看我们。后来他终于有点迷惑了,抚摸小猫的手陡然停住,问一句:

"你们两个要做什么?"

我看看纪及。纪及说:"秦老,我们……我们只想来看看您。"

秦老重新抚摸起花猫。他在思索。后来又问:"就为了看看我吗?"

"秦老,是的,我们想念您。我们只想在这儿坐一小会儿,一小会儿就走……"

谁知老人听了立刻把花猫从膝盖推到地板上,正襟危坐,目光锐利地盯了我们一眼:

"真是这样吗?"

我有点发慌,看看纪及。纪及站起来:

"秦老,是的,我们路过这儿,就进来了……"

秦老也站起来。他在室内踱了几步,又去寻椅子旁的拐杖。他用拐杖敲着地板走了两圈,又坐在藤椅上,这才开口:"你们说谎了,年轻人!"

我的心揪了一下。

"你们不是想我了,而是遇到了麻烦。是不是这样?"

我和纪及都没有回答。我在想:也许是的。

"很遗憾,我不能向你们提供任何支持和帮助。因为你们脱离了原则和⋯⋯违背了唯物辩证法的精神、实践的观点、物质是第一性的观点!你们违背了这些!任何时候都要牢记基本的原则,任何探索,哪怕是最大胆的探索,都不能离开这样的一种理论指导和科学精神!有人认为年轻人各种各样的工作都应当受到鼓励,错了。我从不这样认为。我认为任何人的工作,是否应该受到鼓励,就是要看是否有益于我们的事业向前发展。不负责任,甚至发展到结帮拉派,搞一些不正当的东西,目无领导目无纪律,影射诋毁以及⋯⋯更不是一个学者所应该做的!对这样的年轻人,我想提出的只有两个字:批评!因为严厉的批评也是爱护⋯⋯这样,他们也许才不至于滑到危险的边缘,弄到不可收拾的地步⋯⋯"

我站了起来。纪及也站起来,问:

"秦老,您在说我们吗?"

秦茗已在用拐杖捣地:"我必须把我的观点明确地告诉你们,不然的话,你们在有关场合还会胡言乱语,说什么我同情你们支持你们。如果是这样,更多的人就会误解。实际上我还没有糊涂到那种地步!"

我忍不住说了一句:"秦老,您这是误解!我们什么时候也没有那样讲过,因为您的确没有那样讲过!"

秦茗已的拐杖继续捣地:"我是说今后,今后你们会这样做的。所以我提前把态度告诉你们。我只希望你们在单位好好服从领导,认真工作。任何好高骛远,甚至歪门邪道的东西,都不会长久的——海外,哼,那算什么?我秦茗已老啦,可是我直到最后也不会背离自己的原则、我的信仰。我的信仰是坚定的!"

他昂头看着窗户。

我有点发蒙:难道我们来看看秦老就危害了他的信仰吗?我不明白。纪及咬着嘴唇。我想他在极力将心中的什么压抑下去。他对这突如其来的愤怒、误解以及尖利的指责,完全没有一点准备……我坐下,纪及也坐下了。我们忍受着。我们不忍顶撞一个老人。我们希望老人不要生气,希望他把怒火平息下去。可是老人的火气越来越大,嗓子几乎都变音了:

"现在就有那么一些人,依仗学术上的一点点成就,膨胀得很哩!他们忘了自己的成绩和荣誉是谁给的,忘了自己在为谁工作。霍闻海同志是一位老专家,他的学术成果是一点一滴积累起来的。他现在的社会活动仍然很多,担子仍然很重,可即便如此也从来没有中断自己的研究……你们要端正自己的态度,多学习他,丢掉不切实际的幻想。在一些大是大非问题上,我不会与你们站到一起的。我的态度十分鲜明,那就是:不支持,不支持你们的做法!这是我今天必须告诉你们的一点!"

我们当然明白了。我稍稍提高了声音对纪及说:

"走吧,我们不要气着了秦老,更不要连累秦老。我们听秦老的话,还是抓紧时间回去——回去学习霍老——我们走吧!"

我扯了一下纪及。纪及不知是被我扯得有点恼怒,还是被秦茗已的话给惹恼了,猛地把我的手甩开了。他紧盯着秦老,简直在呼叫:

"秦老,这真是您的心里话吗?您真的这样认为吗?你真的认为那个霍闻海是'专家''学者',是一个高尚的人?你不是在说反话吧?"

秦茗已砰地拍了一下椅子扶手："狂妄！荒唐！"

"秦老，您不要生气。您不知道我们是多么尊敬您。我们在您面前没有说任何假话。我们真的只想来看看您。那些事是您先提出来的。真的，您很糊涂！"

秦老嘴唇颤抖："我清楚得很，我现在什么都明白！"

我想说：是的，您什么都明白。您在很早以前就写过那么多的著作，受过各种各样的磨难。在那些折磨面前，您没有屈服。这在整个文化界都有口皆碑。您的高大形象就是从那个时候起一点一点树立起来的。您没有糊涂，可惜到了今天变得太清晰太灵活了，太懂得利害。您如果能稍稍模糊一点可能更好……

秦茗已用拐杖捣地、拍打椅子扶手："你们走！走！"

我们站起来。

"你们走！你们不要再来了……两个堕落的年轻人！"

是的，总有人在堕落。我们找不到路标。我们现在发现自己全错了，但想不出自己为什么会错。是的，我们要走了，并且不会再来了。

纪及催促我："我们走吧……"

秦茗已老人举起了拐杖。我以为他要打向纪及，但这拐杖颤了颤，又一次重重地敲在了地板上。这引来了他的女儿。她站在门口，紧皱眉头看着我们。我对她点点头，接着对秦老说："秦老，我们走了，请您不要生气，请您多多保重。"

我觉得自己难以把真实的感触说出来。我的脸有些红涨，但我想到这一离去可能再也不会返回、没有机会向他说出心里的话，有些痛心和可惜。我转过了脸。

纪及也说："对不起秦老……请您好好保重，我们再也不会来气您了，再也不会来打扰您了，请您原谅。"

我们差不多是往后退着，出了这间屋子。

秦老一下坐在藤椅上,不安地活动,藤椅发出了吱吱嘎嘎的声音。这时候我亲眼见到那个有点胖的姑娘眼里流出了泪水。她一直恨恨地站在院子当中,盯着我们。

我们向她告别。

第十二章

秋冬之界

一

随着天气变凉,我们的办公室也走向了凄冷。下班时,最后离开的人忘了关窗,桌上的纸页吹了满地。这使人想起满地落叶:一下就进入了秋与冬的分界。我们这儿再也没有了过去那样的火热气氛,大家只低头做自己的事情,闷声不响。那个像小燕子一样的女打字员噼噼啪啪敲打键盘,很少从她的窝里出来。而过去只要娄萌不在,她总是时不时地出来转一圈,自我感觉良好地四处睃睃。那个老编辑对其想入非非,也是自然的,待我上了年纪之后,保不准也会有这样的事情发生。人到了一定年龄就会有透彻的思想,并且总是急于将这些思想落到实处。马光埋头工作,一会儿在纸上画些什么,一会儿又抬头看我。当我的目光试图与他对接时,他又赶忙回避。

娄萌坐在对面,没有时间理我。她近来脸色似乎有点黑,我想这是初冬的干风没白没黑吹拂的结果,再好的护肤品也无济于事。于节正处于困难时期,丈夫的情绪总是很快传染给她。都知道于节平时对她充满爱护和体贴,始终把她当成一个少不更事的娃娃,那情景真是可乐。大概他现在也顾不得了,所以娄萌才变得苦凄凄的。过去她在办公室总是与我们谈笑自如,大谈音乐、咖啡、瑜伽,谈专属于这个城市上流社会的一切,包括各种传闻,那真是一份额外的欢乐。以前于甜到办公室来,走后马光就开玩笑:"娄主编,像你这样的年纪,比我们也大不了多少,怎么会有这么大的一个姑娘?我给你算了一下,"他一边说一边扳手指,"哎哟,你二十岁左右就怀上了,真能干!"

娄萌红着脸斥责,却难掩那种满足感。夫君微胖,体面,地位高,性情软,富有耐心,让她可着劲儿撒娇。人来到这个世界的目的千奇百怪,有人为了革命,有人为了受苦,有人为了淫荡,有人为了做官,还有人就为了——撒娇。马光说娄萌撒娇的本事相当于一般女性的二十五倍。他说当时娄萌只是一个高中生——那时候的高中生比现在的地位要高得多——穿着连衣裙,走上街头光芒四射,不早恋是不可能的。某一天机关上有个副处长到学校作报告,那人白皙,洁净,眉宇间有一股英气,头发梳理得一丝不苟,显得十分年轻——这是娄萌后来说的。报告之后娄萌找他提了几个问题,使对方大为惊讶:一个女学生竟能发出这样的提问?他们一拍即合,很快热乎起来。她觉得这人天生就是一个好新郎,年轻有为。"当时想啊,这点年龄差距算得了什么啊,他一点都不显大!"她一说起当年的相识和热恋、第一次婚姻,就兴奋不已,话语滔滔。她说那时崇拜一切政治上有作为的人,在她和那班早熟的女孩子眼里,走革命道路似乎有一个捷径,那就是赶紧把自己献出去,越早越好。"那时根本没有什么性啊、青春的冲动啊,更没有少女的羞涩之类,只想让他们好好教导咱一番,让他们领导咱一辈子、影响咱一辈子!"听听吧,就连第三者插足的事在娄萌嘴里也变得冠冕堂皇。她闭口不提当年不足二十岁的少女之媚,是怎样把一个中年人弄得神魂颠倒的,结果让一个还算老实的男子不合情理地与结发之妻一夜之间闹翻了脸,大喊大叫要离婚、离婚,最后真的离了。

就这样两人结合了,美妙的传闻伴着各种谣言飞得满城都是。与于节的认识是后来,当时照样闹了一场,因为两边都要离异,工程更加复杂。于节面对巨大的舆论压力快要抵挡不住了,娄萌却满不在乎,鼓励说:"不用管那些人说什么,他们是狗吃芥末干瞪眼!"这真是一句妙语,它出自一个少妇之口尤其让人佩服,把沉静安稳的于节吓了一跳:他惊魂未定,她却没完没了地亲吻,最后使他勇气倍增。他们一天天消受着蜜月以及不是蜜月胜似蜜月的婚后岁月,两个人都胖了。多么愉快幸福,大街上的各种议论都远远地甩到了身后。于节甚至发现,有娄萌相伴,自己的一切都格外顺利,自然而然。婚后第二年她就生了孩子,而后他很快就提了一级。上年纪的老领导总是夸他:"这个青年,嗯,有个贤内助。"老领导见了他们夫妻两个,伸手就刮娄萌的鼻子,娄萌就做鬼脸。老领导有时见于节单独一人,就问:"你家小娄还是那么顽皮吗?"于节认真回答:"还是。"老领导笑了,说:"你得经常领她出来啊,不能让她一个人闷在家里,可不能有那么多封建思想,什么'女主内男主外'!"于节点头说:"是,是是。"

这些甜蜜的往事娄萌很少讲,但是到了高兴的时候想忍也忍不住。她说:"杂志社就是我们的家,我们就是要像一家人。"大家都觉得她的话绝非虚言。她是那么爱护我们、纵容我们,真的从来没有将我们当成外人。她不拘小节,温柔大方,绝不像有些女人那样扭扭捏捏,高兴了也讲一点稍稍泛黄的故事,却又不会使人难堪。她如果特别高兴了,还会扭扭这个鼻子、按按那个头顶,把男同事们拍来拍去——她不知道这给那个老编辑造成了多么严重的后果——对方浑身哆嗦,事后一想起来就哭,并在长达三年的时间里与自己可怕的情感作着艰苦的斗争。

如今,娄主编却在尽可能地回避我。这在她是极少见的一种情形。看得出她正谨小慎微。

这天下班,大家都走光了时,马光就拉我到打字员那个小一点的工作室,还把门关了。我们坐着呷茶。我有点迫不及待,因为几天来的沉闷空气让人焦躁。他喝着茶,突然说了一句:"你知道吗?我也给弄进去了!"

"什么弄进去?"

"你不知道,那一伙人搞了个黑名单……"

"这我知道。'国际徐福研究总会'怎样了?"

他不答我的话,只说:"你知道的是原来那个,现在他们搞了一个更大的,用意恶毒……就是这个名单把我添上去了。"

我听了有些高兴:"原来是这样。这好啊,'七十二代孙'本人知道吗?"

马光尴尬地瞽瞽我:"别闹了。你是名单上的老人,当然可以轻松。你知道我本来是不想陷那么深的……这全是他身边那些人搞的,不过是想邀功、趁机起哄。霍老和吕南老一样,其实都不一定知道真相……"

"知道了也不要紧,因为你与攻防双方都没有关系,你压根儿就没沾边。"

"可不是嘛……你知道,我本来就没有参与什么事情,我不过是偶尔把一点消息透露给你罢了,可你不该出卖我!现在他们说我是叛徒,是打进'内部'去的,是'卧底'……"

我听到这儿真是快意极了,说:"你太多心了,谁也没有出卖你。我从来没有对任何人谈起过你的事儿。"

马光瞪大了两眼:"真的吗?"

"绝对真的。"

马光站起来,不安地解了脖子下的纽扣,立刻露出浓浓的胸毛。我这时发现他的胸毛有些微微发红,暗暗吃了一惊。我叫道:

"天哪!"

马光立刻瞪起眼睛:"看看,你也害怕了吧……告诉你吧,只要你没说,那么就是这伙人诈我。你知道,我最后悔的就是与小贱人有那种关系……真后悔。她想让我干下作的事情,可你知道我不会干的!这一来肖妮娜就恨起我啦。他们以为我是一个忘恩负义的人,翻脸不认人,就把双倍的仇恨发泄到我身上。"

我好不容易才忍住笑。我知道马光说的是真话。我在想:这就是你荒唐的结果。我有些幸灾乐祸,问:"这一次你在总会里能弄个理事干干吗?"

马光烦烦的:"别闹了,哪有那么容易。连下边县市要做个理事单位,还要交不少钱呢!哎,这回问题严重了……"

"又怎么了?"

"他们说所有与上边作对的人,全要倒霉——这回要从根上解决问题!"

"失去公职?抓起来?那就等着吧……"

马光半张着嘴巴,后来低头沉默起来。我拍拍他的肩膀:"不要怕,到时候我和朋友们都会替你说话的。你没有卷入,实际上什么也没干,只是一个旁观者,如此而已。你不过多少有点同情心、爱开开玩笑罢了。"

马光笑了。他对这种嘉奖很高兴,不过略一思量,好像又发现受了什么委屈似的,站起来:"告诉你吧老宁,我也不怕他们!他们又能怎么我?"

"是啊,凭你和肖妮娜的关系,她也会帮你嘛!她肯定有这个力量……"

他在我肩膀上推了一下。谈话就此结束。

二

空气里增添了阵阵冷肃。我知道已经站在了秋与冬的分界线上,稍稍向旁跨出半步,就立刻迈入了严寒。随着冬天的逼近,我和朋友们反而变得轻松了。

我脖子上加了条漂亮的围脖,晃晃荡荡走着,每天按时上下班。回到家里,梅子常常要注视我——当我转脸看她时,她又要掩饰自己不安的神色。一个男人常常让妻子忧心,这算什么啊。在这样的日子里,我有时只想一直伴着她。我甚至不想再去上班。可是她有自己的工作,我也一样。我们剩下的只是漫长的夜晚。她明显地感到我与过去不太一样,话越来越少。她也一样,只是用目光询问和安慰。

岳父却变得更为冷漠和生硬,不再与我谈论家庭生活之外的一切问题。这在预料之中。我们只好巧妙地相互躲闪。

这一天我到办公室有点晚,刚进门有人就告诉我:"刚才有人打电话找你,已经是两遍了。"

"谁这么早来电话呀?"

"他不告诉名字。他只说很快就要离开这座城市,是出差路过的,想在离开前与你通个电话。"

我想到了淳于甘阳,问:"听声音是多大年纪的人?"

"好像和你差不多的年纪吧,一个男同志。"

半上午时分,马光接了一个电话,接着就说:"喏,老宁,你的!"

电话里是一个陌生的声音,很沉,鼻音很重:"我们没有见过,但我跟吕擎是朋友……淳于甘阳。"

我赶紧应答,声音里透着激动。整个办公室的人都在听我们通话,我却顾不得四周,因为这时我脑海里又闪过了那张"回眸"的照片——我在与她的孩子说话啊……我问:"淳于甘阳,你不是早就离开了吗?""没有。我一直在这儿,要忙完一些事情。原打算今晚坐车走,离开前觉得我们应该见一面。后来又有事耽搁了。走之前,我想在电话里跟您……"

我听着,他却变得吞吞吐吐。不知怎么,我觉得两人已经相识很久了——他说:"我知道你们去老林场了。在城里的这几天,我听到了很多事情……替你们担心。"

我心里一阵感动,只说:"谢谢,没什么。"

电话那一边久久沉默。停了一会儿,他的鼻音更重了:"我不知该不该说……很久了,我一直在想:你们,包括好多朋友,大家正在做的、正在坚持的这一切,值得不值得……"

我愣了一下,听下去。

"我是说,这种种矛盾、斗争,是不是一种没完没了的循环呢?"

这个质询来得太突然了,让我一点准备都没有。我不知他在说老林场母亲可怕的遭遇,还是在说现在城里的事情。我没法回答,只有听着。

话筒里一点声音都没有。难道电话出了故障吗?难道他离开了吗?我忍不住喊:

"喂,你在吗甘阳……"

"请讲,我听着呢。"

我只得说:"噢,我没有想过。我会好好想一想。"

甘阳又是沉默。停了一会儿他说:"您可能知道——您不会怀疑,我与您是完全站在一起的,我是您的朋友!"

"当然,我相信。"

"我要说,我很理解您的想法,甚至有点感激您去了老林场……"

"谢谢你,甘阳!"

我想紧握那一端的朋友。可是甘阳好像急于打断我的话:"谢谢。那好吧,请你听听我的一些想法,我想我应该全说出来,这才像个开诚布公的朋友。就在不久前,我还有那么强烈的复仇心理——当时我知道了母亲的遭遇,简直像一头狮子一样,到处寻找撕咬的目标。可后来就有点失望了。了解得越多,越是失望。我知道了那么多残酷的故事:母亲,母亲之前;这个城市,那个城市,一代又一代……这些故事说也说不完,而且一再重复。这时我才明白,这些争斗是没有尽头的,它们会一次又一次地重复下去,全都雷同。它们会使我们这一代精疲力竭,一无所得地走完这一生。我矛盾,痛苦,想了许久许久,最后终于想明白了——对付这一切的最好办法,就是连眼睛也不斜过去一下!就是忍受、绕开,尽可能地绕开!只有这样才能做我们自己的事情。因为我们没有回天之力——谁都没有。我们这之前的一切想法,所有的激烈和愤怒,都太天真了。想一想吧,我们那样做真的于事无补,既不能推动历史,又不能托放灵魂——我们的责任也许仅仅是在自己的岗位上,我们的岗位,我们只在这里存在!"

甘阳的话越说越急,铿锵有力,但一下就结束了,像突然停下的钟摆。我不知怎么回驳,只期待着。这钟摆又开始悠动:

"相信吧,我的朋友!在这种种纷争面前,你的目的再纯洁,也还是会走到一个怪圈中。你不得不随着这个怪圈旋转,不自觉也不情愿地沾上一些脏物,到时候想挣脱都来不及了。我想做的,就是把你和朋友们从这种怪圈里拽出来……你同意吗?"

我没有回答。

"喂……"电话里的声音急促起来。

我不能够回答。豆大的汗珠从脸颊上流下。我努力忍着,但还是忍不住:"是的,我去了老林场。这会儿又想起了你的母亲、她那双眼睛。她在回头看一个人——不,是看我们大家……你让我忘掉这双眼睛,可是,我忘不掉。我去了老林场以后,就更加忘不掉了……"

电话里没有了声音,一点声音都没有。这时候整个办公室里死一样沉默,掉下一根针都会听到。

电话里是"嘟嘟"声。

可我还在久久地握着那个话筒。不知什么时候,我身上的衣服都被热汗湿透了,连头发梢都湿了。我长长地吐了一口气,一下坐在了椅子上。我顾不得擦去一脸汗水,这时候一抬头,看到娄萌正在注视我。

三

因为晚上要加班,我就在旁边的小吃店里用了餐。喝了一点酒,脸烧起来,可是没有醉。回到办公室时,娄主编还没有离开,正坐在桌旁摆弄几粒发红的药丸,又摊在一张纸片上,见到我就收到抽屉里去了。她抱怨"酒气",把合上的抽屉推拉了几次,最后把那点东西取出,吞服了一两粒,剩下的装到了一旁的手提包里。

我瞥着那个提包。娄萌不说话。

我想她大概就要离开了。可她站起又坐下,接着把包放到了一边。"我很早就想跟你谈一谈了,今天你愿意听听吗?"

她的口气有些生硬。我说:"那就谈吧!"

她把眼前的乌发往上抚了一下,语气变得温和了一些:"你知道吗?于节和我都想保护你们,可你们这一段一点都不配合……你们啊,组织观念也太淡薄了——"她瞥瞥我,眼睛里闪过一丝严厉和惋惜,拍了拍我的肩膀。我也站起来,这样她就不能居高临下地拍打我的肩膀了。

"娄主编,你是多么可爱的人,可是你一板着脸讲那些大道理,马上就不可爱了……"

她的脸色和缓下来,笑了。她企图回避我的目光,把脸转到一旁。可是当她把脸转过来时,立刻让我发现了一对热忱的眸子。她坐到桌前,又站起,到窗前看什么。我也踱到窗前。窗外熙熙攘攘,关得严严的窗户把一切嘈杂都隔在了外边。我们居高临下地看着这座城市——这时她突然转过脸来,有些严厉地说:"看你穿得邋邋遢遢的!一身酒气!"

她的手扯了扯我的衣襟,但没有马上拿开。

"看你喝了多少酒。多么大的酒味儿……"

她的手按在我的胸部,嘴巴半张着。老天,这会儿我却明显地感到她也有酒意。真的,她喝酒了。可是从我离去用餐的这段时间来看,她是没有机会去酒店的——那么说她在抽屉或皮包里藏了个酒瓶?她偶尔有点酒瘾,并借此纾解生活压力,这是我知道的。但她更喜欢吞服霍老的"不老丸",她男人不敢试,她却胆大包天地吃了许多——有好几次我想劝止她,说你早晚要毁在这些荒唐的丹丸上,但最后还是忍住了。谁知道呢?她现在的确是十分年轻,所以对丹丸的功效坚信不疑。但她每次服过了它们就脸色发红,一只眼睛微微斜刺——这就是所谓的"发丹"了?这有点让人害怕……她散发着酒味的嘴巴对在我耳朵那儿说了什么,但咕咕哝哝的几乎一个字也听不清。

四

这是个可憎的时刻。接下去我觉得酒力发作了,语无伦次,大谈"七十二代孙"、"国际徐福研究总会"、纪及、和式料理、马光的事……自己都不知道说了什么。

我坐在桌子上。她抄着手端量我,一只眼睛斜刺着,说:"我比你大两岁。"

我伸出一根手指纠正她:"准确点说,是一岁半……"

刚才我们还离得很近——可能一开始是她而非我,想拉对方坐到椅子上,就把对方的手握住了。这手没有马上松开。只有离得如此之近,才发现她的一张脸原来是这样完美。真的完美无缺。我顺着后颈往下,看到了后背、腰际。她的腰部开始变形……

这天晚上一直到半夜我们都在一起。一种巨大的苦涩的友谊笼罩着我们。我不愿看她的身体。她会让所有的人产生一种贪婪,那么丰腴,一下跃入了唐朝的美。天哪,我可千万不要犯一些低级而该死的错误,那样下半生我就只能厌恶自己了。后来两个人都沉默下来,她只是偶尔拍拍我的肩膀。我不说话的时候总在想生活是怎么一回事、生活的勇气和意义,它们在类似的时刻所经受的考验,它们的分量……我在自救还是自焚?我正以胆小鬼的方式求得解脱?我会好好想一想。酒劲快过去了,可是我的头疼极了,而且心头正被一道沉重的命题压得喘不过气来……

"你的脸色……你难受吗?"

我答非所问:"不,我这个人,组织观念太淡薄了。"

她一伸舌头——又小又薄的舌头真不像是她长出来的:"快不要讲这些!"

"我想离开这儿,走开;我在这座城市工作得太久了……"

这时她的脸色才有点严肃,但很快就说:"不论到了哪里,你知道我在关心你就行……"

"……"

"我会保护你。用全身的力量保护你,不让别人伤害你!"

"可惜你没有这个力量,我也不需要——"

"不需要?"

"不需要。"

"为什么?"

"因为……怎么说?当一个人又闷又燥、浑身发烫的时候,恨不得跑到雨地里好好冲洗一遍!我现在就期待着那场大雨了……"

该分手了……我跟跟跄跄走出了办公室。

走上仍然喧闹的夜晚街道,我突然就感到了一阵可怕——简直是恐怖。我的心里那么空荡,一切的一切都像是被掏空了。

太饿了。我饿得心疼。在饥饿感的催逼下,西北风也让人骤然一栗。我站在一道斑马线的中央,觉得一步跨过了秋冬之界,不由得揪紧了衣服。太冷了。我身上真疼,不知是心还是胃在疼。我快速跨过马路,倚在了一棵法桐树上。

我有点害怕。周身冰凉。离开了大树,我要乘车。

我要快点回家。梅子!我一连声地呼唤。你知道吗?在这个不像样子的该死的世界上,我阴暗的内心也埋上了一枚,它总有一天会引爆,它是个秘密。

太饿了,太冷了。我恨不得一步跨到自己的小窝。

自 传 片 断

[续风云存照]回首往事令我感慨万千。深夜睡不着,就常常翻看过去那些诗作。它们日积月累总算有了一些,除了印书成册的,光是手写散页也有了一大沓子。首长说得何等好啊:坚持数年必有好处,任何事物都贵在坚持。这些诗作并非一个阅历短浅的人所能理解,它们和作者一样,也可以说是历尽沧桑啊。忆往昔,峥嵘岁月稠!即便是在最困难的日子里,我也没有停止写诗,反之也是一样:极大的欢乐中一定要乘兴挥毫。那时所用工具毛笔铅笔钢笔、各等纸张,都不会挑剔,有一次实在急了,因为没有随身携带纸笔,就用一根锈钉把突然涌上心头的诗句划在了破瓦片上。目前看这些诗作新体旧体间杂,以旧体为佳。没有办法,我们这一代人最终还是受传统影响较大。但对年轻人我一般不主张他们写旧体诗的,因为它的格律实在不易掌握。

有大量诗篇写于那个混乱的年代。从诗中可以看出我当时的苦闷。运动初期来势十分凶猛,我自然也是被冲击对象,简直是一夜间失去了自由。从那些怒冲冲的青年人的口气来看,这次显然是凶多吉少。平时我在工作中得罪了一些人,他们这时就乘机报复起来,批斗时捆绑格外用力,往往用单膝顶住我之腰背狠煞绳子……夜晚也不能休息,折磨起来花样翻新,有时竟以搜身为名将我脱到不剩一丝一缕,实际只为了羞辱而已。几个钟头下来,皮肤有了二度挫伤,并伴有相当严重的睾丸肿胀和精索炎等等,最重时大小便失禁。想想看吧,即便我解放初期犯过作风,有过生活上的一点瑕疵,今天的报复又怎能针对身体的具体部位、并且这样凶狠呢?更不可原谅的是,类似场合每每有女人参与,可见令我怎样痛苦尴尬!他们对一些细节兴趣颇高,简直可以说是过分好奇,连夜提审时大多集中在这些方面一一问起。俱往矣!不过往事虽然让我难以启齿,为了还原历史的真实面貌,在此也要一一记录下来。今天看,真正的唯物主义者是无所畏惧的,从物质第一性的、实践的观点看,唯心主义者所热衷的编造和杜撰,是经不起历史检验的。种种痛苦如非亲临其境者,将是无法体验的,我那时能够咬牙挺过来,除了坚定的革命意志,再就是凭借以前练就的吐纳功法和偷服自制丹丸,以此求得自保——仅此一项,也不能轻易否定祖国的医学宝库,不能说所有长生不老之术全是扯淡!一切都是为了争取时间,而时间才是真正宝贵的:一万年太久,只争朝夕!再说那个时期矛盾双方的转化往往是非常迅疾的,有时仅仅是一天之隔,主要矛盾就变成了次要矛盾!

我进入领导小组的第二天,可以说惊魂未定就投入工作,并开始写诗,内容无非是既往不咎,继续革命等等,全都发自内心。记忆犹新的是,我刚刚恢复了衣食无忧的宽松环境,就写下了平生最长的一首诗。因为长,所以不再讲究格律,属于"古风"。它歌颂了革命队伍中的女性,写她们每到危急关头挺身而出、解救战友的种种壮举……因为频频写诗和书法,有时竟耽误了开会——那时会议很多,上级委员会有时一夜间会发出十几条指示,每条都需要连夜传达。而我当时正迷于颜体书法,也得益于吕南老的具体指点,进步极快,免不了埋头小屋通宵不出。至于后来有人揭发我和所谓有夫之妇"不堪入目"的行径、继续热衷于阴阳采补践行双修,当然是过于夸张了。真实情形是,那位书法家的妻子也擅长颜体,我们只是良师益友的关系。再说我对其丈夫的全力保护,也是有目共睹的!至于说对一些著名文化人士的残酷迫害,更是一派胡言!迫害尚且没有,又哪来残酷?与此相反的是,我那时候所做的,恰恰是明斥暗保!如秦茗已先生,他和老伴被剃了阴阳头的第二天,我即提了糕点亲自登门慰问!请问当时敢于这样做的,又有几人?其夫人后来自杀,连料理后事都没人敢去,又是我指示他人事事善待。我背后流了多少同情的泪水,常常是不停地手书一些诗句,以发泄心中的悲情:人生自古谁无死,留取丹心照汗青;又写:我劝天公重抖擞,不拘一格降人才!

靳扬一事更是荒唐至悲之事!他最后的惨状也令我流泪,内人递了几次手绢都被湿透了……对此我不仅没有责任,反而应该说还有许多功劳——虽然最终也没能将人救下,但毕竟是延缓了他的生命、减少了他的痛苦。我曾以其患有精神疾病为由,力主放人,甚至几次慷慨陈词。在我的极力干预之下,靳扬后来总算有过少许宽松的日子。若不是最后上方严厉批示骤至,任何人都回天无力,那么整个事件或许会以另一方式收场。这段往事一言难尽,当年手上并不干净的吕教授,我却并未在公开场合揭露他的丑事——因为自己曾在进城之初探望过他,尊称他为老师,就一些古诗平仄问题认真请教过。所谓的"一日为师终身为父",就是这个意思。至于说他的夫人后来当众污辱我,且言辞激烈,我也睁一只眼闭一只眼而已。孀居的人了,我们还能要求她怎样呢?靳扬生前与那个林场女学者的事,让我羡慕中又有许多不解:那种环境看管极严,他们二人又是如何得手的呢?再则,女方已是万众瞩目的美人,又怎么会看上了一个疯子?可见老林场这些人当中真是充满了奇才异能,绝不是一般思维所能判断的,三言两语更是难以说清!

我曾经在那个女学者平反回城后专程探望过她,这时候尽管她"人比黄花瘦",但实事求是地说,其姿色仍旧超过常人若干,远不是一般人的面貌可以比拟……

国家进入拨乱反正时期,我与大众一样久旱逢甘霖,欢欣之情难以言表。这时除了恢复各项事业夜以继日忙碌起来而外,再就是抓住稍有闲暇增强身体(革命的本钱)。徐福求仙的事迹进一步为我所注意,关于古代方士长生不老的追求以及研究,开始提上我的议事日程。我一直想在有生之年创立一门"徐福学",即专门探索伟大的求仙先驱徐福两大要素:一是欺骗和战胜残暴帝王秦始皇的漫长过程和复杂技巧;二是获得长生不老的真正秘诀都有哪些,即古时齐国东部一带所有行之有效的长生验方,包括民间秘术。这是一个划时代的伟大工程,其成果一旦进入寻常百姓家,必将造福所有人类。我们过去曾说:中国应该对人类有更大的贡献;那么请问:世界上还有什么贡献会超过让人类长生不老呢?为了励志,我将这样两句诗书写并悬于床前:世上无难事,只要肯登攀。

东巡·十

一

从高空俯视这片疆土,一切都显得这样渺小。那个在当年曾经深深激动过他的万里长城,这会儿像一条松松垮垮的灰白色带子;四周的峻岭、丛山、绿色,都比它辽远雄伟得多。他发现一切人工做成的东西,原来都是极其有限的;而一切神灵做成的东西,却是无法企及的高大完美。比如说这连绵不绝的山岭,这浩浩渺渺的云气,这宽阔无垠的平原,还有这蓝色的天空,天空下无际的碧波。

再看东部疆土上缓缓行驶的车队,更显得可怜,从这儿望去,简直连蚁群也不如。他一再地试图接近一下泥土,想离他们近一点儿,以便看清那里的一切。

乌鸦盘旋,继续着刺耳的聒噪。

在高空里翱翔的始皇,这时候终于明白了:就在那个最大最华丽的、被一些丝绒和锦缎包裹着的车辇里,躺了一个行将死亡的人。这个人此刻显得那么干瘦和弱小,像一个儿童那么稚嫩。当然了,凑近了才可以看得更清,他是那么苍老,脸上满是皱纹,皮肤像缠在了骨骼上。可是远些看,他又像个儿童了,一个牙牙学语的儿童。就是这样的一个人,怎么占据了这样华丽的一个车子呢?他究竟有什么功德?有什么威仪?有什么出人意料的神通?他怎么可以成为这个长长的车队之核?

他用力地看着。他虽然知道这个人行将死亡,而且他的死亡将会引起山河改色,举国震荡。可他还是弄不明白,不懂其中的前因后果。他只得在心底发问:这到底为什么?为什么?一切只是个偶然吗?比如说旁边那个胖胖的赵高,如果他躺在车子里呢?还有那个丞相李斯,或者是那个扛着矛枪在一边瞪着眼睛的士兵,他们躺在那里呢?

真的是个偶然。因为总要有一个人躺在这样的车子里,总要有一个人威震四方。时间的浪花总要把一些东西从海洋里推拥出来,把它们撂在岸上。这好比那些顺着河流冲到大海里的杂物,它们总要被涤荡上来，在岸边摆成一溜儿，在阳光下泛着盐渍，阴干并慢慢腐烂。

车队往前蠕动着。

始皇仍旧不得其解，不知道那辆最华丽的车子里到底是谁，这个车队又是怎么个来由——它们从哪里来？到哪里去？它们又是如何来到了东部？又为何从那里驶出？他们要走向高原吗？他们到底要在哪里终止？

始皇极力回忆。他忽然想去车队里寻到几个熟悉的身影。看啊看啊，怎么也记不起来。

直到最后他才看出赵高有点面熟，发现了那个躺在奄奄一息者身旁的小宦官——这时他才恍然大悟，倏地记起了一连串的故事，记起了那一排排的儒生、文武大臣，那个有趣的大聊客老齐！

后来，他的目光就一直凝聚在丞相李斯身上了。

这个忠诚的李斯，这个儒生出身的令人恐惧的李斯，此刻一脸冷峻。他在等待那个时刻吗？那个可怕的即将发生巨大转折的历史时刻就要来临了，这个聪明人肯定对一切都了如指掌，早有预料。他在等待什么？他又有何打算？这个人除了忠诚而外，其他一无是处。

始皇记得自己无时无刻不在藐视和提防这个人，同时又有着一丝畏惧。经历造就了一个又一个可怕的生命，他们的幽思笼罩一切，洞察一切。也许一切懦弱都是伪装的，这个李斯的驯服，他可爱的驯服，曾经像一个长久的谜一样缠裹了他。这个谜此刻从湿润的泥土上升腾起来，漫过那个奄奄一息的瘦小的人，升到空中，化为了一片洁白的云。它们像棉絮一样，像蚕丝一样包裹着始皇，缠绕着，让他披挂着这朵云霞在高空里飞翔……

二

缓缓行走的车队啊，由东往西的车队啊，旌旗垂落，一片死寂。

这到底是谁的车队？尾随在车旁的那个面皮蜡黄的人，你转过脸来——哦，看清了，还是丞相李斯。你还记得当年与始皇的密谋吗？那一天朕与你有过一次至为深入和隐秘的交谈——

"朕问你，城内儒生尽杀，诗书尽焚，消息会不胫而走。如此下去，如何了结？"

"始皇，臣以为对付儒生，第一是封锁消息，不要泄露什么，然后就是一个字了。"

"一个什么字啊？"

"宠。"

"朕不解。"

"恕臣直言，我与各色儒生相处日久，像有名的稷下学派，也算熟识。我发现各色儒生方士有一通病，就是'得宠忘形'。他们当中有不少人朝思暮想要博得朝廷宠爱。一朝得宠，即忘记万般屈辱。所以，哪怕消息偶有泄露，只要陛下少施宠幸，也必定会把他们从四面八方吸引到咸阳城内。人只要进了城就好说了。"

"这么多人，最后又怎么了结呢？"

"陛下容我再想。"

一连两天，李斯都在冥思苦想。第三天他漫步到了郊外谷地，在一处绿茵茵的温泉那儿流连，心中突然一动。回宫后李斯马上晋见始皇：

"陛下，我看到深山谷地的温泉旁有数株甜瓜，那里长年青草碧绿，鲜花盛开——陛下可让儒生们赏花看瓜——陛下知道那些人从来喜欢美景，好奇心忒重，必会同赴山谷。届时可差人埋伏两旁，时机一到即封闭出口，令人扳动火雷机关……"

始皇细长的眼睛飞快闪动，惊得合不上嘴巴。

当日参加密谋者有李斯和赵高，还有左右丞、太尉郎中令及廷尉。始皇颁布一道旨令，赞颂天下儒生的文功，表明求贤若渴的心情,然后邀集他们会集咸阳,赏花看瓜,共襄盛举……

　　始皇此刻闭上眼睛,还能够看见从东海、南海、中原、西疆,特别是长城脚下,众儒生骑着毛驴,坐着马车,轰轰隆隆分数路赶往咸阳。他们有的一路吟唱,有的默默不语,身边都带着一捆捆的竹简;有的把竹简扛在身上,累得气喘不迭。但也有一些儒生走得很慢,他们似乎在观望。始皇知道这后一类人是真正可怕的……尽管如此,八十余天之后大部分儒生已经赶到了咸阳。李斯和赵高他们立刻摆下十里长宴,让大家开怀畅饮,说一俟众儒生聚齐,即可进入谷地。

　　先期抵达的儒生终日饮酒,赋诗不绝。十余天过去,各地儒生带来的书简堆满了十座帐篷,令始皇心中惊惧:前番大肆焚书才几年工夫,如今它们又像雨后蘑菇般拱出了地皮。他连连说:"好险,好险。世事难测……好在一切总可以作结了。"可是李斯对他说:"来到这里的都是一些浅薄小儒,大鱼还在水底:那些心揣计谋,心比天高的大学问家,都散在咸阳街巷,无非是观望询查,一有不祥即会立刻回返。另有一些人干脆就没有进城,只在郊外驻扎。那些路边帐篷、装扮成商贾人士的,有的就是当今大儒。"

　　大约又等了五六天,稀稀落落又增加了一些人。这些人果然并不嬉笑,个个面色冷凝。再后来实在没人来了,始皇只得让廷尉率人走向城外四郊,将那些可疑的商贾如数逮起,然后再根据什五连坐法让市民举报。短短几天,咸阳城内外就抓了六十多个儒生。这些人被单独秘囚。

　　御史大夫宣布:可以进入谷地了。众儒生由几个文官带领,踏入了热气腾腾的谷地。此时正是初冬时节,寒霜遍地,惟有温泉旁绿草茵茵,鲜花盛开,几个金黄的瓜儿正在吐放香气。大家从来没有看到这么美丽的景致,一时欣悦忘情。

　　始皇一干人站在谷地上方的高地,一切皆收入眼帘。

当所有儒生漫游在鲜花丛中、金瓜之侧的时候，谷地的入口即被巨石垒起。始皇拔出了背上的卢鹿剑，迎着谷地一挥。顷刻间两声号角吹响，接着土坡上冲下两队弓弩手。万箭齐发，谷底的人给射倒了大片，哀鸣骤起。又是两声号角，有人扳动了上坡的石垒，点燃了火雷。只听得一阵巨响，巨大的垒石和成吨的土块泻向了谷地……

　　…………

　　始皇在云端之上，这时耳旁全是那一天的嘶叫声、火雷声……车队缓缓向前。一群乌鸦往一块儿聚拢着，妄图挡住他的视线。他像吹开那些云朵一样，用力驱赶那群乌鸦。可是他发现自己那么衰弱，竟然连一口粗气都吹不出。"老啦，老啦。"他不断地感叹。此刻他是那么急于看清下边的事情，要知道这是谁的车队——他仿佛觉得自己渐渐与那个华丽之车里躺的瘦小的人儿一样，衰弱、气短，也濒临了死亡。在这个时候，他觉得最令自己不安的，就是那群越聚越多的乌鸦……

　　他俯视着大地上的一切，忽然听见了翅膀扫动气流的哧哧声：那群密集的乌鸦一旋，纷纷护到了那辆华丽的车子上。

　　他知道，那个激动人心的时刻终于来临了。

催　　逼

一

　　马光这天要去印刷厂，可刚刚下楼又慌慌张张跑上来了，脸色蜡黄大口喘息。办公室的人都围上去问怎么了？他上气不接下气：

"有问题！有问题！"

娄主编过来问："怎么啦？你慢点儿讲！"

马光喘了一会儿，这才镇定了一点。他说正要骑自行车从四大马路那儿往南，刚拐过一个弯，就有一辆"蓝鸟"轿车跟上了他。它开得不紧不慢，老在自行车屁股后面按喇叭。后来他就下了车，想不到那个司机火气大得很。这家伙一脸横肉，黑乎乎的，握着拳头，开口就说："你小子欠揍是不是？老挡我的路！"马光知道遇上了一个找事的，就说："我一个劲儿往边上靠，是你跟了我！"那个家伙挥手就打，他一歪头躲过……"这时好多人都上来劝解，那家伙一看人多，就骂骂咧咧上了车。我又骑车往前，可是刚拐过一个巷子，那辆'蓝鸟'又出现了！我想这家伙是想找个没人的地方把我撞死。就这样我赶紧掉头回来了……"

大家听了都连连啧嘴。娄萌说："还有这样的怪事！"

我一直没有吭声。我并不觉得这有什么奇怪，因为我想起了那天在王如一家遇到的那些人。我骂了一句："卑鄙！"

娄萌看我一眼，目光有些游移。

我说："我敢断定这是蓝毛一伙的。"

马光一听就慌了。

娄萌说："我们没有根据，先别这么说……"

我说："会有根据的！"

我提出与马光一块儿跑印刷厂，娄萌看着我。这次我从她的目光里看出了不安。她怕我们路上吃亏。她拍拍我的肩膀："算啦算啦，马光也算啦！等明天让司机拉你们去。"

这天下班时，娄萌示意我晚走一会儿。我们等人走光了才一块儿下楼。她说："老于的司机一会儿过来。"

杂志社虽然有车，娄萌还是常常坐于节的车上下班。于节的车从来不停在我们办公室门口，而总是停在离办公室五十多米远的一个报亭下面。我们肩并肩往前走。我一声不吭。心上有一种委屈、温暖和时而闪过的某种冰凉。几天来我的变化太大了,消瘦,夜间失眠,像是从未有过的憔悴。可这些天娄萌倒像换了一个人,变得更和蔼、更愿意笑了。她常常出神,有时看着我,欲言又止的样子。后来她对我说,她的脑子里常常是一片空白。

"为什么?"

她摇摇头。

我们俩一块儿走到报亭那儿,司机正把车子往后退开一点儿,想泊车。我这会儿在想:马光今天遇到的事情,说不定哪天我也同样——也许他们把他认成了我?只是这样想了想,一身血液马上就往上蹿、往上涌,两只拳头随之胀得发麻,心口那儿也胀。

听说顾侃灵的病更重了。我和纪及一块儿去看他。老顾躺在那儿,喘息着,嘴唇裂开了一道口子,流着血。这嘴唇焦干焦干,长了一层黑痂。爱人在一旁熬中药,见了我们就抹眼擦泪,说:"你看……老顾这么大年纪了,真想不到……"

顾侃灵看妻子一眼,然后自己解释起来:他患的是重感冒。可我们不信。我觉得这其中必有缘故。他的妻子只是抹眼睛,很长时间什么也不讲……我们出门时,她才随上来,悄声告诉我们:

"有人来传我们老顾了!他又气又急,没几天就病倒了。"

我心里一惊,脑子里马上闪出一个人的形象:狸子。我问:"是狸子吗?"

她没有吱声。纪及问:"那人长了什么模样?"

"黄黄瘦瘦的,还穿了制服……"

"那可能是保安公司的狸子!蓝毛的朋友!"我这样喊了一声,立刻反身回屋。

我站在老顾床边。他还在呼呼喘息,眼睛望着天花板喃喃自语,摇着头。我说:"老顾,你应该告诉我啊,这么大的事你怎么能隐瞒呢?"他妻子小声说着,带着责备的口气:"他是怕丢人,爱面子啊。他生怕让人家说出去,说看看吧,老顾被人家传了……多不好听!"

我说:"什么'传了',这完全是那一伙捣的鬼!那几个人不过是一群狗。保安传人是违法的,别看他们穿制服提警棍!"

我的一句话似乎启发了顾侃灵,他从床上探起头,睁大了眼睛:"你认为是这样吗?"

"当然是这样!"

我和纪及都在想怎么对付这帮混蛋。我觉得一双手胀得滚烫,心脏正剧烈地轰击胸廓。我对老顾说:"当那个穿制服的再来传你时,有一个简单的办法……"

"什么办法?"

我一直在看屋角那儿放的一截铁棍,就指指它说:"你把它抄在手里,当他再到这儿来的时候,你就命令他滚出去。他如果再纠缠不休,你就用这个家伙教训他——要打他的腿——走狗主要是腿,先把他的腿打折。"

"那可要吃大官司的!"

"官司由我来吃!我会替你应下这一切!"纪及说。

顾侃灵双手摆着:"使不得,使不得!"

我笑了,但很快就笑不出来了。顾侃灵开始从头诉说整个事件的过程:那个穿制服的把他领到了一间奇怪的黑屋子里,里面什么都没有,只有一张床,一张破桌子,一看就知道不是个正经地方。他拍着桌子问了很多。爷爷、老爷爷、父亲、社会背景,都要一点一点回答。后来又让他在纸上写了一些字,于是他立刻明白那是要对笔迹。因为十几年前也有人让他这样做过——那是查"反标"的。所以说这一幕让他感受了极大的侮辱。他的头嗡嗡响,还是忍耐着,在一张纸上写满了字。接着那人又问:有没有写过匿名信？听没听说谁写过？是否议论到上级领导的生活问题以及其他？

真是卑鄙得超出想象。回去的路上，我劝纪及这一段时间最好搬到我们家去住——纪及却说：

"我不怕他们！无论是谁，我都不会让他们感到满意的。"

"问题不在这里。我担心的是狸子蓝毛一伙儿的不择手段。"

纪及一声不吭。他的脸冷冷的，望了望前面乱纷纷的人流说："那就让我等着吧。"

二

几天之后，娄萌急匆匆让人来找我。我想一定是发生了什么重要的事，因为她以前很少这样。

我跟梅子说一声就出门去了。

我直接到她家里。于节不在，于甜迎接了我，说："宁哥来了！宁哥来了！"她给我拿水果，倒茶。

"于甜，我们很久没见了……"

"是的。可我见过纪及，"说到这里她马上把声音放低，又转脸看了看一边的母亲，小声说，"我是在路上遇到他的，我们谈得很愉快，我们在一块儿谈哲学，也谈……古代航海。"

"你对古航海感兴趣？"

"我听纪及说嘛。我很喜欢这个，什么'大艟''楼船''漩流'，挺有意思的……"

我很高兴。本来还要谈下去，娄萌就找个理由把她打发了。剩下我们两个人时，屋里的空气立刻变得异样了。娄萌走近了，一只手拍拍我的胳膊，看了看空旷的屋子："昨天老于回来，情绪很差。他说事情已经定了，纪及马上就要离开——调到下边的所里……还说到了你和吕擎、老顾。小宁，我今天只想告诉你：千万别把事情闹大了,最后不可收拾……"

"那就让霍老把小雯放开吧,他已经霸占了她这么多年,还威胁说,要把她的全家重新赶回大山里去!"

"可霍老也真是喜欢她啊!他费尽周折才把她的一家接到了城里,你想想这是多么大的付出……她一家人进城了,安顿好了,回头就要甩了他,他当然会痛苦、会有怨气……"

"那就让他霸占一辈子?他依仗权势欺负了一个山里孩子,蹂躏她这么多年,还给她文身……他比她大四十多岁!你竟能说出这样的话!"

娄萌站起来看着窗外。一片片黄叶往下坠落。她低声咕哝着,没有回头:"男人啊,常常就毁在这些方面。一个情字一个欲字,还有,怪癖!霍老如果一辈子没有这些事,恐怕早就在更高的位置了……真可惜!不过他真的不是一个坏人……"

"他让身边的一伙威胁和传讯,还逼得小雯自杀!这是你眼里的好人?"

娄萌摇头:"不不,这不是霍老的本意。他只希望能留住小雯……那些人一直围着他,什么都敢干!他只要知道了就狠狠骂他们,脾气大得吓人。这是真的,你听我的吧,霍老不是坏人,他最大的毛病就是好色,从战争年代起就是这样儿;吃不老丹可以,可这些年又迷上了阴阳双修……这个毛病生生把他害了……"

我注视着她,想看出她的话有几分是真。

她叹息:"人哪,都是走一段看一段的,人无完人……霍老在混乱年头里挨过整也掌过权,可人们只记得他掌权的事了;他利用自己的位置保护过多少文化人啊!比如有一个漫画家死得多惨,事后多少人为他叫屈喊冤!可当年为了救他,冒着危险与上面抗争的,只有霍老一个人!他甚至敢与军代表拍桌子……"

我打断她:"救靳扬?你是听霍闻海自己说吧……"

"不,我整理档案时看过当时的会议记录——这些档案还没解密,所以你别跟人说。我只是想告诉你,这都是真的。霍老真的不坏。"

我又想到了那些自传片断中谈到的靳扬部分——我还想起了在农场时肖筠谈到的霍闻海保护哲学家楚图的事情……这在一些具体场景里,极有可能是真实发生过的——眼前的人也没有必要去为霍闻海编造;可我这会儿心里问的是:即便如此,那又怎么样呢?它能抵消逼到眼前的这一切吗?我心里百味杂陈,只不想再讨论下去了。我干脆直接问她:

"你今天是受霍老之托跟我谈吗?如果是,那么就请你转告他:放开小雯,停止所有下作的手段;这等于是最后通牒,不然我们决不会放过这个'七十二代孙'!我们这回一定要联手解救一个山里来的穷孩子,只能跟他摊牌!我们说到做到!"

汗水顺着我的脸颊流到了颈部。我紧紧盯住她。

娄萌眼里噙住了泪水。她吞吞吐吐:"不,我不是为他传话的,我只是牵挂你还有纪及,你要相信我……"

她转脸擦了一下眼睛。一个温柔善良的女人,我只能相信。可是我突然觉得自己太不幸了,真的不幸。不是因为她刚才那番话、透露的那些信息,而是我的软弱——由于这种软弱,我竟会陷入某种追悔和自责。我承认自己那一天以及后来,真的站在了一种久违的欲念面前。不,这不是欲念,这是怦怦心跳的中年,是好奇,是巨大的隐秘和甘味,是不能拒绝的丰腴和向往。一种纠合了昨天和当下的美丽和奥妙,一种恰如其分的温热以及沉湎,是这一切的综合让我一再原谅了自己。我会走多远?难道自己真的会变成另一种人,一个神情恍惚的人?当然不愿也不能如此。瞧她就这样具体而真实地存在着,聪慧、清洁,像推开层层世俗的泡沫探露出来的一枝苞朵——可有时给我的感觉又正好相反……我常常想起令人震惊的那一幕:当我发现浪子马光站在楼梯拐角,与之紧紧相拥的时候,曾经想过马光的心思,想这个城市的浪荡青年、他的幽暗的心底。那时他也许会有一种报复的快意。是的,她不过是一个与浮浅粗鄙的上层相匹配的少妇,是悬在整个城市上空的五彩风筝。她既粉饰又帮衬,她的存在常常是为了安慰一个时代里最为冷酷的心。不过,她的不幸又在哪里?在被红酒绿酒淹死的那一刻吗?

此刻我又在想这一切。我知道类似的念头加在一个柔弱的女人身上,毕竟有些残酷,有些卑下和恶俗,但它的确藏在了男人幽暗的心底……

第一步踏入家门,就看到梅子不安地坐在那儿。她一见面就问:"有什么事情?"

"没有,没有什么事情。"

"你骗我!"

我抖了一下,不知怎么脱口说道:"是的,骗你。"

梅子生生地盯我。这样待了一会儿,她突然说:"你的朋友当中有人被传讯了——你怎么没告诉我?"

"这没什么,没准他们也会传我。"

"多么可怕,太可怕了!"

梅子站起又坐下。她挨近了我,仍然重复着过去的一些话:"你退出来吧,停下吧!你真的不能退出来吗?"

"真的不能了。"

"为什么?"

"因为……太晚了。"

"真的太晚?"

"真的。"

她哽咽着:"本来这属于别人的事,可你陷得越来越深……"

我安慰她,也极力想让她明白:"我们,我,已经做不成一个旁观者了。"

"为什么?"

"就因为,梅子,"我在想怎样说得清晰,这才发现它是最难表述的一种意思,"是这样啊梅子,如果我总是做个旁观者,我就成了心中有愧的人,我的内心就会受到谴责。所以……"

梅子不解。但她信任我,只是不能理解我的话。

"既不想做旁观者,也做不成。实际上我们都参与了,我,你,你的母亲和父亲,所有的人,都在自觉不自觉地参与进去……"

"这怎么会呢?"

她的眼睛又大又亮,黑白分明,此刻像儿童一样,一直望着我。

我只絮絮叨叨说下去:"梅子,我总是让你牵挂,因为……你就是生活赠给我的一个宝物,是对我的最大奖赏。而我从小,从十几岁开始就在大山里流浪——直到在这座城市里被你收留。我想怎样做才能对得起你。可是我常犯可怕的错误。我知道现在谁要做一个好男人,比登天还难。不过我还是不能让你失望……"

梅子大概只听懂了一部分。她流出了泪水。我说:"这些天,我真的在等一个人——我在等狸子他们。"

"谁是狸子?"

我告诉是蓝毛的朋友,他们为了讨好"七十二代孙",什么都干得出来。还有,我们几个人一直在联手解救一个人、她的全家,他们也像纪及一样,来自一座大山里。双方已经摊牌了,已经没有了退路……

梅子大惊失色地望着我。

三

我去找吕擎,刚进门他就冷笑着告诉:"以前练过一阵拳脚,想不到现在终于有机会用上了。"原来昨天晚上他出去了,母亲说听到敲门还以为他回来了,一开门却进来了三个生人。领头的是那个黄黄瘦瘦的狸子,上来就问吕擎在不在?母亲说不在。他们到处翻找,把东西都给弄乱了。母亲的斥责他们不理不睬。狸子脱了上衣,接着两个人也脱了上衣。"母亲说他们身上都刺了一条青龙。"

我有点吃惊。

"你看,所有的恶棍流氓都喜欢在自己身上弄一条'龙',还有那些无耻的皇帝,说自己是'龙子龙孙'。那些贱骨头,穷得要命还说自己是'龙的传人'……那三个家伙说饿了,要母亲给他们搞些点心。他们说要等等你儿子,我们都是老朋友了。说他回来的时候也不准备找太大麻烦,只不过想在他脸上留个记号,说着就把刀子猛地插在了写字台上。就这样,他们一直等到晚上十一点,母亲一直在心里祷告,让孩子晚一点儿回来!"

我听着,心里有点紧张。我在想娄萌的那次谈话。显然,她没有把我的话传给对方,或者就是无法阻止——开始了。

吕擎搓着手:"他们如果再等下去就好了……"

"可你没有准备,他们带着刀子!"

"他们刺不着我,再来三个我也不怕。你看这些穷凶极恶的家伙,只会这最后的一招。"

"不,他们还有各种办法。"

"可他们最喜欢的还是恐吓。他们和'七十二代孙'等人的来路都一样,都是恶棍。你听说那个肖妮娜了吧?她在单位到处嚷叫,说'谁也不敢惹我们!我们家里有电棍,还有电击枪连珠箭,谁要敢到我们家里闹,我们就打死他'!"他冷笑,"他们大概认为纪及并不可怕,他比我们要呆。他们错了。"

我在想吕擎和纪及老顾他们连日来做的一切也许是对的。这真的是硬碰硬的,是一场实力的较量。我们不可能以其他办法阻止他们,也很难将霍老与那一伙人分开。吕擎等人正以学者的严谨来做一个重要的事情:梳理全部材料,从现实记录到追溯历史,将霍闻海及其一伙的行迹一一实录。"我们将解救一个山里女孩,同时把一些人的历史和现在记录下来,并告诉其他人。我们不会染上这个年头的蛊毒,把污浊视为深刻,把无底线视为聪明。这其实是胆小鬼,是不敢面对具体和真实。是的,我们就是要从最基本的事情做起。有人惨死,而刽子手还活得不错,可见二者是不同的。我们还没有糊涂到把生死混为一谈,或者黄口学舌,或者直接就是无耻之徒。我就烦这样的家伙,厌恶得气不打一处来。他们许多时候不光是旁观者,还是帮凶。"

我深思着吕擎的话。我知道这其中积下了多少淤愤和厌弃。是的,我们宁可一生都这样冥顽不化。这多么好。但是我想说的还有:吕擎谈到的只是事物的某些方面;一切还将复杂得多——我想自己一定会在某一天,把靳扬案件的全部、把他父亲与整个案件的关系,如实地讲出来。我认为他的母亲是一个知情人,而她一直瞒住了自己的孩子……

"母亲当天就把狸子一伙的闯入和威吓报告了有关部门,我知道之后就阻止妈妈。我想说,我们只能依靠自己——只能自救,在一切方面……"

这天下午我突然想把吕擎和纪及,把一些好朋友,比如顾侃灵他们,全都叫来家里聚一下。我这样说,梅子就把我拉到一边:"这个时候合适吗?"

"不知道,可我特别想和他们在一起……"

梅子总算同意了。我真感谢她。

我立刻四处打电话邀集朋友了。

结果太好了,几乎所有的朋友都按时赶来了——我们一晚上放松得很,尽情地说笑、喝酒……我们很久没有经历这样欢快的场面了。

得一词条·红甲板

我必须郑重指出:徐福船队即从该市东南十三里半之海湾出发,千真万确,不容置疑。今后他人无论是搬弄典籍还是放言会堂,任其巧舌如簧,都是扯淡。还有人借东洋以至暹罗人士来华,指指点点,妄加评判意欲混淆视听,竟说当年船队是从登州海角的栾河湾启航,沿辽东一干岛屿蜿蜒东去,吊儿郎当漂洋过海。天哪,夫复何言!夫复何言!说到此吾陡生气愤,气不能忍,嗝逆连连,恨不得当场揪来鸟人,与之拍案理论。试问挟洋人鬼势而抑国民之心志,借力打力,伤害学术,此等恶举,与刑事犯罪又有何异?故在此吾虽忙于编纂,席不暇暖,仍要给某些人士发出严厉警告!船队之连绵,不可谓不浩荡;举事之隆重,不可谓不盛大。然篙痕未息,即指鹿为马;帆影才隐,却浑水摸鱼。幸有侠士姓王名如一者,路见不平,鸣金而起,插刀又何止两肋!

好在本词典一旦面世,谎言即破,届时可稍息怒火,沏上绿茶一杯,从容做海上叙说,不妨侃侃而谈。话说咱先人统领战船千艘,挺立甲板,黑披猎猎,俨然一海上大元帅!苍脸秦兵握剑弄枪,东西癫狂,没事找事,贼眉鼠目。西部蛮子本是土生土长,自幼少水无船,一入大洋即屁滚尿流,上吐下泻,狼藉斑斑不堪入目。咱先人以及幕僚却好似那鱼儿投水,更添精神,戏水弄波好不畅快,不出二十日,遂养得膘肥体壮。再看那男童女童,更是欢欣,适逢三月情意绵绵,你瞅我看眉目穿梭。眼见得爱情火炽,不可收拾,咱先人只得以身作则,咬牙示范,也少不得苦口婆心,这才将一船青春安顿下来。

　　船行月余,果有大鲛排排而来,喷水扬波,好不威赫。秦兵一看,格外眼红,自以为厮杀在即,抄弓弄弩。谁料想徐福捋须含笑,登上船头连连击掌,又扬袖做召唤状,群鲛则直立摇头,欢舞鸣叫,嘤嘤之声好似稚童。船上人士皆由惧而惊,由惊而喜,喜极而泣,合掌感谢上苍。秦兵弓弩,引而不发,好生无趣,难免有三两蛮子射出箭镞,又被徐福厉声喝止。船队绕礁岛,过激流,俯见鱼翔浅底,仰观鹰击高空。披星而戴月,日夜更兼程,于丑时吃些糕点茶水,喝一杯故国老烧,甚为惬意耳。最大楼船宛若帅府,悬灯垂帐,令行禁止,不得有误。可怜秦兵空握权柄,如狼似虎,不通水性,离岸则傻,一路上妒火中烧却又无可奈何。咱先人徐福则大计在胸,不慌不忙寻找茬口儿,只等那时机一到,手起刀落,让强虏灰飞烟灭。船行万里,终有落帆靠岸之时,忍让再三,必有怒火冲天之日。咱先人饮酒赋诗,一派逍遥,实际上诡计多端,阴险毒辣,以毒攻毒。秦兵遇风浪则呕吐,卧伏甲板如同爬虫;逢晴天即蹿起,凶眉恶眼暴饮暴食。一个个污垢肮脏,好不浊臭,吆三喝四,恃强凌弱。船行半途,竟有秦兵借口查铺,凌辱童男童女,以致半夜闯入他人舱房,搜寻诗书百般刁难。百工震怒,童子侧目,咱徐福却能安然打坐,好不恼人。

　　秦兵海上日久,心生疑虑,再加上食鱼饮腥千里颠簸,人人蔫里吧唧,个个好似困兽,然而困兽犹斗。他们胡须参起,张口始皇闭口大王,威逼方士速速登临仙山,不得悠游海上。徐福打坐,秦兵则一旁监看,徐福出舱,秦兵亦不离左右。呜呼,似这等虎狼之兵持刀荷枪,有五彩仙山也会稍纵即逝,有神仙露面也要吓个趔趄。要知道寻找神仙自古以来就是个细发活儿,好比从卷毛狗身上捉虱子,哪容这般蛮横悍暴,一天到晚骂骂咧咧。不是不报,时候不到,时候一到,立刻就报。看官可知这船上所装皆非凡物,除上好之五谷良种,再就是普天下之能工巧匠;更有美妙童子,一个个守身如玉,描眉画眼,貌若天仙。总之所有老少人丁千般物器,莫不是精心挑选而来,即便如丑陋之秦兵,也属蛮子中最为悍暴之脾性,手脚粗大老皮苍苍,个个都力举千斤。他们杀鸡也使牛刀,嗜血如命,生吞活剥。徐福深知航船靠岸,蛮物一旦脚踏实地,势必凶多吉少。欲要除之,一须巧借海力,二须布下机关,合船发力,众手屠贼。咱先人虽然胸有成竹,只可叹无法抽竹赠人——贼兵一个个双目大睁,察言观色,日渐残暴,稍有不慎即全盘皆输。

先人打坐,秦兵招祸。咱徐福是何等伟人,万千险阻自然不在话下。他以海上斋戒为名,连日里奔走舱房,一个密令口耳相传,只待信号升起,一齐杀将起来。约定举旗为号——只要帅船桅顶有红布吹拂起来,即要杀戒大开,什么篙橹铁锚、网具麻绳,攮子小刀,皆为武器。届时将鬼哭狼嚎,百折不挠,摧枯拉朽!

阴谋既定,只待风波。大海翻腾恼怒之时,咱先人也将火冒三丈。别看他斯斯文文,白脸黑须,一朝发起雷霆,秦兵毁也。话说等待时节,最为难熬,虮子泛滥,日夜挠痒。再看海面一平如镜,鸥鸟慵懒,甲板稳如陆地。一班秦兵得意洋洋,饮酒吃肉,消化不良。这一等半月有余,咱先人口舌生疮,嘴起燎泡,急躁间作风也难免略有失当。某一日夜半开始饮酒,直到黎明,正欲推杯眠去,忽觉得山摇地动,犹如虎狼号啸。咱先人大喝一声有也,掷杯于地,摇摇晃晃走上甲板,这才见乌云压桅,水浪滔天,即"四海翻腾云水怒"之状也。再看可怜秦兵,无一人可站安稳,抱载打滚,搂枪啃泥,脸朝下亲得甲板吧唧吧唧响。徐福哈哈大笑,仰天一呼,道一声老天助我,遂返舱续饮美酒。如此这般直等到正午时分,秦兵个个呕吐干净,小脸蜡黄,咱先人这才举步向前,将红色小旗一丝丝升上桅顶。

远远望去,乌云翻滚间只见得桅上火苗闪闪,煞是可爱。十里船队首尾相连,皆得号令,突然间怒吼成片。那秦兵终是虎狼脾性,腹痛而愈加生猛,呕吐更奋力拼命,卧地挺枪,打滚扔镖,近则用牙撕咬,远则使箭劲射。战斗至三五回合,咱先人始知蛮人之勇,勇于野猪;悍人之凶,凶似豺狗。危急之间,故有登高之呼,励志之号。众童子及百工志士闻鸡起舞,舞刀抡叉,鱼死网破。好一场海上反秦大战,惊天地更泣鬼神,史册无墨,此典补记。一时间,甲板滚动哀号者大抵秦兵,捂肚撕咬浑踢者无非贼人。小小男童腰扎护甲,手持短刀,扎人更狠;娇娇女童三五成群,挽起麻绳,勒人气绝。独有英雄驱虎豹,英雄又何止万千;哪有豪杰怕熊罴,豪杰则无分老幼。叹童子小小年纪即染一双血手,实出无奈。大风里天人共怒,舟船中男女齐拼。有诗为证:三千童子赴瀛洲,一腔热血壮志酬。若非杀得贼子退,今生哪得来自由。

诗毕言归。话说徐福登高一呼,众人奋勇,胜利可期。秦兵虽悍暴而量寡,虽技高而途穷,更有连夜风高浪急,天不襄助,苍脸壮士呕吐排泄,已是强弩之末。如此厮打直至太阳西斜,乌云消退,晚霞满天,一霎时风平浪静,楼船无声。再看那甲板之上,红色一片,夕阳普照,更添一层。众生肃立,满脸哀容,杀生之后,怜惜复萌。咱先人慰勉鼓励,手指东方声声入耳,说仙境言神山,道尽暴秦之恶。船队打扫,血渍难去。死者甚众,无分敌友,一律水葬。一通完毕已是黎明初来,朝阳升起,万象更新。海鸟连贺,童声呼应,船队浩荡驶向仙山,时不我待。于是乎一曲凯歌,哗然奏响,壮哉中华,千古传诵。大诗人如李白者情不能禁,放声豪咏;一级研究员如一者感慨万千,力撰词典。当然内子有功,百般助力;秘书再加,火上浇油。总之众人拾柴且恰逢盛世,方有玉成。在此完璧归赵之日迫近,如一两手拱拳,一谢再谢,并附记于此,咄。

碰撞与疼痛

一

今夜地表蒙了一层薄薄的雾气，草上凝着冰凉的露珠。天上星星却比平时亮一些，弯月退到了远方。四周的喧嚣时远时近，巷口偶尔传过一声尖利的鸣笛。这座城市仍在奔腾和燃烧，时近午夜，城市的潮水却进入了新一轮的涌动……走出纪及的小屋时，已是凌晨两点多钟了。我一个人沿着窄窄的街巷往前，走得燥热，就把外套脱下来搭在背上。

一出窄巷，四周喧声一下围拢过来。我绕过一段马路，拐入一条稍稍静寂一点的土路。一连多少天都在这条路上往返，它的一端通向纪及，另一端通往橡树路的吕擎。走在这条路上，心头常常响起一个陌生而低沉的男声：那是淳于云嘉惟一的儿子，是他的声声诉说。这声音落在了心界，慢慢沉入底层——这会儿随着夜潮的涌动又一次泛上来。我在想他的话，想我们正在经历的一切——在这里，在这座走入寒冷的城郭，我们是谁？我们究竟为何而来又缘何而去？是的，这仅仅是我们的生活，且无法回避。我们景仰那个至今居住在老林场里的人，他害怕遗忘。我们真的有理由在默默无边的时光中去寻找和印证，因为一切都不会劳而无功。我们在当代和历史的滔滔汇流之中，触摸隐秘，寻找一种情怀和血脉。它的意义就像生存一样清晰。今夜，虚无主义的深刻性丝毫也消解不了火热的激情。因为我们的全部理由就建立在生存本身。

我并不畏惧隐晦而曲折的历史，尽管我们要时常自问：如果将目光推远,那离我们千里万里、处于不同时空和境地的人,又将怎样看待苍茫城郭和无尽的纠缠?还有,这些息而复起、去而又来的人际纠纷和风雨波澜,在渺渺人生中一定会变得轻如鸿毛吗?很久很久之后,当生活在另一个维度里的人试图从文字和图片中寻觅今天的细节,看到的会是什么?他们会觉得无奈或有趣吗?

有人对这一切陷入了深深的怀疑。而我们此刻、现在,却不敢游移。因为没有时间了。我们还是要抓住眼前这一刻的真实。这是我们一代人的命运。

时过境迁,人们对往昔开始淡漠——流血的故事,激动了整整一个时代的故事……浓浓的血色已被时光稀释,一切都会变化——然而即便如此,我们身边仍旧活着顽固的记忆者,他们不曾遗忘——既然如此,我们又将怎样选择今天的生活?这是逼到眼前的惟一的问题。

仰望星空,今夜我特别怀念淳于云嘉和靳扬。那场大雷雨,那个美丽的回眸……

我往前走着,突然觉得有什么在挡路——抬起头,马上看到了一个人。由于离得很近,我甚至发现了这个人在笑,是冷笑。先是怔了一下,然后很快认出对方:这不是狸子吗?我随即明白过来,这时条件反射似的,两只拳头立刻胀疼起来。这会儿,我看到他瘦瘦的脸上没有刮净的几根胡须在动,像老鼠。他眯眯眼,仰起脸说:

"你差点撞上我。"

我借着微弱的光线瞥了瞥,暗中把身体的重心放到右腿上,这样就可以猛然一撞。对方显然早有准备,话音刚落把身子一侧——可还没等他的拐肘架起来,我就往前一冲,发胀的拳头猛一下击中了他的下颏。他的头往旁一甩,接着弯腰。他吐了一口,把头往上一拱扑过来。我的拳头狠击他的肋下、额角,有一拳甚至击在了他的鼻子下边一点。我相信这一拳把他丑陋的厚唇打裂了。我听见他一边嘶叫,一边转头疯喊,在身侧摸索什么——我看见了搁在一旁的高压电棒,就迅速抢到了手里。我想让他好好消受一下那件宝贝,可惜一时不知道怎么使用。"妈呀,啊呀,来呀……"他还是喊叫。我将电棒最后在他头上狠抡几下,接着又用脚踏扁、用一块石头砸烂。

正要走开时,巷子两边溜出两个黑影。我立刻明白刚才狸子在喊谁了。我马上退到了墙角,意识到这些人一直隐在暗中。我摸着墙壁挪动,突然左手腕那儿被飞过来的什么东西击中了。一阵钻心刺疼。那是一支弹簧镖。我握住受伤的左手,一个人却不知从哪儿蹿上来,照准我的腿部就是一脚。这一下狠极了……

我跌倒时,好几个人同时拥来,他们踢打、恶揪,专往致命处下手。我的头发被扯掉了许多。忍着,寻找一切机会回击。可对方是斗殴专家,一边踢打一边跳动,寻机会一拳拳往我身上捣,有一拳打在了鼻子上,我好像听见了咔嚓声——不知是对方的手骨折了,还是我自己的鼻骨断了。钻心的疼痛。真疼。眼前一片迷蒙……我觉得嘴里好像咬住了什么。我用力地咬,挣,摇动头颅,直到渐渐跌入漫长的黑夜……

二

这个黑夜好长好苦。我听见车声隆隆,看见蓝色的火星在眼前、在高空里爆开,像下雪天高压电线上闪过的那些火花一样,响着,噼噼啪啪一刻不停……

我想大概这就是人人都要经历的真正的黑夜。这个冰凉的夜晚,我的身体一会儿飞升上去,一会儿又降落下来。我什么也不知道。我在这黑色的海洋里不停地飞升和降落。

最后,我费尽力气才睁开了眼睛。光线像水银一样泻个满地。

到处都是歪歪斜斜的光,刺得双眼发疼。睁大双眼,一转头就感到钻心的疼。天哪,我在一瞬间明白了:我是被人抬到了医院,我这会儿正在医院里。现在,天大亮了。

旁边的人是梅子。我的左手朝她伸出——它被纱布包成了一个很大的白球,像一个笨模笨样的拳击手套。

梅子把我的胳膊小心地盖到了一个白布单下。我试着和她说话,可一张嘴就疼。但我想自己还是叫出了一些名字。旁边有谁?有顾侃灵,有神情沮丧、面容憔悴的吕擎……我一回头差不多碰到了纪及,原来他站得更近。我的心情平静多了。

我好像听到他在问什么。

我想说话,他摆摆手。

吕擎说:"你是天亮时被一个拉地排车的发现了。"

梅子说:"我们该好好感谢那个人……"

医生过来嘱咐什么,又有护士给我送了一支体温表……

一会儿岳母来了,她把一点吃的东西放在床头柜上。她在旁边跟梅子小声咕哝:"那些人什么事都干得出……"我听见岳母又对她说,我本来要住在一个混杂的大病房里,是她找了院里的头儿才把我移到了这里……

整整几天我都没法下床走动。原来我受了重伤:左眼肿胀充血,嘴唇上边缝过几针,鼻骨变形;还有脑震荡,左手肌肉拉伤,全身共有十四处伤口。我大多数时间里都闭着眼睛。疲惫。疼。一句话也讲不出。病房里出奇的静,连喘息的声音都没有。梅子就在旁边。

我听到了有人敲门——这个人是谁,我仅仅从脚步声就能判断出来。她进来了,是娄萌,捧着一大束鲜花。在这个初冬,她竟然搞来这么多鲜花,芬芳立刻溢满了房间。

一大捧鲜花放在床头柜上。屋里一点声音都没有。梅子与她

默默握手。娄萌站在那儿,把口罩解下。这样站了一会儿,她又走到门口……两人在门外谈了很久。梅子回来时看着那捧鲜花:

"你们领导真好……"

由于整个一天梅子都在身边,她太累了,所以晚上伴我过夜的是纪及。纪及在夜深人静的时候告诉:

"我们又有联系了——我和王小雯,在电话上……"

我看出他眼里闪着兴奋的火花。我极想听一些令人高兴的消息。我终于明白,真正牵动他的女性仍然是她,而非任何人。

"我在电话上告诉她,我把她和她一家的事情全都告诉了妈妈,我对妈妈说,我爱的就是这个姑娘,无论发生了什么、还要发生什么,我都不会改变一丝一毫。我会一直等下去……"

纪及说到这儿低下头。

我在这段空白时间里特别想催促一句:"你快说吧,王小雯是怎么回答的?"可我说不出话来。

纪及抬起头:"她听了一声不吭,过了好长时间才说:我也一样。我不会嫁给任何人,除非是你!我马上对着话筒大声喊着:那你,那你还怕什么啊!我不停地叫着小雯,可她又没声音了。我等着,不再催促她。这样又等了十几分钟,她说了:'纪及你听着,我的话一辈子不会变,只要你愿意,我就不会嫁给任何人!可是,这要等霍老死后——他活不久了,他一定会死的……'"

天哪,一只稚弱无力的小鸟儿,她求助的是最后的东西:时间。

纪及嗓子低沉极了:"我当然相信她的话,霍老肯定会死的。他比谁都恐惧这一天,所以才痴迷徐福求仙、大把吞服丹丸……"

我这会儿只把无伤的一只手伸向他。

这样沉默了一会儿,话题又转向了其他。纪及说:"你还记得那个秦汉史专家、学界泰斗蓝老吗?"

我想了一会儿,终于记起:我和纪及去东部城市的时候,曾分别和他在博物馆和考古现场见过面。我点点头。

纪及笑笑:"让我想不到的是,前一段在吕南老召集的一个座谈会上,就是那个蓝老第一个发言批判《海客谈瀛洲》,而且用语很重。这其实是关于城建古迹保护的专题会,完全可以不涉及这些,可他却主动批了这本书,显然是故意表态。最让我惊讶的是,他说着说着就夸起了王如一的《徐福词典》,还提到'七十二代孙'这个词条多么好、多么重要……"

我有些惊讶。

纪及哼一声:"一个学界泰斗,声名日隆,却如此不义!"

三

纪及告诉:几天之后吕擎就要到东部城市去一次了。他们这次东行的主要目的之一,就是要找一下淳于甘阳。吕擎将向他当面提出一个要求:让他代表母亲追究当年的迫害者。

我没有吱声。我在想:要不要以及在何时,将霍老的"自传片断"交给吕擎?在他的心目中,神圣的父亲一直背负了历史的十字架;然而事实却并非如此,这不仅是那些自传片断的揭破,而且将会有更多的佐证……他将要面对的是一个更为真实的父亲,这一天对吕擎来说不但是残酷的,而且是极为重要的。仅就此一点,接受追究的将主要不是霍老,而是另一些人,这其中主要包括了那个不幸的著名学者吕瓯——吕擎的父亲……

我想着即将东行的、愤懑难耐的吕擎,心里一阵疼痛。

这其实仍旧是一个关于遗忘的话题。是的,如果没有决心战胜遗忘,我们的未来将一无希望,我们的所有努力都迟早会变成一片狼藉……我又一次想起电话里那个低沉的男声。是的,那个淳于甘阳是主张遗忘的。然而选择了遗忘,对不起,也就不配有更好的命运。但是,记忆的版图需要更真实,更完整。

我闭上了眼睛。我在想自己的母亲,想满头白发的外祖母,想我们茅屋旁那棵巨大的李子树……李子树上总徘徊着无数蜂蝶,它把浓郁的香气播散到整个世界。外祖母站在李子树下,满头银发就像李子树的银花。我压抑了即将涌出的泪水……就因为床头上的那束鲜花,我一次又一次想到了李子树的花香。

这天黎明时分我又想到了一个重要事情。于是我想郑重地叮嘱纪及:好好爱你的王小雯吧,这是一种宿命——两个人的共同点太多了:都来自大山,都是在十多岁时才第一次看到苹果。

纪及仿佛听到了我的心声,咕哝:"是啊,她多么可爱啊,不过……"他看我一眼,接下去谈到了更遥远的一些计划:等伤好之后,等我们把一切打理得差不多时,我们要再次一起出差——到东部,到西部,到南部山区和更多的地方去……我们要带上那个简易帐篷,夜间就宿在大山、平原、河畔,宿在湿漉漉的茂盛草地上。那样的夜晚啊,我们还要点一堆篝火!"特别要去我的老家,你会喜欢妈妈的那个园子……"

多么好的一个计划。我等着。

大约又过了两个星期,我身上开始出奇地发痒。但疼痛却缓解多了,纱布和绷带终于被取掉了。我可以下床随便走动,甚至可以到走廊去。梅子每天都来陪我,无论多么忙。

梅子说:"你虽然受了伤,脸上受了伤,可是一点儿也不难看。真的!"

梅子离开时,我真的在镜子前好好研究了一番。

由于住院,我比过去苍白了。头发很乱,腰有点弓,这可能是受伤的原因。腿还稍微有点儿拐,鼻子弯曲了一点,那是因为它的一侧肿得厉害。唇上缝过的地方发紫,嘴角好像还少了一点什么。我显得更加苍老了,眼角上的皱纹变深了。看上去我真是又老又倔。我笑了,镜子里的人也在笑。那是一种实实在在的冷笑和嘲

讽。我迎着他问:

"你觉得自己还好吧?"

里面的人点点头。

这个月夜,我登上了医院的顶部晾台,想看看整个城市。万盏灯火无边无际,真是灯的海洋! 这座城太大了,它好像这些年里一直在默不做声地繁衍,日夜繁衍。它每天要发生多少故事啊。我以前曾多次表达了对这座城市的厌恶,现在看是个错误。它在包容和忍耐中活着。我们的故事只不过是它小小的一个角落。

这天晚上我睡得很香,而且做了一个梦。我梦见了东部沿海那座城市,梦见了殷山遗址和徐福——我一直想清晰地看到这个人的面容,可他总是躬身走在一座百花齐放之城中:朝阳下,各种各样的鲜花,一蓬一蓬的鲜花,全带着露珠儿,开得那么灿烂! 它们简直把整座城市包围和托举起来——徐福留给我的只是一个背影,他正望着这片浓烈、旺盛、肥硕绚丽的花的海洋……

致 海 神 书

....

市相缤纷,海客嘈杂,你却无视无闻。你端坐一隅,仪态万方,呼吸吐纳。紫蓝色的天穹更加静谧,星辰一片冷凝。我遥望那三个岛屿,倾听跳动的心音。今夜如此咸湿,衣衫溅满了飞沫。橹桨声声远逝,我望得眼睛已经干涸,双睫枯涩欲折。可是我仍旧深深地望向你——那虚无缥缈的三仙山,你的常居之地。

人间已是凌晨,却不曾万籁俱寂。它在炽热地燃烧,一刻也不停息的激荡与追逐,一刻也不终止的呼号与叹息。然而这一切都难抵你的耳畔。在这个夜晚,我不知道你对人间能否有一点点怜悯,也不知道你是否真的望过一眼彼岸。海客绕过仙山,错失良缘;或是雾霭重重,关山紧锁。你无时无刻地诱惑生民,却无助于民生。

我就是那个注视你的孩子,一个耽于幻想的孩子,如今已变成了面色凄苍的中年。中年不信曼妙的故事,衣衫上扑满了秋风。

怀念童年时光,总忘不掉那一幕:和外祖母坐在大李子树下,她的身边还蜷了一条狗——我和它一块儿倾听你的故事。这是一个传说和演绎了几千年的梦境,你居于仙山正中,浑身散射出灿灿荧光;你有纤长的佛手,处子的肌肤,闪闪的美目;你丰腴而慈悲,心胸如海洋,诱引海客,拥波为疆;你洗涤一头乌发时,大海就会荡起狂涛巨涌。你用一种至美吸附一切,毁灭和颠覆一切;直到这个世界的末日来临之前,你都会一直居住在那里。那儿是东方,是世界上最先领受光的地方。

我至今忘不了外祖母的白发和她的呵气声,忘不了那个春天的飘飘落英。我曾经从一簇簇密集的李子花的间隙里,试图偷窥你惊心动魄的容颜。

可是今天,我已经不再相信那些海客真的见过你。你掩映于波涛葱茏之中,在月亮洒下的荧粉中款款而行,星星缀上冠冕。你一遍遍巡视无边的水晶之国,裙裾掠过碧波,在峰峦上稍稍停留。蓬莱瀛洲方丈,无数玉树琼阁。与你悄语的是月亮宾客,是婀娜嫦娥。玉兔跟随,药杵笃笃;吴刚有酒,酒不醉仙。也就是这样的长夜,波涛中却有一个庞大的船队在苦苦挣扎,历尽艰险。领头的是徐福,他在帆樯下镇定自若,却难掩三千童男童女大放悲声。他们苦苦跋涉了两千多年水路,只为了一次抵达。慈悲的海神,无所不能的海神,你看到了吗?你怜悯了吗?

慈悲的海神,残忍的海神,美若天仙的海神,你用什么杀死了心中的怜悯?你最终摆脱了生与死的繁琐,一切也就化进了涟涟水波之中？可它分明又在日夜拍岸，叩问人间，传达的又是怎样的神秘和讯息？你真的无声无臭，无知无感，无心无肺，美丽丰腴——是痛苦与焦思的死敌，还是它的孪生姊妹？你真的无动于衷？那么今夜就让我大胆假设吧：如果徐福的航船甲板上站立了屈原呢？他生有一双无可匹敌的美目，他的歌哭能遏云止霓——那时你还能够目不斜视、泰然自若？

那个蜿蜒西归的车队之核，那个让大地迸溅鲜血的暴君，那个令山河为之变色的强虏之王，他最终丧命沙丘。这算是你的惩罚吗？不，我宁可相信他是被自己的贪欲之火烧死，他的枯目最后一刻仰望和乞求的，仍旧是你的容颜你的恩赐。

山河依旧。山河永远需要生民的血泪去浇灌浸泡。绝望的呼告，折筋断骨的寻觅，所有的这一切都面向了你，投向了你，指向了你，归于了你。你的回应一如往昔：无声无息。慈悲的海神，残忍的海神，美若天仙的海神，你究竟用什么杀死了心中的怜悯？你真的无声无臭，无知无感，无心无肺，美丽丰腴——你是痛苦与焦思的死敌，还是它的孪生姊妹？

慈悲的海神，残忍的海神，今夜是我最后的一次质询了。从此之后，我将负起远行的背囊，让旅途上的尘埃扑个满身满脸。美酒与海水，海客与瀛洲，生民与厉鬼，凡地与仙境，一切都将分个清楚。我这苦行的肉身无论怎么脏腻，都只在淡水里洗涤。我将谨记：大海是你的疆土，而它的每一寸都由人间的泪水汇成。

对你的希冀和幻想不能疗伤，不能求生，不能止血，那就让我把你忘却吧。我要把你忘个一丝不留。

仰视这满天的宝石，一遍遍说出你的名字，想在一夜间了却这桩神圣的心事。我悄悄地对外祖母说出一句：多么不幸啊，我弃绝了海神。可我就是忘不掉那棵大李子树，因为我从小就在它的身边，攀爬过它，抚摸过它，它也永久地安慰着我。

慈悲的海神,残忍的海神,今夜又是波涛汹涌,你又在洗涤自己的满头秀发了。

你奢侈地使用着天下最大的一汪苦咸。这是人间的眼泪汇成的。就此而言,你啊,海神,你是多么的残酷……

而我,为了不使它再添一滴一毫,从今以后将紧咬牙关,永不泣哭。我还将在大地上四处奔走,告诉所有的人所有的朋友:我们永远不再泣哭,因为那个慈悲的海神,残忍的海神,她正在奢侈地使用着天下最大的一汪苦咸,那就是我们的眼泪汇成的。

今夜波涛汹涌,你又在洗涤自己的满头秀发了。

你啊,海神,你是多么的残酷……

1991年8月—2008年4月,一至四稿于龙口、济南
2008年11月—2009年12月,五至六稿于济南、龙口